WEI SHIDAI

VS

QINGCHUN JI

微时代VS青春祭

李 岘◎著

Maria Lixian Gee-Schweiger

APCTIME
时代出版

时代出版传媒股份有限公司

安徽文艺出版社

　　李岘（Maria Lixian Gee-Schweiger），文学博士、教授，华文作家、剧作家，美国中文作家协会主席。

　　移民美国前，在中国黑龙江电视台任电视剧责任编辑、编剧十一年，先后编辑、撰写电视剧、电视专题节目及文学作品五十多部集。1987年加入中国电视艺术家协会和中国戏剧家协会黑龙江分会。

　　移民美国后，担任过美国律师事务所助理、《华美时报》和《华人》月刊杂志专栏作家、NLFP影视公司总裁，并先后执教于梅萨学院、圣地亚哥大学、M.C学院和T.J法学院。系中国暨南大学客座教授，全美华人文教基金会前任理事长及现任荣誉理事长。出版了长篇小说《跨过半敞开的国门》、随笔集《感受真美国》、文集《飘在美国》、教科书《美国律师说汉语》等著作，编导出品了十二集电视纪录片《飘在美国》，主编了美国中文作家协会文集《心旅》和《心语》，参与编撰了《共和国同龄人大典》和《南加州三十年史话》，著有《美国加州地区华语使用状况研究》《浅析电视语言的语言符号和非语言符号》等理论专述。在中国大陆及港台地区和美国各类报纸杂志上发表过近百篇不同文体的文学作品，并荣获多种奖项。

　　更多信息可以扫描本书封底二维码。

WEI SHIDAI
VS
QINGCHUN JI

微时代VS青春祭

李　岘◎著

Maria Lixian Gee–Schweiger

APTTIME
时代出版
时代出版传媒股份有限公司
安徽文艺出版社

图书在版编目（ＣＩＰ）数据

微时代 VS 青春祭/李岘著.—合肥：安徽文艺出版社，2020.7
ISBN 978-7-5396-6864-2

Ⅰ．①微… Ⅱ．①李… Ⅲ．①长篇小说－中国－当代
Ⅳ．①I247.5

中国版本图书馆 CIP 数据核字(2020)第 008533 号

出 版 人：段晓静
责任编辑：周　康　　　　　　装帧设计：张诚鑫
....
出版发行：时代出版传媒股份有限公司　www.press-mart.com
　　　　　安徽文艺出版社　www.awpub.com
地　　址：合肥市翡翠路 1118 号　邮政编码：230071
营 销 部：(0551)63533889
印　　制：安徽联众印刷有限公司　(0551)65661327
....
开本：700×1000　1/16　印张：27.25　字数：420 千字
版次：2020 年 7 月第 1 版　2020 年 7 月第 1 次印刷
定价：68.00 元
....

目录 MU LU

前　言

碎片时代拼起一代芳华

李　岘

在我这么多年的文学创作生涯中，有一段历史一直被我忽略，以至于成为我作品中的空白。

我一向喜欢写自己熟悉的故事，即使是小说，也仍然陶醉在"杂取种种合成一个"的现实主义文风中。但是，我没有碰触过属于我的知青岁月。

我没有问过自己为什么，自以为是没有资格。面对两千多万人用鲜活的青春历时十年写就的人生，太精彩，也太沉重。作为一个时代即将终结时的参与者，我既没有经历过早期"上山下乡"的革命激情，亦没有开发北大荒的壮丽情怀，我只是"知青时代"的匆匆过客。然而，我在两个国家、两种文化游走的过程中，才发现岁月沉淀出的那段刻意淡忘的记忆如影随形。

近些年来，我一直在想如何用文字填充这段对于我来说缺失的青春记忆，但是始终没有寻找到一个全新的视角。"不是老人变坏，而是坏人变老了"，个别年轻网民对知青一代的社会认知引起我的思考。

是的，文明世界不应该有满树的樱花被人为摇落一树花雨，为的是拍一张照片；不应该有哄抢免费食物，将"脏乱差"的形象带到世界各地；不应该没有公共意识和法律观念，只图一时痛快。

我很高兴看到中国新生代的公共意识和自我修养在不断进步，完全赞同他们的认知，但是，我也对他们把上一代人的知青岁月与"文革"时期的疯狂举动及当今随处跳广场舞扰民的"中国大妈"联系在一起感到遗憾。

在网络碎片化时代，每天都有大量的信息让人目不暇接。当人们把文学的注意力聚焦在奇幻的故事中，或沉醉于古今穿越的魔幻现实主义的文风里，"知青"一字便以过去式淹没在人们的视野中。有时也会引起一些人的关注，但通常是随着"社会道德缺失"出现在互联网上。

这，有失公正。我，有话要说！

这一代人，暮年喜欢用七彩云霞般的丝巾和五颜六色的衣服装扮自己，那是因为多年前只有带着层层补丁的黄、蓝、灰衣服陪伴着他们的青春年华；这一代人，常常用自负的表象掩饰着内心的无奈与无助，是因为该上大学的年龄，却要从城市到农村"接受贫下中农的再教育"；这一代人，到了应该结婚生子时，又要面对"高考、接班、病退、困退、深造、下岗"一次又一次的从头再来；这一代人，用他们的青春为穷乡僻壤带去了现代文明，而自己却要坚强地面对理想的碎片散落在信仰的废墟之上；这一代人，尽管失去了大好年华，但是绝地而起的意志与绝处逢生的信念，使他们一次次的重生！

至此，五个鲜活的主人公带着他们命运中的人与事，走进我的作品中。

说来也巧，我刚刚完成小说的第一章，就收到一封电子邮件：四十年没有见过面的兵团战友，在网络上以大海捞针的精神找到了我，并告诉我原师部演出队的成员要在北京举办纪念知青五十周年的聚会……

天助我也！于是我放下所有的工作，专程回国参加这次活动。

聚会不到四十八个小时，但是不分昼夜的畅谈和无所顾忌的才艺表演，以及苍老容颜里对青春的不言放弃，使我更加坚信知青是一个特殊的群体,无论现实多么残酷,他们都保留着理想,即使被现实一次一次地击败!

为了获得更多的第一手资料,我重返北大荒。于是,再回美国时,预计二十万字的书,完成时已是三十多万字。

这本书不是个人传记,不是纪实文学,因为只有作为小说,它才能浓缩出那一代人在当今社会中的尴尬境地和不屈的精神。也是基于这一点,我抛弃了传统创作中以一位主人公串起一系列的人与事的创作手法,设置了五位主人公,带出与他们命运相连的人与事,以最大的信息量展现出这一代人的经历和其后代的世界观。

故事从 2018 新年前夜开始 ——

微信使五位四十多年没见过面的兵团战友重逢在美国。1976 年他们当中最大的十七岁,最小的十五岁,从省城下乡到兵团,庆幸自己被选进师部演出队而不用在北大荒开荒种地。然而不久"文革"结束,知青返城,于是五个人因不同机缘通过上学、病退、困退、扎根农村等不同方式,从此改写了原本可能是同样命运的人生。再见时,大家已经年近六十,有的人是居留美国几十年的生物科学家或中文教授;有的人是去美国探亲,服侍女儿坐月子的农村妇女;有的人是为了一纸绿卡而结婚、离婚的"整容美女";有的人是祸兮福所倚、福兮祸所伏的下岗女工。

五个人因时代的变迁与个人的遭遇,从重逢初始的"熟悉却陌生着",到一年里发生的所有事件把大家的命运再度联系在一起的"因陌生而熟悉",他们重新找回年轻时代的友情与同舟共济的信念。并且在短暂重逢的日子里,勇敢地走上了美国的舞台,用自己的暮年演绎出青春年少时的梦想!

故事发生在美国,书中人物众多,涉及了美国多族裔的社会形态、多重文化的矛盾与包容、移民政策和政治"正确"的矫枉过正,反映出新移民的生存现状与苦乐人生!

为了表现出信息时代快节奏的生活方式,以及网络社交带给人们的便利与挑战,凸显出过去的"以土为本"与当代"地球村"的社会结构,全书八章三十二节均以网络语言命题。也许这种表现形式让人有一种牵强附会的感觉,但是这恰恰表现出自媒体时代的特点,凸显出书中人物在这个时代的"尴尬"位置。

　　历时一整年的写作,我很高兴今天可以为这本书写前言。

　　在美国进行华文创作已经伴随我的移民生活将近三十年。我始终坚信:"原乡文化"与"他乡文化"的冲突与融合,是新移民永恒的话题;"主流意识"与"边缘意识"的认知构建,是移民文学的特质。我不知道这本书出版后的反响如何,但是我知道这是一本不被任何人和事所左右的现实主义作品,它填补了我一直为之遗憾的"空白"。

2019 年 8 月 10 日

于美国加州艳阳下一气呵成

第 一 章　亲

一个汉字"亲",就把沾亲带故的人都笼到了微信圈儿;两个英文字母"VS",就明确了网络时代的字义——对比、对抗或较量!

伊丽莎白 VS 李沙

1

伊丽莎白是李沙刚到美国时给自己起的英文名字。理由很简单——两个名字里都有一个"sha"字,尽管她的中文名中"沙"没有"草"字头,但是父亲给她这个名字的时候,是带着"草"字头的。"文革"时,为了避免与俄罗斯的"喀秋莎""莉莎"等名字接近,父亲就把草字头的"莎"换成了大沙漠的"沙"。

换名字的时候李沙上小学一年级,已经从父亲那里学会写"莎"字。可是开学的第二天,父亲让她把"莎"字的"草"字头去掉,她问父亲:"去掉了还是我的名字吗?"父亲说:"是一样的。"她很快就发现父亲说得有道理,去掉三个笔画,写起来容易,叫起来一样!

这种心安理得持续了很多年,直到她在大学时阅读了戏剧文学大师莎士比亚的剧本和欧洲众多的名著时,才觉得草字头的"莎"彰显着欧洲文化的高雅和独特,故事中的王孙贵族有许多人都叫"伊丽莎白"。

她已记不得自己向丈夫汉斯流露过这种想法,还是汉斯也喜欢"莎"字,总之,从汉斯把刻着"伊丽莎白"四个汉字的订婚戒指戴在她无名指上的那一天起,便改变了她的人生轨迹——从"李沙"改为"伊丽莎白·李",到了美国又冠以夫姓——伊丽莎白·李·施耐德。在先生的社交圈里她是施耐德太太;在自己的职场上是施耐德教授;与朋友聚会是伊丽莎白;只有在她回国的时候,家人才叫她"李沙"。

有时她也会问自己:"怎么就糊里糊涂地丢掉了自己的中文名字?"可是在美国居住了二十多年后,她对名字的敏感性越来越差,或者说是越来越不在乎。

刚结婚时汉斯叫她"Honey",她知道美国夫妻或恋人彼此称为"蜜糖",这是表示亲近的称谓,可她就是不能接受。这种甜腻腻的称呼让她想起易卜生话剧《玩偶之家》中的女主人公娜拉。那时李沙刚从农场考入师范学院中文系,学校也刚刚允许老师教授西方戏剧。经过十年"文革"洗礼的老师,在分析人物时对娜拉的命运不仅仅是同情和支持,而且还像评价"英雄人物"一般地强调道:娜拉的觉醒,表现在她把自己从称她为"蜜糖"的男人中自我救赎出来,以"娜拉出走"的决绝方式,表达出她对男权社会的反抗和批判……

李沙没有在舞台上看过这个剧目的表演,但是剧本中的对话加上老师的演绎,让她对娜拉外表柔弱美丽、内心强大勇敢的叛逆形象,在四十年前就已经在内心根深蒂固。因此汉斯叫她"Honey"时,她马上联想到娜拉的命运,觉得那是男权主义思想。

她称汉斯"Darling"(亲爱的),也希望汉斯这样称呼她。可是汉斯不但不说"Darling",而且还纠正她说"Darling"的时代已是过去式,只有七老八十的人偶尔会用一下。

对于美国文化,李沙还是尊重汉斯的意见,毕竟他是美国第三代移民,也算是土生土长的美国人了。于是,李沙就成为汉斯的"蜜糖"。

无独有偶。她这次回中国,发现人们把汉语中"亲爱的"这三个字也简化了。大家见面打招呼或发微信都只用一个"亲"字,把原本不能独立使用的基础字在网络上"号召"了一下,千呼百应地就成了潮流。她原本是抗拒的,觉得这是乱了语法和章法,是年轻人的异想天开,可是没过几天,她就接受了"亲,欢迎光临""亲,下次再见"这样的宣传广告。回到美国后,她在手机上下载了微信的同时,也羞答答地在微信朋友圈中用了这个字:"亲,我是李沙。"说也奇怪,鼓足了勇气使用了这个"亲"字,她突然觉得自己充满了朝气,仿佛瞬间年轻了二三十岁。

年近六旬的她,三十几岁才接触电脑和手机,对电子产品的功能有着一种难以克服的畏惧感。当年轻人在电脑键盘上十指如飞的时候，她才学会用十个手指打字；当她的学生用两个大拇指在触屏键盘上打出十指功能的时候，她才开始学会用一根食指点击触屏的键盘。她的苹果手机从 iPhone6 plus 升级到 iPhone X，可是不管手机功能如何更新，她只使用接听电话、拍照录像、检查 E-mail 这三个最基本的功能。虽然这次从中国回来，手机添加了微信功能，但是她除了用微信打不用付费的国际长途之外，其他的功能碰都不碰，生怕点错了按钮，连免费电话都用不成了。住在中国的弟弟笑她是"美国老土"，帮她加了几个朋友的微信，并在今天一早发来了一张新年贺卡。她按照弟弟的指点，将贺卡转发给微信中仅有的五位好友，转眼间居然也收到了对方的贺卡，有一份还是载歌载舞的卡通视频！

李沙高兴得手舞足蹈，好像微信是她发明的，是上苍送给她的新年礼物。她试着将卡通视频转发给微信好友，弟弟告诉她不用一个人一个人地发，点一下"朋友圈"，说一句："亲，新年好！"所有的好友就都能收到！

她有样学样地照搬完成。临近傍晚，真的就有好几位"亲"请她"接受"为好友。啊，"天马行空"是当地华人社区非常活跃的律师 Henry 黄；"行云流水"是华人文教基金会的会长柳岩；那么，这个"长空燕叫"真的是原来兵团演出队的郭燕吗？

李沙不喜欢这种"犹抱琵琶半遮面"的微信名，因为她要花时间从微信照片上确认是否认识这个人，要从记忆中去搜寻这些人与自己的关系，然后才决定是否"接受"。她觉得真名实姓最好，"李沙"就是李沙！

2

"Honey, We will leave in half hour.（蜜糖，我们半小时后离家。）"李沙的先生汉斯推开书房门说道。

"去哪儿？"沉浸在四十多年前往事中的李沙，一时没缓过神来，用汉语反问道。

"It is New Year'S Eve. We have a party at seven.（新年前夜，我们的聚会七点开始。）"汉斯没等李沙答复，已经关门离去。

李沙知道，尽管汉斯叫她"蜜糖"，但是她在汉斯苍白的语气中听出了不满。是呀,汉斯最近跟她说话总是用英语,不太对劲啊!

从美国法学院毕业后就到中国 G 大学任教兼学习汉语的汉斯,三年后不仅从中国带回美国一个汉语言学博士的太太,而且太太李沙一到美国就给他生了一个儿子。

酷爱中文的汉斯,坚持让混血儿子从小就把汉语当成母语学习,并要求自己和李沙在家说汉语。只有在不开心或者遇到原则性问题时,他才跟李沙和儿子说英语。李沙与先生恰恰相反,心情好的时候喜欢说英语,发脾气的时候一定是只说汉语!

是呀,自从说了一口流利的汉语和英语的儿子上大学离开了家,我和汉斯的语言交流就出现了错位——我有心情说英语的时候,汉斯说汉语;我说汉语的时候,他却说英语。哪儿出问题了?李沙心里嘀咕着,瞥了一眼手机,已是晚上 6 点 15 分了。

糟了,整个下午自己都在摆弄微信,完全忘记了今天晚上的活动和太平洋两岸的十五个小时时差。此刻虽是中国 2018 年的第一天,却是美国 2017 年的最后一天,先生朋友家举办的辞旧迎新晚宴 7 点开始!

李沙顾不上所有的心事,三步并作两步地跑到二楼,以最快的速度在卧室的洗漱间梳洗打扮起来。

穿什么服装呢?她走进衣帽间,面对琳琅满目的衣服,却为今晚穿什么举棋不定。

李沙通常都不会为宴会穿什么而发愁,因为加州人平时穿戴随便,所以李沙的许多衣服只能在宴会上崭露头角。多年的经验告诉她,只要含中国元素,如各色旗袍或各种大红色服装,保准在宴会上得到好评——亚洲人紧致的肌肤和均匀纤细的身材,就足以让进入中老年的白人男女羡慕不已!

可是今天……李沙的目光流连在衣架上,大脑却交错闪烁着绰号“小燕子”的郭燕少女时那瘦弱的身躯和“长空燕叫”硕大的体态!

照片上膀大腰圆的妇女是当年瘦弱的小燕子?她也住在美国?分手有四十多年了吧?什么样的经历可以使一个纤弱的女孩儿变得如此粗糙?

李沙的思维再次游离于现实。

那年李沙十七岁,郭燕十五岁,俩人第一次见面是在火车站的站台上。那天应该是省城最后一批中学毕业生"上山下乡",因为几个月后,这场历时十年的"知识青年到农村去,接受贫下中农再教育"的运动,就因"文革"结束而终结。那时,她们不知道后面将要发生的事情,她和她带着兴奋的心情,庆幸自己终于要坐上东去的列车,而非北开的火车。也就是说,东南去的火车是"北大荒"已经建设好的"米粮仓",东北去的火车是"北大荒"尚未开垦的"荒草甸"。

当时"知青上山下乡"的政策已经执行了九年,从"文革"第一批知青满怀理想自愿奔赴北大荒,到后来几乎每家有一个孩子以上的家庭,都要送子女"上山下乡"。如果单位执行得不好,领导会受到上级处分;如果家长拒不执行,不排除开除公职。

李沙记得,自己的父母从她十五岁起,就开始经常在夜晚唉声叹气地讨论她的前途。由于她有一个弟弟,所以"上山下乡"就成了她的"必由之路"。眼瞅着李沙就要中学毕业,父母听说七六届的中学毕业生要"全窝端"到三江平原开垦荒地,他们更是忧心如焚。她至今都记得自己在父母的长吁短叹中,迎来了十七岁的生日。

生日刚过,一向反对她唱歌跳舞的父亲,毫无预兆地把她带到了一个艺术考场,她稀里糊涂地唱了一段革命样板戏,表演了一段诗朗诵,一个星期后就收到了录取通知。

"李沙被文工团录取了!"街坊邻里在一夜间就家喻户晓。

"不是部队文工团,是兵团演出队!"李沙妈妈喜忧参半地见人就解释。

那时部队文工团到各大城市招生,被选中的中学生成为全校和家族的荣耀。尽管李沙去的是农垦建设兵团的演出队,但是在成千上万的人都要奔赴偏远农村的年代,能够以唱歌跳舞替代农耕,那是许多家有子女要"上山下乡"的父母梦寐以求的事情。当然,当时的李沙还不了解两者间的区别,她只是如释重负般地暗自高兴,从此不用再听父母的絮叨和为她的前途在深夜里唉声叹气了!

李沙不知道郭燕是怎样得到登上东去火车的机缘的,但是她知道,能够与她同行的人都是凤毛麟角。

"李沙。"

"到!"

"薛大鹏。"

"到!"

"向红。"

"到!"

"向阳。"

"到!"

负责此次招生的演出队队长高唱,用富有磁性的男高音,穿透火车站台的喧嚣,一一点名。

"郭燕。"高队长叫道。

"我在这儿。"一个坐在行李上,试图把抱在手中的脸盆等杂物放到地上的女孩儿,慌不迭地差点儿把手中的乐器盒子摔落到地上。

"我们是兵团战士,今后要像军人一样说'到',听见了没有?"高队长对站在自己面前的四女一男,威风凛凛地说道。

"到。"一声稚嫩的近乎童声的声音,在高队长话音刚落时响起。

这不合时宜的动静将李沙和其他三个人的目光转向了这名叫作郭燕的女孩儿。李沙注意到这位瘦高挑的女孩儿五官也算端正,但是站在队伍中就是哪儿不对劲儿,怎么看都不像个知青——论个头儿,她跟李沙差不多高,可是五官和四肢好像还没长开似的,套在黄军装里瑟瑟发抖;挂在右肩膀上的乐器盒子,将宽大的上衣勒得皱皱巴巴,前襟像是绑在木桩上的一面旗帜,松松垮垮地随风摆动。李沙很奇怪,演出队到省城招生,据说是百里挑一,怎么会选上这么一个其貌不扬的女孩儿? 当然,她也看到了郭燕身上背着的乐器箱,觉得作为乐手,不漂亮也是情有可原的。

"今天有八百多名知青去北大荒,跟我们坐一列火车。火车上人多,你们五个把行李放在这儿,人先上车,找到位置我把行李从窗户递上去。"高队长在人声鼎沸的站台上高声地说道。

"嘀——"李沙听到屋外传来了汽车喇叭声,她意识到自己在衣帽间停留的时间太长,先生已经等得不耐烦了。她匆匆地从衣架上抓起了一件红色晚礼服和一双高跟鞋,一边穿一边冲出了家门。果真,汉斯已经把车开到了车库外等她了。

他又干这种事!

跑到车前的李沙,见汽车发动机在嗡嗡作响,汉斯在驾驶座上手握方向盘不动声色,她顿时恼羞成怒。跟他说过多少次,女人化妆打扮常常忘记时间,为了避免迟到,他应该适时地催促一下,而不是把车发动起来以示抗议。

"德国佬!"李沙气愤地坐到副驾驶的座位上,一吐为快地吐出了三个中国字。

"I am an American.(我是美国人。)"手握方向盘的汉斯,目不斜视地回了一句。

不解风情!李沙在心里嘀咕了一句。

德国人严谨的生活作风和责任心原本都是李沙心目中择偶时的优点,但是汉斯在生活中事事认真、少言寡语的性格,却让性情爽快、喜欢浪漫情调的李沙,在心有不悦的时候,总是忍不住地甩出"德国佬"这三个字。

她原本只是要表达汉斯不善言辞的木讷性格,结果汉斯认定这是对他人格的侮辱,强调自己是第三代德裔美国人,从他祖父开始就以美国人自居了。

李沙后来才知道,"二战"的失败不仅使战后的德国受到惨重的经济和军事损失,而且在精神上挫败了德国人的高傲。汉斯祖父母移居美国后,已经不用德国文化教育儿女,到了汉斯这一代,他的父母与孩子对话都是用英语。尽管他家三代人都是纯正的德国血统,但是现在家中没人会说德语,特别是看到好莱坞制作的有关第二次世界大战德军迫害犹太人的电影,他们以自己的民族为耻,即使是别人对德国人的优良品德津津乐道的时候,汉斯也会强调,他是地地道道的美国人。

李沙知道汉斯介意这三个字之后,好像是恶作剧般地,不管是嬉笑怒骂,总是在不经意中脱口而出"德国佬"!

不过,此刻她有些后悔:明明是自己摆弄微信耽误了时间,知道他恼火还去惹他。现在可好了,这二十分钟的车程就得在沉默中度过了。

果真,汉斯没再说话,车里一片死寂。

街道上也很静,夜色中看不到太多的车辆。李沙凭借自己在美国度过二十多个新年的经验,深知此刻大多数的美国人都聚在某处聊天、喝酒,等待着新年到来。特别是住在加州的人,因为时差,他们在电视中看完纽约时代广场落卜的水晶球之后,还要再等候三个小时才能为新年欢声雷动。

李沙再也忍不住车里的寂静,打开车里的音响,让欢快的乐曲充满了车内。

汉斯虽然没有说话,但是他的坐姿明显表明,他紧绷的身体开始放松。李沙也没有说话,但是她的思绪却再度翱翔——

时差?时差到底是什么?它仅仅是美国东海岸和西海岸相差的三个小时?仅仅是加州与中国相差的十五个小时?那么,今天与四十多年前的时差又是多少个小时?用小时计算生命,人生是多么漫长啊!

夜色引导着李沙的思绪,再度回到四十二年前。

5

"上车。等我。"高队长把李沙等人推上火车之后,又跑到敞开的车窗口,将他们的东西一件一件地递进了车厢。

听着高队长富有磁性的声音透着军人的威严,看着高队长挺拔颀长的身躯展现出军人的威武,李沙在想,如果他身上的黄军装配上领章帽徽,那该是多么英武的军人啊!

"妈,我在这儿呢!"在混乱的车厢里刚刚找到自己座位的郭燕,对着身旁紧闭着的车窗又蹦又跳,把车窗玻璃拍得啪啪山响。

"你妈在哪儿呢?"坐在郭燕身旁的李沙看到拥挤的站台上到处都是挥臂送行的男女老少,每个人都在嘶声高喊着向远去的亲人道别。有的人因为找不到自己要送的人,就顺着车厢一节一节地挥动着手臂。

"在那儿! 妈——妈——"郭燕再度哭叫起来,不顾一切地踩着堵在狭窄过道上的行李、脸盆、箱子等杂物,推开你出我进乱成一团的人墙,拼着性命般地朝车厢门口挤去。

"小燕子,你回来!"高队长把最后一件行李从一个敞开的窗口递进车厢之后,自己也从窗口钻了进来,并冲进人流,把郭燕拽回到座位。

"我看见我妈了!"郭燕哭喊着在高队长的臂膀里挣扎。

高队长把郭燕按到座位上坐下,打开了李沙和郭燕怎么也打不开的车窗,对着站台上的人群喊道:"郭主任,小燕子在这儿呢!"

"妈——"郭燕几乎把上半个身子都探出窗外,再度大呼小叫起来。

人群中挤过来一位美艳动人的妇女,尽管她和许多人一样穿着洗得发白的黄上衣,但是翻在黄上衣领口上面的红衬衫领子,使她看起来英姿飒爽。

李沙觉得郭燕的妈妈很面熟,就是想不起来在哪儿见过。

"小燕子,到了兵团要听高队长的话。要记住,广阔天地大有作为!"郭燕的母亲像所有送行的家人一样,握住郭燕的手久久不肯放开。但是,她不舍的目光与铿锵有力的语言,似乎很不和谐,就像她天生丽质的容貌与齐耳短发的"柯湘头"一样别扭。

郭燕妈妈的突然出现,触痛了李沙等人的神经。李沙原本很高兴终于成行,对放下行李就离开火车站赶去上班的父母并无留恋之意,可是看到郭燕的妈妈在最后时刻赶来送行,她的眼睛湿润了。双胞胎姐妹向阳和向红也把眼睑垂下,俩人的手紧紧地攥在一起,眼泪啪嗒啪嗒地直往下掉。五人中唯一一名男生薛大鹏没哭,不过他见到郭燕母亲的那一刻,把头低下了,没人能够看到他的真实表情。

汽笛长鸣,火车开始慢慢启动。原本噪声一片的车厢突然沉寂下来。刚刚撒开母亲双手的郭燕,愣了几秒钟之后,变本加厉地对着车窗外哭喊道"妈——"。

"哭什么哭!"高队长厉声呵斥道。

6

"新年快乐!"开车的汉斯出其不意地说了一句,李沙这才注意到汉斯已经将车停在了一栋别墅的大门前。汉斯的神情也从阴郁变得欢快起来。

对于李沙来说，张灯结彩的豪华别墅，就是一次又一次 Party（聚会）的重叠。来美国快三十年了，类似的 Party 她参加过无数次，每次都像走进一个电脑程序中：宾主寒暄拥抱，多年过去她还是记不住相互交杯换盏人的姓名。在清一色的白人中间，因为她是唯一的亚洲人，即使她加入美国国籍的时间比认识这些人的时间都长，她还是要扮演着中国使者的身份，满足着其他人对中国文化和语言的好奇心。而她，在欢声笑语中也感受不到心灵的悸动和兴奋。

车门开了，汉斯很绅士地打开车门请她下车。李沙很享受这个过程，因为她一直不能忘记，当年自己差一点就成为今天年轻人说的"剩女"，就是因为几任男友在公共汽车开门的时候，忘记了世界上还有"女士优先"这一说，抢先跳上车之后，才开始用目光搜寻女友……

月光下，李沙望着汉斯棱角分明的脸被装饰在树上和屋檐下的彩灯照得五彩缤纷，她瞬间想起自己与汉斯在中国校园里的不期而遇。那时，她是学生兼老师，而他是老师兼学生——她在读汉语言学博士，他在美国读完了法学博士之后，又到中国攻读汉语言学学士；上课时她是学长，下课后他是美国专家；两人都过了而立之年，汉斯在新年这天向她求婚；原本师生们在五彩缤纷的小礼堂庆祝新年，竟意外地见证了"老外"跪地求婚的场面。

"Happy New Year.（新年快乐。）"美好的回忆使李沙身心释然。她走下汽车，小鸟依人地任凭汉斯的大手牵引着自己朝别墅大门走去。

7

不出李沙的意料，当她和汉斯走进别墅，拥抱过男女主人之后，便是拥抱客人，拥抱完屋里的人，又到院子里去拥抱其他人。

李沙一直不明白美国人为什么愿意在院子里聊天。不论主人家的房子多大，外面多冷，他们都情愿站在院子里喝酒，也不愿意坐到客厅里的沙发上。

也许这就是南加州四季如夏天般温暖的优势吧？得天独厚！

李沙看得出，主人为这次新年晚宴花费了不少心思和金钱：两位身穿白大褂的厨师现场做菜,一位妖艳的美女在吧台后为客人兑酒,三位身穿黑色西装的帅哥穿梭在人群中为客人端菜拿酒,院子里还安放了几个像雨伞一般散发着热气的煤气炉,暖气笼罩的范围内,安放了足够的桌椅板凳和沙发,供后院的客人们喝酒聊天。

其实,很多时候李沙还是很享受美国这种中上阶层的生活方式,甚至每次身处这种环境,都会被一种在瞬间产生的幸福感所触动,觉得很不真实,恍如梦中。但是这种稍纵即逝的幸福感,又常常在活动之后让她感到索然无味——没有深入的话题,没有至交的朋友。遗憾中,李沙想起一个人,Mr. Mike Cohen。科恩先生是美国犹太人,然而却喜欢在社交场合说汉语。由于熟识,李沙对他总是直呼其名:迈克!

迈克是个极其聪明的人。他经营的贸易公司专门为美国便宜连锁店在中国订购平价物品。尽管他卖的每件东西都不贵,但是上百家连锁店的需求,使他的生意非常稳定。由于他常常去中国洽谈商务,学了一些汉语,每次见到李沙都像见到老朋友一般地大谈中国文化,偶尔还使用一些汉语词句,让周围的"老美"对他的言论或者惊叹不已,赞他见多识广,或者转身走人,觉得他太善于表现。

起初李沙很愿意和迈克说话,至少他让她觉得汉语在英语的社交圈有了一席之地。可是不久她就发现与迈克聊天常常不知所云。迈克说的汉语她最多能猜懂一半,另一半都在哼哈之间搪塞过去。不过这并不影响迈克的聊天兴致,只要李沙点头认同,或者微笑着聆听,他就会手舞足蹈地说到头顶冒汗,不停地掏出手绢擦拭着头发中间一块光秃秃的头皮。久而久之,李沙发现迈克是个酒鬼,一喝就醉,一醉就说,说完倒地就睡。有一次她家请客,第二天清晨起床,发现迈克竟然躺在客厅的沙发上,四仰八叉地呼呼大睡。从那时起,李沙就失去了与迈克聊天的雅兴。

是呀,今天怎么没见到迈克呢?李沙环视了一下人群,真的不在。

叮咚,手机上的微信提示声响了一下。李沙克制着没有查看,但是手机上的叮咚声却不断。尽管李沙将声音放到震动功能上,站在身边的汉斯听不到,可是她手袋里的手机一会儿就振动一下,让她不时走神。她终于忍耐不住,趁着先生喝酒聊天之际,溜进了房间,躲到客厅的沙发上查看起微信。

手机屏幕上都是"长空燕叫"的留言:亲,新年好! 你在干啥呢? 我们视频咋样？我加你到"祭青春群"了，都是当年在北大荒的知青。你收到了吗？你咋不回我话呢？

李沙赶紧打了几个字：郭燕，真高兴你还记得我！想不到你跟演出队的人还有联络！你来美国多久了？住在哪个州？我在参加 Party，不能视频。

两个感叹号和两个问号发出去后，李沙决定坐在房间里等候郭燕的回话。

与院子里的热烈气氛相比，客厅内显得格外安静：寥寥无几的客人围坐在小小的吧台亲热地聊着，声音不大，却给人一种针插不进的距离感。李沙乐得宽大的沙发上只有她一个人，就把沙发对面的电视机音量提高了一些。

此刻，巨大的电视屏幕上大雪纷飞，欢声雷动——在纽约时代广场，一个巨大的水晶球正从一个高高的建筑上缓缓下移。Ten, Nine, Eight（十，九，八）……站在风雪地里几个小时的男女老少，这时都把自己快冻僵的手从衣袋里伸了出来，缩在围巾、帽子和羽绒服里的头颅都挺拔在夜色中。Seven, Six（七，六）……几十万个声音在雪花飘舞的霓虹灯里震耳欲聋，一丝不苟。Five, Four（五，四）……寒风中仰视的脸不论是白是黑是黄，眼珠也不论是黑是绿是蓝，都在寒风中抖落出对岁月的敬畏。Three, Two, One（三，二，一），水晶球在万众一心的顶礼膜拜中落到了底部。

李沙看了看手机上的时间，正好是加州时间晚上 9 点整，也就是美国东部时间凌晨 12 点钟。屏幕里的人都在按照西方文化的习俗拥抱着身边的人，而李沙看到吧台旁的客人对此无动于衷，仍在兴致盎然地聊着"大天"。她知道，这里的所有宾客，都约定俗成地等待着加州的 12 点！

长空燕叫 VS 郭燕

1

"长空燕叫"是郭燕给自己起的微信名。女儿说"长空燕叫"应该是大雁的"雁",可是郭燕不管,她认为只有"长空燕叫"才能够代表她。

"亲,我现在在纽约,住在闺女家。我闺女说你们加州跟纽约的时间不一样,我们这旮沓已经是夜里 12 点了。"在昏暗的灯光下,郭燕用关节粗大的食指在手机屏幕上滑动着。

"哇——"不远处的婴儿床上传出婴儿的哭声。

"你说说这不是造孽吗?你妈还在月子里就跟你爸出去了,这不是找死嘛!数九寒天的,跑去看什么新年花灯……别哭了,哭也没用。"郭燕用一双粗糙的大手伴随着粗门大嗓的絮叨,抱起了不到三尺长的婴儿,"乖乖睡觉喽,乖乖睡觉喽。"

婴儿在单调的催眠曲和夜色中再次入睡。郭燕的双臂仿佛是一个坚固的摇篮,将婴儿搂在她那宽阔的胸前。

这时,处于静音的手机在摇椅上微微地震颤起来,荧光屏上闪现着五彩缤纷的光亮。郭燕腾出一只手在屏幕上一划,手机上出现了一行字:郭燕,没想到你住在纽约!今晚看到纽约时代广场上的水晶球了吗?新年快乐!"这边已经后半夜了,我的小外孙子在睡觉,咱们明天唠。你也早点儿睡吧,啊!"郭燕小声地用微信语音留了言。

重新坐到摇椅上的郭燕,疼爱地摸了摸亚洲人和非洲人混血的外孙儿,对着熟睡中的婴儿喃喃自语:"这老话说得好,笑话人不如人。你姥姥过去总说向红和向阳是'二毛子',这下可好,你现在也是个'二毛子'啦!"

手机屏幕又亮了一下,郭燕忍不住还是打开来看了一下——是李沙发来的一个开心拥抱的"表情包"。郭燕的手指一动,回发了一个两只米老鼠相互拥抱的图片。

婴儿不舒服地动了一下,郭燕赶紧调整自己的坐姿,把婴儿又端正地捧在胸前。

婴儿终于睡熟,郭燕点击了微信留言:李沙姐,我刚才忘说了,我已经把你加到"祭青春群"里了。群名是我起的。今年不是"上山下乡"五十周年吗,我建了个群,寻思着把大家都聚在一起,老了也彼此有个照应。

留言发出去了,半晌没看见李沙的回复,她看了一下手机,已是午夜12点3刻。她起身试着将婴儿放到床上,可是刚一落枕,婴儿就大哭起来。

"宝宝不哭,宝宝不哭……"郭燕赶紧把婴儿抱起来晃悠着,婴儿才再度睡着。

2

"哭什么哭!"火车上,队长高唱在众人面前对郭燕大声呵斥着。

那时,郭燕还不知道自己的命运从此就要彻底地改变轨迹。她当时的感受是:从小到大只见过妈妈呵斥别人,还从来没有人敢在她的面前发威……哼,你算老几!

"哇——"郭燕的哭声压倒了整个车厢的噪音。

她还记得那一瞬间车厢里突然寂静无声,只有她的哭声单调地在空气中回荡。正当她在想以什么方式停下来的时候,她看到身边的李沙和双胞胎向红和向阳,都跟着放声大哭起来。紧接着,整个车厢被调动起来了——那些同乘一列火车下连队种地的人嗓门更大,开始只有女生哭泣,后来掺杂了男生的大嗓门,车厢里的哭声此起彼落。

此刻,郭燕反而不哭了。她发现坐在对面的薛大鹏没有哭,并且嘴角挂着一缕笑,那时她不知道这叫讥笑,只觉得他对她的哭闹不屑一顾。

"同志们，我们伟大的领袖毛主席说：广阔天地大有作为。今天，我代表团领导欢迎你们！"一位三十多岁的军人不知什么时候出现在车厢门口，他边说边来到郭燕的面前，随意指了一下眼泪鼻涕还挂在脸上的郭燕说道，"大家听说过兴凯湖的大白鱼吗？一条就有十几斤，最大的有几十斤重，可能比这个小姑娘还重吧？"

军人的出现顿时让车厢里蓬荜生辉——那套黄军装上的红色领章和帽徽，吸引了许多泪眼婆娑的目光，包括郭燕那天真无邪的目光。

哈……车厢里的抽泣声已经转为哄堂大笑。郭燕不好意思地将手中搂着的二胡盒子往怀里拽了一下，挡住了脸颊。指缝间，她发现薛大鹏既没哭，也没笑，眼睛转向窗外，只是把怀里的手风琴搂得更紧。

"高队长，你们师部演出队这次不是从省城招来了五个人吗？闲着也是闲着，表演几个节目，给大家鼓鼓士气！"军人拍了一下高队长背部，说完就朝另一节车厢走去。

"同学们，在我们车厢里有五位吹拉弹唱样样都行的师部演出队的成员，你们想不想看他们的表演啊？"高队长用充满磁性的男高音大声地宣布。

"想看！"车厢里欢声雷动。

"郭燕，拉个曲子！大鹏，选首歌。向红、向阳跳个舞蹈，原地跳的。李沙来一段样板戏或诗朗诵！"

郭燕记得，自己那天拉的曲子是样板戏《红灯记》里的一段唱腔《做人要做这样的人》，李沙表演的李铁梅有模有样，使她觉得李沙就是李铁梅——独立、坚强、英勇不屈！从那天起，她就管李沙叫"姐"了。

偏巧，到了师部演出队，她和李沙分到上下铺。

师部坐落在一个群山环绕的小镇上，镇上的大多数建筑是中苏友好时代由苏联专家建造的。不过，与省城的俄式建筑不一样，小镇上的建筑没有俄式风格的洋葱头屋顶，没有拜占庭式的雕梁画栋，全镇只有一条南北走向的水泥大道，道两旁耸立的是四四方方、间隔有距、每栋都不超过四层的红砖楼房。只有水泥大道的中间，有一座屋顶是半圆形的欧式建筑，是苏联专家 20 世纪 50 年代修建的"大剧院",70 年代成为兵团师部的俱乐部。由于年久失修,这座建筑主体的鹅黄色外墙已经开始裸露出斑驳的红砖。

俱乐部外围的水泥路面被卡车和马车压得沟壑满目,但是宽阔的水泥路中间矗立着一座巨大的毛泽东雕像,由此成为小镇的地标。当然,这与俱乐部周围都是师直机关有关,掌管着五十多个团级单位的师部,每天接待来来往往的车辆和人员,都以雕塑为目的地,连地址都不需要。

"演出队就住在俱乐部里面,吃饭去隔壁师部食堂。"队长高唱将郭燕一行五人带进俱乐部里面。

郭燕从小就跟着母亲在京剧院的后台玩耍,她对舞台并不陌生,只是好奇俱乐部里还能住人。

"演出队的人都到基层连队巡回演出去了,三天后回来。"高队长对着五位坐了十八个小时火车,又坐了一个多小时汽车,才来到俱乐部的年轻人说道,"这间是女生宿舍,这间是男生宿舍,这间是练功房。排练时去舞台。"

由于男女宿舍是用胶合板在舞台后面隔出的两间大房子,所以房间里没有朝外开的窗户,只有为了通风设在内部的窗口。不过对于郭燕一行人来说,"上山下乡"还能住在楼房里,这比他们想象的要好多了。

"郭燕和李沙分一个上下铺,向红跟向阳分一个上下铺。大鹏睡在我的下铺。大家把行李放好后,跟我到师部食堂去吃饭。"高队长像军人一般对着有些拘谨的五个年轻人发号施令。

高队长刚刚离开女生宿舍,郭燕就抢先一步跳到上铺,从床头滚到床尾,压得木床吱吱作响。

郭燕见李沙白了她一眼,赶紧说:"姐,我妈说我属燕子的,从小就喜欢爬高上低。上铺归我吧?"

李沙笑她傻,就把上铺给了她。

4

"妈,你还没睡呀?"一个女人的声音打断了郭燕的思绪。

郭燕寻声望去,发现女儿立志已经推门进来。

"妈,你怎么又抱着宝宝睡觉?这样会给他养成坏毛病的。"女儿从郭燕的怀里接过婴儿。

"你不就是这样被我抱大的!"原本有些不安的郭燕见黑人女婿站在门口,就不甘示弱地说了一句。

"哇——"婴儿又哭了起来。

"妈,你看你,都吓着宝宝啦。"女儿赶紧哄着婴儿。

"噢,宝宝不怕,宝宝不怕。"郭燕赶紧抚摸着婴儿的头小声地叨咕着。

站在房门外的女婿 Jim 急忙走进房间,顺手打开了吸顶灯。

灯光下,郭燕与当年跟李沙坐同一辆火车去北大荒时判若两人:原本细长的身材因结实的肌肉显得敦实而高大;当年不算漂亮却还秀气的脸,因长年累月的风吹日晒,过早地抹去了五十多岁女人还会残留下来的一些风韵;额头和眼角上的皱纹,毫不留情地被她不修边幅的短发凸显出来。相比之下,尽管女儿立志刚生完孩子,身体有些虚胖,但是理工女的单纯和木讷,使她不算漂亮的脸庞多出了几分清秀,与母亲形成了鲜明的对比。

郭燕白了一眼皮肤黝黑的女婿,上前就把 Jim 打开的灯关掉。

房间再度笼罩在夜灯散发出的微弱光线中。

郭燕看到 Jim 不开心地对她说了一句什么,但是她听不懂。

"他是说我吧?"郭燕见女儿向 Jim 使了个眼色让他出去,便忍不住地质问女儿。

Jim 若无其事地吻了立志母子俩,转身走出房间。

"妈,你能不能对 Jim 的态度好些? 你说他哪儿做得不好,我告诉他,但是你不能每天都给他脸色看啊。"立志不满地说道。

"你让我说? 好,那我就数落数落。就说今天吧,这数九寒天的,他把你拽出去看什么水晶灯,这要是得了产后风咋整?"

"妈,我生宝宝后已经三个星期没出门了。我的美国同事生孩子当天就到外面去了。"

"别跟我美国美国的,咱们是中国人。中国人就得坐月子!"

"妈,我知道你是为我好,可是我到美国这七年,没有你不也生活得好好的?"

"好什么好! 瞧你找的丈夫! 不是我说你,你一个大博士找了个硕士不说,还没有工作!"郭燕越说越气,口不择言。

"妈,在美国失业很正常。Jim 也是因为我刚刚生了宝宝才没急着找工作……"立志为丈夫辩解着。

"我这次来,发现你最大的变化就是一口一个'美国',就连 Jim 这样游手好闲……的人,你也不管咋样都说好。这要是让你爸知道喽,他肺都能气炸了!"

这时,Jim 推开门对太太立志说:"Honey, we agreed that we don't hold the baby to go to sleep.(甜心,我们说过不要抱着宝贝睡觉。)"

"Ok.(好的。)"立志将婴儿放到了床上,没有睡实的婴儿顿时大哭了起来。

郭燕不忍心听着自己的外孙哭,要上前去抱,却被女儿立志阻止。郭燕一把推开女儿,从小床上抱起了婴儿。

"That is a bad habit.(这是很坏的习惯。)"Jim 上前想从郭燕的怀里抱过婴儿,但是郭燕拿出誓死保卫自己权利的架势,把婴儿紧紧地搂在怀中,然后对女儿说,"告诉他,我是这孩子的姥姥,我有权利抱我的外孙子!"

女儿见母亲真的动怒了,她一边把 Jim 拉出房间,一边说:"Just a little while.(就一会儿。)"

房间里又安静了下来。在昏黄的夜灯中,膀大腰圆的郭燕对着怀里娇小玲珑的婴儿,一边流泪一边哼唱着:"乖乖睡觉喽……"

5

"我要死了!我要见我妈!"

那是四十二年前的一天清晨,睡眼蒙眬的郭燕正要起身练功,拿衣服的时候看到床单上有一团血迹,她惊恐地大叫起来,颤抖着蜷缩在床铺的一头。

整个宿舍的人都被她惊醒,纷纷起身冲到她的床前。

二十四个女生住在一个房间,左一层右一层地把郭燕围在中间。在大家七嘴八舌的议论中,郭燕才明白自己这是来了例假,每月都会流一次血。

演出队的人喜欢开玩笑,有人笑她这么大了才来月经,有人笑她连女孩子每个月要"来事儿"都不懂。总之,女生宿舍的噪音惊动了胶合板另一边的男生,这让郭燕有一个星期不敢抬头跟任何人说话。

那时她只跟下铺的李沙交心,渐渐地把李沙真的就当成了姐姐。

也是从那天起,她开始后悔自己加入演出队啦。

演出队的成员大多是下乡多年的北京和上海知青,每个人不仅能唱会跳,而且中西乐器也可以随手拈来。相比之下,他们从省城来的一行五人,不论从年龄还是技艺,在这些二十多岁老知青的光环下,不免黯然失色。同时他们也发现,把他们带来的高队长并非无所不能,他对副队长红姐的刁难就只会一再退让。郭燕自恃妈妈和高队长认识,她也学着红姐的样子对高队长的话带听不听,有时还会顶上两句。

有一天李沙悄悄地告诉她,听老队员说红姐一直想当队长,所以处处找高队长的麻烦。最近演出队传出高队长这次招来的人都是"走后门"进来的,啥啥不是……所以李沙告诉郭燕还是少说为佳。

"我们可是百里挑一选出来的。我考试时高队长还不认识我妈呢!"郭燕不信。

"我也是考试进来的,可是有人说咱们五个人为啥都是文艺界子女。"李沙也有些不服地说道。

"那也是。姐,那你说咋整呢?"郭燕有些害怕了。

"少说话,多练功。别人能做到的事情,咱们也能做到!"李沙斩钉截铁地说道。

郭燕最佩服李沙有主见,让她觉得有依靠感。她开始刻苦练琴,对高队长的话也言听计从。不过在她的内心深处,她讨厌高队长让她起早跟别人一样吊嗓和压腿,白天还要照常练琴,晚上还要参加演出。她觉得高队长是在有意报复她。至于为啥报复?她也说不明白。

"高队长让咱们干啥咱们就干啥。你没看见他也和咱们一样起大早练功吗?咱们得给他争气,让那些人看看咱们也能一专多能!"李沙不止一次地对她这么说。

尽管她同意李沙的说法,但是天不亮就要起床练功,她还是对高队长的"狠劲"恨之入骨:我来演出队是拉二胡的,凭什么要起早练声和练舞?

特别是她看到五个人之中唯一一名男生的薛大鹏,压腿时将膝关节后面的毛细血管都挣破了,血液在皮肤下凝结成不规则的图案,看起来血肉模糊、惨不忍睹的情景,她对高队长的怨恨又多了一分:论唱歌,薛大鹏不比演出队的男高音差;论器乐,他拉的手风琴也不比别人差! 为啥偏要逼着他学跳舞?

"一个十七八岁的大小伙子,胳膊腿儿都长硬了,还要跟着咱们一起压腿,姓高的太狠了。"郭燕也不知道为啥,不论李沙如何劝解她,她还是把觉不够睡的怨恨和对薛大鹏的同情,全部宣泄在高队长的身上。

其实,李沙和向红、向阳的腿也被压得血肉模糊,五个人中只有郭燕的腿怎么压都不会毛细血管破裂——她不明就里,其他人也很惊讶。

这一天宿舍里没人,郭燕告诉李沙今天是自己十六岁的生日。

"艺考时要求所有的人都必须是十七岁以上,你怎么才十五岁就被招进来了?"李沙一脸狐疑地问道。

郭燕对李沙有着绝对的信任,她毫无保留地告诉李沙:"我三岁时爸爸就因公去世了,我和弟弟是在剧院的后台吃百家饭长大的。我没事的时候就摆弄堆在墙边的二胡,等妈妈当上了'样板团'革委会主任后,一名二胡琴师主动教我拉琴。我十四岁的时候,还差一点考进部队文工团了呢。"

"那你为什么没去呢?"李沙被郭燕的身世迷住了。

"主要是年龄不够,没录取。"郭燕想了一下没再多说。

其实,上次没考上部队文工团一直是郭燕心中的"耻辱",因为她妈妈觉得脸面无光,这使郭燕觉得自己很笨,没有达到妈妈的期望。那天高队长借样板团的练功房招生,考生在里面表演,她在外面拉琴,气得高队长出来训斥了她一顿。但当高队长听说这个叫"小燕子"的小女孩是郭主任的女儿,他顿时没了脾气。"小燕子"对高队长说她要参加考试,她要去文工团! 高队长向她解释兵团演出队和部队文工团是有区别的,但是"小燕子"不听,非要让妈妈跟高队长说情,让她参加演出队。

尽管"小燕子"还没有到下乡的年龄,但是应届中学生要"全窝端"到最艰苦的三江平原的消息,使郭燕的妈妈如所有母亲一样,未雨绸缪,尽量为孩子寻求更好的出路。为了符合演出队的招生条件,手中有些实权的郭主任,托人把郭燕的年龄在户口本上增加了两岁。

"你改岁数的事儿,高队长知道吗?"李沙好奇地问道。

"知道。他还说这是个好主意,我上演出队算下乡,我弟弟就可以留城了。"

郭燕知无不言地回答着。

"难怪你压腿的时候不出血呢,你比我小好几岁呢!"李沙开着玩笑。

"所以你是我姐呀!"郭燕撒娇地搂了李沙一下。

"哎,这事可不能跟别人说,这可是欺骗组织呀!"李沙像想起了什么,神情严肃地对郭燕说道。

"我知道。我妈告诉我不要跟任何人说。我只告诉你一个人!"郭燕信誓旦旦地承诺。

然而,郭燕和李沙的谈话被走进宿舍的向红听到,从此事情就像是多米诺骨牌效应,一发不可收拾。

6

"妈,姥姥跟我视频,说你不接她的电话。"女儿立志推开房门,示意郭燕到卧室外接听电话。

郭燕把婴儿放到床上,拿起自己的手机看了一眼,果真显示几次呼叫没有应答。

"找我有事吗?"走出婴儿房间,郭燕接过立志手中的手机,对着视频粗声大气地说道。

手机屏幕里出现一个上了年纪的女人,姣好的容貌看上去与郭燕的年龄相仿。

"你什么时候才能叫我一声妈呢?"屏幕上的女人苦笑了一下,"我和你高叔想带着我们夕阳红艺术团去北大荒慰问演出,你能不能跟大熊打个招呼,我们就到你们农场行不行?"

"他马上就要从场部退休了,你别给他没事找事了。"郭燕拿出多一个字都懒得说的架势,"这里都后半夜了,我睡了。"

"妈,你每次跟姥姥说话都像仇人似的,如果我对您这么说话你愿意吗?"

女儿立志从母亲的手里接过手机时,忍不住说了郭燕一句。

"你妈和我妈能一样吗?我是一把屎一把尿地把你从北大荒培养到清

华! 你姥姥呢? 把我丢到北大荒就没再管过!"郭燕两手叉腰,满脸愠怒。

"姥姥那时也是迫不得已,你就别怪她了吧。"立志撒娇般地搂着郭燕的脖子说。

"你还真信她那一套? 一把年龄还把自己整成那样,她不嫌磕碜,我还嫌丢脸呢! 夕阳红? 瞧把她嘚瑟的。"郭燕把女儿的胳膊从脖子上挪开。立志的手机又响了起来。

"是高唱爷爷。"立志看了一眼手机说道。

"不接!"郭燕说完就朝自己的房间走去。

这一夜郭燕再也没有睡着,思绪再度回到自己的第二故乡——北大荒。

7

郭燕十六岁生日那天与李沙的谈话被向红听到,尽管郭燕让向红保密,结果向红还是告诉了姐姐向阳。向阳为了讨好副队长红姐,把郭燕隐瞒年龄的事情说了出去。红姐早就想当正队长,马上给向阳出了个主意,让她直接向师部汇报。

那时负责演出队工作的现役军人余科长,是向阳想方设法接近的对象。向阳马上就按照红姐教她的方法找到余科长,在"高队长知道郭燕的年龄是假的"之外,又加上了"郭燕妈妈走后门,一定是给高队长送了礼,所以高队长才明知郭燕的年龄是假的,还是违反政策录取了她"。

到省城招生是余科长的主意,他怕影响到自己的政绩,就把高队长"一撸到底",发配到连队去了。

也许是高队长自觉理亏,竟然都没有告别,就从演出队的男生宿舍中消失了。

由于高队长在演出队很有威信,许多人都为他的离开感到难过。不过,开始时大家还想尽办法了解他被发配到哪个连队,可是后来知道他在哪个连队的时候,又失去了联络的热情——当时通电话要经过师部、团部、连部三个总机转达,到连队之后可能人正在地里干活接不了,即使接了电话也不敢说什么,因为三个话务员都可以监听到谈话内容。

为了不得罪接任队长职务的红姐,高队长下放后的境况,就像他悄悄离开演出队时的情形一样,悄无声息,再也没人在公开场合提起。

郭燕至今都记得,红姐接任了队长职务之后,就向师部提出:"由前队长高唱招来的五名队员,没有经过基层锻炼就从城市直接进到演出队,不符合毛主席提出的'知识青年到农村去'的上山下乡政策。这五个人应该像老队员一样,先去基层锻炼一段时间,经过考核再重新回到演出队。"

此时正值兵团要改制为农场,所有的现役军人都在为自己的何去何从焦虑不安——如果留下,他们可以保留现有的职务,甚至还可以升一级,但是他们要脱去军装,就地转业;如果重新回到部队,他们的级别可能会降半级,但是保留军籍,享受军人的一切待遇。

从城市入伍的余科长自然不想永远地留在北大荒,他怕从省城直接招来的五个人影响到自己的仕途,就主动向师部提出将五个没有经过"贫下中农再教育"的人,下放到基层先锻炼几个月。

尽管那时郭燕刚刚十六岁,但是经过这些风波之后,她已不再单纯。她给妈妈写信,希望自己在省城叱咤风云的母亲能够力挽狂澜,不让她和同期进演出队的李沙、薛大鹏受到牵连。然而母亲的回信却是:"党叫干啥就干啥!"郭燕对妈妈失望极了,眼睁睁地看着李沙和薛大鹏被发配到师部水泥厂去搬水泥,而自己被下到团部做了话务员。最让她不能接受的是向阳和向红姐俩却留在了师部,尽管也是话务员,但是她们是踩着别人的肩膀"告密"爬上去的,所以她觉得自己最对不起的人是李沙和薛大鹏。

尽管后来母亲再三向她解释师部把她下放到团部而没有下放到水泥厂,那是因为她是革委会主任的女儿,当时自己以为象征性地把她下放到团级单位锻炼六个月就可以回到演出队呢!

每当想起这段经历,郭燕就不能原谅母亲。

郭燕被下放到团部没多久,"文革"就结束了,全国发生了翻天覆地的变化。身为革委会主任的郭母成为被审查的对象,并且因为沾上了人命官司,一判就是八年。虽然后来减刑到四年半,但是郭燕因此从团部下放到连队去养猪了。

当时养猪班大部分是男生,年轻的女人只有郭燕一个。连长说既然郭燕能拉二胡,就可以学习为猪接生。那时郭燕年龄小,对什么都充满着好奇,没到半年就学会了为母猪接生。

整个连队有上百只猪，几乎每个月都有几只母猪生产。由于不能准确地知道生产时间，郭燕要常常跟母猪睡在一起。

时间一长，郭燕与大猪小猪结下了深厚的感情，加上怀孕的母猪会被放进清爽干燥的猪圈里，所以郭燕对偶尔住在猪圈里并不反感。只是猪圈离知青宿舍很远，晚上一个人守在猪圈，她心里总是胆战心惊，连睡觉时都握着一把猪菜刀。

也许是干体力活儿的原因，刚过十七岁，她原本单薄的身材像灌了浆的果实，一天天地膨胀起来。特别是胸部，不论她怎样勒紧乳房，它们都像两座坚忍不拔的小山，耸立于人前。

没有人告诉她女孩子亭亭玉立意味着什么，但是她本能地感觉到已经成家的司务长，经常用那种色眯眯的目光盯着自己的胸脯，并且变本加厉地给她分配"接生"任务。

在北大荒广袤的土地上，一个猪圈无疑就像满天的星斗中的一颗星星，如尘埃一样被夜色吞噬。自从她发现司务长色眯眯的眼神，她比过去更害怕一个人夜守猪圈。可是全连的人都知道她妈妈是"造反派的头头""殴打京剧界名角的凶手""判了八年刑的罪犯"，没人愿意去听她的心事。特别是从城市来的知青，他们的注意力和话题都集中在怎么返城上。

她决定"自救"，接受了当地出生的农工大熊对自己的追求。

大熊从爷爷辈就生活在北大荒，从来没走出过这片黑土地。虽然他上过小学，但是在城市来的知青们面前，他总是自惭形秽。膀大腰圆的大熊是养猪班的班长，尽管不善言辞，却能把猪圈里的事情安排得井井有条。

郭燕早就感受到大熊对自己的爱慕之心，但是真正接受了这份感情，还是因为有一天夜里，司务长趁着夜深人静，悄悄地来到猪圈。他从身后抱起正在给猪接生的郭燕，郭燕似乎早有准备，猛一回身就将握在手中给猪剪脐带的剪刀顶住了司务长的腹部，司务长落荒而逃。但是郭燕明白总会有防不胜防的时候，她主动向大熊求爱，告诉他自己因为母亲的事情，她永远不会像其他知青那样返城，如果他喜欢她，就赶紧把自己娶进家门。

就这样，还没有懂得男欢女爱的郭燕，就把自己匆忙地嫁了出去。好在生活在北大荒三代人的王家，见儿子在知青返城时还能娶到知青媳妇，心中充满了喜悦，为儿子操办了一场隆重的婚礼。虽然婚礼上没有娘家人出席，但是王家一点儿都不亏待郭燕,该有的一样都不少,还给小两口准备了一间农家小院。

这时候兵团改制已经到了基层,原来的连长是大熊的叔叔,现在叫分场场长,加上郭燕在大批知青返城中坚定不移地留在了北大荒,分场表彰她是"扎根边疆干革命"的劳模,提升她做了养猪班的副班长,协同丈夫王大熊一起负责分场的养猪工作。郭燕仿佛终于找到了自己的定位,快乐地在自己的小家和猪圈两地忙碌着,分场的员工也开始把她当成自己人那样爱护着。

一年后,女儿立志出生,一家人其乐融融。两年后,母亲出狱,在艺校学习舞蹈专业的弟弟郭大成,却因打架斗殴进了监狱,判刑两年。刚刚出狱的母亲马上写信给她,要帮助她办理"困退",回省城接自己的班。怎么可能?即使郭燕能到母亲工作的京剧院做一份打杂的工作,她也不干!丢不起那人!更何况自己返城就要跟丈夫离婚,因为他是农村户口,不能同自己一起返城。女儿在北大荒出生,也是农村户口,她要是返城,三岁的女儿就要跟大熊留在农村……她不敢想象离开农村后骨肉分离的惨痛,又不甘自己从此远离了城市生活。将近半年的时间,她在"走与留"之间纠结着、痛楚着,并且将这一切都归罪于母亲:如果她没有修改自己的出生日期,自己就不会被演出队下放;如果母亲没有在"文革"时期做坏事,她就不会受人歧视;如果母亲没有进监狱,弟弟也不会聚众闹事;如果母亲没有被判刑,她也不会在北大荒待了这么多年。总之郭燕心中对母亲充满了怨恨,而这种怨气在母亲答应去北京与高队长同居的那一刻,成为不可逾越的隔膜,压倒了母亲在郭燕心目中最后的一丝怀念——母亲竟然跟一个比她小了八岁的男人在一起!那一刻,她觉得自己的母亲是世界上最肮脏、最令人不齿的女人,无休无止地带给她生命的耻辱!

那天,当她再度接到母亲从北京寄来的信,说她如何幸运而幸福地和高唱结为夫妇的时候,郭燕割破了自己的手指,挤出两滴血在一碗热水中,然后划破女儿的小手指,将两滴如红豆般的血珠滴落在大碗里,然后回头对愣在一旁的丈夫说:"还愣着干啥?我不走了!"如梦方醒的大熊,赶快也割破了自己的手指,将两滴大大的血珠滴落到碗里。一家仨口一人一大口地轮流把碗里的血水喝光。郭燕记住了那咸腥的滋味,从此不再与母亲联系。不看信,不接电话,不叫妈!

唉，这一生过的，真拧巴！

郭燕再无睡意，起身拿起手机，在微信中找到了"大熊"，点击了音频通话。没想到对方的微信显示出"拒接受"。郭燕顿时恼羞成怒，刚想留言发火，却收到大熊的文字留言：在开会，晚点儿联络。

大熊哪点儿都好，就是不知道哪头重哪头轻！

虽然郭燕心里埋怨着，但是心中的恼怒已经消减了一半：她知道大熊永远会把工作放在首位，即使是可以移民美国，他也是让绿卡向工作让路。

原本女儿立志要他们夫妇俩一起来美国定居，一边照顾外孙，一边申请绿卡。可是大熊在农场是管生产的副场长，今年秋天才能退休，他就让郭燕先来美国伺候女儿的月子，等他退休后再来美国会合！

"都快离开北大荒了，还那么认真！"郭燕把心中的另一半怨气也吐了出来。

她刚想关灯睡觉，突然想到什么，马上又在手机里找到李沙的微信号，打开后留言："姐，你还在守夜吧？我想起个事儿，向阳也在群里，她叫'笑比哭好'。要是她和你招呼，千万别理她。"

"向红也在群里吗？"出乎郭燕的意料，李沙马上回复了一行字。

"不在。听说她失踪好多年了。"郭燕也打了一行字。

李沙没有马上回复，郭燕等得睡意蒙眬。叮咚，李沙终于又发来了几个字："新年快乐！晚安。"

郭燕复制了这句话又粘贴给李沙之后，这才安心睡去。

伊萨贝拉 VS 向红

1

"现在你是伊萨贝拉,不是向红。现在你要说英语,不是汉语!"对着穿衣镜说话的女人很美,既有亚洲人紧致细腻的肌肤,又有欧美人的高鼻梁、长睫毛和略微凹进去的大眼睛。不过镜子里的目光是倔强的,嘴角泛起的凛然硬朗的线条与美丽精致的脸颊有些失和——没有皱纹的肌肤里,却时隐时现出沧桑流年的无可奈何。

"I am Isabella. Happy New Year.(我是伊莎贝拉。新年快乐。)"女人在镜子前反复练习着这一句话。她变化着表情和语气,将原本已经很标准的英语尽量说得更加流畅、甜美和抑扬顿挫。

她就是向红,刚来美国不到一年,今晚要随新婚的老公迈克去参加迎新宴会。

向红不喜欢自己的英文名字 Isabella,觉得很绕嘴,不像 Lily 或者 Helen 那样易读易记。特别是当她说出这个名字,对方一脸不解地说一句"Pardon me(不好意思)"时,她就真的像舌头打了结一样,恨不得用中文说"伊萨贝拉"!可是,这是迈克给自己取的名字,她不敢说不喜欢。

终于,她对自己的发音感到满意了,转身去试衣服。

穿衣镜前的地毯上,横七竖八地摊着一地的晚礼服,可是向红还是很失望地叹了一口气,拾起一件湖蓝色印花旗袍。

就这件吧!

做工精致的旗袍穿到向红的身上,就像一条锦缎恰到好处地包裹住向红凹凸有致的身材。看着镜子里的美丽身影,向红的眼睛射出一丝得意:这是她在深圳开公司时买的,那时一掷千金,花了几千元买件蚕丝旗袍,眼睛都不会眨一下。当然,等她公司倒闭后,也幸亏这件旗袍掩饰了当时的寒酸,第一次和迈克见面,就让他拜倒在自己的石榴裙下……

"Isabella,We need to go.(伊萨贝拉,我们要走了。)"卧室外传来一个上了年纪的男人特有的浑浊声音。

沉浸在自我陶醉中的向红,一时没有听清,她停下了穿衣服的动作,倾听着卧室外的动静。

"晚了!晚了!"门外的声音已经不耐烦了。

"好,我来了。I am coming."向红慌不迭地把一部分的长发推向头顶,扎成了当下流行的"丸子头",然后别上一枚钻石发卡,就往外走。走到门口又想起刚才化妆时将迈克给她的钻戒摘掉了,她赶紧又回到梳妆台前,将那枚三克拉的大钻戒戴在了手指上。

2

"My wife Isabella.(我的太太伊萨贝拉。)"走进张灯结彩的后花园,向红的先生迈克几乎对每一位参加 Party 的人都自来熟地指着跟在自己身后的太太介绍着,口吻里充满着自豪。

"Happy New Year."向红带着亚洲人特有的谦逊神态,弯腰九十度地一一问好。

这是她第一次在迈克的朋友们面前亮相。功夫不负苦心人,她反复练习的问候使她避免了更多的英语会话——人们的谈话都像蜻蜓点水似的,只要打个招呼,大家就自管自地喝酒吃菜去了。

这种预设的结果并没有使向红开心,反而内心平添了一种说不清道不明的失落感——这里没有身穿黑色西装、扎着领结领带的优雅男士;没有袒胸露背、金发碧眼的漂亮女人。在熙熙攘攘的人群中,一群上了年龄的男男女女,在月光和烛光下交杯换盏,大声说笑,完全没有向红想象的那种属于上流社会绅士和淑女的矜持。

这真的是美国上流社会的 Party 吗？还没有中国普通公司的新年 Party 有品位呢！迈克真的属于美国的上流社会吗？

尽管这么想着，向红还是紧跟在迈克的身后，表现出大家闺秀的超然神态。

"Hi，你今天真漂亮！"昏暗中，她见迈克举着酒杯，摇摇晃晃地朝着一个亚洲女人走去。

"Hi，Mike，Happy New Year！"女人也很有礼貌地和迈克打着招呼。

向红以为迈克的下一句话就是"My wife Isabella"，谁知自己的丈夫竟用夸张的姿势，张开双臂，一把将那个女人搂进怀里，并用酒气熏天的脸颊碰了碰女人的两腮，用蹩脚的汉语说"新年快乐"。

"新年快乐！"女人客气地说道，并且顺势推开了迈克。

"My wife Isabella. "醉醺醺的迈克这才转身，口齿不清地说，"Isabella，她是 Elizabeth。"

此时的向红并不知道 Elizabeth 就是李沙，但是她听迈克提起过伊丽莎白，并且赞不绝口：她是他见过的最聪明的中国女人；她是他在美国可以施展汉语特长的朋友；她和他的对话常常艳惊四座；她是他的"伯乐"，大学教授说他的汉语水平高，那就是真高！

向红很想看看这个伊丽莎白长什么样，为什么能把迈克这样的狂人都给折服！可是后院的光线实在太暗，她只能凭借声音和动作判断出伊丽莎白是一个很强势的女人。

"您好！"李沙朝向红伸出了一只手。

"你好！"向红赶紧握住李沙的手。

"您是从中国大陆来的吧？"李沙说道。

"嗯。"向红马上反问道，"你呢？"

"我也是从大陆来的。"李沙答道。

这时向红看到一位高大的男人走到伊丽莎白的身旁，将一杯酒递给了她。

"Isabella，这是我先生汉斯。汉斯，这是迈克的太太 Isabella。"李沙很礼貌地将双方介绍了一下。

"很高兴认识您。"汉斯很大方地握了一下向红的手。

"您会说汉语?"向红几乎惊讶到失态。

"一点点。"汉斯很绅士地笑了一下。

向红听迈克说过汉斯是一名律师,但她没想到这位律师不仅比迈克年轻帅气,而且说的汉语也比迈克好,字正腔圆!

也许是汉斯站着的位置紧靠着一人多高的暖炉,向红借着火光看到汉斯有几缕头发在微风的吹拂下低垂在前额,这简直让她嫉妒得喘不过气来:"如果迈克也有汉斯一头浓密微卷的头发就好了!"她一直耿耿于怀迈克"地中海"式的头发——那几缕覆盖在头顶上的长发,微风吹来便像稻草般地东摇西摆,让她恨不得用剪刀一下子剪去。

"新年快乐!"汉斯见向红不肯松开自己的手,便补充了一句。

"Happy New Year."向红感到汉斯正在向外抽手,她不仅没有松手,反而用大拇指轻抚了一下汉斯的手背。她一惊,同时也感觉到了汉斯的惊讶,她赶紧松开了手指,收回了手臂。

向红有些后悔自己刚才的动作,因为那完全是下意识的,连自己都不确定那个动作的内涵和动机。好在汉斯的面部没有什么变化,周围的人也没有注意到这个细节。

"我们、我们都是中国人。"迈克说完这句话,就失衡一般地坐到了椅子上,手中的酒撒到了身上。

汉斯到吧台拿餐巾纸去了。

"听说你在大学里教书? 你来美国多久了? 迈克说你老公是律师。我听说美国的律师很赚钱,你干吗还要工作呀?"黑暗中,向红仿佛是画中人复活了一般,低垂的眼睑猛然抬起,眼中放射出职场上容易出现的那种多疑、犀利和不加掩饰的目光。但是她不知道,这种套近乎的方法在西方社会中是一大忌:没有人在初次相识就对别人的家庭隐私刨根问底。

"我来二十多年了。"李沙显然失去了聊天的兴致,轻描淡写地一语带过。

这时,女主人邀请院子里的人进屋看电视,宾客们都知道 Party 的最后环节到了。

"Ten, Nine, Eight……"酒足饭饱的人们围在巨大的电视屏幕前,观赏着三小时前纽约时代广场上的情景，并配合着缓缓下滑的水晶球高声数着倒计时。

"Three，Two，One！"水晶球落到底部的那一刻，房间里欢声雷动，相拥而立。由于家庭宴会都是出双入对，所以不论是夫妻还是男女朋友，大家都以西方亲吻的方式祝贺新年。

灯亮了，房间里顿时明亮如昼。

客人们在欢声笑语中陆续离去。

在不引人注目的角落里，坐在沙发上的向红正尴尬地挺直了腰板，撑起靠在她肩膀上烂醉如泥的迈克，尽量装出贤妻良母的宽厚，与关注到他们的人点头微笑。其实，她心中已经怒火中烧，恨不得马上买张飞机票回中国！

"你们是开车来的吧？别担心，汉斯说送你们回家，等迈克明天酒醒之后，再来取他放在这里的车子。"李沙走到向红的面前说道。

关键时候还得靠同胞啊！这么想着，向红的眼圈一红，差点儿落下泪来。

迈克还在沙发上打着呼噜。汉斯叫来男主人和他一起，连拉带拽地把迈克塞到了副驾驶的车座上。

3

"真是麻烦你们了，要不然我真不知道咋整啦。"向红握着同坐在后座的李沙的手说道。她觉得如果此时有地方下跪，她都会毫不犹豫地弯曲双膝。

"你是东北人？"李沙问道。

"你怎么知道的？"向红马上警觉地改换了口音。

"你一定去过很多地方吧？我听出你的普通话虽然带一点儿广东口音，但是更多的是东北口音。我是东北人！"

向红在夜色中看不到李沙的表情，但是她能感觉到李沙的话里没有恶意："你猜对了，我是哈尔滨人。"

"真的？我也是哈尔滨人！"李沙兴奋起来，"咱们是老乡啊！我叫李沙。"

"李沙？"向红不由得叫了起来。

"是啊。你呢？你的中文名字叫什么？"李沙问道。

"啊，在家大家都叫我小红。"向红闪烁其词地答道。

"小红？你是不是姓向？"李沙更加兴奋地问道。

"你咋知道的？"向红心里一惊。

"你是中俄混血儿，对不对？"李沙没有注意到向红的尴尬表情，继续说道，"向红，我是李沙啊！你忘了吗？咱们一起去的演出队！你还有个姐姐叫向阳！"

"啊，我想起来了。"向红的语气是迟疑的，不像李沙那么激动。

"这个世界太小了，居然让咱俩在美国碰上了。难怪我看见你的时候就觉得眼熟，可是没敢往上想。我在群里看过向阳发的照片，她比你胖多了。刚看见你的时候，我以为咱们是两代人呢，你看起来真年轻。来，咱俩加个微信，以后常联络。"

李沙说着就把手机递给了向红。向红迟疑了一下，被动地拿出了手机，扫描了李沙手机上的微信二维码。

4

其实，在互加了微信的那一瞬间，向红已经开始后悔了。这么多年，她尽量避免与任何家乡和兵团的人接触，并且千叮咛万嘱咐地告诉姐姐向阳，不要把她的情况告诉任何人。没想到自己今晚一冲动，把什么都告诉了李沙。

告诉李沙什么了呢？她无非就是知道自己跟迈克结了婚。她不是也找了个"老美"吗？大家彼此彼此。

我怎么能跟李沙比呢？她是美国大学教授，不靠老公也能活得好好的。可是我呢？刚刚来美国几个月，花一分钱都要向迈克报账。唉，人比人气死人呢！

看着自己新婚的丈夫像死猪般地睡在床上，并且高一声低一声雷鸣般地打着呼噜，向红的心情跌至低谷。

她烦躁地起床，拿着手机走出了卧室。

"姐，你知道我今天看见谁了吗？"她对着视频说道，"李沙！就是跟咱们一个车皮去北大荒的那个。"

视频里的女人有些胖头肿脸,但是大眼睛和高鼻梁使她很耐看,并且多看几眼就会发现,那长长的睫毛和深蓝色的眼球使粗糙的五官闪现出几分精致,并且这份精致与向红的美不同。向红的肌肤和五官有精雕细刻后的痕迹,她笑的时候眼睛不会上挑,嘴唇不能大张,给人以矫揉造作之感;而向阳呼扇起大眼睛,咧开厚嘴唇,反而使松弛的脸孔格外生动。

虽说向红和向阳是双胞胎,可是向红整容之后,没人再相信她们曾经长得一模一样。

"李沙认出你来了吗?"视频中的向阳焦急地问道。

"不但认出来了,她连我家住哪儿都知道了。"向红的语气中充满了沮丧。

"你这是咋搞的? 你不让我说,你自己咋还露馅了呢?"向阳也跟着沉不住气了。

"你说,李沙会坏我吗?"沉默了片刻,向红郁闷地问道。

"说不好。亲,你想啊,当年他们被演出队下放到基层,所有的人都说是咱俩搞的鬼。现在我在'祭青春群'里,那个郭燕不但不理我,有时还敲打我两句。今天我见李沙被郭燕拽进群里,我想先打个招呼吧,李沙也没搭理我。唉!"向阳长叹了一声。

"行了,姐,你别说了。本来想和你说说减轻一点儿精神负担,现在可好,我更后悔把自己的联络方式告诉给李沙了。"向红更加沮丧。

"话又说回来了,她知道你住哪儿又能咋样? 你不理她不就得了。"向阳安慰着妹妹。

"你不知道,她和她先生是迈克的好朋友,如果哪天她说漏了嘴,我改年龄的事情不就暴露了吗!"向红烦躁地说道。

"你就一点儿都没认出她来? 她也整容了?"向阳仍然在刨根问底。

"整没整容我不知道,不过她跟过去真的不一样啦。何况我怎么也没想到她也住在美国,并且认识迈克。"向红像泄了气的皮球,有气无力地说着。

"那也不怕,反正你和迈克结婚了,生米煮成熟饭,他迈克能把你咋样?"向阳耐心地开导着向红。

"哪像你想象的那么简单哪! 我现在拿的是临时绿卡,三年后才能转为永久绿卡。在这三年里，只要迈克不满意，他随时都能和我离婚！离婚后我就必须回国，你知道吗？"向红越说越激动，好像所有的错误都是向阳造成的。

"别，别，你可不能回国！亲，不管咋样你也得让迈克满意，要不小兵咋整啊？"

听向阳这么一说，向红不说话了。

"不是姐自私，你说咱俩都没孩子，老了指望谁？现在咱们受点苦把小兵培养出来了，今后全少他不会不管我们吧？"向阳在视频中看不到向红的表情，便试探性地说说停停，仿佛在哀求着。

"放心吧，姐，小兵的事情我会整好的。妈怎么样了？"向红在黑暗中抹去脸上的一滴泪，对着视频说道。

"还是老样子。妈，小红在看你呢！"向阳将手机镜头对准了一个坐在沙发上发呆的老人——一个典型欧洲面孔的老太太。

老太太没有反应，向阳又把手机镜头对准了向红："你放心，妈这儿有我，你就安心把自己那边的事儿整好吧。"

"你也别太担心小兵的事情，我会一点点捋顺的。"向红的语气平和了一些。

"唉，不瞒你说，我刚听说小兵他爷爷可能得了癌症。"向阳叹声说道。

"什么？余科长的身体不是很好吗？什么癌？"向红急切地问道。

"怀疑是肺癌，正在检查。我想让他到省城来检查，毕竟这里的医疗条件比农管局的好。"向阳说道。

"我看你是越陷越深了。咱们都是'泥菩萨过河自身难保'，你就别跟自己过不去了。我们这儿天都快亮了，不聊了。"向红伸了个懒腰说道。

"你赶快睡吧，不聊了。"向阳急忙在视频的那一头说道，并且慌不迭地关上了视频。

向红放下手机，目光呆滞在窗外的黑暗中。游泳池里的水，在月光下泛着幽深的微澜。

余科长啊，余科长，难道你今生就没有时来运转的时候了吗？向红的内心充满了对生命的感叹。

5

"余科长,我刚刚把五位新学员从省城带回来,本打算下午去您的办公室报到呢!"正在师部大食堂里将所有印着"广阔天地大有作为"字样的白瓷杯分别交到向红一行五人的手里,高队长朝一个刚刚吃完饭准备离去的现役军人打着招呼。

这位叫"余科长"的人个头不高,此刻正用军帽朝打开风纪扣的军上衣领口扇着风,随风起舞的斑驳短发,让向红想起了《小兵张嘎》里的一个画面,觉得眼前的首长有些像电影里的反面人物。她扑哧一下笑出了声,被向阳狠狠地瞪了一眼。

"这是师部宣传科的余科长,是我们师部演出队的上级领导。你们没经过连队锻炼,直接进到师部,这要感谢余科长多次向师领导反映才特别批准的。"高队长表情严肃地对身边五个年轻人说道。

"欢迎大家。先好好休息一下,过两天我去演出队看望你们。"已经把军帽戴到头上的余科长,脸上多了几分正气。

向红的胳膊被向阳碰了一下,没等她领会其中的意思,只见向阳已经向余科长敬礼道:"首长好!"

向红赶紧学着姐姐的样子,也把右手举起,害羞地说了一声:"首长好!"

余科长的目光在向红和向阳两姐妹的身上游移了很久,终于问道:"你们——你们是中国人吗?"余科长的神情有些慌乱,强作镇静地说道。

"是。"向阳和向红异口同声地答道,因为她们自小到大都会被问到这个问题。

"她们的父亲是画家向前。"高队长赶紧解释道。

"向前是谁? 是中国人吗?"余科长略有迟疑地问道。

"我向毛主席保证,向前是地道的中国人。向阳和向红是双胞胎,她们吹拉弹唱样样精通。"高队长一边解释,一边给余科长行了个军礼。

"啊,那好。演出队的编制有限,每个人都要以一当十啊!"余科长说着,又指着郭燕说,"这小鬼也太瘦了,哪像个十七八岁的大姑娘。以后多吃点儿,咱们兵团有的是大米白面!"

第

一

章

亲

....

037

向红记得,当余科长转身离开时,他把风纪扣系好,又把军帽正了正,然后迈着军人的步伐,英姿飒爽地离开了食堂。

"说不定哪天咱们演出队也能穿上军装呢。"向红听到向阳带着羡慕的口吻喃喃自语。

"你们刚来,对兵团的体制还不了解。虽然师部有许多现役军人,但是他们都是我们的领导,我们的编制不一样。也就是说,他们脱掉军装可以返城,我们如果离开了演出队,就要到连队去劳动。懂吗?"

"懂了!"向红和向阳异口同声地答道。

6

真是三十年河东,三十年河西呀!向红在内心长叹了一声,转身离开客厅,朝二楼的卧室走去。

路过客房时,向红发现门缝露出一丝灯光。

"小兵,你还没睡吗?"向红敲了敲房门,没人应答。

门缝里的光线消失了。

向红苦笑了一下,拖着疲惫的身躯,回到了自己的卧室。

笑比哭好 VS 向阳

1

"笑比哭好"是向阳母亲头脑清醒时常说的一句话。

向阳的母亲是在中国出生的俄罗斯人，是向阳父亲向前在鲁迅艺术学院学画时的人体模特。父亲向前分配到省城做专职画家的时候，把鲁艺最美的模特也一并带走了。

在向阳的记忆中，她和妹妹童年时就知道妈妈是省城最漂亮的女人，走到哪里都会有崇拜者跟在身后。对此，年轻的妈妈视而不见，踩着至少三英寸的高跟鞋，一手拉着向阳，一手拉着向红，从容不迫地走在街道上。跟在他们身后的男女老少也不说话，只是保持一定距离地跟着她们。有些人一直看到她们走进了文化大院才悻悻地离开。可是到了向阳上小学的时候，母亲被下放到农村劳动改造去了。当向阳从北大荒返回省城的时候，母亲已经成了疯疯癫癫的老妪，连父亲都不想再多看她一眼。

自己照顾母亲快四十年了吧？时间过得真快！

正在做饭的向阳，思想一溜神，一只手指被锅里的水蒸气烫了一下，她啊的一声把锅盖丢在了炉灶上。手指马上红肿起来，她赶紧用冷水冲洗着。屋里静悄悄的，只有流水声。坐在角落里的妈妈对此毫无反应，眼睛仍然一眨不眨地盯着手里的版画。

向阳把水龙头关上，把烫着的手指在空气中甩了又甩，好像是自我解嘲似的说了一句"真笨",便忍着痛把锅里的菜粥盛到碗里。

此时的向阳和母亲一样,已经失去了往昔的美丽:齐耳短发包裹着圆圆的大脸,尽管发丝微卷,但是干枯的发质使原本是棕色的头发变得像蒿草一样了无生气;欧亚混血的肌肤虽然白皙,但是松弛的皮肤已经使两腮下坠的脂肪形成了双下颏;堆积在后脖颈和手臂上的脂肪,在随意套在身上的廉价衣服中,显得呼之欲出;尽管丰硕的胸部和臀部依然高耸,但是凸起的腹部使腰身失去了凹凸不平的景致。

"妈,你该吃饭了。"向阳端着碗里的粥,朝坐在躺椅上的母亲走了过去。

向阳的母亲与向阳截然相反,她已经是一个干瘪的老太太。她对向阳视而不见,眼睛仍然盯在手中的油彩版画上。

尽管向阳的妈妈又老又弱,但是仔细观察起来,她那凹进去的两只大眼睛和两腮,以及高颧骨和高鼻梁,还是能够让人在这张搭配和谐的五官上,看到昔日的美丽。而且那种美丽已经固化在她手中握着的版画中:高耸的乳房、紧致的肌肤、黄金比例的身段、披肩的秀发和如梦如幻的目光……

"妈,该吃饭了!"向阳试图从母亲的怀里拿掉那幅画框边缘已经磨损了的版画,可是母亲紧抓住不放。

"妈,你再这样,我爸就不要你了。"向阳柔声细语道。

母亲松开双手,由着向阳把版画放到一边。

"你爸什么时候回来呀?"老太太的声音有气无力,但是每个字都很清晰。

"快了,你把这碗饭吃完喽,他就回来了。"向阳把一碗杂菜粥端到老太太的面前,一勺一勺地喂着。

"我不是特务。我不是特务。"老太太吃一口说一句,脸上露出恐惧表情。

"你把这碗饭吃了就不是特务了。快吃吧。"向红仍然耐心地一口一口喂着她。

老太太加快了吃饭的速度。

2

"我不是特务,你不要和我离婚!"

向阳至今都记得父亲带着自己和妹妹去劳改农场看望母亲，临走时瘦弱不堪的母亲拉住父亲的胳膊不让走，但是父亲向前还是在监管人员的监督下办理了离婚手续，将哭喊着"妈妈"的两姐妹，带离了那个又脏又臭的小黑屋。父亲说，如果他不与她们的母亲离婚，他就有可能也下放劳改。为了不使两个女儿无人照料，他只能选择离婚。从那天起，向阳就常常做噩梦，一会儿梦见自己踩在粪便上，一会儿看到妈妈雪白的肌肤漂在屎尿上。为了避免做这样的梦，她一到下午就不敢喝水，唯恐晚上再出现令她作呕的画面。

其实，现实中的噩梦才刚刚开始。上中学的时候妈妈从劳改农场回到城市，尽管有一些癫狂，失去了往昔的容颜，深爱着母亲的父亲还是在政策宽松之时，主动地提出了复婚。复婚后的母亲精神逐渐好转，在向阳和向红下乡前基本上恢复了正常。

原本向阳和向红只需有一个人下乡便符合了国家政策，但是两人从一出生不论做什么事情都要在一起，所以向阳考上了师演出队，向红也吵着闹着要参加。高队长让两个人表演了一个舞蹈，又唱了一首歌，结果被两个人的艺术天赋和彼此间的默契所折服，如获至宝地将双胞胎招进了演出队。

然而，当向阳在父亲的帮助下返回城市后，父亲却在深圳一举成名后再度提出与向阳的母亲离婚。这次没有人逼迫他离婚，是他自己要娶一位比他小十几岁的美院学生。

"我不是特务，你不要和我离婚！"向阳的母亲从此就把这句话挂在嘴边，足不出户，整天躲在房间的角落里，盯着向阳父亲在她年轻时为她画的版画……

3

向阳伺候母亲吃完饭，把那幅版画重新放到妈妈的手里，自己拿出一袋土豆片，坐到沙发上边吃边看起了电视，一脸的满足。

叮的一声，向阳看到手机上有一条微信文字留言：向阳，小兵的事情给你们姐俩添麻烦了。

向阳马上拿起手机回了一条信息：余科长，这辈子你没给我当妈的机会,至少你给了我当奶奶的机会。放心吧,我砸锅卖铁也要把咱们的孙子培养出来!

信息发出去之后,很快收到了余科长发来的一连串"谢谢"的符号。向阳也点了一个"不用谢"的滑稽表情,但是想了想,没发。

4

"她怀孕了。"四十二年前,在余科长的宿舍里,演出队的副队长红姐,指着向阳对余科长说道。

"什么?"余科长顿时就蒙了。

"余科长,我这是在帮您。如果您不和这小姑娘结婚,她会告您强奸罪的。"红姐一板一眼地说道。

在一旁哆嗦的向阳把红姐看成"临危不惧"的女英雄,渐渐地有了底气,学着红姐教给她的方法——逼婚!

其实,向阳开始接触余科长的时候并不知道他已结婚,红姐也没告诉她。红姐只是说现役军人马上都要撤回城市,重新到大军区任职。也许是"说者无心,听者有意",向阳对余科长充满了敬仰之心,甚至幻想有一天成为余科长的爱人,和他回到军区,也许还能穿上军装呢!

那时她觉得上苍真是眷顾她——向红无意中听到了郭燕谎报年龄的事情,向红告诉她之后,她就告诉了红姐,而红姐让她直接向余科长反映情况,并且给了她余科长宿舍的住址,然后……水到渠成,只有一次就怀孕了。

向阳自小就看父亲收藏的裸体画,从来不觉得两性关系有什么神秘。特别是现在有红姐帮她出面,她更不觉得有什么难以启齿。她在意的是:余科长会不会同意跟老家的爱人离婚,然后娶她!

在她肚子显怀之前,余科长终于办完了离婚手续,又悄悄地与她办理了结婚登记。不久,红姐也不动声色地当上了演出队的队长。

向阳以为万事大吉,谁知就在她生下儿子余大军的那年,也是最后一批现役军人撤出兵团、把机构交给地方的时候,师政治部收到了余科长前妻的控告信,说余科长是当代的陈世美,始乱终弃,不处分不足以平民愤。

偏巧,师部同时收到军区的指示:团级以上的现役军人回军区继续任职,团级以下的军人就地专业。

显然余科长不够回军区的条件,再加上前妻给他造成的负面影响,他就地转业后不升不降,得了个虚职,任命为俱乐部主任,管理剧场的演出和放电影工作。

自己费劲巴拉嫁的丈夫不仅脱掉了军装,而且没有了往日的权势,向阳觉得余科长再也没有往日的魅力了。日子就在儿子的哭闹声中夹杂着她和余科长的吵架声中一天天地过去。

大批返城的浪潮在向阳所在的农管局一波接一波地掀起,最后连自己的妹妹向红都离开了农管局的医院,向阳是真的沉不住气了。这时父亲来信说他已平反,打算去沿海城市发展,如果她愿意申请"困退",他可以给她出证明,说明患有神经官能症的母亲需要她来照顾。

这是老天给她的第二次救赎机会,机不可失!

向阳对余科长的苦苦挽留和危言恐吓都置之不理,心中只有一个念头:返城!只有返城才能从头再来!

然而已经离过一次婚的余科长,这次坚决不肯离婚,告诉她要走自己走,不能把儿子大军带走!

在一个风雪交加的夜晚,向阳独自登上了开往省城的列车。她不知道,这一走就再也没有看到过儿子。

5

手机响了。向阳赶紧打开了视频。

"奶,我爸咋好几个月没给我打电话了?"视频中出现一个浓眉大眼的少年,一边在游泳池旁的躺椅上喝着可乐,一边旁若无人地大声说道。

"噢,是小兵啊!那啥,你在你姨奶家咋样啊?"向阳先是愣了一下,然后有些搪塞地转移了话题。

"不错。你看,她家的游泳池比我们学校的还大。"小兵将镜头对着游泳池晃了一圈。

"那就好。你小姨奶的老公对你咋样啊?"向阳又问。

"他呀,他家房子大,我也不咋看见他。还行吧。"小兵吊儿郎当地答道。

"你小姨奶刚跟人家结婚,你可别给人家添麻烦。"向阳叮嘱了一声。

"奶,你净跟我说那些没用的。我问我爸咋几个月都不跟我通话呢?"小兵不耐烦地说道。

"噢,噢,他呀,你也知道他从来都不跟我联系。可能是工作忙吧?"向阳赶紧把脸移出视频,假装去拿什么东西。

"那你告诉我爷爷,学校又催我交下学期的学费了,我爸该给我寄钱了。"小兵一边脱衣服一边说。

"你小姨奶没跟你说吗? 她想让你到她住的城市读书,就住在她家……"向阳迟疑了一下说道。

"就算住在她家,我也得有零花钱吧? 让我爷爷告诉我爸,别想把我丢在这里就不管——赶快给我寄钱。我现在要下水游泳了,再见。"小兵关上了手机。

"这可咋整!"向阳怔怔地看着黑屏的手机,喃喃自语。

"向红,小兵的事情要抓紧办啊,他又打电话问我他爸爸的事情了。"向阳沉思片刻,在手机上打出这行字。

给向红发完信息,向阳还是坐立不安。她从床铺下面掏出一个用毯子和塑料布包住的大包裹,然后小心翼翼地打开上面缠绕的绳子和一层层的包装,最后将两幅一人高的版画靠在墙上,不是欣赏,而是爱惜地摸了摸画框,然后又重新把画包裹好,放回原处。

"大刘啊,你上次提到的那个摊位还在吗? 就是奋斗菜市场的那个! 早市、夜市都要。当然是卖肉啦! 你们就会拿我爸说事儿,死人能画画啊? 别卖关子了,我下午就去你那儿办手续。好好好,你先忙吧。"与街道办事处负责菜市场的刘主任打过电话后,向阳打消了卖掉父亲版画的想法,决定重操旧业,到自由市场卖肉,说不定能为孙子赚一笔学费呢!

6

"卖肉了,卖肉了,不打水的黑毛猪肉。"在淡淡的晨雾中,原本就胖的向阳,在羽绒服和羽绒帽及厚厚的围巾的包裹下,显得圆滚滚的。

早市就是在一条街道的两边摆放着推车卖东西,卖什么的都有。尽管天才蒙蒙亮,买菜的人也不多,但是各种叫卖声不绝于耳。向阳的声音很大,可是买肉的人仍然不多。嘴里的热气和外面的冷气使她的围巾上结出了一层雪白的霜花。

手机响了,她见是向红,马上从棉手套中伸出手指,打开微信视频。

"姐,你这是在哪儿呢?"视频中的向红在加州艳阳下高声问道。

"啊——我在早市呢!"向阳犹豫了一下说道。

"你不会又去摆摊卖肉了吧?"向红有些心痛地问道。

"没有,我是来买肉。我寻思着给咱妈包点儿饺子。"向阳赶紧离摊床远一些,冻得丝丝哈哈地说道。

"我看到你给我的留言了。你别急,我会尽快把小兵的事情处理好。只要他进了美国公立中学,一切免费。放心吧!"视频里的向红在骄阳下神采飞扬。

"那就赶紧办吧,要不我这觉儿都睡不实成。"向阳正说着,有人要买肉,她赶紧对着视频说,"你先忙吧,我这儿太冷,不聊了。"

等向阳关上了手机,买肉的人已经转身朝另外一个卖肉的摊床走去。向阳也没什么特别的反应,又对着过往行人大声地喊道:"卖肉了,卖肉了,不打水的黑毛猪肉。"

也许是天气太冷,或者是她起得太早,总之买肉的人是凤毛麟角,让向阳对买肉的人在挑挑拣拣和讨价还价中,有足够的理由去怀念那个买肉需要肉票的年代——那可真是自己的黄金时代啊!

7

"同志,这是肉票,麻烦你多给我割一点儿瘦的。"

那是 20 世纪 70 年代末。下乡三年,除了完成结婚、生子、离婚三部曲,向阳又孑然一身地回到了城市。本来办理"困退"返城的知青,大多数都分配到街道工厂或食品店工作,而她沾了父亲的光,"走后门"分配到猪肉加工厂下设的肉品店卖肉。

原本即将去珠江三角洲"闯世界"的父亲还有些愧疚,觉得这份工作不太适合女孩子做,可是向阳很快就发现卖肉的好处——那年月,买肉需要有肉票，一个人每月半斤，谁都想在这有限的斤两中买点儿好肉和瘦肉，所以向阳只要往柜台上一站，每个买肉的人都会用讨好的语气对她说："请多给我割点儿瘦肉。"然后会眼巴巴地盯着她的刀起刀落。绝不吹牛，那年月一刀瘦肉就可以交上一个朋友。

可是好景不长，80年代中期，猪肉敞开供应，只要有钱就可以买到好肉。向阳这才发现自己除了切肉卖肉，几乎一无所有：当年为了返城，轻易地就同意了余科长的要求，把儿子判给了他，可是档案里结婚、生了、离婚，一样不少地跟着她回到了城市。原本她并没在意这些，又自恃年轻貌美，对追求自己的男人挑三拣四，对周围的女人口无遮拦，结果几年之后，不仅没有找到像样的人结婚，而且全厂上下都传说她在兵团被一个军人给"强奸"了，还生过一个"私生子"，为了回城，她把"私生子"丢在了北大荒……故事编得越来越离奇，流传得也越来越广，最后连买肉的人都觉得她很风骚，好像她那混血儿的丰盈体态，凹凸之间都是罪恶。

此时的向阳根本顾不上这些流言蜚语，因为南行的父亲让一个年轻的大学生怀上了孩子，正在与自己的母亲办理离婚手续！

说也奇怪，向阳当初就是用怀孕威胁余科长离婚、结婚，如今却痛恨父亲对母亲的背叛。她和妹妹向红发誓不再理睬父亲，要用自己的钱来养活母亲。

说是姐妹俩抚养母亲，但是当时在香港的向红自顾不暇，最多寄回些钱来，主要负担还是落在向阳的身上。一晃儿，从北大荒返回城市已经十年，三十多岁的向阳赶上了工厂中外合资，合资的外商引进了先进的杀猪生产线，工厂精简，向阳成了第一批下岗女工。

她哭过，哭得昏天黑地。绝望中，她打开了煤气罐，想和疯疯癫癫的母亲一死了之。谁知那天母亲的神智在煤气的刺激下猛然清醒，打开房门大声呼救，引来了邻居，才把向阳救活。经过了那次濒临死亡的体验，向阳再也不想死了，认命地与时常念叨着"笑比哭好"的母亲相依为命。

是呀，哭也是一天，笑也是一天，既然今生连死的感觉都体验过了，还有什么过不去的坎儿呢？她没有告诉妹妹自己丢掉了"铁饭碗"，她和几位一起下岗的工友在自由市场摆起了摊床，从厂里买些猪肉的"下脚料"到市场上卖。

也许是人们有钱了,不喜欢只吃精瘦肉的原因,反而是猪爪、猪舌头、猪尾巴等杂碎很好卖。向阳在自由市场赚的钱,比留在工厂的人多出了好几倍,足够养活自己和母亲。

这一卖又是八年。

八年存起来的钱足以让她和母亲衣食无忧,但是不愁衣食的日子对于向阳也不好过——一晃十八年过去了,她几次提出看看儿子,都被余科长拒绝了。

在菜市场摆过摊的人,什么场面都见过,她决定和余科长打官司。

为了赢得儿子的抚养权,她说当年和余科长结婚是迫于无奈,被逼成婚,离婚时也是迫于压力才把儿子留给了对方,而对方十八年没让她看过儿子,这对她的身心损害很大……

当时还没有退休的余科长已经是农管局的高层领导,他请当年演出队的红姐向法院出示了证词,说明向阳当年是以有身孕逼婚……

这样各执一词一轮又一轮,从基层法院打到中级法院,法院最后"各打五十大板"——余科长拥有抚养权,向阳有探视权。

看起来皆大欢喜,但是出乎向阳的意料,儿子告诉法官:我出生后就没有了母亲,是父亲培养我长大,请法院不要让这个女人再来纠缠我的父亲!

打了两年的官司,耗尽了心力,结果所有的人都把她儿子的话当成笑柄,一传十,十传百,街坊邻居和菜市场卖菜卖肉的农家妇女都在她背后指指点点。

她不再去菜市场卖肉了,整天把自己和母亲关在家里,也不做饭,整天面包、香肠、啤酒狂吃狂喝,拒绝与任何男人接触。家里十七寸的电视机,从早到晚地开着,没过多久她就开始发胖了。

妹妹向红终于知道了姐姐的情况,开始寄钱给她,并且越来越多。后来她知道妹妹已经从香港回来,在深圳开了一家时装公司。

"姐,你啥也不用做,在家把妈照顾好就行了!"每次妹妹打电话来都这么说。

8

"向阳吧?你咋又出床子了呢?"一个老太太跟向阳打着招呼。

"是薛婶呀？有年头儿没见你了。你还在卖菜呀？"向阳也亲热地回应着。

"我早就不卖了。我现在跟着孙子住，帮他们带带孩子。这不，我寻摸着到早市买点儿菜。"老太太说着，"还一个人呢？你妈咋样啊？还在吧？"

"我妈还是那样。"向阳轻描淡写地说道。

"唉，你妈当年可是个大美人，连大鹏的妈妈都比不上啊。"老太太说道。

"说起薛大鹏，他还和你联络吗？"向阳好像想起什么，问道。

"白打他去了美国，我们屯子的房子就全扒了。我孙子用补偿费在城里买了套房子，这不，我也就不城里、农村的两头儿跑了。我估摸着这辈子也见不到大鹏的面了。如果你见到他，就说我想他！"老太太用棉手套擦了擦湿润了的眼睛。

"薛婶，你也太高看我了，我哪有本事见到薛大鹏啊。啥人啥命，咱好好活着比啥都强，对不对？"向阳见老太太说着不动地方，就说，"薛婶，咱改天唠嗑，现在我要收摊儿了。"

"可不是咋地，早市 8 点清场，你赶紧吧，要不然一会儿工商局的人来了，就要罚款了。"老太太看了看天空，边说边蹒跚而去。

果真，周边的摊床都在归拢东西，向阳也将案板上的刀和猪肉收拾起来。

9

"向红，你知道我今天看见谁了？"向阳坐在家中沙发上，悠闲自得地吃着膨化的土豆片，对着视频中的向红说道。

"谁呀？"手机视频上只有向红的声音和天花板，却看不到向红的身影。

"还记得薛大鹏吗？"向阳边吃边说。

"你是说跟咱们一起去北大荒的薛大鹏？"向红画了一半妆的脸出现在屏幕上。

"是呀。"向阳有意吊向红的胃口，把声音拉得很长。

"你见到他了？你在哪儿见到他的？"向红急切地问道。

"我见到他的保姆薛婶啦，薛婶说他也在美国。"向阳笑着说，"我寻思

微时代 VS 青春祭

048

着,你也许能打听到他呢。"

"我打听他干吗?"向红的神情又恢复到常态。

"你跟我还装模作样的。当年你可是让我帮你传过纸条的。"向阳说着就开心地笑了起来。

"姐,那是猴年马月的事儿了。我马上要跟小兵出门,先不聊了。"向红的头又消失在屏幕外。

"好,好,赶紧去吧。"向阳赶紧关上了手机。

谁主沉浮 VS 薛大鹏

1

"谁主沉浮"原本是薛大鹏在博客上的笔名,后来有了微信,他就用这个名字注册了账号。他也许是美国华人中最先使用微信的那一批人。没有别的原因,只是因为喜欢。喜欢高科技! 喜欢发表议论!

随着使用微信的人每年 N 倍递增,他的手机不仅有上百人的单线联系,而且还有十几个上百人的微信群。

"'长空燕叫'? 谁呢?"薛大鹏见微信上又有人让他添加,他打开对方的相册查看,上面仅显示三天的内容,除了一个新生儿睁眼闭眼的照片,几乎没有其他图文。他又点击了一下微信账号主人的照片,看到的是一个五大三粗的中老年妇女:大眼睛、大眉毛、大嘴唇、大脸盘,加上大笑,另外还有粗脖子、粗胳膊和粗壮的身材。

"真是个实在人。这年头还有人敢发这样的'裸照',连美图也不用一下。"由于好奇,薛大鹏还是接受了邀请。

"薛大鹏,你好,我是郭燕。"对方好像在等着他似的,马上回复。

直呼其名? 这么多年直接叫他薛大鹏的人几乎没有。他已经习惯了 Jeff 薛、Dr. 薛和薛教授、薛博士的称呼。自从父亲去世以后,就没人连名带姓地这么叫他了。郭燕? 郭燕! 不可能吧? 他赶紧回复了几个字:你就是在北大荒拉二胡的那个郭燕吗?

哈哈哈——对方没说话,发来了一张美女大笑的图片,然后才带出三个字来:就是我!

薛大鹏的表情严肃起来,他把手机丢在了桌上,起身在自己的豪华书房里来回踱步——多年来刻意阻隔的那段记忆,又重新闪现在他的脑海中。

2

那天是他八岁的生日,早晨一睁开眼睛就发现自己的床头放着一个红色的馒头。

"婶儿,我生日是吃红鸡蛋,不是红馒头。"他一骨碌翻下床,睡眼惺忪地跑到正在厨房做饭的保姆面前,把红馒头放在了灶台上。

"我的小祖宗,这要是给红卫兵看到,咱们连馒头都没得吃了。"保姆薛婶把红馒头放进一个精致的瓷花盘里,又在上面撒了一点白糖,重新递给了薛大鹏,"等你爸回来,婶儿天天给你吃红蛋。"

嘭嘭嘭,家里的大门被拍得山响。三十多岁的薛婶一边说着"谁呀",一边走过去开门。

跟在薛婶身后的薛大鹏,看着门开处拥进来四五个身穿黄上衣、戴着红卫兵袖章的人。挑头的女人他认识,妈妈演《白蛇传》的时候,妈妈是白蛇,她是青蛇。每次见到她,她都让大鹏叫她"干妈"。在他幼小的记忆中,干妈在舞台上欢蹦乱跳,可是一到他家就哭哭啼啼的。那时家里的客人来来往往,找爸爸谈工作和找妈妈谈心的人络绎不绝,所以他从来不关心大人的谈话。不过,他发现每次干妈到他家来,妈妈都会从自己的衣橱里选上几件衣服送给她,有一次还把他六岁生日收到的衣服和玩具也送给了干妈一部分。薛大鹏为此还"大闹天宫"地哭闹了一场,直到妈妈带他去买了同款玩具才算告一段落。

"你们要干什么? 太太——"薛婶试图阻拦这一群人进门,她见无效,急忙转身向主卧房喊道。

说时迟,那时快,这伙人已经朝卧房冲去。

"你们要干什么?!"薛大鹏的妈妈显然是刚从温暖的被窝里出来,身上穿着白色的真丝睡衣睡裤,脸颊上有一层淡粉色的银辉,与身上的锦缎融为一体,加上微卷黝黑的披肩长发,即使是在惊讶和愤怒中,也显得楚楚动人。妈妈的声音非常动听,字正腔圆。

"这是我家,你们要干什么?"薛大鹏妈妈的声音怒而不刚,好像是舞台上青衣的台词。

"宋筱钰,革命不是请客吃饭!团里要对你进行无产阶级专政,跟我们走吧。"干妈开始大声呵斥。

"妈——"薛大鹏凭直觉知道这不是好事,因为父亲就是这么被带走以后再没有回来。他抱着妈妈的腿不让走。

"薛婶儿,你到底是站在无产阶级一边,还是资产阶级一边?把大鹏拽走!"干妈摆出一副凶悍的面孔。

"桂芬,我们可是拜过天地的师姐妹,如果姐姐哪里做得不对,你指出来,姐姐一定改,可是别把我带走。老薛已经进'牛棚'了,大鹏还小。你也是有儿有女的人,你总不忍心让大鹏没有父母吧?"薛大鹏的妈妈晓之以理、动之以情地哀求着。

薛大鹏听到"牛棚"二字就哭闹得更厉害了。最近文化大院的孩子都传说他爸爸被关进了"牛棚"。他不知道"牛棚"是什么样子的,有的孩子告诉他就是牛粪堆积到小腿肚上的板棚子。不到八岁的他,在有限的想象力中,好像看到抗日战争腿部受伤的父亲,挂着手杖在臭气熏天的牛圈里踱步……

不,不能让母亲也去"牛棚"!"牛棚"太臭,每天都要喷香水的妈妈是受不了的!

薛大鹏哭叫着,死死地抓住妈妈的衣襟不放。

"狗崽子,滚开!"一个男红卫兵一脚就把薛大鹏踢到一边。

薛大鹏被这飞来的一脚踢蒙了,尽管薛婶儿上前把他搂到怀里,他还是一声没有,吓得薛婶直叫他的名字:"大鹏,大鹏。"

其实他什么都能听见,只是大脑反应有些迟钝,不想回答。他听到母亲嘶心裂肺的叫骂声:"郭桂芬,你的心肝让狼叼去了?我宋筱钰可是你的大师姐呀!如果师傅在,他是饶不了你的!"

听到母亲嘶哑的声音,薛大鹏心里想着的是妈妈的嗓子。妈妈平时说话细声慢语,说是把声带那点儿精气都要用在"吊嗓儿"上,今天妈妈连喊带叫,好像明天不活了似的,这让薛大鹏更加害怕。他的头虽然埋在保姆的怀里,但是他心中在琢磨着不让妈妈哭喊的办法。突然间,他发现妈妈的叫骂声开始远去。他赶紧寻声望去,发现妈妈已经被红卫兵拉出房门。

"妈——"他试图追出去,可是薛婶死死地拽住他不放。

3

五十年前的那一幕,从此就成了薛大鹏的梦魇。

"冤家路窄!我没找她,她却来找我了!"薛大鹏咬牙切齿地说道。

"文革"后他才从父亲那里得知,干妈是郭燕的母亲,是她带头揭发妈妈的。

"我已经把你加到'祭青春群'里了。点下'接受'吧。"微信另一头的郭燕,显然不知道薛大鹏此刻的心情,云淡风轻地又发来了一行字。

薛大鹏苦笑了一声,怔怔地看着手机,心里琢磨着怎么回答。加还是不加?

这时,书房门打开了,一位不超过三十岁的时髦女人走了进来:"亲,这件大衣还是带上吧,天津这儿下雪,洛杉矶还能暖和到哪儿去?哎,你在跟谁微信呢?让我看看。就看一眼,看看是不是我的竞争对手。"

女人的娇嗔使薛大鹏无奈地将手机递给了她。女人瞟了一眼手机上郭燕的照片,将手机还给了薛大鹏:"你们理工女真难看,还不如理工男呢!"

"那你是说我也很难看喽。"薛大鹏努力振作起来,搂着女人的小蛮腰说道。

"你以为我的眼光会那么低吗?你就说J大,哪个教授能跟你比?聪明的不帅,帅气的不聪明。有几个可以跟我的老公比呀!"女人顺势坐到薛大鹏的腿上,边揉搓着他的光头,边撒娇般地说着。

"娜娜,你真的不嫌我老?"薛大鹏顺势亲了一下自己的新婚太太刘娜。

"你说什么呢你!我们的结婚照,连我爸妈都没得说。你瞧,郎才女貌,绝配!"刘娜指着墙上的结婚照哆哆地说道。

"这次去美国开会走得急,来不及给你办签证了。你乖乖地在家等我,不许哭鼻子!"薛大鹏点了一下刘娜的鼻子。

"你呢？你会不会乖？"刘娜撒娇地往薛大鹏的怀里一偎。

"你说呢？五天的会议，加上来回飞机两天，一个星期我保准回来，晚一天都甘愿受罚！"薛大鹏又吻了刘娜一下。

"好了，不就是开个学术会吗？别弄得跟生离死别似的。我在给你装箱子，你还没告诉我要不要带大衣呢。"刘娜起身一本正经地说道。

"我在南加州住了二十多年，那里的天气最冷也不过加件羊毛衫。这次我就带个随身拉杆箱，不用托运，省事。大衣就不带了，不过我要在会上发言，所以给我准备一套不易压出皱纹的西装。"薛大鹏说着，忍不住又吻了刘娜一下。

"知道了，薛博士。"刘娜做了一个鬼脸儿走出书房。

薛大鹏一脸幸福地看着刘娜走出房门。

叮咚，微信中的"长空燕叫"又发来了一条留言：你还记得咱们那拨人吗？李沙、向阳都在群里了，就差你和向红了。

李沙？向红？薛大鹏再度陷入沉思。他从抽屉里拿出一个旧影集，上面有他小时候与父母拍的许多照片。他快速翻阅着影集，找到了一张两寸的黑白照。

薛大鹏将深度眼镜往鼻梁上推了推，凑近照片看了起来。

照片上的六个人分成两排，第一排坐着向阳和郭燕，中间是队长高唱；第二排站着的是李沙和向红，中间是薛大鹏。

久远的记忆像水中的涟漪，层层递进地把照片上的人与事，呈现在薛大鹏的面前。

4

"我们到镇上的照相馆拍张照片吧？"四十二年前，高队长对他从省城带来的五个小青年说道。

当时，薛大鹏他们不知道高队长就要被下放到连队，还兴高采烈地在合影后每人又拍了一张在天安门城楼布景前拉小提琴的照片。尽管身后的布景很小很脏很假，小提琴也很破很旧，但是大家仍然兴致勃勃——这可是到演出队第一次照相，虽然黄上衣没有鲜红的领章和帽徽，但是大家都穿着清一色的黄衣裳,心里也荡漾着雄赳赳的军人气概!

五个人刚刚把"我们是兵团战士"的照片寄回家,就发现高队长已经悄悄地离开了演出队。

没有告别仪式,没有送行的人群,早上红姐宣布练功暂停,紧接着余科长就到演出队宣布了高队长下基层锻炼,由副队长红姐接任演出队队长职务的消息。

也许对于老知青来说,"能上能下"是革命青年最起码的标志,但是对于刚刚离开城市不久的五个人来说,这简直是晴天霹雳。那一刻,他们不知道该做怎样的反应:惊讶? 木然? 还是寻究为什么? 他们的目光和大多数人一样,低头紧盯着地板一动不动。薛大鹏知道,他们一行五人,不论是年龄还是资历,比起老队员都低人一等,加上没经过基层劳动就直接进了演出队,更加觉得没有话语权。

那天,他一直低垂着头,脖子近乎僵直。散会后,他抬头时第一眼就瞥见李沙正向他使眼色,等他随着李沙前后脚来到每天早上练功的荒草甸子时,他发现郭燕和向红姐俩已经先行一步到了。

"高队长不会是因为我们给下放的吧?"李沙再也绷不住脸上的坚强,带着哭腔说道。

"反正我和我姐是考试进来的,没走后门。"向红不以为然地说道。

"我也是考试进来的呀!"郭燕也跟着强调。

"我也是考试录取的。"郭大鹏声音不大,但是很笃定。

"我们都经过了考试,没人可以说我们是走后门来的。可是为什么高队长会下放到连队?"李沙忍不住提高了嗓门。

"问题是也没人说高队长是因为走后门被下放的呀?"一直没有说话的向阳张口了。

"反正跟我没有关系。"郭燕嘀咕了一声。

"不管咋说,咱们是高队长从省城百里挑一选出来的,又是他一路陪我们坐着十八个小时火车来到这里的。"李沙愤愤不平地说道。

"咱们上火车的时候,是高队长把我们的行李从窗户递上去的,最后他还是从车窗爬进车厢的呢。"向红也不无留恋地说道。

"虽然我觉得咱们练功时他下手太狠,但是他不是也跟着我们一起早起嘛。"薛大鹏喃喃自语。

向阳和郭燕什么话都没说,几个人在一起分析不出高队长离职的原因,竟然演变成对高队长的怀念。说着说着,大家居然从伤感落泪演变成号啕大哭。没人明白自己痛哭的真正原因,但就是想这么一直哭下去。哭得最厉害的人竟是向阳!

尽管大家都觉得最没有理由为高队长哭泣的就是这个把郭燕年龄的事情通报给余科长的人!可是他们毕竟都不清楚自己的眼泪为谁而流。当然,不谙世事的李沙和薛大鹏,怎么也没想到向阳和余科长已经有了灵与肉的交易,即使是向红,也没想到姐姐是这一切的始作俑者,姐姐被红姐利用了。

郭燕见大家都哭,自己也就跟着哭个不停,可是脸上的泪水似乎与心情无关,她暗中甚至有些高兴,至少今天可以不用练功了!

新官上任三把火。红姐的"第一把火"就宣布:省城来的五个人没有经过基层锻炼,所以要先下放劳动半年,期满后再回演出队参加演出——薛大鹏和李沙到师部水泥厂劳动,郭燕去团部锻炼,向阳和向红到师部通讯站做电话接线员。

到师部通讯站做话务员也算劳动锻炼?这时演出队开始传出向阳和余科长有暧昧关系的小道消息。

五个人除去向阳和向红,剩下的李沙、郭燕和薛大鹏都是少男少女,哪好意思议论大家的传言?特别是薛大鹏,自从妈妈死去,父亲被关在"牛棚",他就再也不愿意说话,似乎所有的表达能力都通过歌声传达出来,因此他没有觉得去水泥厂劳动有什么不公平。

薛大鹏至今都记得第一天到水泥厂的情景:成品车间主任是个上海知青,他将两套蓝色的工作服和两个防尘口罩递给了他和李沙,就把他俩安排到一个小组去搬水泥。两个人搬一袋水泥看似简单,但那是刚出炉的水泥,隔着棉线手套都烫手。一天下来,十个手指有六个都裂开了几道细细的口子。

他们没有抱怨,反而相互安慰。李沙说,经过这种艰苦锻炼,再回演出队时就可以与"老知青"们平起平坐了!

第二天,他和李沙的胳膊都疼得抬不起来,但是他俩在上班前还要去帮郭燕把行李放到她要搭乘的卡车上——郭燕要去的那个团部,离师部有四个小时的车程。

穿着一身沾满水泥粉尘的工作服,戴着猪鼻子一般的防尘口罩,薛大鹏和李沙就是这样帮助郭燕将行李和脸盆等杂物放到敞篷车上,然后挥动着龟裂着一道道伤口的手,向站在拉水泥的大卡车上渐行渐远的郭燕使劲地招手。郭燕和他们一样,一路挥手,一路抹泪,又高又瘦的身影最终在水泥路的拐弯处消失了。

从那以后,薛大鹏再也没有见过郭燕。

5

薛大鹏用手轻轻地抚摸着那张六个人的黑白照,嘴里喃喃地说:"冤冤相报何时了,心心相印一朝情啊!"

说着,他用手机将那张黑白照片翻拍下来,然后发到"祭青春群"中,并点击了"长空燕叫",留下了四个字:郭燕,你好!

几秒钟完成的一系列动作,卸掉了压在他心中几十年的千斤重担。他紧皱的眉毛松开了,目光也开始饶有兴致地在"祭青春群"中游移:李沙?在十几个人的群里,薛大鹏一眼就看见了"李沙"两个字。因为群里的大多数人都跟他一样,用的是网名,并且多数是四个字的成语,所以在寥寥无几的真名实姓中,"李沙"二字就鹤立鸡群地凸显出来。

薛大鹏感到心率在加速,手指在微颤。他略显犹豫,最后还是鼓足勇气,点击了李沙的微信账号。在"朋友圈"里,他看到李沙分享了几张新年照片。

她也在美国?一种已经陌生了的悸动,在薛大鹏的心中冉冉升起。

6

在成品车间,他和李沙一组,就是从打包机上将封口后的滚烫的水泥袋及时搬离封口机,然后由另一组人用手推车将这些刚刚包装好的水泥袋推到紧临成品车间的库房里。

工厂里是三班倒,所有的人都怕上大夜班。

大夜班是午夜 12 点上班,早上 8 点下班。那时薛大鹏和李沙都只有十七岁,午夜正好睡的时候要起床穿上冰冷的衣服,从宿舍顶风冒雪走上十几分钟的路程才能到达厂区。

他记得数九寒天上大夜班的时候,他穿的是父亲在东北抗日联军时穿过的狼皮大衣和狗皮帽子,李沙穿的是她父亲在解放战争时穿过的棉军大衣和戴过的棉帽子。两个人当时都没想过这两件大衣的历史背景,也不以为荣,只是因为车间里太脏,舍不得穿下乡时买的翻着毛领的黄色军大衣而已。

水泥厂的工作都是体力活儿,八小时的工作期间可以分组休息一会儿。轮到李沙和薛大鹏间休的时候,他们也学着老职工,在上夜班轮休时裹着大衣,在库房堆积如山的水泥袋上睡觉。

尽管躺在水泥垛上像躺在火炕上一样暖和,可是空旷的库房和敞开的大门,仍然让蜷曲在上面的人苦不堪言。

库房为了便于白天大卡车入库拉水泥,不仅没有安装大门,而且四堵墙壁有两堵墙是对着敞开的,也就是大卡车从一个缺口进,一个缺口出,两个缺口加上有三层楼高的屋顶,不仅库房显得空空荡荡,而且冬天寒风肆虐时,身上会压上一层霜雪。

薛大鹏记得,每当这时他都会下意识地哼唱起父亲在家时常常放声高歌的那首抗日联军的《露营之歌》:

朔风怒号,大雪飞扬,征马踟蹰,冷气侵人夜难眠。

火烤胸前暖,风吹背后寒。

壮士们! 精诚奋发横扫嫩江原。

……

不过,唱着唱着,他的歌词里就只剩下"火烤胸前暖,风吹背后寒"啦。

那时他父亲已经从"牛棚"里出来,被安排在大众浴池给别人搓背修脚。

在薛大鹏的记忆中,少年时代的记忆都是羞辱,他一直在想方设法地远离自己的历史,离开文化大院。然而在开往北大荒的列车上,他发现和自己一起去演出队的人都是文艺界的子女。开始时,他觉得自己在这些知道他老底儿的人面前抬不起头,所以遇事从来不表态、不发言。可是他渐渐发现,五个人中最有号召力的竟是自己的小学同学李沙,而李沙就像是他的保护神一样,遇事不用他表态就知道怎么做对他有利。

他开始暗中观察李沙:表面上文弱安静的李沙,不仅在郭燕面前像个大姐一样嘘寒问暖,在男人堆里也不示弱——男人能搬动的水泥袋,她咬着牙也要搬。特别是在寒冷的库房里,身下是滚烫的水泥袋子,身边是数九寒冬的风雪,别人躺在上面休息发牢骚说怪话,而李沙总是风趣地说,老革命家是"火烤胸前暖,风吹背后寒",咱们革命小将是"风吹胸前冷,烫得背后疼"。

从小就胆小怕事的薛大鹏,不仅羡慕李沙的乐观精神,而且在青春萌动之中将李沙看成是高不可攀的"女神"。不过有一件事情他永生不忘,并且每每想起,心中都会涌动出一股懊悔、一丝甜蜜。

那天,他和李沙像往常那样利用间休时间裹着又脏又破的大衣,躺在滚烫的水泥袋上休息。他看到李沙裹着那件四处露着棉絮的棉大衣,蜷缩在飘落的雪花中不禁怦然心动,很想把自己的皮大衣换给李沙。这种惜香怜玉的感觉对于他是陌生的,但是内心涌动出的男子汉气概却是他一直向往的。尽管他最终没有对李沙说出口,但是身体上的躁动和心情上的不安,以及想象中的甜蜜,都是他苍白的青春中一抹鲜活的记忆,永不褪色。

7

"李沙,我是薛大鹏。'谁主沉浮'是我!"薛大鹏在"祭青春群"点击了一下李沙的图像。

"老公,你来看看带哪条领带呀。"太太刘娜的声音从卧室里传来。

"好,马上就来。"薛大鹏嘴里答应着,手却在手机上飞快地打着字:"李沙,刚刚知道你住在洛杉矶,真高兴。我在耶鲁博士毕业后,到加州创业十八年。我是去年回到中国的,在J大生物研究所搞科研。不过我明天要去洛杉矶开国际学术会议,如果会议期间能够脱身,大家可以见个面。"

"亲,我来了。"薛大鹏匆匆打完字,把手机一关就往书房的门外走,走了两步又返身将写字台上的影集和手机放进了抽屉,这才如释重负般地走出书房。

第二章　晕

过去说"头晕""眩晕",字义明确。如今网络上的"晕",是任何使人想不通和说不清的事情,只要用个"晕"字便不言而喻!

晕进往事

1

清晨刚刚睁开双眼，李沙就习惯性地拿起床头柜上的手机。打开微信，她发现"祭青春群"有人给她留言。"谁主沉浮"？这名字可够狂的啦。

是薛大鹏？一股强烈的心情使她迫不及待地点击了微信图片，看到照片上的男人剃着光头，戴着时尚的茶色眼镜，穿着立领对开襟儿的中式棉麻小褂，满脸的书卷气，初看像中年人，再看又像步入了老年，找不到与那张六人黑白照中年轻男孩有任何相似之处。

这是大鹏吗？犹疑间，李沙发现微信通讯录里有新朋友要求添加。她打开一看，是"谁主沉浮"的请求。

真的是薛大鹏！李沙激动起来，马上点击了"接受"："大鹏，谢谢你还保留着我们在北大荒的照片。我到美国二十多年了，可惜我们失去了联系。我们快四十年没见面了，真等不及你来洛杉矶了。现在通话方便吗？"

文字发出去后，"谁主沉浮"并没有反应。

李沙凝视着手机片刻，突然像是改变了主意，翻身下床洗漱之后，到衣帽间找了一套上班穿的西服裙，三下五除二地换掉了身上的睡衣，然后又跑到梳妆台前，一边化妆一边观察着手机的动静。

手机上的"谁主沉浮"仍然没有片言只语。

李沙很高兴自己有足够的时间梳洗打扮，所以慌乱的节奏慢了下来。

她往脸上铺了一层淡淡的粉底霜，又抹了一点儿腮红，再浅浅地描了一下眼线和涂了一层似有似无的口红，对着镜子里的自己，满意地微笑了一下。

不过，她很快又皱起了眉头，觉得自己的穿戴太正式，不像是在家里，倒像是在教室里给学生上课。她赶紧到衣帽间找了一套白色紧身的运动装，换下了笔挺的西服套装。

再度站在穿衣镜前，李沙满意地看着镜子里的自己：昂首挺胸，意气风发，一扫身上人近古稀之年的暮气！

她在镜子前上下左右地打量了自己半天，这才坐到卧室的沙发摇椅上，神闲气定地等待着与薛大鹏通话。

每个周六的清晨，丈夫汉斯都会风雨无阻地去打高尔夫球。李沙通常都是借此机会懒散地躺在床上，看看手机，看看电视，享受着一周工作后的闲适。可是今天，她无论如何都无法放松自己的肌肉和神经，眼睛一直盯着手机，希望能尽快地看到"谁主沉浮"的答复。

冬日里的阳光从阳台的玻璃门倾泻进来，相比夏日的骄阳更显和煦。然而随着时间的流逝，李沙的心情不再淡定。她推开玻璃拉门走到阳台上，望着后花园的泳池水面在阳光的照射下泛起阵阵涟漪，她的思绪便随着这无声有序的波纹，慢慢地推进她生命中的十七岁。

2

在师部水泥厂劳动锻炼期间，李沙和薛大鹏并不知道这里就是他们在北大荒的"归宿"。尽管三班倒抬水泥的工作很辛苦，但是他们初到厂里还是很开心的——全厂职工都知道他们是从师部演出队到基层体验劳动生活的，过半年就会回去，所以大多数人对他俩不仅包容，而且羡慕。

可是后来发生的事情，不仅她和薛大鹏始料不及，就连全中国的人都惊讶不止。

最初是厂领导通知"毛主席逝世"，师部要在俱乐部广场上举行追悼会，水泥厂是师直单位，所以全厂职工都要参加。

由于师部所在的小镇紧靠苏联边境，加之兵团一直都是按照军队的编制管理，所以尽管国家已经决定将兵团改为"农管局"，交由地方管辖，但是交接工作还没有最后完成,各级领导还是现役军人。

"誓师会"的前两天,所有的兵团人员都被临时编入各个军种。

水泥厂的全体职工被编入"八二炮兵连",李沙和薛大鹏的工作从搬水泥改为搬炮弹,并且在誓师会的前一天进行了一场从广场朝山上撤退的演习。

李沙和薛大鹏是最后一批"兵团战士",他们从没有经历过这种场面。什么是"八二炮"?怎么一夜之间就成了"炮兵"?尽管他们不懂将要发生什么,但是"搬炮弹肯定比搬水泥光荣"的想法使他们兴奋不已。直到演习的时候,李沙才开始怀疑自己是不是能做炮弹手。

那天李沙一手拎着一个铁皮的炮弹箱子,由于是演习,箱子里没装炮弹,只是两个空铁箱。可是走了还不到一半的路程,她已累到泪眼婆娑,叫苦不迭。

走在李沙身旁的薛大鹏,平时话就不多,这时也没说话,只是从她手里拿走一只炮弹箱,使李沙可以两只手替换着拎那剩下的一只。

车间主任是个上海知青,临时做了炮兵连的班长。他看了一眼可怜巴巴的李沙,也就没有批评薛大鹏违反纪律,只是让他俩跟上队伍。

北大荒的9月已是一地秋黄。回到山下,作为现役军人的厂长告诉大家:整个师部的领导都会出席,所以"八二炮炮兵连"的任务很重要,一旦有情况,立刻回击!

怎么回击?李沙不知道。她今天只拎了炮弹箱,连炮弹都没见过,更没看到八二炮长什么样子!

薛大鹏和她一样,除了两只手被炮弹箱磨出几个水泡外,也不知道明天意味着什么。不过到了晚上,他还是小声地对李沙说:"明天多穿点儿,防备进山下不来了。"

那天晚上,李沙除了将冬天穿的棉衣棉裤都找出来放到被子上,还给爸爸妈妈写了一封诀别信,大致的意思是她明天可能会为国捐躯,这也许就是她给父母的最后一封信。写完后还刻意夹了一张她不久前在照相馆拍的那张在天安门城楼布景前拉小提琴的一寸黑白照。说也奇怪,当她做完这一切,觉得自己跟刘胡兰一样英勇,临危不惧!

第二天清晨,她把所有的冬衣都穿在身上,大义凛然地到广场集合。那天的天气突然转暖,加上好几千人集结在广场这样一个弹丸之地,燥热、拥挤、紧张,使李沙喘不过气来。

誓师会还没有开始,有些人便晕在了队伍里,马上就被身穿白大褂的医护人员用担架抬离了现场。

李沙发现自己的队伍里也有人晕倒。她不清楚那几个人是真的晕过去了,还是为了逃避?总之,她在一瞬间也有过临阵脱逃的想法,但是看了一眼站在她身旁的薛大鹏,虽然他也因为穿得太多满脸是汗,却不动声色。李沙把棉袄的扣子解开,坚定地站在原地,一直待到誓师会结束。

当晚,"八二炮兵连"自动解散——李沙撕了给父母写的诀别信,大夜班和小夜班抬水泥的工作恢复正常。

可是没多久,厂领导又传达了一个惊心动魄的消息:"四人帮"倒台了!

李沙太小,并不关心政治,打倒谁似乎都是一个口号,跟着喊就是了。她最关心的还是什么时候可以和薛大鹏回演出队去。

这天水泥厂政治处的宣传干事找到李沙和薛大鹏,让他俩组织一个诗歌朗诵会,主要是宣传打倒"四人帮"为人们带来的欢欣鼓舞。

李沙和薛大鹏搬了好几个月的水泥,终于有机会展示一下声音的魅力,他俩兴高采烈地接受了任务,并且在劳动之余磋商如何完成这台节目。

尽管此时薛大鹏的父亲已经平反,停止了浴池搓脚的工作,在家休养并等待官复原职;李沙的父亲也从资料室解放出来,恢复了专业作家的待遇。但是,李沙和薛大鹏毕竟"夹着尾巴做人"多年,还不太适应这种扬眉吐气的政治氛围。他们的兴奋心情中还夹杂着些许的不安,自豪中还潜藏着深深的自卑感。

写什么?昨天还是被改造的对象,今天就有资格谈论国家大事啦?

他们不敢懈怠,两个人开始认真读报,留心广播,最后模仿在演出队排练大型诗朗诵的形式,写了一首可以涵盖工农商学兵众多人物的大型诗朗诵《啊,北大荒》。

由于他们眼里的北大荒更多的是在水泥厂劳动的感受,所以"打倒四人帮,大快人心事"的主题,最后在诸多个"啊"的感叹号中,从全国范围缩小到北大荒,最后就变成了水泥厂了。

当然,李沙和薛大鹏并没有意识到这一点,两人兴致勃勃地到各个车间选拔"演员"。好在厂里有近千名的知青,除了从北京、上海来的,就是从哈尔滨和牡丹江来的,找一二十人绰绰有余。

为了在最短的时间里完成排练工作,李沙和薛大鹏亲自誊写十多份文稿,然后每人分一段诗歌,让他们分头背诵,统一排练。他们又找了几位会拉小提琴和手风琴的职工,利用大家都熟悉的曲调,为诗朗诵配乐。

一个星期后,一组带有史诗般壮阔的配乐诗朗诵,展现在水泥厂职工和家属的面前。

演出在可以容纳几百人的大食堂里举行。李沙和薛大鹏是领诵者,其他人身穿工农商学兵的服装,各自进入自己的角色。

原本只是每天跟水泥打交道的人,居然在抑扬顿挫的诗朗诵中,撑起了历史的风云变幻,唤起了忧国忧民的情怀。加上远离家乡的游子之情和北大荒艰苦的劳作生活,使这些平日里满脸满身都是水泥粉尘的知青,一扫往日满脸的麻木,声情并茂地朗诵着自己分配到的文字。许多人读到动情之处,不仅泪光闪烁,还泣不成声。那些往日有泪只能往肚子里流的辛酸,此刻可以光明正大地借助对"四人帮"的痛恨得以宣泄,对未来的向往也可以借助"全民欢欣鼓舞"的文字喜形于色。

整个食堂沸腾起来,全体职工热情高涨。演出结束后,不仅宣传干事满意,就连当时还是现役军人的厂长都拍手叫好!

厂长肯定的事情,政治处不会忽视。事隔几天,宣传干事找到李沙,问她是否愿意留在厂里做脱产播音员。李沙觉得自己当初去演出队就是避免到北大荒出苦力,所以能够得到一份自己喜爱的工作,又可以马上摆脱搬水泥的工作,何乐而不为? 只是,她希望薛大鹏也能和自己一样做脱产播音员。

宣传干事说厂里只给一个名额,并且厂部需要的是女播音员。

李沙没有勇气说"考虑考虑",当场就同意了。

消息很快在全厂传播开来。李沙正犹豫着怎么向薛大鹏解释,薛大鹏已经找到她说,自己不善言谈,不喜欢做广播员的工作,所以她不用觉得为难。再过一阵子,他就可以回演出队唱歌、拉手风琴了。

叮咚。站在阳台上回忆往事的李沙，听到手机响了一下，以为是薛大鹏的微信，满心欢喜地打开了手机。呼叫人不是"谁主沉浮"，而是"长空燕叫"的视频邀请。她犹疑了片刻，接通了电话。

"哎哟妈呀，咱们总算联络上了！"郭燕在视频中拍着大腿叫道，"姐，我是郭燕啊！"

"郭燕，你可变化不少。"李沙被郭燕的兴奋表情所感染，也大声地说道，"你要是不说，我还真不敢认了呢。"

"可不是咋地，要说现在我是你姐，别人都信。姐啊，你咋显得这么年轻呢？比过去还漂亮了。"郭燕由衷地赞美道。

"是吗？谢谢！"李沙笑了起来。

"姐，你看到薛大鹏的留言了吗？"郭燕神秘地问道。

"看到了。"李沙脱口而出。

"他说去洛杉矶要跟你联系。要不是我还得帮闺女带孩子，我就从纽约飞到你们那儿去了！"郭燕热切地说道。

"是呀，你要是能来多好，我们大家马上就可以见面了！对了，前两天我参加活动，碰到了向红，她现在也住在洛杉矶。"

"哎哟妈呀，咋那么巧呢？她有微信吗？我把她加到咱们群里。这下咱们五个人就都找到了。这样吧，你直接把她拽到群里，这样我就不用单独加她了。"

"好。"

说话间，李沙已经把向红加到了"祭青春群"。

"不行了，那小崽子又哭了，不抱着睡觉，一会儿就醒。咱姐俩这下联系上了，等有空儿的时候再唠，啊！"郭燕说完就撂下了电话。

李沙被郭燕来如风去无影的通话搞得哭笑不得，关上手机有一种言犹未尽的失落感。她又点击了一下"谁主沉浮"，想确认她和郭燕通话的时候没错过薛大鹏的来电。

"谁主沉浮"依然没有留言。

李沙漫不经心地点击着薛大鹏的微信相册，发现主页上的照片换了——早上看到的单人照，现在换上了一张结婚照。照片上的薛大鹏，穿着一身笔挺的暗紫色西装，跷着二郎腿，脚上是一双紫红色的"Crockett & Jones"手工制作的翻毛鞋，两手有些僵硬地摆放在太师椅的扶手上，正襟危坐，目不斜视。太师椅很大，他的左手边依偎着一位非常年轻的女人。那女人瓜子脸，大眼睛，细嫩的皮肤吹弹可破，是典型的江南女孩样貌——美丽得含蓄、精致得神秘。女人穿着婚纱，她把裸露的手臂搭在薛大鹏的肩上，那种眼角眉梢都是笑的神情，远远比薛大鹏刻意掩饰内心的欢天喜地而硬绷着的表情要舒服得多。尽管经过"美图"的照片上，薛大鹏的脸上没有了明显的皱纹，但是眼角眉梢还是散发出一股沧桑感，相比身边女人的青春勃发，让人一眼就认定这是一对"老夫少妻"！

李沙的眉头略微一皱。

4

在北京国际机场安检口，刘娜抱着薛大鹏的腰不肯松手，那种难舍难分的表情颇受过往行人注目。薛大鹏似乎很享受这个过程，又把喃喃低语的太太搂在了怀里。

"娜娜，别难过，一个星期我就回来了。你回去吧，我要安检了。"薛大鹏的声音就像他搂抱太太一样地轻柔。

"你可要每分每秒都要想我。"刘娜的声音比薛大鹏的还要甜腻。

"你把我的微信头像都换了，我还能想别人吗？"薛大鹏把刘娜搂得更紧了。

"我可是有你的微信密码，你要是在美国拈花惹草，我分分钟都能看到哟。"刘娜娇嗔地拽了一下他的耳朵。

"别人看见我有这么漂亮的太太，谁还敢有非分之想呢？放心吧，我心中只有你刘娜一人！"薛大鹏开心地点了一下刘娜的鼻子。

"好吧，那你走吧。"刘娜这才放开了薛大鹏。

薛大鹏并没有急着走人，而是捧起刘娜的头，在她丰满红润的嘴唇上长吻了一下，然后才转身随着滚梯朝安检口走去。

5

安检后的薛大鹏在登机口坐下，他回味着刚才与刘娜分手的情形，脸上仍然留有幸福的余温。

他见登机还有十五分钟，就掏出手机，点击了微信，看到了李沙的留言。他想了一下在微信中写道："胸中襞积千般事，到得相逢一语无。到美国后我会跟你联络。"

微信留言发送出去之后，等了两分钟确定对方已经收到信息，他删除了所有的聊天记录。在这个过程中，欢颜已经渐渐地从他的脸上消失，取代的是岁月留下的成熟。

他不再刻意挺直腰板，而是很放松地弯下脊背，用手指将李沙微信号封面的头像反复放大和还原，就像他的思绪断断续续地穿梭在岁月的长廊里。

6

那时李沙已经调到厂部，而他仍在车间里跟其他知青一样，戴着防尘口罩，穿着缝隙中都是水泥粉尘的劳动布工作服——每天要做的工作就是把装满水泥的牛皮纸口袋用机器封口之后，抬到手推车上运到库房。

那段时间，当他在深夜步行于宿舍和车间上大夜班的时候，他在黑暗中感受到的是无边的孤寂；当他在间休时躺在水泥垛上遥望夜空时，他在静谧中回首着他和李沙在一起的点点滴滴。尽管车间里人来人往，但是对于他来说犹如无人之境，他不想与周围的人多说一句话。他盼望着六个月的锻炼期一过，他就可以回演出队高声放歌，开心拉琴。

然而，半年过去了，演出队没有动静；七个月过去了，演出队还是没有发出招他回去的通知。

李沙说应该去打听一下。

他却说：求人比杀他都难受。

也就在这时，向红来向他辞行，说师部正式改为农管局，演出队可能被取消，余科长已经脱掉军装调到其他部门，她姐姐向阳也调到了农管局幼儿园工作,她本人马上去农管局医院报到,先当护理员,看看今后有没有保送医学院的机会。

听到向红带来的信息,薛大鹏的心情跌至低谷。尽管向红再三强调会经常来看望他,他却麻木地看着向红有些遗憾地离去。

好在这样的日子没过多久,李沙就回来向他诉苦,说是晚上下班后不敢到食堂打饭。

这可出乎薛大鹏的意料。在他的心目中,李沙独立、能干、坚强,手指让水泥烫得一条条血痕都不喊一声痛,怎么现在坐办公室反而娇气了?不过他倒是很高兴李沙也有"怕"的时候,给了自己一个"护花"的机会。

广播站设立在厂部办公楼里,小楼内外都被水泥染成了青灰色。

一层是烘干车间,每天24小时传送着打碎的石灰石,把粉末烘干后送到成品车间打包。

二楼用于办公。楼上所有的办公室都是用水泥间隔出来的,虽然坚固,但是对外没有窗户,通风都靠天井一般的空旷走廊,所以每个办公室都有一个朝里开的窗户。由于粉尘太大,窗户通常形同虚设,没有几间办公室愿意开窗。

尽管厂部的条件不是很好,但是与尘土飞扬的车间相比,这里已是"天堂"。

李沙告诉薛大鹏,刚刚调到厂部工作的时候,她对广播室的环境非常满意,厂里为了她还专门在厂区多加了四个高音喇叭。可是厂部办公室的走廊上堆着毛主席逝世时摆放的一堆花圈,晚上人去楼空的时候,被楼梯口吹进来的冷风一刮,哗哗作响。走廊的灯泡只有15瓦,勉强看得见房间的门窗,连开锁都看不清楚。她播完晚间新闻以后天色已暗,她下楼到食堂打完饭再返回来的时候,总觉得那些花圈里藏着人或鬼,所以每天紧张得连晚饭都不想去吃。

听到这里,薛大鹏二话没说,自告奋勇地向李沙提出每天可以送她出入小楼,并定好每天晚上6点半在食堂见面,不见不散。

由于是三班倒,薛大鹏不在车间的时候要专门从宿舍赶到厂区,但是能护送李沙回广播室,是他每天最期待的事情。由于广播室兼做李沙的宿舍,所以每天晚上薛大鹏只送李沙到厂部二楼,在楼梯口看着李沙进屋把门反锁之后转身离开。从此,李沙消失在门里前最后的笑容,便定格在薛大鹏的脑海里。

7

手机响了,薛大鹏看到有一位叫 Isabella 的人用微信给他电话。谁呢?显然这是一个女人。他碍于太太刘娜的监督不想接,可是他担心是大会组委会的电话,犹豫了一下还是接听了。

"Hello,who is it?(哪位?)"他用流畅的英语问道。

"I am Isabella. No, I am Xiang Hong. Are you Dapeng?(我是伊萨贝拉。不,我是向红。你是大鹏吗?)"对方用蹩脚的英语回答道。

这时候机室里传来登机的广播,薛大鹏一边拉着行李箱站起身来,一边不耐烦地说了一句:"Who is calling Please?(请问是谁?)"

"大鹏,It is me. 我是向红啊,还记得我吗? 咱们一起去的演出队。我刚才在'祭青春群'看到你,所以就马上给你打来电话。"向红的声音很柔软,但是语速因为紧张而加快。

"向红。我当然记得。"薛大鹏淡淡地说道。

"我听说你很早就到美国了,你现在住在哪个州?"向红迟疑了一下,仍然像对老朋友的口吻说道。

"我现在住在中国,正在去往洛杉矶的路上。"薛大鹏被自己的小幽默给逗笑了,为了掩饰失态,他亲切地问向红,"你怎么起了一个外国名字?"

"我也办移民了,现在就住在洛杉矶。大鹏,你怎么回中国了?"向红终于用平起平坐的口吻与薛大鹏对话了。

候机室再度传来登机通知。

"对不起,我马上要登机了,我们改天再聊吧。"薛大鹏说完就关上了手机。

8

向红悻悻地看着手机,正愣神儿,她看到向阳给她打来了电话:

"亲,你不是说不想让人知道你在哪儿吗？你咋进群了呢？"

"是李沙把我拽进去的。姐,那天你不是说见到薛大鹏家的保姆了吗？你知不知道她的联络方式？"

"你问这个干啥？"

"我想告诉薛大鹏,他的保姆还活着。"

"我知道你喜欢过薛大鹏,可那都是多少年前的事儿了。那时都没成,现在还想他干啥？"

"这是哪儿跟哪儿啊,我只是想既然薛大鹏也在美国,多个朋友多条路嘛！"

"好了,你也别三心二意的啦,迈克对你不错,咱们现在一家三代可全靠他了。小兵的事儿你还要抓紧办啊。"

"小兵,小兵,你心里就只有小兵……"

一直在通话的向红,忽略了泳池旁躺椅上的小兵。

"小姨奶,你叫我？"小兵拿掉扣在耳朵上的耳机,大声地问向红。

"啊,你不能总打游戏,还是要看看书,不然学校联系好了,你也跟不上。"向红赶紧敷衍了一句。

"知道了,打完这一关。"小兵把耳机重新扣在耳朵上。

"是小兵啊？快让奶奶看看！"视频中的向阳高兴地大叫起来。

"他在打游戏,听不见你的声音。"向红气恼地说着,把手机镜头转向戴着耳机摇头晃脑、手指在手机上不停滑动的小兵。

"小兵还小,别跟他一般见识。就当是姐欠你的！"视频中的向阳愧疚地说道。

"姐,你可别这么说。这些年还不是你在照顾妈？放心吧,小兵的事儿我不会不管,可是也确实没有你想得那么简单。我刚刚到美国,英语不好,小兵又不配合,有些话也没法向迈克说清楚。我想等过段日子和他搞好了关系,让他出面去办。"向红的语气明显温和了许多,边说边走进起居室。

这时向红好像听到了什么,示意向阳别说话。

"姐,迈克回来了,我得让小兵赶紧进屋,要不迈克又要说他一天到晚打游戏了。"向红对向阳匆忙说了一句,赶紧关上手机,到泳池旁拽下小兵头上的耳机。

"你干啥?"小兵生气地叫道。

"迈克回来了,你赶紧进屋。"向红慌乱地指了指房间。

"这儿是不是你家? 我爸是不是付了房租? 你怎么跟小偷似的,做事偷偷摸摸的!"小兵不情愿地站起身来,不慌不忙地朝房间走去。

向红顾不上和小兵理论,她赶紧收走小兵放在地上的饮料瓶子和拖鞋。

她刚走进厨房,便看到迈克已经推开通向车房的房门,她急忙把手里的东西塞进了厨房的抽屉。

"Isabella,我们吃什么?"边克带着一身的疲劳走了进来。

"嗯,How About 蛋炒饭?"向红想了想,说道。

"What else?"(还有什么?)迈克的语气中带着失望。

"What,What else?"(什么还有什么?)向红似懂非懂地重复着。

"我喜欢 Chinese food(中国饭)。Chinese food 很好吃。"迈克有些沮丧地说道,"But I can't eat the same food everyday.(可是我不能每天都吃一样的食物。)"

"Yes,蛋炒饭很好吃。"向红从迈克的表情中明白他想吃其他中国菜,但是她装着糊涂。

"I can't. I just can't eat 蛋炒饭 every day."迈克摇着头,边说边去冷冻箱拿食物,"Where is my steak?(我的牛排哪里去了?)"

"小兵吃了。"向红像犯了错误的孩子,小声地说道。

迈克看了她一眼,想说什么,又摇了摇头,打开了一瓶白葡萄酒,斟上一杯,坐到沙发上自斟自饮起来。

向红趁势坐到他的身旁,亲了他一下:"Eat me.(吃我吧。)"

这一吻让迈克心花怒放,顺势将向红搂在怀里。

就在这时小兵跑进了厨房:"饿死我了! 晚上吃什么? 可别告诉我还吃蛋炒饭!"

说着,小兵给自己也倒了一杯白葡萄酒。

"He can't drink."迈克大呼小叫道,"你不能喝酒!"

"小兵,美国规定 21 岁前不能喝酒。"向红赶紧说道。

"我上小学就开始喝我爸的'北大仓'啦,有什么大惊小怪。"小兵一仰脖儿,把酒一饮而尽。

"You are in America now！（你现在是在美国！）"迈克斩钉截铁地说道。

"小姨奶，别理他。走，咱们出去吃，你想吃什么我请客！"小兵并不理睬迈克。

"你、你少给我惹点儿祸，好不好？"向红说着，抹泪朝卧室走去。

迈克向小兵做了个鬼脸，小兵没理他，独自回房间去了。

迈克耸了耸肩，重新回到客厅的沙发上，拿着电视遥控器一边选台一边喝着酒，最后选中了高尔夫比赛的现场直播，便津津有味地看了起来。

卧房里，向红期待着迈克能尾随着进屋安慰她，可是左等右等不见迈克的身影。她无望地颓坐在梳妆台前，用惜香怜玉的目光看着自己："向红啊向红，为什么你总争不过命啊？！"她的目光在镜子里涣散。

9

原本向红和向阳都在师部做话务员，工作既轻松又体面，根本不在乎是否再回演出队。可是，余科长脱下军装后一蹶不振，天天责怪向阳毁了他的前程，夫妻俩三天一小吵，五天一大吵，向红夹在中间如同惊弓之鸟，不知道是该讨好姐夫，还是该安慰姐姐。正在这时，农管局精简编制，向红主动要求去农管局医院做护理员。

报到之后，她才知道自己选择错了：在师部做话务员的时候，不仅坐在窗明几净的话务室里统揽乾坤，将手中的电话线接到师部、团部和连部首长的办公室里，愿意偷听的话，还能第一时间了解到机构调整的内部消息，并且认识不认识的知青要往城里打电话，都得和颜悦色地求她帮忙。可是到了农管局医院，护理员跟扫厕所的清洁工没什么两样——除了每天帮助护士端针拿药听患者吃喝，还要端屎端尿什么脏活儿都要做。

在这样无聊的工作环境里，苦闷的向红把薛大鹏作为精神支柱，带着少女羞涩的心情，欲言又止地给薛大鹏写过几封信"投石问路"。可是薛大鹏的回信总是不疼不痒，不去碰触她期待的话题，并且字里行间的客客气气让她没有直抒心意的机会。

向红原以为她可以从医院保送上大学，没想到全国已经恢复了高考制度，取消了"工农兵上大学"的推荐制度。很快，她听说薛大鹏第一年就考上

第
二
章

晕

了医学院,而她在中学根本没有学到知识,在工作中更没有机会补习。她绝望至极,痛感自己和薛大鹏的距离已经是天壤之别。她想到了死!

那天她偷偷拿了护士准备的止痛针和大剂量的药水,准备找一个机会给自己注射,一了百了。可是就在这时,一个被收割机割掉了一只手的患者疼得呼天喊地,而当时医护人员都在吃午饭,没人在这个患者的身边。向红觉得自己终于有了一个扮演护士的机会,她就把留给自己的那一针悄悄地打在了这名患者身上。由于药力超强,患者马上昏睡了过去,不再喊痛。

患者叫张得利,自小没有父亲,大家只知道他母亲是个支边青年,在他八岁的时候就死了,他是吃百家饭长大的。尽管他个头不高,人也瘦小,但是他有两只黑亮的大眼睛,忽闪忽闪的,常常透出古灵精怪的聪明劲儿。

张得力比向红大两岁,是农场的农机手,那天他在修理收割机时,同伴在不知情下发动了引擎,把他的左手绞到拉链中……

张得力从止痛针的昏睡中醒来之后,对向红感激涕零。可是随着伤口的愈合,向红在张得力那双灵动的眼眸里,看到了男性的荷尔蒙。

哼,癞蛤蟆想吃天鹅肉!

显然,张得利读出了向红的心声,住院期间没敢向她表示仰慕之情。不过,他借着工伤的理由,一直住了两个多月才离开医院。

时隔半年,张得利仿佛换了一个人,穿着城里人刚刚时兴起来的喇叭裤和长袖花衬衫到医院来看向红。

向红惊奇地发现,那条已经安上假手的左臂看起来与正常人无异,如果不拿东西,没人会看出张得利是个残疾人。

"我找到我的父亲了,他在香港,已经帮我办理了定居手续。"张得利的话就像一颗黑暗中的北斗星,照亮了向红无所适从的生活。她同意和张得利结婚,以便马上办理去香港的居留身份。

然而到了香港,她才发现张得利的父亲住在蜗居里,虽然亲生女儿已经出嫁,家里只有父亲和后母两夫妻,但是经济十分拮据,一间不大的房子从中间用布帘隔开,一边是老两口睡的双人床,一边是双人沙发,白天大家坐着看电视,晚上打开就是小两口的床。

开始时,一家人还算和气,总认为这种情形是暂时的,等他们小两口找到工作就可以搬出去住。可是张得利开了两天的出租车,觉得不如到赌场赚钱痛快,渐渐地成了赌徒,赚得没有输得多。

张得利父亲的太太见向红长得漂亮,就劝说她到夜总会做女招待。向红去干了两天,发现女招待要打扮成"兔女郎",穿着三角短裤和近乎胸罩的上衣工作,她坚决辞退了工作。

由于不会说广东话,向红一时找不到工作,每天在家就听"婆婆"指桑骂槐地"敲打"她。她一气之下又去学习足底按摩,可是学徒期间几乎拿不到什么钱。

其实此刻她的父亲向前在东南亚声名鹊起,一幅油画就可以成为"万元户"。可是姐姐向阳来信说,即使饿死,她们都不能向他求助,因为他背叛了母亲,背叛了家庭,她们要让他永远背着这个十字架不能轻松。

向红一向听从姐姐向阳的话,她即使去夜总会工作,也不愿求助于父亲向前。

为了尽早离开公婆家独立生活,她不仅重新回到夜总会工作,而且把在演出队"压腿""开肩"的功夫全部用上,说服了老板让她跳钢管舞。

跳钢管舞的收入比较多,她很快就靠自己的能力租到了一间公寓,和张得利另立了门户。

谁知,就在这次搬迁中,张得利看到了向阳寄给向红的信,知道了她们的父亲向前是一位有名的画家。此刻,张得利欠下了一大笔赌债,他恳求向红向她的父亲要钱要画来还债!

向红自然不肯,张得力就四处了解向前的消息。终于有一天,他得知向前要到香港举办画展,就按照地址找到了向红的父亲,说自己做生意赔了钱,并且为了证明他的身份,还把向前领到了家中。

向前给了张得利一笔数目不小的钱,张得利仍不满足,经不住小报的诱惑,以向红的现状为代价,又获得了一笔信息费。结果向红在夜总会跳钢管舞的图文,被媒体大张旗鼓地登上了各家报纸。

大画家向前的女儿在夜总会跳钢管舞? 做父亲的颜面丢尽,做女儿的痛不欲生。

父亲向前说服现任的太太,给了向红一笔在深圳的安家费,向红与张得利办理了离婚手续后,就用这笔钱开办了一个时装公司。然而,时装界"大鱼吃小鱼,小鱼吃虾米"的现实,使她的公司摇摇欲坠地支撑了若干年后,不得不宣布倒闭。

10

"小姨奶,我让中餐馆送了几个菜,你下楼来吃吧。"小兵敲了敲门,探头对向红说道。

"你怎么又乱花钱? 送餐很贵的。"向红从往事中回过神来。

"放心吧,小姨奶,我爸又往我的卡里存了一笔钱。别难过,只要有我小兵在,你就别担心没钱花!"小兵走到向红跟前,拍着胸脯说道。

"你要想帮我,就对迈克好些,行吗?"向红哭笑不得,语气柔和了许多。

"他就是太抠门,喝他一瓶饮料、吃他一块牛排都心疼。他存那么多钱给谁呀?"小兵越说越气,声音也随之高了起来。

"嘘,我知道你心疼小姨奶,但是咱们现在不是寄人篱下嘛,有些事情该忍还得忍。"向红神情紧张地看着卧室敞开的门。

"小姨奶,你别怕,等我上了大学,你就离开他。你这么漂亮,还害怕找不到一个高富帅的老公吗?"小兵孩子气地对着向红小声说道。

"这孩子,你说啥呢! 走,下楼吃饭,把迈克也叫着。"向红拉着小兵走下楼去。

晕出车祸

1

Honey, I have a performance downtown at 6PM tonight. I will not be able to eat dinner with you. Love, Elizabeth.（亲爱的，我今晚6点在市中心有演出，不与你吃晚饭了。爱你，伊丽莎白。）

　　李沙给汉斯留了张纸条，因为他们之间有一个约定，早饭和中饭可以随意，但是晚饭一定要在一起吃！尽管大多数人的留言方式已经是使用手机，可是李沙和汉斯仍然愿意把手写的纸条贴在冰箱门上，似乎那才代表一份诚意。

　　留下纸条，李沙拖着齐脚面的汉服长裙，深一脚浅一脚地提着古琴盒子走进车库，把琴盒放到了后备厢里。

　　脸上画着浓妆的李沙，将色彩鲜艳的汉服裙摆小心翼翼地放在驾驶座位上，然后对着倒车镜看了自己一眼，满意地笑了。

　　她刚从车库倒车出来，手机就响了。按了一下车里的蓝牙系统，音响传来向红的声音：

　　"李沙，你好！我是向红。你这两天有空儿吗？我想请你吃个饭。"

　　"这几天很忙，我们古琴社在本月十五日之前有好几场演出。"

　　"你不是在大学当教授吗？怎么还有演出任务呢？"

"参加古琴社是爱好，与工作没关系。现在我要去老年公寓慰问演出，改天我请你吃饭。"

"哪能呢，还是我请你吧。"

"你别客气。你刚到美国，自然应该由我请你。我现在马上要上高速公路了，改天聊。"

说话间，李沙已经到了高速公路的入口处，她赶紧把手机关上了。

关掉了手机，车里预设的 CD 便响起了悠远空灵的古琴乐曲。李沙这才长长地吐了口气，从紧张的节奏中解脱出来。

从早晨起她就处在一种亢奋状态，没吃没喝地等待着薛大鹏的反应。结果电话没有通上，却收到了一句百思不解的留言：胸中襞积千般事，到得相逢一语无。

什么意思？

李沙知道薛大鹏喜欢背诵古诗词。在演出队排练诗朗诵《北大荒，我的第二故乡》时，高队长批评他朗诵革命诗歌像读旧体诗，摇头晃脑的，没有激情。也许正是这句话，当薛大鹏在复习高考、背诵唐诗宋词时，李沙格外注意到他陶醉其中的表情：眼皮微微合着，头部微微摇晃，嘴角微微张开，声音微微起伏。是的，他当时也读过这句"胸中襞积千般事，到得相逢一语无"，并且还告诉李沙这是南宋诗人尤袤的诗句。

他是想让我回忆往事，还是想通过这句诗词说明什么？

一阵凄婉缠绵的古琴曲从车里的音箱中飘然而至。

《忆故人》！李沙听出这是她最近正在练习的古琴曲，是一首古琴大师们必弹、初学者必练的曲子。尽管大师们根据个人的感受弹出的风格和意境略有不同，但是要求对知己的相思要流于指间，达到似淡而真、似情而深、温润如玉、古朴苍劲的感觉，她在弹奏时却捕捉不到这种惆怅于心的依托：我要怀念的是哪一位故友？哪一份感情？爱情？亲情？友情？

此刻，再听这首曲子，那种说不清道不明的感觉突然在这一瞬间了悟：在迤逦缠绵悱恻的情怀中，对故友的怀念也包含着"莫愁前路无知己，天下谁人不识君"的淳朴感情。

在笔直的高速公路上，李沙的思绪再次游离于现实。

2

"哎,薛大鹏,你父亲官复原职,你怎么不告诉我啊?"有一天李沙收到了父亲的信,信中说薛大鹏的父亲不仅平了反,而且升了一级,现在是省里的宣传部副部长。

"水能载舟,也能覆舟。有什么可喜的?"薛大鹏嘀咕了一句,不再多说。

李沙知道薛大鹏不想说话时,问了也没用;他想说话时,不问也会主动找她。

果真没过多久,薛大鹏就告诉李沙,父亲来信说全国可能要恢复高考制度,让他准备复习高考,并给他寄来了数学和语文的复习资料。

"我们一起复习吧,如果真能报考,咱们就报一个学校。"薛大鹏仿佛木乃伊复活,充满了生气。

"我?我本来数理化就差,再加上中学时除了'批林批孔'就是'学工学农',哪有几天正儿八经地读书啦?"李沙一脸惆怅。

是的,一切都来得猝不及防:上个月厂领导还对大家说"好好干,说不定咱们厂今年还有保送上大学的名额呢",怎么现在又要考试了呢?

尽管李沙的父亲在"文革"中也受到批判,但是毕竟没有薛大鹏父亲的罪名重,所以李沙希望自己好好工作,有一天能被厂里保送上大学——那时只要劳动表现好,不论是工人、农民、军人,通过上级批准,就能成为"工农兵大学生"。

"上大学"始终是李沙的梦想,尽管她知道这个梦想离自己很遥远。然而,参加高考,对于"九年一贯制"的中学毕业生来说,大家连数学的微积分都没学过,现补,哪那么容易?

很快,全国恢复高考成了事实。李沙的父亲也寄来了数学、语文、政治的复习资料。此时,离考试只有两个月的复习时间。

"没关系,我们一起学。"薛大鹏为他俩制订了复习计划:如果薛大鹏是白班,他就和李沙集中在晚上学习;如果他上小夜班,间休的时候就到李沙的广播室一起复习;如果是大夜班,他索性连轴转,前半夜和李沙一起复习,后半夜去车间工作。

薛大鹏显然要比李沙辛苦，几天过去就瘦了一圈儿。但是他的情绪是高涨的，思维是敏捷的，心情是愉快的。李沙也受到他的感染，面对数理化，也不觉得泰山压顶般沉重了。

然而，正当李沙满怀信心地与薛大鹏日夜奋战的时候，厂领导找她谈话，告诫她小小的年龄不该过早地谈恋爱。她想说没与薛大鹏谈恋爱，可是又不敢说在复习考试，因为厂里已经刷掉了一批准备高考的车间主任和技术员，并明确指出，凡是要离开水泥厂的人都是"飞鸽牌"，不了重用。

为了避免厂领导说她是"飞鸽牌"，她决定自己复习。但是她很快又发现，负责广播站的宣传干事已经盯上了她，只要她不播音的时候，就让她把广播室的大门打开，说空气流通对机器保养有好处！

考虑再三，李沙没敢报名参加高考，她怕考不上大学还要丢掉广播员的工作。结果薛大鹏考取了省城的医学院，她眼睁睁地看着他离开了水泥厂。

3

汽车下了高速公路，进入了市区，李沙这才想起去老年公寓需要导航。

她在十字路口等待红绿灯之际，拿起手机输入了地址。地址输入完毕，红绿灯前仍然大排长龙。她见微信上有一些留言，忍不住打开查看，但是仍然没有"谁主沉浮"的片言只语。

颇为失望的李沙听到后面的车鸣笛，她抬头一看，十字路口的交通灯已由红色转为绿色。她急忙将手机从微信转换到地图导航上，慌乱中把手机掉在了驾驶座位下。她低头去拾手机，结果原已启动的车被她下意识地脚踩刹车停了下来。

跟在李沙车后面的人原本就不耐烦，加上启动车速快，李沙的突然刹车使他来不及刹车，一下子撞在了李沙车的尾部；而跟在那辆车后面的车也来不及刹车，撞到了前面车的尾部。三辆车连环追尾，尽管都是擦伤，可是事故源于李沙的突然刹车，而她又是一身古代的妆容，两辆车的主人都不相信她给的保险公司号码，坚决要求由警察出面处理。

由于车祸发生在市中心的十字路口，下车查看车况的李沙长袖飘飘，头饰耀眼，加上脸上的浓妆艳抹，几乎让所有的路人都目瞪口呆。

李沙开始并不觉得有什么异样，只知道是自己的错，一再向两位车主赔礼道歉。当两位车主坚持要报警，她在等候警察到来的时候，才在车窗的玻璃上发现自己的舞台装扮是交通堵塞的根本原因——三条车道线，另两条车道上的车开到车祸现场时，司机都会摇下车窗瞟她两眼。她赶紧钻进自己的车里，把墨镜带上，如坐针毡地等待着警察的到来。

警察很快就到了。为了不再堵塞交通，警察要求他们把三台车开到一处僻静的街道上，这才开始做每一个人的笔录。

等三个人分别说明车祸发生的具体时间和细节，警察完成了现场记录并确认是李沙的过失后，老年公寓的演出已经结束。

李沙带着一身的懊恼，开着被刮伤尾部的新车回家。

4

飞机上，坐在商务舱的薛大鹏正在吃着机上供应的食品。他看到一位空姐很像当年的李沙，他的思绪再度回到过去。

离开水泥厂上大学的那天，他觉得很不舍，但是对送他上火车站的李沙却不知如何表达。李沙似乎也没有给他任何机会，挥手告别，转身就走，就像她以往消失在广播室门里一样，带着天真无邪的微笑，让他觉得任何非分之想都是罪恶的。

他至今都记得那种魂不守舍的失落感和情窦初开的无限遐思——痛并快乐着！

大学一年级的时候，他给李沙寄了很多复习资料，鼓励她一定要参加第二年的全国高考。第二年，李沙考上了师范学院中文系，并且学校与薛大鹏所在的医学院不远。

天助我也！那时薛大鹏常常找借口去看李沙，连李沙同寝室的同学都看出他在追求李沙，李沙虽然对他保持着在水泥厂无话不说的状态，但从不涉及男女之情。

他最后一次去李沙宿舍时，把自己写的一首诗词交给李沙，让李沙提提意见。他以为这首诗能帮助他向李沙表白心迹，谁知那天李沙刚刚学完戏曲理论课，不仅当着薛大鹏的面高声朗读了诗词，而且一口气谈了一堆的修改意见:五言七律看似容易,写好很难;不是每句的结尾押韵就行,韵脚有一定之规;如果是"平平仄平平",就不能用"仄平仄平平"……

这是压倒骆驼的最后一根稻草。薛大鹏心灰意冷,发誓不再见李沙啦。尽管李沙偶尔会一脸无辜地写信问他为什么不到学校来看她,他推脱学业很忙,以后就干脆不回信了。四年过去,他和李沙同年毕业,她留校当了老师,他选择去北京深造。

此时薛大鹏的父亲已经管辖全省的文宣部门,可是薛大鹏对此不屑一顾,义无反顾地走自己的科研之路,从省城到北京,又从北京到美国,一走就是二十多年。

三十年河东,三十年河西呀!

薛大鹏目视着飞机舷窗外漂浮的白云,心中感叹着浮云之上晴空万里,而白云之下一片黑暗的自然奇观。此一时彼一时啊!

自己在美国读了博士,买了房子,结了婚,开了公司,结果自己又主动地放弃了这一切——卖了公司、离了婚、分了房子,只带着自己的文凭和简历回国重新开始。当然,这次起点开始就高:高新、高职,外加高兴,不仅在 J 大科研所做自己熟悉的研究,而且还得到了 J 大客座教授的头衔。尽管在美国创办公司也有个副总裁的头衔,但那是自己封的,经营要自负盈亏。自己从博士毕业后就想在大学里教书,可是在美国有多少 Ph.D(博士)和他一样对这个职务望眼欲穿啊! 现在好了,第一,不用自己找资金;第二,有成就感;第三,自己轻车熟路,有更多的时间享受生活。

"如果我还是在美国,我能找到刘娜这样年轻漂亮的妻子吗? 仅此一样,也应该是英明决定了吧?!"薛大鹏看到自己的笑意反射在舷窗的玻璃上,这才将头靠在了商务舱那舒适的椅背上。

5

躺在床上的李沙在黑暗中辗转难眠——

他是薛大鹏吗? 薛大鹏应该是一个不苟言笑的人,一个因为不自信而对世间万事都持有怀疑态度的人。可是微信中的留言是那么的自信,幽默中显露着桀骜不驯,礼貌中显出独断专行。不过,我宁愿再见的是当年那个眼睛里流露着淡淡的忧伤,不自信却让人心疼的薛大鹏,而不是如今这个趾高气扬的人。

他是一个怎样的薛大鹏有那么重要吗? 他不过是你生活中的匆匆过客,三十多年都没有见过面,又如何在乎这一时的小聚? 今天神魂颠倒的期待,是否是庸人自扰的轻浮?

你喜欢过他吗? 好像没有! 你爱过他吗? 好像更没有! 那不就得了,以平常心对待这次见面。记得见面时把向红一起叫上。

李沙在心中千百次地否定了自己的不安后,终于在沉沉的夜色中睡去。

再起床时,窗外已是霞光满天。尽管今天是新年后的第一个工作日,汉斯已经出门,而李沙却因学校放寒假可以在家睡个懒觉。虽然昨夜因思虑过多没有休息好,但她还是强迫自己起床,配合保险公司理赔的事情。

有关昨天出车祸的事情,也许是心虚自己开车时"忆故人",所以李沙回家后将所有的惊吓和沮丧都留给了自己,对汉斯只是轻描淡写地说了一下,并且主动表示这件事情自己有能力全权处理,不需要汉斯费神。

汉斯律师事务所是专门承办车祸官司的,但是李沙将所有的过错都揽在自己的身上,并且有警察的记录在案,汉斯也觉得没有打官司的必要。汉斯一向喜欢个性独立的女人,既然李沙表示不用他出面处理这件事情,加上家里的汽车保险是全美国最好的,他就放手让李沙自行处理这次车祸的理赔事宜。

保险公司对一次车祸要赔偿三辆车的损失没有表现出为难情绪,但是李沙看到被撞的两家保险公司"狮子大开口",她还是有些沮丧:都是因为自己开车时胡思乱想! 罪魁祸首就是微信! 追根溯源还是自己自作多情!

夜色再度降临,李沙也再次失眠。微信中的"谁主沉浮"依然是消息全无,留言中还是李沙在焦躁的期待中留下的那几个字:大鹏,到了美国给我电话。

那几个字像烙铁烫在李沙的脸上一样,每当她查看微信时,都觉得那是对自己的羞辱,并且是自我羞辱!

她想抹去微信中的留言,但是她知道那是自欺欺人,即使她看不到了,薛大鹏仍然可以看到!

薛大鹏啊薛大鹏,既然你不想见到我,为什么还来招惹我? 是报复我在三十六年前给你的诗词提过意见吗?

其实,李沙对薛大鹏不再到学校看自己是有感觉的,并且在同屋室友的提示下,也想过他不再见自己的原因。但是那时的她不谙世事,对爱情的认识是概念性的,并且是绝对的。所以她没有尝试任何努力去化解她和薛大鹏之间的隔阂。

李沙在床头灯洒落的幽暗的光线里,看到熟睡的汉斯一脸祥和,她开始不安起来:我为什么要苦苦等待薛大鹏的信息? 他和我的生活有关系吗?醒醒吧,李沙,关掉微信,不要执迷于一种虚幻的人情世故,回到正常的生活中,过你一如既往的日子!

这样的誓言,这样的情境,一连重复了一个多星期,"谁主沉浮"的微信里仍然没有片言只语。

李沙绝望了,关闭了自己的微信。

晕成奇葩

1

转眼，李沙关闭微信已经一个星期。渐渐地，她好像适应了没有微信的日子。她像以往那样和三五个琴友在闲暇时品茶抚琴，自娱自乐。

这种平静被弟弟发来的 E-mail 打破。他问她为什么不上微信，她告诉弟弟出了车祸。这一说弟弟就更加担心，让她马上打开微信视频。尽管她再三解释没有问题，弟弟仍然坚持让她打开微信。

李沙打开了久未碰触的微信，马上就看见"祭青春群"有人点击了她。她知道弟弟在等待视频，就没有查看留言。

"姐，你站起身来让我看看。走两步——"视频中出现弟弟焦急的面孔。

李沙一边用手机对着自己从头到脚"扫描"了一遍，一边在想：微信太棒了！

记得自己刚到美国的时候，往中国打电话一分钟五美元，她通常只说两三分钟，每次话题还没展开，就听父母说电话费太贵，不聊了。其实那哪儿是聊天啊，简直就像打仗，双方都想在有限的时间里把要说的事情讲明白，结果就事论事地通几分钟话，李沙常常在撂下电话后仍然觉得言犹未尽，可是下次通话仍是如此。后来电话费从五美元降到两美元，又降到了八十美分。再后来可以买电话卡，打到中国才几美分。再到后来就有了微信，一分钱不花就可以视频通话。不过到了通电话不花钱的时候，她对打电话已经产生了心理障碍——不论是别人打来，还是她打给别人，只要时间一长，她就觉得自己在说废话，久而久之就不喜欢通电话了。

"看来你是没事，那我就放心了。"弟弟在视频中的神情松弛了下来。

"不用微信也不仅是因为出了车祸，还有就是'祭青春群'一天到晚发信息，我和很多人都不熟，所以干脆不开了。"李沙在视频中安慰着弟弟。

"你这不是因噎废食了吗？你可以把不想看的人和群设置为静音啊。"弟弟在视频中开怀大笑。

李沙按照弟弟的指点，不仅将"祭青春群"设为静音，而且还下载了微信的"表情包"：问候、再见、欢迎、惊讶、感动、庆贺……应有尽有。弟弟说，现在大家都喜欢用表情包留言，这样可以减少打字的时间。

李沙如获至宝，与弟弟通过视频后就赶紧打开微信，想试试"表情包"的功能。说也奇怪，打开微信看到留言，感觉耽误了一分一秒都是对不起对方。

"笑比哭好"首先跳入眼帘，李沙心里一惊：向阳要和我单聊！

李沙原本就对向阳四十多年前"揭发"高队长的事情耿耿于怀，加上郭燕在微信中再三强调不要理睬她，所以李沙把心一横：不接受。

李沙又看到"长空燕叫"的一串儿留言："姐，我昨晚都没睡好，老想你了！"

"亲，有时间咱俩视频呗！"

"亲，我今天和女婿吵了一架，想和你唠唠，你现在有空儿吗？"

"姐，你咋的啦？你咋不回我的话呢？你没事儿吧？"

李沙不忍让郭燕惦记自己，赶紧发了一个"抱歉"的表情包，然后用语音留言的方式将车祸的事情说了一遍。

"我的妈呀，你人没事儿吧？人没事儿就好，就算破财免灾了。咱俩都四十年没见面了，你知道咋用微信视频吧？咱俩视频聊天呗？"郭燕的留言像机关枪速度，又快又直接。

李沙除了和家人通话使用视频，与其他人从来不用，连语音功能都很少使用。

不过，她也很想见见四十年前与自己住过上下铺、四十年后仍然管她叫姐的"小燕子"，只是留言中的语气对于她是陌生的，而这种陌生的感觉让她害怕去面对一个原本亲如姐妹的人。

她告诉郭燕现在不方便视频,还是先音频吧。

在跳跃式的对话中,李沙被郭燕一家三代的经历震慑住了。

2

郭燕从演出队下放到团部,原本是做广播员,状况还可以,可是"四人帮"倒台后,她妈妈受到了审查。消息传到团部,团领导觉得广播员是党的喉舌,让一个政治上有问题的人的女儿担任,万一她利用全团的高音喇叭播送反动言论,那时做领导的就"吃不了兜着走"了。当时正赶上现役军人去留之际,没人愿意担保郭燕不会受母亲的影响,所以就以暂时到连队锻炼的理由,把她下放到农业连养猪去了。这时全国已经取消"上山下乡"政策,没有知青再到农场务农,当"文革"期间饱受虐待的"黑五类的狗崽子"们重新回到城市的时候,郭燕却因母亲的问题而错过了返城的时机。

3

"你没返城?!"李沙再也抑制不住自己的惊讶,在电话中高声地叫了起来。

李沙经历过当年知青大批返城的焦虑心情和无所适从的状态。特别是老知青,早期响应党的号召,怀着"广阔天地大有作为"的理想,在"天当铺盖地当床"的艰苦岁月中,没人退缩;在东北"大烟炮"的恶劣环境中,没人叫苦;在扑救山火中可能献出生命时,没人犹豫……可是,在全国开始了有条件返城的政策之后,"火线"入党的知青动摇了自己的想法;当上了"五好标兵"的人不再确定自己的优势;而像李沙这批被动地卷入"上山下乡"洪流中的最后一批知青,他们面对的茫然和焦虑不是思想上的改变,而是现实中的抉择——返城的三个方式"高考""病退"和"困退"。而李沙知道,如果自己要参加高考,就不能办理"病退",因为高考录取后要做身体检查,有病的人是要淘汰的。如果办"困退"应该有一线希望,因为以父亲目前的地位,走走"后门"也不是没有可能。可是回城后干什么呢?到菜市场卖菜?到餐馆当服务员？还是到街道工厂做工？然而如果考不上大学，不仅要面临丢掉水泥厂广播员的位置，也要冒着错过"困退"的返城机会。

李沙对这段已经过去了四十年的内心纠结，至今记忆犹新，所以她惊讶于郭燕留在农村的坦然心情。

"你可别提了。高考我连门儿都没有，才中学二年级就下了乡，考啥？'病退'，咱胳膊腿儿健全，五脏六腑健康。'困退'，更没理由了，我妈当时被关起来审查，我弟都成了没人管的野孩子了，我回去能干啥！"郭燕毫不困难地向李沙解释道。

"那、那你妈放出来就没想办法帮你回城吗？"李沙不知道自己是否应该对别人的家事这样刨根问底，但是郭燕的无所忌讳的态度鼓励了她。

"嗨，我后来才知道，她'文革'期间对薛大鹏他妈做了错事，幸好是薛大鹏他爸说了句公道话，说我妈是被那个时代害了，不应该把罪定在一个人的身上，这才把我妈给救了。"郭燕像是叙述与己无关的人和事那样，没有一丝一毫的个人立场。

李沙听后不是一愣，而是一惊。

4

"文革"前李沙家和薛大鹏家住在一栋楼里，当时薛大鹏的爸爸是文化局局长，妈妈是京剧院的名角，居住在这栋楼唯一拥有阳台的两居一室里。那时李沙家住在一楼，与局长家没有交集，唯一使李沙记住这家人的原因，是大年初一全楼的小孩儿都到各家拜年，其动力是敲开谁家的大门说声"新年好"，就可以得到几块糖果。从四五岁开始，李沙就年年到薛大鹏家拜年，因为他家糖果的糖纸是透明的金纸，漂亮。

那时薛大鹏有保姆照看，与院子里的孩子们都不来往，所以李沙不记得薛大鹏小时候的模样，反而记住了他妈妈有一头卷卷的长发，对了，还有长长的、涂着大红色的十个指甲。这些原本都是李沙想快快长大的诱惑，直到有一天她看到薛大鹏妈妈的一头长发被剪得乱七八糟，手指也被摧毁得血肉模糊。

她很快就听到大人们传说"宋筱钰出事了"，她那时才知道薛大鹏的妈妈叫宋筱钰，大人们在背地里议论是她师妹郭桂芬给逼的。

5

"我妈当革委会主任那会儿得罪人太多，出来后也没个像样的工作。"郭燕继续在电话的另一头说道，"她让我返城，可是我家那口子是农村户口，没法跟我回去。得，她又让我离婚，你说我能吗？我家大熊对我那么好，咱能过河拆桥吗？再说了，我那时都有闺女了，不管闺女跟谁，不是没爸就是没妈，我没干。"

"她、她还健在吧？"李沙情不自禁地问道。

"她活得比我都有劲儿。在北京和高唱天天跳广场舞呢！"郭燕显然知道李沙说的那个"她"是指她妈妈。

"高唱？你不会是说高队长吧？"李沙惊奇地问道。

"可不就是他！他跟我妈都结婚好几十年了！"郭燕干笑了两声。

"你不是在开玩笑吧？高唱比你妈得小个七八岁吧？"李沙几乎是惊叫了起来。

"他俩差八岁。"郭燕的声音又恢复到讲述别人故事的语气中，"你听我说呀。高唱下放到连队后，对谁都带搭不理的，每天照常起早吊嗓子练身段，可能还想着有一天再回演出队吧。你说他既然唱歌好，人家让他唱一个他就唱呗，不，他就不唱！他跳舞的时候也是一个人到马圈里跳，看到来人就装着喂马！时间一长，谁都知道他是犯了错误从师部贬到连队的，他不理别人，人家也不待见他了。到后来他也不唱歌跳舞了。"

"真想不到高队长这么惨。"李沙忍不住长叹了一声。

"这不叫惨，惨的事情还在后面呢！"郭燕的声音生动起来，"你知道他是咋回城的？病退！你知道咋病退的吗？他当着医生的面砍掉了一节手指，然后对医生说：'这回我是肢体残废了吧？请开病退证明吧！'那医生当时就傻了，不开行吗？你说这人对自己这么狠，可是对我妈倒是挺好的。他回北京后也没忘了我妈，把在街道工厂赚的几个钱，都贴补到我家了。我妈放出来以后，两人就成家了。"

李沙正在入神地听着郭燕家的故事，汉斯推开书房的门，将他的手机递给了李沙："It is for you.（找你的。）"

"找我的?"李沙觉得很奇怪,急忙挂断了郭燕的电话。

"李沙,你还好吗?"汉斯的手机里传来了一个女人的柔声细语。

"请问是哪一位?"她一脸狐疑地问道。李沙从来不用汉斯的手机,更没有把先生的手机号码给过任何人。

"我是伊萨贝拉。"对方依然不紧不慢地说道。

"啊,是向红啊!你怎么有我先生的电话号码?"李沙有些难以置信,向红居然有汉斯的电话号码。

"没有办法呀,我给你微信留了很多言,可是你从来都不回我。我担心你出了什么事情,所以就向迈克要了你老公的电话。你还好吧?"向红声音充满着关怀。

"啊,是出了点事儿,不过现在已经没有事了。"李沙的语气平缓了很多,但是她不想把车祸的事情再说一遍,就轻描淡写地说道。

"没事就好。这两天我可急坏了,不知道是你不理我了,还是家里出了什么事。这下我就放心了。"向红在电话的另一端长吁了一口气,仿佛如释重负。

这一声叹息带起李沙心中的一阵愧疚:这么多年自己一直是"一个目标一个目标地冲刺",经历的人与事多了,情感上好像磨出了老茧,对过往有些麻木。

为了弥补这种愧疚,也为了不占用汉斯的手机,李沙用自己的手机给向红打了电话。

6

又是一个小时的通话。

向红不像郭燕那样想到哪里就说到哪里,而是有条不紊地从前讲到后,从姐姐讲到姐姐的儿子,从姐姐的儿子讲到姐姐的孙子,从姐姐的孙子又讲到她和迈克的关系。

四十年的历史和复杂的人际关系,居然在向红不疾不徐的叙述中,让李沙明白了前因后果——向红的服装公司倒闭了,她在网上认识了迈克,结婚后拿到了临时绿卡,现在姐姐的孙子在美国读私立高中,她想向李沙了解一下美国公立学校的情况。

"美国公立学校很快就要开学了。这样吧,我看看自己的时间表,我们尽快找个时间聚一聚。"李沙见汉斯已经两度推开书房的门,然后欲言又止地离开,她赶紧长话短说。

"那太好了。我请你吃饭。中饭、晚饭都行。"向红仍然不紧不慢地说着。

"咱们就去中餐馆吃早茶吧,我请你。"李沙不想在谁请谁上浪费时间,赶紧补上一句,"一会儿我把地址和时间发给你。"

李沙说完就挂断了电话。

晕入自我

1

　　撂下电话,李沙并没有马上走出书房,而是像与汉斯赌气似的坐在原地没动:我干吗要听你的? 你想说话我就必须放下电话吗?

　　她不知道这样过了多久,三十秒? 一分钟? 两分钟? 总之她心里明白,自己这样想对汉斯并不公平——自己过去的各种经历使自己对"尊重人格"和"维护尊严"有着过分的敏感。特别是到了美国,只要她觉得尊严受到了伤害,她就会理直气壮地用"这里是讲究人权平等的国家"来反击。

　　当然,二十多年过去,她已经不像当初来美国时那样敏感。特别是对汉斯产生这种负面情绪时,她都尽量地用理性告诫自己:这是你自己的问题,别怪汉斯!

　　想到这里,她强迫自己像做瑜伽那样深吸一口气,然后再把气慢慢地吐出来。

　　气,消了。她走出书房,朝客厅走去。

　　"Honey, I bought the movie *The Artist*. Do you want to watch it right now? (亲爱的,我买了《灾难艺术家》的影片。你想不想现在看?)"汉斯一边开启一瓶红葡萄酒,一边对李沙说道。

　　李沙顿时对汉斯打断她和向红的通话感到释怀——她和汉斯星期五晚

上没有活动的时候,会在有线电视上找一部两个人都喜欢看的电影。有时也会另付四五美元买一部电视网刚刚上映的影片一起看。上周李沙看到了刚刚推出的电影 *The Artist* 的广告,随口一提,没想到汉斯竟然记住了。

想到这里,李沙身心松弛地坐到了沙发上,等待着汉斯将红酒倒进醒酒器,然后再倒进酒杯。

这时电视上正在播出一条新闻:由于美国参议院未能于 1 月 19 日晚上 12 点之前通过临时预算法案,大部分联邦机构将于 1 月 20 日开始暂停运作,数十万联邦政府雇员将被迫停止工作⋯⋯

"Honey,did you hear that? Does this affect me?(亲爱的,听到了吗?这会影响到我吗?)"李沙不安地询问汉斯,因为她所在的学校是公立大学。

"放心,不会影响你们的。"汉斯递给她一杯红酒,"干杯!"

"干杯!"李沙吞下一口红酒,依然心事重重。

从什么时候自己开始关心起政治了?她来美国之后一直对政治是避而不谈的。

这种对于政治敬而远之的态度,一直延续到她加入了美国国籍。二十年来,她没有错过任何一届总统大选的投票。她把手中的一票看成是做人的尊严。

她不记得从什么时候开始养成了天天看新闻的习惯,只记得自己和汉斯在饭桌上常常为一个观点争论不休却乐此不疲。特别是这届总统大选,历时一年,几乎天天都有一台大戏,不仅是主流社会的媒体报道将共和党和民主党候选人的竞选话题和行为作为亮点热卖,而且在一向不太关心政治的华人社区中,也掀起了轩然大波。

刚开始时,李沙是民主党候选人希拉里的拥护者,觉得自己比许多支持希拉里的女性更加理性:不是因为党派,不是因为性别,而是敬佩她不屈不挠的坚强个性,以及她在家庭和职场上获得的政治经验。然而,到临近投票时,希拉里高调声明,如果她能当选,她要全盘继承上届总统的治国理念⋯⋯李沙觉得非常遗憾,因为她看到这些年美国原本不严重的种族对立日益尖锐,国民的人身安全得不到切实的保障,"暴民"被同情,警察被审判,经济低迷找不到出口——纳税人的钱浪费在虚假的"穷人"身上。她甚至对

"美国梦"产生了怀疑,觉得自己初到美国的那种兴奋感正在消失,取而代之的是对美国言论自由"Freedom of speech"的怀疑。

她发现尽管在美国可以大骂现任总统,却不能对身边的琐事和普通人妄加评论,特别是不能对种族、性别、性取向、身心障碍以及宗教有任何"微词"。

刚来美国时她给当地一家中文报纸写专栏,不为名,不为利,就为那种一吐为快的感觉。可是后来找到了教书的工作,对美国主流社会有了更加深入的了解,她才发现有时正常的语义表达也会因为避免"政治不正确"而咬文嚼字。例如"残疾人"在英文中明明是"handicap"或者"disabled",可是你要是直接这么说,就会被认为是对"残疾人"的歧视,非要学个新词"physically challenged"。

李沙发现自己对美国社会现象思考得越深刻,她的文字表达能力就越艰涩。为了遵守"政治正确"的理念,她索性关掉了专栏。

然而,这次总统大选是全美国乃至全球的热点,李沙不可能置身事外。她天天追踪新闻,发现共和党候选人特朗普的言谈举止虽然缺少政客的温文尔雅和含而不露的大将风度,但是他的治国纲领和桀骜不驯的个性,以及他有足够的经济实力避免政客"自保"的作风,使她从拥护希拉里转向拥护一开始被她嘲讽为"黑道老大形象"的特朗普。特别是她看到特朗普的言行频频触及 political correctness(政治正确)衍生出来的话题,却获得大多数美国人民的喝彩,她对困扰她的概念有了一个新的认识——"政治正确"是一个非常好的社会规范,以人与人相互尊重为基础,以公正的态度去避免使用一些冒犯弱势群体的词语,避免施行歧视弱势群体的政治措施……但是,这个美好的愿望在执行的过程中,被政客们有意歪曲和误导。

投特朗普一票!李沙觉得只有像特朗普这样的"另类",才能帮助美国走出低谷。

但是,她很快就发现,她连口头上支持特朗普都不敢:她所在的外语系,有西班牙语、德语、日语、意大利语、汉语、越南语专业,可是所有语系的老师加起来,也没有西班牙语的老师多,系主任自然也是教西班牙语的老师担当。总统竞选期间,女老师们见面就拉票,好像不选希拉里就是对女性的背叛。

特别是当她看到华人社区也为总统竞选出现了"微信大战",同一个群里的人由于支持不同党派的总统竞选人,结果是哪拨势力大就把势力弱的一方"踢出群";不同立场的微信群,也在"朋友圈"中相互打着"笔仗"。

原本是朋友的人反目,原本是亲属的人成仇。这让李沙决定以逃避的方式放弃投票权!

"Can we watch the movie now?(我们现在可以看电影了吗?)"汉斯见李沙的目光仍然盯在电视新闻上,就拿起遥控器换台。

"电影,电影,就知道电影。"李沙突然觉得心烦意乱起来。

"我不知道你担心什么。美国一直是这样的。60年代、70年代非常乱,也没有事情。Let's watch the movie.(看电影吧。)"汉斯点击了一下遥控器,气定神闲地一边喝着红酒,一边看起了电影。

李沙已经失去了看电影的心情,但是又不想让汉斯扫兴,就故作专注地目视着七十英寸的电视机,而思绪已经游离于电视画面之外。

担心什么?那是一种连她自己都说不清道不明的感觉,是一种自从来到美国就与她如影随形的喜悦与不安。汉斯不懂,因为他一出生就是美国公民,他一张嘴就会说英语,他永远不会懂得新移民在两种文化、两种语言和两种认知中求生存的尴尬情形。

这样说汉斯也不公平吧?来美国是自己的选择,尽管为这种选择付出了一辈子背井离乡的代价,但是,这不是汉斯的错!

那难道是我自己的错吗?

2

在学校的一次餐会上,她与管理收发信件的 Claudia 争论了起来。

那是秋季开学的前一天。由于学校每学期开学前都会用简单的食物宴请全校的教职员工,给大家一个相互认识和交流的机会,所以李沙就和外语系的部分同事坐在了一起。由于暑假最热门的一个话题是美国著名谐星手提刚刚当选不到半年的总统"首级"的照片,尽管是硅胶制作的头颅,但是满脸血红并滴答着"血滴",震撼了美国各界。尽管在这个问题上支持特朗普和反对特朗普的人都认为这种行为在民主国家已经超出了政见分歧应有的言行表达方式,但是,似乎女谐星道歉之后就不了了之。

"According to federal law, 'knowingly and willfully' threats to the US president, vice president or presidential candidate, vice presidential candidate, including life threats, kidnapping or physical injury, will constitute a felony crime. (根据联邦法律,对于美国总统、副总统或总统当选人、副总统当选人做出'明知故意'的威胁,包括生命威胁、绑架或造成身体伤害等,都将构成重罪的犯罪要素。)"李沙随口将汉斯对此事的解释当众学了一遍。

"The US Constitution protects freedom of speech. She did not directly threaten the president in the photos, nor did she directly incite others to hurt the president. Why would she be prosecuted?(美国宪法是保护言论自由的。她并没有在照片中直接威胁总统,也没有直接煽动他人去伤害总统,为什么会被判刑?)"系主任不以为然地说了一句。

正在这时,Claudia端着一盘满满的食物坐在系主任旁边的空位上,也不问前因后果,上来就把特朗普骂得狗血喷头。李沙仿佛再次看到那位女星制造出来的血腥画面。

"Nothing wrong for Making America strong again!(让美国再次强大没有错!)"李沙无法忍耐Claudia没有理性的破口大骂,起身离开时随口说了一句。转身时,她看到系主任和Claudia脸上的惊讶,听到她们在她身后用西班牙语窃窃私语。

事后,李沙很后悔自己多此一举,为了一件与己无关的事情得罪了系主任和同事。不过,当她去收发室取信时,Claudia旧话重提,旁敲侧击地指出李沙不能感受到美国的种族歧视,是因为她的先生是白种人……结果,李沙再次向Claudia表明自己的态度:特朗普是民选总统,即使一部分人反对,也应该尊重民主国家的制度,对现任总统给予起码的尊重,而不要把任何问题都归罪于种族歧视,否则只能强化民族之间的矛盾!

事后她又后悔了:这是何苦!自己是新移民、少数族裔、有色人种,应该是这种思潮的受益者,即使不能认同那些激进的观点,也没必要反唇相讯呀。

"民主制度,人人都有话语权。你想说就说,不想说就不说,为什么要让自己苦恼呢?"汉斯对李沙的内心纠结不以为意,这让李沙感觉到更加孤立无援。

3

手机响了,将李沙的思绪带回到现实。她见是住在欧洲的儿子大卫打来的电话,便如同被解放了的普罗米修斯一般,对全神贯注看着电影的汉斯说:"是儿子的电话。You go ahead. I am not interested in this movie.(你接着看,我对这部电影没兴趣。)"

"Say hi to David.(向大卫问好。)"汉斯见李沙已经离开了沙发,就对着她的背影喊了一句。

李沙答应了一声,朝书房走去,并且边走边对儿子嘘寒问暖,连自己都听出了声音里的温柔。

大卫从法学院毕业以后就留在纽约华尔街金融公司工作。尽管李沙觉得他应该回到加州和汉斯联手开律师事务所,但是儿子拒绝了。李沙有些失望,因为他们就这么一个儿子,纽约与加州直飞都要五六个小时,所以她非常希望儿子回到加州工作,一来能够帮助汉斯扩展业务,二来她也可以常常见到儿子。可是汉斯很赞成儿子的决定,认为父母不该介入孩子的生活。

李沙在大学里教书多年,懂得美国青年人把独立自主的能力看成是个人的尊严,所以也只能接受年节才能见到儿子的状态。去年底总部派儿子去瑞士首府伯尔尼分部工作,说好一年以后有升迁的机会。为了儿子的前途,圣诞节一过,她只能含笑送走了儿子。

"Hi,儿子,瑞士现在是早上6点20,你怎么这么早就起床了?"李沙看了一下手表,南加州是晚上9点20,九个小时的时差就是早上6点20。她有些心疼儿子起来得太早。

"妈妈,Have you received my message yet?(你收到我的信息了吗?)"儿子以纯正的英语问道。

"What message？（什么信息？）"李沙原本想告诉儿子说汉语,可是一听说儿子发来了信息,就赶紧问道。

"I sent a video link to you just now, please take a look. Be careful when you go out. People are getting crazy now.（我发给你一个视频链接,你看一下。最近外出要当心。现在有些人简直是疯了。）"儿子在电话的另一端依然说着英语。

"What does that mean？（什么意思？）"李沙有些困惑不解。

"I know you don't believe what I said, but it is a sad day for America. Anyway I just want you to be safe. I'll talk to you later. Say hi to Daddy.（我知道你不相信我说的,但这是美国悲哀的一天。我就是想让你安全。代我向爸爸问好。）"儿子匆匆撂下了电话。

李沙打开儿子用 Facebook（脸书）的留言功能发给她的视频链接,看到一个二十多岁的亚洲女孩儿走在一个商业中心的停车场里,三个脸上和胳膊上都有刺青的白人跟在女孩儿的身后叫喊着:"Go back to your own country！This is America.（滚回你自己的国家,这里是美国。）"最后的镜头是一脸惊慌的女孩对着镜头说:"I was born in America. America is my country.（我在美国出生,美国就是我的国家。）"

没有无缘无故的爱,也没有无缘无故的恨！李沙再次感受到儿子对他自身归属感的困惑——儿子身上有一半欧洲白人血统和一半亚洲华人血统。按照中国人的说法叫"混血儿"。美国对任何事物都有严格意义上的定论,所以各份要填写的表格上,会清晰地注明白人、黑人、亚洲人,只有混血儿是用含糊其词的"其他"二字替代。儿子对此耿耿于怀,上初中的时候就开始问李沙为什么,李沙回答不出来,汉斯也给不出合理的答案。这次圣诞节儿子回家过节,李沙明显发现儿子对种族歧视的问题格外敏感和关注。在圣诞节的餐桌上,一家三口各持己见。不是民主党的儿子诟病特朗普上台以后的所作所为;不是共和党的李沙历数了特朗普上台后美国经济复苏的成就;两党都不沾边的汉斯一会儿支持"左派"的儿子,一会儿又去支持"右派"的妻子。好在这种旗帜鲜明的观点并没有影响到家里的和睦气氛,反而像是黏合剂,将长年累月也见不到几次面的母子亲情,融合在一个共同的话题上。

面对儿子发来的视频,李沙笑了:儿子还是时刻关心母亲的!

她在脸书上答复道:"Don't worry about me. I am very well. Love you.（别为我担心。我很好。爱你。）"

4

李沙给儿子留言后,忍不住又随手点开了薛大鹏的微信。信箱里仍然只有她的留言,孤零零的,像是一个笑话。她似有不甘地点击了"谁主沉浮"的相册,顺着相册的时间一路看下去。她发现除了几张结婚照之外,大多数的照片是薛大鹏在参加学术会议上的发言或讲课。照片不多,很快就看到两年前特朗普当选美国总统那天晚上,他写的一首诗《再失伊甸园》:

哑口无言,
面对"川粉"们的庆典。
泪洒看台,
哪里有安放我灵魂的家园?
一次又一次的大迁徙,
让我再次失去伊甸园。

显而易见,薛大鹏对特朗普当选总统不仅失望,而且是愤怒。尽管他的政治观点与李沙相左,但是血气方刚的语言和爱憎分明的情感,让李沙刮目相看。在李沙的印象中,薛大鹏是一个胆小怕事的弱者,一个不善言谈的男人。

他真的是那个和自己度过一段青少年时代的薛大鹏吗? 李沙无法将自己记忆中的薛大鹏抹去。

薛大鹏母亲去世后,保姆薛婶就把他带回农村老家,直到李沙上三年级的时候,薛大鹏的父亲从"牛棚"出来,他才再度回到文化大院。

由于雇用保姆是"资产阶级的生活方式",所以薛婶并没有跟他一起回来。而刚刚从"牛棚"出来的父亲，原本就因抗日留下了腿疾，现在更是身心俱疲，要靠手杖才能步行。没有了妈妈，没有了薛婶，十岁的薛大鹏担负起照顾父亲和自己的责任。

一个在保姆怀里长到七八岁的娇贵男孩儿，一个寄人篱下刚从农村归来又黑又瘦的小学生，在满楼都是不读书的"红小兵小将"的文化家属楼里，他无疑是一个可以被任何人欺辱的对象。尽管他极少出门，但是李沙也见过他打酱油的瓶子被男孩子们抢过去当手榴弹摔在地上，溅出来的酱油沾满了他的裤腿；女孩子们用粉笔打"笔仗"时，彼此在大楼的墙上写一些相互伤害的话，有些胆小的人怕被查出来，索性就指名道姓地说"薛大鹏的妈妈是'破鞋'、爸爸是'牛鬼蛇神'"诸如此类的话。渐渐地，好像全楼到处都能看到薛大鹏的名字。因为只有这个名字，不管怎样羞辱都不会有人找他们的麻烦！

李沙从来没在墙壁上写过任何人的坏话，因为她时刻提心吊胆地怕别人在墙壁上写上她家的什么事情。也许正是这个原因，李沙和薛大鹏既无交集也无恩怨，到水泥厂孤男寡女地相处了一年半，李沙也没有产生出任何异性的悸动。薛大鹏小时候的无能和青年时期的无语，使李沙把他当成了莫逆之交，从来没有想到如此麻木的薛大鹏会有如此炙热的情感和强烈的政治倾向。

说也奇怪，薛大鹏和李沙的政治理念显而易见是南辕北辙，但是李沙却有了想了解薛大鹏现状的愿望。特别是所有的图文都停止在他说要到美国看李沙的那一天，李沙更想知道，是不是薛大鹏屏蔽了自己！

她在给"谁主沉浮"的微信中写道：我看到你发到"朋友圈"中的《再失伊甸园》，很喜欢，希望能有机会交流。

原本李沙对北大荒的那段历史并没有放在心上，认为那是一个被时代大潮席卷而去的一段记忆，既无意义也无成就，所有的人与事无非是生命中的偶遇，所以当郭燕与她联络上的时候，她虽有惊喜，但是并无牵挂。

四十多年了，自己从城市到农村，又从农村回到城市；从一所大学到另一所大学，从中国又到了美国。一路匆匆，她见到的人与事数不胜数，北大荒的那两年不过是过眼云烟。奇怪的是，自从薛大鹏与她联络上又失联后,沉淀在记忆深处的往事,如尘沙泛起一般,勾起她青少年时期所有的记忆。

是的,郭燕说得对——"祭青春"!即使我们失去了青春年华,也不应该被遗忘!

李沙突然觉得自己对不起四处寻找她的郭燕和住在同一城市的向红。向红? 她想起自己对向红的承诺:星期一要请向红吃饭!

她赶紧把见面的时间和地点给向红发微信过去,留言"不见不散",然后给郭燕发了一个"晚安"的表情包,这才气定神闲地离开了书房。

5

中午 12 点,李沙准时到达与向红约好的粤式餐厅。由于是午餐时间,李沙先找到座位坐下,然后关注着餐馆的入口处,期待着向红的出现。

十分钟过去了,十五分钟过去了,当李沙不确定向红是否能找到这家餐馆,想打电话给她的时候,就看见向红像一道彩虹般出现在大门内。

向红身着鲜红的蜡染麻丝敞怀大褂,内衬旗袍式的对襟丝绸绿衬,下身穿着同样质地的拖地宽腿绿裙裤,整个装束从色彩到样式都有些夸张,但是李沙不得不承认,正是因为这浓烈的风格,才恰如其分地衬托出向红凹凸有致的身材及姣好的面容。浑然一体的美丽使向红的出现像一束阳光,顿时使昏暗的餐馆大厅蓬荜生辉。许多正在闲聊的人,相继把目光投向了向红。

李沙知道,在南加州生活久了,很少有人平时出门穿正装,除非有大型晚宴。一般像这种中餐馆,用餐的人都穿得很随意,大多数人是牛仔裤配 T 恤衫,即使是大公司的上班族,走进餐馆之前也会摘掉领带,解开西服上衣扣子,尽量显出到这里是用便餐而非正餐。

在这样一个环境里,向红的打扮无疑昭示着她刚来美国不久,并且身材和脸部的美丽,以及她手中的 LV 手袋,都可能成为某些人闲聊时的"佐料"。

李沙原本是想起身迎接向红,但是看到很多人的目光都落在向红的身上,就在座位上挥了挥手。好在餐厅不大,已经摘下墨镜专注寻人的向红,很快就发现了李沙。

李沙正在感叹向红的"冻龄美",便发现跟在向红身后的还有一个十五六岁的中国男孩儿。

"小兵,快叫李奶奶好。"向红没等李沙张口,就对身旁的男孩子说道。

李沙一愣:向红没有孩子,怎么就有孙子了?

"Hi,I am Kevin."小兵没有听从向红的指示,手一摆,就算是打过招呼了。

"How are you? I am Elizabeth."李沙知道美国文化都直呼其名,便非常友好地用英文介绍着自己。

小兵没再接茬儿,拽了一把椅子坐下后,头都不抬地就玩起了手机。

"这孩子。没你之前,李奶奶就认识你爸你妈了。"向红溺爱地把男孩儿搂在怀里,男孩挣脱了她的手臂。

"他是——"李沙欲言又止。

"他是向阳的孙子,余小兵。现在在美国读私立高中,再有两年就可以上大学了!"向红疼爱地看了男孩子一眼,"小兵早饭还没吃呢,咱们点菜吧。服务员!"

李沙原本是想和向红像两个女人那样无所顾忌地聊天,谁知她在没有告知的情况下把余小兵带来了。李沙原本已经心生不快,现在看到向红隔着好几张桌子向女服务员大呼小叫,引来一些人的不屑目光,这使李沙有些后悔约向红见面。

服务员将装满食物的餐车鱼贯推到他们的桌前,向红也没征询李沙的意见就点了鸡脚、虾饺和芝麻团儿,然后对小兵说:"还喜欢什么?"

"你点的我都不喜欢。"小兵不屑一顾地瞥了一眼桌上的小盘点心。

"这孩子,这些不都是你过去喜欢吃的吗?"向红依然柔声细语。

玩手机的小兵也不说话,站起身走到推车旁,当着服务员的面,打开所有小蒸笼上的盖子,然后指指点点地点了七八样点心让服务员放到桌上。

"这孩子,到了美国口味都跟着变了。李沙,今天我请客,你喜欢吃什么自己点。"向红终于在小兵开始大嚼大咽时想起了身边的李沙。

"这么多,够吃了。说好的,今天我请客。"李沙尽力克制着自己的负面情绪,脸上挤出了微笑。

"我本来是要自己来的,临出门小兵闹着要跟我来,我就把他带来了。正好也让你看看向阳的宝贝孙子。"向红似乎感觉到了李沙的不快,在不经意中解释着。

"我可没闹,是你偏要我来的。"余小兵头都没抬就给了向红一句。

"这孩子!"向红也没显出太多的尴尬,转身对李沙说,"我来美国前小兵通过中介公司的安排,在东部读私立高中。现在我来了,就把他接到身边,想让他跟我住在一起。这事儿我还没告诉迈克。我想你是老师,看看你能不能帮忙找个学校,这样吃住在我家,花费要少些。"

"小姨奶,我不是说了吗? 没钱管我老爸要,别总拿钱说事儿。"余小兵边吃边不以为然地说道。

"你在私立学校一年的学费是多少?"李沙问小兵。

"四万八。"小兵多一个字都懒得回答。

"是四万八千美元! 还有住宿费和伙食费,一年要两三万美元。这还不算零花钱呢。"向红在一旁补充着。

"是很贵,赶上读私立大学的费用了。"李沙沉思了片刻说。

"而且我们住的地方什么都没有,有个游泳池还没有我小姨奶家的大呢!"小兵终于认同了李沙的说法。

"现在我来了,有临时绿卡,再过两年就可以自动转为永久绿卡,所以我想让小兵到我住的那个社区读高中。我们住的是高尚区,学校的条件不比私立中学差,听说还不收学费。"向红见小兵表示认同,情绪高涨起来。

"又提钱! 我去一下洗手间。"余小兵不满地嘟囔了一句,漫不经心地朝卫生间走去。

向红目送着小兵离开后,把椅子向李沙挪近了一些:"实话跟你说吧,小兵他爸原来在农管局是有实权的,可是半年前因为经济问题给'双规'了,我来前才宣布判刑五年,并且没收了他名下所有的资产。这半年小兵的开销都是我和我姐出的,小兵不知道,我们怕他学习分心没告诉他。"

李沙惊讶得说不出话来。

"其实,如果不是为了小兵,我不会嫁给迈克的。虽然我投资的服装公司赔了,可是我父亲去世时给我和我姐留了几幅画,一幅都能在东南亚卖出很多钱,所以生存是不成问题的。可是小兵爸爸出事后,小兵的花费实在是太大了;我姐这些年照顾我妈,也没什么收入。过去还有我爸暗中接济,可是我爸去年过世,他的画大多数被他的太太和后来生的儿子霸占了,所以我妈和我姐的日子也挺紧巴的。唉,屋漏偏逢连夜雨,现在小兵他爸被抓起来了,不仅断了经济来源,而且还要瞒着……"正在如诉如泣的向红见小兵回来,马上把话止住。

"据我所知,只有美国居民才能享受公立中学的社会福利待遇。再说,公立学校这周开学,一般情况是过了两个星期就不能入学了。"李沙接过话说。

"那咋办啊?我把小兵那边的学校都给退掉了!"向红瞬间失去了公主般的矜持,焦急地摇晃着李沙的手臂。

"大不了回国,有啥了不起的?"一旁的小兵却不以为然。

"小孩子,你懂啥!"向红扭头瞪了小兵一眼。

小兵掏出手机摆弄着,好像现在的问题跟他没有了关系。

"现在最好的方法是先找一家语言学校保住学生身份,然后再慢慢想办法。"李沙不忍心看到向红无助的样子,便尽量用平淡的语气说道。

"这可真是'偷鸡不成蚀把米'。李沙,你是大学老师,拜托你帮小兵联系一所语言学校吧。先把身份保住,咋说也不能让他回国。"向红几乎是在哀求李沙。

"小姨奶,你也太夸张了吧?我咋就不能回国?我早就想离开这个鬼地方了。"小兵头都没抬地就插了一句。

"这孩子真不懂事!这话要让你爸爸听到,他得多伤心。"向红冲了小兵一句。

"别提我爸!他把我送出来就是嫌我碍事,影响了他和那女人的好事。"小兵仍然眼皮不抬地回了一句。

"你这孩子怎么说话的?"向红的语气越来越强硬。

"不对吗?半年了,他除了给我微信留言,连一次面儿都不露。总说忙!微信这么方便,再忙也能通个电话吧?哼,我早就想回家找他算账去了!"小兵抬头怒视着向红,好像她就是父亲的化身。

"别急,情况没那么糟。只要在学生签证到期前找到接收学校,小兵的身份就应该没有问题。"李沙怕向红情绪冲动把小兵爸爸被关进监狱里的事情说破,赶紧为他们解围,"给我几天时间,帮你们找一家有Ⅰ-20资质的学校应该不难。"

"那太好了。小兵,还不快谢谢李奶奶。"向红转悲为喜。

"Thanks."小兵说完又低头玩手机去了。

李沙心里明白,拿学生签证的小兵不可能进入免费的公立中学读书,因为即使向红有临时绿卡,算作长期居住的居民,但是小兵不是她的直系亲属,不能享受美国的这项福利待遇。她觉得向红做事太冲动,不了解详细情况就让小兵办理了退学。但是事已至此,她只能尽力而为地去帮助向红了。

午餐结束时,向红争抢着埋单,李沙为了不在公共场合上拉拉扯扯,就由向红付了饭钱。

6

离开了餐馆,李沙驱车去了学校——下午三点有课。

校园里的露天停车场很大,但是已经密密麻麻地停满了车。如果不是学校专门为教师预留了停车位,可能李沙要转上几圈才能找到停车的地方。

尽管她在这所学校已经工作了十几年,但是对第一天在这里教书的情形仍然记忆犹新,至今都能捕捉到第一天站在教室里,面对各种肤色的学生,用自己的第二语言英语教授母语是英语的学生,学习他们的第二语言汉语时的那种兴奋、骄傲和自豪的心情。

小时候,大人爱问小孩"你长大想做什么呀",李沙记得自己七八岁的时候,就会毫不犹疑地说:"当老师!"那时最佳职业是"工农商学兵",但她就是心仪老师。尽管那时学校已经"停课闹革命",作为小学教师的妈妈常常被集中办学习班,她的同事和校长也受到了批判,可是她想当老师的想法却盲目而坚定地驻守在她的心里。特别是当年她在北大荒水泥厂工作的时候,从宿舍到车间会路过一所镇级中学,夏天门窗敞开的时候,郎朗的读书声就会像鼓点一般,敲打在她的心尖上,带出一串儿的渴望。不过,那时的渴望是读书,她觉得教书几乎是一个遥不可及的愿望。谁知,学生和老师这两个角色如影随形地跟着她来到了美国,她在角色的交替中体会着做学生的辛苦和做老师的不易。

美国的教师没有中国教师一言九鼎的威望。在教室里跷着二郎腿喝咖啡和饮料的学生比比皆是。学生高兴时叫你一声 Professor(教授),不高兴时对你直呼其名 Elizabeth。李沙最难以接受的是学生在课堂里吃东西。先个说咀嚼声影响学生的注意力,仅仅是快餐如汉堡包和炸土豆条的味道,就足以让全班的人,包括李沙在内,不能百分百地集中在方块字里。不得已,李沙把祖国的"孔老二"请了回来,因为美国人只知道中国有一位圣贤 Confucius。李沙以孔子曰"不学礼,无以立",从课堂注意事项开始入手,把"学而不思则罔,思而不学则殆"和"敏而好学,不耻下问"先在自己的脑子里转成白话文,然后再通过自己的右脑转换到左脑,变成了英语来教导学生。她以为自己付出的心力会得到"严师出高徒"的效果,谁知半个学期过去,学生走了五分之一,剩下的学生虽然给她的评语很高,但是系主任说留住学生也是老师的职责。

第二个学期她放弃了"孔子学说",中途退学的学生少了,可是她发现有些学生不学却想获得好成绩,她不妥协的结果就会得到一份非常差的评估表。更有甚者,有些学生把每学期都要给老师评估的表格看成是对成绩讨价还价的资本!李沙再次找到系主任评理,系主任则说为了生源,师生发生矛盾或冲突,学校一定是站在学生的立场上的。

晕!

也许从那时起老师在她心目中就逐渐失去了原有的色彩,但是她也逐步了解到美国年轻人就读大学的艰辛:他们中间的大多数人要靠自己打工赚钱付学费和生活费,很多时候不仅睡眠不足,而且饮食也不规律。李沙常常把这些学生看作自己的儿子大卫,不忍心看到任何学生在肉体上和心灵上遭受痛苦。渐渐地,她对自己的学生像"老母鸡护着小鸡"那样,在春秋两季中迎来送往。

把车停好,李沙朝办公楼走去。望着沿途三五成群的学生坐在绿茵茵的草地上看书学习,她突然觉得自己非常喜欢这种平淡有序的生活,不像网络世界那样时空混乱,随时都会有人闯入你的生活。

正当李沙沉浸在自我的感受中,手机响了。她见是学校的电话号码,赶紧接通。

"伊丽莎白,我是南希。有件事想跟你说说。"

南希?李沙有些吃惊。虽然南希也教中文,但是两个人从来没有在学校之外联系过。也就是说南希从来都没有把电话打到自己的手机上。

"伊丽莎白,你的学生 Susanna Zhang(张苏珊娜)说你不同意她申请 Advanced Student Program(高等生项目),为什么?"南希冷冰冰的声音从手机的另一端传了过来。

"啊,是这事啊。我一会儿有课,改天再聊好不好?"李沙看了一下手表,还有十分钟上课,可是自己还要去取信件。

"我就一句话,你为什么不同意她参加我的 Advanced Program!"南希在电话里坚持着。

李沙原本就不喜欢南希对她一贯冷若冰霜的表情,现在就更加反感她语气中的盛气凌人。李沙不是没有尝试着去改变这种关系,因为学校一共就两位教中文的老师,她很希望能和南希友好相处,至少在外语系中被西班牙语老师排斥在外的时候,她们可以"抱团取暖"。可是李沙用了许多方式与南希接近,却好像有意巴结她,李沙越是接近她,她越是趾高气扬。

论文凭,李沙和南希旗鼓相当,都有博士学位;但是论专业,李沙高南希一筹,因为李沙的博士学位是汉语言学专业,而南希的博士学位是教育学。李沙也不知道为什么,比她早两年在这所大学教书的南希,自从李沙来到这所学校,她就视自己为眼中钉。开始时,李沙觉得南希是性格使然,但是她随后发现那种冷若冰霜的态度只针对自己,对于其他老师,南希还是会和声细语、笑脸相迎的。特别是系里开会,系主任在人前发言,她的脑袋会不停地前仰后合地连连点赞。李沙面对她的这种奴颜婢膝的表情,放弃了"抱团取暖"的想法。

"好吧,那我就告诉你为什么我不同意 Susanna 申请这个项目的原因。首先,她父母来自台湾,她说一口流利的汉语。我告诉她应该去更高的年级修课,她说她只会说不会写,特别是不会写简体字。我说好,那你就要向我保证要遵守课堂纪律,即使你的水平超过了要学习的课程内容,也要按时上课,不能缺席。可是她还没有上课就向我要求申报 Advanced Student Program,我说还为时太早,我需要了解她才能决定她是否有资格申报。事情就是这样。"李沙边走边说,加上马上要去上课,所以语气有些重,语速也有些快。

其实在南希提出这个高等生项目时,李沙就觉得听起来很好,可是要实施起来是很困难的。例如刚刚开学,老师对学生一无所知,用什么标准来鉴定他们是否符合申报的资质? 从表面上看,这个项目是在鼓励学生们学习,但是客观上会产生两个潜在的负面效果:要么,老师付出双倍的工作量帮助这些学生学习课堂以外的知识;要么,学生讨好老师便可以得到这种荣誉。如果老师做不到加班辅导学生,其结果必定是将正常的师生关系异化——获得资格的学生自然对老师满意,没有获得这项资格的学生就会对老师心生怨恨。

这么简单的问题,居然系主任没看明白?

当系里宣布这件事时,李沙很想在会上提出自己的看法,可是"多一事不如少一事"的中国古训,使她把到了嘴边儿的话又咽了回去——毕竟这次系主任采纳的是中文老师提出的方案。

"南希,我知道你为这个项目花费了很多的时间和精力,但是 Advanced Student Program 毕竟刚刚开始试行,有些不合理的地方我们要尝试调整。比如开学第一天就要同意学生提出的申请就不太合理,因为老师对这名学生还一无所知。就像 Susanna,如果我同意她加入了项目,那么我现在就很被动,因为她连普通学生应该遵守的上课规则都没有做到。"李沙决定这一次不再沉默,把自己想说的话都表达出来。

"Advanced Student Program 就是要把不够优秀的学生培养成优秀生。

老师给这些学生布置课外作业,他们反过来也要帮助老师负责班级的事情。"南希的语气仍然盛气凌人。

"如果我告诉你,她开学两堂课就缺席一堂,还有半堂课在间休后就没回来,你觉得我应该同意她申报更具挑战性的项目吗?"李沙决定一不做二不休,索性把话说清楚。

"不可能。她妈说她的所有学分都是 A,她怎么会逃课呢?"南希先是一惊,而后坚持己见。

"我不怀疑她可以在考试时拿 A,因为她向我说谎,说她会说不会写。其实她的中文水平远远超过我们教授的课程,所以她可以不上课就能拿到 A。像这样的学生有什么资格申请 Advanced Student Program 呢?"李沙也毫不退缩。

"你也不能一竿子把人打死。学校不是允许学生一学期可以缺席四天吗? 她可能家里有事。如果她能出示缺席的理由,希望你还是同意她加入我的项目。"南希的口吻明显友善了一些。

其实两天前系里开会,会前就听两名老师在那里嘀咕,认为南希提出这个项目就是要当官——系里刚刚宣布开发这个项目,她就迫不及待地在自己的 E - mail 上注明自己是这个项目的负责人;会中,系主任说这个项目到目前只收到三名学生的资格审查表,希望老师们多多配合;会后又听到几位老师议论说这个项目是哗众取宠。

"南希,我不知道你为什么对我的态度一直很冷淡,但是我们毕竟都是中国人,原谅我实话实怎么说——这个项目不仅我觉得它还不成熟,系里的许多老师也不认可。所以最好的办法不是强迫大家去做,而是一起探讨怎么弥补这个项目的缺失……"李沙觉得南希的态度既然变得友好,那么自己也应该对这种友善予以回应,实话实说。

"这个项目是我提出来的,系里批准、院里通过的,希望你不要散布负面影响。Susanna 的事情你还是三思而后行。"南希几乎是恼羞成怒地说道。

李沙愣了一下,一时语塞。手机里传来了嘟嘟的声音,李沙这才意识到南希已经撂下了电话。李沙也气恼地把手机关上。这时,有两位学生过来跟她打招呼,并试着用刚刚学会的汉语与她边走边聊。

年轻人的朗朗笑声一扫李沙心中的不快,当她走进教室时,又是一脸的阳光灿烂。

第三章　囧

　　"囧",是"冏"的衍生字,在《现代汉语词典》里根本查不到,但网络的传播使其成为一种流行的表情符号,被形容为"21 世纪最风行的单个汉字之一"。"冏"原义:光明;"囧"网义:郁闷。两者相差万里!

囧　况

1

转眼间已是 2018 年的中国春节。

微信从年三十就开始相互拜年,贺卡和动画视频我发你转地在各个微信中掀起一片过节的景象。可是,在这热闹的氛围中,仍然不见薛大鹏的片言只语。

"不会是飞机出事了吧?"李沙心头咯噔一下,但是她马上否定了这个想法,"我就住在洛杉矶,如果飞机出事,我不可能不知道。"

那么,为什么薛大鹏一开始主动与自己联络,现在却又"犹抱琵琶半遮面",对她的留言置之不理?

李沙向"祭青春群"群主郭燕询问有没有收到过薛大鹏的信息,郭燕倒是爽快,给了一个明确的答复:"就是清高! 有啥了不起的? 他不理睬咱们,咱们还不在乎他呢!"

尽管李沙很想接受郭燕的说法,也觉得薛大鹏在微信上刊登的图文个性张扬,让她有一种渐行渐远的陌生感,但是她的内心却无论如何都无法对薛大鹏的沉默感到释然。她孤注一掷地在薛大鹏的微信中再次留言,并且单刀直入:"大鹏,你说到美国开会期间与我联络,怎么一直没有收到你的信息呀? 是改变时间了吗? 这是我的电话(626)666-××××,如果你还在美国,请与我电话联络。好吗?"

李沙的留言还不到半天时间,她就在朋友圈看到有人转发了一条新闻:

美新网 1 月 27 日电　美国华裔生物学家薛大鹏(英文 Jeff Xue)因涉嫌泄露美国科研机密,被控三项商业间谍罪……

新闻报道还配了一张薛大鹏在中国讲学的照片——讲台上的薛大鹏神采飞扬,与新闻报道的内容放在一起,给人一种啼笑皆非的违和感。

什么? 三十多年不见的薛大鹏是"商业间谍"? 李沙心跳的速度快得让她感觉窒息。她后悔自己刚刚把家里的电话号码发给薛大鹏了,如果 FBI(美国联邦调查局)搜查留言,自己不就被牵连进去了吗?

李沙越想越紧张,吃不下饭,睡不好觉,仅仅两天她的眼圈就泛起了黑晕。

"Honey,What's wrong? (亲爱的,怎么了?)"两天后,汉斯不安地问她。

"哇——"李沙忍耐已久的煎熬在瞬间爆发。她的哭声和没有逻辑的讲述,使忐忑不安的汉斯更加紧张。

"我们都快四十年没见面了,我怎么知道他是'间谍'? 这次是他要和我见面的! 我跟他一共才通了两次微信。本来我跟他一点儿关系都没有,可是我把咱家的电话号码写在他的微信上了。FBI 能不怀疑我吗? 他们有我们的电话,我能说清楚吗?"李沙哭着、喊着、说着、抽泣着。

汉斯终于从李沙支离破碎的叙述中捋出了头绪。他握着李沙的手,目光盯在李沙的脸上,严肃地说:"你说的这一切都是真的吗?"

李沙委屈地说:"我什么时候说过谎话?"

汉斯笑了起来,把李沙搂在怀里:"Honey,这件事情根本和你没有关系!"

李沙把头从汉斯的怀里挣脱了出来:"如果 FBI 怀疑我怎么办? 他们有我们的电话号码!"

汉斯郑重其事地说:"FBI 也要尊重美国法律,不会找你麻烦。"

李沙仍然愁容满面:"如果他们找我的麻烦,你会帮我吗?"

汉斯笑着说:"放心吧,如果他们抓你,我会把你赎出来的。"

李沙破涕为笑。这时她的手机响了,她先是一惊,而后看到是郭燕的微信电话,神色才略微安定了一些。她没有接听。她不想破坏刚刚从汉斯那里得到的些许安慰:"It's Yan. I will call her back later. (是燕。我一会儿再打给她。)"

2

在冰天雪地的街道上,穿着单薄的郭燕在公寓大楼外拨打着电话,嘴里叨咕着:"咋不接电话呢?"

郭燕在雪地上不停地走动,不停地点击着微信上的音频通话。终于,她的脸上露出了笑容。

"姐,你总算接我电话了。不是有事,是急事!"郭燕大着嗓门对着手机说道,"薛大鹏被抓起来了!网上都是。我闺女告诉我,我还不信,现在'祭青春群'好几个人都发来消息,我一看上面的照片,妈呀,还真是薛大鹏!不信你到群里看看。"

"我已经知道了。"电话的另一端传来李沙淡然的声音。

"你也知道了?唉,你说他咋干那蠢事呢?这该咋整?他刚刚结婚没多久,这不把他那小媳妇坑了吗?我原先还担心这女的别坑了薛大鹏,没承想,这回是薛大鹏坑了人家闺女。"郭燕好像是在自说自话地嘀咕着。

"自作孽,不可活。这与我们没有关系……你好像是在外面打的电话吧?怎么这么大的风声?"李沙在电话中说道。

"姐,你真是个聪明人,啥也瞒不了你。我、我是在外面跟你说话呢。"郭燕在雪地里踩着脚取暖。

"纽约这两天下雪,外面多冷啊!你赶紧回房间吧。"

"姐,不瞒你说,我刚刚跟女婿怄完气,心里憋屈又不想让闺女知道,所以我才出来找你聊聊。"

"你这是何必呢?你是来伺候月子的,好就多住些日子,不好就早些回去,何必这样难为自己呢?"

"说来话长啊。你说,我和她爸都没读过书,一心要把她培养成人。这孩子也还争气,在我们农场那儿是远近闻名的学霸。后来考上了清华,研究生毕业又拿到了全额奖学金到美国读博。这不,读完了博士也就老大不小的了,她就随便找了个老外结了婚。你说老外就老外吧,咱也认了,可是她这个丈夫是黑人不说,学历还比她低,工资也比她少,脾气还不好!唉,我这个闺女就是读书读傻了。你说说，结婚的时候我们都没参加上婚礼，我闺女说要是举办婚礼要女方家出钱，她说不办省事了。你说说哪有这个理？好，我们为了闺女不向男方家要彩礼，可是我那女婿太不懂事了。我闺女都三十七八岁才生了第一个孩子，多危险，这月子还不得好好坐？何况还给他生了一个胖小子！你说我这么遥途路远地从中国跑来图啥？还不就是想让闺女好好地坐月子。我怕孩子哭闺女休息不好，就天天抱着，没想到女婿还有意见，说孩子就是要哭，不哭不正常。你说白天哭两声就算了，可是晚上也把孩子一个人丢到一个房间，哭了也不让我抱，你说我那个心揪揪的啊！咱们都知道坐月子不能洗澡洗头，特别是冬天，头上都要扎个头巾，免得受风。可是我那闺女生完孩子，出院到家就非要洗澡不可，我坚决没让，这样死缠烂打地过了一个星期，人家还是洗了澡。唉，我这次来美国算是白来了，费力不讨好！"

3

在阳光明媚的南加州，与郭燕通话的李沙从洒满和煦阳光的沙发上起身，向有些失望的汉斯使了个无奈的眼神，踱步到一旁对手机另一端的郭燕说："燕子，还是进屋聊吧，外面太冷，你会冻病的。"

"不行，我不能让闺女听见。"郭燕抽动了一下鼻子。

"事情没你想得那么糟。在美国没有'坐月子'一说，女人生完孩子就洗澡洗头是常事。我开始也不理解，可是后来想想，也许是因为美国室内保温好，不会受风，所以大家都这样做也没出什么问题。另外，美国人培养孩子讲究独立能力，所以孩子生下来就单独睡也属正常。你放心好了，你女儿女婿不会不在乎自己的孩子的……"李沙为了弥补刚才没有接听郭燕电话的歉意，苦口婆心地劝解着。

"我要是不看在闺女的分上，早走了。唉，在这儿这个憋屈呀，想上街，不会开车，想找个人说话都找不到！"郭燕大声地擤着鼻涕。

"别聊了，外面冷，你赶快回房间吧。"李沙再次提醒道。

"不冷，和你聊，心里热乎着呢！"郭燕不以为然。

李沙看了一眼仍然坐在沙发上看着自己的汉斯，觉得这个场面很滑稽：

刚才是汉斯安慰着哭哭啼啼的自己,现在自己却是一副神闲气定的样子在安慰郭燕,却把汉斯丢在了一边。

手机另一端的郭燕仍然在喋喋不休地说着,不论李沙如何开导,她就是一个劲儿地在那儿自说自话。

李沙终于找到一个可以停止谈话的机会,尽量将自己不耐烦的语气放得轻柔:"想开点,别跟自己过不去。我现在还有事情,咱们改天再聊。"

郭燕的声音终于有了一丝活力,在电话的另一端大声地喊道:"好,过两天等你有时间了,咱姐俩视频好好聊!"

李沙关上了手机,重新回到沙发上,将头靠在了汉斯的胸前。

4

冷,真冷。

薛大鹏将自己缩成了一个球,希望用自己的身体取暖,但是几个星期以来不见天日的监狱生活,耗去了他体内大部分的热能。他不明白,为什么美国的室内永远把冷气开到冬天的温度,即使像南加州这样的海滨城市,天气四季宜人,还是要把冷气开到极限。

这是一个普遍的现象,但是从前在美国公司工作了十几年的薛大鹏,从来就没觉得这是个问题——冷就加件衣服呗!可是自从进了监狱,他的脑海里想到最多的问题不是自己犯了什么罪,而是"牢房为什么这么冷"!

他把身上的囚衣往脖子上拽了拽,可是囚衣是用那种不贴身的布料做成的无领衫,不论他怎么做,那些看不见的冷风都会从脖子、胳膊、后背和腰部直蹿到心尖。真冷!

"Hi, Old man, come here, I'll give you some heat.(嘿,老头儿,到这儿来,我来给你一些热量。)"同牢房一名膀大腰圆的中年黑人,戏弄着对薛大鹏叫道。

薛大鹏没有抬头,仍然把自己缩成一个球。

他不知道自己这样一动不动是为了保护尊严,还是尊严在这里已经一文不值。

是的,当他走下飞机,在过海关时被 FBI 的人在大庭广众之下带走的那一刻,他就失去了往日的趾高气扬和天之骄子的春风得意。

他怎么都没有想到,自己为逞一时之快,得罪了已经成为过去式的合作伙伴,使自己的处境竟应了中国的老话儿:君子报仇十年不晚!

两年前他告诉与自己合办公司的人,他将廉价转卖自己的股份,撤出自己的研究项目,回中国发展。然而,合伙人强调这个科研项目是他们以公司的名义向美国科研基金申请来的经费,他无权带走。双方各执一词,最后薛大鹏决定放弃自己已经研究了一半的项目,几乎是"净身出户",没要股份,只是说好他可以使用自己研究出来的两项数据。由于当时他急着去中国大学任职,加上他认为那是自己研究出来的成果,并且没有限制原公司使用,所以就一厢情愿地以为与合伙人的争执是以自己的"高姿态"作为了结。由于走时匆忙,他们没有找律师公证,他以为双方口头和 E – mail 的承诺足以达成共识。没想到合伙人竟以他半年前在国际学术期刊上发表的一篇英文论文涉嫌泄密,把他告上法庭!

嫉妒! 一定是合伙人看到了我代表中国 J 大学以专家身份在国际学术大会上的演讲,一定是他知道了我现在发展得很顺利,一定是……我不属于这里! 我要出去!

薛大鹏猛地站起身来,像困兽一般地在牢房里走来走去。

"阿叔,我要是有你的身价,不管多少保释金都交。出去了再说!"一位瘦瘦小小的男人,带着一种福建人的精明和厚道,对着烦躁不安的薛大鹏说道。

薛大鹏看了这人一眼,想说什么,嘴唇动了一下又放弃了。

保释金? 是啊,只要能从这里走出去,多少保释金他都愿意交付! 可是那个无能的美国律师,至今都联系不上自己的太太刘娜,而美国的账户又被法院冻结了!

冷啊,真冷! 薛大鹏把自己的身体又弯成了蜗牛,想从自己的身体里汲取一点微弱的热量。

囹　境

1

今天李沙没课,正在家中练习古琴,有一个叫 Steven Smith 的男人打来了电话。她以为是自己的学生,便耐心地听着对方的诉说。

她的学生是一个律师? 他的客户 Jeff 跟自己认识? 她越听越糊涂,最后只好直接问道:"你是我的学生吗?"

对方也有些惊讶,重新说明他是律师,不是学生,他的委托人叫 Jeff Xue,中文名字叫 Dapeng Xue。

李沙这才明白,这通电话与她的学校和学生都没关系,只是碰巧同名而已。

不过,Dapeng Xue 不就是薛大鹏吗? 他怎么把电话打到她这里来了? 李沙差一点就脱口而出"我不认识他",可是她努力控制住自己的胆怯,告诉自己不能说假话,面对律师更不能说假话! 于是,她艰难地从嘴里挤出一句:"Yes,I know him.(是的,我认识他。)"

由于汉斯是律师,李沙也有出庭翻译执照,所以冷静下来之后,她在交谈中了解到,与自己通话的人不是 FBI,而是薛大鹏的辩护律师。这位叫史密斯的律师告诉李沙,他受薛大鹏的委托,请她通过微信与他的太太刘娜联络,以便律师安排刘娜与薛大鹏视频通话。

李沙觉得奇怪,因为她并不认识薛大鹏的太太刘娜。如果她对刘娜还有一点印象的话,那也是源于微信上的照片。

律师解释说,薛大鹏的太太住在中国,他代表薛大鹏给她打过电话,把薛大鹏的情况向她介绍了一下,可是刘娜说她不懂英语,要找一位朋友帮助翻译,结果律师再打电话时,刘娜的号码已经注销。薛大鹏说他太太的英语很好,可能是因为年轻没来过美国,又听说需要保释金,也许以为是有人欺骗她呢……

保释金?这可是有关钱的事情!

李沙想起最近常常听说一些有关网络诈骗钱财的事件,难道——

她想借机挂断电话,但是内心明白这是自己给自己逃脱责任找借口。她稳定了一下自己的情绪,决定询问一下薛大鹏的案情,一来可以了解律师身份的真假,二来也可以了解一下薛大鹏案件的始末。

史密斯律师显然也是一个聪明人,明白让一位与此案无关的人帮忙做事,也的确要让对方了解案情的前因后果,于是简单扼要地将案件主要部分向李沙进行了说明——

几个星期前,薛大鹏乘坐的中国航空公司的飞机降落在洛杉矶机场,他在出海关时被 FBI 的人带走。尽管媒体报道说逮捕薛大鹏的原因是他向中国提供了商业情报,但是作为辩护律师,他有信心帮助薛大鹏解除困境。据他掌握的情况,到目前为止,所有的证据就是一篇学术论文引用了不该公开的数字,最多只能算作过失而非犯罪,更不能以"商业间谍"定罪。不过办案的程序比较复杂,需要一段时间才能定性,所以当务之急是把薛大鹏保释出来,庭外候审。可是法庭认为,薛大鹏长期居住在中国,他有可能保释后潜逃中国,不回美国受审,因此他的保释金很高。尽管现在还不清楚具体金额,但是估计在二十五万美元。薛大鹏说他和第一个太太在美国离婚后没有太多的现金,而他之前又打算在中国长期定居,所以他把大部分的股票都转换成现金,在中国买了一套价值六百多万人民币的房子,他说让现在的太太先卖掉房产保释他出狱,待他无罪释放后再做其他打算……

听了律师的简短说明,李沙再也无法用一句"自作孽不可活"的超然态度来对待薛大鹏的处境。不过,当她得知薛大鹏的太太有一个每天查看他微信的习惯,心中又泛起一丝说不清道不明的感觉。

该问的和不该问的都问过了,该知道的和不该知道的也都知道了,李沙的内心非常纠结：自己原本就担心被牵连进去，现在 FBI 没找自己的麻烦，自己干吗要参与这件事？可是，如果薛大鹏真的就是因为一篇学术论文被抓，那岂不是太冤枉了吗？难道自己就真的忍心看着不管吗？

在重大问题上，特别是有关美国国情和法律的事情，李沙总是要征询一下汉斯的意见才做决定。她告诉史密斯律师，她只能做到给薛大鹏的微信留言，告诉他太太尽快与律师联络，其他的事情不会参与。并且，她需要史密斯律师以公文的形式发一封委托书寄到她的通信地址，以便有据可查。

律师见李沙答应与刘娜联络，并且提出的要求合情合理，便马上答应会当天发邮件送达文书。

放下电话已是中午，可是李沙没有了吃午饭的心情。她心里七上八下，不知道自己这样处理问题是否妥当。整个下午，她都在坐立不安中等待着汉斯回家。

2

收到史密斯律师的信和汉斯回家几乎在同一时间。

李沙将她和史密斯律师通话的情形向汉斯说了一遍。出乎李沙的意料，汉斯并没有对她的做法表示肯定，而是表情凝重地看着她，眼里充满了不解和疑惑："我不懂，你为什么要参与这件事情？你有权利对这个律师说'NO'。"

"这不是权利的问题，这是一个人的生命问题！"原本犹豫不决的李沙，被汉斯的表情激怒，语气反而坚定不移。

"我不明白，他跟你有什么关系！"汉斯的语气也开始咄咄逼人。

"我从小就是他的邻居，我们在农场的时候，他和我一起搬水泥。我跟你说过我们在农场的经历，你是知道的。那时上大学很不容易，可是他在中国和美国都获得了博士学位。尽管我们快四十年没见过面，但是我的朋友告诉我，他是一个非常聪明的人。如果他仅仅是因为一篇论文就被关进监狱，这对他是非常不公平的。"李沙一口气倒出了几十年的历史，将这几天的不安和焦躁情绪一股脑地喷射出来。

其实，她根本不明白自己说这番话的目的。她原本是想听听汉斯对这件事情的意见,然后再决定是否帮助薛大鹏的律师。可是说完这番话,她才意识到自己的潜意识里是想帮助薛大鹏的。

"你说得对,我们应该帮助你的朋友。"汉斯沉思了片刻说道。

李沙很感动,因为汉斯是说一不二的人,她知道汉斯对自己的理解和让步,是建立在绝对信任的基础上的。

尽管汉斯没有亲身经历过"文革",但是他们在多年茶余饭后的聊天中,总是能够坦诚地谈到他们的人生经验和父辈的人生经历。特别是李沙,吃饭时餐桌上的食物常常会引起她对童年和青少年时期的回忆,而这些回忆对汉斯来讲仿佛是天方夜谭:一个人一个月只能吃到半斤肉、三两油、两斤大米? 八岁的李沙为了买四块豆腐,天不亮就要捧个铁盆在数九寒天里等在菜市场门外? 有一次菜市场开门时竟被拥挤的人群推倒,还差一点儿被踩着?

其实李沙只是在饭桌上触景生情地闲聊,可是汉斯对这些事情却产生了极大的兴趣。

汉斯的"十万个为什么"如情感的黏合剂,在李沙乐此不疲的讲述中缩小着他们之间的文化差异,增进彼此的情感和信任。

有了汉斯的肯定,李沙也觉得事情没有她想象得那么复杂:不就是帮助薛大鹏联系他太太吗?

李沙拿起自己的手机,在薛大鹏的微信留言中写道:

> 刘娜:我叫李沙,是大鹏的朋友,住在美国。您可能已经知道大鹏在美国遇到了一些麻烦。他的律师请我与您联络,希望您能配合大鹏的案子。律师说不需要您做什么,仅受大鹏的委托,请您尽快电汇保释金,以便法院释放大鹏,庭外候审。我对你们的处境表示理解,请您尽快联络大鹏的律师,或者通过这个微信号与我联络。

一天过去了,一个星期过去了,李沙每天都重复一次同样的留言,可是薛大鹏的微信上只有李沙的文字,不见其他人的片言只语。

3

面对刘娜的沉默,李沙就像对着空气挥拳,越来越觉得沮丧,越来越感到无能为力。她觉得一切都好似水泥厂的情景重演:那时她在广播室播音,薛大鹏却在车间抬水泥;现在她住在有山有水的别墅中,他却身陷囹圄,待在监狱里。

"四十年前也许是自己不谙世事,感觉不到薛大鹏的孤立无援;可是四十年后的世事沧桑,我不能无视于他身处绝境的孤立无援!我要想办法,不能这么被动地等待!"李沙沉不住气了,她觉得刘娜一天不出现,薛大鹏就要在狱中多遭一天罪。

可是找谁商量呢?"祭青春群"里的人大多数住在中国,会不会有人认识刘娜呢? 不行,国内的人对美国情况不了解,这几天大家在群里转发网上的链接都是负面消息,不会有人愿意参与的!

找郭燕商量? 她倒是一个热心肠。可是通过这几次聊天,她和自己的思维就不在一个水平线上。

还是找向红商量吧,她毕竟刚从中国来,见多识广,也许会拿出办法来。随着时间的流逝,李沙对刘娜如人间蒸发般的沉默感到极度的不安。特别是每次与史密斯律师通过话之后,她的内心更加沉重。她决定去找向红商量。

4

其实向红在"祭青春群"里已经知道了薛大鹏的情况,只是她不知道事情的严重性。加上上次与薛大鹏通电话时,让她再度感受到"上赶着不是买卖"的冷遇。当她听到薛大鹏被抓起来的消息后,第一个反应就是:此生与薛大鹏无缘,也许是老天的保佑,因祸得福啊!

暗恋了薛大鹏四十多年的向红,终于觉得自己对这份感情放下了。当她接到李沙的电话,请她问问国内的朋友是否有办法查出刘娜的联络方式时,她毫不犹豫地表明了自己的观点:"天津可大了去了,叫刘娜的人也一定不少。要我说啊，你也别管那么多了，他不是也快四十年没跟你联系过嘛，你问到也就算尽心啦。"

李沙不喜欢向红这种为人处世的方法，但是她此刻顾不上自己的感受，尽量用往事说服向红，动之以情，晓之以理，终于感觉到向红对薛大鹏的处境产生了同情。

"我想如果你有朋友在天津，也许找一找民政局，说不定能查到呢。毕竟刘娜刚刚和薛大鹏结婚，也许我们可以查到她或者她亲戚的联络方式。"李沙趁热打铁。

"薛大鹏应该知道刘娜的联络方式呀，比如电话、工作单位、家庭住址……"向红一副干练的口吻。

"我也这么问过薛大鹏的律师，可问题是刘娜不接电话，不工作，也不住在她和薛大鹏的家里。"李沙越说越觉得绝望。

"那就难了。中国那么大，要想躲起来还不容易？这样吧，我认识一个在天津的朋友好像有些活动能力，我让他到民政局查查，好在薛大鹏的微信上有刘娜的照片嘛。"向红提高了音量，表现出女强人的干练。

"太好了！向红，我代薛大鹏谢谢你啦。"李沙高兴地叫了起来。

"我这么做可是为了你。你毕竟帮助小兵找到了学校，我一直想找个机会谢谢你呢。"向红的语气又恢复到慢声细语的淑女状态。

"说起小兵我还想告诉你呢，语言学校只能是暂时保住他的学生身份，但是要想上大学，他还是要先完成高中课程。"李沙也尽量使自己的语气充满了关心。

"我知道。我现在正在跟一个中国律师谈着怎么收养小兵呢。"向红得意地答道。

"收养小兵？"李沙被说糊涂了。

"是呀。这个律师说，如果我收养了小兵，他就可以免费进美国公立高中。这样一来，小兵不仅上高中不用花钱，连上大学也会省下一大笔学费呢！"向红的语气已经飘飘然啦。

"啊——可你是他的姨奶奶呀，怎么收养呢？"李沙还是不明就里。

"律师说了，我没孩子，就当儿子收养了。"

"能行吗？"

"行。律师说了,只要收养手续在十六岁以前完成,他就符合被收养的条件。所以我最近非常忙,要在小兵十六岁生日之前,完成所有的法律文件。"

"迈克也同意收养小兵吗?"

"我还没跟他提呢。不过他不同意,我也可以收养小兵。律师说,有美国绿卡就和美国公民享受一样的待遇。"

"啊——我知道解决了小兵的身份对你和向阳有多么重要,但是也请你抽点时间问一下你的天津朋友,看看是不是能找到刘娜的联络方式。"

"你放心,我在中国有很多朋友,我跟他们都说说这事儿,说不定哪个人就有办法了呢。"向红的语气非常笃定。

"那就太谢谢你啦。"李沙的声音充满了喜悦和信赖。

"谢啥!咱们都在北大荒待过,不是战友也是荒友。那我先忙去了,改天再聊。"向红关上了手机,如释重负地拨打另一个电话。

怎么没人接呢? 向红焦急地又打了几次,仍然没人接听。她不满地长叹了一口气,拿起一本《美式英语对话》朝自家洒满阳光的后院儿走去。

5

"卖肉了,卖肉了,不打水的黑毛猪肉。有肘子、排骨、里脊和猪爪,还有包饺子的肉馅儿啦。哎,今天是正月十五元宵节,不打水的黑毛猪肉啦。"在人来人往的早市中,向阳在卖肉的摊床前,一边切肉一边习惯性地招呼着过往的行人。

向阳的脸已经冻得通红,由于忙,她把羽绒服的帽子也摘了下去,因为口中呼出的热气和空中的冷气对流,她前额上的刘海结下了一层白白的雪霜。

早市就是经过工商局的同意,小商小贩可以在某条居民小区的街道上,利用早上不影响交通的时段卖些食物和日用品。当然,每个小贩要租一辆推车,这种推车方便运货、载货、卖货,使早市看起来整洁有序。

早市一般从清晨五六点钟就开始,早上八点钟准时结束。当然也有夜市,小贩们只要交两份管理费,就可以一早一晚都到这里来卖东西。

由于冬天的太阳升起得晚,落下去得早,小贩们早晨卖菜还得点着油灯,到了收摊的时候,天空才泛起鱼肚白。

"收摊了,收摊了。这都几点了,怎么还在卖呀!"穿着工商制服的人对着所有的摊床吆喝着。

向阳一着急,把手切了一下,顿时血流如注。

买肉的人根本不关心她那流血的手指,而是吵吵嚷嚷地让她换一块肉,说原来的那块肉沾上了血。

早市管理员仍在吆喝着让收摊,向阳顾不上处理手指上的刀伤,把手塞进棉手套里继续割肉。

最后一个顾客离开了。一位没穿制服的管理员朝向阳挥了挥手:"收摊了,再不走就要罚款了啊!"

她忍住了痛,将菜刀、砧板和没有卖完的肉胡乱地塞进车里,把羽绒服的帽子随意地戴上,然后吃力地推着小车在雪地上亦步亦趋地伴着静静飘落的雪花远去。

6

此刻,正是加州下午三四点钟。

在明媚的阳光下,向红正在自家的游泳池旁刻苦地练习着英文单词:adoption、Authorization、Economic guarantee、formalities。

叮咚,手机响了,她看到是向阳请求微信视频,就赶紧点击了微信,不分青红皂白地就说:"姐,你可把我急坏了,给你打电话也不接。"

"啊,我刚才出门跳广场舞去了。这不,回来一看你给我留了好几次话,我就赶紧给你打过来了。"视频里的向阳轻松地说道。

"姐,你的手咋啦?怎么在家还带棉手套呢?"向红发现向阳挥动的手还在棉手套里。

"啊,没事儿,昨天做饭时不小心切到了手指。这不,刚才出去跳舞怕冻着,进屋还没摘呢。"向阳下意识地将受伤的手背到身后。

"没想到你开始跳舞了。好事,运动运动对你好。不过你手伤了要当心,别感染喽!"向红的语气恢复到往日的细声慢语中。

"不碍事，别担心。还是说说小兵的事吧。我已经跟小兵他爷爷说了你要收养小兵的原因，可他就是不信！他说我们是换着法儿要夺走他的孙子。我好说歹说，他就是不肯让儿子写书面证明。"向阳的语气中充满了沮丧。

"那怎么办啊？办理收养手续必须要有被收养人父母死亡或者无力抚养的证明。小兵的抚养人是他的父亲，现在只要能证明他父亲在监狱里服刑，愿意放弃对他的监护权，我就可以在这边办理收养手续了。"向红不免焦急起来。

"我想余科长也是有文化的人，给他一点儿时间，我再做做工作，也许他会同意的。"相比向红，向阳反而显得气定神闲。

"可是这件事情不能再等了。再过两个月小兵就十六岁了。我们必须在这个月完成上报材料。"向红更加焦躁。

"啊，那怎么办呢？不行我就直接去监狱一趟，看看大军愿不愿意见我！"向阳鼓足了勇气说道。

"他这么多年都不见你，怎么可能现在就见你了呢？我看这件事还是要做余科长的工作，只有他才能把这事儿说清楚。"向红沉默了片刻答道。

"小兵知道你要收养他的事情了吗？"向阳小心翼翼地问道。

"我提了一下，说是为了他今后能留在美国读大学，他也没问太多。总之让他玩电脑游戏，他就一好百好，做什么都行。"向红随口答道。

"可是光玩游戏咋行啊？还得让他学习啊！"向阳有些焦急起来。

"一步一步来吧。只要把他的身份解决了，其他的都好办。"向红有些不耐烦了。

"好吧，都听你的。"向阳的声音里充满了无奈。

"妈还好吧？"向红意识到自己的语气有些强硬，就转变了话题。

"还不是老样子。你看——"向阳说着，将手机镜头转向了房间的一角。

向红看到母亲一如既往地倚靠在破旧的沙发上，呆滞的目光盯在手里那幅已经破损了的版画上。

"姐，辛苦你了。"向红由衷地说道。

"瞧你说啥呢！你为小兵做了这么多，还不是为了姐。唉，有时我也觉得对不起你，给你添了这么大个包袱。"向阳长叹了一口气。

"姐，别说那些丧气话。咱们这么多年都过来了，还怕挺不过这段吗？

迈克马上就要回来了,我要去准备晚饭了。"向红看了看表说。

"赶快去吧,别让人家说咱。"向阳说着就赶紧关上了视频。

向红呆视了手机片刻,叹了一口气,朝厨房走去。

7

向阳关上手机后,试着把左手从棉手套里拽出来,可是手上的血和里面的布粘连在一起,疼得她直皱眉头。失智的母亲就坐在她的身旁,可是对她的感受无动于衷。

向阳到厨房找到剪刀,把手套剪开,手套里面满是黑红色的血印。向阳往洗菜的盆子里倒了一些温水,然后将左手放到水中。

显然伤口碰到热水很痛,她嗷了一声,但是左手还是坚定地放在水里。手指与棉布粘连的部分开始软化,向阳咬紧牙关,一点一点地将受伤的手指脱离了棉手套上的棉布。

她拿出一瓶白酒浇在伤口上,疼得她直抽冷气,可是脸上依旧是逆来顺受的坦然。她又拿出一瓶红药水涂抹在手指上,然后找出一叠创可贴,并排地把手指包了起来。

做完这一切,她沏了一杯热茶,恭恭敬敬地摆放到客厅桌子上的佛龛旁,然后点燃三炷香,口中念念有词地把香插到香炉里,然后对着白瓷的菩萨连磕三个头,这才起身为母亲洗脸梳头。

冬日的晨光从紧闭的双层玻璃窗射了进来,昏暗的房间里有了些许的暖意。

囧　事

1

李沙从新年到春节都忙着微信上的是是非非,她惊讶于转眼之间已经开学快一个月了。

她像以往那样将车停在专门为教师预留的车位上,走下车看到大片空闲出来的学生停车位,才想起应该把学生出勤表送交给行政部门。她知道,行政部门最不想看到的就是这种冷冷清清的场面,然而这种景象年复一年地在校园里重复:刚开学时人满为患,学生求着老师给 Addcode(注册);两个星期后学生纷纷 Drop(取消)。当然取消课程的理由也很复杂,有的人是知难而退,在头两个星期 Drop 课程,可以分文不少地收回全部学费;有的人是利用注册的机会获取失业救济金,注册后可以向政府出示学校的证明;还有些人即使在头两个星期留下来学习,只要期中考试不如预期,就不给老师任何理由自行 Withdraw(放弃)课程,这样不仅不会影响到他们的总成绩,而且由于公立大学的学费不贵,有些学生等到下学期再修同一门课,这样以上学期积累的知识获得下学期的好成绩……总之行政部门对这些情况略知一二,可是公立学校人员各行其职,拿一份工资做一份事,大家都"睁只眼闭只眼"地将学生出席率的功过算在了教师的头上。

"学校不应该将生源多寡的责任单一地强加在老师的身上,应该从学校的制度上进行调整。"李沙这么想着,已经来到收发室。

收发室有两个文件篮子,一个是校园内送达,一个是校园外邮寄。并且按照科系为每位教职员工设置了个人邮箱。

李沙将出勤表放到了校园内送达的信箱中,然后到自己的信箱里取了一些信件。信件的上方有一个通知单,让她到管理收发信件的 Claudia 那里取一个包裹。

"又是出版社推销中文教科书吧?其实,使用什么教材哪里是我这个普通教师说了算的!"李沙看了一下手表,离上课的时间还有六分钟,就决定拿了包裹再走。

转身之际,李沙看见 Claudia 正在与系主任聊天。系主任背对着李沙,不知道有人在她身后,依然兴高采烈地用西班牙语跟 Claudia 聊着。系主任和李沙年龄相仿,学位不算太高,属于"多年的媳妇熬成婆"的那种。由于系里百分之六十都是教西班牙语的老师,所以百分之六十的支持率,就奠定了她这系主任一直处于连任的不败之地。

面对着李沙的 Claudia 显然是看见了李沙在等待,但是她有意置之不理,仍然用西班牙语喋喋不休地与系主任聊着。李沙看了看表,还有五分钟就到上课时间,她只好硬着头皮打断了她们的谈话。

系主任一看是李沙,表情从热烈的谈话中冷却了下来,告诉李沙下课后到她的办公室去一下,有事找她。

自从上学期餐会李沙表达了自己对谐星拎着总统血腥的假头颅表示不满后,原本就不苟言笑的系主任,见到她就更加严肃。李沙一向认为自己是靠本事吃饭,不需要刻意地去讨好任何人,所以对系主任用什么语气跟自己说话并不在意。她一边向系主任点头应承,一边将取邮包的通知单递给了 Claudia。

系主任走了,Claudia 有些意犹未尽的样子,慢腾腾地把一个很大的牛皮纸口袋交给了李沙。

纸袋很轻,不是李沙想象的教科书的分量。信封上也没有邮寄地址和邮票,但是除了 To Professor Elizabeth Schneider,还有两行工工整整的中文字。第一行是:施耐德教授。第二行是:金爱文学生。

李沙感觉到 Claudia 的目光也落在这个包裹上。别看 Claudia 只管收发信件,但是学校发给老师的所有校规、评估表、点名册或成绩单,都要从她这儿收取。取信件的教职员工们,进来出去都会跟她打个招呼,久而久之这里就成了平日里"自扫门前雪"的教师们交流的平台,有什么事情都可以从Claudia的嘴里流出。

Claudia告诉李沙,昨天有一个亚洲学生,说到李沙的办公室去见她,但是没见到,所以请她将这个信封交给他的老师。

金爱文?李沙看到Claudia狐疑的目光,索性当着她的面打开了那个大信封。信封里面是一盒精装的巧克力糖和一张手工制作的谢卡:施耐德教授,我是金爱文,我现在是工程师。谢谢您的帮助。您是我的教授中最好的一个!

Aaron Jin!是的,是他的字!

尽管李沙每年都有上百个学生,可是她还是在瞬间寻找到了有关Aaron-Jin的记忆。

那是两年前的事情。有一名家住旧金山的学生,临近期中考试突然失踪,两个星期之后给李沙发来了一封E-mail,说中学时的好友突然因车祸去世,他放下学业回家乡安慰好友的父母。两个星期过去了,他已经耽误了许多课程,不知道自己是否还能补上?原本这个学期完成就可以毕业了,现在只能延长一个学期,这让他的父母很失望,自己也很难过。不过他知道学校的规定,旷课四节就不能继续修课,所以他为了表示对老师的尊重,写信说明原因后,会放弃这学期修的所有课程……

李沙对这位学生的印象很深,因为许多亚裔学生在课堂上不太发言,而身为韩裔第二代移民的金艾伦不仅考试优秀,在课堂上总是积极发言,并且汉字书写为全班第一名,还给自己起了一个中文名字,叫金爱文。李沙在开学第一天学生的自我介绍中了解到,这是金爱文的最后一个学期,他毕业后的理想是做一名机械工程师。

多年的教学经验告诉李沙,对于处在人生十字路口的年轻人,"推一把"可以前行,"踢一脚"会驻足不前。她把自己的手机号码告诉给金爱文,让他先给自己打个电话再决定是否放弃课程。金爱文果真给李沙打了电话,在电话中李沙动之以情、晓之以理地劝说他,并向他保证,只要他肯努力,她就会全力以赴地帮助他补上所有耽误了的课程。同时还建议他跟其他学科的教授也表明自己有意愿补上所有课程,并不再缺席,以获得教授们的理解。

果然,学期结束时,金爱文不仅在李沙的班级获得了 B,而且也完成了其他四门课程。毕业典礼那天,这位二十岁出头的大男孩红着眼睛给了李沙一个拥抱,并且说找到工作会回来看她!

想到这里,李沙的眼睛有些湿润:在美国教书的最大感慨是师生间不做情感交流,老师上完课走人,学生有问题只能在课程表上的 Office Hour(课堂时间)与老师联络。大多数学生也只接触老师一个学期,修完课就像主雇关系解除,以后老死不相往来。李沙很怀念中国师生间那种"一日为师,终身为父"的情感,就像她出国几十年了,回国时还会和昔日的同学去看望耄耋之年的老师。两年了,金爱文居然还记得她,并专程来看望她!

那一刻,她很想与 Claudia 分享自己的喜悦心情。可是说什么呢?将学生表扬她的话从中文翻译成英文吗?那不是"王婆卖瓜自卖自夸"吗?李沙意识到,尽管她在美国职场上工作了二十多年,但是至今也没有学会恰如其分地表现自己。

她把那盒巧克力糖打开,递到 Claudia 面前让她挑选。

面对每个品种只有一枚的巧克力糖,Claudia 举棋不定。她的眼睛在精美的盒子里放光,嘴里却一个劲儿地说:"Are you sure?(你肯定吗?)"李沙看了看表,已经到了上课的时间,她的目光显露出焦急。

在李沙焦急的目光下,Claudia 才赶紧在盒子里选出两块巧克力,一黑一白,放在了办公桌上。

李沙等 Claudia 拿完巧克力糖,二话没说,抱着巧克力糖的盒子和信件就急忙离开了收发室。

2

下课时已是黄昏,李沙匆匆来到系主任的办公室。

系主任见面就把 Advanced Student Program 表格摆到李沙的面前,并且告诉她有一位叫 Susanna Zhang 的学生向系里反映李沙不批准她的申请。

李沙一听就知道这名学生一定受了南希的怂恿,才明知自己不够资格,还是要到系主任这里破坏她的声誉。她很想告诉系主任自己不签字的理由,但是又不愿意给系主任留下"中文老师不团结"的负面印象。想了一下,她只是轻描淡写地说明了 Susanna Zhang 的情况。

由于李沙有上课签名表为据，系主任也没有过多追究。不过系主任马上又提到一个学生的名字。

根据以往的经验，只要系主任对老师提到某个学生的名字，通常是负面消息。果然，系主任说这名学生向自己反映李沙在全班同学面前羞辱她笨！

怎么可能？我毕竟在美国大学教了十几年的书，怎么可能当众说某个学生笨！这一定是误会！李沙向系主任讲述了当天的情形——

这学期开学的第一天，就要上课的时候，一位胖乎乎、眼神发直的白人女学生唯唯诺诺地走到讲台前，向李沙递交了一份医生开的证明，说她有轻微的智障，反应迟钝，让李沙讲课时速度放慢，因为她记笔记很慢……李沙之前处理过这种情形，便以温和的口吻告诉她，自己会关照她，但是讲课的速度不能因为一个人放慢，如果她做笔记有困难，可以请其他的同学帮忙。当这位女生同意之后，李沙又补充了一句："我可以将你的情况说明一下吗？这样你可以随时请别的同学帮助你。"

女生说："可以。"

对于李沙来说这样处理问题顺理成章：全班三十多位学生不会因为一名同学的慢节奏受到影响，这位学生也可以得到大家的理解和帮助。

第一天上课总是有太多的事情要安排，有关这个女生的话题，李沙只是一语带过，让大家在这个女生需要帮助的时候多多关照。可是李沙看出许多学生眼里的不解，就又加了一句："这位同学有的时候做笔记较慢。"她至今都清晰地记得自己说的是"She writes slow sometimes（她有时写字很慢）"，而非"She is slow（她很迟钝）"。

李沙万万没有想到，这个女生竟告诉系主任，李沙在全班同学面前羞辱她"slow"！

李沙对系主任解释说：第一，她没有任何当众羞辱这名女生的言行，也没有这种动机；第二，说她写字慢，是为了请同学们理解和帮忙，并没有说她迟钝；第三，医生的证明说她有智障，即使班上的学生有这种印象，那也应该是一种事实。

系主任听了李沙的解释，没再多说什么，只是客气地将一份空白的教师评估表格递给了李沙，让她按照上面的要求填写后递交到分院长办公室。

李沙对于这种评估表并不陌生——所有的教师每三年都会收到一份，她已经收到过若干次。根据以往的经验，这种评估报告的目的是督促教师认真工作，没有惩罚之意，通常是被评估人自己提名三位老师供系主任选择，被选中的人与被评估的人约定时间到课堂上听一堂课，然后参考学生每学期给老师的评估表，在印好的表格上分别在"最最好、最好、好、不好和很差"的栏目里打钩，再写一段考核意见交给系主任签字，系主任上交给相当于分院长的 Dean，当事人签名同意后，由 Dean 的办公室秘书将评估表与学生的评估表一起存档备案。

尽管李沙有一瞬间的疑问，这次评估距上次评估才两年半，怎么就提前了一个学期填写评估报告？但是她也没去多想，认为自己是一位称职的教师，什么时候评估和谁来评估都是一个形式。何况上次给她做评估报告的人是系副主任，给她的档次是"最好"，评语也是肯定有加，学生的评分也都很高……

李沙正在心中纠结着要不要问清楚为什么评估提前了一学期，但是看到系主任已经拿起手袋做出了下班的架势，她把要说的话又咽了回去。

3

从系主任办公室出来以后，李沙就快步加小跑地直奔停车场。真冷！

南加州尽管在冬日里也会阳光灿烂，和煦温暖，可是到了傍晚，只要太阳落山，天气就会骤然变冷。当李沙钻进车里的时候，外面已经下起了毛毛细雨。

她没有马上发动汽车，而是呆呆地望着车窗外的雨滴。

南加州极少下雨，一年有八个月不见一滴雨水，只有冬季才有几场瓢泼大雨。

不过，此刻的李沙无心赏雨，她的心情如窗外的雨滴逐渐成为雨雾的天气一样，混沌不清：为什么我没有对系主任说出我对南希说的话？为什么我要对一个处心积虑诋毁自己的人加以维护？为什么有两名学生同时将我告到系主任那里？

李沙见窗外的雨越下越大，天色也从深灰色变成黑色，下午经历的人和事使她深感饥肠辘辘,于是她启动了汽车,希望早点回到家里。

她将车里的音响打开,刚刚倒完车,就意识到蓝牙里播出的又是上次没有播完的古琴曲《忆故人》。她想到上次出车祸就是听了这个曲子,赶紧按了一下自己经常听的电台音乐频道96.5,一首名为 *A Little Reminder* 的歌活泼轻松的节奏充满了车厢。李沙的心情也随着明快的音乐好转起来。

汽车刚刚开出校园,车里的蓝牙电话就响了起来。李沙随手按了方向盘上的接听按钮,车里的音响就传来一个不掺杂着任何情感的女性声音:"You have a collect call from Jeff Xue, Do you want to accept?(您有来自 Jeff Xue 的电话,您愿意接听吗?)"

Jeff Xue?李沙一时没有反应过来,随口说道:"Pardon me?"没等接线员再度说话,电话里已传来一个男人的声音,音量虽小,但是李沙还是隐约能听到:"我是薛大鹏。李沙,我是薛大鹏!"

李沙顿时神经绷紧,高声地对接线员说:"Yes, I will. Please.(是的,我接。)"

"李沙,我是薛大鹏。"电话里的声音清晰起来,但是明显带着颤抖的声音。

"大鹏,你等一下,我先把车停到道边上再跟你说话。"李沙在黑暗中一边寻找着可以停车的地方,一边说着。

"你可千万别撂电话,我有事情求你。"车厢里回响着薛大鹏几近恐惧的声音。

"别急,大鹏,我马上就把车停好了。"李沙一边说着,一边把车停到道边,"好了,现在可以说话了。"

可是电话的另一端没有了声音。李沙担心电话断了,赶紧大声地叫道:"大鹏,大鹏,你能听到我说话吗?"

半晌,她才听到薛大鹏泣不成声的声音:"我能听到。"

"大鹏,你的情况我都知道了。我在你的微信里给刘娜留了几次言,让她尽快与我联络,但是到今天也没有她的任何回话。"李沙的声音里充满了歉意。

"李沙,实在对不起,这么多年没联络,第一个电话就给你添麻烦……"薛大鹏的情绪平稳了一些。

"你说什么呢？我真希望能为你多做些事情。我已经在四处求人帮忙，看看能不能找到天津的熟人，也许能从民政部门找到刘娜亲属的联系方式。你还记得向红吗？她现在也住洛杉矶，她说她有朋友在天津政府部门工作，所以你别急，也许过几天就能联络到刘娜了呢。"李沙故意放慢了语速，希望薛大鹏听到这个消息会振作起来。

"可是我等不了了。我的律师因为我不能付他的律师费，已经辞职不干了。如果我还找不到刘娜，就只能接受政府委派的不收费的律师，那样我就更没有机会洗刷自己的罪名了。"薛大鹏的声音再次颤抖起来。

"怎么会这样呢？那怎么办呢？"李沙也显然失去了原本装出来的镇定。

"李沙，我在美国没有一个亲人。原来的太太两年前跟我离婚时对我恨之入骨，我们也没有孩子。在中国我父亲几年前就去世了，我又没有兄弟姐妹，现在又联络不到刘娜。我、我现在只有你这么一个可以信赖的人了。相信我，我真的没有犯罪，是我原来在美国办公司的合伙人利用我的学术疏漏要置我于死地。现在我只要有一个好律师，愿意听我说明原因，我就应该能无罪释放。所以，李沙，你一定要帮我。我知道你先生是个律师，我想请他做我的辩护律师。尽管我现在拿不出钱来，可是我一旦无罪释放，法庭就会解冻我的银行账号，那时我一定有能力付律师费的。"薛大鹏飞快的语速几乎略去所有的标点符号。

"我先生是民事诉讼律师，他不接刑事诉讼的案件呀。"李沙在薛大鹏停顿的瞬间插话道。

"现在我既没钱又没人，我不可能找到比你先生更合适的律师了。李沙，看在我们在北大荒同甘共苦的分上，帮我一把吧！"电话里的薛大鹏几乎是在哀求着。

"Times up.（时间到了。）"李沙听见电话里一个男人瓮声瓮气的声音，这才意识到在监狱里通话是有时间限制的，所以薛大鹏要在有限的时间里传递出最大限度的信息量。

"大鹏，放心，我一定会让汉斯帮你。等我的消息！"李沙也加快了语速。

"谢谢啦，谢谢。"李沙听到薛大鹏哽咽地说了一句，电话就被挂断了。

外面的雨越下越大，李沙的眼泪也随之喷涌而出。

4

上小学的时候,李沙和薛大鹏就同校,但是那时的男女生不说话。有一天放学回家,李沙和薛大鹏一前一后地走着,快到文化大院的时候,李沙看到走在前面的薛大鹏突然停下了脚步。李沙也没理他,蹦蹦跳跳地朝大门口跑去。

到了楼门口,李沙才看清停在门前的一辆军用卡车上,带着红袖标的男男女女正在把一个女人从车上拽了下来。

这不是薛大鹏的妈妈宋阿姨吗?尽管李沙知道薛大鹏的妈妈一年前就被关进了"牛棚",但是她还是感受到了肉体上的疼痛。宋阿姨长到腰间的卷发像一堆乱草般,脸上紫黑色的血污依稀可见。

尽管那时的李沙只有八九岁,但是经常目睹游街示众的场面,对薛大鹏母亲的凄惨境遇很麻木,感受不到那黑色血痂里的痛。她所关心的是,如果自己的父母也被批斗,她该怎么做!那天她没有找到薛大鹏,之后也没有在学校里见过薛大鹏。后来才知道薛大鹏在那天之后,被保姆薛婶带去了乡下。虽然薛大鹏从农村回来仍然和父亲住在原来的房子里,但是李沙没有跟他说过话,文化大院里的孩子都没有听到薛大鹏再说一句话。即使他们同乘一列火车前往北大荒,后来一起到水泥厂搬水泥,他们也没有再提薛大鹏母亲的任何事情,那时候他母亲已经不在人世了。

5

李沙见车窗外的雨还在哗哗地下着,她长吁了一口气,试图强迫自己从往事中解脱出来,然后启动了发动机,将车开上湿得发亮的柏油路上。我一定要帮助薛大鹏!命运不该这样对待他!

汽车在风雨中上了高速公路,六条车道挤满快速行驶的车辆,李沙这时才觉得自己置身于现实的真实感——饥肠辘辘,一身疲惫。

今晚吃什么呢?她看了一下表,比预计回家的时间晚了一个小时。

雨越下越大,除了隐约可以看到离自己最近的那辆车的尾灯,她只能看到车窗外的瓢泼大雨。

由于南加州长期没有雨水,道路上会积累一些油脂,一旦下雨,车辆就容易打滑,所以下雨天是车祸发生最频繁的时候。

也许因为刚刚经历过车祸,李沙不敢掉以轻心,她瞪大了两只眼睛,双手握紧了方向盘,小心谨慎地在暴雨中前行。

6

把车停到了自家的车库里,李沙才长吁了一口气。由于在雨中开车过于紧张,她把酸痛的胳膊前后摆动了几下,这才拖着沉重的躯体走进家门。

"Honey,晚饭好了。"汉斯听见门响,在厨房里高声叫李沙吃饭。

"对不起,我回来晚了。"李沙振作起精神说道。

"What's wrong?(怎么了?)"汉斯一边摆着盘碗,一边随口问道。

"我饿了,Can we eat first?(我们可以先吃饭吗?)"李沙有气无力地坐到餐桌旁。

"Sure.(当然。)"汉斯将两个装有牛排的盘子端到桌上,并且将打开的红酒倒到两个酒杯中,"干杯!"

"干杯。"李沙放下酒杯,拿起刀叉切了一小块牛排,但是放到嘴里怎么都咽不下去,"我今天很想喝点儿汤,我去给自己下一碗面条。"

李沙说着就打开煤气炉,往小锅里倒了一点儿水,然后重新回到餐桌旁坐下。汉斯自顾自地吃着,脸上露出些许不快。

"Honey,I need your help?(亲爱的,我需要你的帮助。)"李沙想了想,还是忍不住说道。

"What's up?(什么事?)"汉斯又切了一小块牛排放到嘴里嚼着。

"你真的想听吗?"李沙见汉斯爱理不理的样子,不免有些愠怒。

自从儿子离开了家,他们的交流就出现了障碍:过去两人心情好的时候,李沙脱口而出的是英语,汉斯张口闭口是汉语;心情不好的时候,两个人都分别使用自己的母语,懒得浪费自己的精气神;如果赶上争吵,两人就自说自话,把各自的母语说到极致,语速快到不给对方在大脑翻译的时间。可是现在,李沙天天用中文流连于微信和网站,加上上课也说汉语,她几乎在不知不觉中忘记了英语在美国的主流地位;而汉斯也似乎忘记了他定下在家要说汉语的规矩,心情好的时候也会下意识地使用英语。李沙发现自己像是条件反射一样,只要汉斯说英语,她就下意识地觉得汉斯在跟她闹别扭。

"我在听。"汉斯放下了刀叉,开始说汉语了。

"我想请你做薛大鹏的律师。"犹疑间,李沙的话有些吞吞吐吐。

"我?"汉斯疑惑地望着李沙。

"Yes. He needs your help.（是的。他需要你的帮助。）"李沙答道。

"商业间谍案是刑事案件,你知道我只做民事案件。"汉斯又开始吃起牛排来。

"他不是商业间谍。他是被冤枉的!"李沙被汉斯置身事外的态度激怒。

"So? 他的律师会帮助他辩护的。"汉斯耸了一下肩膀,拿起酒杯喝了一大口酒。

"他联系不到他的太太,就没有钱付律师费;没有私人律师,他就要接受政府派给他的律师。所以他请你做他的律师,费用等他联系到太太刘娜就会付给你。"为了继续话题,李沙把炉灶关上,因为锅里的水已经沸腾了半天。

"我不懂你为什么让我接这个案子。刑事案件和民事案件不同,我只做车祸。"汉斯一边享受着牛排,一边云淡风轻地说着。

"你这叫见死不救!"李沙被汉斯的表情进一步激怒,气恼地甩出一句话就离开了餐桌。

独坐在餐桌旁的汉斯也气恼地将送至嘴边的牛排丢到了盘子里。

7

卫生间里,李沙在淋浴的热气中想着心事。她像突然想起了什么,匆忙披上睡衣,拿起了手机。

没人接听,她很失望。她在电话里留言说:"向红,你跟你那位天津朋友说了吗? 他有没有办法找到刘娜? 情况紧急,请一定给我一个回话。我代大鹏谢谢你啦!"

李沙留言后才发现向红给她留过言："李沙，为了帮助小兵办理身份，我晚上要外出打工。如果迈克向你提起，你就说是你介绍我做中文家教的。其他情况等有机会再告诉你。"

　　李沙叹息了一声，又拨通了郭燕的电话。郭燕也没有接，但是马上回复了一条信息："姐，现在说话不方便，一会儿我给你打回去。"

　　李沙看了看表，晚上 8 点 20 分——纽约时间已是夜里 11 点 20 分。她觉得自己最后的一点儿精力已经用竭，便疲惫地倒在床上，随手关上了床头灯。

　　手机响了，李沙知道是郭燕的电话。犹豫了片刻，她还是把床头灯打开，接听了电话。

　　"姐，我正要跟你说呢，我们很快就能见面——我要去加州了！"郭燕的声音很小，但是语气中充满了难以掩饰的兴奋。

　　"你要回国了吗？"李沙不解地问道。

　　"我不走了，我已经决定留在美国了。我在加州找到了工作，在一家中国人办的月子中心当月嫂，机票都买好了。刚才没接你电话，是我不想让女儿知道。你想啊，我不给女儿带孩子，给别人做月嫂，说出去不好听啊。所以我只跟女儿说要到加州去看看你和向红，她也信了。其实我工作的地方跟你还真不近。不过，等我安顿下来，我一定找个时间过去看你。"郭燕的声音越来越小，越来越神秘，但是语速却不含糊，快而有力。

　　"那你不照顾外孙了吗？"李沙困惑地问道。

　　"唉，我跟我那女婿实在是整不到一块儿，不是他死就是我活，所以我惹不起还躲不起？我也想通了，在这里是费力不讨好，还不如到外面打工赚点钱，等我家老头儿来了，也好在外面自己租个地方，金窝银窝都不如自家的土窝好。"郭燕斩钉截铁地说着。

　　"在美国可不要打黑工啊，一旦有非法记录，你就永远不能留在美国了。"李沙有些担心地说。

　　"我知道，姐。我女儿正在帮我办绿卡，她爸也打算到美国来了。我听说了，在美国只要有绿卡，65 岁就可以申请社保，每个月啥也不做都能得个六七百美金，医疗啥的还不用交钱……先不说了，我女儿进来了。"郭燕说着就关上了微信音频。

李沙并没有介意郭燕来如风去无影的做法，因为她再也没有精力去琢磨与自己不相关的事情了。

她再度查看向红的微信号，发现向红给自己来过电话。她赶紧打了过去，微信上显示"忙线拒绝接听"，李沙沮丧地放下了手机。

8

繁华的街道上，霓虹灯争奇斗艳地闪烁着餐馆、酒吧、商场和娱乐场所的名字，其中有一些门脸儿除了英文名字外，还有中文、韩文和日文，不知情的美国人常常以为这里是唐人街。

街道的一个拐角有一家按摩院，大门外挂着不太明亮的 Spa 霓虹灯，霓虹灯的阴影里站着靠在大门外正在用手机通话的向红。大门从里面推开，闪出一个比向红年轻的女人——

"伊萨贝拉，我不是说过嘛，没有客人你也要在房间里待着，上班的时候不能打电话。"年轻的女人不客气地对衣衫单薄的向红说道。

"我连做了三个人，出来缓口气。"向红来不及把手机藏起来，只好用讨好的语气说道。

"还是把手机先交给我吧，下班时还给你。"年轻的老板娘语气很客气，可是手已经坚定地伸在了向红的面前。

向红只好把手机递了过去。

"你透透气就回来吧。下一个是保罗，他马上就到了。"女老板拿着向红的手机，再三叮嘱后，才转身回到房里。

"知道了！"向红懒懒地回了一句。

向红身旁的霓虹灯依然在不急不缓地闪动着，随着灯光的忽明忽暗，窗户上的价格牌也跟着一闪一闪的：Foot massage（足底按摩）＄24.99；Body massage（全身按摩）＄39.99.

向红伸了个懒腰，觉得在房外没有手机很无聊，就转身推开按摩院的大门想进去。就在她转身之际，她好像感觉到了什么，开门的手僵在那里，不知道该不该回头。

自从她到这家按摩院工作，不论是她从停车场走过，还是间休时到外面透透气,她总能感觉到身后有双眼睛在注视着她。开始她觉得是自己多疑,但是她很快就发现离按摩院不远的路灯下,有一个男人常常向这个方向张望。由于光线暗淡,向红不能确定那是在看她,还是在看风景。

按摩院坐落在近海的繁华街道上。白天游人如织,夜晚便是霓虹灯的世界。社交名媛会到这里美容美甲;CEO们会在这里喝酒聊天;贵妇老板们会到这里按摩放松;流浪者们会在这里把铺盖卷一摊,找个避风的地方就是一夜春梦。

不过,这里有一个奇怪的现象:白天如织的人流中,晃动着的是不同肤色的面孔,可是到了晚上,安静下来的街道,似乎就只有亚洲人的面孔,他们在霓虹灯的带领下,走进这里的酒吧、餐馆、美容店和按摩店。所以那个在路灯下画画的男人,就成了这里打工阶层可以共同消遣的话题:

"他呀,说好听些是个画家;说不好听的呀,就是个流浪汉!"

"你看他那一脸的连毛胡子,看着都瘆得慌!"

"他是伊朗人,叫哈桑,真是个画家。那天我姐从德州来这儿看我,她让他给我侄女画了一幅人头像,别说,真像!"

"你说白天画画可以赚钱,他怎么晚上也画个没完没了? 这黑灯瞎火的,有啥可画的?"

"可能是精神病吧? 我那天壮着胆子过去看了一眼,他画的画不是黑就是白,要我说就是一疯子。"

向红到按摩院工作不到三天,也不愿意将自己的真实身份暴露出来,所以她对所有的同事都敬而远之。但是在大家的议论中,她难免对路灯下的男人产生了好奇心,有事没事地会朝那个方向看上一眼。特别是在间休的时候,她一推门出来,就可以看到那个路灯下的黑影。黑影也好像有第六感觉似的,只要她朝那里张望,他必定给她一个对视。夜色中向红看不清对方的眉眼,但是她能从那线条分明的高大身材中,感受到青春的活力。有时她会感觉到他们在对视的一刹那,男人的眼睛里充满了善意的微笑……她当然知道,在这样浓的夜色里是不可能看到那个人的表情的。

"画家哪儿那么好当的!"向红忍住身后的诱惑,没让自己回头,在心里嘀咕了一句之后,走进了按摩院的大门。

按摩店里灯光不仅昏暗,五颜六色的彩灯还给人一种暧昧的感觉。

向红在一个两人房间给一位男客人做着全身按摩。

"谢谢你啊,保罗,今天你又点了我。"向红一边给客人保罗做着颈部按摩,一边随意地聊着天。

"你刚来,久了你就知道了,我几乎天天都来这里。"保罗有些脂粉气,微笑着说道。

"天天按摩?"向红有些惊讶。

"有时按摩,有时就是为了放松一下。做我们这一行的,每天上台之前都要松松筋骨。"保罗依旧闭着眼睛嗲嗲地说道。

"您是演员?"向红的手指略微停顿了一下,对眼前的保罗肃然起敬。

"就算是吧。你呢? 在国内不是做按摩的吧?"保罗微微睁开眼睛,看了向红一眼。

"我按得不好吗?"向红有些紧张起来。

"按得不错。只是你身上有一种说不出来的气质,好像也跟文艺有关。"说着,保罗又闭上了眼睛享受着按摩。

"我年轻时参加过师演出队,吹拉弹唱跳样样都行。在香港又学过钢管舞,在深圳还得过钢管舞大赛二等奖哪!"向红陶醉在自我介绍中。

"你会跳钢管舞?"保罗猛地睁开了双眼,上下打量起正在给他按摩胳膊的向红。

就在这时,女老板惊慌失措地推门进来。

"快躺下!"女老板顾不上多说,一把把向红推到旁边的一张空床上,然后将一个毛巾被丢给她,又将保罗床边的木桶推到向红的床边,"把脚放到水里。"

向红刚刚把脚放进别的客人用过的、已经凉了的木桶水中,两个身穿警察制服的男人推门进来。

女老板一边给客人保罗按摩,一边与警察搭腔。

"Do you want a massage, sir? We are very busy tonight. Can you wait?

（先生，您想按摩吗？今晚我们比较忙，您能等一下吗？）"女老板用蹩脚的英语说着。

警察没有理睬女老板，而是对着被按摩的男人说："May I ask who gave you the massage before?（我想问一下，是谁给你做的按摩？）"

"Candy."保罗微微睁着眼睛，指了指正在给他按摩的女老板。

"Where is Coco？Sorry，Coco will be back very soon.（Coco 去哪里了？对不起，她马上就回来给你按摩）"女老板大声地对躺在另外一张床上的向红说道。

"OK。"向红故作镇静地答了一声。

两个警察相互看了一眼，没再说什么就走出房间来到接待室，查看了一下墙上每位按摩人员的照片和资格考核证书后，发现没有向红的照片，便摇摇头走了。

"今天真是要谢谢你啦。要不然就惹大祸了。"女老板见警车远去，对保罗千恩万谢地说道。

"都在江湖，我懂。"保罗不紧不慢地答道。

"伊萨贝拉有身份，不是非法打工。可是她没有按摩执照。这样吧，我让 Coco 给你按，今天的费用免单。"女老板又转身对向红说，"你也穿好衣服离开这里吧，等你考上按摩执照再来。"

女老板说着就出门叫 Coco 去了。

保罗对不知所措的向红说："你把我的裤子拿来。"

向红将保罗的裤子递给了他，保罗从钱包里拿出一张名片："如果你需要帮助，打电话给我。"

女老板回到房间对保罗说："Coco 马上就来，真是对不起了。伊萨贝拉，你跟我来。"

女老板将向红带到前厅，把衣服递给向红："不是我不帮你，如果警察抓到你没有执照就按摩的话，不仅你被罚款，我的店也会被查封的。"

向红不以为意："会有这么严重吗？"

女老板把脸一板："这事我有经验，警察一般都不会来查，可是一旦上门，就可能是得到了什么信息，就会经常来查。弄不好，一会儿就会回来。到时候说不定把你的临时绿卡都会吊销喽。"

向红开始紧张了，连穿衣服的手都在颤抖。

女老板将手机还给向红，口气缓和了一些："这是你的手机和今天的工钱。我理解你的处境，你还是考个按摩证再来吧。你手艺好，人又漂亮，什么时候回来都会有客人的。"

女老板等向红披上了外衣，几乎是分秒都不能等待地将向红请出了按摩店。

10

按摩店外面已是浓浓的夜色。刚刚从被五颜六色灯光笼罩的狭小空间里走出来的向红，一时还没有适应夜色的黑暗。一切都来得太突然，让她有些蒙头转向，觉得眼前的一切都有些失真。

她将瘫软的身体靠在大门旁的墙壁上，看着夜色中空空荡荡的停车场，心中突然升起一丝悲凉：自己是著名画家的女儿，曾经是中国时装店的老板，如今是美国连锁店的老板娘，怎么就落到今天这步田地？

手机响了，她看到是小兵的电话，也顾不上自己的心情，赶紧接了电话。

小兵在电话里喊道："小姨奶，咱不教人家中文好不好？他又醉了！这会儿正在家里砸东西呢。他说你有外心，家里不缺吃不缺穿，你却非要到外面赚学费……"

向红没等小兵说完，就紧张地问："你没事吧？"

小兵的声音又恢复到吊儿郎当的语气："我没事儿。他叫他的，我把耳机一戴，他把天叫塌了也不关我的事儿。我就是想告诉你，回来时小心点儿。"

向红鼻子一酸，声音有些哽咽："小兵，小姨奶让你受委屈了。"

小兵把鼻子一哼："别怕，有我，迈克不敢把你咋样！"

向红被小兵的稚气逗乐了："你待在你的房间里别出来，我一会儿就回家了，啊。"

向红关上手机，对着黑夜长长地吸了一口气，镇定了一下情绪，这才朝停车场走去。

停车场与按摩店有一定的距离，并且要路过哈桑画画的那个路灯。她发现哈桑见她往停车场走去,他也快步地跟了上来。

向红心惊胆跳地加快了步伐,后面的哈桑也加快了步伐。等向红走到自己的车前时,哈桑已经站到了她的面前。

"你要干什么?"惊悸中的向红居然脱口而出说出了汉语。

"I saw the policeman. This is for you.(我看到了警察。这是给你的。)"夜色中的哈桑递给向红一卷画布。

"No,No.(不,不。)"向红惊恐地躲避着哈桑。

叫哈桑的男人识时务地将那卷东西放到车前挡风玻璃和雨刷之间,然后如释重负地朝自己的画架走去。

惊魂未定的向红急忙打开车门钻了进去,并且马上将车门锁上。她启动了车辆,车内顿时响起王菲的歌声。在柔美的歌声中,她放松了紧绷的神经,开始倒车。然而,她在倒车镜里看到路灯下的哈桑正朝她这边张望。

夹在挡风玻璃上的画布摆动着,随时有可能被风吹走。向红犹豫了一下,把车停住,但是没有熄火,只是把车门快速地打开,迅速地将画拿到车里。

她再度把车门锁上,把手中的画丢在副驾驶座位上。不过好奇心使她不由自主地又拿起那张画儿端详起来:这是一幅只有一页杂志大小的画布,上面是一幅黑白油画。乍一看,灰黑的画布上不知所云,可是当向红将手臂伸直,远远看去,才发现画上是自己在月光下的剪影。

她下意识地微笑了一下,用惊喜的目光朝哈桑的方向望了一眼。虽然她看不清哈桑的表情,但是她能感觉到自己的怦然心跳。

她没敢再多做停留,猛地踩动了油门,仿佛仓皇逃窜一般地离开了停车场。

囚　情

1

躺在床上的李沙翻来覆去睡不着。

白天上课,下午见系主任,晚上接到薛大鹏的求助电话,回家后又要说服汉斯做薛大鹏的律师……自己原本回家已经是饥肠辘辘,现在却因情绪急躁搞砸了和汉斯的晚餐!

汉斯做错了什么? 他做了晚饭,烤了牛排,是自己的心情不好不想吃! 他不同意做薛大鹏的律师有错吗? 自己明明知道他不接刑事案件,却还要跟他大发雷霆! 你还期望他来向你道歉吗? 不可能!

李沙对汉斯一向坚持原则的个性既爱又恨。她喜欢汉斯的正直和诚实,但有时候又受不了他的理性和坚持,甚至觉得他的情商很低。只要她一生气,他就会不知所措,并且解决的方式就是置之不理,任由她的怨气自消自灭。

她的胃部抽痛了一下。她知道,再赌气也别指望汉斯上楼叫她吃饭。为了不使胃炎复发,她无可奈何地下床穿上了睡衣,带着心中无法排解的怨气,走出卧房,下楼找东西填饱肚子。

厨房里一片漆黑,客厅里也没有汉斯的身影。她觉得奇怪,以为汉斯开车出门了,可是推开车库的门,汉斯的车仍然停在那里。

"奇怪,人呢?"返身回房,李沙发现书房里的灯亮着。

虽然书房门是关着的,但是里面传来文件柜的开合声音。

李沙好奇地推开房门,只见汉斯的写字台有些凌乱,上面堆满了从书架上取下来的法学大典和一摞文件袋。

"I have spoken with Dr. Xue's attorney and he will give me all the documents of the case.(我跟薛博士的律师联络过了,他会把全部的材料给我。)"汉斯头也没抬地说道。

"What?"李沙被这突如其来的消息惊呆了。

"我同意接这个案子。"汉斯抬起头来,一字一句地说道。

"Really?(真的?)啊,Thank you, Honey.(谢谢你,亲爱的。)"李沙激动地扑到汉斯的怀里。

"不过,我需要 Dr. Xue 的授权,越快越好。如果他没有自己的辩护律师,政府会很快委派律师,那时事情会更加麻烦。"汉斯依然一脸严肃。

"可是,我不知道怎么联络到他呀?"李沙有些为难了。

"Attorney 史密斯说,原告公司在圣地亚哥注册,所以他现在被关在当地的监狱。我对他原来的律师说,如果从现在起由我主办这个案子,他只需要把已经收集到的证据给我,等案子赢了之后,我可以与他平分 Dr. Xue 付的律师费。当然,如果输了,我也没有办法。"汉斯像是在法庭上一般振振有词。

"啊,Honey, you are amazing.(你太棒了。)"李沙高兴地亲吻了汉斯一下。

"没有那么容易,从今天晚上我就要当学生了,重新学习刑事法,因为他的这个案子 FBI 经手过,不是一般的民事案件。我已经请 Attorney 史密斯预约见面的时间,Dr. Xue 要在政府委派律师之前与我签约。"汉斯终于不露声色地笑了。

"我也可以帮你呀。有什么要翻译的资料给我。"李沙依偎到汉斯的怀里。

"你的工作是先吃晚饭,我的工作是先读书后出庭。这些书是我在 Law School(法学院)读书时的教材,很多年不做刑事案件,就没有再看它们。"汉斯搂着李沙的肩膀,把她送出书房,然后再走回书房。

"Honey, I love you."李沙在他关上书房门的那一瞬间,大声地说了一句。

"I love you too."汉斯在门里也回了一句。

李沙在门外停留了几秒钟,若有所思地离开了书房门:是的,汉斯是爱自己的,可是自己给他出了个难题。自己告诉过汉斯有关薛大鹏的一切,包括他对自己的追求。没想到茶余饭后的笑谈,竟使今天的处境有些难堪。

她一边胡思乱想,一边把通往厨房的吸顶灯纷纷打开。似乎只有灯火通明的家,才能让她在混乱的思维中解脱出来。

2

家,这个可以让所有人心安的地方,却让向红越来越不安。

难道自己天生与家无缘吗?十七岁下乡离开了家,从此就天南海北地漂泊——在香港,寄居在前夫父母的蜗居里,好不容易有能力租了一间属于自己的公寓,家却散了;到深圳,寄住在父亲的豪宅里,被同龄的后母视为眼中钉;离开后,用父亲给她买房子的钱开了一家时装店,可是自己创建的品牌得不到消费者的认可,苟延残喘了几年,还是以关门倒闭结束;靠父亲的接济已经跟不上日益上涨的房价,她只能租住公寓;与迈克结婚,以为从此告别了过去的经济窘困,作为豪宅里的女主人安度晚年,谁承想,这栋有游泳池和三个车库的房子竟容不下她,她连一个用人都不如!

用人还可以休假、拿工资,可是自己每天不仅要做饭、收拾房子,而且还要伺候迈克这样的酒鬼,看着他的脸色度日。可是自己得到了什么?充其量是另一种方式的寄人篱下!

向红的车在自家的车库外面已经停留多时,但是她仍坐在驾驶座上没动。看着夜色中的灯光把环绕在房屋周围的棕榈树照射得斑驳陆离,她才长叹了一声,打开车库的自动开关,把车开了进去。

向红走下车,悄悄地推开通往车库的房门。门里一片漆黑,只有墙壁下端镶嵌的地灯幽幽地放射出几道似有似无的灯光。

屋里十分安静,除了迈克的呼噜声时高时低,几乎没有任何声息。

紧绷着的神经松弛了下来。向红踮着脚走进客厅,当她穿过与厨房连接在一起的起居室时,鞋子踩到了一块玻璃碎片,她下意识地哎哟了一声,又赶紧用手把嘴堵住。迈克并没有醒,仍在高一声低一声地打着呼噜。

向红打开手机上的灯,发现满地都是被摔坏的盘子和酒杯。她小心翼翼地走到电灯开关处,打开部分吸顶灯,这才看见迈克歪倒在沙发上睡着,地上除了摔碎的杯盘,还有奶酪和坚果之类的食物。她赶紧拿来扫把收拾残局。

收拾完房间,向红试着叫醒迈克,可是迈克嘟哝了一声又睡着了。向红费了很大的力气把迈克的双腿放到长沙发上,然后拿一条毯子盖在了迈克的身上。

向红这时才感觉到自己的疲惫。她把楼下的灯关上,然后朝楼上的卧房走去。

3

来到二楼,向红见小兵的门缝里透着灯光,就上前轻轻地敲了一下房门。屋里很静,没人应声。向红推开房门,看到戴着耳机的小兵正背对着她在电脑上玩着游戏。

原本一脸倦容的向红立刻被愤怒包围,冲进房间二话不说就把电源线拔掉。

"What are you doing?(你干什么?)"小兵一惊,摘掉耳机恼怒地问道。

"说中文!"向红一脸愠怒。

"跟你可不就得说中文嘛!"小兵揶揄道。

"你——"向红气愤得一时语塞。

"我怎么了?我赢了这一关就可以买一套装备!这下好了,我的朱丽叶钻石和婚纱都没了。你赔!"小兵比向红更加恼火。

"谁是朱丽叶?为什么要买婚纱?"向红简直不敢相信自己的耳朵。

"Doesn't matter!(无关紧要!)我要重新请朱丽叶回来,就必须要有钱买婚纱!"小兵一边叫着,一边将电源线接上。

"你是说游戏里的朱丽叶,对吗?"向红试探着问道。

"这不是游戏。就像我是罗密欧,她是朱丽叶,我们都是真实的人。你看——"小兵将电脑重新启动,打开游戏,对着话筒说,"朱丽叶,对不起,我让你失望了。"

向红目瞪口呆地看到电脑上的卡通人物真的根据小兵的嘴型和说话的动作出现在画面上,好像真人一样。

"看看,朱丽叶不理我了。给我钱,现在我只能去买一套装备了。"小兵霸气地把手伸到向红的面前。

"钱钱钱,你就知道钱。你知不知道……"向红气愤极了,但是她仍然克制着自己,把要说的话咽了回去。

"你要说什么？别告诉我说,现在我花的钱是你的!"小兵再次揶揄道。

"我想说,你知不知道钱来得不容易？谁的钱都来得不容易呀!"向红语气缓和了许多。

"小姨奶,我知道你缺钱,我不会真向你要钱的。"小兵站起来搂住向红的脖子说,"可是,赚钱有道。迈克有那么多的钱你不要,偏偏要到外面去赚那几个辛苦钱。"

"我要,他也得给呀!"向红的气也消了,点了一下小兵的鼻子。

"闹啊!要是我,我就给他闹个天翻地覆,看他给不给!"小兵做了个鬼脸儿,也点了一下向红的鼻子!

"你就让小姨奶省点儿心吧。"向红疼爱地拍了拍小兵的脸蛋,指着电脑说,"别睡太晚,明天你还要上学呢。"

"放心吧,这个语言学校的课程比我在私立高中的容易多了。小姨奶,你也累了,赶快去睡觉吧。"小兵给向红一个拥抱,然后把她推出自己的卧房,又做了个鬼脸儿把房门关上。

"这小家伙,真拿他没有办法。"向红微笑着朝自己的卧室走去。

4

疲惫的向红简单地洗漱了一下就躺倒在双人床上。她刚想闭眼睡觉,却想起什么事来,蹑手蹑脚地走到楼下,打开通往车库的门,从自己的车里拿出那副哈桑送给她的油画。她试图在车库里寻找一处藏画的地方,可是转了一圈儿,觉得哪儿都不保险,就把画带回到卧室。在卧室里,她想到床头柜里、床垫下,但是依然觉得不妥,最后决定把画藏在自己的衣帽间里。

再度回到床上的向红给向阳发了一条语音留言："姐，小兵爸的证明要抓紧办啊，下个礼拜我要带着所有的文件去见律师。"

发完这条微信，她看到李沙给她的留言："向红，你跟你那位天津朋友说了吗？他有没有办法找到刘娜？情况紧急，请一定给我一个回话。我代大鹏先谢谢你啦！"

向红沉思了片刻，把嘴唇一抿，快速地在手机上打出几个字："好的，有消息我会告诉你。"

"出国久了，人都傻了。我就那么随便一说，她还真当回事了！"向红这么想着，把手机设置成静音，关上床头灯，倒头就睡着了。

在黑暗的房间里，手机闪动一道亮光，然后像流星一般地消失在黑暗中："留言听到。我明天就去监狱见大军，火车票都买好了。我想当面谈容易说得明白。小兵告诉我说你在做家教，真是难为你了。都是姐拖累了你……等小兵有出息了，一定会好好报答你的。"

夜，很静，向红没有看到姐姐向阳的留言，她已沉沉睡去。

5

冬日里的淡淡晨雾，透过积雪消融的玻璃窗，与房间里的袅袅香烟交相辉映，静谧而又神秘。

向阳把点燃的三炷香放到香炉里，然后对着白色陶瓷的观音菩萨磕了三个响头："菩萨，今天我去看儿子大军，请保佑我和母亲一路顺利，让大军明白我这是在帮助孙子小兵，没别的念想。阿弥陀佛！阿弥陀佛！阿弥陀佛！"

敬完香，向阳帮助木讷的母亲穿上了厚厚的羽绒服。

白发苍苍的母亲显出非常烦躁的情绪，向阳给她穿上大衣，她就把它甩掉。这样反复了几次，虚胖的向阳已是一脸的汗水。

"妈，听话。我带你去看你的大孙子！"向阳终于把母亲身上的羽绒服扣子扣好，带她走出了家门。

东北的三月虽然偶尔也会下场小雪，但是隆冬的积雪已经开始在淤泥里融化。新的雪花飘下来不久，也融进积雪的泥泞中。向阳搀扶着母亲，一边用手机叫了一辆车,一面安抚着乱动的母亲。

车来了,可是躁动的母亲就是不肯上车,一个劲儿地要往家走。

向阳突然明白,母亲手里是空着的!

"师傅,我忘了一样东西。麻烦你照看一下我妈,我马上就来。"向阳将母亲安置到车上后,关上车门就往家跑。

向阳的母亲见女儿跑了,也要下车,司机赶紧将车门锁上。

向阳气喘吁吁地跑了回来,一边向司机道歉,一边将那副脏兮兮的版画放到母亲的手中。

母亲终于安静了下来,一如坐在自家沙发上的那种神态,用木讷的眼神盯着她年轻时的裸照,不声不响地坐在车里,仿佛她并不存在。

"老年痴呆症?"司机随意地问了一句。

"可不是咋的,愁人。"向阳随意地答道。

"这么冷的天带她到外面转悠啥? 我有个邻居,他妈也是这个病。前年冬天走丢了,找回来都冻僵了。"司机的年龄与向阳不相上下,显然是一个喜欢聊天的司机。

"我出远门,家里没人看着,只能带着了。"向阳笑呵呵地说着。

"真不易啊。"司机却长叹了一声,启动了汽车。

6

三月的加州已是春光明媚。李沙拿着填好的评估表走在午后的校园里。手机响了,李沙见是汉斯的电话,就放慢了脚步接听电话。

"Honey,我今天必须去见 DR. Xue,因为法院已经安排了开庭的时间,我必须要有他的签名才能代表他调查案情。"

"你什么时候去?"

"半个小时以后。"

"我也去,可以吗?"

"I am not sure……(我不确定……)"

"就算我坐车陪你。我今天的课已经上完了,我到 Dean 的办公室交一份表格就可以去你的律师所。"

“好吧,我等你。”

“OK. I love you.”李沙在电话中给了汉斯一个亲吻,关掉手机,加快了脚步。

应该给薛大鹏带点儿什么吧? 带什么呢? 买什么都来不及了。

李沙边走边想,一眼瞥见走廊里自助售货机里的小袋干果。

“一会儿从 Dean 的办公室出来,就从这里买些坚果带着吧。”这么想着,李沙已经推开了分院长的办公室。

分院长是一位金发碧眼的中年女性,刚刚上任不久,并且是代理而非正式。不过李沙很喜欢她,觉得她和蔼可亲,并非像系主任那样盛气凌人。李沙知道自己有一个毛病,在社交中,自己的情绪总是被对方的语气或表情所影响——谈话的对象语气温柔,她比对方还要客气,感性的话也会脱口而出;如果对方的语气霸道,她会无所顾忌地反击,不顾恶果。也许是这个原因,她觉得到分院长的办公室比去系主任的办公室轻松。当然,分院长一般都是在里面的房间办公,接待员工的事情都是由坐在外面房间的秘书来处理。

李沙跟分院长的秘书很熟悉,因为女秘书 Lisa 在中国收养了一个女儿,经常向李沙了解中国的事情,所以见到李沙也会格外地热情。

“Hi Lisa, here is my evaluation form. (Lisa,这是我的评估表。)”李沙推门走进分院长的办公室,将手里的表格交给了秘书。

“Actually I was going to deliver this letter to you for your signature. (其实我正想将这封信发给你签名。)”Lisa 将一份文档交到李沙的手里。

李沙接过一页纸的信看了一眼,发现信上注明南希将是她的评估人。

“Normally I should pick up the candidate evaluator myself, right? (一般来说,我应该提供评估人的候选名单,对吗?)”李沙不解地向 Lisa 问道。

“Sorry, You might have to ask your Chair. (对不起,你可能要去问你的系主任。)”Lisa 看了一眼对面办公桌的人, 没有多说什么, 却对李沙挤了一下眼睛。

李沙不知道 Lisa 的表情是俏皮还是另有寓意,但是她觉得自己不应该在这个时候给分院长的秘书一种怯懦的印象,加上她不愿意和盛气凌人的系主任打交道,就从秘书的笔筒里拿出一只圆珠笔,在通知评估信上签了自己的名字。

由于她急着要去汉斯的律师所,顾不上 Lisa 神秘的眼神,匆匆离开了分院长的办公室。她在自助售货机上买了十小包花生米和十小包核桃仁,然后匆忙地朝停车场走去。

7

郭燕刚刚在月子中心的合同上签完字。

"护照交给我们保存吧。"一位和郭燕年龄相仿的女人,操着闽南口音对正在打量房间的郭燕说道。

"护照也要交给你们啊?"郭燕一边从腰包里拿出护照,一边嘱咐着,"可千万别整丢了,我靠它拿绿卡呢!"

"月子中心你来我走的,不安全。我有保险柜,放在我这里是不会丢的啦。"

女人接过护照,叫来一个不到三十岁的年轻女人说:"春霞,带你郭姨到各个房间转转,一会儿我买菜回来,再教她怎么伺候月子。"

"伺候月子,我会!"郭燕大着嗓门冲着开车远去的老板娘喊道。

"嘘,小声点儿,这里不能大声说话。"长相敦实的春霞像蚊子似的发出警告。

"哦,也是。"郭燕赶紧放低了声音,从兜里掏出手机递给了春霞,"帮我拍张照片,留个纪念!"

"里边有人,不能拍!老板娘说了,我们不能问这些孕妇的私事,不能拍她们的照片,这些都属于个人隐私。"长相有些土气的春霞一板一眼地说道。

"那就在屋外照一张!"郭燕说着,人已站在房子的大门外,竖起右手的食指和中指,摆出胜利者的姿势。

"好吧,就拍一张。"春霞无奈地举起了手机。

"哎,等等。怎么没有牌子呢?"郭燕在大门外转了一圈儿也没有看到任何牌子。

"什么牌子?"春霞有些不解。

"加州月子中心的牌子呀!"郭燕还在四处寻找。

"你到底照不照啊？一会儿老板娘就回来了。"春霞有些不耐烦了。

"好吧，多拍几张。"郭燕试着做了几个姿势，最后觉得还是两手叉腰舒服。

"我们赶快进去吧，老板娘最不喜欢我们到房子外面来啦。"春霞神情不安地拉着郭燕要回到屋内。

"为啥不能到外面来呀？"郭燕好奇地问道。

"有些事我也说不清楚，你还是问老板娘吧。不过，在这里最好是做哑巴和聋子。"春霞连推带拽地把一脸困惑的郭燕带回房里。

其实，月子中心就是一座普通的两层独栋住宅，在静静的街道上与其他住宅别无二致。

8

向红家的豪宅显然比郭燕打工的月子中心豪华了许多。特别是在白天，高大的棕榈树和修剪有致的树木花草，以及大门外二龙戏珠的喷泉，处处都彰显出主人的经济实力。

正在厨房做家务的向红，听到手机响了一下，急忙放下手里的活儿，打开手机一看，是郭燕发来的图文："向红，我已经到加州了，在这里做月嫂，一个月赚的钱比我在农场高五倍。有时间我去看你和李沙，啊！"

向红把郭燕的照片放大，对着上面神气活现的郭燕哼了一声："哼，向红，你不会连郭燕都不如吧！"

"小兵，你下来一下！把你的电脑也带下来。"向红思忖了一下，对着楼上喊道。

"小姨奶，你要我的电脑干啥？"小兵出现在旋转楼梯上。

"你给我查查怎么做核桃虾！"向红仰着脖子对二楼的小兵说。

"你不是有手机吗？自己查嘛！"小兵说着转身就朝自己的房间走去。

"手机太小，看不清楚。你下来，小姨奶有话跟你说。"向红的声音里多出了几分温柔。

"我真弄不懂了，迈克想吃核桃虾，你就要给他做，那我还想吃酸菜馅的饺子呢，你咋不给我做呢？"小兵不情愿地抱着电脑从楼上慢吞吞地走了下来。

"你听我说呀。从现在起,你要配合小姨奶,帮我从电脑上找出迈克喜欢吃的菜。我是说,这样我就跟着网上的视频学。迈克吃高兴了,咱们的事情不就好办了吗?"向红语气热烈地对小兵循循善诱。

"小姨奶,你整个一'佛系'呀!他就一酒鬼,你对他再好也没用!"小兵却不以为然。

"过一阵子你就懂了。你先到网上查查核桃虾的视频,然后给我打印一份菜谱。今晚要对迈克好一些,我有重要的事情和他谈。"向红边说着边从柜子里拿出一包核桃。

9

监狱里,李沙将手提袋里的一包包坚果都倒在安检用的塑料盒子中。她和汉斯通过安检后,在一张纸上签了名字,然后由警员将她带来的小食品收走。

李沙和汉斯跟随着两位警员来到会客室——穿着橘黄色囚衣的薛大鹏已经坐在里面。

跨进门的那一刻,李沙惊呆了:穿着囚衣的薛大鹏颓废而虚弱,脸上的眼镜腿也折断了,用胶布缠着,原本就稀疏的头发像杂草一样瘫软在头皮上,眼睛里空洞得只剩下呆滞……

木讷的薛大鹏看到了跟在汉斯身后的李沙时,脸上开始有了微弱的变化:惊喜、感动、羞愧和不知所措。他不知道自己应该像老朋友那样起身相迎,还是像犯人一样毕恭毕敬地坐着?他的眼睛里蒙上了一层泪光,最后,他选择了一动不动地坐在原地。

李沙的眼睛也湿润了,但是她克制住自己的情感,为了不让薛大鹏显示出他们之间很熟,她先入为主地说道:"我叫伊丽莎白,是施耐德律师的中文翻译。今天需要您签署这份委托书和这份合约。"

"谢谢!谢谢二位!"薛大鹏一边接过文件,一边泪流满面地致谢。他突然意识到自己在说汉语,赶紧对汉斯补充道,"Thank You very much. I deeply appreciated your help?(非常感谢。我真心感谢您的帮助。)"薛大鹏点头哈腰的落魄神情,使李沙再也忍不住眼里的泪水,她赶紧假装捋一下头发,用手掌把脸上的泪珠抹去。

"I did some research of your case. I will contact the plaintiff directly. It would be nice if the company can drop the case soon. (我研究了一下你的案子,我会直接联系原告。如果公司能够很快放弃这个案子,那就太好了。)"汉斯用英语对薛大鹏说道。

"Really?(真的?)"薛大鹏眼里露出了希冀。

"为了使您能更好地理解律师的意思,我再用中文重复一遍:施耐德律师已经通过您先前的律师对本案进行了了解。他不能保证您无罪释放,因为您在论文中使用的数据的确没有公证专利,而公司使用的一部分研究经费又是由联邦政府资助的基金,所以你的合伙人才把你告到 FBI。现在最好的方法就是说服原告撤诉,争取以经济补偿了结此案。"李沙尽量以冷静的口吻将案情的利害关系暗示给薛大鹏。

"只要能让我出去,怎么做都行。"薛大鹏几乎是在乞求。

"如果您同意施耐德先生从现在起做您的辩护律师,请在这里签字。"李沙将打印好的文件放到薛大鹏的面前。

"我愿意,我愿意。"薛大鹏在李沙的指点下,在文件上一一签了字。

"因为英语是您的第二语言,所以在通信或法庭上,如果您需要中文翻译,请现在就告诉施耐德律师。"李沙显然是在因势利导,而且她也相信薛大鹏有能力明白她的意思。

"我明白,我需要中文翻译。"薛大鹏的意识正在恢复,他的脸上多了一分生气,眼睛里闪出了几分睿智。

"Great. I will contact you soon. (很好。我会再与您联络。)"汉斯起身告辞。

"Thank you for helping me. Thank you so much!(感谢你们的帮助。非常感谢!)"慌乱中的薛大鹏一个劲儿地用英文表达着谢意。

"我们会尽力的。"李沙用中文示意他应该说中文。

"谢谢你。"薛大鹏见李沙就要离去,便不顾一切地大声喊道,"请一定联系到刘娜,告诉她先把我们的房子卖掉,等我出去了再买!"

10

　　李沙一路无话地随着汉斯走进停车场,钻进了汉斯的汽车——薛大鹏悲戚的喊声仍然在李沙的耳畔回荡。

　　"Are you Ok?(你还好吗?)"汉斯的语气含有一丝的不快。

　　"他真的很可怜。"李沙仍然沉浸在自己的心事中,没有注意到汉斯的表情。

　　"中国有一句话叫'占小便宜吃大亏',他就不应该使用那个数据。"汉斯连讽带刺地说道。

　　"那是他自己的研究成果,怎么不能用呢!"李沙对汉斯的口吻表现出反感。

　　"即使数据都是他一个人研究出来的,也是使用了美国的研究经费。现在最好的结果是说服原告撤销刑事案,不用 FBI 介入,以民事纠纷处理,让薛大鹏赔偿原公司一笔惩罚金,这样薛大鹏可以很快了结这个案子。"汉斯沉思了一下说。

　　"Honey,你一定要想办法帮助他,他真的是太可怜了。"李沙见汉斯绞尽脑汁地帮助薛大鹏想办法,自己的语气也温柔了许多。

　　"他不可怜,我可怜。为了你,我还要和'罪犯'打交道。这么多年我不做刑事案件,就是不喜欢上法庭为罪犯辩护。"汉斯半开玩笑地说了一句。

　　"薛大鹏不是罪犯。"李沙再次纠正。

　　"好了,我理解你的心情,我会尽力的。今天我带你探监,如果你没有法庭翻译执照,我就触犯了美国法律!"汉斯一边将遮阳垫子从前面的挡风玻璃翻下,一边随意说着。

　　"I know. I am sorry for giving you that much trouble. Believe me, I love you.(我知道。真对不起给你添这么多麻烦。相信我,我爱你。)"李沙的语气多出几分温柔。

　　汉斯盯视了李沙片刻,脸上露出了笑意:"I love you too. 相信我,我一定会尽力的! I do it for you.(我这样做都是为了你。)"

　　"我知道。"李沙情不自禁地吻了汉斯一下,"你觉得与原告律师通话有用吗?"

"我们处理车祸有效的方法就是帮助双方的保险公司和谈。我会对原告说他们口头和 E-mail 中都表示薛大鹏对研究数据有使用权,所以官司继续打下去就是两败俱伤。但是如果他们撤诉,我们会尽量满足他们的经济诉求。其实原告公司很小,他们不一定想用公司来赌输赢。"

"你真聪明! I love you so much?"李沙亲吻了汉斯一下。

"I love you too."汉斯也亲吻了李沙一下。

"I love you three."李沙开心地笑着说。

"你赢了! 我很饿,我们先吃饭吧?"汉斯建议道。

"我也饿了。可是哪儿有餐馆呢?"李沙把身子从汉斯的怀里抽出来。

"这里有中餐馆。"汉斯把手机递到李沙面前。

"太好了! Let's go.(走吧。)"李沙愉快的心情如空中的鸟儿一般轻盈。

落日的余晖染红了半边街道。汉斯发动了两次车,半新不旧的本田车才发动起来。

"你该换车了。"李沙笑着说。

"接 Dr. 薛这样的 case(案子),我哪儿有钱买车呢!"汉斯也开了一句玩笑。

"Sorry, Honey.(对不起,亲爱的。)"李沙的语气充满了歉意。

"Don't be silly.(别傻了。)"汉斯把音乐打开,车厢里顿时响起轻松活泼的西班牙音乐,"You see, my car loves me.(你看,我的车很爱我。)"

李沙充满深情地看着聚精会神在开车的汉斯。汉斯的旧车消失在夕阳的余晖里。

第四章　怼

　　"怼"原义是怨恨,网义是"据理力争",合二为一就是——敢说、敢作、敢为!

互 怼

1

向红打开客厅里的音响,选了一支欧美音乐,将音量调到似有似无的状态,然后哼着东北小调,一边摆着盘子和刀叉,一边查看着烤箱里的核桃仁。

手机响了。她见手机来电显示是帮助她办理收养小兵手续的黄律师,便急忙接听了电话。

向红随着通话时间的延长,神情渐渐紧张起来:"小兵的生日还有一个月呢!我下个星期保证把所有的资料都交齐喽。那怎么办呢?真的呀?过了十六岁也可以办?四万美元的担保金?可是,即使这钱还是我们的,但是我老公不见得愿意担保啊……黄律师,您还是帮我想想别的办法吧。"

正在电话中哀求律师帮忙的向红,此刻听到房间里传来了尖锐的警报声。

她第一个反应就是蹲下身,钻到了餐桌下面。她声音颤抖地对着手机大声叫道:"黄律师,怎么美国也有空袭呀?我该咋办呢?是防火警报器?那我咋关上啊?好。好!"

向红从桌子底下钻了出来,放下手中的电话,将所有的门窗全部打开。

她跑到烤箱前,试图将里面已经烤煳的核桃拿出来,但是滚烫的铁网把她的手指烫了一下,她赶紧找来棉手套带上,把烤煳了的核桃仁倒进了垃圾桶。

警报器终于停止了鸣叫，向红这才重新拿起了手机，强颜欢笑地说：

"没事了。谢谢您黄律师，我拿到所有的资料就去见您。好。再见！"

撂下电话，向红面对烟雾缭绕的厨房和客厅，眼泪噼噼啪啪地掉了下来。泪眼蒙眬中，她看着餐桌上精心摆放着的玫瑰花和红酒，心中一片茫然。她就那么呆呆地坐了很久，直到小兵从外面回来大叫"什么味儿"的时候，向红才从自己的思绪中回过神来。

"核桃糊了，对不对？小姨奶，您天生就没有做饭的天赋，就别跟自己过不去了。"小兵的脑袋朝厨房探了一下，用一贯吊儿郎当的语气说了一句就想离开。

"别说那些没用的。赶快帮小姨奶查查用虾还能做什么菜？我现在只有虾和米饭了。"向红有些神经质地从冰箱取出腌制好的鲜虾。

"这还不容易，把虾和米饭放在一起，不就得了吗？"小兵走进厨房，看了一眼向红手里端着的盘子，调皮地一笑。

"用虾炒饭？"向红不免有些质疑。

"当然可以，你没吃过扬州炒饭吗？那里不就放虾仁吗？"小兵面露得意之色。

"说得也是。还是我们家小兵聪明，这下时间来得及了。"向红高兴地拍了一下小兵。

"吃饭叫我！"小兵提着书包上楼去了。

向红重新点燃炉灶，将已经腌好的鲜虾放到锅里炒，然后放了一点葱花，又将做好的大米饭倒进了锅里。

由于向红专注于做饭，并且开着排烟罩，她没有发现迈克已经走进客厅。

"Smells Good。What are you cooking, Honey？（很好闻。你在做什么呢？亲爱的。）"微醺的迈克走到向红的身后，亲热地搂住了她的腰。

"扬州炒饭。"向红转头向迈克抛了一个媚眼。

"炒饭。I hate it.（我讨厌它。）"迈克扫兴地松开搂着向红的胳膊。

"不是蛋炒饭。你看是虾，shrimp！"向红用锅铲挑着一只虾，展现在迈克的面前。

"I ate already.（我吃过了。）"迈克瞥了一眼餐桌上的玫瑰花和红酒，

"Anything special today？（今天是什么特殊的日子吗？）"

"No，nothing.（什么都不是。）"向红支吾道。

迈克奇怪地看了她一眼，拿起已经打开的酒瓶，给自己倒了一杯红葡萄酒，然后端着酒杯坐到沙发上，打开电视机看起了球赛。

向红从锅里挑出几个大虾放到盘子里，拿到迈克的面前："It is delicious. You try.（很好吃的。你试一试。）"她一边说着，一边用叉子将一只大虾送到迈克的嘴边。

迈克犹豫了一下，还是张开嘴接受了那只虾。可是他嚼了几下，把嘴里的食物吐在了盘子里："Are you sure this is real shrimp？It's tougher than rubber！（你肯定这是虾？它比橡皮还硬！）"

向红惊呆了。她望着盘子里的秽物，脸上白一阵青一阵，但是她没有让自己愤怒的目光射向醉醺醺的迈克，而是背对着迈克转身走向餐桌。在餐桌上，她拿起葡萄酒瓶往酒杯里倒酒。由于愤怒，她颤抖的手几次把酒滴在了餐桌上。

她试着平息自己的愤怒，深吸了一口气，然后才拿起酒杯。她转身时已是面带微笑："I drink with you. Cheers！（我和你一起喝。干杯！）"向红千娇百媚地主动与迈克干杯。

"Cheers. I like it.（干杯！我喜欢。）"面对太太主动投怀送抱，迈克高兴起来，边说边吻起向红，"You are my lovely wife？（你是我可爱的太太。）"

向红强作欢颜地任由迈克亲吻了一会儿，然后找了一个时机闪身到迈克的身后，一边给他按摩后背，一边故作轻松地问道："How was the golf today？Good？（今天的高尔夫球打得怎么样？不错？）"

"Steven made a hole in one，Everyone can drink as much as possible without paying any penny.（史蒂文打了一杆进洞，每个人都可以不用花钱就能随便喝酒。）"迈克开心地又将杯里的酒一饮而尽。

"Perfect！（完美！）"向红用不标准的发音，讨好地说道。

"What did you say？（你说什么？）"迈克没听明白。

"我是说'太好了'！"向红有些紧张地解释道。

"应该说 Wonderful，or Excellent."迈克醉醺醺地纠正着向红的英语。

"Wonderful，or Excellent."向红心不在焉地随口学道。

"不是 Wonderful, or Excellent, 是 Wonderful, or Excellent。哦, Forget a-bout it. Why you are home? Don't you go to teach? (算了吧。你怎么在家里? 你不是要去做家教吗?)"迈克心情愉悦地问道。

"You told me not to go. (你跟我说了不要去。)"向红故意撒娇地说。

"Good girl. You don't need to work for money. I am your husband, I can take care of you. (好姑娘。你不需要工作赚钱。我是你的丈夫, 我会照顾好你的。)"迈克说着就把向红又搂到怀里。

"You really love me? (你真的爱我吗?)"向红抚弄着迈克的耳朵, 娇憨地说道。

"Of course, you are my wife. (当然, 你是我的太太。)"迈克被向红的小动作搞得心花怒放。

"The Chinese lawyer told me, we need 40 thousand dollars to adopt Kevin. (律师说我们需要四万美元来收养小兵。)"向红决定孤注一掷。

"We? What means we? Where can you get 40 thousand dollars? (我们? 我们是什么意思? 你从哪儿能够弄到四万美元?)"迈克显得十分困惑。

"我的意思是, You need to have 40 thousand dollars to adopt Kevin. (你需要有四万美元才能收养小兵。)"向红情急之下也不顾上含蓄了, 直接说明迈克应该准备这笔钱。

"What are you talking about? You never said that I have to pay money for the adoption. (你在说什么? 你从来没告诉过我, 我还要 花钱办理收养手续。)"刚才还是醉眼惺忪、含情脉脉的迈克, 此刻已是目光犀利, 露出了狡黠的神情。

"四万块钱是担保, 不是真的要花。The money is still yours, not the law-yer's. (钱还是你的, 不是给律师的。)"向红见状更加慌乱, 英语说得支离破碎。

"No way! I can take care of you but not your relatives. (没门! 我可以抚养你, 但不是你的亲戚。)"迈克把头摇得跟拨浪鼓似的。

"You take care of me? (你抚养我?)放屁! 我来美国快半年了, 你给过我什么? 我给你做饭, 收拾房子, 陪你睡觉, 你还要我怎么样?"向红再也控制不住自己的愤怒, 用汉语大声地对迈克喊了起来。

"Don't yell at me, I don't like it.（别跟我大声喊叫,我不喜欢这样。）"迈克从沙发上站起身来,要离开向红。

向红急了,她拿起茶几上装着迈克吐出虾的盘子猛地摔到地上。盘子砸在地砖上,发出了巨大的破碎声。

楼上的小兵显然听到了噪音,他跑下楼来,刚好看到迈克抓住向红的双臂用力地摇晃着:"You are a bitch!（你是个泼妇!）"

原本是满面凶狠的向红,此刻见小兵手握着手机,呆立在那里看着他们,就灵机一动地对小兵使了个眼色,然后对着迈克大声地说:"你打人是犯法的!"

小兵显然是明白了向红的用意,急忙举起手机开始视频录像。

"You hurt me. You hurt me. I am your wife, why you beat me?（你把我弄疼了。我是你的太太,你为什么要打我?）"向红突然停止了反抗,仿佛即将瘫倒在地,但是叫喊的声音却丝毫不减。

由于迈克是背对着小兵,当他松开向红的胳膊,转身想离开的时候,这才发现小兵正在用手机拍摄。

"What are you doing?（你在干什么?）"迈克愤怒地质问着拍照的小兵。

"Nothing."小兵说着就往楼上跑去。

迈克回头厌恶地看了一眼向红,转身就要上楼。

"不关小兵的事,有火你对着我发!"向红一下子拽住迈克的衣襟。

"I want to ask him who feeds him everyday? Me. Who gives him a room to live? Me. What else does he expect me to pay? No more!（我要去问问他,谁给他饭吃? 我! 谁给他房间住? 我! 他还想让我为他花多少钱? 到此为止!）"迈克气愤之极地数落着,并且试图从向红的撕扯中挣脱出来。

在撕扯中,小兵拎着双肩包和电脑从楼上跑下来,二话没说就冲出了家门。

"小兵,你回来!"向红愣了片刻,随后松开迈克的衣服,也冲出了家门。

2

在中国某监狱的探监室里,向阳和母亲坐在玻璃窗外面,紧盯着玻璃窗里面。里面的小门终于敞开，两名警察押着一个身材高大、戴着手铐的男人走了进来。

"大军！"玻璃窗外的向阳马上崩溃到泪流满面。

男人面对抽泣的向阳无动于衷，木然地坐在靠窗的椅子上。

"大军，我是你妈呀！"向阳的脸几乎压平在两人相隔的玻璃上。

"别跟我叙旧。说吧，什么事？"叫大军的男人声音不大，但是寒冷刺骨。

向阳从来没有机会这么近距离地打量过儿子。她离开他时，儿子只有一岁，而今天坐在她面前的男人已经四十岁。她用泪眼婆娑的目光一寸一寸地打量着眼前的男人：尽管他身穿囚衣，对狱警点头哈腰，他还是比常人高大威猛，脸上长着挺拔的鼻子和多日没刮的络腮胡子，浓眉下是深邃的大眼睛……

他只能是我的骨血，谁都夺不走！向阳指着身旁木讷的母亲对儿子说："这是你的姥姥……"

"说吧，什么事？"大军目不斜视地打断了向阳要说的话。

向阳用手抹去脸上的眼泪和鼻涕，才看到儿子的目光越发冷峻，深陷的眼窝里积蓄已久的怨气深不可测。这目光让向阳不寒而栗。

"是、是小兵的事情。"感觉到大军的敌意，向阳心中那份用母爱铸成的"底气"，立刻溃不成军。

"小兵怎么了？快告诉我。"大军阴沉的脸上多出了一份焦灼。

"小兵很好，你别着急。我是想说，你出事以后，他的学费有些紧张。你小姨向红不是在美国吗？她说如果把小兵过继给她，小兵就不用交学费啦。可是人家要你写一个放弃抚养权的证明……"向阳尽可能地在最短的时间里将事情讲述清楚。

"小兵同意了？"大军迫不及待地问了一句。

"他好像也不在乎这件事，只要他能继续在美国读书就行……"向阳不确定如何回答才能让大军满意，所以说出来的话总是有几分迟疑。

"他不在乎，我在乎！我已经一无所有了，你不能让我再失去儿子！"大军歇斯底里地叫道。

"我是你妈，我还能做对不起你的事情吗？"向阳试着去安慰大军。

"你已经对不起我了！"大军激动地站起身来，然后把双手伸到狱警面前，"报告，我要回监。"

狱警重新给大军戴上手铐，然后推开通向牢房的小门。

"大军，你可以恨我怨我，可是你不能拿小兵的前途赌气呀！"向阳扑到窗户上，对着即将消失在门后的大军哭喊着。

就在小门关上的那一刻，大军的眼睛里闪动出一丝犹豫不定的泪光。

一直麻木地坐在向阳旁边的母亲，此刻也跟着向阳使劲砸着玻璃窗，两个人很快就被狱警带到门外。

在监狱外面，积雪仍然覆盖着一片荒原。等在外面的出租车司机，对着失魂落魄的向阳说："去火车站？"

向阳将母亲安放在后座上，然后坐到副驾驶座位上，从衣服兜里掏出一张纸条递给司机说："小老弟，我再多给你两百块钱，你把我们送到这个地址行不？"

司机年龄不大，看过地址说："去这么远的路，光汽油费也得这个价呀。"

向阳又从兜里掏出一百五十元钱，交给司机说："就算你帮阿姨啦。等你到省城，阿姨请你吃饭。"

年轻的司机很无奈，看到向阳的母亲已经在后座上呼呼大睡，他只好启动了汽车说："好吧。这荒原百里的，我不送你们，你们到哪儿找车呀！"

"谢谢啦。你等等，我要坐到后面去。"向阳坐到后排座位上后，将母亲低垂的头靠在自己的肩膀上，这才对司机说，"走吧。"

出租车的轮胎在空旷的原野上，将积雪压出两道时弯时直的曲线，渐行渐远。

3

在美国的大街小巷里，向红在黄昏中缓慢地开着车，并不时地将头探出车窗外寻找着小兵。汽车停在两边都是酒吧和餐馆的市中心街道旁，坐在驾驶座上的向红借着五颜六色的霓虹灯光，不停地给小兵打着电话。她一次又一次地陷在绝望之中，最后只好对着手机留言说："小兵，小姨奶对不住你，让你受委屈了。你信我一次，这样的日子不会太久，等你上学的事情落实了，小姨奶就离开那个老东西。我现在在外面找你，听到留言跟我联系。"

向红知道，在洛杉矶市区寻找一个人，无疑是大海里捞针。绝望中她发现自己的车就停在她打过几天工的按摩院旁。她想这可能是天意，让她再去找按摩院的老板Candy谈谈，看看能不能让她回去工作。因为这次与迈克吵架，她知道收养小兵的费用必须靠自己解决。

她将车停到按摩院旁的停车场上。

"伊拉贝莎？你怎么来了？拿到按摩执照了？"女老板先是亲热地给向红一个拥抱，然后又眉头微皱地说，"你脸色可不太好嗳。"

"我身体没事，只是我真的需要一份工作……"向红神情落魄地说道。

"有话我们到外面说。"女老板边说边把向红带到门外，"这两天移民局的人轮班突袭检查，我把手续不全的人都打发走了。虽然你有合法身份，但是你没有按摩许可，如果被撞上了，我的店就保不住了。你赶快走吧，等你有了按摩执照再来找我。快走吧，别在这儿转悠，免得引起警察的注意。拜托了，啊。"

女老板说完就回按摩院了，留下向红一个人呆立在大门外面。

"啊——"沉默片刻的向红，不顾一切地怒吼了一声，将压抑许久的情绪宣泄出来。也许因为不是周末，工薪阶层正在家里吃晚饭，游人也被旅游大巴带离了市区，这个白天游人如织的商业中心，此刻行人寥寥无几。过往行人对向红的一声怒吼，见怪不怪地报以同情的一笑，一走了之；也有人紧张地绕开她，唯恐躲之不及；只有躺在不远处一个角落里的流浪汉，从垫在水泥地上的纸板上抬起身子，盯视着她没有离开的意思。当向红注意到流浪汉的时候，蓬头垢面的流浪汉正朝她不紧不慢地走来。

恐惧替代了焦虑，向红急忙朝自己停车的地方快步走去。她听到身后的脚步声，但是她不敢回头。快到自己的车门前，她猛地回身想吓住跟踪的人，然后出其不意地打开车门就走，然而，她发现跟在她身后的是哈桑。

"Are you Ok？（你没事吧？）"哈桑的声音很轻柔，却很清晰。

向红一时语塞，身子瘫软地靠在了车门旁。这时手机响了，向红见是小兵的电话，急忙接听："小兵，你在哪儿？还好吗？"

"小姨奶，别为我担心，我已经回家了。"小兵好像是捂着手机说话，声音有些若即若离。

"你这孩子，都快把我给吓死了。"向红喜极而泣。

"我要是不离开家,迈克还不把我拍的照片搜走? 现在不怕了,我已经存到电脑里了,也通过微信发给了你一份。"小兵的声音里充满了沾沾自喜,声音也逐渐大了起来。

"迈克在家吗? 他有没有为难你?"向红迫不及待地问道。

"他把那瓶威士忌都喝了,睡着啦!"小兵再度放低了声音,语气却充满了欢乐。

"你刚才也该给我打个电话呀,我留了那么多言,到处找你,都快急死了。"向红这才想起埋怨小兵。

"我的手机没电了! 这不,一回家就给你打电话了嘛。"小兵不以为然地解释道。

"你把房门锁上,我还有一会儿才能到家,有事给我打电话。"向红叮咛着。

"知道了。"小兵把电话撂下。

关上手机,向红已经忘记哈桑的存在。她迫不及待地打开了微信,查看小兵发给她的三张照片:第一张是迈克抓住她双臂的照片,她一脸恐怖地望着他;第二张是地上摔碎的盘子和几只狼狈不堪的大虾;第三张是向红和迈克撕扯在一起,迈克的脸上青筋暴跳,怒视着向红。还有一小段向红对愤怒的迈克说着"You hurt me. You hurt me. I am your wife,why you hate me "的视频。

"Your husband? (你丈夫?)"哈桑指着照片说道。

向红吓了一跳,扭头一看是哈桑,这才想起他的存在。孤独和感动使她瞬间泪崩,对着哈桑一个劲地点头。夜色中的哈桑不容置疑地将泪眼婆娑的向红拥进怀里。向红也没有挣扎,任由哈桑搂住自己。他们没有说话,只是静静地站在车门外,相拥在星光下。

4

中国。夕阳西下。向阳乘坐的出租车开进了原兵团师部所在的小镇。

小镇当年的建筑似乎都在。镇上虽然多了几条水泥路,但是当年那条主要的水泥路依然是最宽最长的一条。向阳让出租车司机顺着这条水泥路一直开,她发现四十多年前的旧建筑还在,只是竖在原师部红砖楼前的巨大雕塑已经没了,只剩下两个台阶的底座。她在这旧建筑群中认出演出队住过的俱乐部,她像未谙世事的少女一般,手舞足蹈地让司机停车,然后跳下车朝俱乐部的大门跑去。跑到近处才看到,当年颇为醒目的四扇大门,如今被两把生了锈的铁锁锁住。大门上斑驳的油漆和厚厚的灰尘,毫不留情地彰显出一段历史的结束。

这是小镇上唯一由苏联专家修建的欧式建筑,几度春秋,如今在这积雪刚刚融化的季节里,通往俱乐部大门石阶的残垣断壁、地上参差不齐的蒿草,在夕阳的余晖中,为这个被遗忘的角落平添了一丝的悲凉。

四十年啦! 向阳叹了口气,重新上车对司机说:"往前开。"

出租车沿着水泥路缓慢地行驶着。向阳不时把头伸向车窗外,辨识着一座座坐落在大道两旁像兵营一般的红砖楼房。可能是晚饭时间,街道上几乎见不到行人,让向阳有一种不真实的感觉。

当年这里多热闹啊! 有身穿军装的首长们和意气风发的少男少女们,有自己编织起来的少女梦和梦醒时分的伤痛。

往日的喜怒哀乐对于向阳来说,已经随着岁月磨砺变得模糊不清,此刻她最大的感慨是:当年能够行走在这条路上、住进这些红砖楼里的知青,就是生活在北大荒的天堂里啊!

"就是这儿!"向阳指点着司机将车停在了一栋四层红砖楼的门前。

付了车钱,向阳搀着母亲朝红砖楼走去。

红砖楼的大门已经年久失修,两扇门错开不能对合。一副红色的春节对联,被风雪剥蚀得几近白色,尽管它们被出入这里的人忽略,却顽强地贴在破损的门框上,把那七扭八歪的字留在了雨雪中:贺佳节四季平安,祝千家万事如意。横批是"喜迎新春"。

向阳没有忽略这副对联,而是一个字一个字地读了一遍之后,才搀着母亲走进昏暗的走廊。尽管光线暗淡,但是向阳仍然可以看到楼道里油漆过的墙皮已经一片一片地剥落,木质的楼梯扶手不仅油漆斑驳,而且有多处木板丢失,整体松动。

脚踏破损得如锯齿般的大理石楼梯拾阶而上,这个让向阳思念了四十年的"豪华"公寓,破败得令她触目惊心。

她至今都记得自己第一天搬到这里的感觉：一步登天！那时能够住到师部大楼里的人不是师级就是团级，住在这里的男女老少都被镇子上的人羡慕和崇拜。尽管向红住进来时兵团已经改为农管局，但正是因为一些军人调回军区，余科长才分到了一套住房。

可是，如今——

向阳敲开了一扇同样随着岁月的流逝而老旧的木门。门开了，一位骨瘦如柴的男人颤颤巍巍地站在门里。

"你找谁?"老人虚弱地对着门外的向阳问道。

"我找余科长，余先锋。"向阳的目光越过老人朝屋里张望。

"你是向阳?"老人的眼睛明亮起来。

"你是——"向阳狐疑地看着老人。

"余先锋。"老人很吃力地说出这三个字。

向阳惊讶得张口结舌，不知说什么是好。老人的目光黯淡下去。

"你来干什么?"老人的语气和表情都恢复到原有的冷淡。

"先让我们娘俩进屋吧，我妈都跟我折腾一路了。家里有热水吧?"向阳把身后的母亲搀到门前，说着就推门走了进去。

余科长显然已经病入膏肓，但是神智清晰，赶紧退到门边给母女俩让路。

这栋楼是 20 世纪 50 年代中苏友好时代盖的，70 年代翻修过。两屋一厨，没有客厅，卫生间也只有蹲式厕所，没有浴缸。从房子的墙壁看，向阳离开后，屋子还是简单地装修过。当年上半截是白色，下半截是翠绿色的墙壁，后来粉刷成鹅黄色，年复一年，如今又从鹅黄色变成了灰白色。

向阳面对往昔的家顾不上感慨，赶紧把母亲搀扶进靠房门的那间屋子。走到门口她犹豫了一下，因为里面堆满了没有拆包的纸盒箱子。她把母亲安顿在一个纸盒箱子上坐下，然后帮母亲摘下毛围巾，脱下羽绒服……

这时，余科长颤巍巍地将一杯热水递了过来。

"先让她上个厕所，要不然她尿到裤子上都没衣服换。厕所还在那儿吧?"向阳指着一个角落说道。余科长点了点头。

向阳连拖带拽地将母亲领到厕所，折腾了好一阵子，娘俩才从厕所里出来。

原本就胖的向阳，此刻已是满头大汗。她把母亲再度安顿坐好，这才抽出空来脱掉自己身上的大衣。

"我也得上个厕所，这一路快三个小时还没上过厕所呢。"说着，她再度走进那个熟悉的角落。

关上厕所门，向阳才打量起这狭小的空间，这里与她离开时没有太多的不同——仍然是小如鸽笼，仍然是蹲式便池，唯一不同的是，便池上方安装了一个淋浴喷头。

向阳好奇地试了几个姿势，最后的结论是：冲澡的时候一定要两条腿像上厕所时一样叉开，并且不能来回转身，要不然一不小心，脚就会踩入便池里……

"余科长不会在洗澡的时候，干脆把一只脚就踩在便池里吧？"想到这儿，向阳心里一紧，眼泪险些流了出来。

向阳走出厕所，尽量控制住自己的感情，对余科长说："大军怎么这么不孝，这么多年还让你住在这种地方？"

余科长有些站不稳，向阳急忙上前扶他进了另一个房间躺下。她给余科长倒了一杯热水放到床头柜上，无意中瞥见床头镜框里有一张她和余科长结婚时拍的两寸黑白照片，夹在大军和小兵从小到大的照片中间。

"你还留着呢？"向阳的眼睛再度湿润，指着镜框说。

"那边的房子被查封时，什么都不让带，我就只拿出了这个镜框。"余科长没有回头去看，但是他好像明白向阳在说什么，声音平淡地答道。

向阳泪眼婆娑地打量了一下房间：床、柜、桌椅、沙发一样不少，但是看得出是 90 年代的样式，明显落后于时代。

"来的时候，我看到镇子上跟四十年前没啥两样。路过演出队大楼，感觉那里也是破烂不堪。"向阳尽量掩饰着自己的情绪，换了一个话题。

"管局的办公楼和家属楼十年前就搬到泊湖镇去了。有空儿你应该去看看，那里的办公楼不比你们省城的差。演出队在你返城后就解散了。不过农管局在泊湖镇修建的多功能活动中心，比你们城里的五星级宾馆还气派。管局还绕湖盖了十几栋住宅楼哪！"余科长越说越有劲头，精神也好了许多。

"那你咋还住在这儿呢？"向阳忍不住问道。

"唉，一言难尽呢！大军犯事前负责基建，有人告他违反招标规定，纵容下属帮关系人承揽工程，扰乱市场公平竞争，说他接受贿赂九百八十六万元。为了减少刑期，我把他给我买的房子连同他自己的房产都卖了，把钱还上后才减刑到五年。要不然……唉！"

"那你也不该住在这儿呀！这里没医院，没熟人，出点儿事咋整？"向红的眼圈又红了。

"在这儿好。没人认识我，不用听那些闲言碎语。幸好啊，我还留着这套房子，要不然，老了老了连住的地方都没有了。"余科长自嘲般地说道。

"咱们离婚后，你就没再找一个？"向红忍不住问了一句。

"找过。找一个，大军撵走一个。农管局就这么大点的地方，谁都知道我有个儿子容不下后妈。所以呀，二十年前就没人跟我处对象了。"余科长苦笑着说。

"那小兵他妈知道大军犯事了吗？她去看过他吗？"向红长叹了一声，又问。

"唉，大军把人家也伤得够狠的了，从离婚就没让人家看过小兵。现在人家听到他进了监狱，高兴还来不及呢。"余科长也长叹了一声。

"现在你该明白我当时的心情了吧？"向阳无意中流露出嗔怪的语气。

"唉，一报还一报啊。"余科长知道向阳指的是他当年不让向阳看大军的事情。

"说起来还是我对不起你们父子俩啊！这么说吧，这因是咱自个种下的，这果咱就得受着。小兵的事情你还是好好想想。现在他爸在监狱里管不了他，他妈又不管他，你呢，病到这种程度也没有能力去管他……你说，我这个做奶奶的能害自己的孙子吗？"向阳苦口婆心地说道。

"人啊，到了我这个份上也该想通了。四十多年，兜兜转转地，我们又在这间屋子里了。好吧，我不反对向红收养小兵的事情啦。"余科长沉思了片刻，毅然决然地表示了态度。

"其实，收养小兵就是个程序。在中国他还是咱俩的孙子！可是，我今天去大军那儿，他根本就听不进去。"向阳继续说道。

"你没跟他说我得了肺癌吧？"余科长紧张地问向阳。

"哪有时间啊！我刚一提小兵的事情他就跟我急了，还没等我说完话，

第四章 怼

177

他就让狱警把他带走了……"

"大军这孩子一定有反骨，从小就不省心。过两天我打电话劝劝他。"

"向红说这事不能再拖了，小兵到了十六岁就办不成了。"

余科长听向阳这么一说，心里一急，捂着胸口咳嗽不止，进而呼吸困难，面部痛苦不堪。向阳吓得不知所措，赶紧去拿热水给他。

"麻烦你，给我拿片药。"余科长用颤抖的手指了指床头柜的抽屉。

"在哪儿？"向红打开抽屉，看到用红笔在瓶盖上画着不同图案的药瓶。

"五角星的。两粒。"余科长的额头上渗出豆大的汗珠。

向阳急忙从瓶盖上画着五角星的药瓶里拿出两粒药，然后托起余科长的头，把药放到他的嘴里，再将茶杯送到他的嘴边。

"谢谢！"余科长终于舒缓过来，有些不好意思地从向阳的怀里移开了头。

"妈呀！"向阳这才想起母亲还在另一间屋子里，急忙跑到隔壁房间，发现坐在纸盒箱子上的母亲，手里攥着那幅版画，已经靠在墙壁上睡着了。

向阳给母亲盖上大衣，重新回到余科长的房间："你告诉我一句实话，你的病情到底咋样啊？"

"医生说还能撑个半年吧。"余科长气喘吁吁地说道。

"医生的话也不能全信。我认识一个人，医生说他只能活三个月，结果人家该吃就吃，该喝就喝，到现在都好好的。"向阳忍住悲痛地安慰着。

"我是军人出身，不怕死！可是现在大军在监狱里，小兵在国外，我是死不瞑目啊！"余科长说着已是老泪纵横。

向阳再也无法忍住眼泪，一下子扑到床前，握住余科长瘦骨嶙峋的手说："是我对不起你和大军啊！老天要是惩罚，就惩罚我吧！是我为了返城丢下了你们爷俩，我好后悔呀！"

"我是唯物主义者，这肺癌跟你返城没有关系。"余科长安慰着向阳。

"咋没关系呢？这么多年，你一个人把大军带大，你就是累的呀！"向阳哭得泣不成声。

"唉，可是我没把大军带好啊！"余科长的情绪也彻底崩溃，再度老泪纵横。

向阳突然站起身来，开始把抽屉里的药放到自己的手袋里。

"你这是——"余科长惊讶地看着向阳。

"走,跟我进省城。我那儿地方不大,但是看病方便。这样我也可以同时照顾你和我妈!"向阳继续归拢着余科长的生活必需品。

"那成什么话!我们没名没分的,我住在你那里算是怎么回事?"余科长有气无力地说着。

"人在做,天在看。我们都活到这个岁数了,还在乎别人咋想吗?天快黑了,你这儿也没个住的地方,我先到镇上找个地方住下来,明天一早我叫个出租车,把咱们直接带到省城。"向阳把卖肉时的干练展现出来。

"过去的招待所还在,现在私有化了,叫星星宾馆。条件肯定没法跟农管局现在的酒店比,可是镇上就这么一家,你去看看吧。"余科长略微振作了一些说道。

"好。我妈在那屋睡着呢,你帮我听着点动静,我办完手续就回来接她。"

向阳把大衣穿上就往门口走。

"我这儿有钱。"余科长要开抽屉拿钱。

"这话说的,好像我向阳连住旅店的钱都没有了。放心吧,我马上就回来。"向阳风风火火地离开了余科长的家门。

躺在床上的余科长百味杂陈,一颗泪珠缓缓地从眼角滑过黑黄枯瘦的脸颊。

5

在美国的监狱里,薛大鹏住在四个人的上下铺牢房里。尽管窗外已是繁星点点,犯人都已经上床入睡,但是房间里的节能灯还发着雪亮的光,照射着不大的空间。

住在上铺的薛大鹏见其他床位鼾声四起,便把头蒙在被子里,把藏在枕套里的花生米小心翼翼地放进嘴里,然后慢慢地、悄悄地咀嚼着。

在监狱里,食物的单调使犯人对零食格外敏感。特别是霸道的犯人,只要他们知道谁的家属送了"零食",他们就会迫使这个人送一部分给他们。

薛大鹏知道自己的下铺是某东南亚国家帮会的小头目,个头不大,但是机智凶狠,连膀大腰圆的黑人汤姆都得防着他点儿。而他,更是小心谨慎,在牢房里不说话、不惹事,恨不得像穿了隐身衣一样地消失在别人的视线里,加上两三个月除了律师之外没人探监,所以牢房里的人渐渐地也就当他不存在了。

此刻,躲在被窝里吃着花生米的薛大鹏,嘴里嚼一下,就停下来听听被子外面的动静。循环往复了几次之后,他终于确定所有的人都已睡熟,这才放心地在被窝里享受着每一粒花生米带给他的心灵满足。

他的思绪被花生米的芳香引领着,穿过日月星辰和万水千山,回到了四十年前北大荒的小火炉旁。

那个小火炉是李沙广播室冬天取暖用的,不大,生铁铸造,炉盘后方有一个连接炉筒子的圆口,圆口处连接着生了锈的洋铁皮做的炉筒子,快要竖到房顶的炉筒子朝窗户的方向拐个弯,穿过玻璃伸向窗外……炉筒子散发的热气是房间唯一取暖的途径。

广播室的火炉一年能用上大半年。有一段时间薛大鹏和李沙在广播室里复习高考,他们发现把土豆或者花生放在炉盖上,温度不高不低,土豆烤得外焦里嫩,花生烤得香味扑鼻。秋天赶集的时候,李沙常常会买来一大袋子带壳的生花生,每次晚上学习,他们都把花生放在炉盖上,将炉火调到不大不小的温度,学习完了,花生也烤熟了。

薛大鹏通常是不会在广播室里品尝烤好的花生,因为他不能在那里久留,免得被人发现惹是生非。他总是在学习完之后,带着一包用旧报纸包着的花生,一边从厂区朝宿舍走,一边就着夜色剥掉花生壳,一粒一粒地将花生米放进嘴里,一路吃着也就到了宿舍。

那时真好! 只是太短暂了! 薛大鹏在被窝里长叹了两声,懊恼的心情又渐渐袭上心头。

当李沙告诉他厂领导怀疑他俩在谈恋爱,她又不能解释说是为了高考在一起复习,所以为了保住广播员的工作,李沙决定放弃高考,不再邀请薛大鹏到广播室学习了。

也就是从那时起,薛大鹏觉得从厂区到宿舍很远,很无聊。他感觉心里有千言万语要对李沙说,可是每次话到嘴边又咽了回去。说什么呢? 李沙是工厂里近千人中的佼佼者,自己是水泥车间的小工人。既然李沙为了保住工作都放弃了高考,他还有什么能力和资格向她表达爱意呢?

"原来我的初恋给了花生啦!"薛大鹏在被窝里会心地一笑。

被子突然被掀开了,薛大鹏的眼前一片刺眼的白光。他睁不开眼睛,只听到带着亚洲口音的英语在耳边低声吼道:"Give to me!(给我!)"

薛大鹏勉强睁开了眼睛,看到站在自己床头的男人正是那个帮会小头目。他吃惊地坐了起来,并且下意识地将手里的花生米攥得紧紧的。

越南人没再理他,伸手去拿薛大鹏的枕头。

薛大鹏用一只手去夺枕头,却被越南人一掌推到墙上,他的头重重地磕在了床头上。

越南人把薛大鹏的枕头拿到自己的床上使劲地抖落,藏在枕套里的花生仁便滚落在他的床单上。他把枕头扔回到上铺,将床上的花生仁归拢到一起,放在枕头下面,自己躺到床上一粒一粒地享受起来。

薛大鹏气愤地想跳下床拼命,但是那个从福建来的偷渡客在对面的上铺向他使了个眼色,示意他别干傻事。薛大鹏这才忍住气把枕头放到原处躺下。

下铺传来咀嚼花生米的声音。薛大鹏痛苦地用手捂着耳朵,但是咀嚼声仍然从指缝溜进他的耳膜,刺激着他的神经,使他辗转反侧,难以入眠,他想到三十七年前的那个夜晚,自己也是这样痛苦得不能入睡。

那天,还在医学院读书的他,拿着自己写给李沙的情诗,兴冲冲地去李沙学习的师范学院找她。可是出乎他的意料,李沙不仅没有被他的诗句感动,反而客观地给他提出了一大堆修改意见……在回来的路上他就发誓,自己再也不能自寻其辱,要彻底地与北大荒的情缘告别!

如果,如果我当时告诉李沙那首诗是我写给她的,是不是结果就不一样了呢?

想到这里,薛大鹏猛然地跳下床,勇敢地从帮会小头目的床头将剩余的花生米攥在自己手中。

帮会小头目一愣,但是看到薛大鹏眼里喷出拼命的怒火时,觉得好笑,挥了挥手说:"All yours.(都是你的。)"

薛大鹏也愣了一下,转身爬上了上铺。那个也住上铺的福建人,悄悄地向薛大鹏竖起了大拇指。

薛大鹏将花生米再度放到枕套里,微笑着闭上了眼睛。

6

夜已深。在自家卧房幽暗的灯光里,汉斯在床上抚摸着李沙,李沙却下意识地推开了汉斯的手:"我在想,薛大鹏的案子……"

"Honey, I have enough of Dr. Xue. Can we have our life back? (亲爱的,别再跟我谈薛博士的事情了,我们能不能回归正常的生活?)"汉斯的声音明显流露出些许不快。

"I am thinking that we might help him to get out of jail first. (我在想我们是否应该先保释他出狱?)"李沙依然坚持着把话说完。

"I hope you are not making a joke. Why we do that? (我希望你不是在开玩笑。我们为什么要那么做?)"汉斯将不解的目光盯在李沙的脸上。

"Never mind. (算了吧。)"李沙把目光从和汉斯的对视中移开。

"Please look at me. Are you sure that you and Dr. Xue have no relationship to each other? (看着我。你确定你和薛博士之间没有关系吗?)"汉斯将李沙的头捧向自己问道。

"Of course we have relationship together. We know each other since we were kids. (我们当然有关系。我们从童年时就认识了。)"李沙被汉斯认真的表情逗乐了。

"You know I love you right? (你知道我爱你,对吗?)"汉斯依然执拗地盯着李沙。

"I love you too. Honey,我知道让你理解我和他的经历很难。今天我实在太累了,睡吧。"李沙吻了一下汉斯,随手把自己身边的床头灯关上。

汉斯沉思了一下,把自己床边的灯也关上了。

李沙背对着汉斯,在黑暗中睁着眼睛想心事。

她眼前闪动着自己六岁时最后一次到薛大鹏家拜年要糖时的情形,与自己同龄的薛大鹏把几颗五颜六色的金纸糖放到他妈妈的手中,然后将胖乎乎的小脸靠在他妈妈的身旁,忽闪着亮亮的大眼睛看着李沙从他母亲的手里接过金纸糖。又过了两年,李沙在校园里看到低年级的薛大鹏被几个男孩子堵在墙角,搜出他兜里的午饭窝窝头,再将窝窝头摔在地上,又用脚将原本已经摔碎的玉米面的窝窝头踩个粉碎,然后欢呼雀跃地跑走,留下孤独无助的薛大鹏木讷地站在墙角不知所措。再后来,再后来就是她和薛大鹏在北大荒一起搬水泥袋子和烤花生的情景,以及身穿狱服绝望中的薛大鹏……

大鹏啊,大鹏,命运不该这样对待你啊! 一滴眼泪顺着李沙的脸颊流进枕头。

翻来覆去怎么都睡不着的李沙索性起身,蹑手蹑脚地走出卧室,朝楼下的书房走去。

7

在汉斯的办公桌上,李沙找到了放置薛大鹏资料的文件夹。她刚想打开,汉斯出现在书房门口。

"What are you doing?(你在做什么?)"汉斯惊奇地问道。

"I have a good idea.(我有一个好主意。)我把薛大鹏的真相写出来,刊登到中文报纸上,然后通过微信转发给华人圈。这样你跟原告谈判,对方撤诉的可能性就更大了。"李沙兴致勃勃地解释道。

"没经过我的授权,你不能看我客户的资料。你不是律师,你不能直接参与这个案子。任何人做错了事情,都要付出代价的。虽然我会说服原告撤诉,但是不代表 Dr. 薛是正确的。"汉斯反驳道。

"你说得对。I let you deal with this case on your own.(我不应该直接插手这个案子。)"李沙思考了片刻,认同了汉斯的观点。

"对不起,Honey,对于 Dr. 薛的案子,我比较容易冲动。"汉斯握住李沙的手,语气缓和了许多。

"I love you, honey.(我爱你,亲爱的。)我真的很感激你为我做的一切。"李沙温柔地说着,并把汉斯的手放在自己的脸上。

"You are cold. Let's go to bed.(你很冷。上床去吧。)"汉斯牵着李沙的手,两个人朝楼上卧室走去。

众 怼

1

用霓虹灯做的"夜总会 Night Club"的牌匾,在夜色中时红时绿地闪烁着,有节奏地变换着的灯光,在冷清的街道上像一首催眠曲,让来往的车辆视而不见地疾驰而去。

这家夜总会的人不多,把门的男人和吧台的小姐,都是清一色的亚洲面孔。室内的灯光很暗,不大的空间里有一个最多两个台球桌大小的舞台,舞台中间竖着一个明晃晃的钢管。

围坐在舞台四周的男人,黑、白面孔居多,年龄都在六七十岁。这些人多数手握啤酒瓶,目光懒洋洋地看着舞台上每五分钟更换一个舞女的表演。其实这些表演千篇一律,既没有高难度动作,也没有什么艺术表现力,有的舞女只是在钢管上靠了几下就在舞台上搔首弄姿,极尽挑逗,鼓励着旁边观赏的男人们多给些赏钱。

到这里来的人多是年龄大又没多少钱的"蓝领",他们大多随大流地围坐在舞台旁。每个舞女表演完的小费也就是一两块美元,一个晚上也花不了十几块,加上啤酒的开销,基本上符合他们的消费水平。

显而易见,这是一家不入流的夜总会:舞台上面的红毡布已经失去了往日的鲜亮,木板台子也油漆斑驳,油腻腻的沙发已经看不出原来的颜色,沙发后背和把手已经被客人们压得皱皱巴巴。

此刻是晚上9点多钟，夜总会开门不久，客人不多。不过当向红出现在舞台上的时候，所有懒洋洋的男人都振作了起来——他们不仅看到了一张新面孔，而且还欣赏到女性与钢管接触后爆发出来的刚柔并济的美感！

来这里的男人不仅是因为这里的价格便宜，还因为他们有一个共同的嗜好——喜欢亚洲女人的含蓄与内敛。

尽管向红年近六十，但是她多年来坚持跳舞健身和美容保健，加上亚洲人的皮肤天生比白人紧致，所以在昏暗的霓虹灯下，穿着彩蝶舞蹈服的向红，在钢管上下翻飞，唤醒了所有昏昏欲睡的男人。

看了几分钟的精彩表演，男人们的雄性激素被最大限度地调动了起来。他们大叫着要向红脱掉那身严实的蝴蝶服，他们要看到女人的肌肤。

向红似乎早有准备，像在舞台上专业演出那样，犹如蚕茧脱壳而出，一下子就褪掉了蝴蝶服，露出了里面的三点式泳衣。

她的两臂和双腿的肌肤与露着寒光的钢管交融在一起，唤起台下一阵又一阵的叫好声。

然而，叫好声之后是新一轮的起哄，让她把三点式泳衣脱掉。

向红没有脱掉泳衣，只是她尽可能地扭动着身体，沿着舞台边缘走了一圈。

也许是她的钢管舞有别于其他舞女，即使她没有特别暴露身体，居然也有一些人往她的脚下扔钱。尽管脚下的钱都是一块或五块的美元，但是她还是兴奋地把它们拾了起来：靠自己的能力赚钱，这种感觉真好！

正当向红沉浸在众星捧月的自豪中，她看到有个老男人挥动着手里的美元向她招手。当她来到这个人的面前，老男人好像有话要说，她便俯下身子去接钱，没想到对方借塞给她小费之际，狠狠地抓了一下她的乳房……她大吃一惊，不知道该做什么反应。愣了片刻，她佯装什么事情也没发生，朝着另一位向她招手的男人走去。

这次她没有俯身过去，而是蹲着接钱。出乎意料，这个男人借塞小费到她的内裤之际，猛然拉下她的短裤。向红没有想到这一点，呆愣了半晌，直到全场的男人被她不知所措的表情逗得哄堂大笑的时候，她才感觉到极大的羞辱，不顾一切地提上短裤朝后台跑去。

在后台，惊慌失措的向红正巧碰到了男扮女装的保罗。

"我们说好不脱衣服的。"向红一脸的惊慌失措。

"刚来的人都这么说,可是不脱能赚钱吗?你看,客人刚刚开始给你送钱,你却跑了。干我们这一行的,不会跳钢管舞不行,可是只会跳钢管舞也不行。今天是你的第一次,多跳两次就习惯了。就像我,平时绝对爷们儿,但是上台就得咋嗲咋来。咱们不就是为了赚钱吗?"保罗真诚地劝解着。

"我肯定是不会脱的,这是我的底线。"向红仍然坚持着。

"你的钢管舞跳得那么好,本来可以收到好多的小费。你这么跑下台来,不仅你没有了收入,咱们夜总会也跟着没钱赚了。"保罗的语气已经从同情变成失望。

"对不起,保罗。这是刚才客人塞给我的钱,全给您。"向红把手中的钱都递给了保罗。

"一共也不到二十块。"保罗看了一眼手里的钱,失望的语气已经变成不满。

"明天我不来了。"向红边换衣服边说。

这时一位正准备上场的年轻舞女,瞥了一眼正在把衣服披在身上的向红,对着保罗说道:"老板,你眼睛花了吗?看不出女孩子与半老徐娘的区别吗?"

保罗对着那舞女毫不客气地说:"你的钢管舞要是也像伊莎贝拉那么精彩,我就不用开这种低端的夜总会了!"

年轻舞女嘴角一撇,不屑一顾地瞪了向红一眼,走向舞台。

"保罗,谢谢您给了我这个机会。在中国跳钢管舞是健身,是挑战自己,但是在这里,是侮辱自己,是卖身,我做不了。我走了,再见!"向红说着,把蝴蝶服胡乱地装进手袋里,然后毅然决然地离开了夜总会。

"想通了再来。这里随时都欢迎你!"保罗无奈地对着向红的背影喊道。

向红没有回头,而是在夜色中边走边用卸妆纸将脸上的浓妆抹去。

2

5月,南加州已是温暖如夏。在游人如织的海边,向红手拎着用床单包裹着的一幅半人高的版画朝正在给一个小女孩画像的哈桑走去。

小广场上,五六个不同肤色的街头画家都坐在小折叠凳上为游客画着人物肖像。向红见哈桑正在给一个小姑娘画头像,就没有打扰,而是站在旁边静静地观看着——阳光下的哈桑比夜色中的他年轻了很多,浓浓的络腮胡子与浓黑的眉毛以及触肩长发,在不经意中显出阳刚之气的同时又充满了艺术家独有的气质。这份只有画家独有的特质,是她从小就从父亲身上熟知的。

　　"He draws very fast.(他画得很快。)"小姑娘的妈妈以为向红也在等待画像,便对哈桑赞不绝口。

　　向红微笑着点了点头,没有说话。

　　来美国半年,她发现英语不好的补救办法就是以微笑替代语言。特别是在社交场合,不论是"Yes"还是"No",模棱两可地一笑,就可以蒙混过关。

　　"Do you want to draw?"一个亚洲面孔的年轻男人朝向红点头哈腰地问道,他见向红只笑不答,就用汉语说了句,"你是中国人吗?"

　　向红愣了一下,下意识地摇了摇头,把目光投向哈桑,不再目视自己的同胞。同胞没再去纠缠她,转身用笑脸迎向其他的过往行人。

　　由于等待中的无聊及受到好奇心的驱使,向红把目光再次投向在路边招揽顾客的那位同胞。她看到一位上了年纪的黑人妇女在同胞面前停下脚步,两人似乎已经进入了讨价还价的阶段。就在这时,一位年轻的白人画家刚好送走了客人,走到黑人妇女面前虚张声势地说道:"You are so beautiful. Trust me, your face is perfect for drawing. Beautiful. Sit down please. I will give you a big discount……(你真漂亮。相信我,你的脸型非常适合画像。美人儿,请坐吧,我给您优惠……)"果真,那个黑人妇女就坐到了白人面前的小板凳上。恨得咬牙切齿的同胞,只愤怒了不到几秒钟,又满脸带笑地"重打鼓另开张"啦。

　　"干啥都不容易呀!"向红在心中感叹了一句,发现哈桑已经为小女孩画完了卡通头像,女孩的妈妈给了哈桑十块钱,然后满意地拉着小女孩远去。

　　哈桑把钱小心地放进衣袋,起身刚想招揽新顾客,却一眼看见了不远处的向红。他奔过去一把搂住了向红:"What a surprise. I am So happy to see you here.(真是惊喜万分。很高兴在这里看到你。)"

　　"Me too.(我也是。)"向红羞涩地把目光低垂下去。

"What is it?（这是什么?）"哈桑好奇地指着向红手里的包裹。

"My father's printing.（我父亲的画。）"向红说着打开床单,露出父亲的版画。

"Are you kidding? My God, it's amazing.（你是开玩笑吗? 天啊,画得太好了!）"哈桑兴奋地欣赏着。

"how much?（多少钱?）"向红冷静地问道。

"Pardon me? I don't get it.（什么? 我不懂你的意思。）"哈桑狐疑地望着她。

"I want to sell it. I need your help.（我需要把它卖掉。我需要你的帮助。）"向红犹豫了一下,还是将自己的想法说了出来。

哈桑若有所思地盯着向红片刻,然后将画笔和油彩简单地归拢到画架上,转身对身边的黑人画家交代了一下,提着向红父亲的画,拉着向红离开了熙熙攘攘的商业广场。

3

向红跟着哈桑步行十几分钟后,来到一个坐落在贫民窟的小木屋里。

在美国的大都市常常会出现这样的情形:一条繁华的商业大街,旁边的小巷就有可能是勉强为生的人居住的家园。

"Your house?"向红新奇地问道。她原以为哈桑无家可归,现在看到他的住处就在市中心,反而因为新奇而对房间里的凌乱视而不见。

"Four people share this house. This is my room.（四个人分租这个房子。这是我的房间。）"哈桑带着向红走进自己的房间,一股浓烈的油彩气味扑面而来,哈桑带有歉意地把窗户打开。狭小的空间里除了一张单人床之外,所有的地方都摆放着画布、画框和油画。并且完成的画作,清一色都是黑白相间的油彩画。

向红指着满墙满地的油画,忘记了一分钟前自己想离开这里的想法,惊喜地望着哈桑:"You? Yours?（你? 你的?）"

哈桑耸了耸肩:"Yes. But I still have no money.（是的。但是我仍然没有钱。）"

向红游走在这些画作之间："They are so beautiful. They look like Chinese 山水画。（它们美极了，看上去好像中国的山水画。）"

这次轮到哈桑惊喜万分："My God. I'm so happy that you said that. I want to create my own style. Thank you so much for recognizing that. I love you Isabella!（天啊，我真是太高兴你这么说了。我想要创立自己的画风，谢谢你意识到这一点。我爱你，伊莎贝拉!）"他说着就抱起了向红，并把她高高举起。在哈桑双臂之间的向红，望着那张青春与老成雕刻出来的面颊，情不自禁地在哈桑的额头上吻了一下："I am too old for you.（对于你，我太老了。）"

哈桑顺势吻了一下向红的唇："No，你不老。"

向红瞪大了惊喜的眼睛："你会说中文？"

哈桑把向红放下："一点点。I learned it in Iran.（我在伊朗学的）。我的爷爷 taught me（教我的）. He has been to 中国（他去过中国）。"

"He also live in America？（他也在美国住吗?）"

"No，他死了。I came to America by myself.（我只身来到美国。）"

"Legal or illegal？（合法还是非法?）"

"I have legal status and will have a Green card soon. How about you?（我是合法的，很快就有绿卡了。你呢?）"

"I have a Green card too. You should have your own 画展。（我也有绿卡。你应该办个人画展。）"

"You meant Art Exhibition? That will be my highest goal.（你的意思是说办画展？那将是我最高的目标。）"

俩人正在借助手势用中英文聊得热火朝天的时候，向红的电话响了。向红原本不想接，可是看到是向阳来的电话，对哈桑说了声"My sister（我姐姐）"，就打开了手机。

为了避免哈桑疑心，向红有意将免提打开："姐，有事吗?"

"向红，我就是想跟你说呀，你不是说大军不肯放弃抚养权，但是他在监狱期间爷爷可以作为监护人出示证明吗？余科长已经按照你说的把证明信写了。他的信和大军在监狱里的证明，我都到公证处办理了公证，今天把这些文件都用特快专递邮给你了，估摸着三五天就能到了。"向阳在电话中兴奋地说道。

"这个星期五就是小兵十六岁的生日了,律师必须在他生日前把材料递交给移民局。我不是说让你把材料拍照或扫描发给我吗?至少律师能在这个星期先递交上去,等我收到了原件再补上。"向红见哈桑有些不耐烦地站在一旁,她的语气显出几分急躁。

"我已经拍照了,你查查微信,看看收到没?"向阳也加快了语速。

"收到了。"向红查看了手机说道,这时她看到哈桑向她示意要离开房间,她赶紧说,"我还有事,晚些时候给你电话。"

"I have to go back. (我要回去了。)"哈桑一边带向红走出房门,一边提着向红父亲的画说,"You keep it, I might help you when I have my gallery. (你先保留着,我办个人画展时也许能帮到你。)"

"Great! (太好了!)"向红小鸟依人地任由哈桑牵着自己的手朝小广场走去。

哈桑一直把向红送到停车场,并且旁若无人地吻了向红很久。当向红睁开眼睛时,她彻底地向这张青春勃发的面孔投降。她幸福而甜蜜地说道:"Friday, this week, is my nephew's birthday. (这个星期五是我侄子的生日。)"

哈桑用手指封住她的嘴唇:"I know how to say Birthday in Chinese 生日。(我知道怎么用汉语说生日。)"

"Yes,生日。"向红惊喜地说道,"我请你吃饭。Ok?"

"Ok."哈桑微笑着点了点头。

"I will text the address to you later. (我一会儿发地址给你。)"

"Great. (太好了。)"

"I have to go to see a lawyer now. (现在我要去见一位律师。)"

"A lawyer? (律师?)"

"Very very important. (非常非常重要。)"

"I have to go back to paint. (我要回去画画啦。)"

向红依依不舍地钻进了自己的宝马车,哈桑目送着向红离开后,才快乐得一蹦三跳朝自己画画的地方奔去。

4

校园里,李沙迈着轻松的脚步朝分院长的办公室走去。她推开分院长办公室的门,带着一如既往的微笑,与分院长的秘书 Lisa 打着招呼:"Hi Lisa, time flies, It's the end of the semester already. (丽莎,时间过得真快,转眼已到期末。)"

原本对李沙亲切有加的 Lisa,今天却笑得有些尴尬。她把三页纸的评估报告递给了李沙:"Thank you for coming. Please sign your name if you agree. (谢谢你能来。如果你没意见,请在评估表上签字。)"

由于 Lisa 从中国收养了一个身体略有残疾的女儿,所以她见到李沙总是喜欢用汉语打招呼,两人在"你好"和"再见"中就多出了几分亲热。而今天,Lisa 的语气过于公事公办,这让李沙略感不安。

那天作为评估人的南希来到她的教室已晚了十分钟,然后坐了不到半个小时就起身走了。通常两个半小时一堂课,评估人至少要听完一个小时的课才有资格写评估报告。然而南希仅仅听了不到五分之一的课程,她会写出什么样的评语呢?

说也奇怪,她来这里的时候并没有把这件事情放在心上,因为她毕竟在这所大学任教了十多年,对自己的教学水平还是很有信心的。加之薛大鹏的案子占据了她的许多思维空间,所以直到这一刻,她才觉得自己很想知道南希到底是怎么评价自己的。特别是 Lisa 的态度让她更加迫切地想知道评估报告的结论。

她没有像以往那样浏览一下就在评估表上签了字,而是找了张椅子坐下来,一页一页地看了起来。

什么? 在 17 项评估项目里,她的所有资质都在最低一栏? 李沙不相信自己的眼睛,因为上一次系副主任给她的评估都是最高一栏! 不会吧? 公报私仇也不能这么明目张胆啊!

李沙气得脸色煞白地对秘书 Lisa 说道:"Is the Dean here? I want to talk to her right now. (分院长在吗? 我要跟她说话。)"

Lisa 好像已经有了思想准备,二话没说,起身朝里屋走去。很快,分院长跟在 Lisa 的身后出来。分院长见到李沙，一如既往地用和蔼可亲的语气将她请进自己的办公室，这使李沙愤怒的心情缓解了不少。

面对分院长和颜悦色的解释和那双宛如加州阳光般坦诚的眼眸，李沙好像见到了包青天，一口气将她和系主任以及南希的过往纠结，不分主次地说了一遍。

由于事先没有任何准备，她觉得自己的阐述十分啰唆，没有条理，说到最后，几近绝望：如果此刻能用中文表述，那该多好啊！

李沙向来给人一种自信、满足、包容和与世无争的状态，似乎也符合美国职场上的一种"标设"——老板和同事都喜欢这样的员工。可是此刻的李沙，觉得自己满脸沮丧，一腔怨气，面对一位自己喜欢的领导不能把最好的一面展现给她看，实属"低能"。这么想着，李沙的注意力就放在了分院长如何看待她对评估报告的态度上，而非评估报告本身的不公正的问题上。

分院长显出十分的耐心听着李沙的述说，直到李沙不再说话，她才用那双碧蓝的眼睛温柔地看着李沙，笑容可亲地说道："Don't worry too much. As you know, the evaluation is not for punishment. It is for professors doing their best. I suggest that you sign the paper first then talk to your chair about how you feel.（别担心。你知道这种评估没有任何惩罚之意，只是希望教授们能够做到最好。我建议你先完成签名程序，然后找你们的系主任说明一下自己的感受。）"

分院长的话让李沙十分感动，有一种"士为知己者死"的冲动。为了挽回自己在分院长面前表现出来的负面形象，她毫不犹豫地在评估表上签了字。

分院长将李沙送到接待室，顺手将李沙签名后的评估表交给了 Lisa。Lisa 一看脸色大变，看着李沙想说什么，但是碍于分院长在场，就把要说的话又咽了回去。

分院长一直把李沙送到门口，李沙也无暇回味 Lisa 的表情，感恩戴德地与分院长握手话别。

已经离开分院长办公室的李沙正往停车场走去，Lisa 追出门外叫住了她。Lisa 告诉她不该在评估表上签字，这一签字就坐实了南希给她的评语。

不会吧？分院长不是清清楚楚地告诉她评估报告是例行公事，没有惩罚之意,让她不要太介意里面的负面内容吗?还说她知道李沙是一位尽职尽责的教授。

Lisa说分院长马上要从代理转为正式,但是转正前要由各系主任对她的业绩出具一个评估报告。李沙在这个时候说系主任让南希给她做评估人不公平,分院长能够站在她的立场上吗?分院长让她签字,就是担心这件事情闹大了她还要出面解决。分院长的工作作风就是"大事化小,小事化了,顺利转正"!

Lisa的话字字像钉子一样,一下一下地敲打在李沙的心上。她后悔自己一时感情用事,在评估报告上签了名字,将自己陷入被动的局面,以致无法挽回。

Lisa也显然看出李沙的绝望心情,她提醒李沙见系主任的时候,要强调南希的评估报告为什么不公平,这样至少让系主任改变对李沙的负面看法。

一想到系主任冷冰冰的面孔,李沙就像泄了气的皮球,垂头丧气。Lisa告诉她,她给两届分院长当过秘书,对系主任如何挤走不喜欢的员工见得多了——第一步是提前做业务考核,找一个对立面来做评估;第二步就是以考核没过关散布流言蜚语;第三步是能够俯首称臣的人留下,与之挑战的人离开。

李沙意识到事情的严重性,她接受了Lisa的指点,当即就给系主任发了一个E-mail,说放假前想到她的办公室谈一下评估的事情。

李沙谢过Lisa后,带着忐忑的心情朝停车场走去。

5

李沙刚刚打开车门,就收到向红的电话:"李沙,今晚有没有空儿吃个饭?"

"今晚?现在都四点了,你怎么不早点儿告诉我?"李沙看了看表,还差三分钟四点。

"今天是小兵十六岁的生日,我想怎么也得给孩子过个生日吧?可是我在这儿也没什么朋友,就请你来捧捧场啦。"

"在你家吗?"

"怎么可能？小兵住在我家，迈克视他为眼中钉，哪里肯花钱给他办Party？何况小兵在这儿也没什么朋友，我想找个高档一点儿的餐馆给他过个生日，热闹热闹。"

"好，我去。不过，在美国请人一般都要提前通知，我也不知道汉斯今晚能不能去……"

"你一个人来——跟汉斯在一起我怕小兵不放松。另外，我也想和你说说悄悄话。"

"好吧。我来给小兵买生日蛋糕，你把餐馆的地址和时间发给我。一会儿见。"

李沙说完就钻进车里，并给汉斯发了一条信息：Don't wait dinner for me. I will have dinner with Isabella tonight.（不用等我吃饭，今晚我会和伊萨贝拉吃晚饭。）

她原打算加一句 I love you，但是不知道为什么觉得那样会画蛇添足。

画蛇添足？为什么自己过去这样留言就会觉得顺理成章呢？李沙明显感觉到她和汉斯之间犹如丝绸般柔和无间的关系正在一点点地发生着变化，而且这种变化非她而起。

尽管她知道薛大鹏的出现使她和汉斯的关系变得微妙，但是她不觉得自己帮助薛大鹏带有丝毫的暧昧之情。如果说爱情需要化学反应的话，她和薛大鹏之间没有任何化学反应，就像他们在水泥厂一样，可以一同睡在水泥袋子上别无他想，可以一起在广播室学习到深夜也不会有非分之举。她帮薛大鹏，就像不忍亲人受苦的心情一样！

当然，她也知道薛大鹏对她的感情没有这么单纯，因为他最近常常从监狱往学校给李沙写信。准确地说是写诗！刚开始的诗歌还带着身陷囹圄的悲哀和无奈，但是最近随着官司日渐朝着好的方向发展，薛大鹏的诗开始流露出对往昔情感的怀念，并且在怀念中添加了几许浪漫的成分。

青春年少时都没有那种感觉，现在还会有吗？李沙自觉这些文字并不能破坏她和汉斯之间的感情，倒是汉斯的行为有些让她费解：最近汉斯对她若即若离，不仅没有了床笫之欢，并且也极少吻她。

为什么薛大鹏的案子已经初见曙光，原告也已经同意撤诉，下一步只剩下经济赔偿和履行法律程序，汉斯的面孔却日益凝重了呢？

正当李沙百思不解之际，向红发来一条消息："餐馆叫 Beach house. 地址一会儿查到后发给你。六点见。"

李沙也回了一条信息："好。我这就去买生日蛋糕。"

6

港湾餐厅面向太平洋海滩，夕阳下的海面上白帆点点，景色绮丽。

小兵和向红坐在靠窗的座位上。小兵兴奋地指着窗外的景色和餐馆内用于装饰的玻璃柱子里游动的各色金鱼说："这，才是美国！这才是我想要的生活！"

向红溺爱地看着小兵兴奋的神情说："你呀，要努力学习，今后赚钱了，就可以天天到这样的餐馆吃饭！"

小兵的情绪一下子跌落下来："小姨奶，我不是不学，可是我现在所在的语言学校学不到什么！你还是赶快给我联系上高中吧。"

"快了，等你的收养手续办好了，你就可以安心读书了。"向红说到这里好像想起了什么，"还有啊，以后不要在别人面前叫我小姨奶了！收养手续办好后，你就要叫我妈妈啦。"

"那不差辈分了吗?"小兵嘀咕道。

"我看上去有那么老吗?"向红对着玻璃窗仔细地看了看自己。

"小姨奶，你看上去还真没那么老……"小兵笑了。

这时，身着黑西装、白衬衫、戴着领结的服务生，把身穿职业女装、拎着生日蛋糕的李沙带到他们面前。向红急忙站起身来迎接。

"生日快乐!"李沙将手里的蛋糕交给向红，然后拥抱了一下小兵。

"这么大的蛋糕。小兵，还不谢谢李奶奶?"向红看着精致的蛋糕，开心地说道。

"可别叫我奶奶，把我都叫老了。这是给你的生日礼物。"李沙笑着递给小兵一个礼包。

"Wireless ear phone！（无线耳机!）"小兵迫不及待地打开了礼品袋，高兴地给了李沙一个拥抱："Thanks.（谢谢。）"

李沙坐下后，歉意地对向红说："最近净忙着薛大鹏的事情了，也没经常跟你联络。"

向红像是想起了什么:"上次你让我找刘娜,我的朋友没帮上忙,不过小兵说可以人肉。"

李沙惊讶地脱口而出:"人肉?我在网上听说过,可是不知道怎么做。"

向红拽了一下小兵的衣服,示意他把耳机摘下来:"小兵,快跟你李奶奶说说'人肉'的事情。"

小兵摘下耳机:"给我一张刘娜的照片,有她的住址就更好了。"

李沙半信半疑地说:"就这些?"

小兵得意地说:"剩下的就交给我啦。"

李沙赶紧拿起手机,打开薛大鹏的微信相册,找出了那张刘娜穿婚纱与薛大鹏的合影递给了小兵:"你看这张行吗?"

小兵在手机屏上把照片放大后摇了摇头:"结婚照的妆太浓,在电脑上的识别率低,最好是生活照。"

李沙马上又找出了一张刘娜个人的生活照:"这张怎么样?"

小兵看了一眼:"可以。你加我微信,把照片传给我就行了。"

李沙加完小兵的微信,仍然有些不放心:"这就可以了?"

向红溺爱地摸了摸小兵的头说:"我家小兵能耐着呢,电脑游戏的装备都挣了一套又一套的啦。"

小兵把头一摆,躲开了向红的手:"别说了,吹都不会吹。这事儿就交给我了,放心吧!"说着,他又把耳机带上,继续摇头晃脑地摆弄着他的手机。

李沙悄声地问向红:"这事靠谱吗?"

向红颇为自豪地说:"放心吧,小兵聪明着呢!"

"向红,薛大鹏能不能结案,取决于他的经济补偿。汉斯说原告已经同意撤诉,但是要求一笔惩罚金。虽然现在还不知道是多少,但是找到刘娜一定会有帮助的。"

"放心,我一定让小兵抓紧查。小兵真的很聪明,可是这样拖着上不了高中,我真怕把孩子给耽误喽。这不,律师把材料递上去了,又说收养的程序复杂,一两年办成办不成也说不准!唉,这样下去小兵的学习不就荒废了吗?"

"要不然你跟迈克说说,让他先付小兵下学期私立学校的学费。我呢,也试着帮他找个便宜一些的学校先读着。等收养手续办完了,小兵不就能免费进公立学校了吗?"

"唉,迈克是个一毛不拔的铁公鸡。上次我就跟他提了一下四万元担保费的事情,还没等我说完他就翻脸了。不过为了小兵的前途,我会争取的。不瞒你说,我也想好了,要是他不同意,我就提出离婚!"

李沙看出向红大有破釜沉舟的架势,赶紧说道:"你疯了? 你刚到美国,人生地不熟的,不说别的,你连衣食住行都要靠他,你可千万别干傻事啊!"

向红见李沙站在自己的立场上想问题,便多出了一份信任:"我都打听过了,离婚女方可以得到男方一半的财产。"

李沙思忖了一下:"那好像是指结婚十年的夫妻。"

向红可怜楚楚地握住李沙的手说:"所以你要帮我问问你家汉斯。如果真能分到财产,我就不求他了,直接离婚。"

李沙把手抽了回来:"汉斯是车祸律师,不做离婚案子的。"

向红仍然恳求着李沙:"他不是在帮薛大鹏打官司吗? 你就帮我问问吧。不过,千万别让汉斯告诉迈克,免得那老狐狸把财产转移喽。"

李沙笑了:"我也认识迈克,你就不怕我告诉他?"

向红也笑着说:"你帮了我这么多忙,我还信不过你? 再说了,我也看出来迈克的人缘也不怎么样,说白了,就一酒鬼。"

这时,服务生把衣衫整洁的哈桑带到座位前,向红急忙起身迎接,哈桑顺势吻了一下向红。这个举动让小兵和李沙都惊讶不止。

向红有些羞涩又有些自得地介绍道:"这是哈桑,画家。This is professor Li,This is my nephew Kevin.(这是李教授,这是我的侄子凯文。)"

哈桑与李沙寒暄了一下,转身握住小兵的手:"Hi Men,How are you?(嘿,你好!)"

小兵顿时被这位充满青春和浪漫气息的男人征服,他把耳机拿掉,很快就与哈桑用英文热聊起来。

向红小声对李沙说:"我也是随便提了那么一句,没想到他还真的来了。不过我为了和你聊天,特意让他晚来半个小时。"

李沙也凑近向红说:"到底是什么情况?"

向红脸一红:"当着真人不说假话,他对我不错。"

李沙神情严肃起来,不以为然地看着向红:"看样子他也就三十几岁吧?你疯了?你不会是为了他要跟迈克离婚吧?"

向红在桌子底下碰了一下李沙:"小声点儿,他懂中文。"

说着,向红朝远处的服务生叫道:"Waiter,Come! (服务员,过来。)"那位西装革履的服务生朝他们的桌子走来。

李沙想起向红在中餐馆也是这样对服务员大呼小叫,深恐她在这样的高档餐厅再次趾高气扬,她赶紧放低音量地对服务生说:"We still need a little time. Thanks! (我们还需要一点儿时间。谢谢!)"

"Of course.(当然。)"服务生客气地后退了两步,以便给客人足够的时间点菜。

"李沙,你就点吧,吃什么都行。"向红也低声细语地说道,因为她意识到在餐厅里用餐的人虽然都在交谈,但是他们的对话都被似有似无的音乐淹没在桌子与桌子之间宽敞的距离里,餐厅安静的感觉犹如窗外的景色,只见海水溅起浪花,听不到浪花拍打岸边的涛声。

李沙拿起精致的菜谱问小兵:"Kevin,this is your birthday,what do you want? (凯文,今天是你的生日,你想要点什么?)"

小兵举起两臂兴奋地说:"Oh yeah! Can I have a drink? (太棒了! 我可以喝酒吗?)"

李沙笑着说:"I am afraid that you have to wait until you are 21 years old. (恐怕你要等到 21 岁。)"

小兵把眼睛一瞪:"I was drinking when I was a little kid. (我很小的时候就开始喝酒了。)"

向红溺爱地看了他一眼:"今天是小兵的生日,喝点酒也是正常的。就以我的名义点酒,上来后给小兵就是了。"

李沙低声地对向红说:"这样做一是违法,二是给孩子做了一个坏的榜样。"

向红脸一红,对小兵说:"这里的海鲜非常有名,你看你喜欢吃什么?"

李沙借机在一旁圆场:"Yes, we don't want the gentleman waiting for us too long. Let's order. (是的,我们不想让这位先生等得太久。点菜吧。)"

站在桌子旁边的服务生会心地笑了。

夜色降临,李沙和汉斯在晚饭的闲聊中谈起了向红的问题。

"加州采用的是无过错离婚制。也就是说,家庭财产的确是双方平分,不过有一条,如果迈克在婚前做了信托,把婚前财产都保护起来,伊莎贝拉只能分到迈克在结婚期间赚到的钱,同时也不排除分到的是一半的债务。并且,伊莎贝拉拿的是三年临时绿卡,如果她与迈克离了婚,迈克可以向移民局取消她的永久绿卡资格,那么,两年后她的绿卡就会自动失效。"

"那我要赶快把这些情况告诉向红,叫她千万别跟迈克离婚。"李沙拿起手机就想给向红打电话。

"我不理解你为什么总要管别人的事情。"汉斯嘀咕了一句,继续吃他的饭。

"Sorry。我想把这些信息告诉向红,也许她就不会跟迈克提出离婚了。"李沙抱歉地把手机放到了一旁。

"当然,如果伊莎贝拉能在居留身份失效之前再婚,并且是美国人或者有美国居留身份的人,她还是能够留在美国的。"汉斯又补充了一句。

李沙端起桌上的红酒杯:"Honey,Thank you so much. Cheers!(亲爱的,谢谢你了。干杯!)"

汉斯也高兴地举起了酒杯:"干杯!"

李沙放下酒杯后叮嘱道:"千万别把伊莎贝拉要离婚的想法告诉迈克,我会劝她不要离。不过,迈克也是太小气了,连 Kevin 过生日都不管。那么有钱的人,就给孩子廉价店里的五十元购物卡。"

汉斯不以为然:"前两天打高尔夫球跟他开一辆车,他说现在的 Dolor 连锁店也不好做。从中国进口的商品,最近两年都提高了价格,如果美国和中国的贸易谈判结果不好,他的一些商品就要加收百分之二十五的税收,如果他把税收的钱转嫁给店主,店主们就不再从他那里进货了。"

李沙同情地点着头:"我再劝劝伊莎贝拉,让她也理解一下迈克的境遇。对了,Kevin 能找到 Dr. 薛的太太刘娜,但是需要 Dr. 薛在中国的住址。"

汉斯边吃边说:"能够找到刘娜最好。但是没有经过当事人的同意,我不能将地址给任何人。我明天去 San Diego 见原告，尽管他们已经同意撤诉，Dr. 薛也同意经济赔偿，但是这个案子之前经过了 FBI，我必须向法院说明两方同意和解的理由。这次我可能要在 San Diego 停留两天，等原告明确赔偿金额后，我会约见 Dr. 薛，那时我会问他能不能把中国住址提供给 Kevin。"

说话间，窗外停了一辆闪着红绿灯的警车，李沙和汉斯同时一愣。汉斯首先起身朝大门走去。李沙有些胆怯地跟在其后走出饭厅。

8

李沙家的大门外，刚刚走下警车的两名警察，一位跟汉斯打着招呼，一位打开了后车门。李沙惊讶地发现，走下车的人居然是向红和小兵！

"李沙，求求你了，让小兵在你这儿过一宿吧，我马上要跟警察去妇女收容站。"拉着小兵奔向李沙的向红匆匆说道。

"你为什么要去收容所？怎么回事？"李沙面对衣衫不整、头发凌乱的向红惊讶万分。

"明天我给你电话。请你千万帮我照顾好小兵。"向红把身旁有些木然的小兵推到李沙的面前之后，转身朝警车走去，并在上车前对小兵喊道，"听李奶奶的话！"

警车绝尘而去。左邻右舍的人都走出家门查看发生了什么事情，其中有一位邻居走到汉斯的面前关心地说："Hans, Is everything Ok?（汉斯，没事吧？）"

汉斯若无其事地答道："Nothing to worry about. Thanks!（没事。谢谢!）"

李沙赶紧将小兵领进家门，一进门就迫不及待地问道："小兵，怎么回事？"

小兵有些晕头转向地说："我也不知道。我当时正在自己的房间打游戏，我戴着耳机，什么也没听见，就见小姨奶冲进我的房间，让我用手机拍她脸上红红的手指印，并且让我报警。"

汉斯走进房门安慰神色紧张的李沙说："I found out from the police already. Please send him to rest in the guestroom, He must be exhausted.（我已经

从警察那里了解了情况。你带他到客房休息吧,他也一定很累了。)"

李沙感激地看了汉斯一眼,带着小兵走进一楼的客房。

9

第二天清晨,向红给李沙打来电话,说明她要跟迈克离婚的决心:"这一步早晚都要走的,长痛不如短痛!"

李沙对向红的强势态度有些不以为然:"即使要离,也不一定要搞得这么僵嘛。"

片刻沉默后,向红的声音有了一丝哽咽:"我也没想到他下手那么狠,一巴掌打得我两眼直冒金星。"

李沙惊讶得脱口而出:"迈克真的动手打你啦?"

向红咬牙切齿地说:"我向红不是那么好欺负的!帮我办收养小兵的黄律师说,这是坏事变好事。他说我拿的是临时绿卡,迈克要是拖我两年再离婚,我不但得不到钱,还会失去身份。现在有了家暴记录,看那老家伙拿我怎么办!"

李沙犹豫着不知说什么好,半晌才挤出一句:"汉斯说离婚没那么简单,你还是好好想想吧。"

向红斩钉截铁地答道:"走到这一步已经没有回头路了。黄律师答应帮我打离婚官司。他让我一定要在妇女收容站住上一段时间,这样有利于打官司。可是小兵是学生签证,又不是我的直系亲属,所以他不能跟我住进收容站。我跟迈克闹到这种地步,也不可能让小兵在他那儿住。我只能求你收留他一段时间了。"

李沙有些意外:"可是……"

向红不容李沙多说,抢先说道:"小兵十六岁了,可以自己开车上学啦。他的生活费我一定负担。你平时什么都不需要管,给他个睡觉的地方就行了。"

李沙无奈地说:"十六岁是临时驾驶执照,开车要有成年人陪着,不能独立开车的。"

向红有些吃惊:"是吗?小兵说可以。再说了,我跟他在一起的时候,他已经开过好几次了。"

李沙的眉毛皱了皱："向红，在美国生活的最佳方式是遵守法律。你现在已经自身难保了，不能再节外生枝了。"

向红再度哽咽："我知道。在美国我就你这么个亲人啦，你可要帮帮我呀。"

李沙的语气缓和了一些："这事我要跟汉斯商量一下。你也知道，他正在帮助薛大鹏打官司，现在又要收留小兵，这话我都说不出口啦。"

向红的声音不再悲悲戚戚，而是语速极快地说道："我不会让你为难的。我现在就给汉斯打电话，我跟他说。"

李沙一愣，试图阻止："他现在在去 San Diego 的路上……"

没等李沙说完，电话的另一端已经挂机。李沙轻叹了一声，走到客房门前，敲了敲门："小兵，你该上学了。"

房间里传来小兵懒洋洋的声音："学校从今天起放假啦。"

李沙有些不解地问道："暑假不是从下个星期开始吗？"

小兵在里面答道："今天是最后一堂课，就是 Potluck Party，我不去了。"

李沙看了一下手机的时间，对着紧闭的房门说："我马上要去学校，你起来后自己弄点儿吃的。冰箱里什么都有。"

小兵在房间里打了一个哈欠，不紧不慢地答道："知道啦。"

就在这时，汉斯打来电话。李沙一边朝车库走去，一边冲手机说："OK，我会带 Kevin 去取这些东西。还有——啊，没什么事。如果方便，你买一些袋装的花生米带给薛大鹏。Thanks! Honey, I love you？星期六见！"已经坐在车里的李沙，关上手机后便匆匆倒车——今天是这学期的最后一天，系主任回 E-mail 说上午 10 点会在办公室等她。

李沙原本想征求一下汉斯的意见，看看和系主任这场谈话从哪里切入，没想到昨晚向红和小兵的出现，使李沙把这件事情彻底地抛到脑后。今天一早汉斯就离家去了 San Diego，这会儿正在高速公路上。刚才通话时倒是想起了这件事，可是这哪儿是三言两语就能说清楚的事情呢？何况自己最近给汉斯带来太多的麻烦，她只好把到了嘴边的话又咽了回去。

李沙的车行驶在有六条车道的高速公路上。由于上班的高峰已过,路面上的汽车似乎都在气定神闲地按照一个速度前行。

一贯不喜欢开车的李沙,此刻也放松了紧绷的神经,手握方向盘,不疾不徐地在高速公路上行驶着——她要利用这段时间思考一下,一会儿怎么面对系主任。

还是用自己的老方法,直抒心意!应该直接告诉系主任自己和南希一向不和的缘由,同时也指出系主任从一开始就没有按照程序在她提出的三位候选人中选评估人,而是强行指定了评估人,这才给了南希一个公报私仇的机会!高速公路上的车速突然减慢,六条线被橘红色的路障并成了四条,所有的车辆都放慢了速度。

糟了,照这个速度开,可就很难掌控时间了!

想到今天见系主任无论如何不能迟到,李沙淡定的心情被彻底破坏。她试着离开高速公路,可是当她从中间车道挪到右边时,已经错过了出口。她耐着性子跟在其他车辆的后面,亦步亦趋地开开停停,心中的焦虑也随之上升。

出师不利!李沙沮丧地长叹了一口气。

在这种走走停停的煎熬中,她终于看到靠近水泥隔离墙的快车线上有三辆车追尾相撞,警察正在处理车祸,警车和救护车都闪动着红绿灯停靠在出事地点。

驶过车祸地段,不容李沙多想,所有的车辆都加快了速度。

自上次出了车祸,李沙对开车就心有余悸:自己在中国连自行车都不敢骑,在美国要每天穿行在车流里,真不知道是福还是祸?

她双手握紧了方向盘,将目光再次聚焦在高速公路上。

痛 怼

1

李沙庆幸自己没有迟到,在预定时间的最后一分钟,她准时地走进了系主任的办公室。然而,在推开门的那一刹那,她愣住了:南希也在!

刚才在路上准备好的谈话方式,被眼前的情景完全打乱。

系主任仍是一副盛气凌人的架势对她说:"I asked Nancy to be here because I heard that you talked to the Dean and complained the evaluation wasn't fair.(我让南希来,是因为我听说你找了分院长,说这次评估不合理。)"

南希在一旁皮笑肉不笑地说:"I just tell the truth, Nothing is personal.(我只是尊重事实,与个人没有关系。)"

李沙原打算把她和南希之间的问题平心静气地对系主任说明,没想到两个人一唱一和,没等她开口就想用强势把她压回去。她有些激动,语气从一开始就变得强硬:"Nancy, you came to my class ten minutes late and only stayed there for a half hour. But you gave me the evaluation as low as possible. How did you know I don't have the skill to manage the class? How did you know I don't have the skill to create the learning environment?(南希,你到我班级的时候就晚了十分钟,然后你只待了半个小时,就给我最低的评估。你怎么知道我没有管理班级的技能? 你怎么知道我没有创造学习环境的能力?)"

南希毫不示弱地说:"You started the class five minutes early and I stood outside the classroom for ten minutes before I walked in. (你提前了五分钟上课,而我站在教室门外十分钟才走进去的。)"

李沙被这种蛮横不讲理的态度再度激怒:"First of all, I didn't start the class early. Secondly, you should know that I have been teaching at the school for over ten years. You gave me the grades even worst than someone who has no experience for teaching! (首先,我没有提前上课。第二,你应该知道我在这个学校已经教了十几年。而你给我的评估却比一个没有任何教书经验的人还要差!)"

南希被李沙说得哑口无言,用讨好的目光求助于系主任。而系主任也有些张口结舌,她也没想到李沙会如此强势地反驳。

南希见系主任对李沙的话不置可否,赶紧推波助澜地对着系主任可怜兮兮地说:"I never thought the thing turned to be so ugly. I just do the work that you asked me to do. (我从没想到事情会到这种地步。我只是做您要我做的工作而已。)"

系主任这才感觉到自己的威信被下属挑战,她毫不掩饰地站到南希的一边:"Elizabeth, Nancy just do whatever the Peer evaluator says to do. As I know, you did say someone slow in the classroom in front of all students. Isn't this enough to prove that your skills in managing class are poor? (伊丽莎白,南希只是做了评估人应该做的事情。就像我了解的那样,你在全班同学的面前说过某人反应迟钝,难道这不足以证明你在管理班级的技能上很差吗?)"

李沙愣了一下:"I explained the reason to you already. (我已经跟您解释过原因了。)"

南希接过话去:"I have evidence about you are not creating the correct learning environment. (我有证据证明你没有能力创造一个很好的学习环境。)"

李沙的火气被再次点燃:"What are you talking about? (我真不明白你在说什么?)"

南希看了一眼系主任,好像得到了默许一般,一字一句地说道:"You like students to show some appreciation of their learning outcome. (你喜欢让学生向你显示他们学习收获的感恩之心。)"

李沙没有听明白里面的意思："It is a way to encourage students to learn. （这是一种鼓励学生学习的方法。）"

系主任不紧不慢地接住南希的话题："I don't know what your definition of appreciation is, but obviously you can't give students the wrong idea of sending a present in order to get a better grade. （我不知道你是怎么定义'感激'的，但是你不能让学生感觉到送你礼物才能得到好的成绩。）"

李沙突然想起学生 Aaron Jin 在收发室给她留下的巧克力糖。她知道管理收发的 Claudia 一定把这件事情告诉了系主任。

李沙试图解释，可是 Aaron Jin 的情况太复杂了，她要从他的朋友出车祸说起，然后要解释他怎么旷课，她怎么做他的思想工作，又怎么样帮助他，最后他怎么样获得了较好的成绩按时毕业……她把这一切都简化为一句话："If you talked about Aaron Jin, he sent me a box of chocolates after he graduated two years later. （如果您说的是金爱文，他送给我一盒巧克力的时候，已经毕业了两年。）"

系主任没话了，南希见状马上接过话茬："Evaluation is to help teachers improve their teaching skill, but you always defend yourself! （评估就是帮助教师提高教学水平，可是你好像总是在为自己辩护！）"

李沙也不肯示弱地说道："Nancy, two years ago, my evaluation got all the highest points but what you gave to me is as low as possible. （南希，两年前我得到的评估是'最好'，而你给我的是'最差'。）"

南希一脸得意地说："If you don't agree with it, why did you sign the paper? （如果你不同意，为什么要在评估表上签名？）"

系主任在南希的提醒下终于找到了立足点："We are not going to change anything since you are already accepted the report. I think you owe Nancy an apology for being your peer-evaluator. （既然你已经在评估表上签了名，就表示同意评估结果。我觉得你应该向你的评估人南希道歉。）"

系主任一本正经地说着，南希一脸嘲讽地笑着，李沙终于忍不住内心的怒火，指着系主任和南希说道："I don't have the power to change the situation, but I can make my own choice to not work with both of you（我是没有权利改变这种情形，但是我可以选择不再与你们共事！）"

系主任愣住没有说话，南希却狐假虎威地说道："You mean you quit the job?（你的意思是辞掉工作吗?）"

李沙辞职的话一出口，自己也愣住了。但是看到南希咄咄逼人的表情，她马上语气坚定地说："Don't count on me next semester.（下学期别 再算我了。）"

说完，李沙像胜利者一样转身朝门口走去。当她推开房门时，又转身对得意扬扬的南希说道："煮豆燃豆萁。好自为之!"

2

李沙回到办公室，用颤抖的手写了一封简短的辞职信，然后又把属于自己的东西胡乱地放进一个纸盒箱里。当她抬头看到抽屉和柜子里摆放的都是教材、文案和十几年积攒下来的学生试卷，她忍不住哭了起来。

走廊上传来南希亲热地和谁打招呼的声音，李沙这才止住了哭泣。她把眼泪擦干，毅然决然地放弃这里的一切，只拿着装有自己零星物品的纸盒箱子离开了办公室。

3

李沙推开 Dean 的办公室大门，将辞职信交给了秘书 Lisa："Please give my letter to the Dean.（请把这封信交给分院长。）"

Lisa 一惊："You quit?（你辞职了?）"

李沙苦笑了一声说："I won't wait for someone to kick me off. Thank you for being my friend, We'll keep in touch.（我不会等着别人炒我的鱿鱼。谢谢你做我的朋友，我们保持联系。）"

李沙说到这里已经声音颤抖，她急忙走出 Dean 的办公室。

Lisa 追了出来："Do you want to talk to the Dean again? I can arrange a time for you.（你要不要再跟分院长谈谈? 我可以帮你安排时间。）"

李沙摇头说道："谢谢! I am not going to beg anyone in this situation. I have a Ph. D, Don't worry about me.（谢谢! 我不会向谁乞求。我有博士学

位,别为我担心。)"

Lisa万般不舍地拥抱着李沙告别。

捧着纸盒箱子往停车场走去的李沙,心情如翻江倒海一般不能自制:脚下的这条小路自己走了十几年,不论刮风下雨,从来没有缺过一堂课。多少年来,自己对学生视如己出,常常在非工作时间帮助那些学习上有些吃力的学生,并且常常用自己的钱去帮助那些买不起书或交不起活动经费的学生。为了调动学生的学习热情,自己在课堂上又唱又跳,即使自己在车祸中撞伤了脖子,也会戴着固定支架来上课……

当李沙将手中的盒子放到后备厢时,她终于从混乱的思绪中意识到自己真的要离开这个付出多年人生岁月却无疾而终的职业,她的眼泪再度迸发。她急忙钻进车里,忍住哭声,任泪水四溢。

4

监狱里,薛大鹏泪流满面地看着汉斯,抖动着嘴角说道:"Thank you so much. I am deeply grateful for the help. I should be able to pay the fine because I have some saving and one apartment in China. No, I should say that I definitely will be able to pay the company three hundred thousand dollars of the penalty. Please just help me get out of here as soon as possible! (谢谢。我万分感谢您对我的帮助,我应该有能力付罚款,在中国我有一些存款和一套房子。不,我应该说我绝对有能力付这三十万美元的惩罚金。我请求您尽快帮助我离开这里,越快越好!)"

汉斯沉思了片刻用中文说道:"伊丽莎白有没有告诉你,我接手你的案子是因为我爱她?"

薛大鹏一愣,似乎明白了汉斯的意思,有些慌乱地说道:"我当然知道。伊丽莎白和我只是多年的朋友。我真的是非常幸运,有你们来帮助我。"

汉斯盯着薛大鹏的眼睛又说了一句:"我非常爱我的太太!"

薛大鹏连声应和道:"当然,当然。没想到您的汉语说得这么好。"

汉斯紧绷的面孔也绽开了笑容,幽默地说:"哪里,哪里。"

薛大鹏也笑着说:"Everywhere. (到处。)"

默契使两个男人开怀大笑起来。他们一会儿哭一会儿笑的,警卫被搞得有些蒙!

汉斯从文件夹里取出几页纸让薛大鹏签字:"我会向法院为您担保,保证您出狱九十天之内交付所有的惩罚金。"

薛大鹏再次热泪盈眶:"我真不知道怎么谢谢您。李沙有福气,找了您这么好的 Husband(丈夫)!"

汉斯微笑着说:"签字吧,还有很多手续要办呢。"

薛大鹏签完字后问道:"最快什么时候能出去?"

汉斯摇头说:"不知道,这要看法院受理的速度。不过原告既然同意撤诉,估计不会等太长的时间。放心,我会跟你保持联系的。另外我可不可以把你中国的住址给可以帮助寻找你太太刘娜的人?"

薛大鹏一听刘娜,愤恨地说:"你们找不到她,我一出去也要找她! 我当然不反对把家里的地址公布出去。"

汉斯站起身来:"我会以最快的速度让你出去,你出去前自己保重。Elizabeth 让我给你带了些食品,狱警应该会通知您去拿。"

薛大鹏再次感动地说:"Thank you very much. 你们的恩情我不会忘记。"

5

牢房里,薛大鹏把手里一包包的小食品甩给了同屋的狱友。他已经基本适应了牢房里的生活,嬉笑怒骂无异于那些狱友。只有当他一个人独处,双眼呆望着天花板时,他才是原先的薛大鹏。

那位福建人手里拿着薛大鹏给他的一小包花生仁,凑到他的床铺说:"大博士,这次又要写情诗了吧?"

薛大鹏瞪了他一眼:"人都没了,写什么情诗。"

福建人举着小食品说:"这不是人家刚刚送来的吗?"

薛大鹏恼怒地推了他一下:"吃都堵不住你的嘴?"

福建人依然笑嘻嘻地说:"好好好,惹不起,躲得起。吃了人家的嘴软,一点不假哦。"

躺在上铺的薛大鹏握着一小包花生仁,眼前再次出现李沙年轻时的一鬶一笑，可是那笑容再也幻化不出男欢女爱的暧昧之情啦。他把李沙给他的回信又翻了出来，才发现字里行间都是"我和汉斯"！

自己当时怎么就没明白呢？李沙没有点破自己的痴心妄想，是不想让自己感觉到雪上加霜。而自己呢？一方面在接受汉斯的帮助，另一方面又想去追求李沙！薛大鹏啊薛大鹏，如果你再有非分之想，你就不配做一个人啦！

薛大鹏痛苦地把被子捂在了自己的头上。

6

晚霞将天边烧得火红。李沙在高速公路上开车，小兵坐在副驾驶座上摆弄手机。

李沙的手机响了，她见是汉斯的电话，马上按了一下方向盘上的蓝牙系统，顿时传来汉斯的声音："Honey, How are you doing?（亲爱的，你还好吗？）"

李沙原本想说"不好"，可是看到小兵坐在身旁，就轻描淡写地说道："我很好。我正在开车带 Kevin 去迈克那里取东西。How about you?"

汉斯的声音听起来很轻松："我也不错，工作很顺利，最晚明天回家。我已经把薛大鹏的中国地址发到你的信箱里了。"

李沙的心情也随之放松了一些："好，我回家就查。See you tomorrow.（明天见。）"

就在李沙要关掉蓝牙之时，她听到汉斯语气温柔地说："I miss you.（我想念你。）"

李沙的心轻轻一颤，很想多说两句，可是看到身边的小兵，便轻描淡写地说了一句："I am driving now, Talk to you later.（我在开车，一会儿再聊。）"

关上蓝牙，李沙对小兵说："上次说的事情你还记得吗？"

小兵头都没抬，依然摆弄着自己的手机："我查过了。天津的刘娜查了一堆都没查到，你肯定她是天津人吗？"

李沙若有所思地说："我还真不知道她是哪儿的人。"

小兵仍然没有抬头，随口答道："没关系，只要有了住址，我就能把她从网上人肉出来!"

"瞧你说的那个狠劲,找出刘娜才算你有本事呢!"李沙故意激将了小兵一下。

小兵这才抬头,不服气地说了一句:"不信你就等着瞧!"

7

说话间,李沙和小兵已经来到迈克的豪宅门口。李沙把车停在路边,按了一下门铃。小兵显得有几分局促不安,李沙见状嘱咐道:"收拾东西快着点儿。只拿你自己的东西,你小姨奶的衣服,我会让迈克拿给我。"这时,蓬头垢面的迈克打开了房门,尽管萎靡不振,还是一如既往地用十分夸张的姿势拥抱了李沙一下:"Hi Elizabeth,你好吗!"

李沙也尽量显出愉快的样子:"我很好。你呢?"

"不好!"迈克像打了霜的茄子,用不分四声的汉语答了一句,然后自顾自地朝客厅走去。

李沙向小兵使了个眼色,拽着他跟在迈克的身后走进客厅。穿过凌乱的客厅,李沙看到与厨房连在一起的起居室一片狼藉。她不安地征询着迈克意见:"Is it Ok for Kevin to pack his stuff now?(可以让小兵去拿他的东西吗?)"

迈克苦笑了一下:"I never can say no to you. You know that。(你知道,我从来都不会对你说'不'的。)"

说话间,小兵已经跑到楼上。迈克在他身后大声地嚷道:"Don't bring my stuff. I will check your bag later.(别动我的东西! 我一会儿要检查你的包!)"

迈克失重地坐在了沙发上。李沙怜悯地看着邋遢而又苍老的迈克:"I am sorry for those things that happened. Isabella asked me to take care of Kevin, I have no choice.(我真的很抱歉事情到了这种地步。伊萨贝拉让我照顾小兵,我也没有办法推脱。)"

迈克眨了一下眼睛,一滴眼泪竟滑了下来。他赶紧佯装擦鼻涕,从茶几上抽出一张纸巾,抹了一下鼻子,连带把那滴眼泪也一起擦掉了。

李沙坐到迈克的身旁,用极其柔和的声音问道:"Why did you beat her? (你为什么打她呢?)"

迈克激动地抓起茶几上几张揉皱的照片递给李沙:"She was threatening me. Yes, we had an argument but I didn't beat her. I hate people who threaten me. (她威胁我。是,我们争吵了,但是我没有打她! 我最恨别人威胁我了。)"

李沙看到一张照片上,向红瞪大了惊恐的眼睛,望着抓住自己双肩的迈克,但是看不到迈克的表情,因为他背对着镜头。另外一张是迈克抓住向红的双肩,回头怒目的镜头。

这时小兵拿着他的电脑等东西走下楼来。迈克叫住了他:"Hi Kevin, Come here. You are the one who took these pictures, right? Did I beat her at that moment? (喂,凯文,你过来。这些照片是你拍的,对吧? 你告诉我,我当时打她了吗?)"

小兵把目光从那些照片上移开,低着头一句话都不说。

迈克像胜利者一般对李沙狡黠地一笑:"I don't think she can win in court. (我不认为她在法庭上能赢。)"

李沙意识到向红的离婚案要比她预想的复杂,就赶紧转换话题:"I never want to get into your personal life. You are my friend and she is my friend too. May I trouble you to give me some of her clothes? (我从来也没想过介入您的私生活。你是我的朋友,伊萨贝拉也是我的朋友。您可不可以给我一些她的衣服?)"

迈克很绅士地拍了一下李沙的肩膀:"I am so sorry that we put you into this kind of situation. I don't know what she needs. Could you please come with me? (真对不起,让你为难了。我不知道她需要什么,你能不能跟我一起来?)"

迈克将李沙和小兵带到楼上主卧房的衣帽间,李沙随便拿了一些衣物就下楼了。临走时,迈克递给李沙一张五百元的支票:"I know she doesn't have any money. Tell her, she can come home anytime if she wants to live with me forever. I love her. (我知道她需要钱。告诉她,只要她想和我过一辈子,任何时间都可以回家。)"

迈克说着已是老泪纵横。他又拿出钱包,将里面的现金都给了小兵,然后向他们挥了挥手,自顾自地朝起居室走去。

李沙望着迈克那苍老的背影,对手里握着迈克的钱不知所措的小兵说了一句:"拿着吧。"

李沙拎着向红的衣物,带着小兵走出大门,然后把门轻轻地掩上。

8

在回来的路上,李沙问小兵那些照片是怎么回事。小兵一边摆弄着迈克给他的钱,一边一五一十地说出了经过。

李沙自然听出了里面的蹊跷,知道向红是要利用这些照片赢得离婚的最大利益。她开始在内心纠结起来:到底谁是受害者呢? 我还要帮向红吗? 至少我要告诉小兵,在美国不能弄虚作假,如果法庭鉴定出这些照片没有暴力行为,法院就不可能站在向红这边,而且谁做伪证都会受到法律的制裁!

李沙一边开车一边把这些照片的利害得失说了一遍。她见小兵表情低沉地一言不发,后悔自己对一个十六岁的孩子言辞太重。为了宽慰小兵,她建议今晚去吃 In & Out 的汉堡包。

小兵果然高兴起来,举着迈克给他的钱说:"太好了,我来请客!"

李沙被小兵的单纯逗乐了:"你那两个钱还是留着吧!"

小兵晃着手里的美元:"整整二百八十六美元! 够我吃一个月的汉堡包了!"

李沙哈哈大笑道:"那一个月后你就成了汉堡包了!"

随着笑声,李沙的车已经融入夕阳余晖下的车流中。

9

李沙刚刚和小兵从快餐店 In & Out 走出来,就接到了一个电话。她看了一下手机,是一个不熟悉的号码,没接。当她和小兵坐进车里,同样的号码又发来一条信息:"李沙,我是郭燕,我遇到麻烦了,赶快跟我联络。"李沙一怔,赶紧按照这个陌生号码打了过去。

接电话的人并不是郭燕,李沙有些紧张了:"我是郭燕的朋友,请她接电话。"

电话里传来郭燕的哭声:"姐,我遇到麻烦了,快来救救我吧!"

李沙赶紧说道:"慢慢说,怎么回事?"

郭燕的声音有些颤抖:"月子中心被警察抄家了。我出来时啥也没带,护照和钱都在老板那儿存着,手机在屋里也没来得及拿……"

李沙焦急地问道:"那你现在在哪儿呢?"

李沙听到郭燕在问身旁的人,然后鹦鹉学舌地说:"Seven Eleven。"

Seven Eleven? 一个城市就有上百家这样的便利店! 李沙急忙问道:"哪个 Seven Eleven?"

"和我一起打工的春霞说,她马上就把地址发给你。幸好春霞带了手机! 姐,你可没看到刚才有多吓人,一下子来了四辆警车,把房子都围上了。幸好春霞眼尖,一下子就把我拽到邻居的后院,这才逃过一劫。姐,春霞说你家离我们这里开车不到一个小时,你能来接我一下吗?"

李沙有些疑惑地问:"春霞也和你一起来我家?"

郭燕赶紧说:"她在这里有亲戚,一会儿人家就来接她了。"

李沙略显犹疑地说:"这事我要先跟我先生打个招呼……"

郭燕的声音有些不满:"姐,你在家连这点儿主都做不了啊? 你原先不是总说让我到你家去玩吗? 你就跟姐夫说我到你家串门不就行了吗? 姐,春霞的亲戚来了,我要把手机还给人家了。"

李沙急忙说:"你赶紧把地址发给我,我这就去接你。你千万哪儿都别去,等着我!"

郭燕的声音高兴起来:"知道了。姐。"

李沙很快就收到了地址,然后回了一句:"不见不散。"

李沙对着摆弄着电脑的小兵说:"我们不回家了,先去接你小姨奶的另一个朋友。"

小兵头都不抬地应着:"只要我有电脑,你去哪儿都行!"

李沙用手机定位了地址,然后驱车融入浓浓的夜色中。

智　怼

1

夜色中,汉斯的车正从高速公路上下来。

车里的手机响了,他见是迈克的电话,就带上无线耳机:"Hi Mike, What's up? No, I haven't seen Elizabeth yet. I am not a divorce lawyer. Are you sure that you want to divorce with Isabella? Calm down,迈克. Maybe it's a painting that can be bought everywhere. Really? What are the words? (嗨,迈克,什么事? 我还没有见到伊丽莎白呢! 我不是离婚律师。你真的要和伊萨贝拉离婚吗? 别激动,迈克,也许就是一幅在哪里都能买到的画呢! 真的? 上面写着什么?)"

汉斯一边通着电话,一边关注着交通状况:"My love? It is too much. I agree with you. Have a phone number on the back of the painting? Hassan? Have you called this person yet? You hired a detective already? My God, This will turn to be very ugly. I am so sorry to hear that. Please give yourself sometime to think through it. Ok, I will tell Elizabeth to call you when I get home. Good night. (我的爱人? 是太过分啦。我同意。画的背面还有电话号码? 这个人叫哈桑? 你给这个人打电话了吗? 你已经雇了私家侦探? 我的天哪,这件事越来越不光彩了。真的对不起。给你自己一点时间想想。好的,我回家后会告诉伊丽莎白打电话给你。晚安。)"

汉斯说着，他的车已经停在了自家房前。他打开了车房的门，发现李沙的车不在里面。汉斯看了一下表，已经深夜 10 点 20 分。他把车停好后，推开车房通向家里的门，发现家里也是漆黑一片。他一边开灯，一边打电话给李沙："Honey, where are you? Pardon me? It is very late right now. Yes, I came back one day earlier. Drive carefully. I will talk to you when you are home.（亲爱的，你在哪儿？什么？现在已经很晚了。是的，我提前一天回来了。开车当心，等你回来后告诉你。）"

汉斯放下电话，带着一身的疲惫走进厨房。他打开冰箱看了一眼，又懒洋洋地关上，转身朝楼上的卧室走去。

微时代 VS 青春祭

夜色中，郭燕已经坐在李沙的车上。尽管她坐在后座，却不时地拍打着前座开车的李沙肩膀："你说，咱哪知道月子中心没办执照呢！不过事后想想也觉得是有些不对劲！你说吧，月子中心没有牌子，跟住家没啥两样！十几个孕妇要轮班到外面散步，还不能一起走。老板还跟我说，要是有人问起来，就说我是来走亲戚的。我当时就觉得挺奇怪，可是不能问啊，春霞说之前有个月嫂就是因为多嘴才让老板给开啦。"

李沙有一句没一句地应和着，内心像翻倒的五味瓶，来时的迫不及待与此时归途的无奈心情，搅得她十分沮丧。她以为再见郭燕会激动得抱头相拥、泪如泉涌、亲密无间，可是当车停在郭燕等候的 Seven & Eleven 的大门前，郭燕不等李沙下车给她一个拥抱，自己就打开车门一下子坐到了后座上，并自来熟地跟坐在前排的小兵搭起话来。尴尬地站在车门外的李沙，只好带着尴尬的笑容重新回到驾驶座位上。

李沙一边开车，一边在倒车镜里悄悄地观察着郭燕：夜色中看不清郭燕的肤色，乱糟糟的头发使她的脸盘像平底锅一般圆而没有起伏，宽宽的肩膀架着一件大红大绿的花布衬衫，巨大而下垂的乳房松垮地挣开衣扣的缝隙，不合时宜地露出了一点儿肌肤。

尽管李沙在微信上看过郭燕的照片，知道她的变化很大，但是这种近距离接触后的陌生感还是让她始料不及：如果郭燕没有下乡，她会不会已经是首席二胡师？如果郭燕回了城，会不会也跟自己一样上了大学？一个聪明伶俐、眉眼清秀的女孩儿，怎么就成了这样邋邋絮叨的村姑？

其实喋喋不休的郭燕看似轻松，心中也是五味杂陈：当年自己和李沙同吃同住，亲如姐妹，可是再见时，李沙开着奔驰车，自己却是求助于人的亡命之徒。如果当年自己没有留下来，现在是不是也可以像李沙这样扬眉吐气了呢？

李沙见郭燕终于有了片刻的安静，就尽量用亲切的口吻说："你还没吃晚饭吧？我们赶时间回去，就不到餐馆吃了。那里有一家 In & Out，我给你买一份快餐，你先垫垫。"

郭燕不好意思地说："可不咋地，还真饿了。"

转眼李沙就把车停在了快餐店窗口。她点了一份双层牛肉饼的套餐递给了郭燕，然后继续开车。

郭燕不解地问道："你们咋不吃呢？"

李沙解释道："我和小兵都吃过了。"

郭燕显然是饿坏了，三两口就把汉堡包和薯条都吃得干干净净。可能是可口可乐喝得急了，一个响亮的嗝打出来之后，她便不加掩饰地任由自己高一声低一声地打着嗝。

小兵实在听不下去了，扭头对郭燕说："你应该说 Excuse me."

郭燕没听明白："你说啥？"

小兵有些不耐烦了："美国人在公共场合打喷嚏或者打嗝，都要把嘴捂上，还要对周围人道歉，说 Excuse me."

"妈呀，这打嗝又不是放屁，有啥大惊小怪的？"郭燕见自己的话把小兵逗乐了，就拍了拍小兵的肩膀，"入乡随俗。你教教我咋说那句什么 Me。"

"Excuse me."小兵放慢了语速，郭燕认真地学着，一不小心，郭燕又打了一个响嗝儿，小兵忍不住说了一句，"你第一次喝可乐啊？"

"可不是咋的。过去我闺女让我喝，我尝了一口跟中药似的就没喝。今天渴了，觉得还不错！"郭燕又开始喋喋不休地说了起来。

小兵把耳机放到自己的耳朵上，不再理睬郭燕了。

李沙不想让郭燕感到尴尬，就把手机递给她："你要不要用我的手机给你女儿打个电话？免得她着急。"

郭燕打了一个大哈欠才说:"我闺女不知道我在月子中心打工。先不告诉她了,免得她听了着急。"

李沙从倒车镜中看到比自己显得苍老很多的郭燕,心中有了一丝抽搐的疼痛,语气变得温柔起来:"严格讲,你们老板没权利收你们的护照,更没权利攥着你们的工资不给! 这在美国已经侵犯到了人权。"

郭燕叹了口气:"那时哪想到有今天哪。我还以为放在老板那儿保险呢!"

"月子中心的老板被她被抓起来了吗?"

"不知道。我和春霞连跑带颠的,头都没敢回。不过春霞的亲戚认识老板娘,她说有消息就告诉我。"

一直在摆弄着电脑的小兵回头对郭燕说:"你们的老板叫周美君吧? 抓起来了。"

郭燕好奇地问道:"你咋知道的?"

小兵又开始低头摆弄起电脑:"网上新闻说的。"

郭燕忍不住大叫道:"妈呀,这么快!"

李沙插话道:"小兵聪明。对了,小兵,你人肉搜索得怎么样了? 可别雷声大,雨点小啊。"

"你也太小瞧我了。再给我点儿时间,我管保把那个刘娜搜出来。等着!"小兵说完就聚精会神地摆弄电脑,不再说话。

郭燕拍了拍李沙的肩膀:"哎,你们说的刘娜是不是薛大鹏的老婆呀?"

李沙见高速公路上的车不多,就开始和郭燕有一搭无一搭地聊了起来:"是呀,找了她好几个月了,电话、E-mail、微信都联络过了,就是不见回信。"

"那女的都能做他女儿了,还能靠得住? 我在月子中心也不能常看手机,不知道薛大鹏的事情咋样了? 能出来吗?"

"我先生在帮他打官司,应该快有结果了吧。"

"听说美国的律师很挣钱,你老公赚不少钱吧?"

得,郭燕又把话题聊死了——四十年不见,见面就刨根问底地问你赚多少钱? 李沙没有回答郭燕的问题,扭头向小兵问道:"小兵,谁起的'人肉'这名词,多难听。"

郭燕也没介意李沙没有回答她的问题,接过李沙的话:"就是,听着挺瘆得慌。"

小兵不以为然:"什么名字不重要,重要的是结果。"

李沙鼓励道:"那我可就等着你的结果了。"

小兵突然兴奋起来:"有结果了。"

李沙半信半疑:"这么快?"

小兵兴奋得手舞足蹈:"你给我地址的那套房子已经被挂到房地产市场上销售,房主就是刘娜!"

郭燕在后排座上插话道:"这女的花花肠子还不少,这不明摆着要拿钱走人嘛!"

李沙也意识到时间的紧迫:"小兵,有什么办法可以直接找到刘娜?"

"我们可以跟这家公司联络,就说我们要买房,要见户主。"

"你有房地产公司的联络方式吗?"

"网上有客服,随问随答。"

"太好了。我在开车,你问一下房子的价钱和怎么才能见到房主。"

"好。"

小兵答应着,就开始与客服文字互动,打得键盘啪啪直响。李沙也一边开车一边想着心事,忽略了后座上的郭燕。

片刻的沉寂让郭燕有些坐立不安,半天想出了一个话题:"这下好了,我可以看到你和向红俩了。"

"向红家里出了点事,小兵住在我那儿。我先生还不知道你来,你打算在我那儿住多久呢?"李沙说道。

"不会太久吧?我想十天半拉月的总该有个结果吧?我就是回女儿家,也得拿到护照才能走啊。要不连飞机都坐不了!"郭燕解释道。

"房屋中介说,户主要价五百万人民币,现在有人出价四百八十万要买,明天就跟中介签约。"小兵打断了她俩的谈话。

"你问问中介,如果我们出五百万,能不能等等再卖?"李沙想了一下对小兵说道。

李沙说完,小兵已经把留言发给了客服并得到了答复:"客服问明天能不能签约?"

"明天?这也太快了吧?我就是飞去也来不及呀。"李沙脱口而出。

"他们说户主担心我们没有诚意，又丢掉了那个买家。"小兵补充道。

李沙一时语塞。她的右肩又被郭燕拍了一下："我也听明白了，你们不就是想见到刘娜吗？我妈和高唱住在北京，让他们去趟天津也没多远。"

原本对郭燕没完没了地拍打着自己的肩膀感到反感的李沙，此刻振奋起来："真的吗？那可太好了！小兵，你跟客服说，我们签约之前要见户主，因为有些问题想了解一下。"

只用了不到两分钟的时间，小兵就得到了客服的答复："客服说户主刘娜说好明天上午 10 点到中介公司。"

"好。"李沙一边开车，一边把自己的手机递给身后的郭燕，"燕子，你用我的手机给你妈打个电话，请她和高队长代我们去趟天津。"

郭燕接过手机："你的手机是苹果吗？我可以用 face time，不用花钱。"

李沙把车开下高速公路："我的手机可以 Face time。你先打，我找个地方停车，你说不清楚的地方我来解释。"

郭燕拨通了 Face Time 的视频，看到母亲有些困惑地面对着镜头："燕子？燕子，你这是在哪儿啊？咋那么黑呢？快让妈看看你。"

这时李沙已经把车停在了道边上，她把车里的灯打开——灯光下的郭燕显出几分不自在，一时不知道用什么态度与母亲通话。

经过了月子中心仓皇出逃的经历，让她再度感受到背井离乡的绝望。如果今天不是李沙救她，她现在也许就流落街头啦！她突然觉得自己离母亲很近，仿佛丢失的孩子再度回家，结茧的心开始柔软。然而她听到自己的声音却是："黑灯瞎火的，赶明儿有时间了，白天跟你聊，现在我们有急事。你还记得李沙不？我们一起去北大荒的那个，我让她跟你说。"

李沙接过手机："郭姨，我们见过。是这样，我们一起下乡的薛大鹏在天津有一套房产，现在他太太在薛大鹏不知情的情况下要卖掉，并且明天就要签约。如有可能，能不能请您和高队长去一趟天津，什么都不用做，只是用视频让我们跟她通话就行。"

郭燕对着手机补充了一句："薛大鹏你也认识，她妈叫宋筱钰。"

郭母专注倾听的表情突然怔了一下，李沙忙说："您也别为难，要是实在不能去，就帮我们找个人，差旅费我出。"

郭母望着窗外片刻才转过头来对李沙说："天津不远，坐动车半个小时就到。我能去。"

"那可太谢谢您了。郭燕的手机不在,一会儿您加我微信,我把情况写成文字发给您,您按照上面说的做就行了。"李沙高兴地说道。

"让高唱跟你去,有事也好有个商量。"郭燕补充了一句。

"燕子啊,只要你心里有妈,别说是去天津,就是上刀山下火海,妈也乐意!"

郭母正说着,手机视频中出现了一个人,李沙一眼就认出他是演出队的队长高唱:"高队长,您还认识我吗? 我是李沙呀!"

四十多年不见,高队长虽然已经头发稀疏,脸上布满了皱纹,但是仍然有一种年轻人意气风发的精气神:"李沙! 我听说你现在是大学教授了,了不起啊! 谢谢你关照我们家的燕子,今后来北京一定到家里来玩。燕子,你放心,我带你妈去天津,保准把你们的事情办好!"

多年来郭燕都记恨着母亲,怪她在"文革"时干坏事使自己留在了农场没有返城。她也怪高唱与母亲结婚,老妻少夫的婚姻让她在农场一直抬不起头来。不过在这一刻,她感受到血浓于水的亲情和温暖。自从十五岁就去了北大荒,从来没有人告诉她女人应该温柔如水,也没有人把她当成柔弱的女人。多年来在农村"苦干加实干"的"铁人精神",使她不知道怎样去表达内心最柔软的那份情感。她从小就失去了父亲,这一刻她很想叫高唱一声"爸爸",但她就是叫不出口!

郭燕再度用自己习惯的语气说道:"我看到你们老年艺术团去北大荒的演出视频啦,下次也到我们美国来显摆显摆! 这不,在这儿就有仨观众了。"

视频里的高唱兴奋地说:"会的! 不过当务之急是你们把地址传过来,告诉我们做什么,我们也好准备准备。"

李沙也非常感动:"谢谢高队长,我到家就把资料发给你们。先不打扰了,再见。"

李沙关上手机后,对小兵说:"你跟中介说,明天上午 10 点,一名叫高唱的人会去与户主面谈。现在我们要赶紧回家,我要用文字把前因后果都详细地写出来,这样郭姨和高队长去天津才知道怎么做。"

汽车再度返回高速公路,融入黑夜之中。

已经睡下的汉斯听到车房门打开的声音,睁开眼睛看了看手机,已经是午夜12点40分。当他再度侧耳细听,整栋房子又没有了动静。他觉得奇怪,起身穿上睡衣,走出卧室,刚刚下楼,就见李沙带着郭燕和小兵蹑手蹑脚地从车房走了进来。

汉斯睡眼惺忪地说:"I thought someone broke into our house.(我以为有人私闯民宅呢。)"

李沙一脸歉意地说:"I thought you slept already.(我以为你已经睡了。)"

汉斯揉了一下眼睛:"I was sleeping.(我是睡了。)"

汉斯说着,把目光停在郭燕的身上。李沙急忙介绍道:"This is Yan, my friend. This is my husband Hans.(这是燕,我的朋友。这是我先生汉斯。)"

汉斯看了看头发凌乱、穿戴邋遢的郭燕,把手伸过去:"How are you doing? 你好!"

郭燕下意识地把右手往身上抹了抹,很羞涩地与汉斯握了一下手,磕磕绊绊地说着:"I am doing……(我在做……)"

李沙赶紧帮郭燕解围:"She just came from China not long ago.(她从中国来这里不久。)"

汉斯无意再多说:"Could you please come to our bedroom?(能不能到我们的卧室来一下?)"

李沙随口道:"I will. You go back to sleep and I have to set up a room for Yan first.(你先睡吧,我还要帮助燕安排卧房。)"

汉斯没再说什么,转身回卧室去了。

郭燕不安地问李沙:"他是不是不高兴了?"

李沙也有些许不安,但故作轻松地说:"我家汉斯对我的朋友都很好,只是现在已经是深夜了,他又刚刚外出回来,一定是累了。"

小兵打着哈欠说:"困死了,我回房间睡觉了。"

李沙疼爱地说:"你安心睡吧,今天你也累坏了。我一会儿把资料写好直接用微信发给高队长他们。对了,到时候我让高爷爷打开视频,我们是不是就可以看到现场的情况呢?"

"Of course（当然）。而且我还可以通过电脑连线,在大屏幕上观看。"小兵答道。

"那太好了。我会把这些情况写清楚的。快去睡觉吧,明晚还要熬夜呢。"

"It's so exciting. Good Night.（这可真让人兴奋。晚安。）"

"Good night.（晚安。）"

站在一旁插不上嘴的郭燕见小兵终于离开,忍不住说了一句:"这孩子,也跟着说英语。"

李沙指了指楼上:"我楼上还有一间空卧房,是我儿子的,常年空着,你就住在那儿吧。"

郭燕环视了一下房间:"这么大的房子,就你和你老公两个人住?"

神情疲倦的李沙一边带郭燕上楼,一边从嘴里挤出一个字:"是。"

4

李沙拖着疲惫的身体走进自己的卧房。灯亮着,汉斯躺在床上没睡。李沙抱歉地看了汉斯一眼:"你是知道郭燕的,我们在北大荒住上下铺。她在工作上遇到了一些麻烦,让我去接她,我没来得及跟你说……"

汉斯没等李沙说完就打断她的解释:"Are you a God? Why everyone's problem is yours?（你是上帝吗? 为什么每个人有麻烦都好像是你的事情!）"

李沙早有思想准备,对汉斯的态度并不介意:"对不起。我知道你一直在帮我。这只是暂时的,她很快就会离开的。"

汉斯的语气缓和了一些:"I hope so.（希望是。）快睡觉吧,你看起来很累。"

李沙换上了睡衣,却没有上床:"不行,我还要给中国写信。I will tell you what happened tomorrow.（我明天再告诉你发生了什么事。）"

汉斯一字一句地说道:"It's tomorrow already.（已经是明天了。）"

李沙看了看表,已经是凌晨 1 点多钟。想到郭母和高队长在等她的电子邮件,她急忙朝门口走去。当她拉开房门的那一瞬间,汉斯关上了床头灯。

　　站在黑暗中的李沙犹豫了一下,还是把门关上,毅然决然地朝楼下的书房走去。

第 五 章　　雷

　　"雷",原义是自然界的霹雷闪电,网义是某人被某事惊到"电闪雷劈"!

雷　蒙

1

已是傍晚 7 点,南加州的天色仍然艳如白昼。

李沙、小兵和郭燕聚精会神地围观在李沙家书房的 27 寸苹果牌电脑旁,连汉斯推门进来都没有看到。

"你们在干什么?"汉斯问了一句。

李沙头都没回地向他摆了摆手,示意不要说话。

"妈,妈——"郭燕冲着电脑屏幕大叫起来,可是里面的画面摇摆不定,急得郭燕抓耳挠腮,"这咋才半截身子呢? 倒是把镜头正过来呀!"

"别叫了,我设置成静音了。偷拍,懂吗?"正在操作电脑鼠标的小兵,瞪了郭燕一眼。

汉斯不以为然地摇了摇头,离开了书房,

"别说话,把声音打开。"李沙冲小兵做了个手势,郭燕也马上安静下来。

视频中的郭母已经从房地产中介的屋子里出来,她见周围没人,才把手机对着自己的脸说道:"老高让我出来告诉你们一下,房证上只有刘娜一个人的名字。你们说怎么办吧?"

郭燕看了李沙一眼:"那房产证是不是假的呀?"

李沙想了一下对郭母说:"你们就说还要考虑考虑,让她给你们留个电话号码。这样我就可以直接跟她通电话了。"

郭母转身就往回走："等我要来电话号码,我马上发信息给你。"

还没等李沙道谢,郭母已经关上了手机,电脑上一片漆黑。

小兵急了："哎,她怎么关手机啦?"

郭燕也跳起来了："我的妈呀,她咋那么笨呢!"

"这样也好,免得被刘娜发现。"李沙伸直了身子,发现汉斯已经不在房间,她起身对郭燕和小兵说,"你们在这儿等着,也许郭姨很快就能发来刘娜的联络方式。我马上就回来。"

李沙说着就走出了书房。

2

厨房里,汉斯正在从冷冻箱里往外拿汉堡肉饼。

"Honey,我们找到刘娜了!"李沙兴奋地告诉汉斯。

"Good.(很好。)"汉斯继续摆弄着做汉堡的食材。

"可是现在的房产证上只有刘娜的名字。你能不能现在就给薛大鹏打个电话,核实一下情况是真是假。"李沙又说。

汉斯看了一下手表,摇了摇头："通话要先向狱方预约,只能等明天了。"

李沙急了："明天就来不及了! 如果刘娜把房子卖掉,我们就找不到她啦。"

汉斯把手里的冻肉饼往厨房大理石台面上一扔,怒气冲天地说道："Then,What you want me to do?(那你让我怎么做?)"

李沙一愣,也愤恨地瞪了汉斯一眼,转身朝书房走去。

汉斯望着李沙远去的背影,内心有些懊悔,想说什么最后还是没说。

3

李沙回到书房,小兵把刘娜的电话号码交给了她。李沙当即拨打了这个号码。

"哪位?"电话里传来刘娜不耐烦的声音。

"我叫李沙,是你先生薛大鹏的朋友……"李沙刚开了个头,对方就毫不犹豫地挂断了电话。

李沙又拨了两次,没人接,并且最后一次是电脑系统回答:"不在服务区内。"

"国内的人都这样,不想接电话就把手机一关,让你干着急。"郭燕没有注意到李沙的焦躁情绪,在一旁不停地说着。

"小兵,赶紧接视频,不能就这么让她跑了。"李沙没理郭燕,对小兵说道。

"好!"小兵觉得自己在查找刘娜的问题上做了举足轻重的工作,所以也不希望此事就此落幕。他带着兴奋的神情,夸张地用手机邀请着郭母视频。

4

在中国繁华的街道上,郭母和高唱正在与房屋中介握手告别。手机响了,郭母见是李沙的电话,马上接听,并很快将手机递给了高唱。

"她朝停车场走了,我马上就去追。"高唱也顾不上郭母,一边朝不远处的停车场跑去,一边对刘娜喊道,"刘女士,请留步。托我买房的人要和你视频聊聊。"

刘娜停下脚步,接过高唱手里的电话,连视频都懒得看一眼就说:"房子装修不到一年,五百万,要买就让你的代理人办理手续。我最多给你们两天时间……"

刘娜突然停住说话,目不转睛地盯着视频:"你是不是叫李沙?我在微信上看过你的照片。你们还来骗我?你告诉薛大鹏这个大骗子,买房子的时候我让他写我一个人的名字,就是怕他骗我。告诉你们,这房子合理合法地在我名下,他一分钱也别想得到!"

刘娜说着就将手机甩给了高唱,然后钻进自己的宝马车扬长而去。

5

"爽!"李沙家电脑旁的小兵乐得只拍桌子。

"咋讲话呢!"郭燕怼了小兵一句。

小兵做了个鬼脸,知道自己"站错队"了。

"谢谢你们了。真对不起,让你们跑了这么远的路。等薛大鹏出来后,我让他好好谢谢你们。"李沙对着电脑屏幕上的郭母和高队长道谢着。

"很遗憾,事情没办成。"视频中的高队长有些沮丧。

"燕子,你看到大鹏跟他说,郭姨对不起他。等他到北京来,我亲自向他赔礼道歉。"郭母把脸凑近手机屏幕。

"你真是'哪壶不开提哪壶',那都是猴年马月的事了,你还提那些玩意儿干啥。"郭燕瞪了郭母一眼。

"郭姨,我会跟薛大鹏说的。"李沙知道郭燕对母亲的心结还没打开,赶紧打了个圆场。

"告诉大鹏,要是刘娜的钱要不来,就跟我说一声,郭姨帮他。别怕!"郭母毕竟年轻时是唱花旦的,说出话来铿锵有力。

在郭母将手机递给高队长的那一刻,李沙发现郭母走路的脚有些跛。

"郭姨的脚有毛病啊?"关上视频后,李沙随口向郭燕问了一句。

"我也是后来才知道的,好像出狱后就那样了。"郭燕好像是在述说与己无关的事情。

小兵这时对李沙说:"没我事了吧? 我出去买点儿东西,一会儿就回来。"

"买什么? 要不要我开车送你?"李沙关心地问道。

"不用,我要了 Uber,方便。"小兵一边说着,一边走出书房。

"Uber 要花钱的。"李沙在他身后喊道。

"我的卡上有钱。这才几个小钱,根本就不是个事儿!"小兵朝大门走去。

"我这就去做晚饭,你一个小时之内一定要回来啊!"郭燕也对着小兵的背影叫道。

"知道了。"小兵答了一句就消失在大门外。

6

厨房里,汉斯正在准备着做汉堡包的各种食材,郭燕冲过去大叫道:"NO! NO!"她见汉斯不明白她的意思,就对李沙说,"告诉他,今晚我来做饭。"

"汉斯会说中文,你跟他说吧。"李沙笑着对郭燕说道。

"汉堡包是快餐,我给你们做几样拿手的菜。"郭燕从汉斯的手里夺下面包,转身打开冷冻箱找出冻肉冻虾,"今天来不及做太多的菜,我给你们做个溜肉段和油爆大虾。你们到一边歇着吧,一个小时,我的饭菜保准做好!"

说着,郭燕不由分说地就把李沙和汉斯往客厅的方向推。

"就让她做吧。I have something to tell you.(我还有事告诉你。)"李沙一边往书房走,一边对汉斯说,"刘娜说卖房子的钱不会给薛大鹏!"

汉斯走进书房才说:"你应该告诉刘娜,Dr. 薛的房子是婚后财产,应该有他的一半。他还有股票和存款,只要他从监狱出来,就可以动用他的财产。他有九十天的时间去处理这些问题。"

李沙昨晚为安排郭母和高队长去天津,几乎一夜没睡,刚才又全力以赴应对视频中的刘娜,此刻像泄了气的皮球,有气无力地坐到了椅子上:"我们只能等等再说了!"

"等? 你让我快一点帮他出狱,现在我向法院担保了他的惩罚金,你又说不要着急。你到底要干什么?"汉斯因情绪激动而显得汉语有些词不达意。

"You talked too loud.(你说话的声音太大了。)"李沙把书房门关上,"我是说,担保三十万的惩罚金很危险,如果 Dr. 薛没有钱怎么办?"

"I am not worry about it.(这我并不担心。)他可以去工作,去挣钱。你和我都有工作,我们不需要动用这笔存款。"汉斯克制着自己的情绪说道。

"可是,我辞掉了工作。"李沙迟疑了一下,决定将辞职的事情告诉汉斯。

"What? You quit your job? When?(什么? 你辞掉了工作? 什么时候?)"汉斯惊讶地看着李沙。

"你去 San Diego 的时候。"李沙垂下眼睑,不敢直视汉斯。

"怎么回事?"汉斯狐疑地看着李沙。

"还记得上次我跟你说的那个评估吗? 那就是一次陷害,是系主任和南希联合起来对我的一次陷害!"李沙终于抬起头来直面汉斯。

"I told you that you shouldn't accept the evaluation but you didn't listen to me. I don't understand why you didn't talk to me before you made such a big decision.(我告诉过你不要接受这次评估,但是你没有听我的。我不理解为什么辞职这么大的事情你都不跟我商量一下。)"汉斯埋怨道。

"你知道这两天我都经历过什么吗？你只知道 complain（埋怨）！"李沙也被激怒。

"Do you have any idea about what I went through?（你知道我都经历了什么吗？）"汉斯反唇相讥，"I just signed the paper for Dr. Xue today. I wish you told me this earlier.（今天我刚为薛大鹏的罚款做了担保人！我真的希望你早些告诉我这些。）"

汉斯气愤地推开书房门，与站在门外偷听的郭燕差点儿撞了个满怀。

"那什么，菜都切好了，我寻思着……"郭燕尴尬地对着汉斯自圆其说。

汉斯更加恼怒，没理郭燕，径直朝着通向车房的门走去。郭燕看着汉斯的背影不知说什么是好，回头看看书房里的李沙还坐在写字台前发呆，就小心翼翼地走进书房，对着一脸震惊、委屈和不知所措的李沙说道："汉斯咋连饭都不吃了呢？"

李沙这才从木然的状态中清醒过来，起身冲出书房，朝着车房奔去。

然而，此时的汉斯已经将车倒出了车房，车房的卷门正在渐渐地合上。

李沙失魂落魄地转过身，正好看到身后的郭燕像影子一样跟在自己的身后，双眼流露出无限的不解与好奇。李沙压抑住心中的焦虑和不安，装作若无其事的样子对郭燕说："别管汉斯，他有事。咱们就简单吃一点儿算了。"

"我还是做吧，反正小兵一时半会儿也回不来。"郭燕一边朝厨房走，一边对李沙说，"说起了小兵，别怪我多嘴，我觉得这孩子有些不对劲。我昨晚后半夜渴了，寻思着下楼喝杯水，我就看见院子里有一个亮光一闪一闪的，吓得我灯也没敢开，想看看是不是乡下人说的那种鬼火。我走进拉门一看，是小兵在外面抽烟。"

"在美国，不到 21 岁是不能抽烟的！"李沙一听，更加生气。

"要是烟还好了呢！我怀疑他抽的是大麻！"郭燕越说越起劲。

"什么？你怎么知道的？"李沙惊讶到了极点。

"唉，不怕你笑话，我那个不争气的女婿就抽大麻。为这，我闺女不知跟他生了多少气，可他隔三岔五地还是偷着吸两口，所以我就帮着我闺女盯着我女婿。只要他吸，不管是在厕所还是阳台，他一吸，我就能闻出来。"郭燕滔滔不绝地说着，全然没有发现李沙的眼睛里已经充满了恐惧。

"也就是说，你闻到了味道？是大麻？"李沙忍不住打断了郭燕的滔滔不绝。

"你听我说呀! 我就把门给打开了,小兵一见我就把手中的烟头丢到地上给踩灭了。晚了,我闻出来就是大麻的味儿!"郭燕一边做菜一边兴致盎然地说着。

"没准儿就是偷着抽烟呢!"李沙仍然半信半疑。

"我本来想抓个'现行',琢磨着今早把烟头儿捡给你看。没承想这小家伙挺鬼,连烟头都收了起来。"郭燕说着说着心生一计,搜着李沙就往小兵住的客房走去,"趁他不在,咱们查看一下他的房间。"

"这不太好吧?"李沙犹豫不决地跟在郭燕的身后。

"这是你家!"郭燕毫不犹豫地冲进了小兵的房间。

7

小兵住的是李沙家的客房。室内布置得很简单,除了一张双人床和壁橱,就是一个三抽屉的衣柜和一个临时给小兵学习用的小折叠桌。房间很乱,被褥、枕头乱堆在床上,牛仔裤、T恤衫随意地丢在地毯上,小折叠桌上堆满了土豆片之类的塑料口袋和可乐的瓶子。面对凌乱的房间,连郭燕都不知道从哪儿入手了。

"你们在干啥?"小兵出现在房门口。

"我,我们想帮你收拾收拾屋子。"郭燕一惊,赶紧去叠被子。

"小兵,我问你,你是不是用 Drug(毒品)了?"李沙冷静地问道。

"大麻!"郭燕补充了一句。

"谁说的? 是不是你?"小兵瞪了郭燕一眼,然后对李沙说,"我就抽了一根烟,她就大惊小怪的。"

就在这时,小兵的手机响了,他借机躲开李沙咄咄逼人的目光,对着手机哼哈了两句,就把手机递给了李沙:"是我小姨奶。"

李沙接过电话:"Hi,向红,有事吗? 下星期一开庭,这么快? 好吧,我会去。不过我和小兵取东西的时候,迈克说他雇了私家侦探,你要当心啊!"

郭燕抢过手机:"向红,是我,郭燕。你的事儿我都听说了,你放心,小兵有我们照看着呢! 等你的事儿整完了,咱们好好聚聚! 好好好,你先忙着。"

郭燕把手机还给小兵,小兵不以为然地瞪了她一眼:"谁用得着你来管啦。"

郭燕拍了一下小兵的手臂:"你这孩子咋不知道好歹呢!"

李沙刚想说什么,但是头一晕,差点摔倒。小兵赶忙扶住她。郭燕见李沙满脸通红,用手背碰了一下她的前额:"妈呀,你发烧啦! 快,快躺下。"

李沙推开郭燕的手说:"你和小兵弄点吃的吧,都快8点了。我就不吃晚饭了,吃片退烧药就睡觉了。"

李沙说完,就朝楼上的卧室走去。

郭燕心事重重地对小兵说:"就剩咱俩了,我去下碗面条,简单地吃点儿吧。"

郭燕悻悻地离去。小兵得意扬扬地从口袋里掏出一个小塑料袋,把它藏到了床垫底下。

8

郭燕把两碗热气腾腾的面条放到餐桌上,然后大着嗓门叫小兵吃饭。

小兵刚刚坐下,郭燕就开始唠叨起来:"那毒品啥的,不能碰。那要是上瘾了,想戒都戒不掉。不光花钱,今后连工作都找不到! 像你这样年纪轻轻的就更不能沾……"

小兵吃了一口面条,把筷子一扔:"你还有完没完? 我小姨奶都没管我那么多,你凭什么来教训我!"

小兵起身离开了餐桌,郭燕在他身后又加了一句:"你这孩子咋不识好人心呢? 你爸妈不在,小姨奶也不在,我不帮你谁帮你……"

小兵回过身来,也补了一句:"停! 谁要你帮啦? 我好着呢!"

小兵气呼呼地朝自己住的客房走去。

郭燕也气呼呼地坐在餐桌旁,自言自语地说着:"这没妈的孩子就是没有家教!"

郭燕三口两口把自己碗里的面条吃光,看了看小兵那碗几乎没动筷子的面条上两个白晃晃的荷包蛋,摇了摇头:"这年头,孩子都给惯坏了!"郭燕打了个饱嗝,仍然把小兵的那碗面条挪到自己面前,吃了起来。

雷　命

1

李沙躺在自己的床上缩成一团,乱七八糟地堆在她的身上的被子和毯子在她的瑟瑟发抖中微微颤动着。突然,她掀开身上的被子和毯子,痛苦地撑起身子,摇晃着朝卫生间冲去。

在座便器上,她呕了几次都吐不出东西来,腹痛使她瘫坐在卫生间的地上。

她软弱无力地叫着:"郭燕,小兵。"但是声音太小,没人应答。

她试图靠着自己的力量起身,可是腹中的绞痛使她再度瘫倒在地。

"汉斯!"她能听到自己气如游丝般的声音在空气中游荡,感觉到自己落叶无声般地贴在汉斯温热的胸膛,任由风起风落。

她听到时远时近的嘈杂声,被眼皮遮蔽的外部世界忽明忽暗,但是,她不愿意睁开眼睛看看外面到底发生了什么,只想尽可能长远地享受这种身轻如羽的轻松感……然而,她刻意挽留的那种梦幻般飘逸的感觉,终于没有顶住疼痛带来的清醒。当她再度睁开眼睛的时候,她看到自己置身于医院的病床上,汉斯、郭燕和小兵都围在她的身旁。

"谢天谢地,你可醒了!"郭燕的大嗓门震得李沙耳膜生疼。

"Honey……"汉斯只说了一句就哽咽着说不出话了。

"你可吓死我们啦。幸好汉斯回来得早,要是再晚两小时,说不定你就没命了!"郭燕仍然大着嗓门说道。

"我怎么了?"李沙虚弱的声音里带出几分焦虑。

"Toxic Dysentery（中毒性痢疾）。不要紧,已经没有事儿了。"汉斯的声音有些嘶哑。

"你的声音怎么了?"李沙吃惊地问汉斯。

"急的呗! 你可不知道当时有多吓人!"郭燕接过话去。

"别邪乎了,你就是唯恐天下不乱!"小兵在一旁挤对了郭燕一句。

"你咋跟大人说话呢?"郭燕白了小兵一眼。

"请你们先出去一下,可以吗?"汉斯礼貌地对郭燕和小兵说道。

"对,对,小兵,咱们出去。"郭燕拽着小兵往病房外走。

小兵甩开郭燕的手,两人一前一后地走出病房。

"Honey,对不起,我给你添了这么多的麻烦。"李沙用虚弱的手握住汉斯搭在她身上的左手。

"没关系,他们俩吵架好玩儿。"汉斯用右手抚摸着李沙的前额。

"我是说我辞职的事情,还有薛大鹏担保的事情。现在想想我是太冲动了,没有把你和家放在首位。"李沙在汉斯的臂弯里低语着。

"别想那么多,至少你没有辞掉我!"汉斯哑着嗓子开玩笑。

"放心吧,我就不信拿着博士学位找不到工作!"李沙被汉斯逗乐啦。

"我不应该把自己的医疗保险注销,现在你辞掉了工作,不仅你没保险了,连我也没有保险了。"汉斯叹了口气。

"我这次是不是花了不少医疗费? 对了,你是不是叫了救护车?"李沙先是有些沮丧,而后想起那天恍惚中好像感觉到是救护车的医护人员和汉斯一起送自己到的医院。

"Don't worry about it（别担心）。医院说会把账单寄给我们的。好消息是,你今天就可以出院了!"汉斯站起身来伸了个懒腰。

"你真不该叫救护车。救护车一项就可能一千多美元! 唉,工作那会儿一年也不看一次医生,现在刚刚辞掉工作就生病了。Honey,真对不起!"李沙用愧疚的目光看着神情疲惫的汉斯,心中充满了歉意。

"没有关系,天塌不下来!"汉斯又回到病床旁,再度把李沙的手握住。

"你的中文越来越好了。"李沙欣慰地将脸贴到汉斯的手背上。

"必须的。我的太太是中国人,我的客户是中国人,连住在我家的客人都是中国人!"

汉斯的一句笑谈,让李沙找回了快三十年的记忆。是呀,很久没看到汉斯这么幽默了!

从中国回到美国那会儿,汉斯要"重打鼓另开张",头半年找不到工作,就靠送比萨赚些小费养家糊口。而自己刚到美国,儿子又刚刚出生,家中的经济负担就全部落在汉斯的身上。从那时起家里虽有笑声,却极少有诙谐的对话。后来汉斯加盟了一家律师事务所,再后来又独立成立了自己的律师所。频繁的出庭辩护,不仅使汉斯回到家里惜字如金,连自己都忘记了汉斯曾经也很幽默。当年的自己不就是被他那种成熟中带有一点儿天真、严肃中含有一丝幽默的表情给迷住了吗?当然,长着一张白人的面孔,说着一口流利的汉语,使她在相遇的第一瞬间就被"击中"!

那是在哪儿?是的,是在 G 大学的图书馆大门前。那天汉斯忘记带证件,门卫不让他进,我说:"他是我的同学。"没想到他竟听懂了我的意思,并对门卫说:"下不为例。"就跟着我走进了五层楼的图书馆大楼。

"Are You Ok?"汉斯见李沙一直沉默着,便不安地问道。

"Honey,还记得我们第一次在哪儿见面的吗?"李沙把深情的目光移到汉斯的脸上。

"How can I forget?(我怎么会忘记?)It was in 图书馆!你还记得我们第一次接吻在哪里吗?"汉斯狡黠地反问。

"G 大学的孔子像前。"李沙把脸埋在汉斯的手中。

"底座上写着'万世之师'。"汉斯补充道。

"是的。我差点儿忘了。"李沙抬头用充满爱意的目光看着汉斯。

"My turn now.(轮到我了。)我们在哪里订婚的?"汉斯也把目光盯在李沙的脸上。

"在 G 大学的新年 Party 上!"汉斯和李沙异口同声地说道。

两个人哈哈大笑着搂成了一团。郭燕和小兵在病房门外的玻璃窗上做了个鬼脸,赶紧把头缩了回去。

2

天空刚刚泛起了鱼肚白,靠着火车窗框昏睡的向阳睁开了疲惫的眼睛。她看了看周围的人还在熟睡,七扭八歪的坐姿使她想起自己第一次到北大荒的情景。

唉,不服老不行啊! 过去从省城到师部所在地的县城要坐十八个小时的火车,觉得轻松睡一觉就到了,可是现在火车提速了,只要八九个小时,自己却觉得浑身像散了架似的不舒服。早知道这样,真该买张卧铺票! 说啥呢,这不也快到了吗? 这来回就能省去四百块钱呢! 值!

向阳这么想着,似乎又有了些精神头儿。她这次是为了报销余科长的医疗费,专程来农管局当面交涉的。按照余科长的资历,看病可以报销百分之九十。可是住院时有许多药物和器械不在保险之列,医生常常让患者家属到指定的私人药店去买。并且住院费的预付金都要患者自己先付,等结账时才能按保险的比例报销……由于账单复杂,向阳决定亲自到农管局为余科长的医疗费达成一个长期意向。

她原本是想买硬卧火车票的,可是硬卧卖完了,只有软卧和硬座。她见软卧将近三百元,而硬座才不足一百块。加上坐夜行火车,早上 7 点多钟到站,再租个车,半个小时到达农管局就能办事,办完事就坐下一趟火车返回省城,这样又节省了一个晚上的旅店钱,里外里就可以省下五百多块!

也许这五百块钱对向阳过去来说不算什么,可是现在她要攒钱帮小兵留在美国,而且为了照顾余科长,她把卖肉的工作也辞了。虽然余科长每个月有四千多元的退休金,可是一次住院费就是几万块,她哪敢浪费这笔钱啊——说不上哪天还要手术,手头没点儿积蓄哪成!

火车风驰电掣般飞奔在广阔的田野上,朝阳在地平线上冉冉升起。心事重重的向阳兴奋地脱口而出:"日出!"

坐在她身边睡觉的人被她冷不丁冒出的一句话惊醒,看了看窗外,又看了看向阳,扭头又睡了。

向阳不再出声,而是目不转睛地望着窗外被朝阳染成橘黄色的大地:多久没有关注过日出日落了? 对于自己来说,日出就是去早市卖肉,日落是去夜市卖肉,如果不是余科长这几个月住在自己的家中,可能她灰尘般死寂的心仍然感受不到朝阳的灿烂!

向阳原本是见余科长病重没人照顾才把他接到家中,没想到两三个月过去,不仅余科长的精神状态明显好转,就连她自己都觉得每天的日子过得有滋有味。过去向阳吃饭,总是给母亲喂完饭之后,自己捧着一大碗饭菜边看电视边吃,好吃赖吃都不在乎,填饱了肚子就行。可是自从余科长住在她这儿,她不仅换着花样为余科长做三餐,而且自己也和余科长像老夫老妻似的,坐在一起边吃边聊。一晃儿,余科长到省城也有小半年了,每天聊得最多的话题就是北大荒,而且都是余科长说,向阳听。开始时向阳一个耳朵进一个耳朵出,只要余科长的心情好,她就哼哈着随他说去。可是日子久了,向阳就像听故事一样,被一代又一代北大荒人炽热的情感吸引着,一步一步地走进她从一开始就想离开的那片黑土地。

真的? 1947年就有解放军到北大荒建立了公营农场? 1954年又有七个师的铁道兵集体转业来到了北大荒? 1958年又来了十万转业官兵? 后来又下放了一批右派? 1967年你就到了北大荒? 从那之后有五十四万知青来到北大荒? 那么多?

在这一问一答的日子里,向阳才知道自己的北大荒经历堪称"蜻蜓点水":她没有遭遇过沼泽地里咬人的蚊虫、荒山野岭出没的"熊瞎子";没有体会过几十个人住在一个四处透风的草棚和地窖子里;没有看到集体结婚的新人在新婚之夜要和其他几对新人分享一个大炕,隔着布帘就是一家人的情形。

山火? 听说过。为救山火死了不少知青,很多人就是从我们省城去的。在早市卖鱼的王姐,她大姐就是救山火而死的! 大烟炮? 我当然见过,狂风夹着大雪都能把人吹跑喽。那年我在师部做话务员的时候,就有下面团里的领导汇报说两个知青不见了,后来才知道被埋在了雪里,春天才被发现……

从小就经历过母亲被关进劳教所,父亲被下放到五七干校的她和妹妹,不到十岁就开始独立照顾自己,后来又经历过下乡、返城、下岗、结婚、离婚等一系列的生活磨难,她以为自己已经心结老茧,把余生的快乐都寄托在烧香敬佛的袅袅轻烟中,没想到,她原本是要帮助前夫度过生命的难关,现在却体会到前夫带给她的温暖。一种爱意从向阳的心中冉冉升起,时而刺痛,时而释然。在痛并快乐的交替中,她开始真正爱上了眼前这个骨瘦如柴的男人。

"你知道为什么当年叫兵团,后来改为农场吗?"有一天余科长问向阳。

"不知道。"向阳真的从来没想过这两者之间的不同。

"因为当年中苏关系紧张,正好有大批青年'上山下乡',军区就把这些知青号召到北大荒'屯垦戍边',战时可以打仗,闲时可以种田。尽管70年代后知青大批返城,还是有许多退役军人和知青后代留在了北大荒。"余科长的话向阳似懂非懂,他也并不在乎向阳能够听懂多少,只要能和向阳这样一直聊下去,他就心满意足!

其实向阳越是开心,越觉得自己亏欠了余科长太多——那个晚上,是自己主动走进余科长的单身宿舍,是自己在期盼中怀了孕,是自己要挟余科长和自己结婚,是自己丢下他们父子回到了省城……这些都是自己当年的执念造成的后果!如今儿子大军不认自己,余科长得病需要自己照顾,这些孽债今生不还,还等来生吗? 不,我要在他有限的生命里去补偿我对他的伤害!

此时火车已经进站。向阳用手胡乱地抹了一下脸,捋了捋凌乱的头发,随着人流走出火车站,叫了一辆出租车,迎着朝阳,朝着农管局的新址驶去。

3

出租车的两边是一望无际的幼苗。向阳下乡那会儿没干过农活,所以她看不出那刚刚抽芽的植物是麦子还是稻子。听余科长说农管局觉得种小麦和大豆产量低,所以近些年来利用沼泽地和引水灌渠的方法种植了许多水稻。北大荒已经成为全国的粮食基地。

"人的力量真是无穷尽的! 经过几代人的青春岁月的付出,终于让这片人迹罕至的黑土地吐出了粮食!"

向阳惊讶于自己的感慨,因为这些话应该出自余科长之口!

汽车在向阳纷乱的思绪中很快就下了高速公路,开进了农管局现在的所在地泊湖镇。

泊湖镇比原师部的小镇大:下了高速公路就看到排列有序的白桦树整齐地伫立在宽阔的水泥道两旁;穿过镇中心,绿茵茵的草坪从四面八方簇拥着错落有致的高楼大厦。向阳不敢相信,那座洋葱头屋顶、浮雕式墙体的五层高的俄式建筑,竟是农管局的宾馆!那座高墙耸立、广场宽阔的中学,

竟修建得比过去的校址大了至少十倍!还有那办公大楼,其规模和气派一点儿都不比省政府的大楼逊色。

"去哪儿?"司机问向阳,向阳这才收回激动的目光说:"老年活动中心。"

显然出租车司机对这里并不陌生,左转右转了几次,就把车停在了老年活动中心的大楼前。向阳付完车钱,走下出租车的时候,几乎被眼前的景象惊得目瞪口呆:在她面前出现的是一座用玻璃搭建成火炬形状的高楼,楼房前面是大理石铺成的广场,广场的边缘,万紫千红的鲜花簇拥着几个镀金大字"老年活动中心"。现代、豪华和壮观,让向阳瞠目结舌——几个月前她去看余科长时,旧时的农管局一片衰败的景象,使她有一种死里逃生的侥幸感觉;然而此刻,她不敢相信余科长放弃的环境竟是如此优越!

她带着极其复杂的心情朝那座玻璃楼走去。

4

向阳怯生生地推开老年活动中心的玻璃大门,没想到刚一露头就被身穿制服的门卫挡住了去路。登记?她觉得有些滑稽,但还是按照门卫的要求登记了自己的姓名。登记完,门卫才客气地让她乘坐电梯上八楼,左转便是中心主任的办公室。

哇,还有电梯!哇,还有这样的电梯?站在电梯中央,向阳被三面玻璃窗的电梯外面的景色惊呆了:随着电梯的上升,可以看见碧波荡漾的游泳池里有一些老人在教练的带领下做着水中体操;大理石的广场上有人在练太极拳;二楼的玻璃房有人在跳交际舞;极目远望是高楼大厦连接着的碧波荡漾的田野……

电梯门开了,一位上了岁数却看不出多大年纪的女人站在电梯门外,她对着向阳疑惑了片刻,才从嘴里挤出了两个字:"向阳?"

"你、你是红姐?"向阳也惊呆了,半晌才迟疑地说道。

"是呀。四十年没见面了,大家都快认不出来了!"红姐一把把向阳从电梯里拉了出来。

其实,向阳来时已经知道曾任演出队队长的红姐现在是农管局老年活动中心的主任,但是她怎么也想不到比她大四岁的红姐看上去比她年轻:挑染的棕色短发修剪得整齐有致;雪白的保罗衫像城里的年轻人那样将一角塞在蓝色牛仔裤的腰际上,凸显出姣好的身材;一双厚底的白色旅游鞋,使原本就不矮的她显得更加挺拔。

而此刻的向阳原本就胖,现在穿着大外套,在温暖如春的大楼里已是热气蒸腾,加上红姐用疑惑的目光盯着她,让她觉得狼狈到无地自容。

"见到你真高兴! 上次高唱带他们老年艺术团到农场演出,我还专门在这里招待过他们呢。就你,多少年了,什么消息都没有,我还以为你出国了呢!"红姐看出向阳的尴尬,搂着她朝自己的办公室走去,并且边走边介绍着中心的情况,仿佛向阳是来视察中心的领导。

"你咋还没退呢? 不是,我是说你咋还没退休呢?"向阳的话一出口就知道说错了。

"我们分手快四十年了吧? 我后来在农管局做宣传部部长,退休后中心需要人,就返聘我到这里来帮忙啦。"红姐把"帮忙"两个字拉得很长。

说话间两人已经走进红姐的办公室。向阳看到 180 度的落地窗将远山近水尽收眼底,情不自禁地感叹道:"真美!"

"你看见没? 那湖边的小楼都是独门独院的房子,农管局的领导都住在那儿。我家就在那座小桥的旁边。"红姐骄傲地介绍着。

"那大军的房子也在那儿啦?"向阳脱口而出。

"你是说他原来的房子?"红姐迟疑了一下。

向阳这才意识到,尽管红姐对她热情有加,但是自己和大军及余科长的身份却没有改变。这里的一切美好都与自己无关。

她从双肩包中拿出一沓需要报销的医院收据交给红姐,红姐看都不看一眼,就在所有的收据上签名盖章。

"老余这一生就是太要面子! 你看老年活动中心要啥有啥,他又是师部的老领导,以他的资历在这里养老,连他的退休金都用不了。这个大军哪,从小就没让他爸省过心。当领导那阵子总算是有模有样,让老余挺起了腰板,没想到别墅没住两天就卖了。老余的病就是憋出来的。你劝劝他,如果他要回来,我给他安排单间。现在返城的那些人又开始往回跑了,说这里的空气新鲜,食物没有污染,很多人退休后都到这里来养老。上星期还有一位从美国回来的荒友向我打听怎么申请入住手续呢……"红姐的态度热情如火,口吻真诚体贴,但是在菜市场可以大呼小叫的向阳,此刻却如芒在背,如鲠在喉,一句话都挤不出来。

5

向阳不知道自己是怎么离开红姐的办公室,怎么从财会部门领取了医药费,怎么要的出租车,怎么回到了家里,总之,回家之后她就大病了一场车,也许是老年活动中心的室温太高,她穿得太多,出门吹了凉风;或许是红姐不事张扬的优越感使她心火内攻,加上来回将近二十个小时的火车硬座的颠簸;抑或是早年唆使自己以怀孕要挟余科长离婚的红姐至今光鲜靓丽,而自己如今面对的却是一个病入膏肓的离异丈夫和一个沦为阶下囚的儿子……

向阳昏昏沉沉地睡了一整天之后,她咬牙起身,为住在医院里的余科长熬了鸡汤,准备送到医院。出门前,她向菩萨敬了三炷香,感谢菩萨保佑她此行拿到了报销的医药费,余科长可以继续住在医院里治疗。她也向菩萨谢罪,请求原谅自己因往昔而责怪红姐——自己应该感恩红姐为她报销医疗费一路开绿灯,解决了后顾之忧。

做完这一切,向阳把母亲安顿好之后,拿着鸡汤走出家门。尽管高烧之后的她走路有些摇摇晃晃,但是,她的内心是平和的。

6

初夏的清晨,喷薄欲出的朝阳常常会在不经意中冲破淡淡的薄雾,瞬间宣告新的一天开始。

汉斯在从窗帘缝隙射进来的霞光中起床,见李沙仍在熟睡,就伸了个懒腰朝卫生间走去。卫生间宽大的窗户面向后院,由于后院没有人家,他们也就习惯了不关窗帘。

"What is going on？（发生了什么事？）"汉斯无意间瞥见窗外的郭燕，手里举着清理游泳池落叶和杂物的网子朝游泳池走去。他以为郭燕要帮他清理泳池，便饶有兴致地看着。让他始料不及的是，一对在泳池里游泳的野鸭正准备跳到池子边飞走的时候，被郭燕稳、准、狠地网住了一只！另一只趁机飞走。

"What is she doing？（她在干什么？）"汉斯不顾一切地朝楼下跑去。

李沙也被惊醒，她听到后院有汉斯的声音，急忙起身下床，将卧室的窗帘打开。当她拉开阳台门时，听见汉斯对郭燕大声地叫道："赶快放掉它，你把它弄疼了。"

郭燕一只手捂着网子的出口，一只手做着喝汤的动作跟汉斯解释："我给李沙做汤，鸭汤去火。"

李沙赶紧在阳台上对着院子喊道："郭燕，快把鸭子放了！这是野鸭，不能吃！"

郭燕见到李沙如见救星，高声地对李沙喊道："野鸭更好，纯天然。你快告诉你们家汉斯，'去火'是啥意思。"

李沙哭笑不得，赶紧披上睡衣走下楼去。

院子里，郭燕终于同意将网子里的野鸭放走，并且不无遗憾地说："在北大荒打野鸭野鸡是常事儿，咋到这儿来就成了保护动物了？"

汉斯不可思议地摇了摇头，走回房间。李沙也拽着郭燕回到了房间。

郭燕若有所思地边走边说："逮鸭子犯法，那逮兔子呢？你家院子里兔子也不少，我琢磨着哪天弄几个夹子，套几个做红烧兔子，那才好吃呢！"

李沙一惊，赶紧说："你可千万别做。我们这里哪家后院都有兔子，可你要是抓了它们吃，罚款可能比你买一百只兔子都贵！"

郭燕很不以为然："你们这里都是独门独院的，就算逮着了兔子，谁知道？"

汉斯有些恼火了："冰箱里猪肉、牛肉、羊肉、鸡肉什么都有，你想做什么都行，就是别吃鸭子、兔子！"

郭燕有些下不来台，眼睛、胳膊、腿不知道往哪里放好。

李沙赶紧圆场，对汉斯说："燕是见我病了着急，她又没有恶意。"

李沙不说还好，这一说让郭燕有了委屈的理由：自己还不是想让李沙的身体尽快恢复吗？费力不讨好！这么一想，很少流泪的郭燕竟簌簌地流起了眼泪，转身跑回自己的房间。

汉斯欲喊郭燕，却突然失声。

本想跟过去看看郭燕的李沙猛地止住脚步，狐疑地看着汉斯。汉斯也一脸不解地试着说话，但是仍然无声。他颓然地坐在了沙发上。

李沙急忙倒了一杯热水递给汉斯，汉斯喝了几口水终于可以发出声来，但是声音沙哑含糊。他示意李沙跟他到书房，李沙一脸惊恐地随汉斯走进书房。

汉斯从抽屉里取出一张医生的诊断书递给了李沙，李沙阅后大惊失色："喉癌？"

汉斯无奈地点了点头。

李沙的眼泪顿时夺眶而出："都诊断好几个星期了，你为什么不早告诉我？"

汉斯使劲地咳了两声，这才口齿较为清晰地说道："我打算等 Dr. 薛出狱后再动手术。"

李沙泣不成声地说："都怪我，给了你这么多的压力。"

汉斯把李沙搂到怀里安慰着："别担心，医生说如果一定要得癌症的话，就得我这种口腔癌，只要手术切掉就没事了。Dr. 薛最晚下个星期可以出狱，我的手术安排在两个星期之后。Perfect（完美）！"

李沙猛然挣脱汉斯的怀抱："糟了，你没有医疗保险！你要是早点儿告诉我，就是天大的委屈我都不会辞掉工作的！"

汉斯苦笑着："没关系，我可以再买保险。"

李沙后悔不迭地说："得了癌症再买保险已经晚了。我要在你手术前找到公立学校的工作，中学、小学都行，只要有全家保险就行！"

汉斯笑了："现在所有的学校都在放暑假，谁会雇你呢？"

李沙焦急地说："如果没有保险，手术至少要几万美元。现在我没有工作，你又为薛大鹏担保了三十万，如果刘娜不给他钱怎么办？"

汉斯仍然微笑着说："Don't worry. I will be able to take care of it.（别担心。我有能力承担这一切。）你去看看燕吧，她好像很不开心。"

李沙上前吻了一下汉斯："对不起，我给家里添了这么多的麻烦。"

汉斯也回吻了李沙一下："没关系，他们是你的朋友，是我的客人。"

7

李沙走到郭燕住的房间，郭燕正在哭泣。

"汉斯让我向你道歉，刚才他说话是急了些。不过在美国伤害了动物轻则罚款，重则判刑。不瞒你说，前两年有一个台湾移民到美国买了一个农场，开发时他打死了两只地鼠，因为是稀有动物，法院让他赔款一百万，结果官司打了两年还是输了。"李沙扶着郭燕在床上坐下。

"真的？那我可要去谢谢你家汉斯了，要不是他及时发现，我可就真的是'吃不了兜着走'啦。"郭燕沮丧的情绪一扫而光，起身就朝门口走去。

"你这么红眼八叉地就出去呀？"李沙一把拽住郭燕，开玩笑地说，"你呀，一会儿风一会儿雨的。"

"我、我就是觉得给你们添太多的麻烦啦。"郭燕不好意思地拧着衣角说。

"怎么，你想走了？"李沙看到床边的拉杆箱。

"我是想走，可是现在走都走不了啦。我刚才给春霞打电话问护照的事儿，结果春霞说老板给移民局抓起来了，护照一时半会儿都拿不到。没有护照连坐飞机回纽约都没办——你说我咋这么倒霉呢！"郭燕说着又流下泪来。

"你还打算瞒着你女儿吗？"李沙问道。

"不瞒咋整？我自己就够揪心的了，她要知道了还不更着急？我是想啊，不行我就在这儿找个工作，边打工边等护照，总不能就这样吃住在你家吧？"郭燕沮丧地说。

"你什么证件都没有，到哪儿去找工作呢？你就先在我这儿住着，过两天我把手里的事情处理完了，我再帮你想想办法。"李沙尽量克制着自己的语气，使其听起来不会太沉重。

"真不好意思，给你添了这么多的麻烦。"郭燕把箱子里的衣物又放回衣橱里。

"瞧你说哪儿去了？你在这儿正好，帮我注意着小兵，咱们不能再出事了。"李沙忍不住还是轻叹了一声。

"你放心，我白天晚上都会盯着他的。"郭燕拍着胸脯说。

"向红的事情也快有结果了。明天开庭，希望一切顺利。"李沙神情疲惫，边说边往屋外走。

"我能去吗？我想看看她。"郭燕从李沙的身后拽住了她。

"还是等她把这些事情都处理完再见吧。"李沙想了一下，答道。

"我懂。向红一向要面子。那我就等她完事儿再见吧！"郭燕有些不自在地说道。

"走吧，我们还没吃早饭呢！"李沙强颜欢笑，所答非所问。

"可不是，我都忘啦。这一大清早的，汉斯肯定饿了。走，我去下面条。"郭燕说着就放下手中的物品，拽着李沙往房门外走去。

"不用着急。面包牛奶都有，你不用忙。"李沙随着郭燕走出客房。

雷　倒

1

　　美国法院大楼里,李沙匆匆地走进第十九法庭。显然,案件已经开始审理——向红和一位华人律师坐在原告席上,迈克和一位美国律师坐在被告席上。李沙赶紧在听众席上找了一个座位坐下。她发现哈桑也坐在稀稀拉拉的听众席中间。

　　"Your honor,we have evidence that Mr. Mike Cohen abused Mrs. Isabella Cohen. (法官,我们有证据证明麦克·科恩先生虐待伊萨贝拉·科恩太太。)"华人律师用字正腔圆的英语正在以原告律师的身份为向红辩护。

　　是他? 李沙认出这位身穿黑色西装、戴着红色领带的华人律师就是社区人尽皆知的"美声王子"Henry 黄。大家都认识他的原因,是他喜欢唱咏叹调,并且在哪儿都只唱帕瓦罗蒂的 *O Sole Mio*(《我的太阳》)。有人说他唱歌就是为了让大家认识他,找他办案,但是李沙也确实承认他唱得很好。只是再好的歌曲听多了,人们也有厌倦的时候。去年社区搞新年晚会,大家一致推荐李沙做这台晚会的总导演,没想到第一个棘手问题就是要不要保留 Henry 黄的独唱。

　　李沙知道去掉这个节目是近几届组委会的意思,但是历届导演都不愿意扮演这个得罪人的角色,所以 *O Sole Mio* 就这样年复一年地响彻在新年晚会的舞台上。想到自己的先生也是律师,避免黄律师迁怒于自己,她表态再给黄律师一次表现的机会,然后"寿终正寝"。主办这次晚会的华人文教基金会同意了李沙的建议,黄律师如期地登上舞台又高歌了一次。也就是从那时起,她听到许多人的负面反馈:他登台的目的就是给自己做广告,让大家惊讶于"美声王子"竟是一位律师的事实。也有人说,他是什么案子都敢接,什么大话都敢说,没有官司让他搅和进去也成了官司!

李沙为向红捏了一把汗。

"Evidence,please.(请出示证据。)"法官听了黄律师的陈诉,说道。

西装革履的黄律师风度翩翩地走到法官高高的桌子前,将几张照片递交上去。

法官是一位黑人,灰白色的头发和胡须配上古铜色的脸颊,给人一种稳重而又刻板的庄严感。他将照片展现在众人面前,尽管李沙看不清楚,但是她从法官的解说中知道,那些照片正是小兵在向红的示意下拍下的迈克推搡向红的场面。

被告席中的迈克显然很气愤,他的律师站起身对着法官说道:"Objection,your honor. Those pictures can't prove anything until the witness explains the whole situation.(反对,尊敬的法官。如果没有证人说明当时的情形,这些照片就不能说明任何问题。)"

法官先是对着被告律师说了一句,然后对原告律师说:"Sustained. Plaintiff,do you have any witnesses? For example, who took these pictures?(反对成立。原告律师,你有证人说明这些照片的真实情景吗? 例如谁拍的这些照片?)"

黄律师胸有成竹地说道:"Yes,your honor,we have a witness whose name is Kevin Yu.(是的,法官,证人的名字叫余凯文。)"

法官说道:"Please call Mr. Kevin Yu.(请余凯文。)"

法庭没有任何反应。法官又说了一句,法庭还是没有反应。向红和黄律师扭头在听众席中寻找。他们没有找到小兵,向红把目光落到李沙的脸上,并小声地问道:"小兵呢?"

这时被告律师举手说道:"Your honor,Plaintiff shouldn't talk at this moment.(尊敬的法官,此刻原告不应该说话。)"

法官:"Sustained.(反对成立。)"

由于向红没有听懂被告律师和法官的对话，仍然扭头焦急地对着听众席的李沙说着："小兵在哪儿？"

李沙不好回答，用手指了指前方，让她扭过头去面对法官，但是向红不明白是怎么回事，直到黄律师向她解释，她才心不甘情不愿地转过头去。

这时被告律师得意地站起身来，手里攥着一沓照片："Your honor, we also have evidence to show that Mrs Isabella Cohen had an affair after she came to America.（尊敬的法官，我们有证据显示伊萨贝拉·科恩太太到美国之后有外遇。）"

法官："Please submit the evidence.（请提交证据。）"

被告律师将手中的照片交给了法官。

法官看了一眼手中的照片，递还给被告律师："You can ask questions now.（你可以问问题了。）"

被告律师走到向红面前，举着手里的照片说："This is you, Isn't it?（这是你吧？）"

向红惊讶地看着照片上她和哈桑搂抱在一起，靠着她的车亲吻的画面。听众席中的哈桑也是一惊。

黄律师显然也是一惊，但是马上镇定地说："California adopts a 'no fault' divorce system. If a husband and wife divorce, there is no mental compensation, and even property distribution and alimony are handled as usual. The other party will not be treated punitively for being unfaithful to marriage, and will not need to be 'naked out'.（加州采用'无过错'离婚制。夫妻离婚，没有精神赔偿一项，甚至财产分配及赡养费，亦按常规处理，对方不会因为对婚姻不忠而受到惩罚性对待，不会因此需要'净身出户'。）"

法官："Sustained.（反对成立。）"

坐在听众席里的李沙和哈桑都长吁了一口气。由于向红没有听懂，所以仍然神情紧张，不知所措。

被告律师并没有被黄律师的气势吓住，反而神情自得地问向红："Have you earned any income after you came to United States?（你到美国来挣过钱吗？）"

向红茫然地看着黄律师。黄律师将这句话翻译给她，她坚定地摇了摇头,说:"No."

被告律师得意地将手中的另一张照片高高举起,上面是向红在夜总会跳钢管舞,一个男人正在往她短裤里塞钱的情景。法庭里一片哗然。

黄律师再也沉不住气了,他有些愤怒地问着身边的向红:"怎么回事?"

向红已经面无人色,支支吾吾说不出话来。

被告律师越发得意,用夸张的语言说:"Mrs. Isabella Cohen wants half of the income from my client, but she never gave my client any income.(伊萨贝拉·科恩太太想分我的客户一半的财产,但是她从来没有给过我的客户任何钱。)"

被告律师转而面向法官说道:"Your honor, she never mentioned that she worked in the night club and she never showed any income to my client as well. A woman, who uses every means to get a Green Card, lies about her income and claims that she didn't have any income to survive. All the evidence showed that she married my client just for money. My client is a victim. I have no more questions.(尊敬的法官,她从来没说她在夜总会工作过,没有向我的客户显示过她赚的钱。一个不择手段去获得绿卡的人,明明有收入却自称自己离婚后无法生存。所有的证据都显示她和我的客户结婚就是为了骗钱!我的客户才是真正的受害者。我没有问题了。)"

听众席里的哈桑在被告律师坐下的同时,猛地起身离去。李沙一惊,也跟了出去。

2

在法院大楼外,李沙叫住了哈桑:"Do you love her?(你爱她吗?)"

哈桑猛地站住,一拳砸在法院大楼灰色的大理石墙面上,疼得他咧了一下嘴。

"she needs your support.(她需要你的支持。)"李沙又说。

"I am so disappointed.(我非常失望。)"哈桑垂头丧气地说,"I don't mind she is old and poor but I can't accept someone acting as a prostitute for money.(我不在乎她年龄大和贫穷,但是我不能接受她为了钱表现得跟妓女

一样。）"

"I promise you that she is not a prostitute. You should give her a chance to explain the whole thing.（我知道她不是妓女。你应该给她一个解释的机会。）"

"Sorry, I can't.（对不起,我做不到。）"哈桑扭头三步并作两步地跑下法院的台阶远去。

李沙无可奈何地看着哈桑远去的背影,刚想转身回到法庭,只见向红从里面推门而出,惊慌失色地问道:"哈桑呢?"

李沙指着远处:"走了。"

向红近乎质问地说:"你对他说了什么?"

李沙对向红的口吻颇感意外:"我? 我对他说了什么? 我只说他应该给你一个解释的机会。"

向红依然不依不饶:"你为什么要这么说?! 你为什么不让我跟他亲自说呢?"

李沙耐心地说:"向红,我不知道你对阿拉伯文化了解多少? 在伊朗,女人都要穿黑袍、戴面纱,不能露皮肤的,你说哈桑能不在乎吗?"

向红不以为然:"哈桑的思想很开放,他不喜欢他们的文化。"

李沙略显无奈:"就算哈桑很开放,也不在乎你的年龄,可是你了解他吗? 他毕竟也是三十多岁的人了,真的就是独身一个人吗? 在中东一个男人可以娶四个老婆,可以生一帮孩子。向红,到了我们这个年纪可不能飞蛾扑火啊!"

向红有些不耐烦:"我知道我要的是什么。小兵怎么没跟你来?"

李沙气若游丝般地挤出了几个字:"他说不想做伪证。"

向红犹如火山爆发,咬牙切齿地说:"伪证? 这可不像小兵说的话!"

李沙耐着性子,尽量用和缓的语气说:"他说没看见迈克打你,所以不想到法庭上做证。向红,我知道你现在的心情不好受,但是你也别太难为自己和小兵了。有些事情是强求不来的。"

向红把鼻子一哼:"你体会过被人侮辱的滋味吗? 你去过妇女收容站吗? 你有过身份被黑的恐惧吗? 你在美国有工作、有老公,哪能体会到我随时都会一无所有的恐惧! 不强求? 不强求我就要流落街头,就要失去美国的合法身份!"

面对向红悲愤交加的泪水,李沙不知如何是好。

黄律师推门出来了,把一张表格递给了向红:"对方很狡猾,他在你们结婚前就将所有的财产都放进了他的个人信托里。也就是说,他之前的财产和公司资产都与你无关,即使你赢了,也分不到多少钱。不过瘦死的骆驼比马大。我已经向法官请求再次开庭,我会利用这段时间做一些调查,看看被告一年的收入是多少。"

向红的眼泪已经止住,满含着希冀对黄律师说:"黄律师,我是死是活可都要靠您了,您一定要帮帮我呀。我现在已经跟迈克翻脸了,如果要不到钱,我连付给您办理收养小兵的钱都没有啦。"

黄律师有些不满地说:"你要想案子成功,就不能对我藏着掖着的。今天要不是我经验丰富,要求延期,假如法官当庭宣判你败诉,那真是一分钱都别想得到了。"

向红感激涕零得差一点儿给黄律师下跪,站在她身旁冷眼旁观的李沙用手挡住了向红下坠的躯体,顺势将右手伸了过去:"黄律师,还记得我吗?"

黄律师仿佛刚刚看到李沙一般,热情地与李沙握手:"大导演,我哪敢忘记呀!"

李沙搂着向红的肩膀说:"向红是我的兵团战友,她的事情您就多费心了。"

"凭您这句话,我还有什么可说的。"黄律师收起刚才趾高气扬的表情,转身对向红和蔼可亲地说道,"向女士,你放心,不论怎样我都要为你争得最大的利益。"

"太谢谢您了,黄律师。"向红感恩戴德地不停点着头。

"大导演,听说今年的春晚又由您担纲啦?"黄律师话锋一转,语气幽默地说了一句。

李沙跟黄律师从来没有深交,不太习惯这种自来熟的态度,但是她知道这是一个敏感的话题,自己也不能回避,就应合黄律师的口吻回了一句:"您的消息真灵通!这次基金会让民乐团出头办新年晚会,民乐团就责成我来负责,我还没想好要不要接呢!"

黄律师很夸张地将右手一挥:"非你莫属! 你一定要接下来! 对不起,

咱们改天再聊,我现在还要去见另外一个客户。再见!"

黄律师分别与李沙和向红握了一下手,刚转身离开又回头叮嘱了一句:"向女士,你还要住在妇女收容站,不能再节外生枝了!"

向红无限感激地连连点头:"我明白。您放心。"

黄律师远去,向红转身向李沙连声道歉:"李沙,对不起,我刚才一着急,说话很伤人,别介意啊。"

李沙搂着向红的肩膀说:"我理解你的处境。既然你那么爱哈桑,你就找他好好谈谈,把所有的话都说透喽。"

向红感动地一把搂住李沙的肩膀嘤嘤地哭了起来,李沙的眼睛也跟着湿润起来。

"走,我开车送你去找他。"李沙仗义地说道。

向红破涕为笑:"他现在一定在小广场上画画,你把我送到那儿就行了。"

3

向红跟着李沙一边往停车场走一边问着:"小兵还好吧? 没给你添什么麻烦吧?"

李沙欲言又止:"还好。你就专心把自己的事情处理好吧。"

向红也欲言又止地说:"我真幸运在美国碰到了你,要不然现在更惨了!"

李沙打开车门请喋喋不休的向红坐到副驾驶座上,然后自己钻进车里,一边系安全带,一边对向红说:"我把你送过去就得马上去见东北王餐厅的老板,看看能不能为郭燕找份工作。"

向红好奇地问:"她不打算走了?"

李沙轻叹了一声:"说来话长,等你的事情有结果了,咱们再慢慢地聊。"

李沙发动了汽车引擎,脚踩油门,离开了法院的停车场。

4

李沙把向红送到哈桑画画的地方,又去见了一下东北王餐厅的老板,快到家时已近黄昏。夕阳下，她发现一辆私家车停在自家的路边上，小兵鬼鬼祟祟地上了车。

想到郭燕提到过小兵夜里抽烟的事情，李沙掉转车头，尾随在那辆私家车的后面，一路跟着上了高速公路。

快到市中心时，那辆车下了高速公路，拐进一条小街。在小街的四角天空中，虽然能够看到市中心的高楼大厦，但是龟裂的柏油马路，说明了这条小街的恶劣环境。

李沙不能肯定小兵坐的车去哪儿，但是当她看到街道两旁的门窗和墙壁到处都布满了花里胡哨的涂鸦和广告图时，她开始紧张起来：自己到美国就一直随汉斯居住在远郊别墅中，尽管刚开始也住了两年公寓，但是那毕竟是高档公寓，从来都没有真正到过这种类似美国贫民窟的地方。

"小兵到这里来干什么？"她想掉头离开，但是握着方向盘的手却执拗地前行。

李沙的车继续在这条横七竖八沟壑般的柏油马路上颠簸着，两条线的道路很快就合并成一条。破败的街道上，汽车渐渐减少。正当她琢磨着怎么才能不被小兵看到自己在跟踪他的时候，小兵乘坐的那辆鹅黄色的车已经停在了路边。李沙也赶快停车。

说时迟那时快，小兵推开车门就往一个小巷子里跑去。李沙赶紧把车停好，下车后朝小兵的方向追去。

在巷子口，李沙看见小兵在巷子里正在将手里的钱交给一个西裔中年人，然后又从另外一个亚裔青少年那里接过一小包东西揣到怀里。就在这时，中年人老奸巨猾地扫了一眼巷子口，正好看到李沙狐疑地朝他们的方向张望，他警觉地把枪掏了出来。这时小兵也看到了在巷子口探头探脑的李沙，急忙对那位亚裔青少年说了一句什么，青少年又对中年人说了句什么，中年人在半信半疑的表情中示意小兵离开。

小兵二话没说，转身就朝巷子口跑来。李沙试图躲藏，没想到被追上来的小兵拖着朝停车的地方跑去。

"快开车！"上车后，小兵对李沙催促着。

李沙见状，把原本要说的话抛到脑后，脚踩油门驱动了汽车。当车子路过巷子口时，她看到刚才那两个人正盯着他们的车，直到小兵笑着朝他们挥了挥手,他们才如释重负地转身回到小巷。

"他们是什么人?"李沙质问道。

小兵嘘了一声,让李沙别说话,然后打通了手机:"I am sorry. There is an emergency. I'll pay you but I am not taking your car to go back. Sorry about it. (对不起,紧急情况。我不坐你的车了,但是我会付你回程的钱。对不起了!)"

小兵听到对方不满的抗议声,也不多言,关掉音频就点击了 Uber 的付费功能。

李沙见状更加气恼:"原来你一直用 Uber 送你买毒品!"

小兵却不以为然:"更正一下,我买的是 Marijuana。"

李沙义正词严地说:"大麻也是毒品!"

小兵并不在意李沙的态度,他把脚搭在车的前台上,一边玩弄手机一边说:"Elizabeth,你可是大学教授啊,你不会这么 out 了吧? 我给你补一下课,大麻在加州已经合法化,何必这么大惊小怪哒……"

李沙气得一个急刹车,将车停在了路边。

小兵被这个举动惊呆了,但是马上用强硬的语气说:"如果你不愿意让我住在你家,直说,我可以去住 Hotel(宾馆)。"

李沙气急败坏地大叫起来:"余小兵,你有什么理由这样无视于大家对你的关爱? 你知不知道你现在花的每一分钱都是你奶奶和小姨奶的心血?!"

小兵一愣:"啥意思? 你把话说清楚!"

李沙竭力控制着自己的感情:"小兵,你已经十六岁了,不是个小孩子啦……"

小兵打断李沙的话:"停,停,停! 你告诉我,我爸他咋的了? 是不是出事啦?"

李沙咬了一下嘴唇,决定说出真相:"是。他在一年前就因为经济问题被'双规'了。"

小兵一字一句地从嘴里挤出一句话:"我就知道! 这么长时间没给我电话,准没好事!"

李沙同情地将手臂放到小兵的肩上,小兵却毫不客气地躲开了她:"就算我爸没法管我，我爷爷不会不管我吧？"

李沙收回自己的手臂，无奈地说道："你爷爷患了肺癌。"

小兵愣了片刻，然后猛地推开车门，跳下车就顺着街道疯狂地奔跑。李沙怕他出事，也跳下车朝小兵奔跑的方向追去："小兵，如果你还爱你的爷爷，你就给我站住！"

小兵终于停下了脚步，蹲在地上哭了起来。

追赶上来的李沙也气喘吁吁地顺势蹲下，再次将手放到小兵的肩上。这次小兵没有躲闪，李沙也没有说话，任凭小兵一个人无声地哭泣着。

李沙见小兵渐渐平息下来，就和颜悦色地问道："告诉我实话，你吸大麻有多长时间了？"

"只有一次。"小兵吞吞吐吐地说了一句。

"只有一次？"李沙用质疑的目光盯视着小兵。

"真的只有一次！那次还让郭奶奶给撞上了。不信，你把这些都拿去。"小兵说着就把手里装着大麻的小塑料袋递给了李沙，"我买大麻是为了讨好同学。Jose 是我在语言学校的唯一朋友，他让我捧场，我能不帮忙吗？不过我试了一次，遭罪，我就只买不吸了。"

李沙接过小兵手里的小塑料袋，把他从地上拉起来："咱们先回家，过两天我带你去看你小姨奶。"

小兵一言不发地站起身来，抹去脸上的泪水，跟着李沙朝汽车走去。

雷　醒

1

在市中心豪华的高楼大厦一角,坐落着一栋普通的三层平板楼,它像一个被遗忘的角落,掩映在两座几十层高的楼的身后,仿佛是一根竹笋在参天的竹林里悄无声息地生存着。

小楼的四周用廉价的铁丝网围成栅栏,把院落和街道分开,院子里除了灰突突的水泥地,还有一片杂草枯黄的小操场。几个中青年妇女散落地坐在草地上,一副老死不相往来的神情,独自守望着在简易滑梯上玩耍的自家幼儿。当李沙和小兵推开院门时,那几张写满心事的脸上才出现了几分生动。起初这些目光是好奇,不仅是大人,连小孩也停止了攀爬滑梯——寂寞而单调的生活使他们对周围任何变化都会在第一时间感受到,于是小孩的羡慕、大人的嫉妒,很快就演变成为"敌视"。

李沙和小兵同时感受到来自这些目光的压力,李沙明白自己不该穿去校园的职业装来到救济站,小兵也不该从头到脚一身名牌,但是小兵的感受却是七尺男儿就不该走进妇女收容站,与这些衣衫褴褛的妇孺一起,简直就是对自己最大的羞辱!

小兵转身就想离开,但是胳膊被李沙攥住:"你小姨奶在等着我们呢!"小兵无奈地把头低下,随着李沙穿过那片陌生人的目光。

推开楼房大门,里面是一个不大的客厅。客厅里除了有几个四五岁的男孩儿在奔跑嬉戏,其他的都是女性,连工作人员也不例外。

向红已经坐在这狭小的客厅里等待着李沙和小兵的到来。当她看到两个人出现在会客室的大门前,她像一阵风般跑过来,快乐地抱住了李沙和小兵。小兵动了动肩膀,不舒服地从向红的怀里挣脱出来。向红没有介意,兴奋地从工作人员手里接过来访者的签名簿,在上面签上自己的名字后,拉着李沙和小兵就朝自己的房间走去。

走廊很窄,两边布满了低矮的小门。在二楼的拐角处,向红推开了一扇小门。门开处,浓重的洋葱味与夹杂着婴儿奶水和尿布的腥气,从门里扑面而来。李沙和小兵同时往后退了一步。

"你就住这儿?"李沙狐疑地看了向红一眼。

"是呀。同屋刚生完孩子,味道有些不好,不过闻惯了也就闻不出味道来了。快进来啊!"向红带头走进了房间,李沙只好硬着头皮走了进去。

小兵原本想转身就走,无奈李沙的手搭在他的身后,他几乎是被推着走进了房间。

不大的房间被两张床挤满,一张是单人床,一张是用两张单人床拼成的双人床。双人床上坐着一个南美洲女孩儿,好像尚未成年,但是正敞开怀给怀里的婴儿喂奶。

小兵把头低得更厉害了。

单人床上堆满了杂物,向红把床上的物品往里面推了推,拍了拍床对李沙和小兵说:"坐吧。这儿没沙发,就将就着坐到我的床上吧。"

李沙的眼睛有些湿润:"向红,他们怎么把你和有小孩儿的人安排在一起了?"

向红却不以为意:"这就不错了。有些人还要住六七个人的上下铺呢!收容站的人问我会不会照顾孕妇,我说会。其实我没生过孩子,哪懂怎么照顾母婴啊?我不就图个清静嘛!这个女孩也怪可怜的,十四岁就当妈了。不过她也皮实,根本就不用我帮忙,只是孩子哭的时候我睡不好觉……"

小兵突然抬起头来,红着眼睛说:"小姨奶,我去为你做证!"

向红一时没有明白:"做证?做什么证?"

小兵目光坚定地看着向红:"迈克住着有花园、游泳池的豪宅,你却要住在这个猪圈不如的房间里。凭啥?!"

向红一时不知说什么好,就握着小兵的手说:"你什么都不用想,只要安心读书就好了。"

小兵决绝地说:"别再瞒我了,小姨奶,我都知道了。"

李沙对向红说:"我把你的情况都告诉小兵了。他大了,该与你一起分担困难了。"

向红放开小兵的手,将左手伸到李沙的面前:"哈桑已经向我求婚了,我办好离婚手续就结婚。"

向红的无名指上套着一个用红黑两色棉线编织的戒指,隐约可以看到 Isabella 的字样。

李沙一脸狐疑地问道:"你和迈克还没离呢,怎么就接受了哈桑的求婚?"

向红的脸上增添了一抹幸福的红晕:"只要哈桑爱我,其他的问题都会迎刃而解。"

李沙和小兵仍然不解地望着她。

向红越发兴奋起来:"我改变想法了。为了早些与哈桑结婚,我打算净身出户,不要迈克的一分钱。我昨晚已经跟迈克说了,他也同意。听说只要没有经济纠纷,在网上就可以办理离婚手续,比法院处理会缩短一半的时间。"

李沙担心地说:"你可要想好了,你和哈桑都没有固定收入,小兵还要上学,你一分钱都不要能行吗?"

向红扭头看了一眼双人床上的南美洲女孩,见她正忙着给孩子换尿布,没有关注他们,向红神秘地从包里掏出一枚很大的钻戒:"我已经想过了,哈桑的画在美国卖不出去是美国人不识货。我可以找我爸的学生帮他在中国办画展,包装一下,想卖多少钱就卖多少钱。眼下我把迈克给我的钻戒先卖了,三点几克拉,怎么也能卖个四五万美元,够给小兵交担保押金的啦。"

小兵把向红的手推到一旁:"小姨奶,我不会再花你的钱了,我已经长大成人了!"

向红疼爱地握住小兵的一只手说:"傻孩子,一旦完成了收养手续,你在美国读书就不用交学费啦。"

李沙用眼睛的余光瞟了一眼不远处的女孩儿,见她仍然专注于怀里的婴儿,就对向红小声说道:"你先把钻戒收好。"

向红将钻戒藏到自己的衬衫里。

李沙叹了口气说:"哈桑的话能信多少我不知道,不过黄律师在华人社区的口碑并不太好,你做事要当心啊。"

李沙话音刚落,小兵就对向红说:"小姨奶,我用一下你的电话。"

向红不解地问:"我已经给你的手机交月费了,怎么用完啦?"

小兵拿过向红的手机,一边拨打着电话一边说:"不是。这两次我给我奶打电话,她都不接。"

手机屏幕里出现了余科长枯瘦的胳膊和向阳的声音:"向红,我正在给小兵他爷爷洗脸,你等一下啊。"

小兵一下子就哭了起来,对着屏幕大声叫道:"爷爷! 爷爷!"

手机上出现向阳两只惊呆的眼睛:"小兵?"

小兵半晌才哽咽着说道:"奶奶,我都知道了,别再瞒我了。"

这时听到余科长挣扎的声音:"向阳,让我看看小兵!"

屏幕里出现了躺在床上的余科长那骨瘦如柴的脸颊和两行泪水:"小兵,爷爷想你啊!"

小兵泣不成声地叫道:"爷爷,我也想你! 我想回国去看你!"

向阳惊恐的表情出现在屏幕里:"那可使不得! 小兵,你爷爷有奶奶伺候着,你可千万别分心。你的任务就是好好读书!"

屏幕里传来余科长微弱的声音:"大孙子,听你奶奶的话,爷爷没事。"

小兵对着手机大声地喊道:"爷爷,你安心治病,等我有钱了,我就回去看你!"他说完就把手机丢给向红,还没等向红反应过来,已经跑出房间。

李沙一惊,赶紧追了出去。

2

清晨,李沙着一身职业女装走进厨房。正在准备早餐的郭燕用诧异的眼神看着她:"你这是要上班啊? 暑假咋这么短呢?"

李沙苦笑了一下:"你是真不知道还是假不知道? 我得重新找工作了。"

郭燕有些羞涩地说:"我估摸着有啥事,可是你和汉斯一会儿汉语一会儿英语的,我哪听得懂啊!"

李沙被逗笑了:"我俩从结婚就这么说话。你要是听见汉斯说汉语,那就说明他的心情不错;如果说英语,那就是他心里有气。我正相反,心情好的时候愿意说英语,心情不好的时候一定是说汉语!"

郭燕见李沙的脸多云转晴,自己也开心地大笑起来:"嗨,你倒是早点儿告诉我呀。我还琢磨呢,你们哪有那么多事儿要背着我呀?"

李沙降低了音量说:"我今天有个面试,你帮我注意一下小兵的动静。"

郭燕也神秘地凑到李沙的耳旁:"昨晚他房间里的灯开了一夜,不过他没到院子里吸烟。今早我趴在他的门缝闻了闻,也没有闻到大麻的味道。你放心,我肯定盯紧他。"

李沙想了一下又叮嘱道:"青少年心理敏感,特别是他刚刚知道自己的家事,你可千万别提这些事情。对了,我昨天跟东北王餐馆的老板谈过了,他听说你会做东北菜,很高兴,让我这个星期就带你过去面试一下。你跟春霞联络过了吗? 我可是跟人家说你是正式移民,正在等待绿卡。"

郭燕的神情黯淡下去:"春霞今早给我回话了,说月子中心的老板被保释出狱了,可是没人知道她现在在哪儿。春霞也在找她要钱,说有消息后就告诉我。"

李沙面露窘色:"那就只能等你拿到护照再找工作啦。"

郭燕心有不甘地说:"你就再跟饭店的老板说说,我又不是骗他,等我拿到护照再给他看呗。"

李沙面露窘色:"这不是说说那么简单。现在移民局抓得很紧,没有几家老板愿意铤而走险的。我得走啦,要不然就晚了。"

李沙抓起一片面包就往外走,郭燕叫道:"我熬了一锅小米粥,你吃完了再走嘛。"

李沙示意汉斯和小兵都在睡觉,郭燕这才止住了叫声。通往车房的门被李沙从身后关上。

郭燕一脸失落地拿起一份中文报纸,目光再度落在报上画着圆圈的广告上。她拿起手机拨通了电话。"How may I help you?"郭燕一听是英语,马上关上了手机。

她沉思了一下,转身朝小兵的房间走去。

3

郭燕在小兵的房门外大着嗓子喊道："小兵,起床了吗?"

房间传出小兵懒洋洋的声音："有事吗?"

郭燕二话没说就推门走了进去。

刚刚醒来的小兵赶紧将被子拽到自己的下巴上,惊慌地叫道："你怎么不经过允许就乱闯别人的房间呢?"

郭燕不以为然地说："我都是你奶奶辈的人了,有啥不好意思的。郭奶奶有事求你,你帮我问问这家餐馆,我去给他们打工行不?"

小兵看了一眼广告："这不是中餐馆吗? 你自己跟他们说呗。"

郭燕有些不好意思："我打过,可是他们跟我说英语。"

小兵拿过报纸看了看："还有这事? 我跟他们说。"

郭燕讨好地把自己的手机递了过去。

小兵拨通了电话,先说了几句英语,但是很快就用汉语交流起来。他把手机递给了郭燕："他们可以说中国话。"

郭燕赶紧接过电话介绍了自己的情况："我叫郭燕。当然是合法居留! 工卡? 我马上就拿绿卡了。今天下午就去面试? 太好了,谢谢老板。"郭燕撂下电话激动得不知道如何表达兴奋的心情,一个劲地在原地拍着手说,"我能工作啦! 我能工作啦!"

小兵不以为然地摇了摇头："你也不问问是什么工种? 给你多少钱?"

郭燕想了一下,万分感慨地说："多少钱都比不赚钱强。你说,我的护照也不知道哪天能拿回来,我在这儿白吃白住,心里不舒坦哪! 唉,人在屋檐下不得不低头。我寻思着每天给大家做三顿饭,也算是我的回报吧? 可总是我一个人吃,好像我嘴馋似的。我学做西餐吧? 你李沙奶奶又说我做的是中式西餐。唉,当年我们在兵团那会儿,睡的是一张床,吃的是一锅饭,咋活着活着就变样了呢?"

小兵不以为然："你就知足吧! 你现在免费住着有游泳池的别墅,还是个单间,你还有啥埋怨的!"

郭燕惊讶地看了小兵一眼,半晌才说："你说的也是。哎,小兵,郭奶奶求你帮个忙。餐馆老板说下午 2 点见我,你帮我叫辆车呗?"

"Uber?"

"对,就是你常要的那种。"

"你手机账上有钱吗?"

"你也太小瞧你郭奶奶了。别看我从农村来,我们可是国有农场,月月都有退休金打到我的卡上。"

小兵被郭燕一句无心的话刺痛了。农村? 农场? 农管局? 这对于郭燕不就是一个概念嘛! 尽管郭燕并不知道小兵的身世,但是小兵自从知道父亲因为贪污入狱,他觉得自己在最瞧不起的郭燕面前也低人一等。他用不耐烦的神情去武装自己的自尊,把手一挥:"说那么多没用的干啥? 我问你手机有没有跟你的银行账号绑定,是因为 Uber 在网上收费。"

郭燕马上把手机递了过去:"嗨,你咋不早说呢? 有。"

小兵一边摆弄手机一边说:"我给你下个软件,你要车的时候点击一下就行了。没事了吧? 我要起床了。"

郭燕开心地捣鼓着手机,头也不抬地说道:"可不是咋的,你真该起床了!"

小兵没动,眼睛不满地盯着郭燕。郭燕这才意识到小兵是让她离开。

"这孩子!"郭燕嘴里嘟囔着离开了房间。

小兵看着郭燕身后的房门依然敞开着,无可奈何地起身把房门关上。

4

在一所中学的停车场上,身着职业女装的李沙一脸疲惫地朝自己的汽车走去。

她坐进车里并没有急于启动汽车,而是把脸伏在了方向盘上,耳边回荡着面试她的那位副校长和自己的对话:

"We don't have the budget for hiring someone who has a Ph. D. degree. I am so sorry that you are over qualified for our school. (我们没有经费雇用有博士学位的人,我很抱歉你的资历超过我们招聘的标准。)"

"I would be very happy if you hire me. I don't mind what kind of position that you give me.（只要你雇用我，我不在乎给我什么职位。）"

"Why? You could find a better job with your teaching experiences, right?（为什么？以你的教学经验，应该找适合的工作。对吗？）"

为什么？理由很简单，我需要一份可以保全家的医疗保险！可是我能这样说吗？即使我说了，我就能得到这份工作了吗？不能。因为我亵渎了教书育人的职业。我该怎么办呢？

李沙万万没有想到，寻找一份教书的职业并不容易，特别是要在公立学校得到教职，这的确不是一朝一夕的事情。可是，汉斯马上就要动手术，唯一能够帮助自己家走出经济困境的办法，就是找到一份联邦政府的工作。只有这样才能让汉斯享受到免费的医疗保险！

唉，人啊，只有失去了才知道惋惜……可是晚了！都怪自己一时任性丢掉了公立大学的教书工作，还让汉斯接手薛大鹏的案子"作茧自缚"。现在可倒好，到中学教书都没有人要！

她抬起头来拿起副驾驶座位上的一张纸，在上面原本已经画了"×"的几个大学的名字下面，又在 Ocean High School 上打了一个"×"，然后从信封中取出联邦邮政部门的录取表格，毅然决然地签下自己的名字：Elizabeth Schneider。

5

一个不大的中餐馆坐落在一个小型的商业中心里。"Yan Guo"，郭燕刚刚在一张表格上签了自己的名字，并抬起头将表格郑重其事地递交给身旁穿着围裙的老板。

五十多岁的店老板把表格往前台油腻腻的抽屉里一扔，瓮声瓮气地说：

"没护照，薪水要比政府规定的基本工资少两块。"

"那是多少啊？"郭燕小心翼翼地问道。

"每小时十美元。"老板有些不耐烦地答道。

一小时十美元，那么八小时就是八十美元。妈呀，我一天就能赚五百人民币，十天就是五千，一个月就是一万五啊！

"没问题，老板。"郭燕激动地答道。

"走吧，我带你去后厨。你的工作就是给我准备食材。"

郭燕这才知道老板就是大厨，餐馆主要以送外卖为主。

店里除了郭燕和老板，还有一个端盘子洗碗的墨西哥男人，外加一位接听电话订单和招待在餐馆里用餐的顾客的老板娘。当然，还有几个从后门进出的送餐小哥，他们从不进后厨，每次从老板娘那里拿起准备好的食物就走，所以郭燕视他们于无形。

厨房空间不大，被抽烟机、洗碗机的噪音充斥着。老板指了指砧板旁的一堆洋葱说："洋葱会切吧？切细点儿！"老板说完就颠大勺去了。

郭燕在烟雾缭绕的厨房里切着洋葱，并不时用手擦去洋葱刺激出来的眼泪。谁知手上的洋葱刺激出来更多的泪水，她只好跑到水池清洗了一下眼睛，这才接着干活。

"洋葱切好了吗？"做菜的大厨高声叫道，当他接过郭燕递过来的一大盆洋葱时，板着面孔吼道，"怎么这么粗？没长眼睛啊？"

郭燕睁大泪眼刚想辩解，却见那个端盘子洗碗的墨西哥人冲进厨房，对老板说了一句什么，老板转身就把郭燕拽到后门："去厕所！"

郭燕被这突如其来的一幕搞得莫名其妙，正在发愣之际，已被墨西哥男人拽出后门，朝不远处的公共厕所跑去。

后门与几家小店共享一个走廊，走廊的一侧是公共厕所。墨西哥人拽着郭燕就钻进了男厕所。

厕所里面有三个可以关上小门的坐便池，外面还有三个小便池。郭燕不明就里地被墨西哥男人拽进了其中一个有坐便池的小门，并且小门被墨西哥人插上了门闩。

神情慌张的墨西哥男人把脸贴在厕所门上，通过门缝朝外面窥探；郭燕也学着他顺着门缝向外张望，却看见有一个男人走到小便池旁小便……她赶紧把目光缩了回来。

在窄小的空间里，郭燕不知道自己的脸应该对着墨西哥人还是背过去，试了两下，觉得还是面对面比较安全。

刚刚在餐馆工作还不到一个小时的郭燕，只知道身边这个中年墨西哥男人负责收拾餐厅的碗筷和外卖打包，她连他叫什么名字都还不知道！

对视中，郭燕的脑海在翻江倒海："这男人长得也够难看的了！短粗胖，还一脸的青春痘！糟了,他咋用那种眼光看我呢？他咋用后背堵住了门的开关啦？他别是生出歹意了吧？我可是都能做他妈妈的人啦！不行,我要给老板打个电话。”

郭燕拨打餐馆电话没人接,只有留言。她刚想说话,手机就被墨西哥男人夺走。男人向她说了一句什么,她也没有听懂。不过,这一系列的尴尬仅停留了一分钟,郭燕又从墨西哥人的手中夺回了自己的手机,并以最快的速度打开微信,想向李沙求救。说时迟,那时快,墨西哥人也不含糊,说了句“NO”就再次从郭燕的手里夺过了手机。这下郭燕可真的火了,不顾一切地与墨西哥男人在窄小的厕所里撕扯了起来。

老板在厕所的小门外喊道“Let's work(工作了)”,墨西哥男人顿时住手,不再理会郭燕的手机,打开厕所的小门便冲了出去。

受到惊吓的郭燕半天没动,直到门外的餐厅老板再次催促:“移民局的人走了,快出来干活儿吧!”

郭燕把凌乱的头发捋了捋说:“我又不是非法移民,你为啥让我也躲起来？”

老板没好气地说:“你不是没有护照吗？没有登记就不合法。快去切菜吧,我们刚刚接到一个二十人的订餐。”

老板说完转身走出厕所。郭燕想了一下,也跟了出去。

6

天色已晚,李沙推开家门,发现房间里一片昏暗,只有小兵的房间露出一丝光亮。她走过去敲了敲门,半晌才见小兵出来开门。

小兵一脸倦容地打开房门,但是没请李沙进屋:“什么事？”

李沙下意识地朝小兵的房间扫了一眼,并没有发现什么异常,只有合上的手提电脑不和谐地摊在被子上。

小兵自我解嘲地说:“抽查呀？我没吸。”

李沙尴尬地笑了笑:“你郭奶奶呢？”

小兵把头伸出房门瞧了瞧:“还没回来呀？她去应聘中餐馆的工作,下午就走了。”

李沙一惊:"她跟谁去的?"

小兵一笑:"Uber,我帮她要的。"

李沙若有所思地说:"好吧,我给她打个电话。"

李沙打开微信,郭燕的留言马上映入眼帘:我找到工作了,大厨助理。晚上9点下班,你们自己做吃的吧。

李沙从冰箱里拿出一些食材正准备做饭,就听到有人把大门敲得噼啪山响。

谁呀,怎么不按门铃? 李沙警觉地朝大门走去,悄悄地从猫眼向外望了一下——嗨,是郭燕!

"你不是说9点才下班吗? 怎么这么早就回来了?"李沙把门打开。

"可别提了,这家餐馆没一个好人! 明明是老墨打碎了一打盘子,他跟老板说是我碰翻了架子上的盘子。老板也是个骗子,明明知道不是我干的,却要扣我的工资。哼,老娘我惹不起还躲不起?"郭燕一边进屋一边大声地说着。

"没拿到工钱吧?"李沙忍俊不禁地笑了起来。

"今天算是赔了,来回打车就花了四十美金。"郭燕大大咧咧地说着,"哎,你咋样? 找到工作了吗?"

李沙愣了一下,然后说:"找到了,明天上班。"

"还是有文化好啊,想找工作就能找到。不像我,给大厨打下手都不够格。唉,人比人气死人哪! 你去歇着,我来做饭。"郭燕说着就把李沙拿出来的蔬菜又放回冰箱,然后拿出一团肉馅说,"我知道汉斯喜欢吃肉,我在网上学了咋做奶油肉饼。你打个电话,让汉斯回家吃饭。"

说话间汉斯推门进来,郭燕高兴地叫道:"说曹操,曹操就到!"

汉斯一脸疲惫地朝李沙和郭燕挥了挥手,郭燕没有看到汉斯脸上的疲倦神情,迎上前把肉馅高高地举到汉斯的面前:"今晚我给你做奶油肉饼!"

汉斯躲闪了一下,不置可否地朝楼上走去。李沙不安地想随汉斯上楼,可是看到有些尴尬的郭燕仍然手举着肉馅站在原地,就赶紧安慰道:"汉斯最近身体不好,没胃口,你别往心里去。"她说完就朝上楼的汉斯追去。

郭燕把肉馅往台子上一丢,拿起手机就给春霞打了一个电话:"春霞,护照啥时候能拿到呀? 好,你有消息一定要告诉我啊!"

放下电话的郭燕,六神无主地坐在了椅子上。

<h1 style="text-align:center">7</h1>

李沙走进卧室,发现汉斯和衣躺在床上。

李沙走过去问道:"Are you ok?(你没事吧?)"

汉斯微笑了一下,用嘶哑的声音说:"I am fine.(我很好。)今天为一个车祸出庭,有点累,没关系。"

李沙心疼地坐到他的身旁:"你不能再工作了,你要赶快做手术!"汉斯安慰着李沙:"这个星期五薛大鹏的案子就会有结果,我已经与医生定了下个星期一动手术。"

李沙一惊:"这么快?"

汉斯长吁了一口气:"不快了。医生两个星期前就告诉我要马上手术。"

李沙挤出一丝微笑:"我们说好,不论薛大鹏的案子怎么样,你下个星期都要手术。"

汉斯笑着说:"是,太太!你今天又去面试了吗?"

李沙轻叹了一口气:"马上找到公立学校的工作很难,我想试试别的工作。"

汉斯握着李沙的手说:"你想做什么我都支持你。不要有压力。"李沙站起身来:"郭燕要做奶油肉饼,你要不要先吃一点再休息呢?"汉斯一脸疲倦地说:"谢谢郭燕,我想我现在需要休息。"

李沙推开房门扭头说道:"好,你休息吧。一会儿你想吃什么,我给你做。"走出卧房的李沙随手把门关上。她没有离开,而是靠在门旁泪流满面,无声地哭泣起来。

从何时起自己就想大哭一场?从辞掉工作?没有,那时的自己并没有挫折感,反而觉得是一次心灵的解放。从得知汉斯患癌?好像有些关系,但是那时的内心更多的是同舟共济的坚强。那么,从什么时候自己的内心脆弱到不堪一击了呢?面试!

李沙索性坐到楼梯上任泪水四溢。她万万没有想到,即使自己愿意顶着博士的桂冠去中小学校教书,人家也会毫不留情地告诉她"Over Qualify

（超过资格）"。几天来,她有一种被全世界抛弃了的感觉:为了得到联邦政府的医疗保险,她明天就要以邮差的身份为自家方圆几里的左邻右舍送信和取信!

自己在大学任教快二十年,现在却要在邻居们的眼皮底下干一份不需要大学文凭的体力工作……情何以堪!然而这份无法言说的委屈能向谁去诉说?汉斯吗?显然不能——都是自己的任性才使汉斯失去了医保,并且拿出了所有的积蓄担保薛大鹏出狱。儿子吗?当然不能——他刚刚被总部派到欧洲工作不到一年,汉斯不想让儿子知道他生病的事情。郭燕和向红吗?她们都是初来乍到,自己的麻烦都要依赖于她来解决,跟她们说等于忙中添乱!

说来也奇怪,一直强忍于心的泪水漫过脸颊之后,李沙的心情反而平静了许多。

她抹去脸上的泪水,从走廊的壁橱里拿出一顶汉斯打高尔夫球戴的帽子和一个大口罩,然后深深地吸了一口气,装出若无其事的样子走下楼去。

第六章　衰

"衰",常见的含义是"事物发展转向微弱";网络上不管发音是"shuai"还是"cui",只要与人和事沾上边,即为倒霉,倒霉,真倒霉!

衰事连连

1

8月,南加州的白天骄阳似火。站在李沙家厨房窗户前的郭燕,鬼鬼祟祟地朝窗外张望着,并发给小兵一条微信:快到厨房来!

发完信息的郭燕,把目光又盯在了窗外的街道上。

街道上静悄悄的,没有行人,只有一位穿运动装、戴着防晒帽和大墨镜的邮差在往连排信箱中投放着信件。

小兵蓬头垢面地走进厨房:"啥事?"

郭燕朝他招了招手:"你过来。"

小兵不情愿地走了过去:"啥事这么偷偷摸摸的?"

郭燕神秘地说道:"看见那个送信的人没有? 人家送信总是把车开到信箱前,她可倒好,把车停得远远的,还东张西望的,好像在干什么见不得人的事情。"

小兵朝窗外看了一眼说:"那不是李奶奶嘛。"

郭燕笑了:"这孩子,净瞎说!"

小兵不以为然:"不信你就出去看看嘛。那个帽子我戴过,是耐克牌子,李奶奶的墨镜也是去年新款 CHANEL……哎,是呀,李奶奶不是大学教授吗,她怎么会当邮差呢? 我出去看看!"

郭燕一把拽住往外走的小兵:"哎,你回来。你李沙奶奶我还不认识?

你赶快回屋学习去,别想找个理由就往外跑。"

小兵不服气地说:"叫我出来的是你,叫我回去的也是你! 别那么大牌好不好!"

郭燕连推带拽地把小兵往他房间里带:"好好好,郭奶奶听你的。一会儿做你喜欢吃的炸酱面! 去把头梳梳,别跟没娘的孩子似的。"

郭燕意识到自己说错了话,赶紧补上一句:"我不是那个意思,别多心,啊!"

小兵并没介意,还故意用手把头发弄得更乱,做了个鬼脸回自己的房间去了。

郭燕见小兵走了,就悄悄地又回到窗前向外张望——送信的人已经朝远处停放邮局专车的地方走去。

郭燕灵机一动,走出李沙家的前门,顺着邮差消失的地方追去。

2

邮局专车的司机位置上,左右两边都没有车门,以方便邮差随时从两边下车。

车上的时钟显示时间是中午 12 点 13 分,刚刚坐进驾驶室的邮差摘掉了帽子和墨镜,擦去了额头上的汗,长吁了一口气,从包里掏出一个三明治吃了起来。

"李沙!"郭燕试着叫了一声,没想到应声回头的人真是李沙!

嘴里嚼着三明治的李沙一时语塞。郭燕不管三七二十一,扑过去夺下李沙手里的三明治:"姐,别啃这冰凉的面包了。走,跟我回家,我给你做饭吃。"

李沙的眼圈一下子就湿润了,她故作镇静地说:"我在工作,晚上再回家吃你做的饭。"

郭燕仍然倔强地拽着李沙的胳膊:"你这不是糟践自己吗? 你是大学教授,咋能让你干这活儿呢?"

李沙下车握住郭燕的手:"对不起,郭燕,我没跟你说,是因为我也没过自己这一关。你看,大热的天我把自己捂得严严实实的,就是怕左邻右舍认出我来。不瞒你说，我干这份工作不仅是为了赚钱，更重要的是可以让汉斯获得最好的医疗保险。"

郭燕懵懂地说："啥意思？我咋没听明白呢？"

李沙长叹了一声："汉斯得了癌症。"

郭燕一惊："癌症？妈呀，重不重啊？"

"是喉癌。医生说发现得早，只要手术成功，复发率很低。"

"那就赶紧做呀！你们家不会连手术费都没有吧？"

"一言难尽啊！我让汉斯帮薛大鹏，汉斯拿出三十万担保大鹏出狱。要是大鹏有钱在三个月里把惩罚金付上倒也没事，可是他要付不上，法庭就会动用我们家的财产。美国的医疗费很贵，汉斯的手术也不知道会是什么情况，所以我现在只要能得到免费的医保，干什么工作都不重要啦。"

"你家汉斯知道你在干、干这个吗？"

"现在还不知道，我打算自己适应了这份工作再告诉他。"

郭燕想了一下："你先别跟他说，我帮你想办法。"

李沙惊讶地看着郭燕："你？你有什么办法？"

"我明天就跟那家老板说说，再回去给他打工。和你相比，我那点儿委屈算个啥呀！在餐馆打工怎么也赚个三千两千的吧？你就好好在家照顾汉斯吧。"

李沙忍不住笑了："亏你想得出！你没拿到护照之前是不能打工的！"郭燕难为情地挤出一句话："那我也不能总在你这儿白吃白住啊！"李沙拉住郭燕的手："你说哪儿去了。现在不是你需要我，是我需要你。"郭燕不解地说："我？"

李沙真诚地说："最近要不是你在我这儿，我还要担心小兵的事情呢。"郭燕不习惯别人握着自己的手，她把手从李沙的手中抽出来："你别说，小兵现在除了不喜欢梳头洗脸，在家待得还挺老实的。"

李沙走上邮车："汉斯下星期一手术，我刚刚上班不能请假照顾他，你在家就是对我的最大帮助。"

郭燕就像一个孩子做了好事被大人肯定那么开心，对着驾驶室里的李沙大声地说道："你就放心吧，吃的喝的我会把姐夫照顾得好好的！"

李沙一边戴上墨镜、口罩和遮阳帽，一边对郭燕说道："有你这句话我就放心了。我还要去送信,到时间要把车还回去!"

李沙说着就启动了邮车。郭燕望着李沙在三伏天把自己遮得严严实实,难过得嘀咕了一句:"这话说的,咋能让你干这个活儿呢?"

李沙没有听清郭燕的话:"你说什么?"

郭燕抹了一下眼泪说:"没啥,我就是觉得委屈你啦!"

李沙向郭燕挥了挥手:"咱们在北大荒的时候啥苦没吃过,这不算事儿!晚上见。"

郭燕目送着李沙开车远去。

3

邮局后院停着一排送信专车,从后门走出来的李沙已经脱去送信时的穿戴,身着白领职业女装,钻进了自己的奔驰跑车。

李沙没有急于启动汽车,而是坐在驾驶座位上查看手机。大鹏?她看到薛大鹏在微信中给她留了几条信息:"李沙,我终于出狱了!终于可以用自己的手机给你留言了!谢谢你,谢谢汉斯,是你们给了我新生!""李沙,我终于呼吸到自由的空气了,真好啊!"

李沙看了一下留言时间,已经有一个小时了。李沙这才想起汉斯告诉过她,今天上午法院将宣布薛大鹏是否可以出狱。

自己怎么可以忘记这么重要的事情呢?李沙赶紧点击"谁主沉浮"的音频功能,手机里马上传来薛大鹏的声音:"李沙吗?我是薛大鹏!终于能跟你通话了。"

李沙一时语塞,积攒了大半年的话却找不到一句合适的言辞:这老成的语调是陌生的,找寻不到属于北大荒时的那段记忆。她可以在郭燕和向红以至于汉斯面前一口一声地叫他"大鹏",可是此刻她却觉得不妥,那样会使自己觉得矫情。为什么会有这种感觉?

李沙的沉默使薛大鹏误解了她的感受,那个陌生的声音再次响起:"我出狱的第一件事就是想见你!"

李沙终于明白自己应该如何回答了:"薛大鹏,恭喜你啊!汉斯都跟我说了,我们都为你高兴。"

薛大鹏的声音少了一丝缠绵,多了一些硬朗:"我由衷地感谢施耐德律师,没有他的帮助我不可能这么快就出来。当然,我知道这一切都归功于你,没有你的情谊,施耐德律师是不可能在没有律师费的情况下这么帮我。"

李沙真诚地说:"你刚刚出来,先好好休整一下,改天为你接风洗尘。"

薛大鹏提高了声音,多出了一丝李沙熟悉的男高音特有的响亮和清脆:"我现在已经坐上'灰狗'大巴啦,再有两个小时就应该能到你家了。"

李沙一惊:"我家?"

薛大鹏的男高音更加生动起来:"施耐德律师已经把地址给我了,但是他不知道我今天就去。李沙,我要在重生的第一时刻见到你,要当面谢谢你!"

李沙的情绪也被薛大鹏的声音所感染,带着兴奋的心情说:"大巴几点到?"

薛大鹏:"如果不堵车的话,到市中心应该是 7 点。"

李沙加快了语速:"向红住在市中心,我让她接你一块到我家。你等我的消息。"

李沙撂下电话就拨通了向红的手机:"向红,薛大鹏出狱了,想看看我们。如果你今晚没事,能不能打个 Uber 去灰狗总站接他一下? 7 点到。对,你俩直接到我家,我和郭燕准备晚餐。好,你用微信跟他直接联络吧。"

与向红通过话,李沙又给郭燕打了电话:"郭燕,大鹏出狱了,今晚来看望我们。你把冰箱里的鱼、虾和肉都拿出来缓着,等我回家后咱们一起做几个菜,为大鹏庆贺!"

接着,她又打电话给汉斯:"Honey,Where are you?(亲爱的,你在哪儿?)"

"I am on the way home from San Diego.(我在从圣地亚哥回家的路上。)"手机里传来汉斯疲惫的声音。

"那你为什么不带薛大鹏一起来呢?"李沙脱口而出。

"What does that mean?(什么意思?)"汉斯不解地问道。

"Never mind.(算了。)你几点到家?"李沙本想感谢汉斯帮助薛大鹏出狱,但是汉斯木讷的口吻让她深感失望,就把想说的话变得具体。

"7 点吧。"汉斯的口吻仍然是无惊无喜。

"好，一会儿见。"李沙也失去了聊天的兴致。

李沙与汉斯通过话后，发现薛大鹏又有留言。她打开"谁主沉浮"的微信，看到上面有一首诗："终日不成章，泣涕零如雨；思君令人老，浮云蔽日长。"

李沙的心咯噔一下，差一点提到了嗓子眼儿：这不是他上大学时写给自己的习作吗？当时有五六首吧？这么明显的示爱，自己竟没看出来，还给人家指手画脚地评判了一番。怎么回？当年不谙世事可以作为笑谈一笑了之，可是今日半生已逝，不可能装作不懂吧？

李沙僵直地坐在车里，如同思想僵化了一样，脑海瞬间空白。

手机响了，郭燕在里面兴奋地叫着："姐，我把今晚儿的菜单跟你念叨念叨。六个热菜有溜肉段、糖醋鱼、红烧肉、小鸡炖蘑菇、挂浆土豆和炸大虾，两个凉菜有炸花生米和拌凉菜。"

李沙的意识在郭燕的大呼小叫中复苏："做这么多菜？家里的食材够吗？"

郭燕胸有成竹地说："什么都有，就是没有生姜啦。你回家时买一块咋样？"

李沙赶紧说："没问题，我现在就去。"

与郭燕通完电话，李沙突然觉得自己的头脑格外清醒——自己必须让薛大鹏丢弃幻想，明白他和她之间从来就不存在男欢女爱的情感纠葛。过去没有，现在没有，将来也不可能有！

李沙没有丝毫犹豫就在"谁主沉浮"的微信中写道："要谢就谢谢汉斯吧！原谅我当年才疏学浅，对你的诗词乱加评论。不过直到今天仍无起色，依然只懂得'平平仄平平，仄仄仄平平'。期待见面！"

写完留言，李沙如释重负地点击了"发送"，然后启动了汽车，离开了邮局。

李沙回到家中，发现满屋子都是油烟。她走进厨房，发现郭燕正在手忙脚乱地做菜。四个灶头都开着：一个炸肉，一个炸鱼，一个炸花生米，一个炖鸡,整个厨房摆满了各种食材,连地上都散落着拌凉菜用的各式青菜的碎末,并且被郭燕踩得到处都是。

李沙的眉头略微一皱,但是她发现正在一旁剥蒜头的小兵看到了自己,就连忙带着微笑走进厨房:"这么热闹。"

小兵瞥了郭燕一眼:"可不是,这架势可大了,剥蒜都要有专人。"

由于排烟罩的噪音,在专心致志做菜的郭燕并没有听到小兵和李沙的对话,仍然在四个炉头上忙碌着。

李沙顾不上换衣服,赶紧将客厅和厨房的门窗打开……就在这时,汉斯走进房间,刚想说话就被油烟呛得咳嗽不止。

李沙赶紧向汉斯解释:"燕也是好意,觉得薛大鹏出狱了,我们多做几个菜招待他一下。"

汉斯终于止住了咳嗽,用嘶哑的声音说:"Dr. 薛怎么没有告诉我?"

李沙随口说道:"他说要给你一个惊喜,当面谢谢你对他的帮助!"

汉斯的语气里有了一丝醋意:"我帮他办理的出狱手续,我会 surprise (惊喜)吗?我告诉了他我要给你一个 surprise,他不应该抢走我送给你的这份惊喜。"

李沙知道美国人酷爱"surprise",喜欢通过精心策划出来的意外惊喜来表达他们的情感。所以,李沙并没有介意汉斯的态度,含笑地说:"这就是你没有告诉我的原因吧?"

汉斯对李沙的友善表情没有做出任何回应,语气疲惫地说:"Doesn't matter,You knew it already.(无所谓,你已经知道了。)Tell Yan,don't cook,we will go out to eat.(告诉燕,别做了,我们出去吃。)"

说着,汉斯将厨房的另一扇窗户也完全打开。

由于郭燕听不清楚李沙在说什么,她把排烟罩关掉,大声地说:"啥?下馆子?疯了?我去跟汉斯讲!"

郭燕把三个炉头都关掉,走到汉斯面前严肃地说:"做这几个菜我不累。李沙都跟我说了,你手术需要钱,咱们能省就省,别去餐馆吃了。你说,我在你们这儿白吃白住,干点活儿还不是应该的……"

郭燕的话让汉斯的眉头越皱越紧,李沙示意郭燕住嘴,可是郭燕觉得汉斯眉头紧皱是没有听明白她的好意。她无视于李沙的眼神,继续在汉斯面前表白在家里做饭的好处。

汉斯终于不顾男人的风度，转身用冰冷的眼神直视李沙，用嘶哑的嗓子一字一句地说道："I told you many times that we will be Ok. I don't understand why you told people about our finance.（我告诉你多少次，我们没有问题。我不懂你为什么要把我们家的财务状况告诉别人。）"

郭燕不懂汉斯在说什么，但是她从汉斯的眼神里看到了冷漠与愤怒。她顾不上讨好汉斯，也不管汉斯听懂听不懂，语速比往常快了一倍："你得病咋的？有功啊？你有病我姐心里也急啊！没钱有啥不光彩的，好日子能过，坏日子也能过。我姐为你啥都豁出去了……"

李沙这下可真急了，上前就把郭燕推进了厨房。

偷眼旁观的小兵忍不住白了郭燕一眼："做饭得了，瞎搅和。"小兵的话无异于火上浇油，气得郭燕把炒锅颠得叮当山响。

汉斯又是一阵狂咳，李沙赶紧去厨房给他倒一杯热水。等李沙回到客厅时，汉斯已经不在啦。

李沙一边嘀咕着"人呢"，一边朝书房走去。

小兵指了指通向车库的门说："他走了。"

"嗯？"李沙一惊，急忙推开通往车库的房门。此刻，车库的卷门正在慢慢地合上——汉斯的车位已经空了。

善于察言观色的小兵，对失魂落魄的李沙说："要不要我把他追回来？"

李沙故作镇静地对小兵说："别担心，他一会儿就会回来。你去帮郭奶奶的忙，我换件衣服就来。"

李沙说完便朝楼上的卧室走去。

小兵跑到厨房对着正在忙着做菜的郭燕说道："你惹祸了吧！"

郭燕头都没抬，接着做她的菜："咋的啦？汉斯生气了？"

小兵眼睛一瞪："生气？人都被气走了！"

郭燕一惊，抬头问道："那你李奶奶呢？"

小兵故意把声音拉长了："上楼了。"

郭燕紧张地说："快过来，我教你咋炸肉段儿，我要上楼看看你李奶奶。"小兵认真地听着郭燕教他怎么把沾满了淀粉的肉块儿放到滚烫的油里炸，到什么火候算是炸好了，如何把它们捞出来用纸巾把肉上面的明油吸干⋯⋯

5

李沙走进卧室并没有急于换衣服,而是失魂落魄地瘫坐在床上。她几次想给汉斯打电话,但是拿起了手机又放下,最后还是用手机给汉斯发了一条信息:"We'll wait for you for dinner.(我们等你吃晚饭。)"

留言发出去之后,她的神情略显安定,随手点开微信,看到了向红的留言:"薛大鹏已接到,正在去你家的路上。"

李沙看见"谁主沉浮"也有一个文字留言:谢谢你,李沙。你的留言终于让我获得了解脱,让我不会在恩人面前做一个罪人!你找了个好先生,珍惜!放心吧,我会从头再来!一会儿见!

李沙的脸上露出了一丝苦笑。她听到楼下的门铃响了,开门声之后是郭燕的哭声⋯⋯她心头一惊,急忙打开卧室的门朝楼下冲去。

走到楼下的李沙看到郭燕搂着薛大鹏鼻涕一把泪一把地边哭边说:"你可出来了,那地方哪儿是你待的地方呀!"说着把眼泪一抹,泪中带笑地又抱住了向红,"你说说,当年在北大荒,咋也想不到咱们又在美国这旮旯见面了。"

一进门就被郭燕"忆苦思甜"的欢迎方式弄得尴尬不已的薛大鹏,首先看到了冲下楼梯的李沙。

其实李沙也最先看到了薛大鹏,并惊讶于他的变化——他比微信上的照片里消瘦了一些,尽管秃头已经长出短发,但是短发已经黑白参半,眼镜片后面的目光也少了往日咄咄逼人的神情,多了一分谦恭大度的淡然。特别是笔挺的西装配上质地和颜色都很和谐的衬衫、领带,使薛大鹏看上去风度翩翩,儒雅可亲。这一印象出乎李沙的意料,因为这与她在监狱里看到的薛大鹏判若两人。

薛大鹏看着从楼梯上走下来的李沙,惊呆了——她比微信里的照片更加生动,尽管皮肤没有年轻时那么紧致,但是姣好的身材和雍容高雅的气质,却是北大荒时的李沙无法比拟的,也是自己的太太刘娜身上所欠缺的。尽管他们在监狱里有过一面之交,但是那时他的感官是麻木的,一切注意力都放在了自己的生存上。

也许四目相对只是一瞬,但是李沙和薛大鹏同时觉察到这一瞬间的失态,他们借助郭燕拥抱向红的瞬间恢复了常态。

薛大鹏将手中的一大束鲜花递给了李沙,李沙隔着鲜花拥抱了薛大鹏一下。简短、简洁、转瞬即逝的肢体接触,是美国社交场合约定俗成的礼仪式的拥抱。薛大鹏的眼睛有些湿润,李沙却假装没有留意,转身又去拥抱向红:"谢谢你把大鹏接来。"

向红开玩笑似的说:"要不是你发话让他跟我来,他可能连我的电话都不接呢!"

薛大鹏知道向红是指半年前在机场他挂断她电话的事情。

不明就里的郭燕,一边把薛大鹏和向红朝房间里推,一边吩咐着小兵摆桌子。

小兵见到小姨奶格外高兴,也想好好地表现一下,所以二话没说,很快就按照西方人的习惯把餐桌上的杯碗刀叉都摆放好了。

郭燕见小兵这次没有顶撞自己,觉得特有面子,更加像个大管家一样地张罗着大家入座。

按照西方人的习惯,长条桌的两头通常是男女主人各坐一头,客人坐在两边。可是众人坐定,李沙对面的椅子却是空的。薛大鹏不安地问李沙:"施耐德律师呢?怎么没有看到他?"

李沙正想回答,端菜上桌的郭燕说道:"都怪我嘴欠,把人家给气走了。姐,要不你给他打个电话?只要他回来吃饭,我给他赔礼道歉都行。"

李沙看了一下表,已经 8 点 12 分了,她尽量忍住心中的不快说:"大家都饿了,别等他了。"

郭燕把手一挥:"没关系,咱们按照北大荒的规矩,先就着凉菜喝酒,等我姐夫回来再开席。这是我做的东北凉拌菜和花生米,大家先吃着。来,为薛大鹏重获新生干杯!"

郭燕说着就把手中的酒一饮而尽,然后张罗着每个人都必须喝干杯中酒。

李沙趁乱又看了一眼手机,留言中仍然只有她发给汉斯的文字,没有汉斯的回复。她的眼里闪现出一丝失望。为了掩饰自己的情绪,她借着郭燕劝酒的机会,把杯中酒一饮而尽。

喝着可口可乐的小兵在一旁起哄:"厉害! 真给力!"

李沙给自己的杯中斟满了酒,对大家说:"今天我们能在美国一起喝酒,这是多么难得的事情啊。我敬大家一杯。"说完又是一饮而尽。

李沙的豪饮让薛大鹏和向红不由得对视了一下,没等他们做出任何反应,郭燕也跟着把杯中的酒喝光,并逼着薛大鹏也要喝光杯里的酒:"这杯酒你必须喝。不喝,就是对不起我姐和我姐夫。"

薛大鹏求饶般地对郭燕说:"我在里面大半年都没沾过酒了,我慢慢喝好不好?"

微醺的李沙眼里闪现出泪光,摇晃着拿起酒瓶给自己斟酒,颤抖的手将酒洒落在桌上,向红赶紧接过酒瓶说:"别急,慢慢喝嘛。"

薛大鹏也看出李沙的情绪不对,他刚想劝阻李沙别再喝酒,可是郭燕借着酒劲儿盯住他不放:"不行! 你今天必须连喝三杯才算对得起我姐!"

薛大鹏见李沙还在喝酒,向红也劝阻不了,他一急,也顾不了语言的轻重和风度,指着郭燕说:"你有什么权利这么对我说话!"

郭燕也不示弱:"凭什么? 凭良心! 我要让你对天发誓,自己的债要自己还!"

薛大鹏像是被天打雷劈一般地呆住了,脸色红一下白一下,半晌才从嘴里挤出一句话:"那父母的债是不是也要儿女还呢?"

郭燕也怔住了,但是马上从嘴里挤出一句话来:"我妈已经为你妈赔上了一条腿,可是李沙不欠你的!"

李沙勉强站起身来,拼尽力气喊道:"够了! 我们谁都不欠谁的!"

所有人的注意力又回到李沙的身上。

薛大鹏走到李沙面前,从怀里掏出一个信封塞到李沙的手中:"这是我欠施耐德律师的费用,我发誓不会让你们承担那三十万担保的风险。明天我就回国找刘娜,向她解释在这里发生的一切,她会和我重归于好,一起偿还债务!"

小兵用筷子敲打着桌面说:"很傻很天真! 很傻很天真哪!"

郭燕接过小兵的话:"小兵,你把那天人肉刘娜的事跟他掰扯掰扯,免得他还不识好人心呢!"

薛大鹏忍住对郭燕的愤怒,尽量和颜悦色地面对众人:"你们都不用说了,李沙早就告诉我了。刘娜没有你们想得那么复杂,她年龄小,没见过世面,听说我在美国被抓起来了,一定是吓坏了。只要她见到我,她就会听我的。"

郭燕把嘴一撇:"人家把房子都卖了,你找她还有什么用!"

薛大鹏也不理郭燕,对着李沙说:"那套房子是在她的名下。当时倒是没有想到我会进监狱,只是想她比我年龄小那么多,万一我要出了什么事,她至少还有房子住。不过我在国内还有很多的股票投资,即使对半分也够付美国这边的罚款啦。"

郭燕端起自己的一杯酒,又把薛大鹏的那杯酒也拿了起来,走到薛大鹏的面前:"男子汉大丈夫要说话算话! 只要你保证九十天付清罚款,这杯酒就是我向你赔礼道歉,这杯酒就是我替我妈向你赔罪!"

郭燕说完,不顾向红的阻拦,一口一杯地把两杯酒都一饮而尽。小兵在一旁高声喊道:"给力! 真给力!"

薛大鹏有些下不来台,面带愠怒地对李沙说:"李沙,我知道你们帮助了我很多,但是也没必要让这么多人来羞辱我吧? 请代我转告施耐德律师,九十天之内,我薛大鹏一定将罚款交付。谢谢你们对我的盛情款待。"薛大鹏说着就站起身朝大门走去。众人都被这突如其来的举动惊呆了:李沙因为酒精的作用反应明显迟钝,郭燕对薛大鹏的离去面露不屑,小兵被成年人的举动吓住了,只有一直左右为难的向红,迅速做出了反应,马上追出门外。

李沙木然地从餐桌上起身,坐到起居室的沙发上,郭燕和小兵都没敢作声。半晌,向红走了进来,郭燕忍不住地问:"人呢?"向红说:"我给他要了个车,走了。"。

郭燕沮丧地走进厨房,看到锅里锅外的菜,自言自语:"我这张破嘴呀,成事不足,败事有余!"

就在这时,李沙接到汉斯打来的电话,原已酒醒一半的她,此刻彻底苏醒:"你没带手机和钱包? 在哪儿?"

李沙边说边神色慌张地走到进门处的衣帽间,看到汉斯的公文包,里面果真有汉斯的手机和钱包,她赶紧对着电话说:"Don't worry, I found it. I am leaving now.(别担心,我找到了。我现在就离开。)"李沙把汉斯的手机和钱包放到自己的手袋里,转身对身后不安的向红等人说,"汉斯出事了,我去接他。"

李沙说完就朝车库跑去,郭燕在她身后大声喊道:"出啥事了?"向红反应机敏,没有理会郭燕的问话,马上追到车库,对正要上车的李沙说道:"你喝酒了,不能开车!"

李沙一愣,但很快做出了反应,对向红说:"你来开!"

向红二话没说,跳上驾驶室就启动了汽车。

向红问:"去哪儿?"

李沙一边用手机 GPS 定位,一边说:"市中心警察局。"

向红干练地说:"别找地址了,我知道。"

瞬间,白色的奔驰跑车就消失在夜色中。

6

在漆黑的夜色里,车窗外闪过市中心的高楼大厦。尽管下班后人走楼空,但是许多大楼仍然灯火通明。明亮的高楼和寂静的街道,给人一种不真实的感觉。

坐在后座的薛大鹏木讷地盯视着窗外,眼珠只在看到市中心办公大楼侧门或者某个角落里躺着的流浪汉,才转动了几下。

"Sir. I am not sure this is a five star hotel but it should a good one. Do you want to get off here?(先生,我不能确认这是五星级酒店,但是应该不错。你要在这里下车吗?)"开车的司机带着浓重的口音,用一种不太标准的英语征询着薛大鹏的意见。

薛大鹏眼珠子都没动一下就回答道:"Next.(下一个。)"

司机有些不安了,但是接过薛大鹏递给他的一百美元后,便不再说话。

司机尽量放慢车速,等待着满腹心事的薛大鹏做出去哪里的决定。

尽管薛大鹏告诉司机找一家五星级宾馆入住,可是他又非常害怕一个人走进一间豪华房间——他渴望这一天很久了,似乎在狱中能够支撑他走到今天,就是因为他知道李沙和汉斯在帮助他,他知道自己有一天还会住上五星级酒店,失去的一切都会重新回来。然而,他也不知道为什么突然之间就把所有的事情都搞得一团糟!

"我明明知道郭燕和她妈妈做的事情是没关系的,是无辜的,我仍然要出口伤人;我明明想感谢李沙对自己的知遇之恩,却为了一逞口舌之快,说出了那么无理的言辞。今天是我获得新生的一天,却给自己判了一个'众叛亲离'的无期徒刑!"薛大鹏的目光再次滑过车窗外那些霓虹灯下流浪的身影,他的心被深深地刺痛,"自己与他们有什么区别! 不,我连他们都不如——不论他们是主动选择这种生活方式,还是被迫以这样的方式活着,他们也许是别无选择。而我,却做了不该做也不想做的事情才流落到这种孤家寡人的地步……"

"Sir. Have you heard of Hilton? I think this is a five star hotel. (先生,你知道希尔顿酒店吗? 我想这是五星级酒店。)"司机指着窗外一栋灯火通明的高楼说道。

"Thanks.(谢谢。)"薛大鹏答道。

这次薛大鹏没有拒绝下车,因为他已经想好明天就买机票去中国,也许那里才是他的归宿。他要找到刘娜,要把那婀娜多姿的身躯拥进怀中,温暖自己那颗饱经风霜的心;要回到同事们的中间,将狱中的经历像"十日谈"一样讲给他们听。

尽管薛大鹏下车时只有一个手提箱,但是他钱包里有一张今天解冻的银行信用卡,他用信用卡不仅付了汉斯和前一位律师的费用,而且也有足够的钱去满足自己在狱中渴盼的一切。当务之急是入住五星级酒店,洗个热水澡,叫一份食物送到房间,然后上网订一张飞往中国的机票。最好明天就能够离开这块伤心地……

这么想着,夜色里的薛大鹏顿时觉得自己雄心万丈,没有什么事情是他无法逾越和征服的。他很绅士地对着为他推开希尔顿酒店大门的白人门卫点了一下头,然后迈着方步走了进去。

7

夜色中,一座小楼在高楼大厦中显得有些寒酸,特别是楼里楼外被雪白的灯光包围着,与周围不停闪烁的霓虹灯相比,有些另类。大门外停放着一排警车,仿佛给温煦的十里洋场徒增了一抹冷峻,即使黑暗也无法模糊掉市中心的阴柔与这一小块阳刚之地的差别。

小楼的道边上停着李沙那辆白色的奔驰跑车,车里只有向红一个人坐在驾驶座位上。由于她走得急,没带手机,此刻坐在车里感觉百无聊赖。

她打开车里的音响,发现居然有几盘中国歌的 CD,她开始沉浸在自己熟知的老歌当中。

当向红正在闭眼享受音乐的时候,她听到窗外有人敲打车窗。她心头一惊,下意识地去按车锁。其实车门早已锁上啦。

"是我,向红。开门吧。"向红听到李沙的声音,才抬头看到李沙和汉斯正站在车门外,她赶紧把门锁打开。

李沙并没有急于上车,而是把汉斯安排到后座坐好,自己才坐到向红旁边的副驾驶座位上。

汉斯没有说话,任由李沙再三谢谢向红代驾。

向红一向仰视汉斯,加上她和迈克的事情汉斯全都知道,所以她在汉斯面前是自卑的,觉得不能与汉斯平等对话。她不知道此刻自己应该主动地跟汉斯打个招呼,还是等待汉斯跟她打招呼——毕竟是自己在帮助他啊!

时间一分一秒地过去。向红把车开上了高速公路,仍然没有听到汉斯说过一句话,连李沙也陷入了长久的沉默。车里一片死寂。

向红终于沉不住气地问李沙:"到底咋样啦?要罚款吗?"

李沙小声答道:"警察说了,打架不是汉斯的错,但是开车不带驾照,身为律师是知法犯法。如何惩罚,还要等待通知。"

向红不解地说:"不会吧?汉斯哪像打架的人?"

李沙叹了口气:"他去星巴克买咖啡,结果看到两个男人为了一个停车位动起手来。他本来想劝说他们,可是突然间发不出声音,他只能帮助那个被打的人。结果警察来了要三个人的驾照,汉斯拿不出来,又说不出话来,结果跟那两个打架的人一起被带到了警察局。唉,原本是做好事,结果惹祸上身!"

向红知道汉斯就坐在身后,故意放大了声音为汉斯鸣不平:"这明明是做好事,那警察也太不讲理了吧?汉斯可以和他们争辩哪!"

李沙捅了一下向红,随手将车里的音响声音调高了一些,不疾不徐的歌声便萦绕在车厢内。

又是一阵沉默。环声音响正在播放20世纪80年代末流行的《好人一生平安》，歌词中那种于无声处听惊雷的深情，使车内的寂静让人觉得心安理得了一些。

李沙指着手机定位对向红说："汉斯的车就在前面那个星巴克的旁边。"

向红善解人意地说："好的。"

李沙又扭头对身后的汉斯说："Is it this one？（是这个吗？）"

汉斯没说话，只是点了点头。

停车场上的车辆寥寥无几，在李沙的指点下，向红把车停到了汉斯的车旁边。汉斯走下车朝向红摆了摆手算是致谢，然后朝自己的车走去。

向红迫不及待地向李沙问道："到底怎么回事？汉斯好像特别讨厌我，对我爱搭不理的。"

李沙正欲回答，但是看见汉斯的车灯已亮却迟迟没有离去，她赶紧对向红说："看见没有，为了安全，他示意我们先走。你先开车，今晚就住在我那儿，我把所有的情况都告诉你和郭燕。"

"好的。"向红启动了车子。

向红在前面开着李沙的车，汉斯的车在后面跟着。宁静的街道上这一前一后的车灯在暗夜里渐渐消失。

8

洛杉矶机场的登机安检处排着长龙，手里拖着拉杆箱的薛大鹏站在长长的队伍里等待着安检。两名警察牵着两条狼狗在排队的人群中依序走过，狼狗不时地停在某人的行李旁嗅着味道，随即警察会让行李的主人打开手提袋，或者要求到某处开箱检查。

站在人群中的薛大鹏脸色煞白，目光尽量离开两名全副武装的警察。尽管他知道自己的手提箱里没有任何可以让狼狗敏感的物品，他也没有任何让警察可以找麻烦的地方，但是，他就是心惊胆寒到无法自控的程度：半年前，也是在这个机场，当他意气风发地走向海关，竟然被两名警察带走——那不仅仅是半年啊，监狱里的时光让他觉得比半个世纪都长！

终于通过了安检，薛大鹏长吁了一口气。他看了一下手表，离登机还有两个小时。他没有急于去登机口，而是找了一家高档的中餐厅坐下，点了一份红烧肉和一份茄子土豆青椒做的"地三鲜"，又要了一瓶啤酒。尽管机场的菜饭酒水要比机场外贵上至少三倍，但是对于他来说"再贵都值"！

在监狱里不能忍受的除了孤独、惧怕和寒冷，还有一项如影随形折磨他的东西就是食物。一日三餐无滋无味的西餐让他整天都无精打采，吃了上顿已经厌倦了下顿，发誓出了监狱第一件事就是一饱口福，把自己在监狱里天天画饼充饥的那些菜吃到厌倦为止。可是在李沙家除了吃了一口凉菜、几粒花生米之外，还没尝到郭燕做的地道的东北菜，就因为自己的意气用事，与那些美食失之交臂。

昨晚他入住酒店后要了送餐服务，可是装在精致餐具里的食物无非还是三明治和煎蛋之类的西餐。今天一早他又张罗着来机场，所以从出狱到现在还是没有满足自己的口腹之欲。

啤酒来了，是他特意要的哈尔滨啤酒。菜还要等，但他也不急，他喜欢这种身置人群却无须关照他人感觉的环境。他端起晶莹剔透的玻璃杯，将家乡的啤酒不疾不徐地如涓涓细流般注入杯中，心里充满着对幸福的期待：马上就能见到太太刘娜啦，那个吐字说话都能把自己融化掉的"小妖精"；很快就能见到课题小组的同事啦，那些崇拜自己的年轻人一定会为自己接风洗尘的……

手机响了，是向红的电话。接还是不接？既然菜还没有上来，正好可以让她转告李沙，他已经在回中国的路上。

接！起初薛大鹏还煞有介事地强调自己已在登机口，正准备登机，可是他马上就惊呆了："他先生得了喉癌？我怎么不知道呢？你早告诉我就好啦！"

向红唉声叹气地说："我也是昨晚才知道的。还有呢，李沙丢掉了大学的工作，为了汉斯的手术费，她现在去邮局当邮差啦……"

邮差？薛大鹏几乎不相信自己的耳朵："等等，向红，你不是在骗我吧？"

向红的语气多了一分不满："我骗你干啥？你自己去看看不就知道了吗？"

这时，服务生将热气腾腾的红烧肉和地三鲜端到了薛大鹏的面前，放在了桌上。

"如果我早知道是这种情况,我应该等他先生动过手术再走。可是,唉,现在说什么都晚了。你告诉李沙,我到了国内就跟她微信联络。"这时的薛大鹏真的觉得过意不去了。

"薛大鹏,你可不能一走了之啊! 李沙说她做邮差就是因为下个星期汉斯要做手术,她怕万一花钱多,没钱帮你付罚款。所以,你回去一定要想办法把钱凑齐喽……"向红焦急地叮嘱着。

"是李沙让你来跟我说这些的吗?"薛人鹏面有不快地打断了向红的话。

"大鹏,你要这么说就不对了。李沙根本不让我和郭燕说,是我昨晚看到汉斯连话都不能说了,这才想起要把真实的情况告诉你。"

"谢谢你告诉了我。其实我这么着急回国,也是为了说服刘娜先把罚款交上,免得给李沙家里带来困扰。放心,刘娜也是个通情达理的人,只要我把话说清楚,她一定会和我同舟共济的。"薛大鹏的口吻不再盛气凌人,充满诚意地说道。

"大鹏,多说无益,祝你顺利吧。一会儿我把小兵的微信发给你,万一你找不到刘娜,他可以帮你。你赶快上飞机吧,到了之后报个平安! 一路顺风!"向红撂了电话。

关上手机,原本刚刚振作起来的薛大鹏又恢复到一种麻木状态。他呆望着餐桌上余温渐逝的菜肴,没有了刚才的食欲。他拿起手机在微信留言中说道:"李沙,我刚刚听说你先生得了喉癌,你又丢了工作。原谅我昨天的失态,请代我转告施耐德律师,我现在已经在回中国的路上,不出一个月就会把三十万罚款还上,不会让你们为我承担任何风险。另外,你也不要有太大的精神压力,一般初期喉癌手术后彻底痊愈的可能性很大! 通过这段时间的相处,我觉得你先生是一个极有责任感的男人,他是那种把什么挑战都放在心里的人,所以,我相信他的内心压力是很大的。而男人越是内心脆弱的时候,越是不想接受别人的怜悯与同情,以平常心待他是最好的方式。我到了国内就会与你联络。再次感谢!"

这时广播里传来登机的讯息。郭大鹏一口喝干了杯中的啤酒,菜没动一下就结账离开了餐厅,快步朝登机口走去。

衰境难变

1

　　医院手术室外，窗明几净的候诊室没有一个人，只有李沙坐在手术室大门对面的椅子上。加州的阳光穿过落地窗，斑驳地洒在一排排空荡荡的椅子上。李沙目视着手术室的大门已经一个小时了，除了几次起身到大门旁的电脑前查看手术进程外，她连卫生间都不曾去过，唯恐医护人员找不到她。

　　此刻，她再次起身走到电脑前查看信息。163 是汉斯名字的代号，信息提示 163 仍然在手术中。她下意识地用手摸了一下通往手术室的大门，有一种很想冲进去陪伴汉斯的冲动。然而，那扇门是锁着的，没有医护人员的允许，任何人都无法走进去。

　　当然，两个小时前她是去过那里的，是和汉斯一起见他的手术医生。这位主刀医生头上一捧乱糟糟的白发围绕在光秃秃的头顶四周，超乎常人的巨大头颅架在高大的身躯之上；虽然大腹便便显得有些行动不便，但是那种不可动摇的权威感，从头到脚地显露出来。不过，医生并没有表现出握有生杀大权的蛮横，而是用极其放松与和蔼可亲的神态告诉汉斯和李沙：这是一次小手术，不需要过分担心。

　　也许是医生表现出来的胸有成竹，抑或是他们被告知李沙教书时的公费医疗仍然可以持续半年的有效期，汉斯和李沙的心情相对放松了一些，彼此对视一笑。这一会心的笑容扫去李沙脸上的不安,当护士要带汉斯做术前准备时,李沙被从门里请到门外的时候,心里比来时多出了一分安定。然而,一个小时过去之后,李沙的心情再次跌至低谷:如此重大的手术,居然只有她一个人守在汉斯的身旁!

自从汉斯得知自己得了喉癌之后,平时善解人意的他变得非常固执,不让李沙告诉任何人他得了癌症,就连儿子也不能告诉。起初李沙觉得不告诉儿子是对的,免得在欧洲工作的儿子分心。可是此刻,她多么希望儿子能在身边,陪伴她一起度过这难熬的分分秒秒。

李沙环视了一圈候诊室,冷气十足的空间愈显寂寥:这要是在中国,哪位患者没有个三亲六故守在医院?平日里汉斯的朋友也不少,可是他偏偏不让人家知道。

"唉,早知这样,哪怕有小兵在这儿也好啊!"

知道汉斯得病的除了她只有四个人:郭燕、向红、小兵和薛大鹏。薛大鹏此刻在中国,显然是"远水解不了近渴";郭燕偏巧今天要去月子中心老板娘那里取护照,向红因郭燕不会开车要带她去,所以两个人一早就离开了李沙的家;小兵倒是表示可以跟李沙来医院,但是李沙觉得他还是个孩子,也帮不上什么忙,就没有让他来。

李沙突然间觉得自己非常孤独,是那种匆匆忙忙后突然静止下来的茫然与无助。她开始担心汉斯的手术会出现意外,开始设想着种种发生意外的可能性。她每分每秒都在祈祷着上苍的保佑,又在每一次医护人员出入手术室大门的瞬间,在心中交替着希望和失望的煎熬。终于,电脑显示 163 的手术完毕,已经从手术台转移到观察室。

李沙在护士的引导下走入病房,她看到汉斯仍在麻药中熟睡,手上的针头在一滴一滴地将药水导入他手臂的血管里。看到汉斯的一刹那,所有蓄积在心头的焦虑和不安如洪水般在泪水中泛滥。不知是第六感应,还是药劲儿已过,汉斯突然醒来,让无声哭泣的李沙始料不及。

"It is successful.(手术很成功。)"她抹去眼泪笑着对无法说话的汉斯说道。

刚刚做完手术的汉斯,既不能说话也不能微笑,就眨了一下眼睛算作回答。其实李沙马上就意识到自己的话是多么可笑——主刀医生和麻醉师告诉李沙,从操作上看一切顺利,但是是否割除了全部的癌细胞,还要等化验结果出来才能知道。

"How long do we have to wait?（要等多长时间?）"李沙问。

"Three weeks.（三个星期。）"医生答道。

"How long does he have to stay in the hospital?（要在医院住多长时间?）"李沙又问。

"He should go home today.（今天就可以出院。）"医生说。

今天? 李沙不相信做了这么大的手术后可以马上回家。为了确保汉斯的创口不会发炎,她希望医生留汉斯在医院观察几天,哪怕一天也行! 然而医生却说,这是院规,没有特殊情况当天必须离开观察室。

"We can pay if the insurance does not cover it.（如果保险公司不付,我们可以自己付住院费。）"李沙在做最后的努力。

医生奇怪地看着李沙,觉得她的想法不可理喻。李沙并不介意医生的态度,依然据理力争。不能说话的汉斯向护士要来笔和纸,在上面写道:"回家。"

李沙见此情景只能作罢。她像小学生面对考试一般地将护士交代的注意事项一一记录下来,然后帮助汉斯穿戴整齐,由护士扶他坐到轮椅上——其实汉斯除了头部活动不便外,四肢是自由的,但是护士仍然例行公事地坚持送他上车。

推开手术室的大门,迎面看到郭燕、向红和小兵捧着一大束鲜花等候在门外。这一意外的惊喜让李沙顿时热泪盈眶。即使是喜怒悲哀不行于色的汉斯,眼睛里也充满了泪光。

"妈呀,这是去哪儿呀?"郭燕首先发问。

"回家。"李沙答道。

"咋样啊? 咋不在医院观察两天呢?"郭燕追问道。

"你知道啥? 美国的医院很贵,一个晚上就是你一个月的工资。"向红说道。

"李沙不是有保险了吗? 不让花钱,那不等于骗人吗?"郭燕不满的声音在安静的走廊上显得格外洪亮。

"你们怎么来了? 郭燕的事情顺利吗?"李沙有意转换话题。

"别提了,那老板娘让郭燕做伪证,不同意就不给护照。"向红小声对李沙说道。

"什么?"李沙差点儿惊叫起来,但是看到郭燕又要开始喋喋不休,马上使了个眼色止住,"咱们回家再聊。"

2

汉斯在众人的簇拥下走出了医院大门。护士让李沙把车开到门前,这样汉斯就可以一步不走地上车。

向红说她已经约了房地产中介下午 5 点去看出租房,所以她就不去李沙家了,让郭燕和小兵跟着李沙的车回家。临走时向红搂了一下小兵说:

"小姨奶把房子租好后,马上就来接你。"

"我在李奶奶家挺好。"小兵不以为然地说道。

"这孩子,金窝银窝也不如自家的小窝好。"向红说完自知说走了嘴,赶紧补充道,"你呀,多亏李奶奶收留了你,要不然还不知道咋样呢!"向红转脸又对李沙抱歉地说,"满脑子的事儿,连话都说不明白了……"

李沙微笑着说:"你赶紧走吧,别耽误了看房子。"

向红一边抱歉地向众人摆了摆手,一边像杨柳一般地摆向远处的停车场。李沙望着向红的背影,情不自禁地笑了:这不就是她小时候看到的薛大鹏妈妈特有的"水蛇腰"嘛!

李沙收回目光,她知道身边的护士还在等待着汉斯上车。

李沙打开车门,汉斯没有让护士搀扶他上车,而是自己从轮椅上起身坐到了副驾驶座位上。郭燕和小兵不用招呼就先后坐到了后排座上。李沙启动了汽车引擎,在倒车镜里看到推轮椅的护士在医院大门前向他们挥手道别。

李沙觉得这一幕特别滑稽:车外向他们挥手告别的人是连姓名都不了解的陌生人,车内与她相伴的人竟是有求于她的熟悉的陌生人,而身旁坐着的病人是她誓言要白头偕老的爱人。一直保持在脸上的微笑,随之成为一丝苦笑。

汉斯因止痛针的原因,在汽车的颠簸中昏昏欲睡。而后排座的郭燕和小兵在一声高一声低地耍着贫嘴。身心疲惫的李沙直言汉斯要休息,让他们小声说话,结果车内顿时鸦雀无声。

已经在手术室外的等待中耗去了精力和体力的李沙,感觉突然沉寂下来的环境让她近于窒息。她随手按了一下车里的收音机,正赶上播出广告,语速极快并大呼小叫。她急忙调台。

由于车已上了高速公路,李沙调台不能看屏幕,结果总是找不到自己喜欢的音乐台:牧师传教,换台!墨西哥的 Salsa 太闹,换台!萨克斯的 Blue Moon 太悲,换台!

一辆车突然间超越了李沙的车,吓出李沙一身的冷汗。她赌气似的将收音机关掉,车里恢复了一片沉寂。

3

向红上车后并没有急于开车,而是打开车里的音响,接上手机蓝牙系统。

王菲的一曲《红豆》在车中翩然回荡:

> 还没好好地感受
> 雪花绽放的气候
> 我们一起颤抖
> 会更明白什么是温柔
> 还没跟你牵着手
> 走过荒芜的沙丘
> 可能从此以后
> 学会珍惜天长和地久

向红喜欢王菲的歌曲,不仅声音甜美,情感缠绵悱恻,而且歌词中错综复杂的情感胶着在一起的生动,让她总是有一种身临其境的感觉。她几乎能把王菲每一首歌曲的内容都联系到自己的情感生活,不同的心境喜欢不同的歌曲。而此刻,歌声使她下意识地摆弄着前窗悬挂着的那个用核桃雕刻出来的佛手,这个小挂件使她想起刚刚来美国迈克送给她这辆车时的情景。尽管她从来不认为自己爱过迈克,但是每次迈克送给她礼物,她都会对他多出一份依恋。然而,这份依恋随着她来美国戛然而止,使她的情感如风中的蒲公英无处遁形。

有时候有时候
我会相信一切有尽头
相聚离开都有时候
没有什么会永垂不朽

向红的心被歌词刺痛了一下,想起了昨天去迈克家里取车的情形:为了能尽快与哈桑结婚,她同意"净身出户"的离婚协议。不过迈克在签字前,主动提出把他买给向红的那辆红色宝马车归她所有。尽管这是一台二手车,但是在向红的精心保养下,外观依然"楚楚动人",在过往的日子里,为她挣足了面子。

自从分居,这台车就一直停放在迈克的车库里,向红没要,迈克也没给。既然是净身出户,所以得到这台车自然是个意外的惊喜——不仅解决了她的交通问题,也给她日后的生活留下了一点颜面。她知道,与哈桑结婚是不可能买宝马的,即使是二手货也买不起。

昨天她就是带着这份侥幸、庆幸和不幸的自怜心境,走进那座原本居住的豪宅,取走险些与豪宅一起失去的豪车。看到自己在这里做了近一年阔太太的住宅,她的内心多出了一分不舍,但是离婚已经进入法律程序,她只能把这份懊悔的心情埋葬在心底。

原本还有几分不舍的向红,见给她开门的迈克又喝得酩酊大醉,刚才还有几分挣扎的心情顿时烟消云散,只想把车开走之后,永远也不要和这个醉鬼有任何交集。并且,她在那一瞬间,暗中庆幸自己做出了正确的选择,及时摆脱了这段噩梦般的婚姻,可以与浑身散发着青春和艺术气质的哈桑长相厮守。

可是我有时候

宁愿选择留恋不放手

等到风景都看透

也许你会陪我看细水长流

　　王菲的这首《红豆》是向红很喜欢的歌曲之一,可是此刻已经不适合她的心境,她把音量调低到若有若无。

　　昨天迈克递给她车钥匙的时候,又给了她一个信封。信封是封着的,她不想在迈克的面前多待一分钟,所以接过信封就开车离开了豪宅。路上,她还是经不住那信封的诱惑,很想知道迈克在里面放了什么。她在一条小路旁把车停下,打开了那个一直让她心神不宁的薄信封。一万美元? 一万美元!

　　那份惊喜至今萦绕于心。尽管她知道这一万块对迈克来说是他身家的九牛一毛,但是这毕竟是不用通过律师就得到的一笔"横财"。一万块美元呢! 如果在过去,向红相信她价值百万,可是现在她要嫁给身无分文的哈桑,这一万块就意味着他们可以租到一间至少可以住上半年的新家!

　　自从她和迈克签署了离婚协议,她就开始和哈桑看房子,希望能够尽快住到一起——向红可以离开妇女收容站,哈桑可以离开合租房。可是他们看了几处出租屋,从设想的两个卧房的独立房屋降低到一个卧房的公寓,中介还是很难帮助他们在寸土寸金的市中心找到心仪的住房。原因是向红是临时绿卡,没有工作;哈桑是以难民身份申请的绿卡,还没有拿到正式的永久绿卡,并且也没有正式工作。房主对这样的房客总会用不同的借口拒绝出租,因为他们怕收不到房租时连法院也帮不上忙。中介告诉向红,这种情况一般都要交至少三个月的租金作为押金,这样才可以让房主放心,可有足够的时间驱除不交房费的房客,而自己不会受到经济损失。

　　按照每个月一千八百美元计算,三个月的押金和第一个月的租金就是七千两百美元。原本向红自己是有些存款的,哈桑在街头画画也是有些积蓄的,但是向红知道收养小兵的手续是需要一大笔钱的,尽管她会把迈克送给她的钻戒卖掉,但那是保证金,不能动。而哈桑坚信自己早晚有一天会举办画展,所以不愿意把自己画人头像的那一点积蓄用在住房上,情愿多一些时间画自己喜欢的作品。

由于俩人已经有了肌肤之亲，并且向红也为这份痴迷放弃了金钱的诱惑和失去绿卡的风险，所以她不再坚持两室一厅的设想，而是退而求其次，与中介说好今天去看地处市中心的一室一厅，这样哈桑就可以步行去海边画画。但是中介说房主要求签约时就要交满三个月的押金和一个月的租金。当时向红请中介看看是否可以谈到只交两个月的押金，现在看来押金已经不是问题了。

看着手里的一万美元支票，向红决定给哈桑一个惊喜。她打电话告诉中介，她愿意付三个月的押金，但是必须要今天签约！

中介和房主都是从中国来的，做事风格也是中国模式——立竿见影，不需要像美国人那样提前几天预约——三方达成一致，5点签约。

向红的心情像一只放飞的风筝，想到哈桑的大眼睛放射出来的惊喜，她的内心就胀满了喜悦。她看了看表，还不到4点，即使路上塞车，她也应该有足够的时间先把支票存到自己的银行账户里。她在众多王菲的歌曲中选了一首《我愿意》，然后在歌声中启动了汽车引擎——

> 思念是一种很玄的东西
> 如影随形
> 无声又无息出没在心底
> 转眼吞没我在寂寞里
> 我无力抗拒
> 特别是夜里
> 想你到无法呼吸
> 恨不能立即朝你狂奔去
> 大声地告诉你
> 愿意为你我愿意为你
> 我愿意为你忘记我姓名
> ……

向红一边随着歌声哼唱着，一边愉快地完成了倒车、回舵、前行的整套程序，最后融入车流中。

4

此时,李沙一行四人刚刚到家。一进家门,郭燕就张罗着给汉斯熬鸡汤。汉斯找出笔和纸写道:我要睡觉。

医生告诉李沙,由于汉斯的静脉注射中有消炎药和止痛药,所以在八小时之内没有太大的痛感,但是八小时后就要服用止痛糖浆。李沙遵从汉斯的要求,见他躺倒在床,就起身走到厨房,对一脸失望的郭燕解释了汉斯的情况。

"汉斯刚刚手术不能咳嗽,这几天家里就别煎炒烹炸,尽量吃水煮的食物吧。"李沙对郭燕说道。

"我说过要煎炒烹炸了吗? 鸡汤不是水煮的吗?"郭燕的语气带有明显的不满,并为了掩饰脸上的不愉快,她打开冰箱在里面漫无目的地翻弄着。

"你的好意汉斯知道,可是他现在不能吃任何东西,你也不用为他费心。这样吧,咱们下点儿面条,我都一整天没吃东西了。"李沙了解郭燕的脾气,生气的时候别哄,一定要她自己把气消化掉。

"我也一天没吃。我来下面条,简单。只要不炝锅,没烟。"郭燕见李沙跟她不见外,心里的郁闷顿时烟消云散,从冰箱里拿出了三个鸡蛋和一把青菜。

"说说你吧,护照拿到了吗?"李沙一边从柜子里拿出汤锅,一边问道。

"老板娘说移民局把她告到了法庭,她现在是保释,两个星期后出庭。她说只要我肯出庭为她做证,证明她照看的孕妇和婴儿都是受朋友的委托,义务帮忙,我不仅可以拿回护照和我存在她那里的工资,而且还能得到五千美元的奖金……"郭燕一边往锅里加水,一边洋洋得意地说道。

"等等,你同意了?"李沙紧张地问道。

"只要她把护照给我,让我做啥我都同意。"郭燕不以为然地看了李沙一眼,答道。

"做伪证是犯法的!"李沙急得大叫起来。

"只要你不说,向红不说,别人咋知道这是伪证?"郭燕不满地瞥了李沙一眼。

李沙见郭燕的蛮劲儿又上来了，只好压住内心的焦虑，尽量和颜悦色地说道："你觉得自己有多大把握能获得绿卡？"

郭燕觉得像李沙这样的聪明人问出这么一个简单的问题很可笑，想都没想就说："我办的是亲属移民，第一优先，百分之百没问题。"

李沙有意以玩笑似的语气说："是呀，本来你拿绿卡只是个时间问题，可是你要是做了伪证，那就百分之百拿不到绿卡。在美国你骂总统没事，可是撒谎就要惹祸上身了。"

郭燕停下正在洗菜的手，担心地说："妈呀，有那么严重哪？那怎么办啊？老板娘说如果我不按照她说的话做，她就告诉法庭我也在那里打过工。她说到时候法院不仅会没收我的护照，还会把我和她一起关到监狱里。"

李沙再也忍不住自己对郭燕无知的鄙视，恨铁不成钢地说道："她那是在骗你！你在等待绿卡期间是合法居留美国，即使没有及时办理工卡，但是你也没有拿到她的工资啊？而她扣留你的护照并教唆你做伪证才是犯法的！"

郭燕完全无视锅里的水已经翻开，瞪着一双无助的眼睛望着李沙："那咋办呢？姐，你得帮帮我呀。"

疲惫不堪的李沙尽量和颜悦色地说："别担心，既然你已经有了她的联络方式，等汉斯的身体恢复一些，我会问问他该怎么办。水开了，该下面条了。"

心不在焉的郭燕将一大把面条都放入水中，发现太多的时候已经来不及拿出来了。李沙没说什么，只是将暖水壶里的开水倒进了锅里。

5

夜已深，李沙将红色的止痛糖浆递给了躺在床上的汉斯。尽管汉斯因手术整个口腔和两腮都肿胀得难以张嘴，他还是起身将糖浆艰难地喝了下去。然而让李沙和汉斯同时惊讶不止的是，从嘴里喝进去的止痛糖浆，又从鼻子里流了出来。血红的糖浆撒在雪白的被单上，仿佛像鲜血一样让人目瞪口呆。李沙赶紧上前扶着汉斯躺下，却不承想剩余的糖浆呛到了汉斯的嗓子眼，让汉斯险些喘不上气来。李沙赶紧又帮他直起身子，堵塞在嗓子里的那点药水从口腔喷射出来。

被药水憋得满脸通红的汉斯，终于可以自已呼吸了。他抱歉地指了指床单，李沙强颜欢笑地说了句"NO problem（没关系）"，找出一套新床单替换下那套沾满了红色液体的被单。

李沙安慰着汉斯重新躺下，然后拿起脏床单走出卧室。

此时，郭燕和小兵都已睡下，李沙木然地走进洗衣房，拿起去污剂在床单上喷洒着。一下、两下……机械的动作让李沙面对一片一片的猩红，刺激到几乎精神崩溃。她突然发疯一般地将手中的床单卷成一团塞进了垃圾桶里，然后孤独无助地蹲在地上，无声地痛哭了起来。

手机响了，是儿子大卫的电话。

"妈妈，你怎么了？"儿子显然听出李沙刚刚哭过的声音不太正常。

"你爸爸，你爸爸手术了。"李沙再也控制不住自己的感情，再度抽泣起来。

"What？What's happen？（什么？怎么回事？）"儿子的口吻明显紧张起来。

"没事，是个小手术，已经做完了，别担心。"李沙竭力克制着自己的感情。

"那我跟爸爸说话吧。"儿子不放心地说道。

"他已经睡了。你这么晚来电话，有事吗？"李沙的声音已经恢复正常。

"我今天给你和爸爸都打了电话，也留了言，可是都没有给我回电话，所以我就晚上给你们打电话。"儿子的汉语没有小时候那么流利啦。

"你的工作怎么样？还要在欧洲住多久？"李沙彻底摆脱了之前的情绪，对儿子关心地问道。

"都很好。我争取感恩节回美国和你们一起过节。"儿子愉快地说道。

感恩节？那还有两个月呢！尽管李沙的内心有些失望，但是她知道这就是美国的文化，只有感恩节才是阖家欢聚的日子。对于在美国长大的儿子，李沙和汉斯试图用中国的文化熏陶他，但是除了语言上有了一定的收获，在为人处世上他接受的大多还是美国普世文化的价值观。尽管儿子和美国大多数年轻人一样将不尽人意的社会现象归罪于现行制度，向往着他们理解的美好社会，但是儿子也知道从社会主义国家移民到美国的母亲并

第六章 衰

301

不完全认同他的观点，所以他不会和家人争辩，也安心于这种适度的相互关心。

放下电话，跟随李沙一整天的沮丧心情似乎得到了消减。她现在心里想的是如何帮助汉斯喝药。她打开了电脑，查找口腔术后的护理方法。通过图文，她才知道汉斯的手术是将上颚挖了一个洞，喉咙和鼻腔共用一个通道，所以手术初期一定要把身体形成65度角，这样才能使流质进入食道而非鼻腔。

李沙很高兴自己通过这种方式无师自通，她赶紧用笔和纸将一些注意事项记录下来。当她打开自己的抽屉时，她看到一个信封，上面是汉斯的字体"Will of Hans Schneider"。李沙的心一颤：汉斯居然留下了遗嘱！显然他对这次手术是有精神压力的，并且在生命去留的关键时刻，首先想到的还是如何保护他的亲人。

带着这份感动，李沙端起一杯热水上楼，准备按照网络上说的方法，再一次帮助汉斯吃药。

6

清晨，郭燕惊叫着从垃圾桶里拎出那个洒满红色药水的床单，对正朝厨房走来的李沙喊道："姐，咋出这么多血呢？要不要去医院啊？"

李沙见郭燕紧张得脸色都变了，就笑着说："那是药水。"

郭燕看了看床单："不是血就别扔了，我去洗洗，要不也太可惜了。"

李沙从郭燕的手里拿过床单，重新丢进垃圾桶里："别为这个花时间了。向红来电话说她租到了房子，这两天就接小兵去她那里。最近我们一直忙着大鹏和汉斯的事情，也没太关注小兵的生活。他喜欢吃东北菜，向红又不会做饭，咱们这两天多给他做些好吃的。一会儿我去中国店买些肉馅和韭菜，咱们给他包顿饺子。"

郭燕顿时心花怒放地说道："饺子好，可以用水煮。"

李沙也笑了，她几乎忘记了昨晚对郭燕提出的不可以煎炒烹炸的要求。

郭燕看了一下表，已经8点10分，不由得惊叫起来："你咋还不去上班呢？"

李沙一边拿出汤锅往里加水，一边轻描淡写地说道："辞了。"

郭燕再度睁大了眼睛："辞了？那汉斯的医药费咋办呢？"

李沙无意多说，就简单说了一句："解决了。"

郭燕似懂非懂地说："不用为薛大鹏担保了？"

李沙的心一沉："是呀，薛大鹏已经去中国一个星期了，还没有听到他的任何消息。"

也许是昨夜没有休息好的缘故，李沙没有心情多想薛大鹏的事情，更没有兴致向郭燕解释辞职、医疗保险和薛大鹏担保的相互关联。尽管担保薛大鹏的惩罚金尚不可知最后的结果，但是原来大学的医保仍然会延续半年，这就不需要她为了医保去邮局工作，可以在家专心护理汉斯。

半年后，她也许就找到在公立大学教书的工作啦！

李沙一边想着心事，一边把切好的鸡胸脯肉放到锅中的水里后对郭燕说道："我给汉斯熬点儿鸡汤，你帮我看着点儿。我去叫小兵起床，顺便把他的床单和换洗衣服都放到洗衣机里洗洗，说不定向红什么时候就来接他啦。"

"这咋说走就走了呢？还真有些舍不得呢！"郭燕不想让李沙看到自己难过的表情，佯装在冰箱里找东西。

东翻西找了半天，她见李沙离开了厨房，才关上冰箱门，一边用汤勺不停地搅拌着锅里的鸡肉，一边自言自语地数落着自己："该走不该走的都走了，就我这个早该走的人就是不走！"手机突然响了，吓了郭燕一跳。她见是自己丈夫的电话，马上打开手机："大熊，你咋到现在还没睡觉呢？"

电话里是一个瓮声瓮气的男人声音："我去不了美国了，没拿到签证！"

郭燕一惊："咋的呢？啥原因呢？"

电话里又是一阵瓮声瓮气："啥话都没说。我刚才给闺女也打了电话，她说最近中美关系因为贸易的问题有些紧张，签证很难，让我过段时间再试。要我说你就回来吧，别在那旮旯遭罪了。"

郭燕把微信音频变成视频，然后推开后院的门，用手机到处"扫描"："看到没？美国比你想得还漂亮。你瞧这院子多大，你看这房子多漂亮。这是游泳池，有时还有野鸭子来游泳呢！"

视频里的男人不为所动："这有什么好？院子再大有咱家后院大？房子

也就是时髦点儿，如果你回来，我也能把咱家的房子整整，不比他们的差……"

郭燕很失望，忍不住打断了丈夫的话："我不是跟你说了吗，美国的福利待遇好，像你我这样在美国不工作的人，只要过了65岁，咱们就可以拿'老保'。何况我你在国内的退休金也不少，加一块咱们在美国不但不会给闺女添麻烦，弄不好还能补贴他们呢！别急嘛，等我拿到了绿卡，还怕不给你签证？说起来也怪你自己，我跟你说过别当那个副场长，跟我一块儿办移民，你就是不听，非要等退休再办……哎哟，锅潽了。不跟你聊了，你赶快睡觉去吧。"

郭燕把手机关上，跑到炉灶前试着把汤锅搬开，结果锅柄太烫，她又赶紧将锅放下。由于速度太快，滚开的热汤溅在她的手背上，她疼得大叫起来。正在将脏衣服放到洗衣机里的李沙听到郭燕的叫声，丢下衣服就往厨房跑："怎么了？烫着了？快让我看看。"

郭燕正在把酱油浇在自己的手上："不碍事，用酱油浇一下就不会起泡了。"

李沙见郭燕的双手被酱油染得黑乎乎的，也看不出到底烫到哪里和烫伤的情况，便极为焦急地说："要不我们去医院看看吧？"

郭燕不以为然："就是烫了一下，不碍事！"

郭燕说着又要去搬那滚烫的锅，李沙见状急忙阻止，从柜橱抽屉里拿出一副专门用于厨房的棉手套："我不是跟你说过了嘛，烫的东西一定要用棉手套。"

郭燕见小兵也被她的惊叫声引来，并且在旁边一个劲地摇头，自觉颜面扫地，赌气地从李沙手里夺过棉手套就往自己的手上戴，结果烫伤的手指在摩擦中疼得让她哎哟一声，赶紧把手从棉手套里抽了出来。

李沙拿过棉手套说："我来。这两天你什么都不能做，好好休息，免得感染发炎。"

郭燕有些不好意思地说："我没那么金贵。"

在一旁的小兵对她撇了一下嘴，走了。

郭燕有些下不来台，随口说了一句："这孩子！"

李沙这才意识到小兵也在厨房，转身对他的背影说："别忘了你走前把

'旅美群'建好。"

小兵转过头来说了句"欧了",就消失在自己的房间里。

郭燕好奇地问:"咋又设了个'旅美群'呢? 你也要退出'祭青春群'啊?"话音刚落,郭燕和李沙的手机同时发出微信留言的叮咚声。李沙打开手机对郭燕说:"小兵不是要走了吗? 我让他把你、我、向红和薛大鹏放到一个群里,这样联络起来比'祭青春群'方便。"

郭燕有些迟疑地说:"那——你们不会退出'祭青春群'吧? 你说,薛大鹏出了狱就消停地待着呗,非得到群里嘚瑟。现在群里有头有脸的人都差不多退出了群,我这费劲巴力才聚起的人气都被他给冲散啦。"

李沙一愣:"你别说,这几天我没关注'祭青春群',现在看了一下至少走了十一个人。至于吗? 放心,我们不会退群的。我是想啊,薛大鹏在中国,小兵和向红要和哈桑住到一起,你呢,拿到护照也要走。如果我们几个有了小群,今后说话也方便。我已接受邀请,你也接受一下吧。"

郭燕哦了一声,仍然很不情愿地点击了一下"旅美群"的"接受"。

衰情不堪

1

盛夏的津城即使到了晚上，晒了一整天的水泥地仍然放射着储存的热能，薛大鹏从宾馆到包子铺来回走一趟，就觉得 T 恤衫已是潮乎乎地贴在身上。

他走进自己的房间，刚把包子放到茶几上，就听到手机的叮咚声。他打开手机上的微信，发现是小兵邀请他加入"旅美群"的信息。他想了一下没有接受，拿出包子吃了起来。

回到中国已经一两个星期了，他天天盼望着自己与刘娜的事情有了结果再与李沙他们联络。可是事情迟迟没有结果——不仅刘娜的电话和微信不通，就连她父母的手机号都成了空号！

找不到刘娜就办不了离婚手续，不能离婚就无法切割财产，无法切割财产就没有办法付汉斯担保的三十万美元的罚款……包子在薛大鹏的嘴里转了几个来回也咽不下去。

他不敢向李沙说出实情，也不敢询问汉斯的病情。他迫切地希望能找到刘娜，要回一部分的房款和存款，将法院判处的罚款交上，避免让汉斯和李沙为自己承担经济风险……

正当薛大鹏心事重重之际，手机又传来微信留言的叮咚声。这次他加入了小兵发来的"旅美群"，并回了一个"握手"图案。没想到，小兵马上邀请他视频聊天。

如果是过去,一个高中生想和他聊天,还是上了大学再说吧!可是经过监狱的一进一出,他最怕的就是一个人独处。既然现在自己吃不下睡不着,与小兵聊聊天也未必是件坏事。

薛大鹏点击了一下视频,马上就看到粗眉大眼的小兵出现在镜头前。

"Hi,Jeff,Elizabeth 让我建个'旅美群',今后你有事就跟我们用这个群联系。"

"Elizabeth?"薛大鹏一时有点儿丈二和尚摸不着头脑。

"就是李沙奶奶!你不会也让我叫你薛爷爷吧?"小兵一副吊儿郎当的口气。

"No,我喜欢你叫我 Jeff。叫爷爷不就把我叫老了吗?"薛大鹏被小兵逗乐了。

"找到刘娜了吗?她同意你的条件了吗?"小兵一边摆弄着桌子上的东西,一边有意无意地问着。

"你怎么什么都知道?"薛大鹏的眉头微微一皱。

"要不要我再人肉一把?"小兵调皮地一笑。

"人肉?什么意思?"薛大鹏有些不解地问道。

"你连这个都不懂?白帮你忙了!人肉就是用网络搜索要找的人。上次就是我查出来刘娜卖房子的中介,然后郭奶奶的妈妈连夜坐车从北京到天津把刘娜堵在了中介公司。那天可真惊险,刘娜也不管老太太的腿好不好,开车就跑,差点儿出了人命……"小兵在视频里手舞足蹈地讲述着往事。

"什么?你怎么不早说?"薛大鹏被小兵生动的描述所吸引。

"你给我说话的机会了吗?要不是李奶奶让我帮你,我才不会花那么多时间免费帮你搜索呢!你上网查查,要是通过公司人肉,人家是按分钟和人脉收费的。"视频中的小兵得意起来。

"我付钱请你帮我上网找刘娜,可以吗?"薛大鹏沉思了片刻说道。

"没问题。不过我可是按照美国的价格收费,比中国的贵些哟。"小兵毫不羞涩地说道。

"只要你能找到我太太,钱不是问题。"薛大鹏被小兵的直率逗乐了。

"好,你就等我消息吧。"小兵高兴得差点儿从椅子上跳起来,但是很快又对着镜头说，"对了，你可千万别告诉我那三个奶奶收费的事儿，她们不懂人肉有多难，肯定回过头来还要怪我。"

"放心吧，只要你能帮我找到刘娜，你要多少钱，我就给你多少钱。"薛大鹏信誓旦旦地说。

"爽！郭奶奶在叫我吃饭，先这样，有消息我跟你联系。Bye."小兵说完就挂断了电话。

放下电话，薛大鹏又拿起包子吃了一口，仍没食欲，他索性脱去 T 恤衫走进卫生间。面对浴室的镜子，他看到自己松弛的肌肉和稀疏的头发。他叹了口气打开淋浴，呆呆地在洒落下来的水雾中想着心事。

自从出狱以后，他就刻意地忘却过往，告诫自己一切都可以从头再来。然而，随着时间的流逝，他对刘娜的消失、对自己客居招待所的境遇越来越不能忍受：半年前他在机场与年轻的太太刘娜告别时，刘娜对他柔情如水的一颦一笑都好像就在眼前，但是半年后人事皆非，连他在国内安身立命的房子都随着爱情的背叛属于了别人！

热水在薛大鹏的肩膀上滴答出痛感，他才恢复了意识，将淋浴头关上，起身披上宾馆的白睡衣，又用一条白浴巾将头上的水擦干。突然，他在镜子里看到自己被热水熏成的红色脸庞在白色睡衣和浴巾的衬托下，幻化出母亲当年在《白蛇传》里扮演白娘子的扮相。薛大鹏一惊，但是他很快就把浴巾固定在头上，把睡衣带子也打了个死结，以便最大限度地飘摆在腰际。然后他对着镜子左一下右一下地做着不同的亮相，眉眼之间流动着万般柔情和点点愁绪。

"咚咚锵！"一个亮相，薛大鹏已经挪着京剧青衣的小碎步从卫生间来到房间，在有限的空间里演绎起《白蛇传》的片段。他用女腔说了句："谢仙翁！"便唱起《白蛇传》里白娘子的一段京剧散板："接过灵芝泪不干，险些难得活命还。拜别仙翁镇江返，云山万里救夫还。"然后他转身面向另外一方，恢复男声，用京剧老生粗重而沙哑的声音说道："休得拦阻。众仙童！"他又转了个身用童声说道："有。"然后他再转身用老生的粗哑声音说："回山去也。"

完成了这段表演，前一秒还在精神饱满地演绎着京剧《白蛇传》里的唱腔和对话的薛大鹏，转身已是泄了气的皮球，无精打采地坐在了床上。

时间在一秒一秒地溜走，薛大鹏仿佛看到年轻貌美的母亲，每天起床先踱着舞台上的碎步飘到他的床边，然后又咿咿呀呀地哼着《白蛇传》里白娘子的唱腔穿梭在客厅、厨房和卧室之间。即使妈妈洗头，也会把头上的浴巾当成白娘子的头巾顶在脑袋上，穿着浴衣练习着唱腔。最开始，只有五六岁的薛大鹏并不知道妈妈在干什么，可是有一天他跟爸爸去剧院看妈妈的演出，他见母亲一身素白地在舞台上唱着跳着、哭着笑着，他就让保姆每天晚上都带他去看妈妈的演出……

"妈——"目光呆滞的薛大鹏，良久才大叫了一声，仰身四仰八叉地躺在了床上，任泪水四溢。

2

郭燕和小兵正在厨房吃早餐，李沙愁容满面地端着一碗鸡汤走进厨房。

"咋的啦，他不喜欢呀？"郭燕不解地问道。

"没法喝。汤从嘴里进去又从鼻子里出来，看着都痛苦！"李沙满脸沮丧。

"那不吃不喝，不就饿死了吗？"郭燕焦急地说道，但马上意识到自己说错了话，"我这张嘴呀，该打！我是说这不吃不喝总得想个办法呀！这美国也真不像话，做了这么大的手术当天就让回家。这要是在中国，起码可以用吊针把营养水打进去。"

"医生说可以吃冰激凌，我现在就去买。"李沙说着就朝通往车库的门走去。

"你还没吃早饭呢，吃了再去吧？"郭燕喊道。

"吃不下。你们吃吧。"李沙说完已消失在车库里。

门铃响了，郭燕打开门一看是向红："李沙刚走。"

向红看到郭燕两只被酱油涂抹得黑乎乎的手，吓了一跳："你的手怎么了？"

郭燕有些虚张声势地说："这不是给汉斯做鸡汤嘛，烫了一下。"向红焦急起来："都黑了，还不碍事？赶紧看医生吧，免得皮肤坏死。"郭燕有些不好意思地笑了笑："哪有那么严重？我还没到六十五岁，看病还不知道得花多少钱呢!"

小兵在一旁忍不住了:"小姨奶,那黑色是酱油,郭奶奶说涂上酱油就不起泡了。"

向红如释重负般地舒了口气。

"别担心,不碍事。"郭燕有些尴尬地赶紧转换了话题,"我听说你和哈桑租到了房子,要把小兵接走?"

向红:"是呀,我昨天签了约,今天就可以搬进去住——这样也可以马上把小兵接走。现在李沙要照顾汉斯,我不能等人家张口再走人吧?"郭燕不自在地嗯嗯了两声。

向红意识到自己在不经意间碰到了郭燕的痛处,转身对小兵说:"你去把东西收拾一下,咱们今天就搬到新家去。"

小兵犹豫了一下:"李奶奶出去了,我想等她回来再走。"

郭燕也接话道:"她去给汉斯买冰激凌了,估计一时半会儿回不来。"

向红看了看表说:"我刚才在门口看见她了。哈桑在等我,我先带小兵去搬家,晚上再来谢谢李沙和顺便拿小兵的东西。"

郭燕像一家之主那样笃定地说:"我看这样挺好。小兵的衣服还在洗衣机里甩干呢,晚上来了可以一起拿走。"

向红想了一下:"汉斯怎么样了? 我能不能去看看他?"

郭燕又拿出一家之主的口吻说:"不行,他现在不想见人。"

向红的眼里闪过一丝不以为然的神情,但是马上和颜悦色地说道:"等我把家安顿好了,我会请李沙和你到我家做客! 小兵,我们走吧。"

向红带着小兵走出李沙家的大门,郭燕好奇地看着向红的红色轿车里坐着的浓眉大眼、留着络腮胡子的年轻男人。显然年轻男人也看见了她,向她摆了摆手,她不好意思地赶紧关上了大门。

他一定是哈桑了!

好奇心使郭燕悄悄地走到窗前,目光所及之处,正看到坐进驾驶室的向红跟坐在副驾驶座位上的哈桑亲吻了一下,然后哈桑转身给坐在后座上的小兵一个击掌,三个人哈哈大笑地开车离去。在汽车掉头离开的那一刻,郭燕似乎看到了向红朝她所在的窗前一瞥,露出了洋洋得意的笑容。

郭燕一惊,赶快躲闪到厨房的洗碗池,一边无意识地冲刷着碗筷,一边顾影自怜地叨咕着:"走就走呗,有什么好显摆的!唉,人家都有地方走,就我没人要啊!"

洗碗的热水使烫伤的手指再次疼痛起来,但是郭燕像是跟谁赌气一般地把手放在热水里泡着……十指连心,几个烫伤的手指在热水中渐渐红肿起来,疼得她满脸是汗,她仍然赌气般地不肯关掉热水,两眼直瞪着水流——两行泪水滑落了下来。

3

在省城医院的病房里,形容枯槁的余科长躺在床上,心疼地叫着蜷缩在单人沙发上睡着了的向阳。尽管声音不大,但是向阳猛然惊醒,急忙起身到余科长面前问他需要什么。余科长指了指房间里另外一张病床说:"你去,把那张床也包下来。"

向阳看了看那张床,床单、被褥都叠得整整齐齐的,挤出笑容说:"我不是说了吗?你的床位能报销,我再定个床位就要自己掏腰包了,咱们不花那个冤大头钱。"

两行热泪从余科长的面颊滑落:"这还没手术呢,检查各项指标就好几天,等我手术时你要累垮的!"

向阳把吊水速度放慢,笑着说:"我哪有那么金贵。你瞧,我这一身的肉,抗折腾!"

这时她听到手机叮咚一声,急忙打开微信,看到小兵邀她入"旅美群",她赶紧点击了"接受",并留言道:"大孙子,你好吗?奶奶想你呀!"

余科长挣扎着要起身:"是小兵吗?我也跟他说句话。"

向阳赶紧将手机放到他嘴边:"你别动,点滴要是滚针了就麻烦了。你就在这里留个言吧,免得大孙子知道你要开刀惦记着。"

余科长清了清嗓子,振作起精神对着手机说:"小兵,爷爷的身体好多了,你别惦记,好好读书,咱们老余家就你这么个留洋的人,要争气呀!"

也许是余科长用力太猛,一阵咳嗽让他喘不上气来。待他平复过来,马上问向阳:"看看有没有回话。"

向阳看了一眼手机,安慰着余科长说:"咱大孙子可能在上课,别影响他学习了。"

余科长一脸悲怆地说："也许我这辈子也看不到小兵啦。"

向阳笑着安慰他："瞧你说的，咱们决定开刀为啥？连医生都说这瘤子不割就是个祸害，割掉虽然有百分之五十的危险，但是也有百分之五十的希望。你不是说这跟打仗一个道理吗？势均力敌的时候，迎战虽有危险，可是人家都打到你家门口了，不打不就是等死吗？"

向阳意识到自己失言，马上补充道："有我陪你，放心吧，手术一定会成功的！"

余科长紧紧抓住向阳的手："我这一生啊，谁都不欠，就是欠你的啊！"

两行热泪从余科长的眼角流了下来，向红拿起一张纸巾帮他擦去："别想那么多，赶快休息。医生说只有恢复了体力才能开刀。"

余科长仍然握着向阳的手说："要不你到我的床上躺会儿？"

向阳神情疲惫，却强撑着笑容说："我这么胖还不把你挤到地上去？你就安心睡吧，啥也别想。闭上眼睛。"

余科长刚刚闭上眼睛，就听到向阳的手机再次响起，他马上睁开眼睛对向阳说："快看看，一定是小兵打来的。"

向阳打开手机，发现是"谁主沉浮"要求和她视频。她有些奇怪，但还是接受了视频："是薛大鹏吗？听向红说你出来了，咋样？好吗？"

视频里的薛大鹏显然是醉了，他把手机紧紧地对着自己的面颊，声嘶力竭地说道："好吗？你问我？余科长在哪儿？我要问问他我好不好！"

向阳看到东倒西歪的薛大鹏瘫坐在一大堆小酒瓶子中，冰箱的柜门是敞开的，估计薛大鹏在说醉话："薛大鹏，别难过，一切不都过去了吗？"

薛大鹏又把一小瓶酒灌进嘴里："不行，我要问问余科长，他为什么说话不算话，把我丢到了水泥厂就不管了！"

向阳有些尴尬地说："啊，你说这事呀。唉，过去的事儿就让它过去吧，就别再提了。"

视频中的薛大鹏仍然不依不饶地说："不提了？你们有儿子孙子可以不提，我薛大鹏有谁？"

余科长伸出手臂要跟薛大鹏通话，向阳急忙走出房间，站在走廊上对薛大鹏说道："你醉了，我还有事，改天再聊。"

向阳关上手机回到房间,见余科长神情悲凉地望着点滴架,上面挂着的瓶装药水正顺着透明的管子,井然有序地从管子里一滴一滴地流进手背上的针头,注入余科长的体内。

向阳把手机丢到一旁,对默不作声的余科长说:"是薛大鹏,他喝醉了。"手机再度响起,向阳知道是薛大鹏,她没有接听。

余科长的眼睛仍然盯着点滴架,嘴角抖动了一下,蹦出了两个字:"怪我。"

向阳想安慰他两句,但是把要说的话又咽了回去。说什么呢?自己何尝不是受害者呢!她想了想,在"旅美群"里点了一下李沙,留了一句话:"薛大鹏醉了,你劝劝他吧。"

4

刚刚走出超市的李沙打开手机,看到了"旅美群"里"笑比哭好"有一条留言。尽管她惊讶于极少与自己通话的向阳给自己留言,但是当她看到"薛大鹏醉了"这几个字的时候,马上就点击了群里的"谁主沉浮"。

视频中出现了薛大鹏醉醺醺的镜头:"你告诉余科长,他就是个骗子!他把我和李沙丢到水泥厂就不管了!还有你,向阳,咱们去北大荒的五个人里,就你心眼儿多,用现在的话讲,你就是傍了个大款……"

李沙对着手机喊道:"大鹏,我是李沙。你喝醉了!"

视频里的薛大鹏似乎要呕吐,镜头摇摇晃晃地到了卫生间就什么都看不见了。黑屏里,李沙只能听到呕吐声和坐便器冲水的噪音,她急得大喊:"大鹏,你没事吧?回答我!"

"我没事了,李沙。让你见笑了。"视频里终于看到已经清醒了一半的薛大鹏。

"大鹏,到底发生了什么?和刘娜谈崩了?"李沙依然不安地问道。

"刘娜,根本就没找到!"薛大鹏的口齿比刚才清晰了很多。

"我就想到没那么容易。上次小兵在网上人肉到刘娜,连高队长和郭燕的妈妈都没有搞定。"李沙的口气松弛了一些。

"李沙,你怎么也相信这帮人说的话?你还记得我们在水泥厂受的苦

第六章 衰 ....

吗？这些人都是骗子。他们把我们骗到了北大荒，说好去师部演出队，转身就把我们给下放到水泥厂。要不是我考上了大学，到现在还在搬水泥呢！"薛大鹏打了个嗝，说了句"Excuse me（对不起）"。

"No problem.（没关系。）大鹏，有句话说，'不能原谅他人，就是用别人的错误惩罚自己'。有许多事情我都没有来得及告诉你。向阳返城后就离开了余科长和儿子大军，现在她把肺癌晚期的余科长接到家里养病。他们的儿子余大军因为贪污罪被判五年，现在还在监狱里。他们的孙子小兵没钱付私立学校的学费，向红想以收养他的方式把他留在美国。这一家人的遭遇已经够惨的啦，咱们就不要再往伤口上抹盐了。"李沙劝解道。

"可是，我忘不了过去。不是我不想忘，是噩梦总是跟着我。不知道你还记不记得我们刚上小学的时候，有一天我们前后脚回家，走到大门前看到一帮红卫兵把我妈从大卡车上拽下来，我妈带着一个大高帽和一个大牌子，脖子上还挂着一串高跟鞋……"薛大鹏的声音开始哽咽。

"大鹏，我知道你心里有多苦，我也知道'文革'时期发生了很多事，但是，冤冤相报何时是了啊？你可能还不知道，我父亲二十年前就因为血液病去世啦。医生说是接触了有毒的农药，可是我父亲除了'文革'期间下过农村，其他时间都在城市，到哪里接触过农药呢？他后来回忆，在农村时炕上的席子里藏满了臭虫和跳蚤，当地农民好心帮他经常往席子底下洒臭虫粉和敌敌畏，所以在不知不觉中中了毒他还不知道。你说，这账跟谁算去？"李沙的声音因激动而颤抖，她深吸了一口气，"我跟你说件事，也许会让你的心情好受些。那天小兵在网上知道刘娜要去卖房子，但我们都没办法去见她，郭燕跟她妈说了之后，她妈二话没说，跟着高队长连夜去了天津，在中介那里堵住了刘娜。不瞒你说，在视频中看到郭燕她妈一瘸一拐地跑到停车场不让刘娜开车溜走，我就在头脑里抹去了她穿着黄军装的凶恶模样。现在我看到的是一个快八十岁的老太太在为她年轻时犯下的错赎罪！"

"对不起，我实在是太自私了。你帮我这么大的忙，我却连你父亲去世都不知道。你母亲呢？她老人家还健在吗？"薛大鹏的语气明显缓和了许多。

"我母亲和我弟弟住在一起，身体还好。大鹏，我不能再说了，汉斯刚刚动了手术，从昨天到今天什么都没吃。我刚给他买了冰激凌，现在要马上回家。"

"手术怎么样？成功吗？"薛大鹏关心地问道。

“手术还算顺利,但医生说还要等化验结果出来才知道癌细胞有没有扩散。”

“有问题告诉我,我可以咨询我在美国做医生的同学。”

“谢谢你。大鹏,别再喝酒了,抓紧时间处理自己的事情吧。”

“你放心,小兵已经答应我人肉刘娜,我不会让你和汉斯为我承担经济风险的!”

“我的冰激凌都化了,有事微信我。”

“好。谢谢你,李沙。”

李沙关上视频赶紧开车离去。

5

市中心一栋普通的公寓单元房里,向红一个人忙里忙外地搬着东西。她见小兵坐在空荡荡的房间里摆弄着手机,就有些不耐烦地叫小兵帮忙。

小兵懒洋洋地从画架旁的折叠椅上站起来,不以为然地说:“小姨奶,这也不比收容所好到哪儿去,你就不能找个好点儿的公寓吗?”

向红把哈桑堆在门外的一摞油画一个个地递给小兵,让他搬到客厅里:“你是不当家不知柴米贵。市中心的公寓都很贵,就这一室一厅,一个月还要一千八呢!”

小兵指了指客厅连接厨房角落里的那张旧沙发说:“就让我睡这儿?这不是把我从天堂一脚踹到地狱了吗?”

向红安慰道:“这都是暂时的。小姨奶不是没有钱,可是那笔钱不能动,要等你办完了收养手续才能花。你就凑合着住吧,要不了半年咱们一定能住上两室一厅的房子!”

小兵噘着嘴指了指画架:“那哈桑晚上画画的时候我咋睡觉哇?”

向红想了一下:“来,帮我把他的画架搬到卧房去,然后把他的画都挂到墙上,再给你买张桌子学习,你瞧,整个客厅都是你的啦!”

小兵明显开心起来,把手机揣到兜里,做出干活的架势:“这还差不多。有什么要我帮忙的?”

向红一边摆弄着怎么把画挂到墙上,一边对小兵说:“你上网查查,看看哪儿有 Garage sale（旧物出售），咱们去买张桌子。”

小兵不以为然地说："我就不明白了，哈桑咋什么都不管呢？"

向红苦笑道："他不是要画画赚钱嘛。"

小兵指了指地上堆着的画："这些画堆在家里，靠街边画人头像赚钱，饿不死也撑不着。原来我还以为他很爱你呢，现在看来是你上赶着他呀！"

向红一愣！

是吗？自从迈克的律师在法庭展示了她跳钢管舞的照片，尽管她再三向哈桑表示自己的清白，并且不顾一切地与迈克"闪离"，缓和了两个人的关系，但是细想一下，自己和哈桑的关系确实从那时起颠倒了个儿。哈桑总是以一家之主的架势说一不二，即使是做爱也不征求她的意见，累了倒头就睡，休息好了就把她给弄醒，没有了以往的甜言蜜语和惜香怜玉的抚摸，上来就猛烈地攻击，直到他酣然淋漓地亲她一口，把她揽在怀中再度酣然睡去。奇怪的是，只要他搂住她，让她依偎在他的胸前，她就马上忘记了所有的不快和痛楚，脑海中能够重温的就是哈桑那一热吻——浓密的络腮胡子像一片灌木丛，杂乱无章的粗糙中掩盖了唇的"湿地"，那片湿地里有向红重温千遍也不厌倦的温柔与热情，她愿意永远小鸟依人地躲在这片"湿地"里。

这么想着，向红的心情再次灿烂起来：小兵一个毛孩子懂啥！再过两三个月，哈桑就能拿到正式绿卡，她的离婚手续也正式生效。到那时她和哈桑登记结婚，她的临时绿卡也不会因为与迈克离婚而作废，小兵收养的手续也应该办妥了，可以免费上美国的公立高中和学费不高的社区大学。她可以用担保小兵的四万美元开一个画廊，她卖画，让哈桑安心画画，也许还有机会把哈桑的画推荐到中国……那时别说租两室一厅，就是买两室一厅也不是问题！

向红两眼放光地对小兵说："你呀，还小，还不懂得什么是生活！现在我跟迈克离婚了，你和我能不能留在美国就看我和哈桑能不能结婚了。你懂事些，千万别给小姨奶添堵。"

小兵重新坐到折叠椅中，一边摆弄着手机一边说："好，好，好，我找二手桌子！"

向红看了一眼小兵吊儿郎当的样子，再看看地上堆着的乱七八糟的东西，不由自主地长叹了一声，接着干活去了。

第七章　尬

　　"尬",原本只是两个字形容词"尴尬"中的一个字,不单独使用,网络让它独当一面,果真尬出动感!

尬　聊

1

一室一厅的公寓,在向红的精心布置下,不仅有了家的感觉,还有一种艺术的氛围。此刻,客厅的墙壁已经挂满了哈桑的油画。由于油画的色彩统一为黑白灰的色调,所以不大的空间充满了神秘感。在灰白黑的一面墙壁旁,靠着一张三人座的长沙发,上面蒙着大红色的中国织锦缎被面儿,照亮了半个房间。

满面春风的向红将一束盛开的红玫瑰放到几乎占据了半个客厅的长条餐桌上,正在餐桌上摆弄电脑的小兵,拿着电脑倚靠到铺着红色床单的长沙发上。

"我的小祖宗,我刚把这里收拾好,你先坐到椅子上去。"向红一边拉起小兵,一边整理被压皱的床单。

"至于吗?不就是李奶奶和郭奶奶来吗?"小兵又把电脑放在了餐桌上。

"别把电脑放在餐桌上呀,我还要布置桌子呢!"向红又让小兵把电脑挪开。

"你说好要买个桌子给我,结果买了个餐桌。"小兵顿时烦躁起来。

"咱们家也不常常请客,餐桌和书桌有什么区别?你就别跟我捣乱了。不然你去阳台,那儿不是有躺椅吗?吃饭时我叫你。"向红尽可能地使口吻显得温柔些。

小兵很不情愿地拿着电脑走向阳台，关上拉门，躺在了一个破旧的躺椅上。

向红满意地打量了一下客厅，然后从一个大塑料袋里拿出一件阿拉伯人穿的黑色长袍套在了身上，又将一个黑色的围巾罩在了头上。她对着镶嵌在房门上的穿衣镜左看右看，不禁扑哧一下笑出声来。

正在这时门铃响了，向红随手打开了房门。门外是拎着大包小裹的李沙和郭燕。

"Sorry, we got the wrong door. (对不起，我们走错门了。)"

向红见她们转身要走，急忙把头巾摘去："是我。你们去哪儿呀？"

郭燕把大腿一拍："我的妈呀，你这是闹得哪一出哇？"

李沙也笑得前仰后合："我还以为走错地方了呢。"

向红有些不好意思："我想给哈桑一个惊喜。快进来。"

郭燕进屋环视了一眼客厅，一屁股就坐在了沙发上，织锦缎的床单从沙发背上滑落下来，露出了皮质沙发破损的部分。

向红有些尴尬地将红床单又盖在原处："刚搬进来，还没收拾好呢。"

李沙赶紧解围："这很好啊，简单大方，还很雅致。"

郭燕站起身来看了一眼厨房，又伸头看了看卧房，连卫生间的门也打开看了一下："这房子跟我姐家的是没法比，可是跟我比就是豪宅了。不像我，在美国是房无一间、地无一垄呀。"

跟在她身后的向红赶紧用讨好的口吻说："你比我有福。女儿住在纽约，绿卡也不用发愁。哪像我呀，所有的事情都要自力更生！哎，你们看看，我像不像阿拉伯人？"

郭燕脱口而出："这要是在夜里，我非让你吓瘫了不可！"

李沙赶紧又打了个圆场："是哈桑给你买的？"

向红手提着黑袍的两边原地转了一圈儿，颇为自得地夸夸其谈了起来："我在网上买的，他还没看见呢。你们知道这种袍子叫什么吗？ Abaya！原来咱们都说中东人的袍子是从头裹到脚，其实这袍子里面的机关可多了，你们看，我完全可以把胳膊缩进去，整理里面衣服什么的。还有这头巾，看起来就是一块长方形的黑布，其实要想把头发一丝不露地包起来，还真不容易！现在我明白为什么中东人愿意把一个头罩戴在脸上，容易呀！我买

Abaya 的时候，人家就送了一个。你们看，这叫 Niqab，有好几种变形，最简单的就是我这种露出眼睛的。还有升级版的是在鼻梁中间有一条线，用来连上下布片的。网上还有最高级别的是眼睛全部被黑纱遮住，外面的人看不到里面，里面的人却可以看到外面……"

正说着，哈桑手里拿着一本素描纸和一支笔沮丧地走了进来。当他看到家中站着一位从头到脚都裹在黑袍里的中东女人，先是一愣，而后逃也似的转身就走。

"It's me."向红赶紧摘掉头纱和面罩，挡住了哈桑的去路。

"Are you crazy？（你疯了吗？）"哈桑定睛看了她一眼，有一种如释重负的感觉。

"Where is your equipment？（你的画架呢？）画架！"向红比画着问。

哈桑没有回答，恼怒地推开向红，径自朝卧室走去。坐在沙发上的李沙和郭燕对哈桑的视而不见手足无措。向红朝她们尴尬地摆了摆手，也跟进了卧室。

李沙和郭燕听到卧室里传来哈桑的吼声，高一声低一声的阿拉伯中语夹杂着一两句英语。李沙渐渐听明白哈桑多次提到的 Policemen，原来是他的画架被警察没收了。

李沙听说过这些街头画家为了招揽顾客，常常到游人多的景点和警察"打游击战"——没人的时候就画，警察来了就跑。对于这个群体警察也没有什么好办法——既不能逮捕，又不能罚款，唯一能够让这些画家受到惩罚的就是没收他们的画画工具。由于画家们已经形成了一个小的团体，只要一个人发现了警察，说一句"Policemen"，大家拎着自己的画画工具就跑。有时来不及收画架，就只能看着警察气恼地将一只只画架扔进警车的后备厢里！

坐在阳台上的小兵显然也听到了哈桑的声音，他站起身向屋内张望，这才看到客厅里的李沙和郭燕正处在不知是该走还是该留的尴尬境地。

小兵拉开阳台门跑了进来："李奶奶、郭奶奶，我可真想你们啊！"

李沙和郭燕也高兴地与小兵搂在一起。说话间，他们发现卧室里的争吵声变成了笑声，这次是向红的笑声高过了哈桑。

李沙和郭燕不明就里地对视了一眼，小兵世故地说："就这样，一会儿哭一会儿笑的。别理他们!"

正说着,向红已经换上了新年穿过的那件真丝旗袍,再度满面春风地从卧室里走了出来。李沙刚想迎过去问她发生了什么事情,哈桑也随着向红从卧室里出来,并满脸幸福地搂着向红的杨柳细腰向李沙和郭燕打着招呼,好像刚才什么都没有发生过。

向红对李沙和郭燕说:"今天我让你们尝尝我做的咖喱羊肉。我在网上学的,都做好了,比做中餐省事多了。来,小兵,帮我端菜。"

小兵把一大盘黄色黏稠的菜搬到桌上,而后又端来一大盘米饭。向红给每个人都斟上一杯啤酒,然后招呼着小兵端起那盘菜,她把饭菜分放到每个人的盘子里。

"这是啥味啊?少给我一点。"郭燕对着盘子使劲地闻了闻,皱眉说道。

向红果真没给她太多,但是指着盘子里的菜说:"别看这道菜不好看,里面至少有十二种东西。我给你们数数:有羊肉、胡萝卜、土豆、西红柿、柠檬、葱、姜、蒜、大料、酸奶、辣椒粉和咖喱粉。一道菜什么营养都有啦。"

"妈呀,这比中药还难吃。"刚刚吃了一大口的郭燕,险些把嘴里的食物吐了出来。李沙用胳膊碰了她一下,她才勉强将嘴里的肉吞到肚子里。

向红的面子有些挂不住了,但她尽量克制着自己的表情,故作轻松地指着加了油盐做出的白米饭:"这菜要配米饭一起吃的。"

郭燕赶紧说:"多给我来点大米饭。"

哈桑等向红分餐完毕,便像主人一样地举起了酒杯:"欢迎你们!"

一句平仄不分的汉语,引起了郭燕对哈桑的好感。她对向红竖起了大拇指:"比我女婿强,至少人家愿意学咱们的话!"

向红开心了,讨好地对哈桑说:"She said you are good.(她说你非常好。)"

哈桑高兴地亲了一下向红,然后对郭燕说了一声"谢谢"。接下来他还试着用汉语说话,但是没人能够听懂,连向红也不知所云。不过为了礼貌,李沙还是点头称是,倒是郭燕一个劲地问李沙:"他说的啥?我咋听不懂呢?"

"你要是能听懂就687啦!"小兵在一旁接了一句话。

"遛扒期?啥意思呀?"郭燕好奇地问道。

偏巧小兵接了一个电话,离开了餐桌,朝阳台走去。

"你知道遛扒期是啥意思吗?"郭燕又问李沙。

"年轻人的文字游戏,数字687是'了不起'的意思!"李沙嘴里回答着郭燕的问题,目光却随着小兵移向了阳台。

一直被郭燕有口无心的话弄得下不来台的向红,借机说道:"小兵这孩子在你那儿住惯了,到我这儿就好像谁委屈了他似的。别理他,咱们吃。"郭燕似乎听出了弦外之音,刚想说什么,李沙赶紧接过话去:"你别说,你这咖喱菜做得还挺正宗呢!"

向红终于等来一句她想听到的赞美,心花怒放地给李沙又添了一大勺咖喱羊肉:"那你就多吃一些。"

2

在中国一家豪华餐厅的走廊里,薛大鹏神情紧张地对着手机视频中的小兵说:"能看见我吗?能看见就好。刘娜倒是来赴约了,可是她带了一个五大三粗的男人来,说是她的表哥,我看像黑社会的人。我没跟你开玩笑,我和刘娜谈条件时,他有几次都想动手打我。我借口上厕所,这样我就把手机视频一直开着,你要是看到情况不好,马上替我报警。"

小兵在视频中瞪大两只眼睛:"911?"

薛大鹏急了:"这里是中国,要打110。"

小兵调皮地一笑:"跟你开个玩笑。别紧张,我在这里盯着,他们不敢把你怎么样的!"

薛大鹏如释重负:"谢谢你啊,小兵,我会多付你钱的。"

小兵不以为然:"这都什么时候了,还谈钱?我小兵不赚不义之财。你放心,有我呢!"

薛大鹏感激涕零地说:"好,那我就放心了。我进去啦?"

薛大鹏说完便朝一间VIP的包厢走去。

3

向红家的晚餐似乎成了"鸿门宴",郭燕的有口无心和向红的含沙射影,使李沙食不甘味,随时准备转换话题。

"要说呀,这也不能全怪小兵。人往高处走,水往低处流……"郭燕不吃不喝地靠在椅子上说着。

李沙见向红露出不快的神色,急忙给郭燕的盘子加了一勺菜:"来,吃菜,吃菜。"

郭燕用手捂住了盘子:"饶了我吧,这味儿我吃不惯。"

不动声色的向红不疾不徐地说道:"想想当年在北大荒,一天到晚就是土豆、白菜、馒头。还是美国好啊,在这儿不仅能吃到川菜、湘菜和广东菜,还能吃到意大利菜、墨西哥菜、法国菜,啊,还有中东菜……"

李沙担心郭燕听出向红话中的弦外之音,急忙说道:"你别说,我还常常想念北大荒的大馒头呢。"

郭燕不明就里地接过话去:"现在的北大荒要啥有啥。下次你们去,我保准给你们做上一桌子的菜!"

向红起身,打断了郭燕的话,对李沙说:"你先吃着,我去看看小兵。"

郭燕见向红朝阳台走去,赶紧将餐巾纸盖在盘子上,不料被哈桑看见了,急忙自我解嘲地拍了拍自己的肚子,对哈桑笑了一下:"我饱了。"

哈桑也学着拍了拍肚子:"我饱了。"

郭燕被哈桑逗乐了:"你连'饱了'也会说呀?"

哈桑喝了一大口啤酒,得意地说:"一点点。"

郭燕由衷地赞美起哈桑:"你说的中国话比我女婿可好多了。"

李沙见郭燕和哈桑指手画脚聊得十分热烈,便起身朝阳台走去。

4

李沙推开阳台的拉门,正在和小兵观看电脑视频的向红摆手让李沙不要说话,然后指了指视频,趴在李沙的耳边说:"薛大鹏找到刘娜了。"这时,视频中传来刘娜尖厉的声音:"薛大鹏,你说过那套房子是我的,我卖掉有错吗?那些投资和存款你说是你的,可是也有我的名字,我凭什么不能处置?你要离婚可以,要钱不可能!"

李沙从视频中只能看到薛大鹏的下巴。从不停抖动的画面上看,好像手机放在饭桌下方薛大鹏的大腿上。这时,只见薛大鹏的下颚一动一动地蹦出一句话来:"娜娜,如果你坚持要离婚,我也没有办法留住你。但是,你知道家里所有的财产都是我从美国带回来的资金,就算你可以分到一半,至少也要给我留一半吧?"

一个男人粗暴的声音打断了薛大鹏的话:"哪来的那么多废话!今天你要不签这份离婚协议,你就别打算囫囵个地走出这个房间!"

李沙在小兵的电脑上打下几个字:"把视频对准他们。"

薛大鹏显然是看到了李沙的留言,把手机对准餐桌上的刘娜和一个膀大腰圆的男人。

漂亮的刘娜立刻柳眉倒立,对薛大鹏尖声叫道:"薛大鹏,你要干什么?"

李沙对着镜头说:"刘娜,我是李沙,就在你们餐馆外面。也许薛博士的话没有表达清楚,那我就再说明一下:第一,薛博士从美国转到中国的钱都有银行记录,可以证明你们买的房产和投资都是用的这笔钱。第二,你们俩在中国结婚,美国没有案底,如果你坚持不给薛博士一部分家产,那你也许就因小失大了——他是美国公民,回到美国可以再婚;而你,刘娜,就别想在中国再结婚了。"

视频中的男人不耐烦地说:"关她屁事!小子,你别跟我玩花样,你说吧,签还是不签?"

男人起身把笔甩到薛大鹏面前,李沙立即对着镜头喊道:"大鹏,你现在就离开,如果他们阻拦你,我马上报警!"

镜头晃动起来,只见视频里的男人逼近一步,大声叫着:"你敢!"接着刘娜上前把那个男人拉到一边,在他耳边嘀咕了一声。待男人安静下来,刘娜走到薛大鹏面前:"你当初说好那套房子是买给我的,就算离婚给你一半财产,也不应该算上那套房子吧?"

李沙看不到薛大鹏的表情,但是可以听到他的声音——那是坚定而有力的一字一句:"如果你连一半的家产都不给我,你这辈子都别想再见到我啦!"

刘娜的声音顿时柔软了很多:"过去你可是对我百依百顺,现在怎么这么心狠。你是不是在美国有人了?你跟那个李沙是什么关系?"

薛大鹏不为所动:"我已经说过了,要离,就平分家产;不离,我就过我的单身生活!"

刘娜没好气地说:"你以为我会那么傻吗?为了你这几个臭钱就守一辈子的活寡?离吧,就按你说的做!"

薛大鹏语气坚定地说:"这次由我找律师起草离婚协议,这个星期会送给你签字。"

刘娜鼻子一哼:"算你狠!大炮,走!"

那个叫大炮的男人瞪了薛大鹏一眼:"小子,今天算便宜你了!"

门咣当一声关上了。房间安静了下来,视频里只有一桌子的残羹剩饭。

片刻,李沙才叫着薛大鹏的名字,问他刘娜和那个叫大炮的男人是否已经走了?薛大鹏将镜头在房间里扫了一圈,最后才缓缓地转向自己。

小兵对着满脸疲惫的薛大鹏说:"哥们儿,你没事吧?"

向红在旁边点了他一下:"怎么跟薛爷爷说话呢?!"

薛大鹏端起桌上的一杯红酒,一饮而尽:"让你们见笑了。"

他又斟满了两杯酒:"小兵,谢谢你帮我人肉到刘娜。要不是你,我怎么也想不到她躲到北京来了。李沙,这杯是敬你的,谢谢你今天又救了我一次!"

李沙见薛大鹏连喝了三杯酒,有些焦急地对着视频说:"大鹏,你不能再喝了。你要马上找律师切割财产,以免夜长梦多。"

不知什么时候也来到阳台上的郭燕大声说道:"你去找高唱,他弟弟的儿子在北京开律师事务所,挺有名的。我现在就加他进咱们的'旅美群',你跟他直接联系吧。"

微醺的薛大鹏在镜头里感激涕零地将头砸在餐桌上,哽咽地说:"谢谢,谢谢你们!"

这时哈桑也走进阳台,不安地问:"What happened?(怎么回事?)"

向红若无其事地说:"Nothing.(没事。)"

哈桑怀疑地看着向红,向红被看得有些不自然啦。

李沙起身对哈桑说道:"We were chatting with one of our old friends. I am sorry that we interrupted the dinner. Let's go to eat.(我们在跟一个老朋友聊天。真对不起中断了晚餐,走,回去继续吧。)"

郭燕对着视频说:"我把我妈和高队长都拉进'旅美群'了,你直接跟他们聊吧。"

李沙见哈桑仍然站着没走,就赶紧对着镜头说了一句:"高队长和郭姨都知道刘娜的事,他们一定会帮你的。我们现在在向红家吃饭,晚些时候再跟你联络。"

李沙说完,带头返回房间。

小兵见人群散尽,就对着镜头里的薛大鹏说:"哥们儿,我要进去吃饭了。有事随时呼我。"

视频中的薛大鹏已经有些醉意:"别走,把你的账号发给我,我现在就转钱给你!"

小兵为难地挠了挠头,最后才下定决心:"免了,就算是哥们儿的一次奉献了。有事随时叫我。"

小兵做了个鬼脸把电脑关上,然后推开阳台门走进房间。

5

走进房间的小兵,发现屋里的人都表情凝重地看着向红与向阳视频,并听到向红提起自己的名字。他赶紧凑到镜头前,对着里面的向阳使劲挥手:"奶奶,我在这儿呢!"

视频里的向阳激动起来:"大孙子,奶奶好想你啊!"

向阳的话音未落,就见她身后的余科长歪斜着靠在病床上声嘶力竭地喊道:"小兵吗?我是爷爷呀!"

小兵愣了片刻,对着向阳说:"奶奶,把镜头对着爷爷,我要和爷爷说话。"

小兵看到镜头中瘦骨嶙峋的爷爷,鼻子上插着氧气管,顿时放声大哭:"爷爷,你咋的啦?"

镜头中的余科长吃力地说道:"爷爷没事。你好好读书,给咱们老余家争气!"

向阳对着镜头说:"你爷爷后天做手术,他就是想在手术前见你一面。这下好了,他可以安心手术了。"

小兵痛哭流涕地说:"先别手术,等我回去再做手术。"

向阳苦笑道:"手术要排号的,不能变。大孙子,有你这句话就够了。这里有奶奶呢!"

小兵倔强地把脸上的泪水一抹:"等我。我现在就买飞机票!"

向阳急了:"你可不能回来呀,不能耽误学习呀!"

小兵决绝地说:"都是狗屁学校,没啥了不起的。"

向红也急了:"下学期马上就开学了,你可不能胡来呀!"

小兵用血红的眼睛瞪着向红:"我用不着你管!"

视频里传来向阳惊恐的叫声:"护士,快来呀,我们家老余昏过去了!"随着向阳的惊叫声,向红的手机屏幕上只有病房的天花板和嘈杂的人声。向红对着手机喊道:"姐,咋的啦?"小兵也几近哭号地对着镜头大叫:"奶奶,我爷爷咋的啦?"围坐在餐桌旁的李沙、郭燕赶紧凑到向红的身边,连哈桑也意识到事情的严重性,跟着围了过去。

半晌,向阳疲惫的大脸盘再次出现在视频中:"吓死我了。他本来喘气就困难,刚才一急,一口痰卡在了喉咙,差点儿背过气去。幸好是在医院,现在没事了。向红,劝劝小兵,他可千万不能回来呀。小兵,听奶奶的话,你在美国好好读书就是对爷爷最好的孝道。先不说了,不能让你爷爷再激动啦。李沙、郭燕,有时间再跟你们聊啊!"

向阳关上了视频,哈桑见围坐在饭桌旁的人都沉默无语,就问向红:"what's happened?(发生了什么事情?)"

向红振作了一下精神,故作轻松地说:"Nothing. How about some dessert?(没事。吃点甜点怎么样?)"

小兵瞪了向红一眼,转身离开了房间。

李沙起身对向红说:"汉斯还在家,我要回去给他做些流食吃。"

向红心不在焉地附和了一声:"能吃东西就好。"

李沙神情黯淡地说:"刚刚能吃点儿东西。不过医生说检验报告出来了,割下的组织边缘还有癌细胞,可能还要做第二次手术。"

向红大吃一惊:"什么?那不又要遭罪了?"

郭燕在一旁打抱不平:"这医生是干啥吃的?咋不一次多割一些呢?"李沙无奈地摇了摇头:"我已经预约明天去见医生,看看医生怎么说吧。向红,我们改天聊,免得总说中文让哈桑感觉不舒服。"

坐在一旁有些无聊的哈桑听到李沙提到自己的名字,振作起来:"What is about me?(我怎么了?)"

向红随口说了一句:"Nothing.(没什么。)"

李沙见哈桑有些不高兴,赶紧说道:"We feel bad that we keep speaking Chinese.(我们觉得在你面前一直说中文不太好。)"

哈桑不客气地说:"Then speak English.(那就说英文吧。)"

李沙向郭燕使了个眼色,然后起身告辞:"Thank you for the hospitality. I have to go home to take care of my husband.(感谢您的盛情款待。我要回家给我的丈夫做饭。)"

哈桑起身说道:"真主保佑。"

李沙对哈桑说:"Thank You."

哈桑对李沙回了一句:"不客气。"

6

汽车里,李沙和郭燕朝着窗外的向红和哈桑挥手告别。李沙对向红喊道:"劝劝小兵!"然后离开了向红家的停车场。

郭燕忍不住对开车的李沙说道:"人啊,有时候真说不上是咋回事!你说,当年咱们在北大荒,余科长多神气呀,一句话就把咱们都下放到基层劳动去了。你瞧瞧他现在!人呢,还是积点儿德好。不是我咒他,现世报!向阳也一样,当年利用余科长,现在咋样?要为他养老送终……"

满腹心事的李沙打断了郭燕的话:"人是会变的。向红说向阳现在吃斋念佛,所以才会关心余科长的。"

郭燕想了想:"你说的也是。就拿我妈来说吧,她好像也变了。过去她对谁都凶,现在跟我说话柔声细语的。你说,我咋觉得谁都变了,就我没变呢?唉,人比人气死人哪!你看人家向红,找了个比她小二十多岁的男人,还把她当个宝似的,哪像我家那位,比我大六岁还嫌弃我呢!"

李沙笑着说:"我怎么不知道你家大熊还嫌弃你呢?"

郭燕也笑了:"他呀,有贼心没有贼胆。"

"你不是说他也要来美国吗?"

"我看你心情不好,没跟你说,拒签了。"

"拒签了?那只能在国内等绿卡了。"

"关键是他不想来!"

"为什么?"

"他不是在分场当个副场长吗?有吃有喝的就满足啦。可是你一退休谁理你呀?我寻摸着我俩今后有绿卡了,除了国内的退休金,还能在这边拿老人津贴。到时候在美国租个房子,想闺女和外孙啦,就到美国这边住住;想回家了,在北大荒那儿也有个大房子。多好!"

"燕子,我最近忙得都忘记问你了,护照的事情你打算怎么办呢?"

"我还想跟你说这事呢。春霞说老板娘让我下个星期去见她,我还不知道咋办呢!"

"我回去问问汉斯,看看他怎么说。"

"我琢磨着,不论咋做我都要把护照拿回来,要不然总在你家住着也不是那回事呀。"

"再急也不能弄虚作假。"

显然,话题不再轻松,李沙克制着自己不再说下去,郭燕也想不出什么理由为自己辩护,于是两个人都不再说话,任凭车里一片死寂。

第二天,李沙仍在开车,车里依然是一片沉寂。不同的是,坐在副驾驶座位上的是汉斯而不是郭燕。李沙打开车内的音响,将中文歌曲换成了英文歌曲,而后将空出的右手放到汉斯的左手上。然而,汉斯从她的手中抽出了自己的手,面无表情地目视着前方。

李沙假装神情专注地开车,但是紧绷的肌肉使她无法放松飞转的思维。她理解汉斯此刻的心情,因为几分钟前医生明确地告诉他要做第二次手术,并且把做不做手术的决定转嫁到汉斯的头上:可以不做第二次手术,但是如果创口还有癌细胞,复发的可能性很大。换言之,如果没有癌细胞了,第二次手术就等于白做。

对于医生丝毫不反省自己为何没有做出正确的判断,没有在第一次手术时多割一点肌肉组织,汉斯没说什么,但是李沙还是在得知手术结果后气愤地指出了这一点。

李沙知道汉斯的内心与她有同样的愤怒,但是男人的虚荣使他不肯表现出自己对第二次手术的恐惧。

"甚至他都不肯承认这种恐惧感吧?"李沙这样想着。

是呀,第一次手术虽然痛苦,但是毕竟没有预期,承受的只是肉体上的疼痛;可是第二次手术还没有开始,就已经在精神上击垮了汉斯——现在他说话已经口齿不清,下次手术的创面要比第一次大一倍,上颚的软骨要割去红枣大的窟窿,那时是否还能说话都是一个未知数。而汉斯是出庭律师,没有了嗓子就等于丢掉了工作,没有了工作不但无力还房贷和各种保险,而且还要确保薛大鹏的三十万罚款。

可是不做第二次手术,一旦癌细胞扩散,那将威胁到生命……

李沙很想告诉汉斯,只要不危害到他的生命,工作和金钱都不在考量之内。然而,汉斯拒绝告诉李沙他的任何感受。开始时,李沙认为是因为他不能说话,但是很快发现是他不想说话——他用自己承受肉体痛苦的毅力独自面对精神上的折磨,仿佛走入一个聋哑人的世界,把冷漠留给了他人。

李沙完全能够理解汉斯面对肉体和精神上双重折磨的痛苦,但是她也能感受到自己用爱情筑起的堤坝正在被一种漠视侵蚀着。她担心有一天自己撑不住的时候,那道堤坝会在这种日蚀夜侵的冷漠中决堤。她感觉到非常无助,既不能安慰汉斯"吉人自有天相",又不能指出第二次手术"利大于弊"。

在不能与汉斯沟通的情况下,李沙觉得自己周边的氧气越来越稀薄,常常会产生一种想要如狼似虎地对天长啸的冲动。但是,郭燕住在家里,她既不能宣泄自己的情绪,又不能向郭燕倾诉自己的感受。

"她不懂这种绝望的心情与爱情本身无关,可是爱情却与这种绝望的心情有关!对呀,也许汉斯也是这么想的,才拒绝与我交流!"李沙的思绪如滚动的车轮延绵不断。

手机响了,李沙点开车里的蓝牙系统:"Law office of Hans Schneider, how may I help You?(这里是施耐德·汉斯律师事务所,有什么可以帮助您的吗?)"

电话里传来迈克的声音："Are you Elizabeth？（你是伊丽莎白吗？）"

李沙一愣："Are You Mike？（你是迈克？）"

迈克用焦急的口吻说："I had a car accident. May I talk to Hans？（我出了个车祸，我能跟汉斯说话吗？）"

汉斯吃力地说道："Hi Mike，What's up？（迈克，什么事？）"

迈克显然是没有听懂汉斯模糊不清的发音："I want to speak to Attorney Schneider.（我想跟施耐德律师说话。）"

李沙赶紧说："Hi Mike，Hans just had surgery so I don't think that he can take any cases for a while.（迈克，汉斯动了个手术，所以他很长一段时间不会接案子的。）"

迈克一怔："I am sorry to hear that. I will contact you soon. Take care.（听到这个消息很难过。我会很快与你联络的。保重！）"

李沙关上蓝牙，听到汉斯用沙哑的声音说了句什么，她没有听清，随口问道："What did you say？（你说什么？）"她见汉斯没有回答，就转头看了他一眼，发现汉斯像一头受了伤的雄狮，忧伤地望着车窗外闪过的景色，没有理会李沙的问话。

正当李沙搜肠刮肚地寻找着轻松的话题时，向红打来了电话："小兵走了！"

李沙一惊："去哪儿了？"

向红带着哭腔说："他昨晚背着我在网上买了机票，今天一早就回国了。他到了机场才给我发了一条短信。现在我给他打电话没人接，手机关机。"

李沙有些疲惫地说："既然他已经走了，你就别惦记了。他毕竟也十六七岁了，我们像他这个年龄不是也只身去北大荒了吗？不过要告诉他，等余科长做完手术，他要赶紧回来上学，要不然会影响到他的学生签证。"

从蓝牙扩音器中可以听出向红的情绪已经平稳了很多："谢谢你啊，李沙。我刚才看到小兵的留言都蒙了。你说得也对，他回去一趟看看爷爷就心安了。我现在就给向阳打电话，你先忙着，改天聊。"

向红结束了通话，李沙却想借此话题使汉斯从消极的情绪中振作起来，就说："是向红。"

而汉斯仿佛没有听到李沙的话，依然麻木不仁地盯视着车窗外。李沙把所有的话和假笑都回收到心底。

　　车在高速公路上穿行着,时缓时急地在车流中变换着车道前行。

尴　笑

1

薛大鹏走下出租车,走进一个北京居民小区,找到"东北饺子王"饭店,走进餐馆就被等待许久的郭母和高队长迎进一间小包间。包间很简单,一张圆桌、六把椅子,墙上挂着一台可以唱卡拉 OK 的电视机和不够凉爽的空调机。

薛大鹏被一行人簇拥着落座,这才知道剃着光头的老板是郭燕的弟弟。

薛大鹏下意识地摸了摸自己的头,意识到自从进了美国监狱,就戒掉了剃光头的欲望。刚开始他很不习惯,对着日益长出来的稀疏头发发愁,觉得自己苍老了很多。但是光头要每个星期都剃,在狱中几乎是一件不可想象的奢侈。回国后他为了寻找刘娜疲于奔命,居然彻底忘记了刘娜和他拍结婚照时说的"光头成为时尚的原因,是使头发稀疏的人看起来年轻、精神"。想到这里,他不由自主地苦笑了一下:也许上次见刘娜时应该剃个光头!

不过,薛大鹏发现,将近七十岁的高队长和年近八十岁的郭母竟然头顶浓黑的秀发。尽管郭母的过肩长发黑得有些夸张,但是那波浪般的长发却把薛大鹏带到五十年前的记忆中——妈妈被红卫兵带走时就是一头黑发!

薛大鹏的神情有些恍惚:这个女人就是和母亲同台演出《白蛇传》的"小青"阿姨? 她就是那个呵斥过他和保姆、把只穿了睡衣的妈妈从家中带走的郭主任? 薛大鹏设想过一千次如何去面对这个曾经迫害过自己母亲的女人，但是他万万没有想到，站在他眼前的郭母慈眉善目，犹存的美丽在泪眼蒙眬的衬托中显得格外良善。

薛大鹏一时不知如何是好，因为他以为今天只是来见高队长和他哥哥的儿子高律师的。尽管他知道郭燕的母亲为了寻找刘娜，专程从北京去了一趟天津，但是这仍不足以让他就此原谅她！

正当他犹豫着是否离开的时候，好像事先说好了一样，郭燕的弟弟把茶倒好后就退出房间，说是去筹备饭菜，而高队长则说高律师有事，会晚来一会儿。于是，整个包间就只有薛大鹏、郭母和高队长尴尬地坐在餐桌旁。

高队长清了清喉咙，用当年的男高音铿锵有力地说道：“岁月流金啊！四十多年前我把你们带到北大荒，那时的我们多么意气风发。你看，如今你都是博士啦。如果没有北大荒给予我们的历练，哪有今天的一切？”

薛大鹏不知说什么好，只能一个劲儿地说：“那是，那是。”

郭母接过话说：“大鹏，我知道你不想见我，但是我必须要当面向你赎罪。”说着她从椅子上站起来，还没等薛大鹏反应过来，她已缓缓地跪在了薛大鹏的面前。薛大鹏赶紧起身搀她起来，但是薛母不肯，反而把薛大鹏按在椅子上坐下，泪流满面地说：“我对不起你妈，对不起我的师姐。我到今天也想不明白我当年怎么那么狠，看到你妈走路都觉得是一个害人的‘蛇精’。为这事，你郭姨也受到了惩罚，蹲了几年的监狱，还摔瘸了一条腿……”

薛大鹏再次试图搀郭母起来，可是郭母仍然跪在地上泪流满面地说：“大鹏，这么多年我天天都盼望着像今天这样跪在你面前请求原谅。只有这样，我的心才能稍稍安定。师姐呀师姐——”

站在郭母身旁的高队长对泪雨滂沱的薛大鹏说：“四十多年了，你郭姨就没有睡过好觉。她常常在梦中惊醒，说你妈总是不肯原谅她。其实是她自己心里过不去这道坎。看在她也受了那么多苦的分上，你就原谅她吧。”

薛大鹏再度蹲下身将郭母扶了起来：“郭姨，那是一个疯狂的时代，既然我父亲都原谅您了，我想我妈也早就原谅您了。您就别再自责了。”

郭母终于在薛大鹏的搀扶下站起身来。这时郭燕的弟弟开始指挥服务员上菜，薛大鹏过意不去地说：“今天是我请高律师吃饭，结果让你们这么破费。”

郭燕弟弟一副东北人的豪爽：“大哥能到我家小店吃饭，那是看得起我。"

高队长也很自豪地说:"大成这孩子孝顺,我们老年艺术团的人到这里吃饭,一律七折。"

郭燕弟弟对薛大鹏说:"如果你不嫌弃,我就叫你声哥啦。哥,不瞒你说,如果没有我高叔,就没有我妈的今天,也没有我的今天。人呢,要以心换心。当年要不是我高叔把我们娘俩整到北京,又帮我找了工作,哪有我的今天呢! 现在我最大的心愿就是让他们二老过得开心,想跳舞就跳,想唱歌就唱,想旅行就去! 哥,不瞒你说,我让我侄女把他们去美国玩的签证都办好了。十年签,想啥时候去都成!"

"大成子,你家门前怎么连领位的人都没有啊?"一位长相酷似高队长年轻时候的男人先声夺人地走了进来。

"哎哟,高律师,快请进,您哪!"郭燕的弟弟赶紧点头哈腰地将西装革履、不到四十岁的高律师请到了座位上。

"薛博士,所有财产都分割完毕,这是目录您看一下。如果不出现意外,明天就可以和刘娜去民政局办理离婚手续了。"高律师把一沓打印好的文件递给了薛大鹏。

"这么快? 也就是说签完手续我就可以支配我的那一半财产了,对不对?"显然这不是薛大鹏第一次与高律师接触了。

"当然了。离婚从双方签字后就开始生效。"高律师信心十足地说道。

薛大鹏高兴起来:"我跟第一个太太在加州办离婚的时候,签了字还要等半年才生效呢!"

"前车之鉴啊! 今后再找爱人要以人品为重。"高队长以长者的口吻说道。

"那是,那是。"薛大鹏尴尬地附和着。

这时,高律师说:"你们吃吧,我还有事。薛博士,明天上午 10 点直接去民政局,我手下的王律师会在那里等您。"

主菜还没上,高律师就起身要走,薛大鹏一时不知所措,赶紧起身说道:"您帮了我这么大的忙,怎么连饭都不吃就要走啊?"

高律师例行公事般地一笑:"对于我来说,吃饭是负担。今天是我叔发话,我不敢不来。叔,我人可是到了,别再骂我了啊。"

高队长觉得侄子已经给足了自己的面子，就表现出无所谓的样子挥了挥手："走吧，走吧，叔谢谢你啦！大鹏，他真的很忙，管着一个律师事务所呢！"

高律师蜻蜓点水般地走了，他的座位被忙前忙后的大成子补上。在推杯换盏中，薛大鹏发现高队长喜欢在谈话中引经据典，并且许多都是"文革"时期的语言。虽说有些词汇对于薛大鹏来说有些刺耳，但是青年时代对高队长的崇拜和此刻有求于高家人的处境，竟使他高傲不起来。加上郭燕的弟弟大成子不惜成本地将餐馆有名的东北土菜都摆到了桌上，左边有郭母像母亲一样地为他夹菜倒酒，右边有大成子像兄弟一般地敬酒聊天，这种温馨的场面使回国后处处不顺的薛大鹏，有一种受宠若惊后的感激涕零。

"大鹏啊，你小的时候叫过我干妈。现在你父母都不在了，如果你不嫌弃，就再认下我这个干妈，行吗？"

薛大鹏一愣：干妈？那是一个他从少年时就想彻底忘却的词，"干妈逼死了妈妈"像魔咒一般地伴随着他走过青少年时代。随着斗转星移，几十年后他终于将这个词埋葬在记忆的深处，让往昔的痛和恨都远离了自己的生活。然而，此刻他感到困惑，不知是应该指出"干妈"过去的所作所为对自己的伤害，还是借此机会向"干妈"表示既往不咎？

"哥，到了咱们这个岁数，还有啥事想不开的！我妈也是快八十岁的人了，你就成全她的想法吧。"郭燕的弟弟又敬了薛大鹏一杯白酒。

在推杯换盏中，薛大鹏终于带着醉意，口齿不清地对郭母举杯说道："干妈，谢谢你的帮助！"

期待已久的郭母猛地将薛大鹏搂在怀里，泪流满面地说："我的儿呀，你可是救了我啦！"

在场的人都感动得热泪盈眶，只有薛大鹏哈着腰任由郭母搂着，将木讷的神情掩饰在郭母单薄的肩膀上。

2

李沙坐在后院角落的躺椅上，正兴致勃勃地与薛大鹏视频通话："太好了，大鹏，祝贺你顺利离婚！你看我一高兴，连话都不会说了。我是说你终于从一场噩梦中走出来了……"

视频中的薛大鹏，突然将目光越过李沙的肩膀，落在了她的身后："您好！施耐德律师。"

李沙回头一看，发现汉斯站在自己的身后。

汉斯没有说话，只是对着镜头里的薛大鹏挥了挥手，就坐到另一张躺椅上。

自从医生宣布汉斯还要做手术，汉斯就仿佛变了一个人：多疑、猜忌、阴郁，就像魔鬼附身一样挥之不去。李沙尝试了许多方式让他快乐起来，但是他像凝固在空气中没有灵魂的石雕，不为任何情感所动。李沙渐渐发现，不是他真的不能说话，而是他拒绝说话，并且讨厌别人说话。就连喜欢大嗓门说话的郭燕也意识到这种变化，她和李沙说话时，会刻意压低声音，并且尽量避开汉斯。

视频中的薛大鹏以为汉斯已经离去，深情地对李沙说道："李沙，这次离婚我想了很多，真不理解自己怎么就被刘娜年轻美丽的外表所迷惑。这段时间，我想得最多的就是我们在一起的时候……"

李沙看了一眼坐在不远处的汉斯，急忙打断薛大鹏自怨自艾的柔声蜜语，换了一个话题说："大鹏，你刚才提到人民币换美元的事情，我好像听说国内只允许每人每年换五万美元。即使你现在得到了一半房产和存款，可是要想把人民币转换成三十万美元也不是件容易的事儿呀！"

薛大鹏被李沙突然打断了话题，觉得有些扫兴，语气也变得强硬起来："你放心，我薛大鹏绝对知恩图报，不会让你和施耐德律师为难的。郭姨和高队长已经把他们兑换美元的额度给我了，剩下的十万等我回美国卖掉国债就够了。"

李沙知道自己触痛了薛大鹏的自尊心，语气略显温柔地说："你上次不是说你投资的国债还没有到期吗？"

薛大鹏仗义地答道："没关系，定期利息的蝇头小利比不上你和施耐德律师对我的救命之恩。放心吧，我一定会在九十天之内将罚款交上，绝不会让你和施耐德律师为难！对了，我要麻烦你帮我租个临时住处，我答应高队长和郭姨到加州住一段时间，让他们有机会和郭燕缓和一下关系。"

李沙尽量掩饰住内心的疑虑和惊讶，口吻平和地说："你们打算住多长时间呢？"

"一个月吧。"

"你回美国一个月，工作能离开吗？"

"我跟学校说了，这个学期要处理家事，我从下个学期开始工作。对了，这次郭姨和高队长跟我一起来加州，别告诉郭燕，郭姨怕郭燕不见她！"

"你原谅郭姨了？"

"每一种创伤都是一种成熟，这一点在郭姨的身上很明显。我看到她就好像看到了我的母亲。"薛大鹏长叹了一声。

李沙苦笑了一下："这个结果真是出乎我的意料。不过，你能放下过去也是对自己的仁慈。放心吧，我会马上找中介帮你找房子，找到后与你联系。先到这里吧，再见！"

李沙关掉手机走到汉斯身旁，故作轻松地说："薛大鹏的离婚很顺利，马上就能把二十万美元汇到那家公司，剩下的十万他会回来处理。"汉斯没有说话，面无表情地起身回房间，丢下李沙愣愣地站在后院。

郭燕悄悄地走了过来，对眼含泪水的李沙说道："姐，别跟他一般见识，你想吃点啥，我来做。"

李沙挤出笑容说："今晚吃西餐，也许汉斯会有食欲。我先发条信息就来，你去把三文鱼从冰箱里拿出来缓着吧。"

李沙见郭燕离去，打开手机给薛大鹏留下一段文字：大鹏，刚才汉斯在，有些话不好说。他的手术结果出来了，医生不能确定是否还有癌细胞，建议做第二次手术。如果方便，请你问问你的同学，看看这种情况该怎么办。谢谢！

李沙发完信息，赶紧走进房间。

3

李沙刚刚走进起居室，便收到了薛大鹏的留言："请把汉斯的医疗号码告诉我，我让美国的同学查查档案，看看具体情况再说。"

李沙马上到书房找到汉斯的医疗卡，拍了一张照片发给薛大鹏。

这时郭燕愁眉苦脸地走进书房："姐，我闺女来电话说我的绿卡批下来了，让我去按手指纹。我跟她说护照丢了，她让我赶快到领事馆补办一个。姐，要不你带我去一趟中国领事馆呗？其实我打车也能去，可是我不知道咋说呀。我怕说漏嘴喽！"

李沙有些不耐烦地说道："我早就跟你说把实情告诉你女儿，这纸是包不住火的。就算你能在中国领事馆补办护照，那美国司法部门要是查出月子中心老板那儿有你的护照，那不就是欺骗吗？"

郭燕一听，急了："姐，你说我现在咋告诉我闺女呀！她爸没得到签证她已经老上火了，要是再听说我为了打工让人家把护照扣了，那还不急死。姐，你还是帮我想想办法吧，这指纹不按就领不了绿卡呀！"

李沙叹了口气："我原先是想了个办法，想让汉斯以律师的身份给月子中心老板写封信，告诉她必须退还你的护照，否则会向法院起诉，告她迫使你出庭做假证。这样她不敢不还给你护照。"

郭燕破涕为笑："太好了，姐，你咋不早说呢？"

李沙若有所思地说："早说没用，这封信必须交到本人手里才有法律效应。过去你找不到她，现在你可以通过春霞跟老板说你要见她，只要你能把律师的信交到她手里，她就不敢不还给你护照。"

郭燕高兴地说："我马上给春霞打电话，让她赶紧跟老板约个时间。"

李沙轻叹了一口气："你再等等。现在汉斯连话都不想说，我怎么张口让他写信呢！"

郭燕有些泄气地说："要不我跟他说？"

汉斯的声音从书房门口传来，尽管鼻音很重，但是李沙和郭燕都清楚地听到了那两个字："我写。"

李沙惊讶地看着立在书房门口的汉斯，而郭燕几乎是飞奔过去想给汉斯一个大大的拥抱，但是她在汉斯面前停住了，不好意思地说："谢谢啊！"

汉斯对郭燕说："你要给我老板的姓名和住址。"

郭燕急忙答道："我有。签合同的时候我拍了照片。"

郭燕很快就将照片从手机里调了出来。

李沙走到汉斯跟前吻了他一下："Thank you."

汉斯回吻了一下李沙，拿着郭燕的手机朝自己的办公室走去。

4

李沙的车停在一栋独立屋前的街道上。这里曾是郭燕工作过的月子中心,其实就是一栋普通的住宅。

李沙独自一人坐在车里,神色略显不安。在多次张望之后,终于看到郭燕从屋子里出来,连跑带颠地朝她奔来,并且上车后就把车门锁上:"快走,免得她变卦。"

李沙启动了汽车:"护照拿到了吗?"

郭燕回头看了一下渐行渐远的房子,擦了一下头上的汗说:"差点儿没拿到!"

李沙也警觉地看了一下倒车镜:"拿到了就好!"

郭燕翻看着护照:"早知道这么容易,早就应该来了。"

李沙见倒车镜里没有异常情况,心情也开始放松:"之前她不是躲着嘛。如果不把信交到本人手里也是没用的。"

郭燕手捧护照乐不可支:"谢谢啊,姐。你和我姐夫就是我的救命恩人哪!现在我可以工作,可以去我女儿那儿,拿到绿卡还可以回国看我家大熊!"

这时向红打来了电话:"李沙,你能见到迈克吗?"

李沙不解地问:"他前两天给我打过电话。怎么了?"

向红气愤地说:"请你告诉他,我向红也是正儿八经地跟他结婚了一年,他拿一颗假钻石糊弄我,他有没有良心哪?!"

李沙惊讶地说:"你说钻戒是假的?"

向红仍然怒火中烧地说:"我现在就在珠宝店里,人家鉴定了,不是钻石,是锆石,连五百美元都不值!你说这丢人不丢人,我还跟人家讨价还价,没有四万美元不卖呢!"

李沙急忙说:"向红,先别急。你再找别家鉴定一下,也许是他们搞错了呢!"

向红气急败坏地说:"这都是我找的第三家店了。"

可能向红的声音太大,珠宝店的人请她到外面通话,李沙听到她在电话中用英语小声地说:"I am sorry. Ok,Ok."然后又大着声音在电话中对李沙说,"我现在出来了。美国人真势力,看我的钻戒是假的,连我说话都嫌声音大。"

李沙安慰着向红:"别急,我现在就给迈克打电话,看他怎么解释。"

向红的愤怒化为自怜:"我要是早知道这钻石是假的,我怎么也不会净身出户啊。现在真不知道怎么凑齐小兵的四万担保金啦。"

李沙随口问道:"小兵什么时候回来?这学期已经开学了。"

向红叹了口气:"我昨天还跟向阳通了电话,她说余科长的体质太差,手术后一直在重症病房,医生说随时有生命危险,小兵哪肯回来呀。"

李沙也叹了一口气说:"你们总是想着怎么省学费,就没想想如果上不了大学,即便免费又有什么意义呢?"

向红仿佛恍然大悟:"对呀,我要赶紧让他回来准备 SAT,要不然都是白折腾。"

李沙发现自己又提起一件烦心事,赶紧改变话题:"你和哈桑还好吧?"

没想到向红的口吻更加沮丧:"别提了,人要倒霉,喝凉水都塞牙。刚刚收到通知,他申请绿卡的原因是宗教迫害,还要重审!"

李沙试着用轻松的语气说:"难怪那天你穿黑袍他不喜欢。别担心,应该就是例行公事。"

向红依然担心地说:"如果他的绿卡不批,我们就糟了。我拿的是临时绿卡,只要迈克一句话,说我是为了要绿卡才跟他结婚,我的绿卡就会被取消。我原来以为还可以靠哈桑,现在谁靠谁还说不定呢!"

李沙安慰道:"车到山前必有路。等汉斯好些,我让他找迈克谈谈,我想迈克不会把事情做得那么绝。"

向红却不以为意:"我就是要饭也不会求他。"

李沙劝解道:"其实迈克不喝酒的时候还是挺好的。"

向红耿耿于怀:"我算是对他寒心了。不过我要让他知道,我向红不是那么好骗的!"

李沙觉得这场谈话好像是"马拉松",不论是什么话题都让人有一种耗去精气神的感觉:"向红,你先消消气,我现在在开车,有话晚些时候再聊吧。"

向红这才从自说自话的消极状态中警醒,赶紧说:"开车别聊了。注意安全。"

向红很自觉地结束了通话,李沙也关掉了蓝牙通话系统。一直在旁边憋住没说话的郭燕再也忍不住了:"没想到向红这么精明的人也被人家骗了。她咋想的,一个戒指就值四万美金? 聪明反被聪明误!"

李沙突然间懂得了汉斯不想说话的感觉:有时心太累的时候,你真的没有心情再顾及其他了。她任由郭燕自说自话,自己像是一部机器操作着另一部机器,驱车前行。

5

没到下午5点,高速公路上的车辆已是走走停停的高峰状态。正在开车的李沙听到手机再次响起,她见车流几乎到了停滞不前的状态,就打开了蓝牙系统接听电话。

薛大鹏的声音回响在车厢里:"我的同学已经回话了,他看过施耐德律师的医疗档案,并没有根据证明癌细胞没有清理干净。只是按照手术标准,边缘有百分之零点五的不确定性,所以医生让病人决定是否要做二次手术,以防还有癌细胞存留。我的同学是化疗医生,他建议先观察一下,半年后做个切片检查,如果还有癌细胞,再做第二次手术也不晚。"

李沙把车停在了路边,激动地说:"真的吗? 那可太好了! 其实医生也是这么对我们说的,但是我们不懂里面的区别,就以为一定要做第二次手术。可是,你的这位同学可靠吗?"

薛大鹏语气非常肯定:"在医学院的时候我们是上下铺,现在他就在你们买保险的那家医院做化疗医生。尽管他在长滩分院,但是各个分院都联网,他有权利查看病例。他说对于这种情况,医生怕担责任才强调再做一次手术。"

李沙激动地说:"大鹏,太谢谢你了! 自从汉斯知道要做第二次手术,他的情绪就极其消沉,他怕失去声音不能再为客户出庭。不过,以他现在的情绪,他也听不进去我的话,不如你跟他说。我现在在外面开车,我把他的电话号码给你,你可以跟他 Face Time。"

薛大鹏爽快地答道:"我有他的电话号码。放心吧,这件事由我来跟他解释。如果他有问题,也可以直接跟我的同学联系。"

"谢谢你了,大鹏。另外房子的事情已经落实,我和郭燕这两天就过去打扫房间,家具都是现成的,你回来就可以入住啦。"

"太感谢啦! 也代我谢谢郭燕。你安心开车,我这就给施耐德律师打电话。"

李沙关上了蓝牙系统,抓住郭燕的胳膊激动地说:"汉斯不用再手术了!"

郭燕也跟着高兴地叫着:"老天保佑啊! 我就说好人有好报嘛!"

李沙开心地说:"走,到中国超市买点好吃的,庆祝庆祝!"

郭燕也兴奋地说:"可不是,最近汉斯没食欲,搞得我都没心情做饭。今晚我给你们露两手,多做几个菜庆祝庆祝!"

李沙的车在六条车道中换线前行。

6

在一处高尚连体别墅区里,李沙正在出出进进地布置房间。正在厨房里准备食材的郭燕对她说:"姐,薛大鹏也太摆谱了吧? 租房子又不是买房子,有间屋子住着不行了吗,干啥要租这么大的房子?"

李沙将一只冷冻的火鸡放到了灶台上:"我们再烤只火鸡吧。我儿子原定感恩节回来,可是公司有一个紧急项目,他只好等新年再回来了。感恩节那天我也没心情烤火鸡,今天咱们就一起吃吧。"

"我在我闺女家吃过火鸡,没滋没味的,不好吃。你留着,咱们过两天再吃,今天的菜够吃了。"郭燕说着就把冷冻的火鸡又送回到冷冻箱里。

这时,汉斯拿着两瓶酒和一束花进来,让原本不是很开心的李沙露出了惊喜的表情:"你今天不是有客户吗?"

汉斯把酒放到厨房的餐桌上:"如果我做了第二次手术,现在我在干什么?"

"躺在床上生气。"李沙一边笑着说,一边拿出花瓶要把花插到里面。

"It's for Dr. Xue(这花是给薛博士的。)"汉斯阻止道。

"可不是咋的,要不是薛大鹏找了他的同学,那还不得白拉一刀啊!"郭燕冷不丁地冒出了一句。

李沙和汉斯同时用惊讶的目光望着郭燕,半晌才哈哈大笑起来。郭燕慌忙问道:"你们不是说这花是给薛大鹏的吗,我说错了吗?"

汉斯举起了大拇指:"No,you are very clever.(不,你非常聪明。)Yan,你很聪明!"

李沙也开心地对郭燕说:"你能听懂英语了!"

郭燕不好意思地说:"你们一会儿汉语一会儿英语的,我都没留意你们用什么语。"

李沙看了看表说:"时间快到啦,我和汉斯去机场。你把看家的本事都拿出来吧,一共有八个人吃饭。"

郭燕有些不解地问:"我算了一下,加上薛大鹏、向红、哈桑和咱们仨也就六个人,你还请别人了?"

李沙笑着说:"你就按照八个人的量做吧!别急,我从机场回来帮你。"说着,李沙拽着汉斯就往门外走,汉斯急忙把桌子上的花拿在手里。

<h2 style="text-align:center">7</h2>

拿花等候在机场出口的人并不多。李沙见汉斯将那束鲜花捧在胸前,目不转睛地注视着每一位出来的旅客,她知道,此刻的汉斯把薛大鹏视为恩人!

自从汉斯从薛大鹏那里得知自己不一定要做第二次手术,他的创口恢复得很快。有些发音吃力的字,现在也可以发出音来。除了还有些鼻音,基本上交流没有了问题,并且可以出庭为客户辩护了。

李沙看着汉斯在人群中搜索着薛大鹏的热切目光,内心无比感动:山不转水转!

正在内心感叹人生的李沙,突然看见汉斯朝出口奔去——薛大鹏!她看见了夹在人群中的薛大鹏和他身旁的郭母与高队长。

这是一个多么奇特的组合啊:当年的薛大鹏虽然不喜欢说话,但是往哪儿一站都会帅气得让女孩子们窃窃私语,然而此刻,他只是一个头发稀疏的

"老头",看起来与和他并肩行走在一起、比他大了十岁的高队长的年龄相仿。还有他身边的郭母,尽管已经七十八岁,尽管走路有些踮脚,但是那轻便的脚步和挺直的腰板,姣好的身材套在一件剪裁别致的水粉色呢质紧身拖地大衣里,丝毫看不出身有残疾。特别是一头瀑布般的黑发飘至腰间,加上脖子上那条鲜艳的丝巾,从后面看宛如青春勃发的少妇。

几个闪念使李沙落在了汉斯的身后。她远远地看见汉斯将鲜花递给了薛大鹏,但是薛大鹏转手就递给了郭母。当她走近时,听到汉斯对薛大鹏说:"这些花是我送给您的,谢谢你使我重新工作。"

原本有些夸张地把手里的鲜花嗅来嗅去的郭母,听到汉斯的话很不自在,不知道是应该把花还给薛大鹏,还是装着没有听见。李沙赶紧上前打着招呼:"郭姨,还认识我吗?"

郭母马上眉飞色舞起来:"李沙,对吗?你比视频里看着还要年轻漂亮!"

李沙转身握住高队长的手:"高队长,你也没怎么变,我一下子就认出你来啦。"

李沙知道自己这句话一出口就没有了底气——高队长的神态、相貌与自己记忆中的点点滴滴相差很远。他除了身材没变,再也找不到当年他身上飘逸着的那种刚柔并济的内在魅力。她一直记得自己情窦初开是在四十二年前的火车上面对高队长的时候。尽管那只是少女瞬间的感悟,但一直是她的向往。然而,眼前的高队长虽然与同龄人相比仍然给人一种意气风发的感觉,但是夹杂着市俗的谦卑。相比之下,李沙觉得一脸迷茫的薛大鹏更加真实和亲切。

李沙上前像美国人那样很自然地拥抱了一下薛大鹏,然后对郭母和高队长说:"这是我先生汉斯,他可以说汉语。"

郭母笑脸相迎地对汉斯说:"你可真了不起,汉语说得比很多中国人都好!"

汉斯很开心:"哪里哪里!我去开车,你们到外面等我。"

汉斯去停车场取车,李沙领一行人朝大门走去。

"我家燕子怎么没来?"郭母向李沙问道。

"她在家给你们做饭呢!"李沙迟疑了一下,说道。

郭母的眼圈有些红了:"四十多年哪,我只见过她三次。第一次是我出狱,她回来和我吵了一架就回北大荒了。第二次我和你们高队长从北京去北大荒看她,她爱人大熊都管我叫妈了,她就是不肯。第三次她去北京送我那外孙女来美国读书,在送行宴上她也没叫我一声妈。大鹏啊,这回可真要谢谢你啦,我这一生只要听到燕子叫我一声妈,就知足了!"

郭母声泪俱下。李沙和薛大鹏一时不知如何是好,倒是高队长很体贴地从兜里找出一张纸巾递给了郭母:"今天来到美国,高兴还来不及呢,你怎么还哭起来了?"

郭母使劲地擤着鼻涕,声音大得引来周围人惊诧的目光。她赶紧装作若无其事的样子:"对,要高兴。马上要看到女儿、外孙女和重孙子了,你说我不高兴谁高兴!"

这时,汉斯把车开到他们面前,五个人加上行李,勉勉强强塞进了车里。

尬　舞

1

车,停在了连体别墅的大门前。郭母从车上下来,一边活动着筋骨,一边兴致勃勃地观看着周边的环境:"瞧这草绿的。都快 12 月份啦,这树上还开着花呢! 来,李沙,给我在这儿照张相。"

郭母把手机递给李沙,自己在结满粉红色小花的大树旁做了一个环抱树干的动作。当李沙拍下这个镜头之后,她让李沙等等,然后爬上了低矮的树干,将两脚踩在树杈间,举起双臂做出胜利的姿势……

郭燕从房子里跑了出来,大着嗓门喊着:"薛大鹏,这房子咋样?"薛大鹏和高队长正在拿后备厢里的行李,郭燕愣住了:"高队长? 你咋来了?"

薛大鹏得意地笑了笑:"不但高队长来了,你妈也来了。"

"我妈?"郭燕这才看到站在树上的郭母,"哎哟妈呀,真能作妖!"这时郭母也看到了郭燕,顾不上拍照了,赶紧试图从树上下来。郭燕赶紧奔了过去,和李沙一起帮郭母从树上下来。

"燕子,妈看你来了!"郭母下树后一把抱住了郭燕。

郭燕推开了母亲的拥抱:"这大老远的,来看我干啥?"

郭母的神情转喜为哀:"你这孩子——"

李沙赶紧解围:"这次郭姨和高队长帮了大鹏很大的忙,大鹏请你妈来美国玩玩,也好见见你。"

薛大鹏赶紧补充："是你弟弟给你妈和高队长买的机票,让我把他们带来见你。你弟弟说他也很想你,但是开餐馆走不开。"

郭母用讨好的口吻接过话："你弟弟总惦记着你,让我带了好多礼物给你。"

郭燕的表情渐渐恢复了平静,李沙见状赶紧说："郭姨,咱们进屋聊。"

2

李沙引导着高队长将郭母的行李放到一间卧房,然后又指导着薛大鹏把他的行李放到另外一间卧房。

"这得花不少钱吧?"郭母好奇地打开所有带门的房间,连卫生间与储藏室都没有错过。

"大鹏说了,要让您住得舒服一些。小区有游泳池,与咱们的后院只一墙之隔。"

"太好了!游泳是最好的形体锻炼。"郭母像少女般地欢呼雀跃起来。

郭燕不以为然地瞥了她妈一眼,自行到厨房准备食材去了。

"大鹏,你带郭姨和高队长到后院转转,我和郭燕准备晚饭。"李沙向薛大鹏使了个眼色。

"跟我来,参观参观后院。"薛大鹏心领神会地说道。

李沙见众人走进后院,就转身走向厨房,对着低头准备食材的郭燕说:"你可别怪我先斩后奏。薛大鹏怕你不见郭姨,让我先别告诉你。其实,你也看到了,尽管你这么多年不见她,可是只要你有事找她,她都二话不说就照你的意思办了。现在连薛大鹏都不计较过去的事情了,你做女儿的,还能一辈子不认妈呀?"

郭燕仿佛做了什么错事,头也不抬地说:"不是我不想认,是我不想叫她妈。我也不知是咋回事,就是张不开嘴。"

李沙边洗菜边说:"听薛大鹏说,你妈这次来要多住些日子。你也不用急着叫她妈,就是态度好些。她也快八十岁的人啦,别等到今后想叫妈都没机会的时候后悔!"

郭燕叹了口气:"咱们也是当妈的人啦,我咋不想叫她一声妈呢?可是你看看她,都啥年龄了还穿得花枝招展的!"

李沙忍俊不禁:"你就别用你的标准要求你妈了。听大鹏说,她还组织了一个老年艺术团,你妈还能跳街舞呢!"

郭燕不以为然地哼了一声:"还老年艺术团呢!你没听说过'中国大妈'呀?都是我妈这类型的,走哪儿跳哪儿,也不知道磕碜!"

李沙更加忍俊不禁:"如果所有的中国大妈到了你妈这把年纪还能唱能跳,那还真了不起呢!"

不知什么时候郭母已经从后院回到了房间:"李沙呀,有时间要多回国看看。现在不仅是中国大妈能唱会跳,中国大爷也有很多加入我们老年艺术团了。跳舞是最好的健身方式。"

说着,郭母在手机中选了一首曲子:"我这一路坐了十几个小时的飞机,得活动活动腿脚啦。"说着,她就随着手机里播放的《五十六个民族五十六朵花》的乐曲,在客厅里翩翩起舞起来。

随着郭母不断变换的动作,半个世纪前的记忆瞬间呈现在李沙的脑海中:"动脖"是新疆舞,"抖肩"是蒙古舞,"垫脚"是西藏舞,"转圈"是彝族舞……

李沙至今都记得上小学时各个宣传队走街串巷,任何一处空地,只要把旗帜一竖,不到五分钟就会被路人围成一个圆圈,并且前排的人都自觉地席地而坐,后排的人约定俗成地站成一圈又一圈,圈子里,就成了临时舞台。

李沙记得每次演出完,红孩子宣传队的孩子们就可以得到一个面包和一瓶汽水。那时几乎不上课,孩子们在一起除了弯腰劈腿,还练习新疆动脖和蒙古抖肩。也许是因为住宅楼里住着省歌舞团的台柱子,耳濡目染,几个女孩子到一起就练习动脖和抖肩。

想到这里,李沙下意识地将右手高举过头顶,左手平伸在胸前,然后试着将头左右晃了两下,居然还能做到肩膀不动只动头的姿势。她有些得意了,试着跟随郭母学做了几个动作,竟然也跟上了节奏。

郭母边跳边朝站在一旁的郭燕招手。原本笑得前仰后合的郭燕,此刻却转身回厨房做菜去了。

其实,郭燕在母亲的舞姿中也感受到了一股力量,像一股暖流冲击着她内心板结多年的一块坚冰。这是一种陌生的感觉,但是令她身心舒畅。她原本也有一种冲动,丢下手中的食材,像李沙那样落落大方地与母亲跳舞,可是她明白北大荒的农耕生活已经使她远离了少女时代的梦想,那是一块一碰就会心痛的地方。想到了心痛的感觉,她顿时将那股正在融化内心坚冰的暖流阻止住,拒绝这种陌生的温暖。

这时薛大鹏带着汉斯和高队长从后院走进客厅,高队长二话没说就拽着薛大鹏加入郭母和李沙跳舞的行列中。

汉斯露出惊讶之色,但是很快就随着音乐的节奏鼓掌叫好。薛大鹏扭捏地从跳舞的队伍里出来,汉斯对他说:"我不知道中国人都会跳舞。"

薛大鹏有些羞涩地说:"我们小时候,学校不上课,谁都可以到街道上唱歌跳舞。"

这时李沙停止了跳舞,兴奋地走到他们的身旁:"几十年都没跳了,居然还记得!"

这时舞曲已换成《打靶归来》,高队长和郭母瞬间回到二十岁的精神状态。那种飒爽英姿的感觉抵消了高队长头上的白发和郭母脸上的皱褶所呈现出来的老态,那种挺胸仰首的饱满精神给人一种无往不胜的阳刚之气。尽管在举手投足中能看到高队长左手失去的小手指和郭母一条腿长一条腿短的残疾,但是两个人的舞姿将这些缺陷全部屏蔽,使李沙沉浸在内心深处的感动之中。

郭燕把音乐停掉,对众人说:"大家都入座吧。我准备了四个凉菜、六个热菜。按照咱们东北人的规矩,先就着凉菜喝酒,然后我端热菜上桌。"

李沙这才发现向红没来。她赶紧查看微信,看见了向红的留言:"晚到半小时。只有我一个人来。"

3

众人刚刚走进介于客厅和厨房之间的饭厅坐下,向红便出现在大家面前:"对不起,我来晚了。"

李沙也来不及询问哈桑怎么没来,就赶紧向众人介绍道:"郭姨,她是向红,我们当年一起去的北大荒。"

其实郭母的眼睛从向红一进门时就亮了起来……在一群六十岁朝上的

人堆里,向红的美丽和艳丽就像一束突然间照射到房间里的彩虹,顿时让人眼前一亮。

向红与众人打过招呼后,被郭母拽到身旁的位置上坐下:"你比我家燕子还大两岁吧? 你是怎么保养的? 脸上连个皱褶都没有。瞧你这身材,怎么练的? 是不是喜欢跳舞?"

郭燕见母亲握着向红的手不肯放开,阴沉着脸,把一盘菜重重地放在了餐桌上。

李沙见向红在郭母热情如火和郭燕冷若冰霜的情绪里不知如何是好,就急忙解围说:"向红,你来之前郭姨和高队长表演了一段《打靶归来》,相当精彩。"

郭母赶紧说:"我们老年艺术团,还上了吉尼斯世界纪录了呢。"汉斯忍不住插了一句:"Guinness World Records ?"

郭母没听明白:"啊?"

李沙也似信非信地问道:"你们上了吉尼斯世界纪录?"

一直没有说话的高队长,此刻像传达文件似的一字一句地说道:"去年,我们老年艺术团参加了咱们中国十四个城市五万人参加的广场舞,一起挑战了最大规模排舞的吉尼斯世界纪录,创下新的世界纪录。"

一直举着酒杯的汉斯,终于找到机会把酒杯高高举起:"为了你们的Guinness World Record,干杯!"

在干杯声中,郭母用舞台报幕员声情并茂的语气介绍道:"我们艺术团在国内影响很大。虽然我是团长,老高是艺术总监,可是他比我有名。他现在是'网红级'的领舞老师,线上线下有几万名领舞的老师跟他学舞!"

李沙不解地问:"线上线下是什么意思?"

高队长又一板一眼地说道:"线下是面对面地教舞,线上就是通过电脑教授。中国目前有两百多万广场舞的领舞人员,他们大多数是通过线上和线下的学习,然后再带领当地的团队活动。据《中国广场舞行业研究 2015年报告》估计,当年跳广场舞的人数在八千万到一亿人之间。也就是说,现在的人数应该在一亿以上!"

汉斯脱口而出:"My God, It's amazing.(天啊,太难以想象了。)"

高队长被汉斯的一声赞美打断了话题,薛大鹏赶紧向他解释道:"他的意思是说'了不起'。"

汉斯朝高队长竖起了大拇指:"一亿人都跳同样的舞蹈,这在美国是不能想象的!"

高队长一听,兴奋地为汉斯和自己斟满了酒,也举起大拇指说道:"你的,这个。"

薛大鹏赶紧向汉斯解释道:"他说,你也非常了不起。"

高队长兴致更加高涨:"如果所有的美国人都能像您这样高瞻远瞩就好了!李沙,你找了个好老公。"

李沙含笑说道:"谢谢。"

高队长借着酒兴对众人指点江山地说道:"你们听说过'你好,中国大妈'这个品牌吗?"

一直没有机会说话的向红赶紧接过话说:"网上到处都是中国大妈的新闻,我还真不知道是个品牌。"

高队长兴致勃勃地说:"我知道有些中国大妈的报道很负面,但是这个品牌叫'你好,中国大妈',意味着对广场舞的支持与肯定。现在这个品牌的口号是'你好大妈,向世界出发',去年还获得了'大众文化杰出活动品牌奖'。"

向红兴奋地说道:"我在网上看过中国大妈在纽约时代广场上跳舞的视频,当时还奇怪哪儿来的这么多穿旗袍的同胞……"

郭母再也按捺不住激动的心情,插言道:"不只是美国纽约,还有英国、法国、澳大利亚、日本,好多其他国家都出现过我们中国大妈的广场舞。不瞒你们说,这次我和老高来,一方面是看儿孙,另一方面也想考察考察,看看能不能在洛杉矶也搞个广场舞,让这里的美国人民也看看我们中国大妈的精神风貌!"

这时正巧郭燕上菜,瞥了她妈一眼,不以为然地说:"都快八十岁的人啦,还瞎折腾个啥呀!"

李沙见郭母下不来台,赶紧给郭母夹了一些凉菜:"郭姨,咱不说广场舞,就说你和高队长刚才跳的舞蹈,真精彩!郭燕,你还记得我们在演出队时,高队长让我们早起练功,怎么叫你都不肯起床吗?"

薛大鹏笑着说:"我还记得郭燕压腿的时候都能睡觉。"

郭燕也开心地笑了："你还记得那事儿呢？那时咋睡都不够。"

郭母难过地拉着郭燕的手说："燕子啊，妈对不住你呀，那会儿你才十五岁就去了北大荒，没想到这一去就是一辈子呀！"

郭燕想从母亲的手中抽出自己的手，但是看到母亲正用另一只手抹去脸上的泪珠，她的眼圈儿也红了："当年也是我自己要去的，跟你没关系。"

郭母抽泣起来："如果我没有被关押起来，你也不会受到牵连。"

高队长走到郭燕的身旁，像长辈一样地拍了拍郭燕的肩膀说："你受到不公正待遇的心情我懂，因为我被下到连队后感觉生不如死。不是活儿苦，是心里苦不堪言。你知道我为什么跟你妈结婚吗？从演出队下放到连队，我唯一的精神寄托就是你妈！从我代表演出队到省城招人，我就发现你妈很像我的初恋夏芳。夏芳是哈尔滨知青，在一场抢救山火中壮烈牺牲。这么说吧，那时你妈在省城专业剧团做革委会主任，我哪敢有非分之想啊。可是她在我绝望的时候寄信给我，让我安心在连队劳动，说'一颗红心两种准备'。开始我还真是天天盼望着归队，但是后来的事情大家都知道，我就不说了。总之，我回城少了一根手指，她出狱瘸了一条腿，这下我们两人可以平起平坐了，所以我等她一出狱，就把她接到了北京。"

郭母像少女般娇羞地补充道："我刚开始给他写信没想那么多，只是觉得他因为我家燕子的年龄问题受到了牵连，我就应该想办法帮他。可是形势突变，我都没来得及给他写封信就进去了。"

高队长绘声绘色地接着说："突然间接不到信，又赶上知青大批返城，经过一番折腾我终于以病退回城了。返回北京路过省城的时候，我特意留了两天去找她，这才知道她已经进去了。"

薛大鹏突然站起身来，青筋暴露的脸上写满了愤恨。他想说什么，最后还是克制住自己的情绪，说了句："对不起，我去一下卫生间。"薛大鹏逃也似的离开了餐桌，躲进了不远处的卫生间。众人不知所措地呆坐在餐桌旁，尴尬地听着卫生间隐隐传出来的哭声。郭燕甩开母亲的手，表情麻木地返回厨房。

4

卫生间里的薛大鹏，边哭边把水龙头开到最大，然后压抑住音量仰天长啸:"妈,你在哪儿呀?"

在卫生间窄小的空间里,薛大鹏瘫软地跪在地上。

"大鹏,你没事吧?"门外传来李沙的敲门声。

薛大鹏缓缓起身用冷水抹了一把脸,再把脸上的泪水和水珠擦干,这才打开卫生间的门。在开门的那一瞬间他愣住了:不仅所有的人都聚集在门外,而且他眼睁睁地看着郭母的身躯一点点地矮了下去,最后跪在了他的面前。

大鹏惊叫起来:"干妈,您这是干什么? 快起来。"

郭母手里拿着一张照片,泪流满面地说:"鹏儿,你再给干妈一个机会,让我向师姐赔罪! 姐姐呀,如果你在天有灵,就原谅妹妹我当年的鬼迷心窍。不论我今生受到什么惩罚,那都是罪有应得! 姐姐呀,你的骨血就在这里,我会对鹏儿比对自己的亲生骨肉还要好……"

薛大鹏搀起郭母,发现她手里的照片是当年自己的妈妈和郭母同台演出《白蛇传》的剧照。照片上的妈妈对于薛大鹏有些陌生,因为五十多年日夜思念的母亲,已经无法用人间的美丽所比拟。他将照片立放在客厅的花台上,然后对郭母说:"您还记得《白蛇传》里小青的唱腔吗?"

郭母诧异地看着薛大鹏说:"你说哪段?"

薛大鹏没有多言,而是张口用青衣的声音唱起了白蛇的京剧西皮摇板:"听一言来心意转,许郎果不负婵娟。扶起冤家重相见,从今后不要变心田。"

郭母用一个旁白"呀"了一声,用西皮摇板唱起青蛇的那一段:"他夫妻依旧是多情眷,反显得小青心意偏。倒不如辞姐姐天涯走远,姐姐,多多保重,小青拜别了!"

大鹏学白娘子叫了一声:"青妹!"

郭母走着台步来到摆放着的剧照面前,凄厉地用京腔喊了一声:"姐姐!"然后磕了三个响头。

薛大鹏上前扶起郭母,恢复了富有磁性的男声说道:"干妈,我妈已经原谅您了。"

泪如雨下的郭燕,再也忍不住自己的情感,扑到郭母的面前叫道:

"妈!"

在场的所有人都泪眼蒙眬，只有汉斯像水里的一滴油，不明就里地看着这一切："你们这是在演戏吗？"

汉斯的话让大家破涕为笑。

李沙借此机会说："菜都凉了，大家赶紧吃饭吧。"

5

当众人再次坐到餐桌上时，李沙为了淡化刚才凝重的气氛，就对薛大鹏笑着说："大鹏，过去只知道你是男高音，没想到还能反串青衣。"

郭母接话说："这是老天赏饭吃。"

高队长也一本正经地说："我看你干脆早点退休，咱们一起干！"

薛大鹏笑了："干什么？唱歌跳舞？我觉得糊口还是第一位。"

李沙说："我觉得两者不矛盾。现在美国的华人社区有很多文艺团体，乐团、合唱团和舞蹈团，几乎所有的人都有自己的工作，只是利用业余时间练功和演出。我们还有一个华人文教基金会，每年都会组织这些文艺团体举办新年慈善晚会，用捐助的钱做公益事业。现在越搞越大，每年都会在美国千人剧场里演出。"

郭母兴奋地说："那可太好了！有机会你跟基金会的领导说说，看看我们夕阳红艺术团能不能参加一次你们的演出。"

一直没有说话的向红，此刻柔声细语地说道："郭姨，那您可找对人啦。李沙正在主办今年的新年晚会，12 月 29 号在美国的剧场演出。"

李沙赶紧接过话茬："不是我，是文教基金会责成我们民乐团负责今年的演出，我只是负责节目安排。"

向红加快了语速说："你太谦虚了。黄律师都告诉我了，你是这次的总导演，权力很大，让谁上谁就上，让谁下谁就下！"

李沙笑着对向红说："你这是捧我啊，还是害我呀？最近我正愁着怎么办这台晚会呢。年年都是这些团体，想出新很难，所以我正在想是不是要请一家国内专业团体来参加这次演出。"

郭母高兴地说："干脆就和我们夕阳红艺术团合作，你们出场地，我们出节目，保准让美国的华人同胞们看到一台精彩绝伦的演出！"

高队长也兴奋地补充道:"我们夕阳红艺术团有许多退休的专业舞蹈演员和歌唱家。我们已经在马来西亚、越南演出过,如果能来美国,一定不负同胞的热切期望。"

李沙犹疑地问:"不会就是跳广场舞吧?"

高队长不等郭母说话,马上说道:"我们艺术团就像咱们当年的演出队,会吹拉弹唱的人比比皆是,编十个八个节目轻而易举。"

李沙说:"基金会主办这台节目的目的不仅是为助学筹钱,还要鼓励当地文艺团体在美国弘扬中华文化。所以,新年晚会的节目还是要以当地文艺团体为主。当然,如果你们不需要我们这边出差旅费的话,我觉得出几个节目也许能让观众有耳目一新的感觉。"

郭母激动得手舞足蹈起来:"你跟基金会的领导说,现在国内不差钱。我们艺术团来演出,所有的费用自己出!"

一直默默无语的薛大鹏说了一句:"即使有钱也没那么容易拿到签证。"

李沙想了一下:"我把你们的想法跟基金会反映一下,听听主办方的意见再说。来,吃菜。"

薛大鹏拿起酒瓶走到汉斯面前,斟满两个人的酒杯后,用颤抖的声音说:"Attorney Schneider, this is not wine. This is my tears of 196 days in prison. It is impossible for me to sit here if you didn't help me to get out from the mess. Thank you very much! (施耐德律师,这不是酒,这是我的泪,是我在监狱里一百九十六天的眼泪。如果没有您的帮助,我不可能脱离那些麻烦。谢谢您!)"

汉斯也举杯说道:"Call me Hans please. I want to say thanks to you too. If I had a second surgery, I could lose my business. For both of us,干杯! (叫我汉斯吧。我也想说谢谢你。如果我做了第二次手术,我可能会丢掉我的生意。为了我们,干杯!)"

在场的大多数人都不明白薛大鹏和汉斯在说什么,只有李沙清楚两个男人碰杯的意义,她的眼睛湿润了。

"李沙,这杯酒里有我全部的喜怒悲哀,你懂——我先干为敬!"薛大鹏又将第二杯酒一饮而尽。

李沙有些着急地说:"大鹏,你刚下飞机,别喝得太急。"

郭母跟高队长对视了一眼，不再说话了。

郭燕一边给薛大鹏夹着菜，一边对众人说："我做的菜不好吃咋的？咋没人动筷子呢？再不吃都凉了。"

郭母吃了一口凉拌菜说："这还是我第一次吃燕子做的饭呢。四十多年了，我做梦都在想燕子呀。"

郭燕的眼睛有些湿润，她赶紧将头低下，又夹了许多菜到郭母的盘子里："说说又来了。大家都消停地赶紧吃吧。"

郭母抹着眼泪说："明天妈给你做北京炸酱面，是跟你高叔学的。"

正在这时，向红的手机响了。她起身离开了餐桌，但是很快又回来用手机对着餐桌扫了一下，然后又转身躲进厨房。

郭燕一如既往地大着嗓门问李沙："哎，哈桑咋没来呢？"

李沙示意她小声点，把自己的声音也压到最低："我还没来得及问呢。"这时向红回到自己的座位，郭燕单刀直入地说："是不是哈桑的电话？"向红愣了一下，很不自然地说："哈桑向大家问好。他现在在墨西哥筹备画展的事情，所以今天就来不了啦。"

"太好了，终于要办画展了！"李沙说着又对其他人解释道，"哈桑是向红的男朋友。"

"是我的未婚夫。"向红补充了一句，下意识地摸了一下左手无名指上的戒指。

"瞧这大钻戒！是老外吧？"郭母的眼睛一亮。

"中东人，比向红小二十多岁呢！"郭燕一副得理不饶人的神情。

"哇，你比郭姨厉害。来，郭姨敬你一杯。"郭母说着就自行将酒杯斟满。

"郭姨，要敬也是我来敬您。我本来对这年龄差距还是有些顾虑的，可是看到您和高队长这么多年不离不弃，我一定要向你们学习。"向红不动声色地在赞赏郭母的言语中反击了郭燕的鄙视。

"来，祝有情人终成眷属！"郭母并不知道郭燕和向红彼此话中带刺，带头跟每个人都碰了一下酒杯，然后说，"老高，把咱们给燕子买的礼物拿出来，看看燕子喜不喜欢。"

高队长从一个布袋中拿出一个长条盒子，打开一看是一把二胡。郭燕失望地说："你们真是哪壶不开提哪壶，我都多少年没拉琴啦。"

郭母疼爱地抚摸着郭燕粗壮的大手："一朝艺在手,一生不会忘。你拉个曲子试试。"

郭燕迟疑地拿起二胡。说也奇怪,一旦把二胡握在手中,郭燕的内心顿时化作一泓清泉,对精美的二胡爱不释手："咋一首曲子都想不起来了呢?"

高队长建议道："拉一首你考演出队的曲子,就是《沙家浜》中《智斗》那一段。我来给你起个头。"

郭燕在高队长的引导下,居然也拉出个调来。

在大家都熟悉的曲调中,高队长建议郭母唱阿庆嫂,薛大鹏唱刁德一,自己唱胡传魁。几个人唱着唱着就站起身来做起了动作。虽然郭燕常常拉错,但是她饶有兴致地跟着唱腔,断断续续地也没放弃。向红和李沙也忍不住地跟着哼哼,汉斯一脸崇拜地看着这群说跳就跳、说唱就唱的男男女女。

分手时,为了便于照顾郭母和高队长,同时也希望郭母有更多的时间与郭燕培养感情,李沙将郭燕留在了薛大鹏那里。

6

清晨,当李沙睁开眼睛的时候,已经是星期一上午 8 点 20 分。她一惊:律师所 9 点开门,自己要在四十分钟内完成梳洗、换衣服及开车路程。她下意识地转身看了一下床的另一半,汉斯已经不在,枕头上放着一个纸条:"Take half of day off please.(请休息半天。)"李沙顿时心花怒放,拿起汉斯的纸条,忍不住开心地在上面亲吻了一下。

为了节省开支,汉斯在手术前就辞掉了助理,不再接受新案子,旧案子由李沙负责跟进一些事务性的工作。现在汉斯恢复了工作,却一时又找不到合适的人做文秘工作,于是李沙毛遂自荐,说在找到教书的工作之前,继续做汉斯的助理。

"汉斯就是这样,甜言蜜语的话多一句都不肯说,可是这种行为关怀却能让女人真正心动。"重新倚靠在床头,用两手揉着太阳穴的李沙,这才感觉到昨晚的聚会虽然开心,但是她一直像救火队员似的,哪儿有"险情"就扑向哪里,结果睡了一觉都不解乏。"唉,真累。我咋把自己变成了和事佬啦?"

手机响了,李沙看到是帮薛大鹏找出租屋的中介,她急忙接听:"真对不起,昨晚是为四十年没见过面的老朋友接风,所以噪音大了些。什么?今早6点就有人唱歌?不会吧?我明白,这样当然不行。你放心,我马上通知房主。"

中介是华人,在社区口碑很好,所以李沙就在她提供的资料里选中了这处环境好、房屋好、价钱好的连体别墅。不过她什么都考虑到了,就是没想到这种与邻居分享一扇墙的连体别墅,最不方便的就是不能有噪音。如果过了晚上10点还有人大呼小叫,邻居就可以给警察局打电话。不像自己家的独体房,只要不到街道上叫喊,独门独户没人干涉。不过将心比心,午夜11点还能听到二胡吱吱呀呀的声音和几乎没有休止符的京剧唱腔,左右邻居能没有意见吗?

李沙打开手机音频,一边跟薛大鹏说话,一边起床打开了窗帘,到衣帽间选择要穿的衣服:"大鹏,起床了吧?"

手机那边是薛大鹏无精打采的声音:"早起来了。郭姨和高队长天不亮就起来练功练嗓,郭燕也好像拉二胡拉上了瘾,从早上到现在还在拉呢!"

李沙惊诧得半天说不出话来:"难怪中介来电话。大鹏,郭姨他们刚来,对这里的情况不了解,你能不能让他们不要早起练功,免得影响到邻居?"

薛大鹏放低了声音:"还是你跟他们说吧,我怕说不好让他们觉得不舒服。对了,我今天就去把美国的债券全卖掉,你跟汉斯说一下,三天后就能把你们帮我垫付的十万美元还给你们。"

李沙关心地问道:"你不是说债券年底才到期吗?你提前取出来会亏本的。另外你现在租房租车处处都是花费。你还是等等再还给我们吧,反正汉斯不用做第二次手术,没那么急。"

薛大鹏的声音里充满了感激之情:"李沙,你为我做得太多了⋯⋯"李沙笑了一下:"大鹏,你就别客气了。我现在还要去律师事务所工作,咱们改天再聊。"

薛大鹏惊讶地加快了语速:"你不打算再教书了吗?"

李沙轻叹了一口气:"你也知道,美国教书的工作可遇不可求。这学期因为不知道汉斯是不是要做第二次手术,所以我就没找工作,专心帮他打理律师事务所的事务。最近正在物色助理,落实后我才能考虑自己的事情。"

薛大鹏也跟着叹了一口气:"我懂。你赶快去上班吧,我不耽误你啦。"

李沙关上手机,在衣帽间的职业女装中选了一套浅灰色的西服裙和同色的高跟皮鞋,对着镜子比量了一下,先是得意地一笑,而后又露出若有所失的无奈。

7

身穿西服裙的李沙走进汉斯律师事务所。她穿过空无一人的前台,径直推开汉斯的办公室。她愣住了:"Mike?(迈克?)"

正在跟汉斯聊天的迈克看见李沙进来,一如既往地露出夸张的表情,从椅子上费力地站起身来,拥抱了一下李沙说:"Hi, Elizabeth,你好吗?"

李沙笑着说:"我很好,你呢?"

迈克夸张地摇了摇头:"我不好,太不好了!"

李沙收住笑容:"Really? Why?(真的吗?为什么?)"

汉斯接话道:"Not a big problem. I can handle it. Liz, could you please take Mike to fill the information form before I can work with this case?(不是什么大问题,我可以处理。伊丽莎白,请带迈克去填表。这样我才能办案。)"

李沙很专业地应承道:"Of course. Follow me please.(当然。请跟我来。)"

李沙引领着迈克走到前台,找出一份表格让他填写。

迈克没有急于填写:"Have you heard anything about Isabella lately?(你最近有伊萨贝拉的消息吗?)"

李沙想了一下说:"She is fine.(她很好。)"

迈克不肯罢休地接着问:"She still live with that guy?(她还是跟那个男人在一起吗?)"

李沙漫不经心地答道:"I think so.(我想是。)"

迈克沮丧地说:"I miss her.(我想念她。)"

李沙哭笑不得地说:"Mike, I am not trying to embarrass you, but I couldn't believe that you gave her a fake diamond ring.(迈克,我不是有意让你难为情。可是,我不相信你给了她一个假的钻戒。)"

迈克竟然大笑起来:"She did it. I knew it. I am so smart that I didn't give her the real one.（她做了！我就知道！我真是聪明，没有把真的给她！）"

李沙不解地问："What does that mean？（什么意思？）"

迈克得意地说："I brought a real one but I didn't give to her. I thought to give her after the fourth anniversary in case she married me for Green card. I can't lose both money and wife.（我买了真的，但是没有给她。我想等第四年给她，以防她和我结婚就是为了绿卡。我不能丢了太太再丢了钱。）"

李沙惊诧地望着迈克，一时不知道说什么好。

迈克突然间用两手捂住了头说："I miss her.（我想念她。）"

李沙的表情从惊讶转为怜悯："I am sorry. I shouldn't brought the topic to you.（对不起，我不该提起这个话题。）"

迈克沮丧地说："Tell Isabella, I want to see her before our divorce paper finalizes next week.（请告诉伊萨贝拉，我想在离婚证书批下来之前再见她一面。）"

李沙说："Half year already？（已经半年了？）"

迈克点了点头："I want to say goodbye to her in the nice way.（我想用很好的方式对她说再见。）"

李沙有些感动地说："I will try my best.（我会试试看。）"

正在这时，李沙的手机响了。她看到是基金会柳会长的电话，就示意迈克填写表格，自己一边和柳岩打着招呼，一边朝休息室的小屋走去。

8

薛大鹏的客厅里，高队长正在接听电话："太好了！李沙，你告诉柳会长，只要她出邀请函，我们艺术团不要她承担任何费用。吃、住、行，都由我们自己负责。节目都是现成的，不用担心。好，等柳会长把邀请函写好，你发给我就可以了。"

高队长关上手机，递给薛大鹏说："大鹏，咱们把去旧金山的计划取消吧。"

薛大鹏不解地说："明天就走，二十四小时内取消，费用是不退的。"

郭母也不开心地说："是呀，离演出还有三四个星期呢，去完旧金山回来也不晚呢!"

高队长用没有商量余地的口吻说:"时间很紧,我们要选择一些有经济能力和业务好的人去办签证。今天去好莱坞影星大道的计划也取消吧,咱们争取在中国天亮时拉出一个节目计划,然后分头给能来的人打电话,让他们准备好护照,收到邀请函就去美国大使馆办理签证!"

郭母崇拜地望着高队长,频频点头表示赞同,只有郭燕不开心地嘀咕着:"原来不是说好了下个星期去纽约吗? 也变啦?"

郭母看着高队长,高队长高屋建瓴地把手一挥:"暂缓。先不要买机票,等我们把签证的事情落实了,再看哪天去比较适合!"

薛大鹏看到高队长叱咤风云的作风,忍不住赞美道:"高队长,这么多年您还是没变呢。"

高队长一时没反应过来:"变? 变什么?"

薛大鹏加重了讨好的语气:"领导风格啊!"

高队长开心地笑了:"我这一生啊,除了下连队务农时跟文艺绝缘,还有刚回北京在街道工厂那两年,其余的时间我都在做群宣工作。从街道工会主席做到区政府艺术馆馆长,我一直都在跟文艺打交道。过去嘛,上面还有人管着你,现在老年艺术团除了你郭姨就是我,我们又不拿工资,想怎么干就怎么干。"

薛大鹏不想再听高队长说教,赶紧改变话题:"那我就取消旧金山三日游的计划了?"

高队长和郭母异口同声:"取消吧!"说完,两人对看了一眼,笑了。

尬　了

1

演出的事情并没有高队长想象得那么顺利。

经过沟通,艺术团里能来的人没钱,有钱的人没能力。微信电话会议开了很多次,越开越复杂,最后只有取消团体演出的计划!

老年艺术团的矛盾是缓和了,可是新年演出的节目该怎么定? 李沙前思后想拿不定主意。高队长急中生智,提出他们六个人临时组成"北大荒演出队",表演三个节目:京剧《沙家浜》中的《智斗》,由郭母演阿庆嫂,高队长演刁德一,薛大鹏演胡传魁,郭燕二胡伴奏;然后由郭母和薛大鹏表演一段《白蛇传》;再由六个人排一段舞蹈《打靶归来》。

本来就有北大荒情结的李沙,对高队长的建议非常认同。只是她对是否上《智斗》这个节目拿捏不准。样板戏是"文革"时期的产物,她在潜意识中是排斥的;可是她又必须承认,自己偶尔哼唱的曲子还常常是样板戏中的某个唱段。不仅是她,就连华人社区的聚会,只要有卡拉 OK,就有人高歌阿庆嫂、郭建光或李铁梅的唱段,并且常常由独唱变成了合唱,仿佛每个人都回到了青少年时期,充满了青春的气息。总之,是否保留《智斗》,让她左右为难。

"你多虑了。我们去新加坡和越南演出,都有《智斗》这个节目,深受当地华人欢迎。为什么? 因为很多人都跟我们一样,八部样板戏哪段都熟悉,台上台下马上就能互动起来。何况我们还演一段《白蛇传》，你郭姨演小青时把传统京剧的唱念做打表现一下，结合薛大鹏男扮女装反串白娘子的角色，将京剧大师梅兰芳、程砚秋女扮男装的角色向观众介绍一下，那才真正是弘扬中华文化的杰作！"

李沙觉得高队长说得有理，"推陈出新"是她这次向基金会做出的保证。不过，她建议舞蹈《打靶归来》大家都穿黑色的长裤、白色的T恤衫，统一用黑色的粗体字在T恤衫上写下"北大荒"三个字，可以凸显团队精神。

"你们穿啥我不管，可是《智斗》得上。为了这台演出，我起早贪黑地练习二胡，手腕子都快断了。姐，撤哪个节目都不能撤这个。"郭燕在一旁憋不住了。

李沙知道，郭燕自从重拾二胡，几乎达到夜不能寐、食不甘味的痴迷程度，从清晨拉到夜晚，租房中介几次向李沙反映邻居的"抗议"。在李沙的再三劝说下，郭燕才答应不在早晚拉琴。

"上不上《智斗》你们定。我负责买T恤衫和印刷工作。"薛大鹏这段时间也乐于在歌舞中打发心神不定的负面情绪，所以他对这次演出投入了极大热情。

"老高说得对，我们在海外演出时，轮到《智斗》这个节目，台下的很多观众都跟着我们一起唱，效果非常好。当然啦，现在李沙是总导演，我们都听导演的。"郭母不疾不徐地表了态。

李沙决定将《沙家浜·智斗》保留在节目单上，由基金会做最后的决定。

2

出乎李沙的意料，基金会的柳会长对节目单非常满意，这使李沙如释重负。

不过，北大荒演出队的六个人之中，只有向红对所有的事情置身事外。特别是她在排练舞蹈时三心二意，经常缺席，高队长对此耿耿于怀，让李沙跟她好好谈谈。

谈什么呢？虽然李沙知道向红在一家按摩店工作，但是向红不让说，她也没办法向高队长解释。正当她左右为难的时候，向红却主动找到她，让她跟基金会说说，看看能不能在演出时展销哈桑的画作。

往年演出时，是会在剧场大厅里展销某人或某个团体的画作，可是今年因为汉斯生病，李沙专门向柳会长提出来她没有时间和精力同时张罗两件事情，柳会长为这件事还召开了理事会，特批今年不搞画展。

既然现在有现成的画作，又可以帮助向红解除困境，何乐而不为？

"按照惯例，画展收入的百分之十捐给基金会，布展和撤展都由举办画展的人负责。"做过一届总导演的李沙，对基金会的各项要求了如指掌，便把要求告诉了向红。

"你放心，我保证布展、卖画、撤展都不会给你添任何麻烦。只要能把画卖出去，基金会收取百分之十也是合理的。如果我们自己租场地，不管能不能把画卖出去，都要交场租费。"向红信誓旦旦地表示同意。

李沙对这"一石三鸟"的结果非常满意：第一可以帮助向红排解经济窘境，在哈桑面前赚得面子；第二也可以让基金会得到一笔慈善资金；第三还可以让向红安心排练节目。

果真，当向红得知基金会同意了哈桑画展的计划后，她不论多忙多累，都会积极配合大家的排练时间。由于她跳钢管舞练就的柔韧和体能，很快就跟上了大家的练舞节奏。

可是今晚，她再次缺席。

"都过去半个小时了，向红怎么还没有来？李沙，给她打个电话，怎么这么没有组织纪律性！"高队长有些愠怒。

"余科长昨天去世了。她说正在帮向阳安排后事，一会儿就到。"李沙跟向红通过电话后向众人解释。

虽然李沙知道余科长病故是早一天晚一天的事情，但是听到这个消息后，仍然觉得心情沉重。出乎她意料的是，在场的其他人却无动于衷。

"让向红代我们给余科长送个花圈吧？"李沙提议道。

"不要写我的名字。"高队长马上表态，"他不配！"

李沙愣住了。尽管她知道高队长下放到连队是余科长的决定，那毕竟是因为高队长知道郭燕隐瞒了真实年龄，有错在先，总不能把这笔账都算在余科长头上吧？

"老高受的苦你们是不知道。他从演出队到连队后，非常痛苦，要不然也不会当着医生的面砍去自己的手指。"郭母显然是看到了李沙错愕的表情,抚摸着高队长的左手说道。

"对不起,我来晚了。李沙跟你们说了吧? 我刚才在帮我姐安排余科长的后事。"向红见众人都默不作声,以为是听到余科长逝世的消息表示哀伤,就说,"他是肺癌晚期,手术也没用了,去世比活着好,少遭些罪!"

"代我送个花圈吧。"李沙叹息了一声。

"花圈就免了吧。向阳说余科长生前交代过,他这辈子年轻时没活出个军人样儿,年老时没活出个人样儿,没什么可追思的。不过他有三点希望:一、不要告诉儿子大军他已去世,这样让他在狱中还有个盼头;二、不要开追悼会,等大军出狱的时候,带着小兵把他的骨灰撒到北大荒的麦田里;三、将遗嘱交给大军,让他为母亲向阳养老送终。"向红说着,眼睛开始湿润。

"别难过了,至少余科长去世前有孙子陪着。"李沙安慰道。

"是呀,唯一宽慰的是,小兵可以回来读书了。"向红长吁了一口气。

"小兵是个好孩子,回来后我帮他补习 SAT。"薛大鹏终于找到一个恰当的时机说出自己觉得最恰当的话。

"时间不等人,那我们就开始练节目吧。"郭母拍着手掌大叫道。

就在众人起身练舞的那一刻,高队长对向红说道:"告诉向阳,节哀顺变。"

向红非常感激地说:"我代她谢谢您啦。"

郭燕不以为然地对着高队长叫道:"你刚才还说……"

郭母赶紧接过话茬:"听艺术总监的。哪儿那么多话!"

其实,向红并没有注意郭母和郭燕的对话和表情,因为她正在向李沙说明小兵和向阳会带着她父亲的几幅画来参展,希望能够在画展中把父亲的画卖出个好价钱,以保障收养小兵的担保金。

李沙知道向红父亲的画在东南亚一带很值钱,并且名声也很大,所以便高兴地接受了这个锦上添花的建议。

"从现在起,大家都不要说话了,我们开始练《打靶归来》。"高队长拿出当年在演出队的威严,点击了手机上的音乐,带领李沙、薛大鹏、郭燕、向红以及郭母,一起跳起了刚柔并济的舞蹈。

向阳家。窗外的大雪将午后的夕阳遮挡得干干净净,使屋里昏暗寂静。从外面刚刚回到家里的向阳,帮助小兵拍去身上的雪花,然后平静地说:"把爷爷的骨灰放到桌子上吧,挨着他和你爸爸的照片。"

小兵很听话地照办了。

向阳抚摸着骨灰盒,看着照片说:"老余啊,大军再有个三四年就出狱了,你就在这儿多待些日子吧。小兵要回美国了,向红让我把我爸的画带给她,所以我也要离开一段时间。家里有我妈和保姆在,你不会孤独的。小兵,跟爷爷说两句话吧,明天你就要回美国了。"

小兵愣愣地盯着骨灰盒说:"为什么要走得这么急?"

向阳一边收拾东西,一边说:"你小姨奶说,要把你曾姥爷的画拿去展销,凑足了钱好给你办理担保收养的手续。来,帮奶奶把床底下和衣橱后的版画都掏出来。"

小兵趴到地上,从床底下搋出两幅用毯子包裹好的版画。当向阳把版画从包裹里拿出来的时候,小兵没有对版画本身表现出任何兴趣,反而为难地抓了抓头发说:"这么大?两幅画就把我的箱子占满了。"

向阳小心翼翼地将画立在墙边:"没关系,奶奶这次去什么都不带,就拿这些画!去,把衣柜后面的三幅画也拿出来。"

五幅画都被向阳恭恭敬敬地靠在了墙上:"这是你曾姥爷留给我和你小姨奶的遗产。要不是为了你,我们哪舍得卖呀!"

小兵不以为然地说:"这些画又不是古董,能卖几个钱?别折腾了。"

向阳不以为意:"这些画哪儿好我说不准,可是你曾姥爷的画值钱我是知道的。咱们就听你小姨奶的,她说行就是行!今后你在美国要多孝敬你小姨奶,她为了你可操了不少的心。"

小兵指着向阳的母亲说:"你去美国,太奶行吗?"

向阳看了一眼斜靠在床头、表情木讷的母亲,长叹了一口气:"我把画儿送去就回来。我已经跟保姆说好了,我不在的时候给她双倍工资。"

小兵好像突然想起什么:"哎,奶,你说小姨奶给咱们买好了机票,可是去美国是要签证的。你没有签证吧?"

向阳的脸终于绽开了笑容:"要是等你提醒,黄花菜都凉了。你小姨奶一去美国就给我办了十年的签证。要不是你太奶的原因,我可能早就去了。"

"小姨奶是不错。奶奶,你放心,你们俩老了,我养活!"

"有你这句话就够了。去,把箱子拿来。"

小兵把箱子拿来,向阳发现即使最大型号的箱子也放不下那两幅大的版画,她索性再用毯子把画包起来,找出两块胶合板把画夹在中间,然后再用绳子和胶带左一层右一层地把它们捆绑在一起。

结实是够结实的啦,可是小兵的一句话就说得向阳目瞪口呆:坐飞机是有重量限制的!

不过,这个世界上好像就没有能难倒向阳的事情。她把另外三幅小些的版画放进小兵的箱子里,这样平均起来不会超重!

然而,人算不如天算,他们仍然在入关时遇到了麻烦。

4

这天,所有的人都集中到李沙家排练,因为薛大鹏家已被警告多次——邻居找到小区管委会,反应薛大鹏家每天又唱又跳影响了左邻右舍;管委会找到房主提醒房客早晚不能制造噪音;房主找到中介去警告房客;中介找到李沙转告薛大鹏,声言再不解决噪音问题,就以违约名义将房子收回,并且不会退还押金!

李沙意识到问题的严重性,因为合约注明是一个人住,不能转租,但是现在有四个人住在一起,而且快一个月了。她一方面向中介解释郭母等人都是 visitor(客人),过几天就会离开;另一方面赶紧把排练场地挪到自己家。她家毕竟是独体别墅,只要把门窗关严,就不会影响到邻居。

好歹把薛大鹏的住处保住了,排练的时候又不见向红啦。

"向红怎么这么没有组织纪律性?!演出只有一个星期了,这样下去会影响到整个节目的质量!"高队长很不开心地说道。

组织纪律性?坐在一旁的李沙突然意识到,许多被岁月遗失的语言随着高队长和郭母的到来,正渐渐地在她的记忆中复苏。这些词语曾经频繁出现在她过往的生活中,但是现在听来总是觉得有些陌生。是的,向红常常晚来早走不对,可是她为了生存要打工赚钱的!

"老高,我们应该把艺术团的团规也放到微信群里。"一直在房间里走动的郭母好像终于深思熟虑下定决心一般,把手一挥说道。

"妈呀,啥时候我们都成艺术团啦?!"郭燕叫道。

"你听岔了。我是说把我们老年艺术团的团规加到'旅美群'中,这样就明确了我们的指导方针。"郭母一本正经地强调。

"你可别折腾了。就五六个人还搞个指导方针! 你简直能让人笑掉大牙。"郭燕不以为然。

"八个字,我来写:团结、紧张、严肃、活泼。我已经发给大家了,向红是过来人,她明白这几个字的意思。"说话间,高队长已经把打好的字微信给了向红。

正在准备小吃的李沙欲言又止,她想告诉郭母和高队长:向红离婚了,没有了经济收入;她的未婚夫没有申请到永久绿卡,已经离境快一个月了;她刚刚找到一份按摩工作,每次来练舞都是和同事替换时间……可是,向红不让她告诉郭姨、高队长和薛大鹏,当然也就包括了郭燕。向红说:"树要皮,人要脸,我在美国已经把面子丢尽了,不能再把中国的那点儿面子一同丢光!"

"时间不等人。老高,开始吧。"郭母见向红迟迟没有回音,就对高队长使了个眼色。

"好,我们先练。李沙到前排,向红来了让她在后排,动作差点儿也没关系。大鹏,你和郭燕站在一起,以防向红不能参加,你们第二排就插在第一排的空隙中间。"忙碌中的高队长顿时意气风发。

正当大家随着《打靶归来》的音乐动起来的时候,李沙的手机响了起来。

"谁的手机? 不是说好排练的时候把手机关上吗?"高队长厉声地说道。

"我忘记关了。"李沙正欲把手机设置成静音,一眼瞥到屏幕上显示是Isabella,便脱口而出,"是向红。"

"不接。都这个时候了人不来,还找借口。没有她,地球照样转!"郭母一边跳舞一边下达了命令。

李沙把手机设置成静音。即使这样，她也可以在音乐声中听到手机持续地震动了几次。她很奇怪一向独立自主的自己，竟然被一个七十多岁的老太太震慑住了。

大脑开小差的李沙，正在机械地随着高队长的动作舞动着四肢，只见汉斯走到客厅，对李沙挥了挥手中的手机："找你的。"

李沙赶紧离开队伍去接电话："向红？对不起，我们刚才在练舞，所以手机静音了。别急，慢慢说。什么？被拒绝入境？你告诉向阳，千万别闹，越闹越糟。你放心，我现在就跟汉斯讲，你等我的电话。"

李沙见汉斯已经回到书房，就对高队长说："向红在机场接向阳和小兵有些麻烦，我可能要跟汉斯去一下。你们在这里练，我回来后再跟向红补上。"

"我也去吧？"薛大鹏关心地问。

"也好。我去告诉汉斯，咱们越快越好。郭姨，你们先练吧。"李沙说完就朝书房快步走去。

高队长像泄了气的皮球，往沙发上一坐："这人都走了，还练什么呀！"郭母和郭燕也无奈地坐在了沙发上。

5

国际机场出站口，翘首等待多时的向红看到人群中走来的李沙、汉斯和薛大鹏，顾不上周围异样的目光，扑到汉斯的面前就跪了下去："快救救我姐姐吧，快救救小兵！"

这突如其来的举动让汉斯倒退了两步。李沙赶紧上前拽起了向红："你这是干什么！"

向红一下子扑在她的怀里，抽泣着说："我姐在里面都快急疯了。她见小兵被拒绝入境，跟海关的人吵了起来。开始人家不知道她在说什么，可是等找来了会说中文的人，她又跟人家大吵大闹，现在连手机都被没收了。我都不知道他们现在到底咋样啦！"

李沙安慰道："别急。汉斯有律师执照，我有法庭翻译执照，我们是可以跟海关交涉的。你和大鹏在这儿等着，有什么情况我给你电话。"

向红激动得不知说什么是好,只一个劲儿地点头说"好、好、好"。她和薛大鹏在机场出口处目送着汉斯和李沙朝海关走去。

6

汉斯和李沙在工作人员的带领下,走进一个没有窗户的小屋。小屋有一位全副武装的女人把守,她面无表情地站在靠门的角落里,看着一把鼻涕一把眼泪瘫坐在地上嘤嘤直哭的向阳。

李沙走进小屋就认出了向阳:"向阳,我是李沙。"

绝望中的向阳突然间看到李沙走进房间,惊讶得半晌没有说出话来。"这是我先生汉斯,他会向你说明情况。"李沙用手帮助试图起身的向阳从地上站了起来。

面对汉斯,向阳的嘴动了动,最后还是转向李沙:"我不会说英语。"

"我会说汉语。"汉斯说道,"我们都爱小兵,可是他做错事了,我们都帮不了他……"

"是这样的,拿美国学生签证是不能打工的。可是小兵过关时,海关在他的手机微信中发现了金钱交易记录,证明他在网上给两家美国小公司做过 coding(编码),赚了几千美元。"李沙担心向阳无法接受汉斯的直截了当,便将前因后果对向阳解释了一下。

"It's illegal if he doesn't have a working permit in America. (在美国没有工卡打工是非法的。)"汉斯补充道。

"我先生说,在美国没有工卡属于非法打工。也就是说,在这种情况下,谁都帮不了小兵。"李沙将汉斯的话翻译给向红。

"我的大孙子啊! 等等奶奶,奶奶跟你一起回去!"向阳一听,刚刚收住的眼泪又涌了出来,哭号着朝门口冲去。

"向阳,你冷静些。我们刚才看到了小兵,他很好,也做好了回去的准备。他说你一定要入关,不然的话,你给向红带的两幅画也不能入关。"李沙拦住向阳,竭尽全力地劝导她。

"那、那我能跟小兵通个电话吗?"向阳的情绪略加平稳后说。

"这里不能通话。不过,汉斯已经跟海关沟通过了,你的手续没问题,只要你不再哭闹,他们就允许你入境,当然手机也会还给你。到时候你就可以跟小兵通话了。"李沙竭尽全力地安慰着向阳。

"那好吧,咱们走,我要跟我大孙子通电话。"向阳说完就迫不及待地朝门口走去。

没走两步,向阳就被把守在门口的女警拦住,让向阳在一张纸上签字。

汉斯接过那张纸看了一下,对李沙说:"It's OK."然后将纸交给了向阳。

"例行公事,你签上姓名就可以离开这里了。"李沙瞥了一眼表格后,对向阳说道。

向阳叹了一口气,在纸上写下了自己的名字:Yang Xiang.

7

"小姨奶,你放心,我行李箱的三幅画会好好保存的,等你下次回国再给你。"坐在登机口等待回程的小兵正在与向红视频,脸上并没有太多的沮丧表情。

"你放心,这次他们不让你入关,等小姨奶把收养手续办妥了,你照样能回来……"视频中泪眼蒙眬的向红哽咽着说。

"小兵,我们通话时你说想开个网络'G吧',靠寻人启事赚钱。我看你回去后就做,你一定会成功的! 如果钱不多,我来投!"薛大鹏说。

"不行啊,小兵。你回去后好好学英语,等我办好了收养手续,你再回来读大学。"向红赶紧擦去脸上的泪水,语气坚定地说。

"小姨奶,其实去美国从一开始就是你们的意思,我根本就不想在那儿待。我现在最想做的事情就是开个'G吧',像 Facebook 的 Elliot Zuckerberg,出奇制胜,不上大学照样成功!"小兵越说越兴奋,竟然忘记了自己很快就要跟着航班返回中国。

"小兵啊,我的大孙子,奶奶对不住你呀,不能跟你一起回去了……"视频里出现了向阳的大脸盘,被眼泪溶解的睫毛膏使她看起来十分苍凉。

"奶,你就安心地在美国多住几天,曾姥姥那儿有我,你就放心吧。"小兵觉得自己的鼻子正在堵塞,再也控制不住即将涌出的泪水,他赶紧对着视频说道,"我的手机快没电了,我到中国时会给你们发信息的! Bye - Bye!"

小兵关上手机,眼泪唰地一下喷射出来。他原本想放声大哭,但是看到不远处有押送他上回程飞机的海关人员,他装作不经意地把眼泪一抹,戴上耳机听起了音乐。尽管他的两腿随着音乐节奏摆动着,但是他的脸上不由自主地流下了两行泪水。

第八章　哄

　　"哄",在词典里一字多音。在网义中,"哄"只有第四声,没有其他。

哄　起

1

　　离新年演出还差一个星期,李沙在印制节目单前突发奇想,决定将原本作为封面的民乐团集体演奏的照片下移为背景照片,在封面上叠化出郭母和薛大鹏《白蛇传》的剧照,以期达到视觉上的广告效应。

　　郭母一听整个演出广告以她为主,热情更加高涨,主动将自己从小就学的京剧的十八般武艺都派上了用场——没有"行头"?因陋就简!她从李沙的演出服中选出两套汉服,蓝色的给自己,白色的给薛大鹏;再把自己从中国带来的假发,一个套在自己稀疏的头发上,一个套在薛大鹏剃光的头顶;然后再将白色的丝巾罩在薛大鹏的假发上,并用发卡和各种闪亮的头饰固定住假发和丝巾。她将用多层白纱制成的汉式裙服披在薛大鹏的身上,再按照京剧旦角的脸谱把浓妆涂抹在薛大鹏的脸上,硬生生地将一个男子汉改造成了"亭亭玉立的白娘子"!

　　攻克了薛大鹏男扮女装的难关,她对自己"老扮少"的扮相就更不在话下,三下五除二地就把一个"小青"活脱脱地呈现了出来。

　　看到这样的造型,李沙大喜过望,马上请来当地的摄影师拍了一组照片,精挑细选出一张"美图"过的当作"剧照",叠化在以乐团集体演出照为背景的广告上方,在"剧照"下面配上一行粗体字:京剧《白蛇传》选段由七十八岁的名角郭桂芬扮演少女青蛇,科学家薛大鹏先生反串白蛇。

经此包装，原本要赠送的票也一并告罄，为基金会又多收获了一千多美元。

对这样的结果，柳会长自然也是大喜过望：过去的演出大多是找赞助单位，票价都是十块二十块的，卖不出去就送票！总之虽然每次剧场都可以坐满，但是基金会也总是要贴钱来举办这种活动。现在不仅赚回来租剧场的费用，而且还给人一种一票难求的印象，远远地超过了她的预期。她在给李沙的微信留言中写道："你办事，我放心！"

可是李沙心里明白，"躲过了初一，躲不过十五"，被"美图"遮去的郭母的皱褶和薛大鹏男性粗糙的皮肤，只能想办法借助舞台灯光和观众与舞台的距离来遮掩啦。

总之，经此包装和宣传，华人社区上上下下都在议论这台演出。李沙既得意又担心，心中只求演出前不要节外生枝。

"剧场经理 Joe 需要和你的朋友交代一下布展的事情，请你尽快跟他联络，谢谢。"离演出还差三天的时候，李沙收到柳会长的微信留言。

由于李沙去年做总导演的时候接触过剧场经理，所以她马上打电话预约时间。剧场经理告诉她，布展之前需要与画展商签订一份协议，以保证剧场大厅的设施不会被损坏，同时也有一些细节需要沟通。并强调他周五要去东部参加哥哥的葬礼，所以今天下午 2 点到 3 点是他唯一可以预留出来的见面时间。

李沙一口应承下来，并告诉汉斯自己下午要离开律师所两个小时，陪向红签约。然而，她怎么都没想到，不论是电话还是微信留言，都得不到向红的答复！

原本已经被演出活动的统筹安排、练舞、练琴和兼顾汉斯律师事务所的工作忙到筋疲力尽、分身乏术的李沙，在这个节骨眼上找不到向红，顿时怒火中烧——向红在没有告知自己将在画展中展销她父亲的版画的情况下，就已经让向阳和小兵把画从中国带到美国。为了这件事，她专程找柳会长解释。好在柳岩是东南亚华侨，知道向前的画很有名，一幅画就能卖几万或十几万人民币，所以就提出来把画展名改为"著名版画家向前遗作展销"。画展的名声"亮"了，可是李沙又要将已经准备好的哈桑画作的广告加上向前的作品介绍。一波三折，本来有五幅向前的画，却因小兵被拒绝入境，只剩下向阳带来的两幅大的和向红收藏在美国的一幅小的,所以李沙再次修改画展介绍。现在……

李沙很后悔自己当初答应了向红搞画展的请求,但是又不忍心让向红失去这次办画展的机会。她想了想,向红除了身边这几位兵团战友和哈桑及迈克,几乎不和别人来往。哈桑在几个星期前就去了墨西哥,至今没有回来;迈克是提起过想见向红,她也把这层意思转告给了向红……对呀,她是不是跟迈克重修旧好了?

李沙马上给迈克打了电话。迈克听说是向红的事情,毫不吝啬地将他知道的点点滴滴都告诉了李沙。他说自己只收过一张向红寄给他的谢卡,见面的事情连提都没提。

谢卡? 李沙一时不明就里。

迈克告诉她,向红给他打过电话,请求他不要取消她获得永久绿卡的资格,并说明自己的处境并不好,小兵唯一能够回到美国的途径就是完成收养手续,所以,她必须留在美国。

"Are you going to help her? (你答应她了?)"李沙问道。

"Of course. I love her. I don't want her to get hurt. (当然啦。我爱她,我不想让她痛苦。)"迈克毫不犹豫地答道。

"Are you drinking now? (你在喝酒吗?)"李沙怀疑迈克在说醉话。

"Come on Elizabeth, I haven't been drinking that much lately. (嘿,伊丽莎白,我最近没有喝那么多酒啦。)"迈克颇为自豪地答道。

"Mike,we are friends so I don't want you to get hurt also. Isabella has a boyfriend now. (我们是朋友,所以我不想让您受到伤害。伊萨贝拉现在有男朋友了。)"李沙尽量把口吻放轻,以免刺伤迈克的感情。

"I know. He is a loser. I really don't care about what Isabella is thinking because I know that I love her very much. (我知道,他就是个失败者。我才不管那么多,我只知道我爱她。)"迈克依然用吊儿郎当的口吻说道。

"I have to go now. If you have time, I would like to invite you to see our performance and the exhibition of Isabella's father's painting on this Saturday. (我还有事。如果你愿意的话,这个星期六我请你观看我们的演出和伊萨贝拉父亲的画展。)"李沙见 2 点快到了还没有找到向红,就想尽快结束与迈克

的通话。

由于李沙不想让迈克觉得唐突，便随口提到演出和画展的事情。没想到迈克听到是向红父亲的画展，马上表现出极大的热情。李沙知道这时已是一票难求，她将自己的票让给了迈克，请他当天在剧场大门外找汉斯取票。她想，反正自己大多数时间都在后台。

放下电话，已是 1 点 23 分。为了使画展如期进行，她决定自己代向红签约。

当李沙驱车赶往剧场时，她万万没想到，向红已在去往墨西哥的路上！

2

今天一大早，向红就驱车三个多小时来到美墨边境。由于美国这边的圣地亚哥市和墨西哥那边的蒂华纳市仅由一道栅栏墙隔开，所以海关就是一座立交桥，开车的人从桥下过关，徒步的人从桥上入境。也正是由于这种便利的入关方式，使许多墨西哥人拿着各种合法的证件就可以入境美国，甚至每天从墨西哥到美国境内工作；也有美国商人家住美国，公司设在墨西哥，出入境只要手持美国护照，连签证都不需要。有临时绿卡的向红，也可以享受去墨西哥不需要签证的优惠政策。

过去，这里每天仅车辆就有七八万在此通关，尽管要等，但是通常海关为了节省时间，对于拿美国护照和绿卡的人几乎不加过问，查看一下证件便放行。可是最近一个多月，由于中美洲难民挺进墨西哥，想从蒂华纳这个边境口岸进入美国境内，所以为了防止难民非法入关，边防站加强了对过往车辆的检查，即使是美国公民，许多人也被要求打开后备厢检查，以防藏匿了非法入关人员。这样的程序无疑就延长了入关的时间。

由于难民们是乘坐敞篷大卡车浩浩荡荡地进入墨西哥，所以美墨媒体都将这批难民称为"大篷车难民"。一个多月的追踪报道，使"大篷车"家喻户晓，就连平时极少看电视新闻的向红，也每天上中文网跟进。当然，她比普通的美国人更加在乎"大篷车"的事态，因为哈桑就是在蒂华纳被拒绝入境的，并且仍然滞留在那里。当然，也正是因为哈桑在电话中告诉她那里的情况，她才知道整个事件的前因后果：第一批乘坐卡车从洪都拉斯圣佩德罗苏拉出发的难民,颠簸跋涉了一个多月才于11月中旬到达了蒂华纳。在五千多公里的旅途上,许多人放弃了艰苦的行程,最后入境墨西哥这座城市的难民只剩下六百多人。尽管这些人大多都有申请到美国避难的合法资料,但是美国移民局需要时间审核,在批准之前仍然不准他们进入美国境内。本着人道主义精神,蒂华纳市政府为这些难民提供了免费食宿,使这些难民在进入美国之前,可以得到基本的生活保障。然而,没过几个星期,从洪都拉斯、危地马拉、萨尔瓦多等国家拥来了更多的难民——数量从几百上升到几千,最后已经接近一万!边境口岸的居民开始抱怨市政府拿着纳税人的钱去维持无休止进驻城市的难民。市长也在入不敷出的情况下,站到市民的一边,学着美国总统特朗普"Make America great again(让美国再次强大)",提出"Make Tijuana great again(让蒂华纳再次强大)"的口号,从此难民们的生活待遇急剧下降。由于后来的难民中许多人没有任何合法资料入境美国,所以他们便铤而走险,非法入境。于是,美国政府增派了军警防守边境,一度还出现过几百个难民试图违法跨越美墨边界而被美国边防军用催泪弹击溃的事件。

"唉,哈桑真倒霉,早不去墨西哥,晚不去墨西哥,偏偏赶上他去墨西哥就出现了这种事。"向红摇下车窗,伸出头看了看前后左右大排长龙的车辆,不论是大车、小车、豪车还是破车,一律像蜗牛似的在两国地界上慢慢蠕动,"现在可倒好,能让哈桑回到美国的途径却是要自己去墨西哥与他结婚!"

结婚?向红被自己的这句话吓了一跳:"我真的要不顾一切地和哈桑结婚吗?"

一切都发生得太快!昨晚她和哈桑在微信上通话,哈桑说他想参加一伙难民这个周末突围美国边防的行动。向红知道上次难民非法越境时有许多人被抓或者受伤,所以她坚决不同意哈桑铤而走险。可是哈桑告诉她无法忍耐没有她的日子,如果他不参加突围行动,那么唯一能够使他入境美国的办法就是向红到墨西哥跟他结婚。

"I have found out the policy of the marriage here in Mexico. It is very simple.(我已经了解了在墨西哥办理结婚登记的要求,很简单。)"哈桑用不可置疑的口吻告诉向红:要么,向红明天就来蒂华纳与他办理结婚手续;要么,他就参加这个周末晚上的突围行动。二选一!

起初向红的态度是拒绝的,她担心哈桑是为了回美国才提出结婚。但是想到哈桑最初向她提出结婚的请求是在美国的时候,她就否定了自己的负面想法,让自己多想想第二天开车三个小时就可以见到哈桑,就能闻到他迷人的体味,就可以躺到他的怀抱,就能重温地老天荒的境界……她答应哈桑第二天清晨就从洛杉矶出发,估计中午就可以到蒂华纳,第二天一早就可以去市政厅办理结婚手续!

叮咚,手机响了一下,向红以为是哈桑等着急了,就急忙打开手机,却发现是李沙的留言:"向红,我已跟剧场经理约好今天下午 2 点去办理画展手续。请马上与我联络!"

2 点?即使现在回去也来不及了。不,我与哈桑已经约好出关后在桥的另一边碰面,我不会为任何事和任何人放弃今天与哈桑见面的机会!既然怎么都是回不去了,不如索性装糊涂。李沙找不到我,就会代我签约。只要我明天赶回去,就耽误不了画展的事情。

向红关上了手机,这样李沙再打电话来,她可以事后解释说手机没电了。

尽管向红想好了对策,没有答复李沙,但是蜗牛般的车速使她的内心无法平复:自己与李沙在美国重逢不过一年,每次碰到棘手的问题都会求助于李沙;可是危机过去,原本应该向李沙表达谢意的时候,自己的内心总会有一堵高墙拦住真诚,并且求李沙的次数越多,那堵高墙就越厚。是的,这堵无形的高墙在保护着自己仅存的那点自尊。这点儿自尊可以输给迈克和哈桑,但是不能丧失在李沙的面前!

我们有同样的童年和青少年时代,凭什么李沙就成了命运的宠儿?她现在有房子、有车子、有老公、有儿子、有学历、有能力。而我呢?混了一辈子,没儿没女,没房没地,连工作都是伺候别人……这有理可讲吗?我没有把实情向李沙全盘托出就对了,否则我向红不就是自取其辱吗?

思绪将向红带回一个多月前在薛大鹏家聚会的情景。当时她只告诉李沙等人哈桑是去墨西哥商讨画展之事,却只字没提哈桑去墨西哥之前已经收到了移民局的通知,告知他不符合政治避难的条件,不仅不能得到永久绿卡,而且要限期离开美国。其理由是哈桑把向红头蒙黑色头纱、身穿黑色长袍的一组美颜照片刊登上网,并且大加赞美,使移民局质疑哈桑"政治避难"

的理由——"为了维护妇女权益,被本国政府迫害"不能成立。因为他提供的具体情节之一是"反对妇女头戴面饰的高压政策",与他赞美向红的行为相左。

向红万万想不到自己讨好哈桑的行为竟成了他的负面材料。她像犯了错的孩子,等待着哈桑的斥责。可是她很快就发现,给予哈桑致命一击的不是她的照片,而是移民局指出哈桑填写的档案是未婚,调查结果却显示他在本国是已婚!

欺骗!这是彻头彻尾的欺骗!向红从自责改为对哈桑的责难。可是哈桑信誓旦旦地说,他们国家离婚很容易,甚至都不用打招呼就可以"休妻"另娶。而他在离开家乡时已经清清楚楚地告诉了前妻和家人,他去美国了,不再回来!

向红接受了哈桑的解释,可是美国移民局却明确表态:没有离婚证就只能说明哈桑的单身是欺骗!

向红劝说过哈桑,让他的家人帮他去办一个离婚证明,或者他回国一趟把离婚证办好。但是哈桑说了一句"回去就回不来啦",让她再也不敢涉及这个话题。她爱哈桑,她不能失去哈桑!

哈桑失去了居留权,无疑是打乱了向红所有的设想和计划。她原以为即使迈克取消了她的绿卡担保,即使临时绿卡不能转成永久绿卡,只要她和哈桑结婚,哈桑的绿卡批下来,她就可以顺理成章地获得永久绿卡。现在她落得个两难境地:哈桑没有得到绿卡,起因是自己爱慕虚荣的几张照片,她感觉到对不起哈桑;可是哈桑没有告诉她自己结过婚,使她现在不仅失去了迈克能够给她的物质基础,也许还要丢掉在美国的合法身份。她很想痛斥哈桑是一个卑鄙小人,就像她对待迈克那样决绝地分手……可是她做不到!即使哈桑收到递解出境的通知后,脸不洗,胡子不刮,也不画画,天天待在阳台上望着远处发呆的时候,向红在自爱自怜中还会心疼哈桑自暴自弃的颓废状态。她几乎是以自虐的心情去安慰比她小了二十多岁的哈桑:大不了就"黑"在美国,即使两个人都失去了绿卡也不分开!靠自己的劳动赚钱糊口!

按照美国的法律,收到递解出境通知的人可以在十天内上诉,说明不能离开的原因。如果配偶是美国公民或有绿卡,今后还是有机会申请到永久居留权的。哈桑按照画友们提供的资讯,刚刚提交了上诉材料,他就收到几个月前联络的墨西哥画廊请他去面谈的邀请函。

这家画廊有可能代理哈桑的全部画作,这对绝望中的哈桑无疑是一针强心剂。第二天他就带着自己的几幅画去了蒂华纳。尽管向红担心他此时出境有可能被拒绝入境,可是哈桑却乐观地说美墨边境每天都有上万人进出,何况他目前还有合法身份,过去两天就回来,没有问题。

经过近半年的同居生活,向红知道哈桑热情奔放时,可以对女人千柔百转,但是冷静下来,他就像柔软的铁水凝固成块,坚硬不屈。

"既然画展能使他重新振作,那就由他去吧。"向红这样劝说着自己送走了哈桑。哈桑刚走就赶上去薛大鹏的住处为郭母和高队长接风,她为了掩饰哈桑不在身边的不安,刻意将迈克给她的那枚假钻戒戴在手上——在李沙面前已经丧失了太多的尊严,不能让薛大鹏和郭母也瞧不起自己! 可是那天之后,她的心情就跌至谷底。哈桑在电话里告诉她,入关时他被告知自己已在美国移民局遣返的名单内,不准入境美国!

向红以为哈桑会被这个意料之外的结果彻底击败,没想到哈桑却在电话里雄心壮志地告诉她:美国不留爷,自有留爷处! 墨西哥那家画廊已经同意帮他卖画,一幅画六四分成。只要向红愿意跟他流浪,他们可以在墨西哥安家创业。

去墨西哥? 那小兵怎么办? 这是向红的第一反应。那时小兵还没被拒绝入境,向红的想法还是凑足四万美元的担保费,完成姐姐向阳的心愿,自己老的时候也可以有个依靠。

"男人都靠不住! 凡事还是要替自己打算!"她没有对哈桑说行还是不行,但是已下决心,从现在起要靠自己的双手来养活自己,"可是自己没有大学文凭,找白领工作几乎不可能。还是去按摩吧? 按摩来钱快,攒够了钱自己也开一家按摩店!"

对于向红来说,自己做老板的冲动不是空穴来风。她在按摩店工作时,就听说过老板 Candy 过去也是按摩女,不过两年就盘下了这家按摩店。当向红得知哈桑无法入境美国后,她就按照在按摩院交下的好友 COCO 教她的方法,在网上注册了一个通过了考试就可以拿到按摩执照的学校——双方心知肚明,笔试和面试都是假的,连执照也不是真的。

"但是，按摩靠的是手法，即使被查出来罚钱，也比花三个月的时间去学，然后还不知道能不能通过英文的执照考试利大于弊！"COCO 这么说。

交了钱和照片，向红果真很快就收到了按摩执照。她没有犹豫，当天就联络了老板 Candya。Candy 知道她手法好，人又漂亮，现在又有了按摩执照，所以爽快地通知她第二天就去上班。果真，按摩费加小费，一个月的工钱就让向红感受到什么是放飞的心情。所以当李沙告诉她迈克想见她时，她毫不犹豫地拒绝了。

当然，她说完后也有些后悔。她不明白自己的自尊心是受到迈克一个人的蹂躏强于无数人的践踏，还是无数人的践踏也强于迈克对她曾有过的侮辱？理性告诉她，应该借这个机会重新回到迈克的身边，向周围人证明，自己是有能力过上衣食无忧的生活；可是在感情上，每当她路过按摩店停车场旁的那个路灯，就会想到哈桑，并且能够感受到哈桑那年轻的胴体散发出来的迷人气息。

夜色、路灯、对视、相拥，随着时间的流逝，向红开始思念哈桑，更加迷恋哈桑身上的阳刚之气和艺术家的浪漫之感。她告诉自己不要背叛哈桑，但是她又说服自己要利用迈克对自己的不舍，保住绿卡。

"Passport Please.（请出示护照。）"一位全副武装的海关人员让向红打开车窗后说道。

向红发现自己的车在她胡思乱想之际已经来到桥下的入关窗口。由于这是她到美国来第一次出境，加上哈桑出境后就回不来的事实，她的手有些颤抖，勉强克制住自己的不安心情，将护照递出车窗。

海关人员翻看了一下护照，没说什么就放行了。向红心花怒放，把顺利过关看成是此行一帆风顺的象征！

"终于踏上了哈桑寄居的土地，终于能看到我心爱的哈桑啦！"向红恨不得一下子就投入哈桑的怀中。但是，过了海关才知道，对面的城市车流人海一片混乱，想在桥的另一边找到哈桑并不是一件易事。她不敢再思想溜号，全神贯注地在人群中寻找着哈桑的身影。

3

见过剧场经理，李沙的心情并未轻松：虽然她已经代表向红在注意事项中签字,但是剧场经理要求当天下午就要提交参展画作的尺寸、作品数量以及展销的方式,以便剧场提供布展的设备。尽管李沙说明暂时找不到画展负责人,提出通融一天,明天再将所要的数据提交上来,但是,剧场经理一脸歉意地说,他明天会在加州飞往纽约的飞机上,所以还是希望今天下班前收到这些资料,以便他哥哥的葬礼不被打扰。

话说到这个份上,李沙自觉理亏词穷,只好保证下班前会将数据 E-mail 给他。

"Don't worry, the worst come to worst, you can cancel the exhibition without the penalty.(别担心,最坏的情况是取消画展,不会罚款的!)"分手时,剧场经理微笑着对李沙说,也不知道是安慰李沙还是警告李沙。

"老滑头,剧场都被基金会给包下来了,不搞画展是基金会的损失,跟剧场当然没有关系!"李沙觉得整个世界都不能善待自己,"这可真是'皇上不急,急死了太监',我这是何苦来的呢?本来是想帮向红,现在竟成了我的事情!"

说来也巧,李沙一边开车一边生气地想着心事,却在不经意间瞥见自己正驶过向红住的公寓。她灵光一现,脑海里跳出了向阳的名字。

是呀,怎么把向阳给忘记了?

偏巧,此时碰上了红灯,她借停车的机会,在微信群中点击了向阳,并且马上听到了向阳的声音。确认向阳在家,她把方向盘向左一转,做了个 U-turn,直奔向红的公寓而去。

4

李沙的突然出现,使向阳先喜后惊。就像她第一天踏入向红和哈桑的小家一样,她先是惊喜于自己终于和妹妹在异国相见,同寝一室;后又因这狭小的公寓还是租来的而为妹妹的前途担心。

几十年来,她们双胞胎姐妹总是聚少离多,而向红也总是报喜不报忧,使向阳感觉妹妹的生存能力是无穷的,不论遇到什么问题,只要交给她就可以高枕无忧。然而,和妹妹同住的这几天,她发现向红并不像以往在电话中显露出来的那么强势,甚至常常回家时已经瘫成一摊泥般地躺到床上。向阳问她做什么工作这么辛苦,向红说教人跳舞,再加上和高队长练舞才这么累。看到这样的情景,向阳才意识到妹妹已经不年轻了,她也只比自己小半个钟头。

不过,向红去墨西哥看哈桑的事情倒是告诉了她,并且给她准备了足够的食品,说两天后回来。

"向红去墨西哥了?她明明知道我们后天的活动,怎么连个招呼都不打!"李沙再也抑制不住心中的恼怒,顾不上含蓄,将剧场经理要取消画展的事情告诉了向阳。

向阳听说画展可能要被取消,她也顾不上向红的嘱托,把向红去墨西哥看哈桑的事情一五一十地说了一遍。

"李沙,求求你跟剧场经理解释一下,我父亲的画和哈桑的画都在这里,可千万不要取消画展啊!你看,向红把这些画都归拢好了,她以为当天把画拿去就行了,要不然她也不会这么大意的。"向阳一边恳求着李沙,一边挪动着墙角堆放的画作。

"这样吧,等向红回来是肯定来不及了。咱俩把这些画的数量和尺寸都统计出来,只要我们在下班前把这些数据发给剧场,画展就不会被取消的。"

当李沙和向阳清点了所有的画作,并将数据发 E-mail 给剧场经理之后,天色已晚。

向阳留李沙吃晚饭,但是李沙知道高队长已经安排晚上练舞,所以她就跟向阳说,如果联络到向红,请她务必明天回来,因为她不仅要演出,还要布置画展。

"你放心,有我在,误不了事的。就是扛,我也会把这些画一幅不落地送过去!"

面对向阳的赌咒发誓,李沙很难再说什么。离开时,她只能祈求向红早点回来!

5

夜色已深,向红和衣偎在哈桑的怀里。她现在才明白为什么哈桑让她多带点儿暖和的衣服给他。冷,是她此刻最深刻的感受,连哈桑年轻的躯体也温暖不了她此刻的心情。

尽管蒂华纳市的温度与洛杉矶相差无几,冬天也照样绿草如茵、艳阳高照,但是沙漠气候使早晚温差很大,白天可以穿 T 恤衫,晚上就要穿上皮夹克或者羊毛衫。

这种温度落差向红是知道的,可是她万万想不到在这样寒冷的夜晚,自己要和哈桑住在帐篷里,并且是与另外十几个连语言都不通的陌生人住在一起,而且是席地而睡。尽管哈桑多次在电话中跟她提到蒂华纳难民的情形,她也在电视和网络上看到一些相关的报道,但是今天通过边防检查来到墨西哥这边,她亲眼看到美国边防军为了防止难民越墙,在原有的围墙上又加固了一层银光闪闪的铁丝网时,心中还是倒吸了一口凉气。

"Are you ok?(你还好吧?)"哈桑的手钻进了她的上衣,嬉戏一般地上滑到她的胸前。

"I'm fine.(我很好。)"向红嘴里应付着,思想却随着哈桑冰凉的手指游移在自己花了五万元人民币修复的乳房上,盘算着自己的心事——哈桑是不是自己生命里的灾星? 为什么她原有的价值到哈桑这里就一无所有了呢?

向红任由哈桑的手在自己的身体上游走,大脑却像播放视频一样地闪回着她今天见到哈桑之后的每一个细节。

白天见到哈桑的时候,尽管他头发胡子可以一把抓,身上的衣服也显得脏兮兮的,但是她把这种状态看成是艺术家特有的气质。当她扑到哈桑的怀里时,她仍然能够感受到自己渴望躺在哈桑怀里的欲望。然而,当她带着好奇心跟随哈桑参观了别人在电视里才能看到的难民收容站时,她才知道哈桑和画廊老板在利益分成中吵翻了,现在的哈桑只能暂时栖身于设在体育中心的难民收容站里。

由于蒂华纳市的收容站只能容纳三千多人,而现在的难民已经达到了一万,市政府就开放了体育中心的篮球场、足球场、棒球场作为临时避难所。于是,五颜六色的大小帐篷就见缝插针地占领了这片土地。由于难民还在不断涌现,星罗棋布的帐篷间还可以看到四面敞开的大棚,大棚下面是一排排的通铺,通铺上不分男女老少地躺着一排排的人。

令向红惊讶的是,面对如此混乱的场面,哈桑没有显出半点沮丧,反而心情特别亢奋。他告诉向红,这是真主在拯救他,让他不花一分钱就可以一日有三餐,有矿泉水喝,有地方住。他告诉向红,他和向红结婚后就会获得绿卡,他就可以回美国重整旗鼓。那时他很有可能带给向红一大笔钱——因为蒂华纳是一个旅游城市,每天在美墨边境通关的人有六七万,现在向红将他画画的工具都带来了,他打算重操旧业,先为游人画头像,然后继续找画廊展销自己的作品……

向红在哈桑的热吻中相信了他所说的一切,直到晚饭时间,她没有等到想象中浪漫的墨西哥晚餐,而是被哈桑带到收容站领取了一份免费食品的时候,才开始怀疑她和哈桑的前景是否真的会一片光明。

在等待领取食物的长龙队伍里,向红几乎是唯一一位亚洲人。在南美洲男女老少的难民群中,她接受着好奇和敌意的目光。她几次想逃离这些目光,但是她知道如果离开了这个队伍,就等于离开了哈桑。

向红装出一副无所谓的样子,故意在那些好奇的目光中流露出一副幸福的模样,小鸟依人地依偎在哈桑的胸前。然而,只有她自己知道,她的内心就像一片荒漠,冷寂到没有了生气。

临来时,她从自己的存款中取出了三千美元,准备用于两天"蜜月"的食宿外,将剩下的钱留给哈桑救急。谁知哈桑惊喜地接过了钱,却说明天才去市政府办理结婚登记手续,今晚还是留在难民收容站享受免费的食宿,等明天再去餐馆和旅馆庆祝他们的蜜月。她知道哈桑的自尊心很强,也不想第一天见面就让彼此心生不快,她就没有坚持要去餐馆吃饭。

也许哈桑认为向红在妇女收容站里待过,也就没有感觉到这么安排有什么不妥。领到了食物之后,哈桑带着向红登上体育馆的最高处,打开两瓶免费的矿泉水递给向红一瓶,开心地说"cheers(干杯)",然后一边吃着救济餐,一边对着夕阳高谈阔论,从日落聊到了星稀。

向红的心情就像天空的颜色,从来时的明快已转为暗夜的沉郁,根本没心情去听哈桑的"美国梦"。借助黑暗,她鼓足了勇气告诉哈桑她累了,想早些休息。哈桑似乎也非常善解人意,马上带她回到了平地,并把她引领到一个帐篷里。

帐篷很大,能容下十几张床的空间里竟然一张床都没有,连通铺也没有,里面横七竖八地躺满了男女老少。哈桑仿佛对里面的人视而不见,从地上拾起两条脏兮兮的毯子铺到尽可能靠近角落的地方，一张毯子垫在身下，一张毯子合盖在他和向红的身上。

"We have enough money to stay in a hotel.（我们有足够的钱去住宾馆。）"躺在冰凉的地上，向红再也忍不住地向哈桑提出建议，而她得到的回答却是：在这里有饭吃，有地方住，还能搂着心爱的人睡觉，他们要真心感谢真主。尽管向红带来的三千美元不是个小数目，但是他们必须节省每一分钱，以防有一天这里的难民问题解决了，他的问题还没有着落的时候，他可以用这笔钱来支撑他在墨西哥的流浪生活。

我疯了吗？我真的要跟一个流浪汉结婚吗？哈桑的手指在向红的身体上游动着，但是她的神经没有一丝一毫的亢奋。她后悔自己和哈桑通话时告诉了他，迈克已经答应不会在永久绿卡的问题上刁难她；她更后悔告诉哈桑，只要他们结婚，她拿到永久绿卡后就能以配偶身份申请他再回美国，不会受"政治避难"未批的影响；当然，让她最为后悔的是：为了哈桑，她再一次与财富失之交臂，拒绝了迈克请求复婚的提议！

此刻，迈克在向红的心目中不再是一个吝啬、臃肿、满嘴口臭的酒鬼，而是一个愿意为向红洗心革面的谦谦君子。就在上个星期，当向红打电话请迈克在她转永久绿卡时不要为难她的时候，迈克不仅爽快地答应了，而且还主动地告诉她，他已经完成了两个戒酒学习班，现在不会再乱发脾气了。只要向红愿意，他会用一颗真钻石迎她回家；如果不能，他也愿意一生与她做朋友。

有了做朋友的前提，向红就不再担心迈克会向移民局起诉她结婚是为了绿卡。为了感谢，也为了巩固感情，向红撂下电话就给迈克寄了一张谢卡——这样既不用对迈克的承诺付出任何情感和肉体上的代价就能保住绿卡，也可以坦然面对哈桑的感情，给自己留有伸缩的余地！那一刻，她觉得自己绝对是一个人生赢家，在两个男人之间各取所长。

然而此刻，向红觉得自己已经输得体无完肤。随着哈桑的手指在她胸前嬉戏般地挤压，她觉得自己的汗毛都竖了起来，神经都快绷断了——这种难受的感觉就像与迈克在一起时一样，让她生不如死！

我要跟一个让自己生不如死的人结婚吗？向红终于在混乱的思维里找到了答案：不能！

当"不能"两个字跳进她的大脑里,她恨不得马上起身走人。可是她不敢,不敢当面对哈桑说她改变了主意,明天不结婚了。她知道,不论哈桑为什么爱她,或者爱和不爱,她都是他的一根救命稻草。如果她现在就告诉他取消明天去办理结婚登记手续的话,那将是压倒哈桑的最后一根稻草,他可能会与她同归于尽。她决定明天一早就以忘记带离婚证书为由,先离开这里,然后再通过电话告诉哈桑她的真实想法。

显然,哈桑感觉到了向红的身体没有了他熟悉的热情。他的手不再游动,身体的热度也在降温。由于向红一直背对着他,所以他看不到向红的眼睛。

"Too many people here. We will wait until tomorrow. I am tired.(这里的人太多,我们等到明天吧。我累了。)"向红不敢回头去看哈桑,深恐暴露了自己的想法。

哈桑看了看逐渐躺满了人的帐篷,以为向红是因为害羞,就趴在向红的耳边说:"Ok,I will wait. You are right, we should have our own room tomorrow.(好,我等。你说得对,我们明天应该有自己的房间。)"

向红终于松了一口气,但是冷气重新袭上心头。冷,真冷。从心里往外冷!

6

向阳给向红开门的那一瞬间,她几乎惊呆了:向红不仅头发凌乱、衣衫不整,而且苍白的脸上还有一对"熊猫眼"。

"你这是咋的啦?"她以为向红遭到了打劫或被强奸。

"姐,给我杯热水。"向红瘫坐在沙发上,气若游丝。

"哎。"向阳手忙脚乱地给向红倒了一杯热水,心疼地看着向红一小口一小口地抿着,也不敢询问原因,就那么站在原地。

"姐,我没事。你坐下,我跟你说。"向红叫向阳坐到身旁。

"你在电话里告诉我,你没跟哈桑结婚,可是咋成这样了呢?"向阳心疼地摸着妹妹凌乱的头发,眼泪情不自禁地滴落了下来。

"我刚才在路上开车不方便多讲,怕你惦记。其实今天早晨我差点回不来,直到我通过了海关,到了美国的地界,我才觉得虎口脱险了。"喝了几口热水的向红似乎恢复了一些体力。

"这到底是咋回事儿呀?他哈桑咋变卦了呢?"向阳不解地问道。

"不是他不想结婚,是我不想跟他结婚!"向红的语气有些咄咄逼人。

面对向阳不解的目光,向红很想告诉她哈桑沦落为难民的状况,可是她又不愿意把哈桑的境况说得那么不堪,就推说现在移民政策收紧,即使哈桑跟她结婚,也未必能够回到美国。

"那是不行。他不能来美国,那还真不是长久之计。既然是这样,你也别揪心了。我去给你下碗热面条,吃完睡一觉,以后的事,慢慢打算。"尽管向阳对移民这些事情不懂,但是她相信妹妹无所不能。既然向红这么说了,她这么做就是对的。

向红望着姐姐在厨房里忙乎着,闻着油炝葱花的香味和水注到锅里的潺潺水声,从昨晚就纠结在一起的心,终于在这股温馨的暖流中开始舒展。她庆幸自己做出了正确的选择,庆幸自己虎口脱险,庆幸上苍护佑,让她再次回到了属于自己的蜗居。

即使置身在自己的家里,她仍然有种不真实的感觉,几个小时前发生的事情,让她到现在都有些后怕——

早上起床,她没告诉哈桑忘带离婚证明,因为他很容易就会发现离婚证工工整整地放在她的手提包里。为了不让哈桑怀疑,她忍住一夜未眠的疲倦,假装兴致勃勃地随着哈桑领取了一份为难民准备的早餐,然后在食不下咽的情况下强迫自己吃了几口墨西哥的玉米饼,直到哈桑迫不及待地要去市政府办理结婚手续时,她突然惊叫道:"I forgot to bring my devoice paper.(我忘记带离婚证明了。)"如她所预料的那样,哈桑如一头困兽般地要去翻她的包裹,她赶紧柔声细语地安慰着哈桑,说她开车回美国去取,来回六个小时,马上走,回来时还能赶在政府部门下班前办好结婚证明。

哈桑一脸怒气地与向红来到停车的地方。当向红从后备厢里取出哈桑让她带来的画画设备时,哈桑像一头受伤的狮子,一把把向红拽到后座上,不由分说地就把她的牛仔裤褪去……那种疯狂的程度是向红从没有领教过的。她不相信在光天化日之下,在众多陌生人的眼皮底下,哈桑竟然强硬地霸占了她的身体!

哈桑一定是感受到了向红的愤怒，他很快就从向红的身上下来，嘴里说着"Sorry（对不起）"。

向红恨不得给哈桑一个耳光，但是她忍住了。她好像安慰哈桑似的拍了拍他的肩，示意天色不早，她要马上赶路。哈桑这才彻底地恢复了常态，把裤子系好，主动下车为向红打开了驾驶座的车门。

向红忍住疼痛提起了裤子，简单整理了一下衣服，没有从后车门走下再进前车门，而是在车里直接从后座移至前座，以避免去面对那些在她的汽车晃动中产生出无尽遐思的难民。

哈桑自知刚才的举动伤害了向红，面对带上了墨镜、看不出悲喜的向红，哈桑不知说什么才好，只能眼睁睁地看着向红驱车远去。

向红从倒车镜中看到哈桑很失落，但是此时她的羞辱感压倒了一切：为什么深爱她的哈桑会在光天化日之下做出那么没有人性的事情？为什么在众目睽睽之下竟然无人阻拦？

她的车路过来时看到的景象：在大小帐篷之间，还有一些用塑料纸和小树干勉强撑起的小棚子，散落在棒球场的看台下面；棚子和帐篷的顶部晾晒着五颜六色的衣物；有些年轻人在这些杂乱无章的临时住处间兜售着香烟和充电宝……

对于这种景象，来时的向红为这些难民难过和悲哀，可是此刻她只想离开这里，只想回到自己租来的公寓——她无力为这些难民鸣冤叫屈，她要用自己仅存的一丝力量去救赎自己！

"赶快趁热吃吧。我给你卧了两个荷包蛋。"向阳把冒着热气的面条端到她的面前。

向红的眼泪一下子就涌了出来：多少年在外闯荡，受尽了屈辱也只能自己藏在心中。在这一刻她很想扑进姐姐的怀里放声大哭，告诉她所发生的一切……但是，她忍住了。她不想让已经非常不幸的姐姐还要为她担心！

手机再次响起，向红擦去眼角的泪水，瞥了一眼手机后对向阳说："是哈桑。不接。"

向阳也抹了一下潮湿的眼睛说："姐听你的。不过，那画展咋整啊？昨天李沙把爸的画和哈桑的画都报给剧场经理了。"

向红沉思了一下："画展照常进行。如果真能把哈桑的画卖出去，我提出分手也容易一些。"

向阳指着面条说:"快吃吧,要不然就凉了。"

这时向阳的手机也响了一下。

"李沙留言,问你有没有从墨西哥回来?"向阳对向红说道。

"告诉李沙,我吃过饭就给她电话,不会耽误画展的事情。"向红一边吃着面条一边说道。

向阳在微信留言中写道:"回来了,别担心,一会儿就跟你联络。"

哄　上

1

虽然华人文教基金会举办的是新年慈善文艺晚会,但是考虑到新年的时候家家户户都有自己的活动安排,所以每年的新年晚会都安排在新年前的最后一个星期六。演出是晚上7点开始,但是向红、向阳和李沙下午2点就到了剧场。经过剧场工作人员的指点,她们终于在观众入场之前,将向前的三幅版画和哈桑的二十五幅油画布置在了大厅里。

剧场属于市政建筑,尽管收费,但是对于社区团体的使用会有一定的优惠,所以基金会的演出都在这里举行。可以容纳一千两百名观众的剧场,外面的大厅很大,举架很高,几十幅悬挂在墙壁上的画,在巨大的空间里并不显得拥挤。向前的三幅版画摆放在大厅中央,几乎所有检票入场的人都不会错过。特别是向前的版画色彩鲜艳,在哈桑黑白相间的画作中很容易脱颖而出。

尽管李沙知道向前的画很值钱,也在向红家里见过这几幅画,但是当它们出现在展台上,被聚光灯照射在上面的时候,李沙还是被这些画所感动:

第一幅画,整个背景都是如血的红色,一位身穿黑色丝绒旗袍、怀抱一把泛黄的旧琵琶、脸上无惊无喜无忧的女人,低眉垂目地正襟而坐。女人身旁是一位穿着民国时期的白色大褂、正在垂头拉着二胡、看不到眼神却可以感受到忧伤的男人的侧脸——题为《恋》。

李沙惊奇于生前抛妻舍家的向前，竟用刀刻笔琢，将爱情的喜怒悲欢通过静止的画面，让人感受到人物表面的平静下压抑着的激情。

恋，于无声处听惊雷。绝！

李沙赞叹着将目光移向第二幅画，这幅版画的背景是一泓翠绿的湖潭，上面飘落着几点粉红色的桃花，水中托起一具肌肤白皙细腻的裸女。尽管湖中的雾气像一层薄纱笼罩在裸女的身上，但是那若隐若现的美妙形体，更使人扩展观感上的美丽——题为《浴》。

李沙被再一次震撼：她不仅惊叹于向前在木板上刻出了湖面涟漪的动感和人体的质感，而且惊讶地发现，版画上的女人竟是向红和向阳的母亲！

第三幅是抽象派作品，比前两幅小，色彩十分艳丽，近看只是"赤橙黄绿青蓝紫"，但是五步之外就可以看出那是两双一模一样的大眼睛，长长的睫毛充满了灵动。哇，这不就是向红和向阳的大眼睛吗？

李沙为这三幅画拍案叫绝！她很想买下其中的一幅，但是一幅画就标价两万美元，以她现在的经济能力，只能是可望而不可求了。她暗中祈祷有人愿意出这个价钱收藏这些画，也算帮助向红和向阳解除燃眉之急。

尽管李沙对向前的画爱不释手，但是演出当天的大事小情都需要她关照，所以画展的事情就全权交给向红姐俩。

"姐，我们真要把爸的这幅画卖掉吗？"终于在观众入场之前完成布展的向红，指着《浴》对向阳说道。其实，那语气更像是在自言自语。

"我留这幅画到今天，不是为了保留他的画，我是保存咱俩的钱。其实每次看到这幅画，我就更加恨他。他留恋的不是咱妈，是妈年轻时的模样。"向阳一边收拾着杂物，一边随口答道。

"也是，男人都是雄性动物。卖，并且要卖出个好价钱！"向红的语气也变得坚定不移。

"我们是不是标价太高了？要是没人买咋办？"向阳见入场的观众仅仅是观赏父亲的画，没有一个人跟她们讨价还价，便露出了不安的神色。

"挺住。咱爸的画出手就没了，一口价。要不然越降价越没人买。"向红答道。

"听你的。"向阳振作起精神，对着入场观众开始吆喝起来，"大家先来看看画展，中国著名版画家向前的作品，仅此三幅，绝笔画作，风靡东南亚……"

这时走来一位挂着"新年晚会义工 Lily"胸牌的女人,她告诉向红,总导演李沙请向红马上去后台准备演出,画展的事情她会配合向阳:"总导演说今晚有许多观众是美国人,我可以用英语向他们介绍向大师的画展。"

向红一听 Lily 可以用英语介绍画展,并且看起来精明强干,就告诉向阳放心,有事到后台找她。

2

后台一片混乱。由于这台晚会由基金会责成华声民乐团承办,所以主要是以器乐表演为主。但是不能整台都是器乐表演,所以除了北大荒演出队的三个节目之外,还有两家舞蹈团和合唱团参加。

当向红穿过走廊时,有人在练声,有人在练舞,有人在练习器乐,每个角落都是跃跃欲试的人。这种情景使她产生了一种幻觉,仿佛自己回到了四十多年前演出队的生活。她羡慕地看了一眼那些风华正茂的舞蹈演员,但是没敢过多停留,她知道李沙在化妆室里等她。

穿过混乱不堪的走廊,向红推开一扇贴有"北大荒演出队"纸条的化妆间小门,看见里面的人都已经装扮完毕。装扮成白娘子的薛大鹏和装扮成小青的郭母正在合戏,雪亮的白炽灯把俩人脸上的皱纹照射得一览无余。不过,郭母的脸上依然是一如既往的自信,相比之下,薛大鹏的不安就明显地表现在他的举手投足中。

"哈,他薛大鹏也有认尿的时候。"向红的心里闪出一丝快意。她仍然对薛大鹏四十一年前在北大荒对她写的信置若罔闻而耿耿于怀,仍然为四十一年后他在机场挂掉了她的电话而记恨于心。尽管这期间她也知道薛大鹏跌落到人生的低谷,但是她再见他的时候,他仍然是一副自视清高的架势,仍然使向红在他的面前手足无措。

"大鹏,你今天想怎么演就怎么演,因为大家都知道你是个科学家,还是个男儿身。别怕,只要你演出了百分之十的白娘子,你就赢了!"向红听到郭母在鼓励着薛大鹏。

"不是冤家不聚头啊。"向红在心中感叹了一句。

果真,薛大鹏微微颤抖的手不抖了,声音也有张有弛地跟上了韵律。在郭母的带动下,他的台步和僵直的身体都显得轻盈了许多。

　　李沙一边叫向红化妆,一边向大家讲解着节目安排的原因:"大家都看到了节目单,第一个节目是民乐团的合奏《昭君出塞》,然后是古琴弹唱《幽兰操》,接下来是《白蛇传》。由于郭燕和薛大鹏演出之后要换装,所以把《沙家浜》的《智斗》安排在后半场,舞蹈《打靶归来》安排在间休之后的第一个节目,这样就不会影响到更换服装的环节……"

　　这时,向阳气喘吁吁地推门朝向红摆了摆手,示意让她出去。向红刚一出门,向阳就兴奋地举着手里的支票对她说:"有个老外把父亲的三幅画都买了。帮我卖画的丽丽说这是四万美金的支票,我怕上当,没让买画的人把画拿走,让你先确认一下支票。这上面都是英文,我也看不明白。不过我数了一下上面的零,好像是四万美金。你再看看。"

　　向红查看了一下支票,高兴地大叫起来:"四万,没错! 咱爸的画还真能卖出这么多钱!"

　　"那个人也挺会讨价还价的,我不会说英语,他就跟丽丽说,最后我只能买二送一,把那幅小的搭上了。"向阳若有所失地说道。

　　"这就不错了。我原来还担心一幅都卖不出去呢!"向红乐不可支地说道。

　　"这美国人的钱是很好赚。我得赶快回去,咱们还有那么多画要卖呢!"向阳说着已转身跑开。

　　"李沙,你帮我看看这支票是真的还是假的?"向红回到化妆间将支票递到李沙的面前。

　　李沙瞥了一眼支票,愣住了:"怎么是迈克?"

　　向红果真看到支票的左上方写着 Mike Cohen 的名字。

　　"迈克? 那不是你前夫吗?"原本只是好奇的郭燕,见向红默认了,就越发得理不饶人了,"他不是铁公鸡一毛不拔吗? 咋突然变得这么大方了呢?"

　　李沙捅了郭燕一下,示意她不要再说下去:"从现在起,请大家集中精神在节目上。演出马上就要开始,我是总导演,要关注演出的每个环节,还要参加古琴社节目,所以一会儿大家都要在舞台侧幕候场。高队长,北大荒的节目就拜托您负责张罗了。"

李沙说完就匆匆离去。向红借机将支票塞进自己的裤兜，然后心怀忐忑地随众人离开了化妆间。

3

站在侧幕候台的郭燕很紧张，因为民乐团四十多人的阵容仅二胡就有四位。而她，几十年没拉过二胡，仅凭这几个星期的苦练，僵硬的手指还是让她有些心虚。

第二个节目上场，大幕拉开时李沙和古琴社八位成员已经坐在汉式古琴桌旁，屏幕上出现电影《孔子》的画面，李沙以清脆的泛音带出了前奏，然后众琴加入，在同一节奏的旋律中，李沙唱出了原创韩愈、后经电影《孔子》修改过的《幽兰操》："兰之猗猗，扬扬其香。众香拱之，幽幽其方。"

作为舞台背景的屏幕上，此刻是周迅扮演的南子风情万种的表演，这使李沙的演唱从一开始就被电影镜头诠释着。

"不采而佩，于兰何伤。"

在侧幕候场的薛大鹏从来没有见过李沙的古装表演，更没见过李沙如此缠绵悱恻的表情，他的心咯噔一下，痛了。

"以日以年，我行四方。文王梦熊，渭水泱泱。采而配之，奕奕清芳。"

随着李沙声情并茂的弹唱，薛大鹏的心中涌出万般的不舍与爱意。然而，他知道自己连表白的机会都不会有，他与李沙的缘分已经在水泥厂擦肩而过。

不知道是李沙的琴声和歌声感染到薛大鹏，还是几十年淤积在心的暗恋让薛大鹏几近崩溃，总之他克制着自己不要流泪，因为只要让一滴眼泪流下，说不定接下来眼泪就会如决堤般地汹涌而出。

大幕落下，古琴社的人迅速把台上的桌椅搬下舞台。郭母以为神情略显恍惚的薛大鹏是怯场，就鼓励他说："你一定行！出了岔子我帮你。"

说话间，大幕已经拉开。首先是青蛇出场，郭母深吸了一口气，随着锵锵锵的节奏，她一路踩着旦角的台步在舞台上转了一圈，然后一个亮相，停在了舞台中央。

也许是因为观众知道这位腿脚不灵便的小青是七十八岁老太太扮演

的，所以仅凭这一个亮相，就引来了热烈的掌声。

掌声击醒了薛大鹏，他下意识地随着锣鼓点像脚下生风一般地走出侧幕，来到了舞台上。台下一片安静，在京剧西皮摇板的音乐声中，薛大鹏用假声唱出青衣的女生唱腔："听一言来心意转，许郎果不负婵娟。扶起冤家重相见，从今后不要变心田。"然后一个亮相、一个眼神，将白娘子柔肠万转的爱意表现得淋漓尽致。

郭母用旁白"呀"了一声，也唱起了西皮摇板小青的那一段："他夫妻依旧是多情眷，反显得小青心意偏。倒不如辞姐姐天涯走远，姐姐，多多保重，小青拜别了！"

薛大鹏学白娘子叫了一声："青妹！"

郭母走了几步，猛地回转身来，对着薛大鹏高喊了一声"姐姐——"，然后磕了三个响头，这才绝尘而去。

原本这个片段在薛大鹏喊"青妹"时就结束了，可是郭母临时加上了一句"姐姐"，使薛大鹏有些不知所措。他既不能像上次那样对郭母说"干妈，妈妈已经原谅您了"，也不敢即兴地加一句"青妹等我"，结果在结尾处显得有些冷场。幸好郭母马上返场，拉着薛大鹏向观众席谢幕。薛大鹏按着之前的约定，摘下头饰和假发，露出锃亮的光头，然后用男声道谢，引起一阵热烈的掌声。

间休后的第一个舞蹈是《打靶归来》，但是效果没有达到高队长的预期。其中出错最多的是向红。由于后半部是集体统一动作，而向红没有足够的时间练习，加上她利用间休的时间在剧场四处寻找迈克，结果迈克没找到，还差一点没赶上登台。

大幕落下后，高队长很不开心。他原打算将演出实况转发给老年艺术团，没想到向红的表现影响到了整个舞蹈的质量。他跟郭母嘀咕着："一条鱼腥了一锅汤。"

向红并不管自己是鱼还是汤，她心里惦记的是迈克给她的支票是真是假。她不等演出结束，就借口撒展，匆匆地离开了后台。

4

来到剧场大厅，向红才知道哈桑的画一幅都没卖出去。

"爸的画被拿走啦?"她见摆放父亲版画的地方被向阳放上了哈桑的画,若有所失地问道。

"你说得真对,真的是你前夫把画买走了。他刚才来拿画,还认出我来了。他跟我叽里呱啦地说了一大堆,我只听懂了一句'姐姐'。你别说,我觉得他还不错……"向阳兴奋得所答非所问。

"哈桑的画一幅也没卖掉?"向红狐疑地打断了向阳的夸夸其谈。

"没人买,连讨价还价的人都没有!"向阳沮丧地说。

"那咱们赶快将这些画撤下来吧。"向红边说边开始从墙上将哈桑的画摘下来。

"别急呀,兴许散场时还有人买呢!"向阳急忙阻止。

"姐,我们要赶紧将这些画装到车上,然后我带你去银行,看看这张支票是真的假的。"向红趴在向阳的耳边说道。

"哎哟,我咋没想到这层呢!"向阳一惊。

"你想啊,他是铁公鸡,在法庭上都一毛不拔,我们离婚了,他咋还买咱爸的画呢?买一幅画也就罢了,怎么一下子买了三幅,花了四万美元连眼睛都不眨一下。我怕他是在'黑'我!"向红手脚不停地边说边把哈桑的画摘了下来。

"那咋办呢?银行这会儿也关门了吧?"向阳也意识到事态的严重,一边说着,一边以最快的速度把向红从墙上取下来的画堆在一起。

"银行可以自动存钱。只要把支票存到我的账户里,就不怕他赖账啦。"

"那赶紧的。你去把车开过来,这些画我一个人就能归拢好。"

"那好。我先带两幅出去,一会儿你把所有的画都挪到大门边上,我和你一起搬。"

果然姐妹俩同心合力,不到半小时就把哈桑的画全部放到了车里。

夜幕下,向红的车如离弦的箭一般,冲向街道。

5

一天后,四万美元终于进到向红的账户。尽管她要拿出百分之十给主办单位,但是她还有三万六。三万六千美元的现金哪!

迈克还算有良心，比哈桑强！自己与哈桑同居了半年，除了往里搭钱，就没从哈桑那里得到一份像样的礼物。

想到这里，向红给哈桑留了一条信息："I am sick. I can not go back to see you.（我病了，不能去见你啦。）"她没有直接说断绝关系，她害怕哈桑真的参与偷渡，到了美国来找她的麻烦。至少在她想出金蝉脱壳的办法之前，不能惊动哈桑。

"我看迈克对你不错，要不然你跟他复婚吧？"向阳把一切都看在眼里，忍不住向妹妹建议道。

复婚不是没有想过。经过跟哈桑这段"浪漫"的流浪生活，向红越来越认识到自己渴望的是一个属于自己、可以安身立命的家，是一个可以穿着晚礼服去参加酒会的社交圈。而这一切，只有迈克可以给她。

想到前不久迈克在电话中对自己表示好感和这次砸重金来讨好她，向红觉得复婚只是自己一句话的事情。当然，这句话不能轻易说出口，她要让迈克做出经济保障后才能答应。

向红觉得自己终于时来运转、柳暗花明，而向阳也高兴地凑齐了向红收养小兵的担保费。就在这时，小兵说他交了女朋友，女朋友的爸爸会给他投资"G吧"，他要像微软和脸书的CEO那样，放弃大学，独立创业，不会到美国从SAT的考试开始，去过一种蜗牛似的人生。

"大孙子，你可别胡来呀！奶奶啥事都能由着你，可是这件事你要听奶奶的，不读书是没有前途的。"向阳对着视频中的小兵哀求着。

"奶奶，你放心，不去美国读书，我也能挣到大钱养你和太奶奶的，还有我爸！"小兵在视频里信誓旦旦地说道。

为了说服小兵不要轻言放弃，向阳取消了和向红去拉斯维加斯的旅程，决定提前返回中国，说服小兵放弃开办公司的想法。

哄　散

1

　　李沙万万没有想到，一场演出竟在一夜之间把她推到了微信群中的风口浪尖上。只要有她的微信群，就会热议这次的演出，并且由《美华日报》总编做群主的"西部人群"最为热烈，三百多人很快就形成了旗帜鲜明的"派别"。一派对这次演出大加肯定，觉得形式多样，别开生面，非常成功；另一派觉得郭母和高队长带来的节目带有浓厚的社会主义气息，把中国大陆的意识形态带到了美国；还有一派觉得把《白蛇传》和《沙家浜》两个节目放在一起如黑色幽默，有深度没有高度；还有一派指出《智斗》中的阿庆嫂是共产党，刁德一和胡传魁是国民党，在美国的舞台上表现阿庆嫂的机智和胡传魁的愚笨及刁德一的奸诈，让那些从中国台湾来的国民党籍人士情何以堪？

　　开始时李沙还能以平常心面对，觉得自己付出了几个月的时间编排和组织节目，分文不取地为基金会获得了近万美元的慈善资金，是非功过，自有评说。可是当她看到起初还在为向红的舞蹈动作影响到整体效果而扼腕的高队长和因自己在《智斗》中把二胡的一段调门起高了而懊恼的郭燕，在这些劈头盖脸的舆论中垂头丧气，并且郭燕把二胡摔得粉碎，发誓再次与文艺绝缘的时候，她突然产生了一种不吐不快的冲动，连夜奋笔疾书，将一篇近千字文章寄给了《美华日报》，顺手把文档也发给了"旅美群"，并留了一条信息:"大家别忘了明天来我家辞旧迎新,一个都不能少哦!"

打完了最后一个字,李沙再也不想做任何事情。即使天塌地陷,她也要闭上重如泰山的双眼。

2

夜色中,向红纤细的手指按在迈克家的门铃上。在等待开门期间,她告诫自己不论迈克有多么讨厌,她都不能临阵脱逃。既然她选择了屈尊于一人之下,过上高于众人的生活,那么,她就必须克服自己对迈克的厌恶。

门开了,手握酒杯、神清气爽的迈克出现在门前。向红突然觉得迈克的长相没那么不堪,特别是把胡子刮掉、面带微笑的时候,她会产生一种安全感。

"Honey,I am home.(亲爱的,我回家了。)"向红没等迈克从惊讶的表情中出来,已经扑到了他的怀里。

这个动作是她连日来夜不能寐、辗转反侧才设计出来的。她不允许自己有片刻的犹豫!然而,当她的目光越过迈克的肩头,看到客厅里有个女人也举着酒杯坐在沙发上时,向红的身体如雷劈一般地僵在原地:她不是帮助自己卖画的Lily吗,她怎么会在这里?

"Isabella,This is my girlfriend,Lily;Lily,This is my exwife Isabella.(伊萨贝拉,这是我的女朋友丽丽;丽丽,这是我的前妻伊萨贝拉。)"迈克毫无尴尬之意地向彼此介绍道。

向红很想转身就跑,可是她不能就这么输给了一个两天前还在帮着自己搬画的女人:"Hi,Lily,你好!希望你不介意我和迈克的感情……"向红挑战般地朝客厅走去。

Lily比她更有定力,没等她说完,已经接过话去:"我知道你们的感情已经是过去式,我不会介意的。"

向红停下了自己的脚步,因为她转身看迈克的时候,迈克正以温柔的目光看着Lily。

"I came here to say thank you. I hope you like my father's paintings.(我来是说谢谢的。希望你喜欢我父亲的画。)"向红拼尽自己身上所有的能量,

对迈克微笑着说完,又礼貌地对远处的 Lily 挥了一下手,转身走出大门。

就在向红转身的瞬间,她瞥见了父亲的画被随意地堆在迈克家的过道里。

3

"姐——"当向红跟跄着走进家门时,她一下子就扑倒在向阳的身上。

"向红,你这是咋的啦? 你不是说今晚不回来了吗?"向阳吓得丢下手头的东西,赶紧把向红扶到沙发上,"告诉姐,谁欺负你了?"

"迈克。"向红哽咽着吐出一个字来。

"迈克? 你去见迈克啦?"向阳十分惊讶地看着向红。

"啊——"向红意识到自己说漏了嘴。

今晚向红离开家的时候,她告诉向阳自己去见朋友 COCO。这倒不是她对姐姐不诚实,而是她没有办法说清自己的想法。从星期五,哈桑就在手机里不停地催她马上带着离婚证书去墨西哥跟他结婚,她借口星期六办画展去不了,晚上就接到哈桑询问画展的结果。她不再回话,任由哈桑的留言如何恼羞成怒或哀求不已,她都无动于衷。她坚信既然迈克花重金买了父亲的画,就是向她示好,要与她破镜重圆!

可是,从星期六的夜晚等到了星期天的晚上,她没有收到迈克的任何表示。然而越是被迈克冷落,她就越是发誓要势在必得。她要在李沙家的新年 Party 上,让所有人都能看到她向红是有资本做美国连锁店老板的太太,并且想走就走,想来就来!

为了面子,她没有告诉姐姐,借口去见同事,并且做好了今晚不回家的准备。

"男人没一个是好东西! 他让李沙给我带话,说他有多么多么爱我,这才多长时间,他就跟那个帮我们卖画的 Lily 整到一起去了。姐,我好恨呢,他把咱爸的画就堆在地上。我真想把钱给他退回去,把咱爸的画要回来!"向红越说越气,居然在咬牙切齿中止住了眼泪。

"向红,人在屋檐下不得不低头。就算你把爸的画要回来,问题就解决了? 我一直想问你,你过去不是对薛大鹏有点意思吗? 现在你们俩都是单身,要不要姐从中撮合撮合?"向阳递给向红一杯热水说道。

"不可能。薛大鹏是饿死的骆驼比马大,他的眼光高着呢!姐,你可千万别提,鸟活一张嘴,人活一张皮,我在谁那儿丢脸都没事,就是不能在薛大鹏那儿丢掉面子。"向红的愤愤不平找到了新的出口。

"那你一辈子就这么过了?"向阳长叹了一声。

"我已经想好了,趁这会儿身体还行,多赚点儿钱,然后自己也开个按摩店。雇人按摩,自己也不辛苦,这日子也照样能过。"向红的心情渐渐平静下来。

"那得啥时能把钱攒够啊?"向阳听后更加愁容满面。

"一点点来吧。COCO说加州按摩店太多不赚钱,如果去其他州会多赚一倍。我也想过先到外州干几年,第一,远离了哈桑,即使他回到加州也找不到我;第二,那里的房子便宜,有个几万块钱就能自己开店。现在既然迈克那儿回不去了,我不如趁现在轻手利脚的,多赚点儿钱。"向红似乎在自己劝自己,居然也得到了一些心理支撑。

心情平和了一些的向红,发现黄律师留言让她方便时给他打个电话,说小兵的事情有结果了。她看了一下表,已经是晚上 10 点半,她知道在美国这么晚是不能给人打电话的。可是向阳听说是小兵的律师,就软磨硬泡地让妹妹现在就打电话,不然她这一夜就没法入睡啦。

向红心疼姐姐,加上她自己也想早些知道情况,就硬着头皮给黄律师打了电话:"黄律师好。对不起,我知道这个时间不应该打扰您,可是我怕您有急事找我,找不到您也着急。"

向阳一看黄律师接听了电话,便把脸凑了过来。向红索性打开语音免提。

"……很抱歉,尽管您具备了收养余小兵的硬性条件,但是他被拒绝入境,直接影响到美国被收养人的要求。换句话说,我们必须 withdraw 这个案子。"黄律师语速极快地说道。

"Withdraw? 什么意思?"向红用颤抖的声音问道。

"退出这个案子。"黄律师的答复斩钉截铁,没有任何商量的余地。

"黄律师,你说过只要小兵在十六岁生日之前办理了 I–130,就符合美国的收养条件。现在你咋说变就变了呢?"向红的语气也强硬起来。

“不是我变了,是小兵不该回国。美国法律明文规定:收养人在完成收养之前或之后与被收养人共同居住两年。你们的记录不足一年,你让我怎么办?”黄律师用不耐烦的口吻强调道。

“那你不能把小兵和我同住的时间往前推一年吗?”向红再次放柔了自己的声音。

“向红女士,你以为我会因为你的一个案子吊销我的律师执照吗?小兵和你同住之前是在私立高中读书,那是有案在册的!”黄律师不为所动。

“黄律师,我是小兵的奶奶,我求求你再帮忙想想办法吧。”向阳再也忍不住了,对着手机哀求着。

“对不起,我真的尽力了。向女士,我已经把四万元的担保证明和余小兵的所有资料都退还给你了,按照我们的协议,最后一笔律师费你们不需要再交。”黄律师并没有被向阳的哀求所打动。

“那你把我之前交的费用也退回来。”向红的声音再次强硬起来。

“向女士,我希望您能冷静下来。我们的合约是说好的,案子办不成是不退律师费的。要知道,我比你的损失还要大。我们一直在跟进余小兵的案子,可是现在不成,你们也不付我们这笔费用,所以我们现在的心情是一样的,都被余小兵不负责任的行为给害了,要怪就怪他吧。已经很晚了,就这样吧,希望今后我还有机会帮到你们。”黄律师说完就挂断了电话。

向红气愤地把手机甩到一旁,半晌才喃喃地说:“这个小兵,气死我了。”向阳仿佛自己犯了错误似的,默不作声地走到自己的箱子前,继续整理东西。

4

“我早就跟大熊说要少喝酒,他就是不听。只有一有机会,他就往死里喝,一顿能造两瓶。北大仓酒虽然是粮食做的,那也是 60 度啊!现在可倒好,瘫啦。”郭燕激动得在薛大鹏家的客厅里大呼小叫着。

“燕子,你也别急,也许过几天大熊就好了呢。”坐在沙发上的郭母劝说着。

“这不是第一次中风了。上次医生就告诉他,再中风就好不了啦,他听吗？现在给立志打电话太晚了，纽约那边已经是后半夜了。这样吧，明天我跟她说一下，这次你俩自己去纽约，我就不去了。大鹏，你帮我上网买张回中国的机票，越早越好！"郭燕似乎已经冷静下来。

"胡闹！你的绿卡不要啦？"郭母沉不住气地从沙发上站了起来，"都啥时候了，还惦记着绿卡。你知道美国的医疗费有多贵吗？就他这病，还不让我闺女倾家荡产？大鹏，你赶快帮我订票，如果有这两天的，贵点没事儿！"

薛大鹏看了看郭燕，又看了看郭母，正左右为难的时候，高唱在两个女人中间表态了："大鹏，既然这是燕子的心愿，我们就要成全她。你先帮她订张机票，多少钱我来付。"

郭燕把一张信用卡递给了薛大鹏："我有钱！"

薛大鹏接过了郭燕的信用卡。郭母抹着眼泪说："我苦命的儿呀！"

5

命运弄人！走进华人超市的李沙不由自主地长叹了一声。

早在十年前，她就建议过汉斯不要仅仅做车祸案子，应该增添新移民常常会碰到的民事诉讼案。可是汉斯嫌麻烦，加上李沙当时在大学里教书，这件事情就不了了之。随着汉斯帮助薛大鹏打赢了官司，又帮助郭燕要回了护照，还通过向红的离婚案了解到美国婚姻法的各个环节，李沙再次提出扩大律师事务所的业务时，汉斯接受了她的建议。鉴于李沙有法庭中文翻译资格，对律师事务所的工作也了如指掌，他们决定再雇一位律师和一位秘书，就应该有能力拓展华人社区的业务。巧的是，新律师和秘书刚刚落实，两个月前李沙面试过的社区大学就发来了录用通知，告知她如果接受条件，可以马上办理入职手续。考虑再三，李沙决定忍痛割爱，全力帮助汉斯扩大业务。

想不到的是，今天新来的律师第一天报到，还没有来得及熟悉业务，汉斯就收到手术医生的护士发给他的 E-mail，告诉他根据手术报告，他应该考虑做第二次手术，否则手术医生不能保证创口的边缘不会有癌细胞。如果有残留的癌细胞，喉癌有可能再度复发！

复发？再次手术？李沙明白这对汉斯和她是多么大的挑战。她很后悔自己拒绝了社区大学的录用,否则她可以放弃律师事务所的业务,用自己的工资养家糊口。

她带着沮丧的心情告诉汉斯,她会通知大家,取消新年前夜的聚会。

"I am fine. Don't Worry.(我很好,别担心。)"出乎李沙的意料,这次汉斯没有像第一次手术前那么消沉,反而劝慰李沙说,薛大鹏已经交足三十万的惩罚金,他们已经没有经济担保人的风险。如果他手术后不能说话,律师事务所还有李沙和另外一名资深律师,出庭的事情可以由他们出面。最后他还幽默地说:他在第一次手术中积累了足够的经验,不会在第二次手术后让药水从鼻子里流出来!

李沙没有把汉斯要做第二次手术的事情告诉任何人,她把律师事务所的事情处理完之后,来到超市购买晚上聚会需要的食材。

华人超市很大,除了食品和日用品,还有几家快餐店和百货店。进门后,她看到堆在入口处报刊架子上的免费报纸和刊物,随手拿起一份下午刚刚送来的《美华日报》。她翻了两页,居然发现了自己昨晚用 E-mail 发给报社主编的文章。本来她跟报社的宋主编很熟,只要是她的稿件,都能马上刊登。这次她为了避嫌,不想让主编为难,便用了一个"沙白"的笔名投稿,居然也马上刊登了!

她一目十行地读着自己的文章:

> 在当代年轻人的印象中,四十年前的红卫兵、知青与今天的"中国大妈"是"一根绳上的三个蚂蚱"———群晚年自私自利、霸道蛮横,穷游世界,可以吃自助餐吃垮国际邮轮,拍照能把自己挂到树上,进名牌店随意大声喧哗,坐飞机累了就站起来跳舞,等待飞机起飞时在机场大厅里高唱国歌的人……

> 是的,文明的世界不应该有满树的樱花被人为摇落一树花雨,为的是拍一张照片;不应该有哄抢免费食物,将"脏乱差"的形象带到世界各地;不应该没有公共意识和法律观念,只图一时痛快。但是,社会是不是也要给予这些人一些包容?

> 大妈们用七彩云霞般的丝巾和五颜六色的衣服装扮自己,那是因

为年轻的时候,只有黄蓝灰的衣服带着层层的补丁陪伴着她们的青春年华;她们用青春岁月描绘的理想宏图,却因为面对"高考、接班、病退、困退、深造、下岗"一次又一次的"从头再来"。

他们用自负的表象掩饰着内心的无奈与无助,是因为该上大学的年龄却要到"农村广阔的天地"接受"贫下中农的再教育";他们用信仰包裹着理想"上山下乡、屯垦戍边",为穷乡僻壤带去了城市的现代文明,却要坚强地面对理想的碎片散落在信仰的废墟之上的无奈。

不能把"无知和粗鲁"等同于"上山下乡的知识青年",不应该把"中国大妈"污蔑为"不是老人变坏了,是坏人变老了"。一个时代的错误不该由已经深受其害的这一代人去承担,相反,绝地而起的意志与绝处逢生的信念,是知青这代人的特质——社会愧对他们,但是他们不去怪罪;生活亏待了他们,他们仍然可以苦中作乐。

尽管这代人的青春或多或少地带有悲剧色彩,但是他们无愧于人生,勇敢地在一片废墟中重生!

李沙的眼睛湿润了,她被自己的文字所感动。她按照人头拿了八份报纸,这才走进超市购物。

6

李沙正在家中洗菜,门铃响了。开门后,向阳像一堵墙似的站在门外。"向红去停车了。"向阳指了指停满车辆的街道。

李沙知道美国人对 New Year's Eve(新年前夜)非常重视,很多人都像中国人过除夕似的守夜。只是中国人的除夕晚宴是家人在一起,而美国人的"年夜饭"是和朋友聚在一起。左邻右舍同时请客,停车便成了一个问题。"不好意思,把你们这么早就叫来了。"李沙抱歉地将向阳让进屋里。

"你吩咐,我什么都能做。"向阳跟随着李沙来到厨房。

"其实我告诉大鹏我一个人没问题,结果他还是把你们都找来了。"李沙边走边解释。

"你不让我来就外道了。我做的菜好坏不敢说,至少我也能够给你打个下手。"向阳笑呵呵地说着。

"那我也不客气了。你帮我切肉丝吧,拌凉菜用的。"李沙把一块肉放到了菜板上。

"这下你可找对人了。切肉我是大拿!"向阳将袖子一撸就准备切肉,但是又停下来对李沙神秘地说,"我后天就回国了,我想拜托你个事儿。"

"什么事?你尽管说。"李沙一边摘菜一边说道。

"我想请你给向红跟薛大鹏撮合撮合,他俩都单着,还不如抱团取暖呢。"向阳不好意思地干笑了两声。

"你怎么乱点鸳鸯谱啊?向红跟哈桑都订婚了,你不知道吗?"李沙笑得前仰后合。

"不行。分了!"向阳有些艰难地吐出了四个字。

"真的?"李沙停住了手中的活儿,惊讶地望着向阳。

"什么真的假的?"径自走向厨房的向红笑容满面地问道。

"你真的和哈桑分手啦?"李沙回头问道。

"早分了。他太大男子主义了,不行!"向红表现得云淡风轻。

"你别说,经向阳这么一说,弄不好你和薛大鹏还真能成!"李沙兴奋起来。

"我姐净瞎掺和。人家是个博士,说不定还看不上我呢!"向红模棱两可地说了一句。

"这事我出面,一会儿有机会我问问他。不过,过了新年薛大鹏就要回中国了,你愿意回去吗?"李沙认真起来。

"大家都是中国人,在哪儿不都一样!"向阳见向红欲言又止,马上接过话来。

"是呀,他即使在中国工作,不也是美国公民吗?"向红迟疑地吐出了一句话。

"就是。李沙,这事儿就拜托给你了。"向阳乐得好像已经这事铁板钉钉。

"应该的。如果你俩能成,也算是我们这帮人里的佳话啦。"李沙更加兴奋。

"哎,大鹏给我打电话时说,郭燕老公得了脑溢血?严重吗?"向红问道。

"好像挺严重,半边身子都不能动啦。"李沙的脸上浮现出一层担忧。

"那郭燕今晚能来吗?"向红又问。

"她刚才给我来过电话,说事出突然,她已经让大鹏帮忙订了机票,明天夜里起飞,所以她不能来帮忙做菜,她要上街买些东西带回去。我想她会来的。"李沙说道。

"唉,啥人啥命,不认命不行啊。她呀,这一生就毁在她老公手里啦!"向阳同情地叹了口气。

李沙没有作声。向红赶紧说:"姐,咱们是来帮忙做饭的,不是来聊天的。都5点了,一会儿人都来了。"

李沙看了一下表说:"可不是,咱们是要抓紧时间了。向红,你就别沾手了,帮我摆摆碗筷就行了。"

"放心,摆碗筷是我的大拿。"向红说着就拿着碗筷布置餐厅去了。

7

向红精心布置的餐桌周围坐着浓妆艳抹的郭母、不修边幅的郭燕、容妆精致的向红、胖胖乎乎的向阳、身穿休闲装的汉斯,以及西装革履的薛大鹏和高队长,当然还有在厨房和餐厅之间进进出出的李沙。

"I wish everyone a good health, a good luck, and a good life. cheers! (我希望每个人都能健康、幸运,过上美好的生活。干杯!) Sorry,为了我们的健康长寿,干杯!"汉斯按照美国文化,以男主人的身份起身敬酒。

烛光映照着水晶杯里晶莹的红葡萄酒,李沙的眼里泛起了泪光。她强忍住泪,把开心的笑容堆在了脸上。其实她在人们推杯换盏的欢声笑语中,很想扑到汉斯的怀里放声大哭。然而,她明白此刻必须守住承诺,遵从汉斯的意愿,不能把他要接受第二次手术的事情透露出来,以免扫大家的兴,也让薛大鹏尴尬。她见汉斯若无其事地招待大家,内心涌动出无尽的感动:即使汉斯在第二次手术后永远不能开口说话,她都不会介意,因为他们可以用心交流。

"大家听听这段。"薛大鹏拿出有李沙文章的报纸读着,"一个时代的错误不该由已经深受其害的这一代人去承担;相反,绝地而起的意志与绝处逢生的信念,是知青这代人的特质——社会愧对他们,但是他们不去怪罪;生活亏待了他们,他们仍然可以苦中作乐。"

"说得好！李沙为两千多万的知青说了一句公道话。"高队长很激动。

"来,姐,我敬你和姐夫一杯。你们知道我是个大老粗,也不会说啥,我这不是要走了吗,今后说不定也来不了美国了。今天这杯酒谢谢你们在我最困难的时候收留了我。这次走得急,我也没啥可给你们的,今后欢迎你们回国的时候到北大荒来,让我也能在家里给你们做口热乎饭。"郭燕说着就把酒一饮而尽。

由于汉斯并不知道内情,加上郭燕的话是跳跃性的,所以汉斯有些似懂非懂地连连点头说好。而李沙原本心中已经盛满了泪水,再也盛不下郭燕的这番话,她把酒杯放下,搂住郭燕失声痛哭。

李沙开了这个头,其他的人也就任伤感的情绪肆意蔓延。其中,向红哭得比李沙还凶,最后扑倒在餐桌上放声大哭。

李沙止住了哭泣,众人也都抹去了眼泪,望着向红不知所措。

"别哭了,知道的是你舍不得我走,不知道的还以为咋的啦！你看,人家老外把纸巾都给你拿来了。"向阳借着汉斯递给向红纸巾时,机智地对向红说道。

向红果真止住了哭声,不好意思地对众人说:"大家好不容易聚到一起,现在又要分开,真舍不得呀！"

"是呀,去年的 New Year's Eve,我和向红是在朋友家的 Party 上碰到的,一晃已经过了一年。"李沙有意换了话题,打破餐桌上的凝重气氛。

"可不是咋的,那天晚上是我把你拉进'祭青春群'的。"郭燕果真从悲伤中走了出来,开心地大叫。

"来来来,你们五个人坐好,我给你们拍张照片。"高唱说着就用手机连拍了几张。

"我们应该和高队长合张影！"李沙建议道。

"好,好,好。"高队长把手机递给了郭母,自己坐到李沙等人的中间。

"太好了,看看我的技术。"郭母自豪地将手机上的照片展示在众人面前。

六张不再年轻的脸,笑得格外灿烂。巧的是,照片上的六个人于当年在北大荒拍的照片一样,第一排坐着向阳和郭燕,中间是队长高唱;第二排站着李沙和向红,中间是薛大鹏。

哄　别

1

电视上播出的纽约上空的水晶球在一点点地降落,随着电视里欢声雷动的倒计时,镜头定格在"九"字上。

"这是纽约时间。我先把这段录下来,等到加州零点时,咱们再看!"李沙用电视遥控器将镜头定格。

"对,美国人都这么做……"向红附和着李沙,不由得想起了去年此时和迈克在一起过新年的情形,就把后半句话留给了自己。

"咱们也别干坐着。我家有卡拉 Ok 机,能唱的唱,能跳的跳,咱们就算守夜了。"李沙把音响系统调到卡拉 Ok 功能上,顺手将两本歌曲集递给了薛大鹏和向红。

"向红,你唱那首《我依然爱你》。我来帮你找。"向阳朝向红递了一个眼神,就从向红手里接过歌本查找起来。

"姐,那首歌都过时了,你帮我选一首王菲的《我愿意》。"向红嘴里说着,眼睛却不经意地瞥向了薛大鹏。

"你们先来。"薛大鹏没有看到向红的眼神,他将歌本递给郭母。

郭母接过歌本,自言自语:"选哪首呢?"

"那首《妈妈的心是温暖的家》吧。"高队长建议道。

"对,就唱那首,送给我的女儿燕子。"郭母开心地搂了一把坐在身边的郭燕,郭燕却很不自在地躲开了她。

就在这时,郭燕接到了女儿立志的视频电话:"你们这是在哪儿呀？妈呀,又跑去看水晶球了？我那大孙子行吗？别冻着!"

郭母也兴奋地对着手机说:"我的乖孙女,姥姥明天就去看你们。这是你高爷爷,对,我们一起去。"

高唱对着镜头挥了挥手:"新年好!"

郭燕也兴奋地说:"新年当天票价便宜。我一会儿就把你姥姥的航班号发给你,到时候你去接一下。我就不能去了。你爸啥情况我还不知道呢,我可能一时半会儿回不来了。你把我的几样东西让你姥姥帮我捎回中国。你别惦记着,只要我回国,你爸有啥事儿我都能扛着,你就安心照顾好你们自己就行了。对,我也是明天的飞机。放心,我这儿有你李沙阿姨呢! 好好好,赶快回家吧,别把我那宝贝孙子冻着。"

郭燕刚关上手机,就听到向阳兴奋地对拿着遥控器的李沙说:"我找到了王菲的《我愿意》。"

> 思念是一种很玄的东西,
> 如影随形,
> 无声又无息出没在心底。

向红声情并茂地唱着,并且不时地瞥向薛大鹏。然而,她发现薛大鹏时而低头沉思,时而忘情地看着李沙。

> 转眼吞没我在寂寞里,
> 我无力抗拒,
> 特别是夜里,
> 想你到无法呼吸。

向阳也在暗中观察着薛大鹏的反应。起初她很遗憾薛大鹏没有被向红的歌声所吸引,而后又惊讶于薛大鹏在向红的歌声中深情地注视着李沙!

> 恨不能立即朝你狂奔去，
> 大声地告诉你，
> 愿意为你，
> 我愿意为你，
> 我愿意为你忘记我姓名
> ……

向红的歌声渐渐失去了感情色彩，最后在高音时她索性不唱了。

"怎么不唱了？你能唱上去的。"专注听歌的李沙没有注意到周围微妙的变化，仍然鼓励着向红把歌唱完。

"到了我们这个年龄，再唱这种歌曲，连自己都不想听了。"向红把麦克风递给了李沙。

"李沙，会唱《在雨中》吗？"薛大鹏突然问李沙。

"当然会。80年代那会儿，差不多人人都会唱这首歌。"李沙脱口而出。

"这要两个人唱，你和我合唱吧。"薛大鹏边说边在歌本中寻找。

"这么多年我都忘啦，你跟向红一起唱吧。"李沙给向红递了个眼色。

"我最喜欢这首歌了，我跟你唱。"向红的心情如死灰复燃般地快乐起来。

"算了，我自己唱一首《心雨》吧。"薛大鹏没有看任何人，拿起话筒就唱了起来。

> 我的思念是不可触摸的网，
> 我的思念不再是决堤的海，
> 为什么总在那些飘雨的日子，
> 深深地把你想起。

随着歌声，李沙有些不安起来，尽管薛大鹏没有看着她，也没有看任何人，但是她知道那是薛大鹏在唱给她听。

> 我的心是六月的情，

沥沥下着心雨。

想你,想你,想你,想你,

最后一次想你。

因为明天你将是别人的新娘,

深深地把你怀念。

"来,吃点甜点,汉斯切的。"李沙从厨房拿来甜点与大家分享,有意用声音遮住薛大鹏的歌声。

"请你们家那位也来和我们唱歌嘛。"郭母客气地说道。

"是呀,把他一个人丢在那里,我们也不好意思唱了。"高队长也搭话道。

"他五音不全,不喜欢唱歌。"李沙嘴里这么说着,眼睛已转向汉斯,"Honey,大家请你到这边来坐。"

待汉斯拿着甜品坐到沙发上时,薛大鹏的歌声已近尾声。在众人的掌声中,薛大鹏悻悻地把话筒交给了郭母。

早已忍耐不住的郭母马上高歌一曲《我爱中国》。汉斯起身邀请李沙跳舞,李沙应邀后又建议薛大鹏请向红跳舞。薛大鹏犹豫了一下,起身邀请了向红,向红欲拒还迎地接受了邀请。高队长也起身邀请身旁的向阳跳舞,向阳说自己跳不动,让他跟郭燕跳。郭燕没有推脱,可是跳两步就踩高队长一脚,半支曲子没完就自动回到了座位。不大的客厅里,只有李沙和汉斯、薛大鹏与向红在郭母的歌声中翩翩起舞。

向阳将客厅里的吊灯调到最暗的光线,屋内顿时显出几分浪漫。李沙将自己的头靠在了汉斯的胸口,两人似有似无地晃动起脚步;而薛大鹏和向红越跳距离越远,最后两人的舞蹈以微笑告终。向阳的眼里露出了遗憾的神情。

2

欢歌笑语挪到了灯火通明的厨房。众人围绕着汉斯,他一杯一杯地斟满香槟酒,然后再一杯一杯地送到每一个人的手中。

"你老公真是个不错的老外,人真好!"郭母对身边的李沙举起了大拇指。

"你说错了，我是'老美'，不是老外。"汉斯将酒杯送到郭母的手中。

汉斯的话惹得众人哄堂大笑，只有薛大鹏看着杯中香槟泛起的气泡幽幽地说："是呀，没人愿意做老外。我真羡慕小兵小小的年龄就知道自己要什么和怎么做，不像我，活了大半生还是心无所属。"

众人面面相觑，一时不知道如何表态。李沙担心薛大鹏当着汉斯的面讲述他对她的爱慕之情，赶紧打岔："大鹏，你的学历和学识都摆在那儿，还有大好前程，别这么灰心丧气的。"

薛大鹏仍然盯着酒杯，好像在自说自话："'文革'后，我就发誓要努力再努力，以一己之力挤进美国的科学殿堂。然而，在那个辉煌的殿堂里，我始终是个老外，尽管我加入了美国籍！回到中国，我带领的是中国团队，代表的是中国科学成果；当我出狱后再回国时，我又成了美国人，因为我拿着的是美国护照！"

向红走到薛大鹏身旁，用手轻抚着他的肩膀："管他老中、老美、老外，你不知道这个世界上有多少人羡慕你呢！"

向阳也插话道："是呀，你可别提小兵啦。他那是小，不懂事！他要是像你这样学业有成，他想干啥我都不拦着。"

薛大鹏将杯中的香槟一饮而尽："你们也许不太清楚量子通讯、核聚变、微中子、石墨烯及可燃冰这些研究，但是，我要说的是，这些影响人类未来的科技项目，现在是中国遥遥领先。然而，我失去了参与的机会！"

高队长拍案大叫了一声："说得好！中国只用了三十年就赶上了欧美国家三百年的现代化。而且现在中国的科技进步非常快，中国的工业总产值已经超过美国、日本、德国加在一起的总和……"

李沙看着汉斯端着酒杯站在那里不知所措，就打断了高队长的高谈阔论："马上就到零点了。按照美国的习惯，我们会在加州零点的时候回放纽约时代广场的水晶球落地。请大家端着这杯香槟酒到客厅里坐。"

汉斯给薛大鹏的酒杯又斟满了香槟，然后对众人说："按照美国人的习惯，水晶球落地的那一刻，每个人都要拥抱身边的人欢迎新年的到来。"

薛大鹏看了一下表，随口说道："Almost there, Let's go.（差不多到点了，走吧。）"

郭母和高队长没有听懂,李沙赶紧解释:"还有两分钟了,咱们赶快去客厅吧。"

众人端着酒杯跟随着李沙和汉斯走向客厅。

3

客厅里的电视屏幕已经出现纽约时代广场上的画面:成千上万不同肤色的男女老少仰视着天空,暗夜被四周的霓虹灯以及高悬空中的水晶球照得雪亮。突然间,那些站在风雪中的人把快要冻僵的手从衣袋里伸了出来,缩在围巾、帽子和羽绒服里的头也挺拔在夜色中——一颗巨大的水晶球正从一个高高的建筑上缓缓下移。Ten,Nine,Eight,Seven,Six,几十万个声音在雪花飘舞的霓虹灯里震耳欲聋,整齐划一。Five,Four……寒风中仰视的脸不论是白是黑是黄,眼睛不论是黑是绿是蓝,都在寒风中抖落出对岁月的敬畏。Three,Two,one。水晶球在万众一心的虔诚目光中落到了底部。

"Happy New Year. 新年快乐!"汉斯第一个举杯祝愿,大家相互碰杯一饮而尽。汉斯很自然地亲吻了李沙一下,李沙也很自然地与汉斯拥抱在一起;高队长不太习惯地搂了一下郭母的腰,郭母将身体悄悄地往他身上靠了靠;薛大鹏左边是向红,右边是向阳,正在左右为难之际,向阳搂住了郭燕,他只好象征性地拥抱了一下向红。

"Happy New Year."薛大鹏干涩地对向红说道,目光却投向正在和汉斯拥抱的李沙。

"Happy New Year."向红流利地回了一句,暗自庆幸去年的今日,自己在镜子前练习的英语,今天有了用武之地。

汉斯的手机响了:"Hi David. 新年快乐! 好,等一下。"

李沙接过汉斯手里的手机:"Hi 儿子,新年快乐! 你已经到纽约了? 我知道,纽约的雪很大。安全第一,晚一天没有关系。Ok,你确定了登机的时间告诉我,我和你 Dad 会去机场接你。不用坐 Uber,我可以去接你。I love you,too. Happy New Year !"

李沙关掉手机,见大家都在关注着她,就解释道:"是我儿子大卫。他原定今天回来,可是从纽约转机时碰到了暴风雪,最早明天才能回来。"

"大侄子明天几点回来？希望我走前能看他一眼。"郭燕接过话去。

"他也不知道，要等航空公司的通知。"李沙答道。

"我明天帮向红搬家，后天回国，看来这次也见不到大侄子啦。"向阳的语气中流露出过意不去。

"搬家？你和哈桑的新家不是没租多久吗？又要往哪儿搬呀？"郭燕扭头问向红。

"向红跟哈桑早就没来往啦。时候不早了，我们也该回去了。"向阳把话岔开。

"你后天回国？嗨，就差一天，要不然咱俩就搭伴儿回去啦。哎，薛大鹏也是后天回国，你们可以一路了。"郭燕颇为兴奋地朝薛大鹏喊道，"薛大鹏，你是后天哪个航班回国？"

"国航。"薛大鹏有些懵懵懂懂地答道。

"我是东方。"向阳有些失望地说道。

"你瞧这事儿整的，咱们前后脚地回去，还没坐上同一趟航班。"郭燕失望地嘀咕了一句。

"这一下子都走了，还真有些舍不得呢！"郭母在一旁感叹道。

"郭姨，你们哪天去纽约？"李沙扭头问道。

"老高，咱们是明天早上的航班，对吗？"郭母又扭头问高队长。

"瞧瞧你这个记性！你们是上午 11 点 20 分的飞机去纽约，我是下午 4 点的飞机回中国。"郭燕抢先答道。

"燕子说得对。"高队长在一旁附和着。

"大鹏，你后天也要回国，要不要我明天送郭姨他们去机场？"李沙又扭头问询一直沉默的薛大鹏。

"你送郭燕吧。他们的航班相差快五个小时，这样郭燕就不用提前去机场啦。"薛大鹏答道。

"好的，一会儿你把航班号告诉我。"李沙说。

"不好意思啊，明天还要麻烦你。真的谢谢啦！"郭母过意不去地拉住李沙的手一个劲地说着"谢谢"。

"郭姨，您这就是客气了。在北大荒时，我和郭燕住上下铺，现在还能聚在一起，多不容易啊。"李沙真诚地说道。

"姐,真舍不得你! 我这一走,啥时候回来就说不定了。"郭燕不由得哽咽了起来。

"现在联系上了,视频通话很方便。"李沙的眼睛也有些湿润了。

"你们快看,小兵刚刚给我发来一条视频,向大家问好呢!"向红举起手机,将一个动画视频展现在众人面前——在《新年好》的歌声中,一排卡通人物跟着节奏在舞蹈。

"哎,这不是我吗?"向阳指着视频中那个穿着俄罗斯"布拉吉"的胖女人捧腹大笑起来。

"这是我吗?"向红也发现自己挺胸翘臀地和姐姐向阳手拉着手在跳舞。

"这是我? 我有这么严肃吗?"李沙对着视频中不苟言笑的自己开怀大笑起来。

"这小屁孩,把我整得这么丑。"郭燕指着视频中凶神恶煞的面孔大叫起来。

"我和小兵也没见过面,他怎么知道我的腿有毛病?"郭母看到卡通里的她一跛一跛地和众人跳着舞蹈,不由得皱起眉头。

"你忘了,他跟咱们连过视频!"高队长笑着对郭母说,"这小子还行! 就那么一会儿工夫,他就把我走路姿势的特点都抓到了。行,这小子今后有出息!"

"I am sure that it is me.(我确认这是我。)老外,对不对?"汉斯指着动画人物里最高的那一个白人说道。

大家哄堂大笑,驱走了即将分别的伤感。

4

飞机场,躲在暗处的薛大鹏注视着李沙和郭燕推着行李朝登机口走去。

"你真的打算放弃绿卡了?"李沙问郭燕。

"不放弃咋整?! 要保持绿卡就要每年都来美国待上几个月。我不在国内,谁照顾我老公啊? 为了不让闺女操心,我就老老实实地在北大荒陪着老伴儿吧,不折腾了。"郭燕长叹了一口气。

"也别把话说得那么死,也许你先生的身体状况好了,你们可以一起来美国呢!"李沙安慰道。

"好了也不来啦。最近人家都说只要在国内有退休金,在美国就不能享受福利待遇。咱们也就不做那个美梦了。"郭燕苦笑了一下。

"不论在哪儿,开心就好。"李沙把郭燕送到海关入口处,"赶快进去吧。有话咱们在微信上慢慢聊。"

"可不是咋的,姐夫还在外面等着你呢,赶快走吧!"郭燕说着就拖着拉杆箱朝海关入口处走去,可是,她走了两步猛然回头抱住了李沙,泣不成声地说,"姐,回国的时候,一定来北大荒看看!"

没等李沙反应过来,郭燕已经走上通向海关的滚梯。李沙的眼泪唰地一下流了下来,对着郭燕的背影喃喃地说:"保重。燕子!"

目送着郭燕的身影消失在滚梯的另一端,李沙才擦干了眼泪,转身朝国际厅的大门走去。

5

薛大鹏夹在机场国际大厅的人群里,亦步亦趋地跟在李沙的身后。他走走停停,几次想上前跟李沙打招呼,却欲言又止。当他下定决心追出已经走出大门的李沙时,却看见李沙正朝道边停的某辆车挥着手。他愣住了:汉斯为李沙打开了车门,汉斯亲吻了一下李沙,汉斯为李沙关上了车门,汉斯开车把李沙带走了!

薛大鹏木然地望着汉斯的汽车远去,手臂被一位推行李车的人碰了一下,他才意识到自己站在大门的入口处,来往的行人都要绕路行走。他下意识地挪了两步,躲开了人流。

"薛大鹏,你到底想干什么? 汉斯是你的救命恩人啊! 人家李沙对你没意思,你别再自找没趣啦! 醒醒吧,你!"面对南来北往的人群,薛大鹏终于感觉到自己的存在。他使劲地摇了一下头,振作起精神,朝停车场走去。

6

向红和哈桑租住的公寓已经清空。向阳手里拿着一堆东西,对着恋恋不舍地目视着房间各个角落的向红说道："走吧，开弓没有回头箭。既然已经这样了，就啥也别寻思啦。"

向红目光呆滞地说："姐，我为哈桑放弃了一切，最后我得到了什么？连这间空房子都不是我的。"

向阳长叹了一声："唉，人争不过命。你我的桃花运都被咱爸夺走了，咱们就认命吧！你听姐一句话，虽然你看着年轻，可是咱自己知道，都六十岁的人了，就别把心思放在男人的身上啦。既然小兵不来了，你就按照我说的做，用这笔钱和你的同事到拉斯维加斯开个按摩店，自己当老板，赶在不能动之前攒点儿养老金，咱不靠男人一样活！"

向红一把搂住向阳，扑到她怀里放声大哭："姐，我赚够了钱就把你接来一起养老。"

向阳忍住眼泪，笑着说："那还是你回国养老吧，至少在咱那旮沓，我可以说话呀！"

向红破涕为笑："姐，你说得对，我先在这儿赚钱，赚够了回国，咱们一起过，生灾害病也有小兵照应着……"

向阳见向红的情绪好了起来，马上说："先别想那么多啦，赶紧把眼前的事儿办好吧。我明天就走了，你和你的同事也早点张罗着去拉斯维加斯吧。对了，你给哈桑发短信了吗？"

向红伤感的情绪终于平复："我不打算现在就告诉他，避免他急了会像非法移民那样跳墙来美国找我麻烦。我打算这几天就跟COCO去拉斯维加斯看看她选的地方，差不多我们就搬过去。等我离开这里的时候再告诉哈桑。"

向阳好像突然想到什么："那些画放在寄存公司，要是哈桑再也不能回美国，那你就一直为他交寄存费呀？"

向红狡黠地一笑："等我在拉斯维加斯安顿好之后，我就向哈桑要地址，把画寄给他。我临走前也交给李沙一把寄存处的钥匙，如果哈桑真的回来，我也用不着见他。姐，你就放心吧，我知道怎么保护自己的。"

"唉，你这样还真让我不放心啊！记住，实在不行就回家。我那儿还有爸的三幅画，我也能去早市卖肉，咱姐俩的饭钱不愁！"

"姐，你说哪儿去啦？我向红混得再惨，也不会没饭吃吧？走吧，你也累了一天了,我们到宾馆休息吧。"

"我的飞机是明天凌晨1点5分起飞,咱们不用花那个冤枉钱去住宾馆。你把我早些送到机场,我在那儿待几个小时就行了。"

向红接过向阳手里的拉杆行李箱:"姐,这两天搬家把你累坏了,路上又要飞十几个小时,我哪能让你在飞机场待着。放心吧,我租的是 motel(汽车旅馆),不是 hotel(宾馆),没多少钱。走吧,下午2点入住,你走前还能睡个好觉。"

向红毫不犹豫地把门锁上,和向阳拿着大包小裹朝停车场走去。

7

汉斯将车开到一家装潢讲究的酒吧门前。

"Why we stop by a bar?(我们为什么到酒吧来?)"李沙惊讶地问汉斯,见汉斯没有回答,不免有些焦急,"你马上就要做手术啦,不能喝酒的。"

"Just one glass.(只喝一杯。)"汉斯很绅士地拉开酒吧大门。

这是一个坐落在市中心随处可见的酒吧。由于白天的关系,里面的人寥寥无几。

"Welcome."一位服务生已经站在门口向李沙和汉斯打着招呼。

原本踟蹰不前的李沙,见身穿黑色衬衫和黑色西服裤的年轻服务生在寒风中敞着衣领,裸露出白里透红的前胸,她不由得打了一个寒战,赶紧闪进门里,免得让这位和儿子大卫同龄的年轻人受冻。

"May I take that table?(我可以选那张桌子吗?)"进去后,汉斯指着酒吧一张靠角落的桌子说。

"Of course.(当然。)"服务生将他们带到那张桌子前。

"I will be back soon.(我马上就回来。)"汉斯待李沙落座,说了一句就朝吧台走去。

坐下之后,李沙才发现自己的目光所及之处,竟然似曾相识!

"我来过这里!"李沙的心猛然地跳动了一下。

是的。那是二十三年前的一个夜晚,汉斯下班回来请了一位临时保姆在家照看不到三岁的儿子,他带着李沙到这家酒吧,庆祝他的律师事务所第一天开张。尽管事务所只有汉斯和一位秘书小姐，但是对游学中国多年的汉斯来说，能在美国社会寻找到自己的发展空间，可以不再给别人做雇员，可以拥有自己的办公室和独立办案的机会，这就是他的梦想成真！

那天晚上酒吧里的人很多，得意和失意的人都跟着迪斯科乐曲的节奏，在舞池里疯狂地摇摆着。在酒精的作用下，单身男女不论是处在失恋的伤心中，还是刚刚碰见有缘人，青春的荷尔蒙在激越的节奏中，散发着巨大的能量。

那天汉斯喝了很多的酒，但是始终没有忘记李沙的存在。他对周围投怀送抱的女人视而不见，这让"他人皆醉我独醒"的李沙对此心怀欣慰，至今不忘。

如果说夜晚的酒吧像是欲火燃烧，那么下午的酒吧却是柔情蜜意般地安静。此刻，三三两两的客人占据着自己认为安适的角落。有人独斟一杯酒，在自己的世界里敲打着电脑的键盘；有人和情人说着悄悄话，喃喃的低语只有他们自己能够听到。总之，下午的酒吧给人一种如梦似幻的感觉，它把加州的艳阳关在了门外，只有橘黄的台灯灯光装饰出昏暗空间的几抹浪漫。

李沙沉醉在这种仿佛时空静止的环境里，突然感觉到安宁的可贵。

在过去的一年里，不论是家庭、工作，还是和郭燕、薛大鹏、向红、向阳的重逢，都让她感受到生活的重压。现在好了，他们的家将再度恢复到正常的生活节奏中：不必为薛大鹏的案子日夜焦虑，不必担心小兵吸毒，不必操心郭燕的去留，不必担心向红的前途……

向红？李沙下意识地摸了一下兜里的钥匙，那是向红留给哈桑的。向红说不想见哈桑，让李沙帮她转交。何时？不知道。唉，没有不散的宴席。他们哪知道汉斯还要做第二次手术啊！

哎，汉斯去哪儿了？怎么这么久？李沙这才发现汉斯已经不在吧台。

这时，那位在门口迎接他们的服务生，手托着一个银色的盘子朝她走来。他先把两杯红酒放在桌上，然后将一个信封交给了李沙："It is for you.（是给你的。）"

服务生说完转身离去。李沙好奇地打开了信封，是一张 Anniversary Card（结婚纪念日卡片）。

"天哪,我把结婚纪念日都忘了!"李沙差一点就惊叫起来。

"Thanks for your unconditional love for me. You have made me feel special in every day and every moment since I married you. Happy anniversary!(感谢您对我无条件的爱。自从我们结婚,你让我每时每刻都觉得幸福。周年快乐!)"李沙情不自禁地念着卡片上的文字,"谢谢你的爱!汉斯。"

李沙笑了,她发现卡片里夹着一张纸折的小鹤。那是她在中国时教汉斯折的!

"打开。"不知什么时候已经站在她身后的汉斯说道。

李沙听话地把小鹤拆开,发现那是一封 E-mail,寥寥几句英文:"I would like to sincerely apologize to you that my assistant has sent my old file to you. Please ignore it. I know your decision already. According to the result of the last test, you are recovering well. I agree with you that you may not need the second surgery.(我要真诚地向您道歉,我的助手将我的旧 E-mail 重复地发给了您,请忽略。我已经知道您的决定,而且从上次的检查结果看,您目前的创口恢复得特别好,应该不需要第二次手术。)"

李沙激动地刚想站起身来拥抱汉斯,汉斯已经俯下身深深地亲吻了她。

"太好了! 太好了!"李沙搂着汉斯喜极而泣。

"是的,我要在最好的瞬间告诉你。"汉斯深情地望着李沙。

"对不起,我没给你准备礼物。"李沙深感抱歉。

"我已经收到了你的礼物。"汉斯笑着将桌子上的酒杯递给李沙一杯,自己一杯,"for love,干杯!"

"干杯。我爱你!"李沙深情脉脉地与汉斯碰了一下酒杯。

"I love you too.(我也爱你。)"汉斯又亲吻了李沙一下。

"I love you three.(我更爱你。)"李沙调皮地说了一句,然后也回吻了汉斯一下。

汉斯的手机叮咚响了一声,他打开手机,看到儿子大卫发来一张 Anniversary 贺卡,上面除了一个大写的"28"数字,还有一个地址和约会时间。

"儿子还记着我们的结婚纪念日呢!"李沙一边说着,一边点击了贺卡上的地址,手机屏幕上马上就显现出一家高档的中式餐馆。

汉斯还来不及惊喜,就收到大卫发来的第二条信息:Because of the heavy

snow in New York that delayed many flights, I can only fly from New York to San Francisco and then from San Francisco to L. A. I will arrive to L. A at 5:35pm and see you in the restaurant 7pm. (纽约大雪使很多飞机晚点。我只能从纽约飞到旧金山,然后再从旧金山飞到洛杉矶。我的飞机是下午5点35到达,7点在餐馆见。)

"我们去接他,也给川子一个惊喜!"汉斯兴高采烈地向李沙建议。

"Great idea. (好主意。)"李沙兴奋地从座位上站了起来。

冬天的落日,在傍晚5点左右已是一片金黄。当汉斯的车行驶在高速公路上时,夕阳西下的余晖,将半个天空都浸染得富丽堂皇。

车厢里响起了李沙和汉斯都喜欢的中文歌《我想有个家》。这时,李沙收到薛大鹏的一条微信留言:明天我就回国了,房屋已经打扫干净,钥匙放在你家门外的信箱里,请代我退还给中介。如果我欠房屋中介任何费用,请用我的押金支付,不够请告知。请代我向汉斯辞行,我永远也不会忘记你们的救命之恩!

李沙抬头看了汉斯一眼,欲言又止。她在手机上回了四个字:一路顺风!